SINCLAIR LEWIS

BABBITT

Roman

Deutsch von Daisy Bródy

rororo

ROWOHLT

Titel der amerikanischen Originalausgabe:
Babbitt
Anmerkungen am Schluß des Bandes

331.–337. Tausend Juni 1995
Veröffentlicht im Rowohlt Taschenbuch Verlag GmbH,
Reinbek bei Hamburg, März 1953

Umschlaggestaltung Sabine Conradt
Satz Garamond (Linotron 202)
Gesamtherstellung Clausen & Bosse, Leck
Printed in Germany
1690-ISBN 3 499 13636 8

Während meines ganzen Lebens habe ich nicht ein einziges Mal das getan, was ich eigentlich tun wollte.

Erstes Kapitel

1

Die Türme von Zenith ragten aus dem Morgennebel heraus, nüchterne Türme von Zement, Stahl und Sandstein, felsenstark und zierlich wie Silberfiligran. Aber es waren weder Festungen noch Kirchen, sondern einfach herrlich schöne Geschäftshäuser.

Der Nebel verdeckte barmherzig die unruhigen Bauten früherer Generationen: das Postamt mit seiner schindelverzierten Mansarde, die ziegelroten Minaretts alter, plumper Häuser, Fabriken mit spärlichen, rußgeschwärzten Fenstern, Holzbauten, die vor Alter lehmfarbig waren. Die Stadt war voll von solchen grotesken Mißgeburten, aber die himmelwärts strebenden Türme verdrängten sie bereits aus dem Geschäftszentrum, und auf den Hügeln ringsum lagen funkelnagelneue Häuser, Heimstätten – so schien es – für lachende Ruhe.

Über eine Betonbrücke raste ein Auto mit langer, schlanker Haube und geräuschloser Maschine. Diese Herren im Frack waren auf der Heimkehr von einer Probe des Kleinen Theaters, die die Nacht durch gedauert hatte, ein künstlerischer Versuch, den sie mit ziemlichen Quanten Champagner hatten begießen müssen. Unter der Brücke machten Eisenbahnschienen eine Biegung in einem Wirrsal von grünen und roten Lichtern. Der New Yorker Express donnerte vorbei, und zwanzig Linien polierten Stahls sprangen im grellen Licht plötzlich aus dem Nichts hervor.

In einem der Wolkenkratzer wurden die Drahtberichte der Associated Press abgeschlossen. Mit müden Bewegungen entledigten sich die Telegrafisten, die die ganze Nacht hindurch mit Paris und Peking gesprochen hatten, ihrer Zelluloidaugenschirme. Scheuerweiber krochen gähnend, mit alten, schlappenden Pantoffeln, durch das Gebäude. Der Morgennebel hellte sich auf. In langen Reihen stampften Männer mit Eßkörben den neuen, ungeheuren Fabriken zu, glitzernden Werkstätten aus Glasscheiben und hohen Ziegeln, wo 5000 Männer unter einem Dach arbeiteten und einen Strom solider Ware schufen, die den Euphrates entlang und quer über den Veldt verkauft wurde. Sirenenpfeifen ließen ihren Gruß fröhlich wie der Aprilmorgen erschallen: das Lied der Arbeit in einer anscheinend für Riesen erbauten Stadt.

2

Nichts vom Riesen haftete dem soeben erwachenden Mann an, der auf der Schlafterrasse einer im holländisch-kolonialen Stil erbauten Villa des als Blumenhöhe bekannten vornehmen Wohnviertels von Zenith lag.

Er hieß George F. Babbitt, war jetzt im April 1920 46 Jahre alt geworden und fabrizierte nichts Nennenswertes, weder Butter noch Schuhe, noch Lyrik, aber er war geschickt in seinem Beruf, Häuser für weit höheren Preis an die Leute zu verkaufen, als diese eigentlich bezahlen konnten.

Sein großer Kopf war rosig, sein spärliches Haar braun und glanzlos. Sein Gesicht hatte während des Schlummers den Ausdruck eines Babys, trotz der Runzeln und des roten Brilleneinschnitts auf der Nase. Er war nicht dick, nur vollkommen wohlgenährt; seine Wangen waren wulstig, und die glatte Hand, die hilflos auf der khakifarbenen Decke lag, war leicht gedunsen. Er schien recht wohlhabend, verheiratet und vollkommen unromantisch zu sein; und ebenso vollkommen unromantisch war die Schlafveranda, die Ausblick auf eine halbwüchsige Ulme, zwei saubere Grasplätze, einen zementierten Fahrweg und eine Wellblechgarage hatte. Dennoch träumte Babbitt wieder vom Elfenkind, einen Traum, der romantischer war als purpurne Pagoden an silbernen Meeren.

Seit Jahren kam die Elfe immer wieder zu ihm. Während andere Leute nur Georgie Babbitt sahen, erblickte sie einen ritterlichen Jüngling in ihm. Sie erwartete ihn in der Dunkelheit hinter geheimnisvollen Hainen. Er entschlüpfte zu ihr, sobald er das belebte Haus verlassen konnte. Seine Frau, seine laut rufenden Freunde suchten ihm zu folgen, aber es gelang ihm zu entfliehen, das flinkfüßige Mädchen ihm zur Seite, und sie kauerten zusammen nieder unter einem schattigen Hügel. Sie war so zierlich, so weiß, so voller Eifer! Sie sagte laut, er sei fröhlich und tapfer, sie würde auf ihn warten, dann wollten sie zusammen segeln...

Rumpeln und Holpern des Milchkarrens.

Babbitt stöhnte, drehte sich um, suchte krampfhaft seinen Traum wieder zu erreichen. Jetzt konnte er nur mehr ihr Gesicht jenseits von nebligen Gewässern erblicken. Der Heizer schlug die Souterraintür zu. Im Nachbarhof bellte ein Hund. Als Babbitt traumselig in einer trüben, warmen Flut versank, ging der Zeitungsmann pfeifend vorüber, und der zusammengerollte *Advocate* knallte gegen die Vordertür, Babbitt fuhr empor, und sein Magen krampfte sich in plötzlichem Erschrecken. Während er erschlafft zurücksank, durchbohrte ihn das bekannte und irritierende Rasseln eines Fordautos, das angekurbelt wurde: snap – ah – ah, snap – ah – ah, snap – ah – ah. Babbitt, der enthusiastische Automobilist, kurbelte mit dem unsichtbaren Chauffeur mit, wartete mit ihm in stundenlanger Spannung auf das laute Knattern der startenden Maschine, verzweifelte mit ihm, als das Knattern wieder nachließ und das höllische, ewigwährende: snap – ah – ah von neuem losging, dieser flache, hohle Ton, der den Schauder des kalten Morgens enthielt, der einen zur Raserei trieb und dem man nicht entfliehen konnte. Erst als der immer lauter werdende Ton der Maschine ihm zu wissen gab, daß der Fordmotor sich in Bewegung gesetzt hatte, ließ seine atemlose Spannung nach. Er warf einen Blick auf seinen Lieblingsbaum, Ulmenzweige auf dem goldenen Hintergrund des Morgenhimmels, und tastete sich zum Schlaf zurück wie zu einem süßen Gift. Er, der als Knabe dem Leben sehr gläubig gegenübergestanden, hatte kein großes Interesse mehr für die möglichen und unwahrscheinlichen Abenteuer eines jeden neuen Tages.

Es gelang ihm, der Wirklichkeit zu entfliehen, bis der Wecker um 7 Uhr 20 läutete.

3

Es war der beste der überall annoncierten und in großen Mengen fabrizierten Wecker und besaß alle modernen Vollkommenheiten, als da sind: Glockenspiel, abstellbarer Alarm und leuchtendes Zifferblatt. Babbitt war stolz, von einem so prunkvollen Objekt geweckt zu werden. Vom gesellschaftlichen Standpunkt aus war es fast ebenso achtbar, als kostspielige Cordgummireifen zu kaufen.

Er mußte übelgelaunt zugeben, daß es jetzt kein Entwischen mehr gab, aber er lag und dachte voll Haß an die Plackerei seiner Realitätenagentur und mit Widerwillen an seine Familie und fühlte Widerwillen gegen sich selbst wegen dieses Widerwillens. Am vorhergehenden Abend hatte er bis Mitternacht bei Vergil Gunch Poker gespielt, und nach solchen Festabenden war er vor dem Frühstück sehr reizbar. Vielleicht war es das gewaltige Heimbier der Prohibitionszeit und die Zigarren, zu denen ihn dieses Bier verführt hatte; vielleicht war es auch Unwille über die Rückkehr von der schönen, freien Männerwelt zu der begrenzten Sphäre der Gattinnen und Stenotypistinnen und zu den Ermahnungen, nicht so viel zu rauchen.

Aus dem Schlafzimmer neben der Terrasse ertönte das unausstehlich heitere: – Zeit zum Aufstehen, Georgie-Junge! seiner Frau und das kitzlige Geräusch, der rasche, kratzige Ton einer steifen Bürste, aus der man Haare kämmt. Er grunzte; er schleppte seine derben Beine, die in einem verwaschenen blaßblauen Pyjama steckten, unter der khakifarbenen Decke hervor; er saß am Rand seines Feldbetts und fuhr mit den Fingern durch das wirre Haar, während seine rundlichen Füße mechanisch nach den Pantoffeln tasteten. Er blickte mit Bedauern auf seine Bettdecke, die für ihn stets Freiheit und Heldenhaftigkeit darstellte. Er hatte sie für eine Fußwanderung, die niemals ausgeführt wurde, gekauft. Sie war ihm das Symbol für herrlichen Müßiggang, herrliches Fluchen, mannhafte Flanellhemden.

Knurrend stellte er sich auf die Füße und stöhnte über die Schmerzwellen, die hinter seinen Augen durchschossen. Trotzdem er auf die Wiederholung des brennenden Schmerzes wartete, blickte er verschwommen in den Hof hinaus. Dieser entzückte ihn wie immer; es war der saubere Hof eines erfolgreichen Zenither Geschäftsmannes, das heißt, es war ein tadelloser Hof und machte auch ihn tadellos. Er besah sich die Wellblechgarage. Zum dreihundertfünfundsechzigstenmal in diesem Jahr überlegte er: «Hat keinen Schwung, diese Blechhütte. Werde mir eine Fachwerkgarage bauen müssen. Aber, bei Gott, 's ist das einzige Ding am Platz, das nicht modern ist.» Während er hinstarrte, fiel ihm eine Gemeinschaftsgarage für seinen neuen Ländereikomplex Glen Oriole ein. Plötzlich hörte er auf zu schnaufen und herumzuhüpfen.

Seine Arme waren auf die Hüften gestemmt. Sein mißvergnügtes, schlafverquollenes Gesicht wies feste Züge auf. Er schien auf einmal tüchtig zu sein, ein Mann seines Amts, der entwerfen, befehlen und ausführen konnte.

Die Vehemenz seiner neuen Idee riß ihn durch die saubere, steife, anscheinend unbenützte Halle bis in das Badezimmer.

Obwohl das Haus nicht groß war, hatte es, wie alle Häuser auf Blumenhöhe, ein wahrhaft fürstliches Badezimmer von Porzellan, glasierten Kacheln und silbrig schimmerndem Metall. Das Badetuch hing über einer in Nickel gefaßten hellen Glasstange. Die Wanne wäre lang genug für einen preußischen Leibgardisten gewesen, und über der feststehenden Waschschüssel war eine aufsehenerregende Schaustellung von Zahnbürstenhalter, Rasierpinselhalter, Seifenschale, Schwammschüssel und Apothekerkästchen, die so strahlend und sinnreich waren, daß sie wie eine elektrische Schalttafel wirkten. Aber ein Teil von Babbitt, dessen Gottheit moderner Fortschritt war, fühlte sich unzufrieden. Die Luft im Badezimmer war schwer vom Geruch einer heidnischen Zahnpasta. «Schon wieder Veronika! Statt Lilidol zu nehmen, wie ich sie schon zu wie-der-hol-ten Malen ersucht habe, rennt sie sich irgendein verdammtes Stinkzeug kaufen, von dem einem übel werden kann!»

Der Badeteppich war zerknüllt und der Boden naß. (Seine Tochter Veronika hatte die exzentrische Gewohnheit, ab und zu morgens zu baden.) Er rutschte auf dem Teppich aus und glitt bis zur Wanne. «Verflucht!» sagte er. Wütend griff er nach einer Tube Rasiercreme, wütend seifte er sich schaumig mit kriegerischem Klapsen des eingesalbten Pinsels, wütend kratzte er seine vollen Wangen mit einem Sicherheitsrasierapparat ab. Es ziepte. Die Klinge war stumpf. Er sagte: «Verflucht – oh – ver-flucht!»

Er durchwühlte das Apothekerschränkchen nach einem Päckchen neuer Rasierklingen (dabei, wie immer, überlegend: «Wär billiger, so 'n Dings zu kaufen und die Klingen selber abzuziehen.»), und als er das Päckchen hinter einer runden Schachtel doppelkohlensauren Natrons entdeckte, hatte er eine schlechte Meinung von seiner Frau, die es dorthin gesteckt hatte, und eine ausgezeichnete Meinung von sich selbst, weil er nicht «Verflucht» gesagt hatte. Aber er sagte es dann sofort hinterher, als er mit seinen nassen, schlüpfrigen Fingern den scheußlichen kleinen Papierumschlag und das raschelnde, festhaftende Pergamentpapier von der neuen Klinge zu entfernen suchte.

Dann kam das oft durchdachte, niemals gelöste Problem, was mit der alten Klinge anzufangen sei, die eine Gefahr für die Finger seiner Nachkommenschaft bildete. Wie gewöhnlich schleuderte er sie auf das Apothekerschränkchen hinauf und nahm sich vor, eines Tages unbedingt die fünfzig oder sechzig anderen Klingen, die vorläufig oben angehäuft waren, zu entfernen. Er rasierte sich zu Ende, mit wachsendem Ärger, der durch den fliegenden Kopfschmerz und die Leere des Magens verstärkt wurde. Als er fertig war, sein rundes Gesicht glatt und tropfnaß und seine Augen voll von beißendem Seifenwasser, griff er nach einem Handtuch. Die Handtücher der Familie waren naß, naß und kalt und abscheulich; während er blindlings nach ihnen tastete, entdeckte er, daß sie alle naß waren – sein eigenes Gesichtshandtuch, das seiner Frau, Veronikas, Teds, Tinkas und das einsame Badetuch mit dem riesigen Monogramm. Dann tat George F. Babbitt etwas Furchtbares: er wischte sein Gesicht an dem Gästehandtuch ab! Es war ein mit Stiefmütterchen besticktes Zierstück, das immer dort hing, um anzuzeigen, daß die Babbitts zur besten Gesellschaft von Blumenhöhe gehörten. Nie war es noch benützt worden. Kein Gast hätte sich das getraut. Gäste nahmen heimlich das Eckchen eines der Alltagshandtücher.

Er war rasend. «Bei Gott, da brauchen sie alle Handtücher vor mir weg, jeden verfluchten Fetzen, sie benützen sie und machen sie alle tropfnaß, und nie wird ein trockenes für mich hergehängt – natürlich, ich bin der letzte Hund im Haus –, und dann, wenn ich eines brauche und – ich bin der einzige

Mensch in diesem verfluchten Haus, der ein bißchen Rücksicht auf die verfluchten Leute nimmt und an andere denkt und sich überlegt, daß vielleicht noch jemand das verfluchte Badezimmer nach mir benützen will –»

Dabei schleuderte er die feuchtkalten Scheusale in die Badewanne und freute sich, daß dieser trostlos klapsende Laut Rache auszudrücken schien; und mitten drin trabte seine Frau ruhig herein und fragte ruhig: «Aber Georgie-Schatz, was machst du denn? Willst du denn die Handtücher waschen? Du brauchst sie wirklich nicht zu waschen. O Georgie, das Gästehandtuch tust du zum Abtrocknen benützen, ja warum tust du das!»

Ob er eine Antwort für sie fand, ist nicht verzeichnet.

Zum erstenmal seit Wochen hatte ihn seine Frau so sehr aufgerüttelt, daß er sie anblickte.

4

Myra Babbitt – Mrs. George F. Babbitt – war entschieden matronenhaft. Sie hatte Falten, die vom Mundwinkel zum Kinn führten, und ihr voller Hals sackte. Daß sie über ein gewisses Alter hinaus war, ließ sich am besten daran erkennen, daß sie vor ihrem Mann keine Heimlichkeiten mehr hatte und sich aus diesem Mangel an Heimlichkeiten gar nichts machte. Sie war jetzt im Unterrock und in einem hervorquellenden Mieder und empfand gar nicht, daß man sie in diesem verquollenen Mieder sah. Sie hatte sich so sehr an die Eintönigkeit ihres ehelichen Lebens gewöhnt, daß sie jetzt in ihrer vollen Reife ebenso geschlechtslos war wie eine blutarme Nonne. Sie war eine brave Frau, eine gutherzige Frau, eine fleißige Frau, aber niemand, mit Ausnahme ihrer zehnjährigen Tinka, nahm das geringste Interesse an ihr oder war sich eigentlich ihrer Existenz bewußt.

Nach einer ziemlich gründlichen Auseinandersetzung über die gesellschaftlichen und häuslichen Seiten von Handtüchern bat sie Babbitt um Verzeihung für seine Katerstimmung; und er beruhigte sich so weit, daß er die Suche nach seinem B. V. D.-Unterhemd durchführen konnte, welches, wie er behauptete, böswillig unter seinen reinen Pyjamas versteckt worden war.

Bei der Verhandlung über den braunen Anzug war er ziemlich freundlich.

«Was glaubst du, Myra?» Er streichelte die Kleidungsstücke, die zusammengeballt auf einem Stuhl im Schlafzimmer lagen, während sie, für seine Begriffe rätselhaft, umherging, ihren Unterrock zurechtzupfte und glattstrich und, wie es seinem scheelen Blick schien, mit dem Anziehen nicht vorwärtskam. «Was soll ich tun? Soll ich den braunen Anzug noch heute tragen?»

«Weißt du, er sieht sehr fein auf dir aus.»

«Ach Gott, ich weiß schon, aber er müßte gebügelt werden.»

«Ja, da könntest du recht haben.»

«Er hätte es wirklich nötig, gebügelt zu werden.»

«Es würde ihm vielleicht nicht schaden.»

«Na ja, der Rock braucht es ja nicht. 's hat keinerlei Sinn, 'nen ganzen Anzug bügeln zu lassen, wenn es beim Rock gar nicht not tut.»

«Hast recht.»

«Aber die Hose muß gebügelt werden. Guck sie dir mal an – sieh die Falten hier – ja, die Hose muß gebügelt werden.»

«Hast recht. O Georgie, warum könntest du nicht den braunen Rock mit der blauen Hose tragen, von denen wir neulich sagten, wir wüßten nicht, was damit anzufangen?»

«Herrgott! Hast du mich jemals den Rock von einem Anzug mit der Hose von 'nem andern tragen sehen? Wofür hältst du mich denn eigentlich? Für 'nen rausgeschmissenen Buchhalter?»

«Also warum ziehst du dann nicht heute den dunkelgrauen Anzug an und gehst zum Schneider hinein und gibst ihm die braune Hose?»

«Na, sie brauchen ja entschieden – Wo, zum Kuckuck, ist denn der graue Anzug? Ach ja, da ist er ja!»

Es gelang ihm, die weiteren Krisen des Anziehens mit verhältnismäßiger Entschlossenheit und Ruhe zu überstehen.

Seine erste Verschönerung war das ärmellose B. V. D.-Trikot aus geköpertem Barchent, in dem er aussah wie ein kleiner Junge, der ziemlich unlustig einen leinenen Heroldsrock bei einem städtischen Festzug trägt. Sooft er seine B. V. D. anzog, dankte er dem Gott der Fortschritte, daß er nicht langes, enges, altmodisches Unterzeug trug wie sein Schwiegervater und Geschäftspartner Henry Thompson. Seine zweite Verschönerung war das nach rückwärts Kämmen und Glätten seines Haars. Dadurch bekam er eine mächtige Stirn, die sich um zwei Zoll weiter zurückwölbte als die ursprüngliche Haarlinie. Aber das größte Wunder bewirkte das Aufsetzen der Brille!

Ein Augenglas hat einen Charakter, so das anspruchsvoll in Schildpatt gefaßte, das bescheidene Pincenez des Schullehrers, die verbogene silberne Brille des alten Dorfbewohners. Babbitts Brille hatte ungeheure, runde, ungefaßte Linsen aus dem allerfeinsten Glas; die Bügel waren aus dünnen Goldstäben. Mit dieser Brille angetan war er der moderne Geschäftsmann, der seinen Angestellten Befehle erteilte, sein Auto lenkte und ab und zu Golf spielte und der in Geschäftsdingen auf der Höhe war. Sein Kopf war plötzlich nicht mehr kindisch, sondern imposant, man bemerkte die breite, stumpfe Nase, den geraden Mund mit der schweren langen Oberlippe, sein etwas fleischiges, aber kräftiges Kinn; voller Respekt sah man ihm zu, während er die übrige Uniform des soliden Bürgers anlegte.

Der graue Anzug war gut geschnitten, gut gearbeitet und

ohne besondere Merkmale. Es war ein musterhafter Anzug. Die weiße Litzeneinfassung um das V der Weste hatte einen Beigeschmack von Gesetz und Gelehrten. Seine Stiefel waren schwarze Schnürstiefel, feste Stiefel, solide Stiefel, musterhafte Stiefel, außerordentlich uninteressante Stiefel. Das einzig Frivole an ihm war seine violette, gestrickte Krawatte. Mit zahlreichen Bemerkungen über das Thema zu Mrs. Babbitt (die den Rückenteil ihrer Bluse mit akrobatischer Geschicklichkeit durch eine Sicherheitsnadel am Rock befestigte und kein Wort seiner Rede hörte) wählte er zwischen der violetten Krawatte und einem gewirkten Muster von saitenlosen braunen Harfen zwischen windzerwühlten Palmen und steckte eine Schlangenkopfnadel mit Opalaugen hinein. Das Auswechseln des Tascheninhalts vom braunen Anzug zum grauen war ein richtiges Ereignis. Es war ihm sehr ernst mit diesen Dingen. Sie waren von welterschütternder Bedeutung, genau wie Baseball oder Republikanische Partei. Da war seine Füllfeder und sein silberner Bleistift (bei dem immer die Minen fehlten), die in die rechte obere Westentasche gehörten. Ohne sie hätte er sich nackt gefühlt. An der Uhrkette trug er ein goldenes Taschenmesser, einen silbernen Zigarrenabschneider, sieben Schlüssel (von zweien hatte er vergessen, wohin sie gehörten) und nebenbei auch eine gute Uhr. Von der Uhrkette hing ein großer, gelblicher Elchzahn herab, der ihn als Mitglied des Ordens der Brüderlichen Schutzgemeinschaft der Elche verkündete. Am bezeichnendsten war sein Taschenbuch mit auswechselbaren losen Blättern, dieses moderne und tüchtige Taschenbuch, das die Adressen von Leuten enthielt, die er längst vergessen hatte, vorsichtige Anmerkungen über Geldanweisungen, die schon vor Monaten angelangt waren, Marken ohne Klebstoff, Ausschnitte aus Gedichten von T. Cholmondeley Frink und aus Zeitungsartikeln, denen Babbitt seine Ansichten und seine langen Fremdworte entnahm, Notizen, die ihn mahnten, Dinge zu tun, die er gar nicht zu tun beabsichtigte, und eine sehr merkwürdige Inschrift: D. S. S. D. M. Y. P. D. F.

Aber er hatte keine Zigarettendose. Zufällig hatte ihm nie jemand eine geschenkt, so war er nicht daran gewöhnt und betrachtete Leute, die Zigarettendosen trugen, als verweichlicht.

Zuletzt steckte er den Knopf des *Boosters Club* an seinen Rockaufschlag. Mit der lapidaren Kürze echter Kunst trug der Knopf die Aufschrift: «Boosters-Pep!» Babbitt fühlte sich dadurch wichtig und getreu. Es verband ihn mit guten Freunden, mit Männern, die anständig und ordentlich und in Geschäftskreisen maßgebend waren. Es war seine Auszeichnung, sein Bändchen der Ehrenlegion, sein Phi Beta Kappa-Schlüssel.

Gleichzeitig mit den Feinheiten der Toilette hatte er noch andere komplizierte Sorgen. «Ich fühl mich so kaputt heute morgen», sagte er. «Ich glaube, ich hab gestern abend zuviel gegessen. Du solltest nicht diese schweren Bananenpfannkuchen machen lassen.»

«Aber du hast sie ja verlangt.»

«Weiß schon, aber – Ich will dir was sagen, wenn ein Mensch mal über die Vierzig hinaus ist, muß er sich um seine Verdauung kümmern. Es gibt 'ne Menge Leute, die nicht ordentlich achtgeben auf sich. Ich sage dir, mit 40 Jahren ist jeder Mann ein Narr oder ein Doktor – das heißt sein eigener Doktor. Die meisten Leute achten nicht genug auf die Ernährungsfrage. Na, ich zum Beispiel – Natürlich muß man nach der Tagesarbeit eine ausgiebige Mahlzeit zu sich nehmen, aber es wäre recht gut für uns beide, wenn wir zum zweiten Frühstück weniger essen würden.»

«Aber Georgie, hier zu Hause esse ich immer ein ganz leichtes zweites Frühstück.»

«Meinst du vielleicht, daß ich mich wie das liebe Vieh stopfe, weil ich in der Stadt esse? Ja, was denn! Wär was Feines für dich, wenn du so 'nen Abfall essen müßtest, wie uns der neue Verwalter im *Athletic Club* gibt! Aber heute bin ich gar nicht so recht beisammen. Komisch, hab so 'nen Schmerz hier unten auf der linken Seite, na, das wird doch nicht der

Blinddarm sein, oder? Gestern abend, während ich zu Verg Gunch fuhr, hat mir auch der Magen weh getan. Grad hier war es – so ein kurzer, scharfer Schmerz. Ich – Wo ist jetzt das Zehn-Cent-Stück hingerollt? Warum gibst du nicht öfters gedämpfte Pflaumen zum Frühstück? Natürlich eß ich jeden Abend 'nen Apfel – ein Apfel am Tag ist das beste Mittel gegen den Arzt –, aber du solltest doch mehr Pflaumen kochen statt des vielen süßen Schleckerzeugs.»

«Das letzte Mal hast du die Pflaumen aber gar nicht angerührt.»

«Wahrscheinlich hab ich gerade damals keine Lust dazu gehabt. Übrigens kommt's mir tatsächlich so vor, als ob ich doch welche gegessen hätte. Jedenfalls – ich sag dir, es ist unglaublich wichtig – grad gestern abend hab ich zu Verg Gunch gesagt, die meisten Leute achten nicht genug auf ihre Verdau–»

«Sollen wir die Gunchs zu unserem Abend nächste Woche bitten?»

«Aber natürlich; keine Frage.»

«Dann paß auf, George: ich möchte, du sollst an dem Abend deinen feinen Smoking anziehen.»

«Blödsinn! Die übrigen werden sich nicht umziehen wollen.»

«Natürlich werden sie. Denk nur, wie du dich für das Abendessen bei den Littlefields nicht umziehen wolltest, und die anderen hatten's getan, und in welcher Verlegenheit du warst.»

«Verlegenheit, zum Teufel! Ich war nicht verlegen. 's weiß doch jeder, daß ich genauso teure Abendjoppen tragen kann wie andere, und da soll ich mir Sorgen machen, wenn ich sie mal zufällig nicht anhabe? Ist ja alles 'ne verdammte Plage, wie immer es ist. Für 'ne Frau, die immer zu Hause ist, geht's ja an, aber ein Mensch, der sich den ganzen Tag schindet, der will nicht am Abend sich die Schwindsucht an den Hals rennen und in die feine Joppe reinfahren für 'ne Menge Kerls, die er am selben Tag in Alltagsröcken getroffen hat!»

«Du weißt, du freust dich, wenn man dich im Smoking sieht. Neulich abends hast du mir selbst eingestanden, wie froh du warst, daß ich darauf bestanden hatte, du solltest dich umziehen. Du sagtest mir, du hättest dich viel wohler gefühlt. Und außerdem, Georgie, wäre es mir sehr lieb, wenn du nicht immer Joppe sagen wolltest. Es heißt doch Smoking.»

«Na, und wenn schon! Was ist der Unterschied?»

«Alle feinen Leute nennen es so. Stell dir vor, daß Lucile McKelvey dich Abendjoppe sagen hörte?»

«Also laß dich nicht auslachen! Lucile McKelvey imponiert mir nicht im geringsten. Ihre Leute sind schrecklich gewöhnlich, wenn auch ihr Mann und ihr Vater Millionäre sind. Oder willst du mir am Ende deine vornehme gesellschaftliche Stellung klarmachen? Dann will ich dir nur sagen, daß dein verehrter väterlicher Vorfahre, Henry T., es nicht einmal Joppe nennt. Er nennt es 'ne Jacke mit gestutztem Schwanz für Ringelschwanzaffen, und man könnte ihn nur hineinzwängen, wenn man ihn chloroformierte.»

«George, bitte, sei doch nicht so ungezogen.»

«Ich will ja gar nicht ungezogen sein, aber Herrgott, du machst ja schon soviel Wesens her wie Veronika. Seit sie von der Universität fort ist, ist sie so anmaßend, daß es nicht mehr zum Aushalten ist; sie weiß nicht, was sie gern möchte – na, ich weiß schon, was sie gern möchte: einen Millionär möchte sie heiraten und in Europa leben und irgendeinem Prediger ihre hilfreiche Hand reichen! Und gleichzeitig möchte sie gerade hier in Zenith bleiben und eine Art sozialistische Agitation machen oder Führer eines wohltätigen Unternehmens sein oder sonst einer verdammten Sache! Herrjemine! Und Ted ist um nichts besser! Er möchte auf die Universität gehen, und er möchte nicht auf die Universität gehen. Die einzige von den dreien, die noch weiß, was sie will, ist Tinka. Ich kann gar nicht begreifen, wie zwei so unentschlossene Kinder wie Roni und Ted in meine Familie kommen. Ich bin vielleicht kein Rockefeller oder James J. Shakespeare, aber jedenfalls weiß ich, was ich will, und ich bleibe bei einer Sache und arbeite drauflos im Geschäft und – Weißt du, was das Neueste ist? Soviel ich herausbringen kann ist Teds jüngste Idee, daß er ein Kinoschauspieler werden will und – und dabei habe ich ihm hundertmal schon gesagt, wenn er auf die Universität geht, und wenn er was taugt, will ich ihn im Geschäftsleben etablieren – Veronika ist um kein Haar besser! Weiß nicht, was sie anfangen soll! Na, komm nur, komm nur! Bist noch nicht fertig? Das Mädchen hat schon vor drei Minuten geläutet.»

5

Bevor er seiner Frau folgte, stand Babbitt noch am westlichen Fenster ihres Zimmers. Die Wohnkolonie Blumenhöhe war in der Entwicklung, und obwohl das Zentrum der Stadt drei Meilen entfernt war – Zenith hatte jetzt zwischen 300000 und 400000 Einwohner –, konnte er das Dach des Second National Tower erblicken, eines 35 Stock hohen Gebäudes aus Sandstein, der von Indiana herbeigeschafft worden war.

Seine schimmernden Mauern zeichneten sich gegen den Abendhimmel ab und das ungeschmückte Gesims schien ein weißglühender Streifen zu sein. Der Turm sprach von Lauterkeit und Entschlossenheit. Wie ein hochgewachsener Soldat trug er leicht an seiner Kraft. Während Babbitt hinstarrte, schwand die Ungeduld von seinem Antlitz, sein müdes Kinn hob sich in Ehrfurcht. Alles, was er sagte, war: «Schöner Anblick, das!»

Aber er war begeistert vom Rhythmus der Stadt, seine Liebe zu ihr erwachte aufs neue. Er sah in dem Turm die

Tempelspitze der Geschäftsreligion, eines Glaubens voller Leidenschaft und Erhabenheit, weit über den Durchschnitt gewöhnlicher Menschen; und während er zum Frühstück hinunterstapfte, pfiff er den Gassenhauer: *«Oh, by gee, by gosh, by jingo»*, als ob es ein melancholisches und erhabenes Kirchenlied wäre.

Zweites Kapitel

I

Befreit von Babbitts eintönigem Brummen und dem sanften Knurren, durch welches seine Frau Mitgefühl ausdrückte, das sie zu erfahren war zu fühlen und viel zu erfahren, nicht auszudrücken, wurde das Schlafzimmer unpersönlich.

Es ging auf die Schlafterrasse und diente ihnen beiden als Ankleideraum. In sehr kalten Nächten verzichtete Babbitt wollüstig auf die Pflicht, männlich zu sein, und legte sich drinnen zu Bett, wärmte seine Zehen und schlug den Januarstürmen ein Schnippchen.

Das Zimmer war in unaufdringlichen, angenehmen Farbtönen gehalten, nach einem der besten Entwürfe des Dekorationsmalers, der für die meisten auf Spekulation bauenden Architekten Zeniths «Interieurs» ausführte. Die Wände waren grau, die Türen und Fenster weiß, der Teppich ein heiteres Blau; und die Möbel sahen wirklich Mahagoni täuschend ähnlich – die Kommode mit dem großen, klaren Spiegel, Mrs. Babbitts Toilettentisch mit den vielen, beinahe schwer silbernen Gegenständen, die zwei glatten Betten, zwischen denen ein Tischchen stand mit einer mustergültigen elektrischen Nachttischlampe, einem Wasserglas und einem mustergültigen, farbig illustrierten Nachttischbuch – was für ein Buch es war, läßt sich nicht feststellen, da es niemals geöffnet worden war. Die Matratzen waren fest, ohne hart zu sein, wahre

Triumphe der modernen Matratzenkunst, und hatten schweres Geld gekostet; der Warmwasserheizkörper hatte genau die wissenschaftlich vorgeschriebene Größe für den Kubikinhalt des Zimmers. Die Fenster waren groß und leicht zu öffnen, hatten die besten Schließen und Schnüre und garantiert dauerhafte, leinene Rolladen. Es war ein Meisterstück von einem Schlafzimmer und kam geradewegs aus *Heitere moderne Häuser für mittlere Einkommen*. Aber mit den Babbitts hatte es nichts gemein und auch mit niemand anderem. Kein Zeichen wies darauf hin, daß hier Menschen gelebt und geliebt, um Mitternacht Sensationsromane gelesen, am Sonntagmorgen in herrlicher Trägheit gefaulenzt hatten. Es erweckte den Eindruck eines ausgezeichneten Zimmers in einem ausgezeichneten Hotel. Man erwartete, daß das Zimmermädchen hereinkommen würde und es für Menschen herrichten, die nur eine Nacht blieben und wieder gingen, ohne zurückzublicken, ohne jemals wieder daran zu denken.

Jedes zweite Haus auf Blumenhöhe hatte genau das gleiche Schlafzimmer.

Das Haus der Babbitts war fünf Jahre alt. Das Ganze war ebenso strahlend neu und zufriedenstellend wie das Schlafzimmer. Es war mit dem besten Geschmack ausgestattet und mit den besten und billigsten Teppichen, hatte eine einfache und gesunde Architektur und alle modernen Bequemlichkeiten. Überall waren die Kerzen und unordentlichen Kaminfeuer durch Elektrizität verdrängt. An der Holzverkleidung der Schlafzimmerwände waren drei Steckkontakte für elektrische Lampen mit kleinen Messingverschlüssen. In der Halle waren Steckkontakte für den Staubsauger und in den Wohnzimmern Steckkontakte für Klavierlampe und elektrischen Ventilator. Das nette Speisezimmer (mit dem herrlichen Eichenbüfett, dem Wandschrank mit bleigefaßten Scheiben, den blaßgelben Gipswänden und dem unaufdringlichen Stilleben, das einen sterbenden Lachs auf einem Austernhaufen darstellte) hatte

Steckkontakte für die elektrische Kaffeemaschine und den elektrischen Brotröster.

Nur eines war in dem Babbittschen Haus nicht in Ordnung: es war kein Heim.

2

HÄUFIG KAM BABBITT HÜPFEND UND SCHERZEND zum Frühstück herein. Aber heute schien alles rätselhaft schiefzugehen. Während er feierlich die Halle durchschritt, blickte er in Veronikas Schlafzimmer und erklärte: «Wozu gibt man seiner Familie ein vornehmes Haus, wenn sie kein Verständnis dafür hat, im Leben untüchtig ist und sich ums Geschäft nicht kümmert.»

Er sah sie alle vor sich: Veronika, ein schwerfälliges, zweiundzwanzigjähriges Mädchen mit braunen Haaren, die gerade die Universität von Bryn Mawr verlassen hatte, sich über Pflicht, Geschlecht und Gott Sorgen machte und bekümmert war über den unrettbar schlechten Sitz des grauen Sportkleids, das sie anhatte. Ted – Theodore Roosevelt Babbitt –, ein schmucker Junge von siebzehn. Tinka – Katharina –, die mit zehn Jahren noch ein Baby war, mit leuchtend rotem Haar und einer zarten Haut, die auf zuviel Näschereien und Eiscreme schließen ließ. Babbitt stampfte herein, ohne seine unbestimmte Gereiztheit merken zu lassen. Eigentlich war es ihm widerwärtig, den Familientyrannen zu spielen, und sein ständiges Nörgeln hatte gar keine Bedeutung. Er schrie Tinka an: «Wie geht's, Katerchen?» Es war der einzige Kosename, den sein Wortschatz enthielt, außer «Liebe» und «Wohlgeb.», mit denen er seine Frau zu bezeichnen pflegte, und er warf ihn Tinka jeden Morgen an den Kopf.

Er würgte eine Tasse Kaffee hinunter und hoffte damit seinen Magen und seine Seele zu beruhigen. Tatsächlich hatte er nicht mehr die Empfindung, als ob sein Magen nicht zu ihm gehörte, aber Veronika begann gewissenhaft und lästig zu werden, und plötzlich fühlte Babbitt wiederum dieselben Zweifel an seinem Leben, seiner Familie, seinem Geschäft, die an ihm gezehrt hatten, als sein holder Traum und die zierliche Elfe ihn verlassen hatten.

Veronika war sechs Monate Beamtin in der Buchhaltung der Gruensbergschen Lederaktiengesellschaft gewesen und hatte Aussicht gehabt, Sekretärin von Mr. Gruensberg zu werden; auf diese Weise hätte sie, nach Babbitts Auffassung wenigstens, etwas Nützliches von den teuren Universitätsjahren gehabt, bis sie zum Heiraten und zum gesetzten Leben Lust bekam.

Aber nun sagte Veronika: «Vater, ich habe mit einer Kollegin gesprochen, die in einer Wohlfahrtsvereinigung arbeitet – o Vater, die goldigsten kleinen Babies kommen dort zur Milchstation! –, und ich fühle, daß es meine Pflicht wäre, etwas zu unternehmen, was wirklich der Mühe wert ist.»

«Was verstehst du unter ‹der Mühe wert›? Wenn du Gruensbergs Sekretärin wärst – und vielleicht würdest du's, wenn du deine Stenographie üben wolltest, statt jeden Abend zu Konzerten und zu Quasseleien zu schleichen –, würdest du 35 oder 40 Dollar die Woche schon der Mühe wert finden!»

«Ich weiß, aber – ach, ich möchte – beitragen – Am liebsten möchte ich in einem Versorgungsheim arbeiten. Ob mich wohl eines der Kaufhäuser eine Wohlfahrtsabteilung einrichten ließe, mit einem hübschen Erholungsraum mit buntem Kattun und Strohlehnstühlen und was so noch alles dazu gehört? Oder ich könnte –»

«Jetzt paß mal gut auf! Das erste, was du richtig verstehen mußt, ist, daß all dieses Gleichstellen und dieser Versorgungs- und Erholungsquatsch in Gottes weiter Welt nichts anderes tut, als dem Sozialismus Tür und Tor zu öffnen. Je eher ein Mann begreift, daß er nicht verhätschelt und umsonst gefüttert werden wird und, na, alle diese Freischulen und Quatsch und Zeugs für seine Gören kriegt, wenn er sie sich nicht verdient, na, desto eher wird er sich an die Arbeit machen und schaffen – produzieren, produzieren! Das ist's, was der Staat braucht, und nicht all das phantastische Zeug, das nur die Energie der arbeitenden Klasse schwächt und ihren Kindern eine Menge überflüssiger Ideen eingibt. Und du – wenn du dich nur um deinen Beruf kümmern würdest, statt aus Dummheiten so viel Wesens zu machen – Das nimmt kein Ende! Als ich jung war, faßte ich einen Entschluß, was ich tun wollte, und dann blieb ich auch dabei durch dick und dünn, und so hab ich's zu etwas gebracht. Myra, warum läßt du das Mädchen das geröstete Brot in so winzig kleine Stückchen schneiden? Kann man ja gar nicht anpacken. Und kalt sind sie auch!»

Ted Babbitt, Schüler des großen East Side College, suchte die ganze Zeit durch lautes und heftiges Schlucksen zu unterbrechen. Jetzt platzte er heraus: «Hör mal, Roni, wirst du –»

Veronika fuhr herum. «Ted, du wirst die Güte haben, uns nicht zu unterbrechen, wenn wir von ernsten Dingen reden!»

«Ach, Mumpitz», sagte Ted gelassen. «Seit dich jemand irrtümlicherweise aus der Universität rausgelassen hat, du Salmiakgeist, du, führst du immer so hochschnauzige Gespräche über das Vielleicht und Undsoweiter. Wirst du – ich möchte das Auto schon heute abend haben.»

Babbitt schnaubte. «So, möchtest du? Werde es wahrscheinlich selber brauchen.» Veronika erhob ihrerseits Einspruch. «Ja, du möchtest wohl, Schlaukopf! Aber ich werde damit fahren!» Tinka jammerte: «Ach, Papa, du hast gesagt, du würdest uns vielleicht nach Rosedale mitnehmen!»

Und Mrs. Babbitt: «Gib acht, Tinka, dein Ärmel ist in der Butter!» Alle blickten sich wütend an, und Veronika fauchte: «Ted, du benimmst dich ganz gemein wegen des Autos!»

«Du natürlich nicht! Überhaupt nicht!» Teds Sanftmut konnte einen zur Raserei treiben. «Du willst das Auto nur gleich nach Tisch festkriegen und es dann den ganzen Abend vor dem Haus eines Mädchens stehen lassen, während ihr oben sitzt und über Literatur und Schöngeister quasselt, die ihr mal heiraten werdet – wenn sie euch nur darum bitten!»

«Dich aber sollte Vater *niemals* das Auto haben lassen! Du und diese niederträchtigen Jones-Jungen, ihr fahrt ja wie verrückt. Hat man schon jemals gehört, die Biegung am Chautauqua Place mit 40 Kilometer Geschwindigkeit zu nehmen!»

«Na-a, wer hat dir denn das gesteckt? Du hast ja so 'ne Heidenangst vor der Maschine, daß du die Handbremse einschaltest, um bergauf zu fahren!»

«Das tu ich nicht! Und du – nimmst immer den Mund voll, was du alles über Motoren weißt, und Eunice Littlefield hat mir erzählt, du hättest gesagt, die elektrische Batterie speise den Generator.»

«Du aber, mein bestes Kind, kannst einen Generator nicht von einem Differentialgetriebe unterscheiden.»

Ted hatte allen Grund, überheblich zu sein, er war ein geborener Mechaniker, der immer an Maschinen herumbastelte und schaffte. Er stammelte Maschinenpläne, bis sich die Maschinenpläne verwirklichten.

«Jetzt ist's genug!» warf Babbitt automatisch dazwischen, während er die herrlich befriedigende erste Zigarre des Tags anrauchte und den Leitartikel der *Advocate Times* wie belebendes Gift in sich sog.

Ted verhandelte: «Auf Ehrenwort, Roni, ich möcht ja die alte Karre gar nicht haben, aber ich habe ein paar Mädchen in meiner Klasse versprochen, sie zu einer Chorgesangsprobe zu fahren, und siehst du, ich kann ja nichts dafür, aber ein Gentleman muß doch seinen gesellschaftlichen Verpflichtungen nachkommen.»

«Das ist aber stark! Du und gesellschaftliche Verpflichtungen in der Schule!»

«Ja, aber wir sind auch exklusiv, seitdem wir uns mit dem Hühnerhof, den höheren Mädchen, vereinigt haben! Laß dir's nur gesagt sein, daß es keine zweite Privatschule im

Staat gibt, die eine so noble Kundschaft hat wie wir dieses Jahr in Gamma Digamma. Sind zwei Jungen dabei, die Millionärsväter haben. Eigentlich sollt ich ja ein eigenes Auto haben, so wie eine Menge Jungens bei uns.»

Babbitt hüpfte fast aus dem Sessel. «Du, ein eigenes Auto! Willst du nicht eine Segelyacht und ein Haus und so was haben? Das setzt ja dem Ganzen die Krone auf! Ein Junge, der seine lateinischen Examina nicht mit den anderen machen kann, wie er es sollte, und erwartet, daß ich ihm ein Automobil kaufe, und wahrscheinlich auch einen Chauffeur und vielleicht noch ein Luftschiff, alles als Belohnung für die schwere Arbeit, die er leistet, wenn er mit Eunice Littlefield in die Kinos läuft! Nun, mein Lieber, bevor du mich dabei erwischst –»

Etwas später gelang es Ted auf diplomatischen Umwegen, Veronika zu dem Eingeständnis zu bringen, daß sie am Abend ins Armory Theater zur Hunde- und Katzenvorstellung gehen wollte. Sie sollte also, auf Teds Vorschlag, das Auto vor der Konditorei gegenüber dem Theater abstellen, wo er es holen würde. Nun folgten komplizierte Verabredungen betreffs des Hausschlüssels und des Füllens des Benzinbehälters, und dann sangen sie, als begeisterte Anhänger des großen Motorgottes, Lobeshymnen selbst auf den ausgebesserten Fleck des Reserveschlauchs und auf den verlorenen Kurbelgriff.

Der Waffenstillstand war kaum zu Ende, als Ted bemerkte, daß ihre Freundinnen zum Totlachen wären – lauter hochnäsige, schnatternde Gänse. Hingegen waren seine Kollegen, «ekelhafte, eingebildete Gecken und gräßliche kleine, quietschende, ungebildete Mädchen», wie sie ihm sofort auseinandersetzte, um gleich fortzufahren: «Es ist abscheulich, daß du Zigaretten rauchst!» usw., usw., und: «Der Anzug, den du heute trägst, ist direkt lächerlich, aufrichtig gesagt, es wird einem übel, wenn man dich ansieht.»

Ted ging wippend zu dem niedrigen, schrägen Spiegel über dem Büfett hinüber, betrachtete seine Reize und grinste selbstbewußt. Sein Anzug, das Neueste in alten Kleidern, war knapp anliegend, mit enger Hose, die nur bis zum Schaft der sehr gelben Stiefel reichte, einer theatralischen Taillenlinie, hatte ein unruhig kariertes Muster, mit einem Gürtel, der nichts umgürtete, im Rücken. Seine Krawatte war ein ungeheurer schwarzseidener Knoten. Sein flachsblondes Haar war glatt und glänzend, ohne jede Abteilung zurückgestrichen. Wenn er zur Schule ging, setzte er noch eine Mütze mit langem, schaufelförmigem Schild auf. Am strahlendsten aber war seine Weste, für die er gespart, gebettelt und Ränke geschmiedet hatte; eine echte Phantasieweste, rehbraun, mit zahlreichen kränklich-roten Tupfen, die erstaunlich in die Länge gezogen waren. Am unteren Rand war ein Abzeichen der Universität, ein Abzeichen seiner Klasse und eine Verbrüderungsnadel befestigt.

Und das alles machte nichts. Er war elastisch und flink und jugendheiß, seine Augen (die er für zynisch hielt) waren voll ehrlichen Eifers. Aber er war nicht überhöflich. Er winkte der armen, schwerfälligen Veronika mit der Hand und sagte gedehnt: «Jawohl, sind wir lächerlich, lachhaft und lächerbar, und unsere neue Krawatte scheint uns fabelhaft gelungen zu sein.»

«Findest du?» fuhr ihn Babbitt an. «Aber während du dich bewunderst, möchte ich dir nur nahelegen, daß es deine männliche Schönheit heben würde, wenn du dir das Eigelb aus den Mundwinkeln wischen würdest.»

Veronika kicherte, sie war in diesem Augenblick Siegerin in dem größten der großen Kriege, im Familienkrieg. Ted blickte sie hoffnungslos an und schrie dann Tinka zu: «Gieß doch, in drei Kuckucks Namen, nicht den ganzen Zucker über deine Haferflocken!»

Als Veronika und Ted fort waren und Tinka in ihrem Zimmer, sagte Babbitt seufzend zu seiner Frau: «Nette Familie, das muß ich schon sagen! Ich behaupte ja nicht, ein sanftes Lamm zu sein, und manchmal bin ich vielleicht ein bißchen widerborstig beim Frühstück, aber dieses Rumnörgeln und

Quängeln ist nicht zum Aushalten. Auf mein Ehrenwort, ich hab das Gefühl, als müßt ich irgendwohin, wo Ruhe herrscht. Ich glaube, wenn ein Mensch sein ganzes Leben damit verbracht hat, seinen Kindern nach Möglichkeit eine gute Erziehung angedeihen zu lassen, ist es wirklich entmutigend, zu sehen, wie sie sich fortwährend wie Hyänen raufen und niemals – und niemals – merkwürdig; hier in der Zeitung steht – niemals einen Augenblick –, hast du heute schon die Zeitung gelesen?»

«Nein, Schatz.» In dreiundzwanzigjähriger Ehe hatte Mrs. Babbitt im ganzen siebenundsechzigmal die Zeitung vor ihrem Mann gelesen.

«Menge Neuigkeiten. Ungeheurer Tornado im Süden. Wirklich schweres Unglück. Aber das, siehst du, das ist fabelhaft! Der Anfang vom Ende für die Kerls! Der Stadtrat von New York hat ein paar Gesetze angenommen, die die Sozialisten ganz vogelfrei machen. Und dann ist ein Streik der Liftangestellten in New York, und eine Menge High School-Schüler sind für sie eingesprungen. Aus denen werden tüchtige Männer! Und eine Massenversammlung in Birmingham hat verlangt, daß dieser irische Agitator, dieser neue de Valera, deportiert wird. Ganz recht, zum Kuckuck! Alle diese Aufwiegler sind jedenfalls mit deutschem Gold bezahlt. Und wir brauchen uns wahrhaftig weder bei den Iren noch bei irgendeiner fremden Regierung einzumischen. Immer Hände weg. Und hier ist wieder ein sehr authentisches Gerücht über Rußland, daß Lenin tot ist. Das ist ausgezeichnet. Es geht über meinen Horizont, warum wir dort nicht sofort eingreifen und diese Schufte von Bolschewiken einfach rausschmeißen.»

«Ganz richtig», sagte Mrs. Babbitt.

«Und hier steht, daß ein Kerl im wasserdichten Arbeitskittel zum Bürgermeister erwählt worden ist, und noch dazu ein Prediger. Wie findest du das?»

«Nein, so was!»

Er suchte nach einer Pose, konnte sich aber weder als Republikaner noch als Presbyterianer, noch als Elch, noch als

Realitätenagent irgendeine Meinung über Prediger-Bürgermeister bilden, grunzte also nur und las weiter. Sie schien sehr interessiert und hörte nicht ein Wort von allem. Später würde sie die Titel lesen, die Nachrichten aus der Gesellschaft und die Annoncen der Warenhäuser.

«Nun, und was sagst du dazu! Charley McKelvey, der die Gesellschaft noch immer verblüfft! Hör nur, was diese überschwengliche Reporterdame vom gestrigen Abend schreibt:

‹Niemals fühlt sich die Gesellschaft mit dem großen, großen G mehr geschmeichelt, als wenn sie in das vornehme und gastfreundliche Heim von Mr. und Mrs. Charles L. McKelvey zum festlichen Mahl geladen wird, so wie das gestern abend geschah. Mitten in weiten Wiesen und herrlicher Landschaft gelegen, ist das Haus eine der Sehenswürdigkeiten von Royal Ridge, und trotz der mächtigen Steinmauern ist es ein liebliches, freundliches Heim. Die herrlichen Räume, deren Einrichtung mit Recht berühmt ist, öffneten sich gestern abend zu einem Ball, der zu Ehren von Mrs. McKelveys vornehmem Gast, Miss J. Sneeth aus Washington, gegeben wurde. Die große Halle ist mit solcher Raumverschwendung erbaut, daß sie ein idealer Tanzsaal ist, und das Parkett spiegelte den entzückenden Festzug auf seiner glänzend polierten Fläche. Selbst die Freuden des Tanzes verblaßten vor den verlockenden Möglichkeiten zu trauten Tête-à-têtes, zu denen der fürstliche Kamin der langen Bibliothek Gelegenheit bot, oder die tiefen, molligen Lehnstühle des Salons, der mit seinem verdeckten Licht zu reizendem Flüstern à deux, zu süßen Heimlichkeiten lud. Dann war da noch das Billardzimmer, wo man ein Queue ergreifen und Heldentaten vollbringen konnte, bei denen weder Cupido noch Terpsichore Gevatter gestanden hatten.›»

Mehr, viel mehr folgte noch im vornehmen großstädtischen Zeitungsstil der Miss Elnora Pearl Bates, der beliebten Modeschriftstellerin der *Advocate Times.* Aber Babbitt konnte das nicht vertragen. Er grunzte. Er zerknitterte die Zeitung. Er protestierte: «Das ist unerhört! Ich gebe gerne alle guten Eigenschaften Charley McKelveys zu. Als wir zusammen in der Schule waren, ging's ihm finanziell genauso schlecht wie irgendeinem von uns, und er hat eine runde Million als Unternehmer gemacht, ohne weniger ehrlich gewesen zu sein und ohne mehr Stadtväter gekauft zu haben als nötig. Und sein Haus ist ein gutes Haus – obwohl es keine ‹mächtigen Steinmauern› hat und die 90000 Dollar nicht wert ist, auf die es ihn zu stehen kommt. Aber wenn man anfängt, von Charley McKelvey und seinen Schnapskumpanen so zu sprechen, als ob sie ein verdammter Haufen von – von – von Vanderbilts wären, macht mich das einfach lachen.»

Mrs. Babbitt meldete sich schüchtern: «Ich möchte trotzdem gern das Haus einmal von innen sehen. Es muß wundervoll sein. Ich war nie dort.»

«Na, ich war schon dort. War schon gut ein paarmal dort. Um Charles in Geschäften zu sprechen, an Abenden. Es ist nicht so weit her. Ich möchte gar nicht zum Dinner hingehen mit dieser aufgeblasenen Herde. Und ich wette, daß ich mehr Geld mache als einige von den Hohlköpfen, die alles, was sie haben, für einen Frack hergeben und kein ordentliches Stück Wäsche am Leib haben. Ha! Was sagst du dazu?»

Mrs. Babbitt blieb seltsamerweise ganz unberührt von den Mitteilungen in der Inseratenspalte der *Advocate Times* für Haus-, Grund- und Realitätenagenten:

> Ashtabula Street, 496 – J. K. Dawson an Thomas Mullaly, d. 17. April, 15–7 X 112–2, Hypothek Dollar 4000. Nom.

An diesem Morgen war Babbitt zu erregt, um sie mit Einzelheiten über Hypotheken, Urkunden, Pfandrechte und Vertragsabschlüsse zu unterhalten. Er erhob sich. Er blickte sie an, und seine Augenbrauen schienen struppiger als sonst. Plötzlich:

«Ja, vielleicht – eigentlich schade, mit Leuten wie die McKelveys nicht in Verbindung zu bleiben. Wir könnten ja versuchen, sie an einem Abend zum Speisen einzuladen. Ach, zum Donnerwetter, wozu unsere schöne Zeit mit ihnen vergeuden! Unser kleiner Kreis ist viel fideler als diese Plutokraten! Man braucht ja nur einen richtigen Menschen, wie dich, mit diesem kleinen, neurasthenischen Vogel, mit Lucile McKelvey, zu vergleichen – lauter hochtrabende Reden und angezogen wie ein Paradepferd. Du bist eine dralle alte Deern, Schatz!»

Er suchte gleich diese weichherzige Aufwallung mit einer unzufriedenen Klage zu vertuschen: «Hör mal, laß Tinka nicht mehr dieses schädliche Nougatzeug essen, das ist für sie Gift. Gib um Himmels willen auf ihre Verdauung acht, daß sie sich nicht zugrunde richtet. Die meisten Leute, sag ich dir, können nicht begreifen, wie wichtig eine gute Verdauung und ein regelmäßiges Leben sind. Werde wahrscheinlich wie gewöhnlich wieder da sein.»

Er küßte sie – das heißt, er küßte sie nicht richtig, sondern berührte mit unbeweglichen Lippen ihre unempfindliche Wange. Während er zur Garage hinauseilte, murmelte er: «Gott, was für eine Familie! Und jetzt wird Myra mir mit Vorwürfen kommen, weil wir nicht im großen Millionärsstil leben. Herrgott, manchmal möcht ich alles stehen und liegen lassen und auf und davon! Und all die Details und Sorgen im Geschäft genauso eklig. Und ich mach Dummheiten – ich will ja gar nicht, aber ich bin – so verdammt müde!»

Drittes Kapitel

I

Für George F. Babbitt bedeutete sein Auto – genau wie für die meisten wohlhabenden Bürger Zeniths – Poesie und Drama, Liebe und Heldentum. Das Kontor war ein Piratenschiff, aber das Auto war die gefahrvolle Expedition nach unerforschten Küsten.

Zwischen den ungeheuren Krisen, die jeder Tag brachte, war keine dramatischer als das Angehen der Maschine. An kalten Morgen ging das langsam; erst kam das lange, ängstliche Geschwirr des Motors; manchmal mußte er in die Ventile des Zylinders Äther tropfen, was so interessant war, daß er beim Frühstück über jeden Tropfen Bericht erstatten und gleichzeitig laut berechnen mußte, wie teuer ihn der einzelne Tropfen zu stehen kam.

An diesem Morgen hatte er ein dunkles Vorgefühl, daß irgend etwas nicht klappen würde, und er fühlte sich betrogen, als das Gemisch glatt und kräftig explodierte und der Wagen den Türpfosten, der vom vielen Anfahren verkratzt und versplittert war, nicht einmal streifte, während er rückwärts aus der Garage herausfuhr. Er war verwirrt. Er rief Sam Doppelbrau viel herzlicher, als er beabsichtigt hatte, «Morgen!» zu.

Babbitts grüne und weiße, in holländisch-kolonialem Stil gehaltene Villa gehörte zu einer Gruppe von drei Häusern des einen Blocks von Catham Road. Links davon war der Wohnsitz von Mr. Samuel Doppelbrau, Sekretär einer ausgezeichneten Firma für Badezimmereinrichtungen. Sein bequemes Haus hatte keinerlei architektonischen Stil; es war ein großer Holzkasten mit plattgedrücktem Turm, breiter Veranda und leuchtender eigelber Farbe. Babbitt mißbilligte Mr. und Mrs. Doppelbrau, die er als «Bohemiens» bezeichnete. Mitternächtliche Musik und unzüchtiges Gelächter kam aus ihrem Haus; in der Nachbarschaft munkelte man von geschmuggeltem Whiskey und rasenden Autotouren. Sie boten Babbitt Gelegenheit, sie an vielen Abenden zu erörtern, wobei er immer energisch erklärte: «Ich bin nicht puritanisch und habe gar nichts dagegen, wenn ein Mensch mal zwischendurch etwas trinkt, aber wenn ich an den Skandal und an die offensichtliche Schamlosigkeit denke, mit der die Doppelbraus ihre Ausflüge betreiben, so geht mir das über den grünen Klee!»

Auf der anderen Seite von Babbitt wohnte Howard Littlefield, Dr. phil., in einem streng modernen Haus, dessen unterer Teil mit dunkelroten Ziegeln verkleidet war; es hatte einen Erker mit bleigefaßten Fenstern, der obere Teil des Hauses war mit hellem Stuck wie mit Kalkspritzern verziert und das Dach war mit roten Ziegeln gedeckt. Littlefield war der *große Gelehrte* der Nachbarschaft und eine Autorität auf allen Gebieten, außer Babies, Kochkunst und Automobilen. Er war Kunsthistoriker an Blodgett College und Doktor der Volkswirtschaftslehre in Yale. Er war Personalchef und Reklamevorstand der Straßenbahngesellschaft Zenith. Nach zehnstündiger Vorbereitung konnte er vor dem Ausschuß des Stadtrats oder vor der gesetzgebenden Körperschaft des Staates erscheinen und mit langen Zahlenreihen und Präzedenzfällen aus Polen und aus Neuseeland unwiderleglich beweisen, daß die Straßenbahngesellschaft das Publikum aufrichtig liebe und ihre Angestellten zärtlich betreue; daß ihre Aktien durchweg im Besitz von Witwen und Waisen wären und daß alles, was besagte Gesellschaft durchzuführen wünsche, den Kapitalisten zugute kommen würde, indem es den inneren Wert des Grundbesitzes erhöhe und für die Armen nützlich sei, weil es die Steuern vermindere. Alle seine Bekannten wandten sich an ihn, wenn sie das Datum der Schlacht bei Zaragoza, die genaue Bedeutung des Wortes «Sabotage», die Zukunft der deutschen Mark, die Übersetzung von *«Hinc illae lacrimae»* oder die Anzahl der Teerprodukte wissen wollten. Babbitt wurde von ehrfurchtsvoller Scheu ergriffen, wenn Littlefield zugab, daß er häufig bis Mitternacht aufbliebe und die Ziffern und Anmerkungen der Parlamentsberichte studiere oder die neuesten Erscheinungen auf dem Gebiete der Chemie, der Archäologie oder der Ichthyologie durchflöge (mit ironischem Vergnügen über die Irrtümer der Verfasser).

Aber Littlefields größter Wert lag in dem geistigen Vorbild, das er bot. Trotz seiner erstaunlichen Gelehrsamkeit war er ein ebenso strenger Presbyterianer und ein ebenso überzeugter Republikaner wie George F. Babbitt. Er bekräftigte die Geschäftsleute in ihrem Glauben. Fühlten sie nur leidenschaftlich und instinktiv, daß ihr geschäftliches und privates Tun und Lassen tadellos war, so bewies es ihnen Dr. Howard Littlefield aus der Geschichte, aus der Volkswirtschaftskunde und aus den Bekenntnissen von Neuradikalen.

Babbitt war aufrichtig stolz auf die Nachbarschaft eines solchen Gelehrten und auf Teds Intimität mit Eunice Littlefield. Mit ihren sechzehn Jahren hatte Eunice nur für jene Statistik Interesse, die sich auf Alter und Gehalt der Kinogrößen bezog, aber – wie Babbitt zu sagen pflegte – «sie war doch die Tochter ihres Vaters».

Der Unterschied zwischen einem leichtfertigen Mann, wie Sam Doppelbrau, und einem wahrhaft wertvollen Charakter, wie Littlefield, machte sich schon äußerlich bemerkbar. Doppelbrau war für seine 48 Jahre beunruhigend jung. Sein harter schwarzer Hut war auf dem Kopf zurückgeschoben, und sein rotes Gesicht war in sinnlose Lachfalten gelegt. Aber Littlefield war alt für einen Mann von 42 Jahren. Er war hoch, breit und schwer; seine goldgeränderte Brille war in die langen Falten seines Gesichts eingebettet;

sein Haar war eine wirre, fettige schwarze Masse; er schnaufte und polterte während des Sprechens; sein Phi Beta Kappa-Schlüssel glitzerte auf der fleckigen schwarzen Weste; er roch nach alten Pfeifen; er war feierlich wie ein Begräbnis und würdig wie ein Erzbischof; er verlieh der Realitätenagentur und der Badezimmereinrichtungsfirma einen Beigeschmack von Frömmigkeit.

An diesem Morgen stand er vor seinem Haus und inspizierte das Gras zwischen dem Randstein und dem breiten Zementpflaster. Babbitt hielt sein Auto an und schrie, sich hinauslehnend: «Morgen!» Littlefield kam schwerfällig heran und stellte einen Fuß auf das Trittbrett.

«Schöner Morgen», sagte Babbitt und zündete sich – ungebührlich zeitig – seine zweite Zigarre an.

«Ja, es ist ein prachtvoller Morgen», sagte Littlefield.

«Der Frühling kommt jetzt rasch.»

«Ja, es ist wirklich schon ganz Frühling», sagte Littlefield.

«Aber die Nächte sind trotzdem noch kalt. Ich mußte mich gestern abend auf der Veranda mit zwei Decken zudecken.»

«Ja, es war gestern abend gar nicht so warm», sagte Littlefield.

«Aber ich nehme an, daß wir jetzt kein kaltes Wetter mehr kriegen.»

«Nein, aber immerhin war in Tiflis in Montana gestern Schnee», sagte der Gelehrte, «und erinnern Sie sich an den Schneesturm, der vor drei Tagen im Westen wütete, 30 Zoll Schnee in Greeley in Colorado – und vor zwei Jahren hatten wir eine Schneebö hier in Zenith am 25. April.»

«Ja, wahrhaftig! Sagen Sie, mein Lieber, wie denken Sie über den republikanischen Kandidaten? Wen wird man zum Präsidenten wählen? Glauben Sie nicht, es wäre an der Zeit, daß wir endlich mal eine tüchtige Verwaltung bekämen?»

«Nach meiner Auffassung braucht das Land in allererster Reihe eine tüchtige, solide, geschäftsmäßige Regierung. Was wir brauchen, ist – eine kaufmännische Gebarung», sagte Littlefield.

«Ich freue mich, Sie das sagen zu hören! Ich bin wirklich froh, wenn ich das von Ihnen höre! Ich war mir nicht klar, wie Sie, bei allen Ihren Verbindungen mit Universitäten und so weiter, sich zur Sache stellen würden, und bin sehr froh, daß Sie ebenso urteilen. Was unser Land braucht – gerade bei der heutigen Konjunktur – ist weder ein Universitätsprofessor noch ein Herumpfuschen in den auswärtigen Angelegenheiten, sondern eine tüchtige, gesunde, wirtschaftlich-kaufmännische Administration, die es ermöglichen wird, daß ein ordentlicher Umschwung eintritt.»

«Ja. Es ist noch nicht allgemein bekannt, daß selbst in China die Buchgelehrten vor den praktischen Männern weichen müssen, und Sie verstehen natürlich, worauf man daraus schließen kann.»

«Nein, wirklich! Unglaublich!» schnaufte Babbitt, der die Geschehnisse der Welt jetzt viel beruhigter und glücklicher ansah. «Na, es war sehr angenehm, einen Augenblick mit Ihnen über alles zu sprechen. Muß aber jetzt ins Kontor hinunter und ein paar Klienten schinden. Leben Sie wohl, alter Freund. Wir sehen uns heute abend. Leben Sie wohl!»

2

Sie hatten gut geschafft, diese tüchtigen Bürger! Vor zwanzig Jahren war der Hügel, auf dem Blumenhöhe mit seinen bunten Dächern, seinem tadellosen Rasen und seiner erstaunlichen Bequemlichkeit erstanden war, eine Wildnis von üppigen, buschigen Ulmen, Eichen und Ahornbäumen gewesen. In den schnurgeraden Straßen gab es noch immer einige strauchbewachsene leere Bauplätze und das

Bruchstück eines alten Obstgartens. Dieser war heute prächtig; junge Blätter leuchteten auf den Zweigen des Apfelbaums wie feuriggrüne Fackeln. Die ersten weißen Kirschblüten flatterten am Bachrand und die Rotkehlchen sangen lärmend.

Babbitt schnupperte den Erdgeruch ein und lachte still für sich über die aufgeregten Rotkehlchen, so wie er über spielende Kätzchen oder ein komisches Kino gelacht hätte. Er war äußerlich ein tadelloser, ins Kontor eilender Verwaltungsbeamter – ein wohlgenährter Mann in gutsitzendem, weichem braunem Hut und ungefaßter Brille, der, eine große Zigarre im Mund, sein gutes Auto durch die vorstädtischen Parkanlagen lenkte. Aber es steckte in ihm ein wahres Genie, seine Nachbarschaft, seine Stadt, seine Clique aufrichtig zu lieben. Der Winter war vorüber; die Zeit des Bauens, des sichtbaren Wachstums, das ihm Glück und Wonne bedeutete, war gekommen. Die Niedergeschlagenheit des frühen Morgens verließ ihn; als er in der Smith Street anhielt, um die braune Hose abzugeben und den Benzinbehälter füllen zu lassen, war sein Gesicht freundlich und gerötet. Die Vertrautheit des Ritus gab ihm seine Festigkeit wieder: der Anblick der hohen roten, eisernen Benzinpumpe, die terrakottafarbene Hohlziegelgarage, das Schaufenster voll der angenehmsten Zubehörteile – glitzernde Behälter, Zündkerzen mit blendendweißen Porzellanfassungen, vergoldete und versilberte Schneeketten. Der freundliche Eifer, ihn zu bedienen, mit dem Sylvester Moon, schmutzigster und geschicktester aller Automechaniker, herauskam, schmeichelte ihm. «Morgen, Mr. Babbitt!» sagte Moon, und Babbitt fühlte sich als bedeutender Mann – jemand, dessen Namen selbst vielbeschäftigte Garagenleute behielten –, keiner von den Sportjünglingen, die in Zwei-Cent-Autos herumschossen. Er bewunderte die scharfsinnige Konstruktion des automatischen Zifferblatts, das Gallone nach Gallone abtickte; bewunderte dann die flotte Reklame: «Eine volle Kanne kennt keine Panne! – Benzin heute 31 Cents»; bewunderte schließlich den rhythmischen Laut, mit dem das Benzin in den Behälter gurgelte, und die mechanische Bewegung, mit der Moon die Kurbel drehte.

«Wieviel füllen wir denn heute ab?» fragte Moon in einem Ton, der die Unabhängigkeit des großen Spezialisten mit der Freundlichkeit des vertrauten Schwätzers und dem Respekt für George F. Babbitt, den einflußreichen Mann der Gemeinde, in sich vereinigte.

«Füllen Sie nur voll.»

«Was sagen Sie, Mr. Babbitt, was für 'nen republikanischen Kandidaten wir wohl kriegen?»

«Es ist noch zu früh, um etwas vorhersagen zu können. Schließlich liegt noch ein guter Monat und zwei Wochen – nein, drei Wochen –, es müssen wohl noch drei Wochen sein – jedenfalls sind es noch volle sechs Wochen im ganzen zwischen uns und dem republikanischen Konvent, und ich meine, man soll seine fünf Sinne offenhalten und alle Kandidaten im Geiste Revue passieren lassen, man soll sie gründlich kennenlernen und miteinander vergleichen und dann erst vorsichtig wählen.»

«Da haben Sie mal recht, Mr. Babbitt.»

«Aber ich werde Ihnen was sagen – und ich vertrete heute noch genau denselben Standpunkt wie vor vier Jahren und vor acht Jahren, und es wird mein Standpunkt sein nach wiederum vier Jahren, ja, und auch noch in acht Jahren. Was ich jedem einzelnen sage und was gar nicht oft genug betont werden kann, ist, daß wir vor allem und zu allen Zeiten eine tüchtige, solide, geschäftsmäßige Regierung brauchen.»

«Ganz richtig, zum Teufel!»

«Wie schauen die vorderen Pneus aus?»

«Ausgezeichnet! Die Garage hätte nicht viel zu tun, wenn alle Leute ihre Wagen so pflegen würden wie Sie.»

«Na ja, es hat nämlich sonst gar keinen Sinn!» Babbitt zahlte seine Rechnung, sagte im richtigen Augenblick: «Behalten Sie nur das Kleingeld!» und fuhr in einem Überschwang ehrlicher Selbstanerkennung los. Mit dem Ton eines guten Samariters schrie er einem achtbar aussehenden Mann, der auf die Trambahn wartete, zu: «Wollen Sie mitfahren?» Als der Mann hereinkletterte, ließ sich Babbitt zu einem Gespräch herab: «Fahren Sie runter bis zur Stadt? Sooft ich einen Menschen auf die Trambahn warten sehe, habe ich immer die Gewohnheit, ihn mitfahren zu lassen – ausgenommen natürlich, wenn er wie ein Vagabund aussieht.»

«Ich wünschte, mehr Leute wären so freigebig mit ihrem Auto», erwiderte das Opfer der Mildtätigkeit pflichtschuldigst.

«Ach, nein, das ist wirklich kaum Sache der Freigebigkeit. Ich habe nämlich immer das Gefühl – neulich abends sagte ich es auch zu meinem Sohn –, jeder Mensch hat die Pflicht, die guten Dinge der Welt mit seinen Mitmenschen zu teilen, und es macht mich geradezu wild, wenn ein Kerl so eingebildet ist und überall sein eigenes Lob singt, weil er anderen behilflich ist.»

Das Opfer schien die richtige Antwort nicht zu finden, und so dröhnte Babbitt weiter: «Miserabel ist der Verkehr auf der Trambahn jetzt. Ist ein Unsinn, die Wagen auf der Portland Road nur alle sieben Minuten fahren zu lassen. Man friert ja durch und durch beim langen Warten an Wintermorgen, wenn einem der eisige Wind um die Beine bläst.»

«Ja, ja. Sie haben recht. Die Straßenbahngesellschaft kümmert sich verflucht wenig darum, ob das Publikum zufrieden ist. Man sollte ihnen schon irgendwie beikommen.»

Babbitt war bestürzt. «Natürlich muß man die Sache von allen Seiten betrachten und nicht alles der Gesellschaft auf den Rücken schieben; die hat ja auch genug Schwierigkeiten, wenn von solch verdrehten Kerls verlangt wird, daß sie von der Stadt übernommen werden soll. Es ist geradezu verbrecherisch, wie die Arbeiter die Gesellschaft zwingen, hohe Löhne zu zahlen, und natürlich fällt die Last uns zu, die wir 7 Cents für die Fahrt zahlen müssen. Wenn man das bedenkt, ist es ja allerhand, was sie auf den Linien leisten.»

«Ja, also –» Etwas ängstlich.

«Verdammt schöner Morgen», erklärte Babbitt. «Der Frühling wird jetzt bald da sein.»

«Ja, es ist wirklich schon jetzt ganz wie im Frühling.»

Das Opfer war ohne Originalität und ohne Witz. Babbitt wurde schweigsam und widmete sich dem interessanten Sport, mit den Trambahnen um die Wette bis zur Ecke zu rasen: erst großer Anlauf, dann Verfolgung, erregtes Jagen im schmalen Raum zwischen der mächtigen gelben Trambahn und der unregelmäßigen Reihe abgestellter Autos, Überholen der Trambahn im Augenblick, wo sie anhielt – ein selten schönes, kühnes Spiel.

Und während der ganzen Zeit war er sich bewußt, wie wunderschön Zenith war. Wochen hindurch bemerkte er nichts als Klienten und die ärgerlichen Zu-Vermieten-Schilder der Konkurrenz. Heute, mit seltsamem Unbehagen, wütete er und freute sich in gleichmäßig nervöser Hast, und heute war das Licht des Frühlings so lieblich, daß er den Kopf erhob und plötzlich sah.

Er bewunderte jeden Bezirk auf seinem wohlbekannten Weg ins Geschäft: die Sommerhäuser und die Gebüsche und die gewundenen, unregelmäßigen Fahrwege von Blumenhöhe. Die einstöckigen Geschäfte in der Smith Street, die vor Spiegelglas und neuen gelben Ziegeln strahlten; Kolonialwarenhandlungen und Wäschereien und Drogerien, die für die dringendsten Bedürfnisse der Hausfrau der East Side Sorge trugen. Die Marktgärtnereien in Dutch Hollow, deren Hütten mit Wellblech und gestohlenen Türen ausgebessert waren. Bauzäune, mit grellroten, 9 Fuß hohen Göttinnen bemalt, die für Kinofilme, Pfeifentabak und Talkumpuder Reklame machten. Die ehemaligen «Herrensitze» in Ninth Street S. E., die wie alte Gecken in schmutzigen Anzügen aussahen; Schlösser aus Fachwerk, die man in Logierhäuser umgewandelt hatte, mit schmutzigen Fußwegen, ungepflegten Hecken, schon halb verdrängt von rasch aufschießenden Garagen, Häuserblöcken mit billigen Wohnungen und Obstbuden, in denen freundliche, glatte Athener walteten. Jenseits des Eisenbahngürtels waren Fabriken mit hochangelegten Wasserreservoirs und ragenden Kaminen – Fabriken, die kondensierte Milch, Kartonagen, Beleuchtungsartikel und

Automobile machten. Dann kam das Geschäftszentrum, der immer dichter werdende, hastende Verkehr, die vollgepfropften Trambahnen, aus denen die Passagiere herausströmten, und die hohen Toreingänge aus Marmor und aus poliertem Granit.

Es war groß – und Babbitt empfand Achtung vor jeglicher Größe: vor Bergen, Edelsteinen, Muskeln, Reichtum oder Worten. Er war, während eines kurzen Augenblicks voll Frühlingszauber, der lyrische und beinahe selbstlose Anbeter von Zenith. Er dachte an die umliegenden Fabrikviertel; an den Chaloosa River mit seinen vom Wasser seltsam unterwaschenen Ufern; an die mit Obstgärten besetzten Tonawanda Hügel im Norden und an das viele fette Wiesenland, an die großen Scheunen und die wohlgepflegten Herden. Als er seinen Passagier absetzte, rief er: «Bei Gott, heute morgen fühl ich mich aber fein!»

3

Das Abstellen des Autos vor dem Büro war ein ebenso epochales Drama wie der Start. Während Babbitt um die Ecke von Oberlin Avenue nach Third Street N. E. einbog, suchte er schon mit den Augen nach einem leeren Raum in der Reihe abgestellter Autos. Es war ärgerlich, daß er gerade einen Platz verfehlte, in den ein flinker Rivale hineinschlüpfte. Weiter oben verließ gerade ein Auto den Kantstein; Babbitt verlangsamte das Tempo, hielt die Hand hoch, um die Autos zu warnen, die sich hinter ihm herandrängten, winkte aufgeregt einer alten Frau, sich aus dem Weg zu scheren, wich einem Lastwagen aus, der seitlich gerade auf ihn losfuhr. Seine Vorderräder rieben sich an dem stählernen Schutzblech des vor ihm haltenden Wagens, als er stehenblieb, in fieberhafter Erregung das Lenkrad herumriß, hineinglitt in den freien Raum und mit 18 Zoll Spielraum manövrierte, bis sein Wagen parallel zum Kantstein stand. Es war ein meisterhaft ausgeführtes kühnes Abenteuer. Sehr zufrieden hängte er ein erprobtes Sicherheitsstahlschloß an das vordere Rad und ging quer über die Straße zu seinem Immobilienbüro im Erdgeschoß des Reeves-Gebäudes hinüber.

Das Reeves-Gebäude war feuersicher wie ein Felsen und leistungsfähig wie eine Schreibmaschine; vierzehn Stockwerke in glatten gelben Ziegeln erbaut, mit klaren, aufrechten, unverzierten Linien. Rechtsanwälte, Ärzte, Agenten für Maschinen, für Schmirgelräder, für Drahtzäune, für Berkwerksaktien hatten es mit ihren Kontoren angefüllt. Ihre goldenen Firmenschilder glänzten an den Fenstern. Das Tor war viel zu modern, um in Säulenpracht zu erstrahlen: es war vornehm, sauber und zweckmäßig. Die Front auf Third Street enthielt ein Western Union-Telegrafenamt, die blaue Delfter-Konditorei, Shottwells Schreibmaterialienhandlung und das Immobilienbüro der Babbitt-Thompson-Gesellschaft.

Babbitt hätte sein Büro von der Straße aus betreten können wie alle Klienten, aber es gab ihm das Gefühl Zugehörigkeit, durch den Hausgang und die rückwärtige Tür hineinzugehen. Dort begrüßten ihn auch die Dorfleute.

Das kleine, unbekannte Volk, das die Korridore des Reeves-Gebäudes belebte – Liftbedienstete, Starter, Maschinenmeister, Oberaufseher und der zweifelhaft aussehende lahme Mann, der den Zeitungs- und Zigarrenstand hatte –, waren durchaus nicht Stadtbewohner. Sie waren Landleute, die in einem engen Tal lebten und sich nur füreinander und für *das Gebäude* interessierten. Ihre Hauptstraße war die Eingangshalle mit ihren Steinfliesen, ihrer streng gehaltenen Marmordecke und den inneren Geschäftsfenstern. Der belebte Punkt der Straße war der Reeves-Gebäude-Friseurladen, aber dieser Laden bildete gleichzeitig eine große Verlegenheit für Babbitt. Er selbst besuchte den glitzernden pompejanischen Friseurladen im Hotel *Thornleigh*, und sooft er am Reeves-

Laden vorbeiging – zehnmal am Tag, hundertmal –, fühlte er sich treulos seinem eigenen Dorf gegenüber.

Nun schritt er, als Junker von den Dorfbewohnern ehrerbietig begrüßt, in sein Büro. Frieden und Würde gingen von ihm aus und der Zwiespalt des Morgens war verklungen.

Er tauchte jedoch gleich wieder auf.

Stanley Graff, der Reisende, führte ein Telefongespräch, in dem das feste Auftreten, das die Käufer diszipliniert, in geradezu erschreckender Weise fehlte: «Sagen Sie, hm, ich glaube, ich hätt ein Haus, das Ihnen gerade passen würde – das Percival-Haus in Linton – – – Ach, Sie haben's schon gesehen. Na, wie hat's Ihnen gefallen? – – – Hm? – – – Ach», unsicher. «Ja, ich verstehe.»

Während Babbitt in sein Privatzimmer, einen eichenen Verschlag mit Milchglasfenstern im rückwärtigen Teil des Büros, marschierte, überlegte er, wie furchtbar schwer es sei, Angestellte zu finden, die seinen eigenen unerschütterlichen Glauben an die sichere Möglichkeit des Verkaufs besaßen.

Der Stab war aus neun Mitgliedern zusammengesetzt, außer Babbitt und seinem Partner und Schwiegervater Henry Thompson, der selten ins Büro kam. Die neun waren: Stanley Graff, ein jüngerer Mann, leidenschaftlicher Raucher und Billardspieler; der alte Mat Penniman, «Mädchen für alles», Zinseinnehmer und Versicherungsagent – gebrochen, schweigsam, grau, ein Rätsel, dem man nachsagte, er sei ein erstklassiger Agent mit einer eigenen Firma im hochmütigen Brooklyn gewesen; Chester Kirby Laylock, Stadtagent für die Siedlung von Glen Oriole – ein enthusiastischer Mensch mit seidigem Schnurrbart und großer Familie; Miss Theresa McGoun, die flinke und ziemlich hübsche Stenotypistin; Miss Wilberta Bannigan, die schwerfällige, langsame, emsige Buchhalterin und Registratorin; und vier Kommissionsagenten auf eigene Rechnung, die nach Bedarf Verwendung fanden.

Babbitt blickte aus seinem Käfig ins Hauptzimmer und dachte traurig: McGoun ist eine ausgezeichnete Stenotypistin, flott wie nur was, aber Stan Graff und alle die anderen Trottel – Alle Wonne des Frühlings erstarb in der schalen Büroluft.

Für gewöhnlich bewunderte er sein Büro mit einer Art freudiger Überraschung, daß er diese «wirklich großartige Sache» geschaffen hatte; für gewöhnlich regte ihn die saubere Neuheit und die rührige Geschäftigkeit, die er um sich sah, an; aber heute erschien ihm alles geschmacklos – der fliesenbelegte Fußboden, der an ein Badezimmer erinnerte, der ockerfarbene Metallplafond, die verblaßten Landkarten an den Betonwänden, die hellen, polierten Eichenstühle, die stählernen Pulte und Registrierschränke mit ihrem olivbraunen Farbanstrich. Es war ein Keller, eine stählerne Kapelle, wo Müßiggang und Lachen krasse Sünden waren.

Nicht einmal der neue Wasserkühlapparat befriedigte ihn! Und es war doch der allerbeste Wasserkühler, vollkommen modern, wissenschaftlich erprobt und rechtschaffen. Er hatte sehr viel Geld gekostet (was schon an und für sich eine Tugend war). Er hatte einen schlechtleitenden Eisbehälter aus Fiberstoff, ein Wassergefäß aus Porzellan (garantiert hygienisch), einen nichttropfenden, unverstopfbaren, sanitären Wasserhahn und fabrikmäßig gemalte Dekorationen in zwei Schattierungen von Gold. Er blickte die unbarmherzige Strecke Fliesen entlang bis zum Wasserkühler und überzeugte sich, daß kein Mieter des Reeves-Gebäudes einen kostspieligeren besitzen könnte, aber es gelang ihm trotzdem nicht, das Gefühl sozialer Überlegenheit wiederzugewinnen, das ihm der Wasserkühler sonst immer verliehen hatte. Er grunzte. «Ich möchte ihn direkt hinausschmeißen, jetzt gleich. Und den ganzen Tag faulenzen. Und heute abend wieder zu Gunch gehen und Poker spielen und fluchen, alles was ich kann, und 199 000 Flaschen Bier trinken.»

Er seufzte; er las die Post durch; er brüllte «Misgoun», was «Miss McGoun» bedeuten sollte; und dann begann er zu diktieren.

Hier ist seine eigene Version des ersten Briefs:

«Omar Gribble, schicken Sie's in sein Büro, Miss McGoun, Ihr Wertes vom Zwanzigsten in Händen, und als Antwort möcht ich sagen, hören Sie mal, Gribble, ich bin sehr besorgt, daß wir den Allenschen Kauf ganz einfach verpassen werden, wenn wir noch weiter zögern, ich hatte Allen vorgestern zur Rede gestellt, und wir gingen gleich auf die Sache los und glaube, Sie versichern zu können – hm, hm, nein, ändern Sie das: meine ganze Erfahrung sagt mir, daß er durchaus anständig ist, will auch das Geschäft machen, habe seinen Vermögensstand geprüft, der ist tadellos – dieser Satz scheint mir etwas verworren, Miss McGoun; machen Sie mehrere Sätze davon, wenn nötig, Abschnitt, neuer Absatz.

Er ist sehr geneigt, die direkte Steuer zum Teil zu tragen, und mir scheint, bin todsicher, wir werden nicht die geringsten Schwierigkeiten haben, ihn dazu zu bringen, die Umschreibungsgebühr zu zahlen, also warten wir, um Himmels willen, nicht länger – nein, schreiben Sie lieber: also packen wir's endlich richtig an und machen wir fertig – nein, es wird schon genug sein –, Sie können die Sätze ein bißchen zusammenhängender machen, Miss McGoun, wenn Sie's auf der Maschine schreiben – Ihr ergebener, et cetera.»

Hier folgt die Version des Briefs, den ihm Miss McGoun am Nachmittag maschinengeschrieben überreichte:

BABBITT-THOMPSON
IMMOBILIEN-BUREAU GES.
Heime für Alle
Reeves-Gebäude, Oberlin Avenue und 3rd St., N. E. Zenith

Mr. Omar Gribble
576 North American-Gebäude, Zenith.

Sehr geehrter Mr. Gribble!
Ihr wertes Schreiben vom 20. d. M. in Händen, muß ich Ihnen mitteilen, daß ich sehr besorgt bin, wir könnten den ganzen Kauf verpassen, wenn wir noch weiter zögern. Ich

habe Allen vorgestern zur Rede gestellt, und wir gingen gleich auf die Sache los. Meine ganze Erfahrung sagt mir, daß er das Geschäft machen will. Ich habe auch seinen Vermögensstand geprüft und ihn tadellos gefunden.

Er ist sehr geneigt, die direkte Steuer zum Teil zu tragen, und wir werden keine Schwierigkeiten haben, ihn dazu zu bringen, die Umschreibungsgebühr zu zahlen.

Also los!

Ihr ergebener

Während er den Brief las und mit seiner korrekten, fließenden Handelsschulschrift unterschrieb, überlegte Babbitt: Also das ist wirklich ein ausgezeichneter, energischer Brief und durchaus klar und verständlich. Aber, was zum Kuckuck – ich habe doch McGoun gar nicht gesagt, hier einen neuen Absatz zu machen! Ich wünschte wirklich, sie würde nicht immer an meinem Diktat herumverbessern! Nur eines kann ich nicht verstehen; warum kann Stan Graff oder Chet Laylock nicht einen solchen Brief schreiben? Mit Schneid! Mit Energie darin!

Das Wichtigste, was er an diesem Morgen diktierte, war der Schemabrief, der alle vierzehn Tage verfaßt, vervielfältigt und an 1000 Länderspekulanten und Siedler geschickt wurde. Er ahmte darin eifrig die besten literarischen Beispiele des Tages nach; die Annoncen «Ein offenes Wort an den Leser», Briefe, die dem Publikum den Mund wässerig machten, Vorträge über «Wie werde ich energisch?» und über Hausorgeln, wie sie zu Tausenden von der neuen Schule der Hausdichter für das Geschäftsleben produziert wurden. Er hatte mühselig einen ersten Entwurf geschrieben, den er nun zart und gedehnt wie ein Lyriker vortrug:

Hören Sie, mein Lieber!

Ich möchte mal wissen, wie ich Ihnen einen großen, einen ungeheuren Dienst leisten könnte? Ehrenwort! Kein dummer Spaß, dürfen Sie mir glauben! Ich weiß, Sie denken daran, sich ein Haus zu kaufen, nicht bloß eine Hütte, um den alten Kram hineinzustopfen, sondern ein liebes Nest für Weib und Kinder – und vielleicht hernach noch ein Eckchen für das Kleinauto heraußen (schreiben Sie nur ja her-au-ßen, Miss McGoun) im Kartoffelgärtchen. Sagen Sie, haben Sie je daran gedacht, daß wir Ihnen gerne bei der Suche helfen wollen? Das ist nämlich unser Beruf – die Leute zahlen uns nichts für unsere schönen Augen! Nun passen Sie auf:

Setzen Sie sich sofort an Ihren prachtvoll geschnitzten Mahagonischreibtisch und schicken Sie uns eine Zeile mit der Erklärung, was Sie eigentlich suchen, und wenn wir was Passendes für Sie finden, springen wir im Nu mit der guten Nachricht zu Ihnen hinüber, und sonst lassen wir Sie eben in Ruh! Um Zeit zu sparen, füllen Sie beiliegendes Formular aus. Auf Wunsch senden wir Formulare über Geschäftsanwesen in Blumenhöhe, Silver Grove, Linton, Bellevue und alle Wohndistrikte der East Side.

Stets zu Ihren Diensten

PS. Nur einen Wink über ein paar Leckerbissen, die wir Ihnen zukommen lassen können – fabelhafte Okkasionen, die uns heute angeboten worden sind:

Silver Grove. – Reizende, vierzimmerige kalifornische Villa, Garage, herrlicher, schattiger Baum, vornehme Lage, bequeme Trambahnverbindung. 3700 Dollar, 780 Dollar gleich zahlbar, Rest nach liberaler Übereinkunft, Babbitt-Thompsonsche Ratenzahlungen, billiger als Hauszins.

Dorchester. – Fabelhaftes Objekt! Künstlerisches Zweifamilienhaus, ganz in Eiche ausgestattet, Parkettfußboden, entzückender imitierter Baumstamm für Gaskamin, große Veranden, kolonialer Stil, *geheizte Garage für jedes Wetter*, seltener Gelegenheitskauf für 11250 Dollar.

Nach Beendigung des Diktats, das ihn zwang stillzusitzen und nachzudenken, statt sich geschäftig zu rühren, Lärm zu machen und wirklich etwas zu tun, lehnte sich Babbitt in den knarrenden Drehstuhl zurück und blickte Miss McGoun freudestrahlend an. Plötzlich empfand er, daß sie ein Mädchen war, daß ihr kurzes schwarzes Haar auf weichgerundeter Wange lag. Eine Sehnsucht, fast ein Gefühl der Einsamkeit überfiel ihn wie eine Schwäche.

Während sie abwartend vor ihm stand und mit dem langen, gutgespitzten Bleistift auf den Notizblock klopfte, erinnerte sie ihn plötzlich an die Elfe seines Traums. Er mußte sich vorstellen, wie sich seine und ihre Blicke in raschem Erschrecken kreuzten; mußte sich vorstellen, wie er in scheuer Ehrfurcht ihre Lippen berührte und – Ihre zwitschernde Stimme erklang: «Noch was, Mr. Babbitt?» Er grunzte: «Ich denke, es wird genug sein», und wandte sich schwerfällig ab.

Trotz seiner Gedanken, die auf Abwege gerieten, war es nie zu einer größeren Intimität zwischen ihnen gekommen. Er hielt sich öfters vor, «niemals zu vergessen, was der alte Jack Offut zu sagen pflegte, daß ein weiser Mann weder im eigenen Heim noch im eigenen Büro Liebschaften anfängt. Das gibt nur Scherereien. Sicher. Aber –»

Während der 23 Jahre seiner Ehe hatte er jeden zierlichen Fuß, jede runde Schulter mit ängstlichen Gefühlen betrachtet; er hatte seine Gedanken sie umspielen lassen; aber nicht ein einziges Mal hatte er seine Ehrbarkeit durch Abenteuer gefährdet. Jetzt berechnete er die Kosten der neuen Tapeten für das Styles-Haus und war dabei unruhig wegen nichts und mit allem unzufrieden, schämte sich dieser Unzufriedenheit und sehnte sich nach der Traum-Elfe.

Viertes Kapitel

I

Es war ein Morgen künstlerischer Eingebungen. Fünfzehn Minuten, nachdem Babbitt die farbig leuchtende Prosa seines Schemabriefs vorgetragen hatte, kam Chester Kirby Laylock, Stadtagent der Glen Oriole-Siedlung, herein, um über einen Verkauf Bericht zu erstatten und eine Annonce vorzulegen. Babbitt hatte eine Abneigung gegen Laylock, der in Kirchenchören mitsang und sich zu Hause mit Patiencen und Schwarzem Peter belustigte. Er hatte eine Tenorstimme, welliges kastanienbraunes Haar und einen Schnurrbart, der wie eine Bürste aus Kamelhaar aussah.

Babbitt fand es verzeihlich, wenn ein Familienvater knurrte: «Haben Sie schon das neue Bild meines Jungen gesehen – flotter kleiner Kerl, was?», aber Laylocks vertrauliche Mitteilungen waren überschwenglich wie die eines Backfischs.

«Passen Sie auf, Mr. Babbitt, ich habe eine phänomenale Annonce für die Glen-Siedlung. Warum versuchen wir denn nicht mal was in Versen? Also, auf Ehrenwort, das müßte Zugkraft haben. Hören Sie zu:

> Zu fragmentarisch ist Welt und Leben,
> Ich will mich zu Babbitt & Thompson begeben,
> Die wissen das Leben zusammenzusetzen

Und baun ein verständlich System daraus,
Will mit der Frau ich zur Ruh mich setzen,
Kauf ich bei der Firma ein Familienhaus.

Nicht wahr, das reißt mit? So wie *Home, Sweet Home*. Verstehen Sie –»

«Ja, ja, ja, zum Teufel, ja, natürlich versteh ich. Aber – ach, ich glaube, es wäre gescheiter, wir würden etwas Kraftvolles, Vornehmes schreiben, zum Beispiel: ‹Wir führen an, ihr folgt uns nach› oder: ‹Vielleicht einmal – warum nicht gleich?› Selbstverständlich weiß ich, daß Gedichte, Humoristisches und all der Unsinn sehr nützlich sind, wenn es sich darum handelt, den Leuten was vorzumachen, aber bei so erstklassigen, exklusiven Bauvierteln wie die Glen-Siedlung muß man schon einen vornehmeren Ton anschlagen. Sie verstehen, wie ich's meine. Ich denk, das ist alles für heute morgen, Chet.»

2

Es ist eine Tragödie, die in Künstlerkreisen häufig vorkommt, daß der aprilfrische Enthusiasmus von Chet Laylock dazu diente, das Talent des erfahrenen Künstlers, George F. Babbitt, neu anzufachen. Mürrisch bemerkte er zu Stanley Graff: «Diese frisch geölte Stimme von Chet geht mir auf die Nerven!» Aber er war aufgerüttelt und schrieb in einem Zuge:

Ehret und achtet eure Lieben!

Wenn die traurigen Stunden der Totenfeier vorüber sind, seid ihr auch gewiß, daß ihr für die teuren Verblichenen alles, was in eurer Macht steht, getan habt? Ihr habt es nicht getan, wenn ihr sie nicht im Prachtfriedhof von

Linden Lane

zur letzten Ruhe gelegt habt, im einzigen wahrhaft modernen Begräbnisplatz in oder bei Zenith, wo lieblich blühende, gepflegte Gräber über blumige Abhänge auf die lachenden Wiesen von Dorchester blicken.

Einzig vertreten durch
Babbitt-Thompson Immobilien Bureau Ges.
Reeves-Gebäude

Er strahlte: «Ich denke, da wird Chan Mott mit seinem ungepflegten alten Wildwood-Friedhof merken, wie ein moderner Geschäftsmann arbeitet.»

3

Er schickte Mat Penniman zum Grundbuchamt, um die Namen der Besitzer jener Häuser ausfindig zu machen, bei denen andere Firmen die Tafel «Zu vermieten» ausgehängt hatten; er hatte eine Unterredung mit einem Mann, der ein Lagerhaus als Billardsaal pachten wollte; er sah die Liste der Einfamilienhäuser durch, deren Mietfrist im Ablaufen war; er sandte Thomas Bywaters, einen Straßenbahnschaffner, der in seiner Freizeit Realitätenagent war, in Nebengassen, um Grundstücke, die der Feldherrnkunst Stanley Graffs nicht würdig waren, zu besichtigen. Aber der aufregende Moment gläubigen Schaffens war vorbei, und diese Einzelheiten täglicher Routine ärgerten ihn. Nur noch eine heldenmütige Regung hatte er: als er eine neue Methode entdeckte, um sich das Rauchen abzugewöhnen.

Er gewöhnte sich mindestens einmal im Monat das Rauchen ab und führte es als wirklich tüchtiger Bürger durch: er gab die Schädlichkeit des Tabaks zu, faßte einen mutigen Entschluß, entwarf Pläne, um das Laster im Keim zu ersticken, baute das tägliche Quantum seiner Zigarren ab und entwickelte jedem, den er traf, die Freuden der Tugendhaftigkeit. Mit einem Wort, er tat alles, bis auf eine Kleinigkeit: er hörte nicht auf zu rauchen.

Vor zwei Wochen hatte er eine Tabelle aufgestellt, hatte Stunde und Minute jeder gerauchten Zigarre verzeichnet und die Pausen zwischen den Zigarren in ekstatischer Hingerissenheit vergrößert, bis es ihm gelungen war, auf nur drei Zigarren am Tag zu kommen. Dann hatte er die Tabelle verloren.

Vor einer Woche hatte er ein neues System erfunden, nach welchem er den Zigarrenbehälter und die Zigarettenschachtel in einer unbenutzten Schublade des Kartothekschranks im äußeren Büro aufbewahrte. «Selbstverständlich wird es mir peinlich sein, den ganzen Tag immerfort hinzulaufen und mich vor meinen eigenen Angestellten als dummer Narr aufzuführen!» bewies er sich selbst. Nach drei Tagen hatte er sich angewöhnt, seinen Schreibtisch zu verlassen, zum Kartothekschrank zu gehen, eine Zigarre herauszunehmen und anzuzünden, ohne sich bewußt zu werden, was er tat.

Aber heute morgen kam ihm die Offenbarung, daß es zu einfach gewesen war, den Schrank zu öffnen. Versperren mußte er ihn, das war klar! Begeistert stürzte er hinaus und versperrte seine Zigarren, seine Zigaretten und sogar seine Streichhölzer; und den Schlüssel von der Schublade versteckte er in seinem Schreibtisch. Aber die verzehrende Leidenschaft dieses Kreuzzugs machte ihn so rauchhungrig, daß er den

Schlüssel sofort wieder hervorsuchte, mit unnahbarer Würde zum Kartothekschrank wandelte und eine Zigarre herausnahm und ein Streichholz – «Aber nur ein einziges Streichholz: wenn die alte Zigarre ausgeht, zum Kuckuck, wird sie eben nicht mehr angezündet!» Später, als die Zigarre ausging, nahm er noch ein Streichholz aus dem Schrank, und als um 11 Uhr 30 ein Käufer und ein Verkäufer zur Konferenz kamen, mußte er ihnen selbstverständlich Zigarren anbieten. Sein Gewissen erhob Einspruch. «Du rauchst ja mit ihnen!», aber er überschrie es – «So laß mich doch in Ruh! Hab jetzt zu tun. Natürlich später –» Dieses Später kam nicht; aber seine Überzeugung, daß er die übliche Gewohnheit im Keime erstickt hatte, verlieh ihm ein Gefühl von Edelmut und machte ihn glücklich. Als er mit Paul Riesling telefonierte, war er, infolge seines sittlichen Glanzes, ungewöhnlich eifrig.

Er liebte Paul Riesling mehr als sonst irgend jemanden auf Erden, sich selbst und seine Tochter Tinka ausgenommen. Sie waren Klassenkollegen gewesen, hatten auf der State University dasselbe Zimmer bewohnt, aber er dachte immer an den zierlich dunklen Paul Riesling mit seinem präzis gescheitelten Haar, seinem Zwicker, seiner zögernden Sprache, seiner Launenhaftigkeit und seiner Liebe zur Musik wie an einen jüngeren Bruder, der verhätschelt und beschützt werden mußte. Paul war nach Beendigung des Studiums in das Geschäft seines Vaters eingetreten; er war jetzt Grossist und Kleinfabrikant von imprägnierter Dachpappe. Aber Babbitt glaubte fest und erklärte seiner Welt von guten Freunden unaufhörlich, daß Paul ebensogut ein großer Violinvirtuose oder Maler oder Schriftsteller hätte werden können. «Ja, ich kann euch nur sagen, die Briefe, die mir der Junge von seinem Ausflug in die kanadischen Rockies geschrieben hat, sind so großartig, daß man direkt glaubt, alles zu sehen, gerade als ob man dort stände. Er könnte jeden dieser verdammten Schriftsteller in Grund und Boden bohren und ihnen fabelhafte Konkurrenz machen, das könnt ihr mir aufs Wort glauben!»

Aber am Telefon sagte er nur:

«Süd 343. Nein, nein, nein! *Süd,* hab ich gesagt – Süd 343. Hören Sie, Miss, was zum Kuckuck ist denn wieder los? Können Sie mich nicht endlich mit Süd 343 verbinden? Aber natürlich meldet es sich! Hallo, 343? Möchte Mr. Riesling sprechen, Mr. Babbitt hier... Lo Paul?»

«Ja.»

«Hier spricht George.»

«Ja.»

«Wie geht's, alter Fidibus?»

«Etwas unter mittelbrillant. Wie geht's dir?»

«Ausgezeichnet, Paulibus. Na, was gibt's Neues?»

«Nicht der Rede wert.»

«Was fängst du heute an?»

«Treib mich nur so rum. Was hast du vor, Georgie?»

«Wie denkst du über ein kleines Frühstück heute?»

«Könnt mir gut passen. Im Club?»

«Ja. Pünktlich um 12 Uhr 30?»

«Schön. 12 Uhr 30. Wiedersehn, George!»

4

Sein Vormittag war nicht streng eingeteilt. Zwischen seine Korrespondenz und das Abfassen der Annoncen schoben sich tausend nervenaufreibende Details: Beamte suchten ihn auf, die sich ständig in der Hoffnung wiegten, fünf möblierte Zimmer und Bad für 60 Dollar im Monat zu finden; Mat Penniman mußte mit Rat versehen werden, wie aus Mietern, die kein Geld besaßen, Geld herausgeholt werden konnte.

Babbitts Haupttugenden als Realitätenagent – er leistete

der menschlichen Gesellschaft tatsächlich Dienste, indem er Familien mit Wohnungen und Lebensmittelhändler mit Geschäftslokalen versah – waren Ausdauer und Fleiß. Er war gewohnheitsmäßig ehrlich, führte das Verzeichnis seiner Käufer und Verkäufer sehr genau, hatte Erfahrung in Dingen, die Mietverträge und Umschreibegebühren betrafen, und hatte ein ausgezeichnetes Gedächtnis für Preise. Seine Schultern waren breit genug, seine Stimme tief genug, um ihn als Mitglied der regierenden Kaste der anständigen Kerls zu stempeln. Aber sein allgemeiner Nutzen für die Menschheit wurde vielleicht beeinträchtigt durch seine totale und selbstgefällige Unwissenheit in allen Zweigen der Architektur, mit Ausnahme der von Spekulanten erbauten Häusertypen; durch seine Unkenntnis aller Landschaftsgärtnerei, mit Ausnahme von verschlungenen Pfaden, Gras und sechs gewöhnlichen Ziersträuchern, und durch seine Ahnungslosigkeit den einfachsten Begriffen der Nationalökonomie gegenüber. Er glaubte in aller Einfalt, daß der einzige Zweck des Realitätenhandels sei, George F. Babbitt mit Geld zu versorgen. Nun ja, es war eine gute Reklame beim Frühstück im *Boosters Club* und bei all den verschiedenen Festessen, zu denen anständige Kerls geladen wurden, laut und tönend zu reden über Uneigennützigkeit in Sachen des Gemeinwohls, über die Verpflichtung des Geschäftsmannes, das Vertrauen seiner Klienten hochzuhalten und zu rechtfertigen, und über etwas, das Ethik hieß und ein unklarer Begriff war; aber wenn man es besaß, war man ein prima erstklassiger Realitäter, und besaß man es nicht, war man ein Dunkelmann, ein Schwächling und ein Drückeberger. Diese Tugenden gaben Selbstvertrauen und ermöglichten das Behandeln schwerer Probleme. Aber sie verpflichteten nicht dazu, unpraktisch zu sein und den doppelten Kaufwert eines Hauses zurückzuweisen, nur weil der Käufer ein dummer Kerl war und vom verlangten Preis nichts abhandelte.

Babbitt sprach gut – und häufig – bei diesen Orgien kommerzieller Rechtschaffenheit über «den Beruf des Realitäters» als Seher der zukünftigen Entwicklung der Gesellschaft und als prophetischer Ingenieur, der für unaufhaltsame Entwicklungen die Wege bahnt – was in anderen Worten bedeutete, daß ein Realitätenagent gut verdienen konnte, wenn er richtig erriet, nach welcher Seite sich die Stadt ausdehnen würde. Dieses Erraten nannte er prophetischen Geist.

Bei einem Vortrag im *Boosters Club* hatte er erklärt: «Es ist die Pflicht und gleichzeitig das Vorrecht des ‹Realitäters›, alles über seine Stadt und ihre Umgebung zu wissen. So wie der Chirurg als Spezialist jede Ader und jede rätselhafte Zelle des menschlichen Organismus, und der Ingenieur die Elektrizität in allen ihren Schwingungen, oder jedes Glied der Riesenbrücke, die sich majestätisch über den mächtigen Strom spannt, kennt, so muß der Realitäter jeden Zoll seiner Heimatstadt kennen, mit allen ihren Fehlern, mit allen ihren Vorzügen.»

Obwohl er den Marktpreis gewisser Bezirke Zeniths Zoll für Zoll kannte, war er sich doch nicht klar darüber, ob zuviel oder zuwenig Polizei vorhanden war und ob sie die Spielhöllen und Prostituierten unterstützten oder nicht. Er wußte, wie man ein Gebäude feuerfest macht und das Verhältnis der Feuerversicherung zur Feuerfestigkeit, aber er wußte nicht, wieviel Feuerwehrleute die Stadt besaß, wie sie geschult und bezahlt waren und ob ihre Ausrüstung entsprechend war. Er besang in beredten Worten die Vorteile, die aus der Nähe der Schulen zu Mietwohnungen entstanden, aber er wußte nicht – und wußte nicht, daß es der Mühe wert war zu wissen –, ob die städtischen Schulräume entsprechend beheizt, beleuchtet, ventiliert und eingerichtet waren; er wußte nicht, wie die Auswahl unter den Lehrern getroffen wurde, und obwohl es in seinem Loblied hieß: «Es ist der Ruhm und Stolz von Zenith, daß wir unsere Lehrer gut bezahlen», so stammte seine Wissenschaft doch nur aus einem Artikel der *Advocate Times*. Er selbst hätte durchaus nicht das Durchschnittsgehalt der Lehrer von Zenith oder von sonst irgendwo angeben können.

Es war ihm zu Ohren gekommen, daß die Zustände im Bezirksgefängnis und im städtischen Gefängnis von Zenith nicht sehr hygienisch waren; innerlich empört über die an Zenith verübte Kritik, hatte er einen Bericht von dem bekannten Pessimisten und radikalen Rechtsanwalt Seneca Doane durchflogen, in welchem dieser behauptete, es sei nicht der rechte Weg zur Erziehung und Besserung junger Mädchen und Knaben, sie in einen Raum mit Männern zu pferchen, die an Syphilis, Delirium tremens und Geistesstörung litten. Er hatte den Bericht bestritten, indem er brummte: «Leute, die glauben, daß ein Gefängnis ein vornehmes Hotel *Thornleigh* sein muß, können mir gestohlen werden. Wer nicht gern im Kühlen sitzt, soll sich danach benehmen und schön draußen bleiben. Außerdem übertreiben diese verrückten Reformler immer alles.» Das war der Anfang, aber auch ganz entschieden das Ende seiner Bestrebungen, die Wohltätigkeits- und Strafanstalten von Zenith zu erforschen; und über die Bezirke der Lasterhöhlen drückte er sich scharf und klar aus: «Das sind Dinge, in die kein anständiger Mensch seine Pfoten steckt. Außerdem, tatsächlich, mein Lieber, ich kann es Ihnen im Vertrauen sagen: für unsere Töchter und anständigen Frauen ist es ein Schutz, daß es Bezirke gibt, wo die verrückten Lumpen sich austoben können. Sie kommen dann nicht in Versuchung, bei uns einzudringen.»

Über Geschäftsverhältnisse jedoch hatte Babbitt sehr viel nachgedacht, und seine Ansichten können folgendermaßen geordnet wiedergegeben werden: «Eine gute Gewerkschaft ist nützlich, weil man dadurch kommunistischen Gewerkschaften, die jeden Privatbesitz unterdrücken würden, ausweicht. Aber niemand sollte gezwungen werden, einer Gewerkschaft anzugehören. Alle sozialistischen Agitatoren, die die Arbeiter zwingen wollen, Gewerkschaften beizutreten, sollten gehängt werden. Unter uns gesagt müßten Gewerkschaften überhaupt verboten sein, und da es nur einen möglichen Weg gibt, sie zu bekämpfen, sollte jeder Geschäftsmann einem Arbeitgeberverband und der Handelskammer angehören. In Unionen ist Kraft. Darum sollte jedes eigennützige Schwein, das der Handelskammer noch nicht beigetreten ist, zum Beitritt gezwungen werden.»

Aber in nichts bewies Babbitt – der Sachverständige, auf dessen Rat ganze Familien in neue Stadtteile übersiedelten, um dort ein Menschenleben zu verbringen – so leuchtende Unschuld als in der Kenntnis gesundheitlicher Vorschriften. Er konnte die malariatragende Mücke Anopheles nicht von einer Fledermaus unterscheiden; er hatte niemals von einer Untersuchung des Trinkwassers vernommen; und in bezug auf Kanalisation und Röhrenlegung war er ebenso ungebildet wie wortreich. Er berief sich oft auf die Vortrefflichkeit der Badezimmer in den Häusern, die er verkaufte. Er erklärte gern, daß die Europäer niemals baden. Als er 22 Jahre alt war, hatte ihm jemand gesagt, alle Senkgruben seien ungesund, und er eiferte seitdem noch immer dagegen. Wenn ein Klient die Unverfrorenheit hatte, ein Haus mit Senkgrube durch ihn verkaufen zu wollen, sagte ihm Babbitt regelmäßig seine Meinung – ehe er das Haus übernahm und verkaufte.

Als er die Siedlung von Glen Oriole anlegte, als er die Waldlandschaft und die Wiesenhänge in eine waldlose, blumenlose, sonnverbrannte Fläche verwandelte, aus der kleine Tafeln mit erfundenen Straßennamen stachelig hervorragten, hatte er redlich ein ausgedehntes Kanalisationssystem anlegen lassen. Er fühlte sich dadurch überlegen; er hatte nun die Möglichkeit, heimlich über Martin Lumsens Siedlung, Avonlea, die Nase zu rümpfen, weil sie eine Senkgrube hatte; und es war der ewig wiederkehrende Reim in der ganzseitigen Anzeige; in welcher er die Schönheit, Bequemlichkeit, Billigkeit und ungewöhnlich gesunde Lage von Glen Oriole verkündete. Der einzige Fehler an der Geschichte war, daß die Kanalisation von Glen Oriole nicht genügend Abfluß hatte und der Abfall darin liegenblieb, während die Senkgrube von Avonlea Waringsche hygienische Tonnen besaß.

Das ganze Unternehmen von Glen Oriole schien anzudeuten, daß Babbitt, der anerkannte Betrüger aufrichtig haßte, selbst nicht übermäßig ehrlich war. Käufer und Zwischenhändler ziehen es vor, wenn die Immobilienbüros ihnen nicht ebenfalls als Käufer oder Zwischenhändler Konkurrenz machen, sondern nur das Interesse ihrer Klienten wahren. Man nahm an, daß die Babbitt-Thompsonsche Gesellschaft nur die Agentur für die Siedlung von Glen Oriole und in Diensten des wirklichen Eigentümers, Jake Offut, war; aber in Wirklichkeit besaßen Babbitt und Thompson 62 Prozent der Siedlung, der Präsident und der Einkaufsagent der Zenither Straßenbahngesellschaft besaßen 28 Prozent, und Jake Offut (ein Straßenpolitiker, ein kleiner Fabrikbesitzer, ein tabakkauender alter Possenreißer, der gern politische Schmutzwäsche wusch, diplomatische Geschäfte machte und beim Poker falsch spielte) hatte nur 10 Prozent, die ihm Babbitt und die Straßenbahnbeamten dafür gegeben hatten, weil er der Gesundheitskommission, der Feuerkommission und einem Beamten der staatlichen Verkehrskontrollkommission um den Bart gestrichen war.

Aber Babbitt war auch tugendhaft. Er befürwortete die Prohibition des Alkohols, obwohl er sie selbst nicht ausübte; er lobte – ohne sie zu befolgen – die Gesetze gegen das rasche Fahren der Automobile; er zahlte seine Schulden; er gab Beiträge für die Kirche, für das Rote Kreuz und für den Christlichen Verein Junger Männer; er befolgte die Regeln seines Klans und führte nur solche Unredlichkeiten aus, die durch Präzedenzfälle sanktioniert waren. Er ließ sich niemals zu Winkelzügen herab – wie er Paul Riesling erklärte:

«Natürlich will ich nicht behaupten, daß jede meiner Anzeigen Wort für Wort wahr ist oder daß ich selbst alles glaube, was ich sage, wenn ich einem Käufer recht eindringlich zurede. Weißt du – weißt du, eigentlich ist's so: erstens hat der Besitzer des Grundstücks vielleicht ein bißchen übertrieben, als er es mir übergab, und es ist gewiß nicht meine Sache, hinzugehen und meinen Arbeitgeber Lügen zu strafen! Und dann sind die meisten Leute selbst so wenig ehrlich, daß sie ein paar Unwahrheiten geradezu erwarten, und wenn ich so ein Esel wäre und würde niemals dick auftragen, hätte ich doch immer noch den Ruf als Lügner. Ich bin verpflichtet, selbst mein Lob zu singen, so wie der Rechtsanwalt, der seinen Klienten verteidigt – dem ist es doch auch seine Pflicht, die schönsten Seiten des armen Schluckers herauszustreichen. Sieh mal, der Richter selbst würde ja so einen Rechtsanwalt, der es nicht täte, abkanzeln, wenn sie auch beide von seiner Schuld überzeugt wären. Aber wie immer es ist, lüg ich doch nicht so dick wie Cecil Rountree oder Thayer und alle die anderen ‹Realitäter›. Ehrenwort, ich glaube, so ein Kerl, der seelenruhig hingeht und aus einer Lüge Profit zieht, sollte erschossen werden!»

Wie wertvoll Babbitt für seine Klienten war, ließ sich am besten an diesem Morgen feststellen bei der Besprechung, die um 11 Uhr 30 zwischen ihm, Conrad Lyte und Archibald Purdy stattfand.

5

Conrad Lyte war Immobilienspekulant. Er war ein ängstlicher Spekulant. Bevor er sich in etwas Riskantes einließ, beriet er sich mit Bankleuten, Rechtsanwälten, Architekten, Bauunternehmen und allen ihren Angestellten und Stenotypistinnen, die nur im geringsten geneigt waren, sich mit ihm einzulassen und ihm Ratschläge zu erteilen. Er war ein kühner Spieler und verlangte nur absolute Sicherheit für sein angelegtes Kapital, mit Details verschont zu werden und die 30 bis 40 Prozent Nutzen, die, nach Aussage aller Autoritäten, solchen Bahnbrechern für ihren Wagemut und ihre Voraussicht gebühren. Er war ein untersetzter Mann mit kurzgelocktem Grauhaar, das ihm wie eine Mütze auf dem Kopf saß, und mit Kleidern, die immer vertragen aussahen, auch wenn sie einen tadellosen Schnitt hatten. Unter den Augen hatte er halbkreisförmige Vertiefungen, als wenn eine hingedrückte Silbermünze einen Abdruck hinterlassen hätte.

Ganz besonders und ausnahmslos beriet sich Lyte mit Babbitt, auf dessen behutsame Umsicht er sich verließ.

Vor sechs Monaten hatte Babbitt erfahren, daß ein gewisser Archibald Purdy, Kolonialwarenhändler in dem nicht genau umgrenzten Bezirk Linton, daran dachte, eine Metzgerei neben seinem Kolonialwarenladen zu eröffnen. Bei Feststellung der anschließenden Parzellen und ihrer Besitzer fand Babbitt, daß Purdy wohl Eigentümer seines jetzigen Ladens war, aber nicht des einzigen angrenzenden Grundstücks, das in Frage kommen konnte. Er empfahl Conrad Lyte, das Grundstück für 11 000 Dollar zu erwerben, obwohl die Taxierung auf Basis der Mietpreise einen Wert von nicht mehr als 9000 Dollar ergab. Babbitt erklärte, die Mieten seien zu niedrig, und wenn sie lange genug warteten, würde Purdy klein beigeben und den verlangten Preis zahlen. (Das war prophetischer Geist.) Er mußte Lyte geradezu zum Kauf zwingen. Sein erstes Werk als Lytes Agent war, den Mietpreis für das auf dem Grundstück befindliche baufällige Gebäude zu erhöhen. Der Pächter wurde sehr grob, aber er zahlte.

Purdy schien jetzt zum Kauf entschlossen zu sein, und sein Zögern sollte ihn 10 000 Dollar mehr kosten – die Belohnung, die die Gesellschaft Mr. Conrad Lyte dafür zahlte, daß er einen Agenten mit prophetischem Geist genommen hatte, der Verständnis hatte für den springenden Punkt, für strategische Momente, für den Schlüssel zur Situation, für Unterbewertung und für die Psychologie des Käufers.

Lyte kam triumphierend zur Konferenz. Diesen Morgen liebte er Babbitt und nannte ihn «Altes Kamel». Purdy, der Krämer, ein feierlicher Mann mit langer Nase, schien weniger innige Gefühle für Babbitt und für den prophetischen Geist zu empfinden; aber Babbitt ging ihm bis zum Straßeneingang des Büros entgegen und führte ihn mit zärtlichen kleinen Ausrufen: «Kommen Sie, kommen Sie, Bruder Purdy!» in sein Privatzimmer. Er entnahm dem Kartothekschrank die ganze Schachtel Zigarren und nötigte sie seinen Gästen auf. Er schob ihre Stühle zwei Zoll vor und drei Zoll zurück, was einen gastlichen Eindruck machte, lehnte sich dann in seinem Bürostuhl zurück und sah mollig und vergnügt aus. Aber mit dem Schwächling, dem Krämer, sprach er energisch.

«Nun ja, Bruder Purdy, wir haben einige sehr verlockende Offerten von Metzgern und anderen Leuten für das Grundstück neben Ihrem Laden bekommen, aber ich habe Bruder Lyte zugeredet, erst Ihnen den Vorzug zu geben. Ich hab zu Lyte gesagt: ‹'s wär doch eine verfluchte Schande›, hab ich gesagt, ‹wenn einer da vielleicht einen Kramladen und eine Metzgerei gleich nebenan eröffnete und so Purdys flottes kleines Geschäft kaputtmachte.› Insbesondere –» Babbitt lehnte sich vor und seine Stimme klang rauh – «wäre es ein wahres Pech für Sie, wenn eine dieser Geschäftsfilialen mit Barzahlungssystem hinkäme und alle Preise drückte, nur um die Konkurrenz loszuwerden, und Sie damit zugrunde richtete.»

Purdy riß seine mageren Hände aus den Taschen, zog seine Hose herauf, steckte die Hände wieder in die Taschen, lehnte sich in dem schweren, eichenen Stuhl zurück und versuchte ein belustigtes Gesicht zu machen, während er unsicher hervorbrachte:

«Ja, das wäre eine böse Konkurrenz. Aber Sie ahnen ja nicht, welche Zugkraft die persönlichen Verbindungen in einem auf Nachbarschaft begründeten Geschäft haben.»

Der große Babbitt lächelte. «Das stimmt. Handeln Sie also ruhig nach Ihrem Empfinden. Wir wollten Ihnen eben den Vorzug geben. Aber wenn's nicht ist –»

«So hören Sie doch!» jammerte Purdy. «Ich weiß genau, daß ein Grundstück in demselben Ausmaß, ganz in der Nähe, um weniger als 8500 Dollar verkauft worden ist, 's ist noch keine zwei Jahr her, und hier kommen Sie beide und verlangen 24000 Dollar! Ich müßte ja rein eine Hypothek – 12000 würde ich ja gerne zahlen, ohne viel zu reden, aber – ja, du großer Gott, Sie verlangen ja mehr als den doppelten Wert, Mr. Babbitt! Und dann drohen Sie, mich zugrunde zu richten, wenn ich nicht zugreife!»

«Purdy, Ihre Art, mit uns zu reden, gefällt mir nicht! Nein, aufrichtig, diese Art gefällt mir gar nicht! Angenommen, Lyte und ich wären gemein genug, um irgendeinen Mitmenschen ruinieren zu wollen, glauben Sie nicht, daß es auch dann unser eigenstes Interesse wäre, jeden Bürger von Zenith wohlhabend zu sehen? Aber das gehört ja alles nicht zur Sache. Jetzt will ich Ihnen mal was sagen: wir wollen Ihnen 23000 berechnen – 5000 bar und das übrige als Hypothek –, und wenn Sie den alten Kasten einreißen wollen und neu bauen, glaub ich, daß ich Lyte dazu kriegen kann, Ihnen eine Bauanleihe zu sehr liberalen Bedingungen zu geben. Herrgott, Mensch, wir wollen Ihnen doch entgegenkommen! Diese fremden Kolonialwarentruste sind uns ja genauso unsympathisch wie Ihnen! Sie können doch billigerweise nicht von uns verlangen, daß wir aus nachbarlichen Gefühlen 11000 Dollar oder noch mehr opfern, nicht wahr? Na, was sagen Sie, Lyte? Wären Sie geneigt, noch was nachzulassen?»

Indem er Purdys Partei warm ergriff, überredete Babbitt den nachgiebigen Mr. Lyte dazu, seinen Preis bis auf 21000 Dollar zu senken. Im richtigen Augenblick holte Babbitt rasch den Vertrag, den er schon vor einer Woche von Miss McGoun hatte tippen lassen, aus einer Schublade hervor und drückte ihn Purdy in die Hand. Er schüttelte munter seine Füllfeder, um sicher zu sein, daß sie schrieb, reichte sie Purdy und sah ihm wohlwollend zu, während er unterschrieb.

Die große Arbeit der Welt war im Gange. Lyte hatte etwas über 9000 Dollar verdient; Babbitt steckte 450 Dollar Vermittlungsgebühren ein; Purdy erhielt mit Hilfe des feinfühligen Mechanismus der modernen Geldwirtschaft ein Geschäftsgebäude, und die glücklichen Einwohner von Linton würden bald verschwenderisch mit Fleisch versorgt werden, das nur um weniges teurer war als in der Stadt.

Es war ein kühner Kampf, aber als er vorüber war, wurde Babbitt mutlos. Er hatte nur diesen einen unterhaltsamen Wettstreit geplant. Aber die nächste Zukunft zeigte ihm nun Detailfragen der Mietverträge, Gutachten, Hypotheken.

Er murrte: «Ist geradezu ekelhaft, daß Lyte fast den ganzen Profit einsteckt, der alte Geizkragen, wo ich doch alle Arbeit geleistet habe! Und dann... Was habe ich noch heute vor?... Möcht am liebsten einen ordentlichen Urlaub nehmen, Autotour machen, oder sonst was.»

Er sprang auf, der Gedanke an das Frühstück mit Paul Riesling hatte seine Lebensflamme neu entfacht.

Fünftes Kapitel

I

Babbitts Vorbereitungen, um das Büro während seiner anderthalbstündigen Frühstückspause sich selbst zu überlassen, waren nur etwas weniger kompliziert als die Ausarbeitung eines allgemeinen europäischen Krieges.

Er sagte verdrießlich zu Miss McGoun: «Wann gehen Sie zum Essen? Also bitte, sorgen Sie dafür, daß Miss Banningan inzwischen hier ist. Erklären Sie ihr, wenn Wiedenfeldt anruft, möchte sie ihm sagen, daß ich bereits die Umschreibung veranlaßt habe. Ja, und dann können Sie mich auch morgen daran erinnern, Penniman den Auftrag zu geben, wegen der Umschreibung auf das Grundbuchamt zu gehen. Wenn also jemand hereinkommen und ein billiges Haus suchen sollte, denken Sie daran, daß wir dieses Bangor Road-Haus jemandem anhängen müssen. Und wenn Sie mich brauchen, bin ich im *Athletic Club*. Und – ja – Und – hm – Um zwei Uhr bin ich wieder da.»

Er klopfte die Zigarrenasche von seiner Weste ab. Er legte einen schwierigen, noch unbeantworteten Brief auf den Stoß unerledigter Korrespondenzen, um ihn am Nachmittag bestimmt nicht zu übersehen. (Seit drei Tagen legte er denselben Brief auf den Stoß unerledigter Korrespondenz.)

Er kritzelte auf einen Bogen gelbes Einschlagpapier ein Memorandum:

«H. Tür. z. Etag. Wohn. erled.», was ihm das befriedigende Gefühl verschaffte, bereits die Haustüren zu den Etagenwohnungen erledigt zu haben.

Er ertappte sich dabei, daß er schon wieder eine Zigarre rauchte. Er warf sie fort und sagte ärgerlich: «Verflixt, du sollst doch dieses verdammte Rauchen aufgeben!» Energisch trug er die Zigarrenschachtel zum Kartothekschrank, sperrte sie ein, versteckte den Schlüssel an einem sicheren Platz und wütete zwischendurch: «Muß doch schließlich achtgeben auf mich. Und ich muß mir mehr Bewegung machen – zu Fuß gehen bis zum Club, von nun ab jeden Mittag –, ja, das tu ich unbedingt – jeden Mittag –, werde dieses viele Autofahren aufgeben.»

Infolge dieses Entschlusses fand er sich musterhaft. Aber gleich hinterher entdeckte er, daß es heute bereits zu spät war, um zu Fuß zu gehen.

Sein Auto anzulassen und es geschickt zwischen die fahrenden Wagen zu steuern nahm nicht viel weniger Zeit in Anspruch, als wenn er die dreieinhalb Häuserblocks bis zum Club zu Fuß zurückgelegt hätte.

2

Während er das Auto lenkte, blickte er die Häuser mit liebevoller Vertrautheit an.

Ein Fremdling, der plötzlich in das Geschäftszentrum von Zenith versetzt worden wäre, hätte nicht sagen können, ob die Stadt sich in Oregon oder in Georgia, in Ohio oder in Maine, in Oklahoma oder in Manitoba befände. Aber für Babbitt war jeder Zoll individuell und aufregend. Wie gewöhnlich bemerkte er, daß das California-Gebäude gegenüber um drei Stockwerke niedriger und darum um drei Stockwerke weniger prächtig war als sein eigenes Reeves-Gebäude. Wie gewöhnlich, als er am Parthenon-Schuhglanz-Salon vorbeifuhr, einem stockhohen Bau, der neben den wuchtigen Granit- und Ziegelmauern des California-Gebäudes wie eine Badehütte unter einem Felsen aussah, sagte er sich: «Richtig, ich muß meine Stiefel heute nachmittag putzen lassen. Das vergeß ich doch immer.» Vor dem Simplex-Büroeinrichtungshaus und vor der Agentur der Nationalregistrierkassen sehnte er sich nach einem Diktaphon und nach einer Rechenmaschine, die addieren und multiplizieren konnte, wie sich ein Dichter nach Quartbänden, ein Arzt nach Radium sehnt.

Vor dem Modewarenhaus Der schicke Herr nahm er die linke Hand vom Lenkrad, um sich an die Krawatte zu greifen, und er belobte sich innerlich, weil er teure Krawatten kaufte und «in barem dafür blechte, zum Kuckuck!»; vor dem Vereinigten Zigarren-Lager, das in Purpur und Gold erstrahlte, überlegte er: «Ob ich wohl Zigarren brauche – Blödsinn – rein aus dem Kopf geflogen – will mir doch das dumme Qualmen abgewöhnen.» Er betrachtete seine Bank, die Nationale Bergwerks- und Landarbeiterbank, und fühlte sich schlau und tüchtig, daß er Klient einer so marmorglänzenden Bank war. Aber sein großer Moment kam, als an der Ecke unter dem National Tower der Verkehr stockte. Sein Wagen stand in einer Reihe mit vier anderen Autos, sie bildeten ein vibrierendes Stahlband, unruhig wie Kavelleriepferde, während der Verkehr der Querstraßen, Limousinen, ungeheure Möbelwagen und aufdringliche Motorräder, vorübersauste; an der anderen Ecke arbeiteten pneumatische Niethämmer lautklingend auf dem sonnvergoldeten Gerippe eines Neubaus; und aus diesem Wirbelsturm heraus blitzte ihm plötzlich ein bekanntes Gesicht entgegen, und ein Clubkollege schrie: «Wie geht's, George?» Babbitt winkte freundschaftlich und glitt weiter, während der Polizist die Hand hob; er merkte, wie rasch sein Auto die anderen überholte, er fühlte sich überlegen und mächtig, wie ein poliertes Stahlschiff, das durch eine riesenhafte Maschine schießt.

Wie gewöhnlich übersah er die nächsten zwei Häuserblocks, verrottete alte Blocks, die noch von dem Schmutz und der Ärmlichkeit des Jahres 1885 nicht befreit waren. Während er am Fünf- und Zehn-Cent-Warenhaus, am Dakota-Wohnhaus und an der Concordia-Halle mit ihren möblierten Zimmern und den Wahrsagerbüros vorbeifuhr, dachte er daran, wieviel Geld er machte, und prahlte ein wenig und ängstigte sich ein wenig und wiederholte alte, längst gemachte Rechenexempel:

«450 Dollar heute morgen vom Lyte-Abschluß. Aber die Steuern sind noch nicht gezahlt. Laß mal sehen: ich sollte dieses Jahr nette 8000 herausschlagen und 1500 davon beiseite tun – nein, nicht wenn ich eine Garage baue und – laß mal sehen: letzten Monat 640 verdient und zwölfmal 640 macht – macht – laß sehen: sechsmal zwölf ist 7200 und – Ach was, wie immer es ist, ich werde schon die 8000 herausschlagen – na, sieh mal an, das ist doch ganz hübsch; 's gibt nicht so viele Kerls, die im Jahr 8000 Dollar machen, 8000 schöne, runde, klingende Dollars – ich wette, von der Einwohnerschaft der ganzen Vereinigten Staaten sind keine 5 Prozent, die mehr verdienen wie Onkel George, Teufel noch mal! Sitze schon ganz obenan! Aber – alle die Ausgaben – Familie verschwendet Benzin und gehen wie Millionäre gekleidet, und die 80 Dollar, die ich monatlich Mutter schicke – Und all die Tippmamsells und Agenten, die jeden Cent, den sie nur können, aus mir herausschinden.»

Die Folge dieses kühlen Vermögensüberschlags war, daß er sich siegreich und wohlhabend und gleichzeitig erschreckend arm vorkam; mitten in seinem Vortrag hielt er das Auto an, stürzte in einen kleinen Zeitungs- und Gemischtwarenladen und kaufte den elektrischen Zigarrenanzünder, nach dem er sich schon seit einer Woche sehnte.

Er übertönte sein Gewissen durch auffahrendes, lärmendes Benehmen und indem er den Verkäufer anschrie: «Wird sich schon durch Ersparnis an Streichhölzern bezahlt machen, was?»

Es war ein nettes kleines Ding, ein vernickelter Zylinder, mit fast echt silbernem Rohr, das am Schutzblech des Wagens befestigt wurde. Auch war es nicht nur «ein flotter Luxusartikel, der dem Auto des Modeherrn den letzten Schick verlieh», wie das Plakat auf dem Pult zur Kenntnis brachte, sondern eine geradezu unbezahlbare Zeitersparnis. Er hatte nun die Möglichkeit, seine Zigarre anzuzünden, ohne anzuhalten, was ihm in ein bis zwei Monaten gewiß zehn Minuten ersparen würde.

Während er weiterfuhr, blickte er den Anzünder an. «Sieht gut aus. Wollt schon immer einen haben», sagte er ernst und gedankenvoll. «Das ist das einzige, was ein Raucher wirklich haben muß.»

Dann besann er sich, daß er ja das Rauchen aufgegeben hatte.

«Verdammt noch mal!» grämte er sich. «Ach was, ab und zu werde ich ja doch noch eine Zigarre vom Stapel lassen. Und dann – für andere Leute wird es sehr bequem sein. Könnt schon vorkommen, daß ich mir dadurch den guten Willen eines Menschen erwerbe, der einen Kauf im Sinn hat. Und – sieht jedenfalls vornehm aus! Fabelhafte kleine Erfindung! Verleiht den letzten Schick. Ich glaube – Na, zum Teufel, ich denke, ich kann mir das erlauben, wenn's mir Spaß macht. Ich werde nicht der einzige in der Familie sein, der sich keinen, aber auch keinen einzigen verfluchten Luxus erlaubt!»

Und so, mit Schätzen beladen, nach drei und einem halben Häuserblock romantischer Abenteuer, fuhr er beim Club vor.

3

Der *Athletic Club* von Zenith ist durchaus nicht athletisch und auch eigentlich kein Club, aber er ist die höchste Vollendung von Zenith. Er hat ein belebtes, von Rauchschwaden durchzogenes Billardzimmer, besitzt Baseball- und Football-Mannschaften, und ein Zehntel der Mitglieder ist sporadisch bemüht, bei Billard und im Turnsaal schlank zu werden. Aber die Mehrzahl seiner 3000 Mitglieder benützt den Club als Kaffeehaus, um zu frühstücken, Karten zu spielen, amüsante Geschichten zu erzählen, Kunden Rendezvous zu geben und Besuchsonkel von auswärts zum Abendessen einzuladen. Es ist der größte Club der Stadt, und sein tiefster Abscheu ist der konservative *Union Club*, der von allen soliden Mitgliedern des *Athletic* als «ein verderbtes, aufgeblasenes, langweiliges und kostspieliges altes Nest» bezeichnet wird, «nicht ein guter Mixer im ganzen Lokal, nicht geschenkt würde ich die Mitgliedschaft annehmen!» Es ist statistisch erwiesen, daß sich noch niemals ein Mitglied des *Athletic* dagegen gewehrt hat, in den *Union* gewählt zu werden, und von denen, die gewählt worden sind, treten 67 Prozent aus dem *Athletic* aus und äußern sich sodann im schläfrigen Heiligtum der *Union-Halle:* «Der *Athletic* wäre ja ein recht gutes Lokal, wenn er nur etwas exklusiver wäre!»

Das *Athletic Club*-Gebäude ist neun Stockwerke hoch, gelber Ziegelbau mit verglaster Dachterrasse oben und mächtigem Sandsteinsäulenvorbau unten. Die Vorhalle mit ihren breiten Säulen aus porösem Stein, ihrem gewölbten Deckengebälk und ihrem braunglasierten, wie frischgebackene Brotrinde glänzenden Fliesenbelag ist ein Mittelding zwischen der Krypta einer Kathedrale und einem Ratskeller. Gewöhnlich stürzen die Mitglieder in die Vorhalle, als ob sie Einkäufe zu besorgen hätten, zu denen ihnen die Zeit mangelt. Auch

Babbitt polterte so herein und schrie der Gruppe, die am Zigarrenstand versammelt war, zu: «Wie geht's, Jungens? Wie geht's, Jungens? Herrlicher Tag heute!»

Aufgeräumt schrien sie zurück – Vergil Gunch, der Kohlenhändler, Sidney Finkelstein, der Einkäufer für die Damenkonfektionsabteilung von Parcher & Steins Warenhaus, und Professor Josef K. Pumphrey, Eigentümer der Riteway-Handelsakademie und Professor für öffentliche Redekunst, Geschäfts-Englisch, Dramatische Texte und Handelsgesetz. Obwohl Babbitt diesen Gelehrten aufrichtig bewunderte und Sidney Finkelstein als «fabelhaft smarten Einkäufer und freigebigen Kumpan» schätzte, war es doch Vergil Gunch, an den er sich enthusiastisch wandte. Mr. Gunch war Präsident des *Boosters Club*, eines wöchentlichen Frühstücks-Clubs, der ein lokaler Zweig der großen nationalen Organisation war, die unter den guten Freunden solide Geschäftstüchtigkeit und freundschaftliches Empfinden förderte. In dem Orden der Brüderlichen Schutzgemeinschaft der Elche hatte er keinen geringeren Rang inne als Würdiger Führender Ritter, und es ging das Gerücht um, daß er bei den nächsten Wahlen als Kandidat für den Erhabenen Herrscher auftreten würde. Er war ein fideler Mensch, mit einer Vorliebe für Redeübungen und für Intimität mit Künstlern. Er suchte bekannte Schauspieler und Varietékünstler auf, wenn sie in die Stadt kamen, schenkte ihnen Zigarren, redete sie mit dem Vornamen an, und manchmal gelang es ihm sogar, sie zu dem Frühstück der Boosters mitzubringen, um den «Jungens» eine Freivorstellung zu geben. Er war ein großer, schwerer Mann und trug sein Haar kurz geschnitten, wie eine Bürste; er kannte alle neuesten Witze, aber wenn es sich um Poker handelte, spielte er waghalsig. Bei seiner Abendgesellschaft hatte Babbitt das Gift der Unruhe in sich gesogen, das ihn heute den ganzen Tag quälte.

Gunch brüllte: «Wie geht's dem alten Bolschewiken? Wie fühlst du dich heute nach dem gestrigen Abend?»

«Ach, Junge! Das will ich meinen! Du hast ein feines Fest

gebraut, Verg! Hoffentlich bist du dir im klaren, daß ich den letzten niedlichen Geldpott eingestrichen habe», brüllte Babbitt zurück. Er stand keine drei Fuß von Gunch entfernt.

«Na, laß gut sein! Wart nur, Georgie, was du das nächste Mal abkriegst! Habt ihr in den Zeitungen gelesen, wie die New Yorker Stadtversammlung Front gegen die Roten gemacht hat?»

«Na, und ob ich's gelesen habe! Haben sie großartig gemacht, was? Feines Wetter heute.»

«Ja, ein richtig schöner Frühlingstag, aber die Nächte sind noch kalt.»

«Ja, da hast du wohl recht. Hab mich vergangene Nacht auf der Schlafveranda mit zwei Decken zudecken müssen. Hör mal, Sid», wandte sich Babbitt an den Einkäufer Finkelstein, «ich möcht dich gern was fragen. Bin heute gegangen und hab mir für das Auto einen elektrischen Zigarrenanzünder gekauft, und –»

«Allen Respekt!» sagte Finkelstein, während sogar der gelehrte Professor Pumphrey, ein aufgequollener Mann in einem gesprenkelten Cutaway, mit einer Stimme wie eine Orgelpfeife, bemerkte: «Das ist ein flotter Artikel. Zigarrenanzünder gibt dem Schutzblech ein vornehmes Aussehen.»

«Ja, ich hab mich schließlich entschlossen, einen anzuschaffen. Hab das beste Fabrikat genommen, der Verkäufer sagte, es sei das beste. Hat mich 5 Dollar gekostet. Nimmt mich wunder, ob ich zuviel gezahlt habe. Was kosten sie bei euch im Warenhaus, Sid?»

Finkelstein bestätigte, daß 5 Dollar nicht zuviel war, wenigstens nicht zuviel für einen wirklich erstklassigen, ordentlich vernickelten Anzünder mit qualitativ hochstehendem Leitungsrohr. «Ich sage immer – und ihr könnt mir glauben, daß ich in Geschäftsdingen reiche Erfahrung habe –, die beste Ware ist auf die Dauer die billigste. Natürlich, wenn einer ein Handelsjude ist, kann er billigen Schund anschaffen, aber auf die Dauer ist das Allerbeste, was man kauft, immer noch das Billigste. Seht mal, was mir dieser Tage passiert ist: ich habe für die alte Karre ein neues Dach und frische Polsterung spendiert und habe dafür 126 und 50 Dollar bezahlt. Natürlich würden eine Menge Leute sagen – Herrgott, wenn meine beiden Alten – die wohnen in einem puritanischen Städtchen im Norden und können sich absolut nicht daran gewöhnen, wie ein Geschäftsmann im Zentrum denkt, und dann, natürlich sind sie Juden, und würden sich das Herz ausreißen vor Verzweiflung, wenn sie jemals erführen, daß Sid 126 harte runde Dollar geblecht hat. Aber ich kann nicht sagen, daß ich mich übervorteilt fühle, George, nein, aber auch kein bißchen. Der Wagen sieht jetzt funkelnagelneu aus – eigentlich ist er ja auch gar nicht alt; hab ihn noch keine drei Jahre, aber ich strapaziere ihn furchtbar, jeden Sonntag über 100 Meilen Fahrt, und – oh – Nein, wirklich, George, ich glaub nicht, daß du überzahlt hast. Auf die Dauer, weißt du, kann man ruhig sagen, was am besten ist, ist auch bestimmt am billigsten.»

«Hast ganz recht», sagte Vergil Gunch. «Ich habe genau dieselbe Auffassung. Wenn der Mensch sein Leben so intensiv lebt, wie wir es hier in Zenith tun – die ewige Hetze und die geistige Arbeit, all die Schlaufüchse um uns herum, die man sich nicht über den Kopf wachsen lassen kann, und die Boosters und der Z.A.K. hier –, na, natürlich muß der Mensch dann seine Nerven dadurch schonen, daß er sich von allem das Beste gönnt.»

Babbitt nickte durchschnittlich bei jedem fünften Wort dieses gebrüllten Vortrags, und der jetzt folgende Schluß, ein Beispiel von Gunchs berühmter humoristischer Ader, entzückte ihn:

«Trotz alldem, George, weiß ich nicht, ob du dir so was gestatten kannst. 's ist mir zu Ohren gekommen, daß die Regierung ihr Auge auf dich geworfen hat, seitdem du das Schwanzende vom Eathorne Park gestohlen und verkauft hast.»

«O Verg, du bist ein alter Possenreißer. Aber wenn wir gerade dabei sind, weißt du, daß man sich erzählt, du hättest die schwarzen Marmorstufen der Hauptpost gestohlen und als allerbeste Kohle verkauft?» Begeistert klopfte Babbitt Gunch auf den Rücken und streichelte seinen Arm.

«Schön, schön, aber ich möchte noch eines wissen: Wer ist der Realitätenschwindler, der diese Kohle für seine Miethäuser angekauft hat?»

«Na, ich denke, du bist für ein Weilchen erledigt, George!» sagte Finkelstein. «Übrigens, Jungens, muß ich euch eine Geschichte erzählen: Georges Gnädige ist in die Herrenmodewaren-Abteilung von Parcher gegangen, um ihm Kragen zu kaufen, und bevor sie noch die Kragennummer nennen kann, hat ihr der junge Mann schon Größe 13 vorgelegt, ‹Ja, wie wissen Sie denn seine Kragenweite?› fragt Mrs. Babbitt, und der junge Mann erwidert: ‹Herren, die ihre Kragen von der Gattin kaufen lassen, tragen alle Nummer 13, gnädige Frau!› Wie gefällt euch das? Nettes Geschichtchen, was? Habt ihr schon so was gehört? Jetzt hab ich dich endgültig untergekriegt, George, mein Junge!»

«Ich – ich –» Babbitt suchte stammelnd nach freundschaftlichen Grobheiten als Antwort. Er blieb stecken, starrte nach der Tür. Paul Riesling war gerade eingetreten. Babbitt rief: «Ich seh euch noch, Jungens!» und eilte durch die Halle. Er war in diesem Augenblick weder das verdrießliche Kind von der Schlafveranda noch der häusliche Tyrann des Frühstückstischs, weder der geriebene Reißer der Lyte–Purdy-Konferenz noch der laute Kumpan und Witzbold des *Athletic Club*. Er war Paul Rieslings älterer Bruder, stets bereit, ihn zu verteidigen, voller Bewunderung und stolzer, gläubiger Liebe, die weit tiefer wurzelte als die Liebe einer Frau. Paul und er schüttelten sich feierlich die Hand; sie lächelten einander schüchtern zu, als ob sie drei Jahre, und nicht nur drei Tage, getrennt gewesen wären. Und dann sagten sie:

«Wie geht's, alter Pferdedieb?»

«Ganz passabel. Und du, armes Flossentierchen?»

«Ausgezeichnet, alte Käsemade!»

Nachdem sie sich solcherart ihre tiefe Zärtlichkeit bewiesen hatten, grunzte Babbitt: «Du bist mir ein netter Kerl, du! Zehn Minuten zu spät!»

«Kannst froh sein, daß du überhaupt mal mit einem Gentleman frühstückst!» sagte Riesling bissig. Beide grinsten und gingen in den luxuriösen Waschraum, wo eine lange Reihe Männer sich über Waschschüsseln beugte, die in ungeheure Marmorplatten eingelassen waren; es sah aus, als ob alle sich in einem religiösen Ritus vor ihrem eigenen Bild in dem mächtigen Spiegel neigten. Schwere, selbstzufriedene, gebieterische Stimmen klangen die Marmorwände entlang, prallten von den milchweißen, lavendelfarbig geränderten Kacheln des Plafonds ab, während die Herren der Stadt, die Barone der Assekuranzen, der Gesetzgebung, der Düngemittel und der Pneumatiks, ihre für Zenith ausschlaggebenden Meinungen hören ließen; sie erklärten, daß es heute warm sei – ganz entschiedenes Frühlingswetter, daß die Löhne zu hoch und die Hypothekenzinsen zu niedrig seien, daß Babe Ruth, der eminente Baseballspieler, ein tüchtiger Mann sei, und daß «die zwei verrückten Kerls, die diese Woche im Climax Vaudeville Theater auftreten, wirklich patente Schauspieler sind». Babbitt, dessen Stimme sonst die tönendste und entschiedenste war, verhielt sich schweigsam. In Gegenwart des zierlichen dunklen, zurückhaltenden Paul Riesling fühlte er sich unbeholfen, empfand den Wunsch, still, gewandt und entschlossen zu sein.

Die Eingangshalle des *Athletic Club* war gotisch, der Waschraum römisch und cäsarenhaft, der Gesellschaftsraum in spanischem Missionsstil und der Lesesaal in chinesischem Chippendale gehalten; aber die Perle des Clubs war der Speisesaal, das Meisterstück Ferdinand Reitmans, des beliebtesten Architekten von Zenith. Es war ein hoher Raum, die Wände halb mit Holz verkleidet, mit bleigefaßten Tudorfenstern, einem Erker, einer musikantenlosen Musikgalerie und Gobelins, die angeblich die Verleihung der Magna Charta verbildlichten. Die geschnitzten Balken waren in Jake Offuts Karosseriewerken mit der Hand gearbeitet worden, alle Türangeln waren aus gehämmertem Eisen, die Wandverkleidung mit handgearbeiteten Holznägeln verziert, und am Ende des Raums war ein überdachter, wappengeschmückter, steinerner Kamin, der, wie das Reklamebüchlein des Clubs kund und zu wissen tat, nicht nur größer war als irgendein Kamin in den Schlössern Europas, sondern auch einen unvergleichlich besseren und nach allen Regeln der Wissenschaft angelegten Zug besaß. Auch war der Kamin viel sauberer, da noch niemals ein Feuer darin gebrannt hatte.

Ein Teil der Tische waren ungeheure Steinplatten, an denen zwanzig bis dreißig Männer Platz hatten. Babbitt saß gewöhnlich an einem dieser Tische in der Nähe der Tür in Gesellschaft von Gunch, Finkelstein, Professor Pumphrey, seinem Nachbar Howard Littlefield, dem Dichter und Annoncenagenten T. Cholmondeley Frink und Orville Jones, dessen Wäscherei weitaus die beste von Zenith war. Sie bildeten einen Club im Club und nannten sich vernügt «Die Rauhbeine». Als er heute an ihrem Tisch vorüberging, begrüßten ihn die Rauhbeine: «Kommt nur, setzt euch zu uns! Du und Paul, ihr seid wohl zu stolz, um mit armen Leuten aus einer Schüssel zu essen? Ihr habt wohl Angst, man könnte euch um einen Trunk anpumpen? Kommt mir wahrhaftig vor, ihr vornehmen Kerls werdet jetzt gar zu exklusiv!»

Er schrie donnernd: «Könnt Gift darauf nehmen! Wir können unseren guten kleinen Ruf nicht damit aufs Spiel setzen, daß man uns in der Gesellschaft von solchen alten Knausern sieht!», und führte dabei Paul an einen der kleinen Tische unter der Musikgalerie. Schuldgefühle bedrückte ihn. Im *Athletic Club* galt eine private Unterhaltung als unschicklich. Aber er wollte Paul ganz für sich haben.

Am Morgen hatte er sich für leichte Mahlzeiten entschieden, und er bestellte jetzt nur englische Hammelkoteletts, Radieschen, Erbsen, einen in der Schüssel gebackenen Apfelkuchen, ein Stückchen Käse und eine Kanne Kaffee mit Sahne, setzte aber, wie immer, hinzu: «Na ja, und – ach. Sie können mir auch noch eine Portion Pommes frites bestellen!» Als das Kotelett kam, streute er Pfeffer und Salz darüber. Er salzte und pfefferte immer jedes Fleisch ausgiebig, bevor er es kostete.

Paul und er begannen ihr Gespräch damit, daß sie den milden Frühling, die Vorteile des Zigarrenanzünders und die Tätigkeit der New Yorker Stadtversammlung besprachen. Erst als er schwer und trostlos vom Hammelfett war, kamen ruckweise die Bekenntnisse:

«Ich hab heute einen netten kleinen Handel mit Conrad Lyte abgeschlossen, der mir glatt 500 gute Dollar eingebracht hat. Das ist ja soweit gut und schön, aber trotzdem – ich weiß nicht, was heute mit mir los ist. Vielleicht ist's nur das Frühjahrsfieber, oder ich bin bei Verg Gunch zu spät aufgeblieben, oder vielleicht sind es die Folgen der Winterarbeit, die sich melden, jedenfalls bin ich den ganzen Tag bedrückt und niedergeschlagen. Natürlich könnte ich das am Tisch der Rauhbeine nicht zum besten geben, aber dir – hast du jemals dieses Gefühl gehabt, Paul? Plötzlich überfällt es mich; ich hab immer nur meine Pflicht getan, Familie gut versorgt, hab ein hübsches Haus und einen Sechszylindermotor, mein Geschäft geht ausgezeichnet, und ich habe keine Laster, außer dem vielen Rauchen – und nebenbei bemerkt bin ich gerade dabei, mir das abzugewöhnen. Ich gehöre zur Kirche und spiele Golf, um gut instand zu bleiben, und ich verkehre nur mit braven, anständigen Leuten. Und dennoch, trotz allem, fühl ich nicht, daß ich zufrieden bin.»

Es kam langsam aus ihm heraus, unterbrochen durch den Lärm der Nebentische, durch automatisches Flirten mit der Kellnerin, durch schweres Atmen und Grunzlaute, während der Kaffee ihm Schwindel und Magenbeschwerden verursachte. Er war unschlüssig und schien um Entschuldigung bitten zu wollen, aber Pauls dünne Stimme durchdrang und zerteilte den Nebel um ihn:

«Herrgott, du glaubst doch nicht, George, daß es mir etwas Neues ist, wenn wir Fortschrittler, die wir uns so kolossal erfolgreich halten, zum Schluß nicht viel Freude an der ganzen Sache haben? Du guckst mich an, als ob ich dich wegen offener Rebellion anzeigen wollte! Und dabei weißt du doch, was mir mein Leben gebracht hat?»

«Ich weiß, alter Freund!»

«Ich hätte Musikant werden sollen und habe einen Dachpappenladen! Und Zilla – ich will nicht anfangen zu winseln, aber du weißt ja so gut wie ich, was für eine reizende Gattin sie ist... Zum Beispiel gestern abend: Wir sind ins Kino gegangen. In der Vorhalle wartete eine große Menschenmenge, und wir standen zuletzt. Darauf begann sie vorwärts zu drängeln mit ihrer ‹Herr, was erlauben Sie sich?›-Manier – du, ich schwör dir, wenn ich sie mir manchmal so anseh und merke, wie sie geschminkt und hergerichtet ist, und wie sie nach Parfum stinkt und überall unliebsames Aufsehen erregt, fast als ob sie den Leuten ins Gesicht schreien würde: ‹Hört mal, ihr verdammtes Gesindel, ich bin eine vornehme Dame!› – ich hätte nicht übel Lust, sie zu ermorden! Na, also, sie stößt sich mit den Ellbogen vorwärts, ich bedrückt und beschämt hinter ihr her, bis sie fast vor der roten Samtschnur steht und gleich als nächste hereingelassen werden soll. Aber dort stand ein kleiner Stöpsel von einem Mann – hatte wahrscheinlich schon eine halbe Stunde dort gestanden –, eigentlich imponierte mir der kleine Kerl – und er wendet sich an Zilla und sagt ihr durchaus höflich: ‹Gnädige Frau, warum versuchen Sie sich vor mich zu drängen?› Und sie, ganz einfach – mein Gott, hab ich mich geschämt! –, sie schreit ihn an: ‹Sie sind kein Gentleman!› und zwingt mich auch gleich teilzunehmen, indem sie schreit: ‹Paul, dieser Mann hat mich beleidigt!›, und er, der arme Schuft, machte sich schon zu einem Boxkampf bereit.

Ich stellte mich, als ob ich sie nicht gehört hätte – probier mal, eine Kesselschmiede nicht zu hören! – und schaute nach der anderen Seite – ich kann dir noch heute genau jede Kachel in der Decke der Vorhalle beschreiben, eine war dort mit braunen Flecken, wie eine Teufelsfratze –, und alle die Leute um uns herum – sie standen dicht wie Heringe aneinander –, die machten fortwährend ihre Bemerkungen über uns, und

Zilla hörte nicht auf, über den kleinen Kerl zu schimpfen und schrillte, daß solche Leute nicht hereingelassen werden dürften, wo doch angeblich nur Herren und Damen verkehrten, und: ‹Paul, willst du endlich die Güte haben und den Direktor rufen, damit ich diesen miserablen Wurm anzeigen kann?› und – herrjeh, war ich froh, als ich mich hereinschleichen und im Dunkeln verstecken konnte!

Nachdem ich seit 24 Jahren die und ähnliche Dinge durchmache, erwartest du wohl nicht, daß ich mich hinwerfen soll und vor Wut schäumen, wenn du andeutest, daß dieses schöne, saubere, anständige, moralische Leben nicht ganz so ist, wie es beschrieben wird. Ich kann nur zu dir und sonst zu niemandem darüber reden, weil jeder glauben würde, daß ich gelb vor Neid bin. Vielleicht bin ich's auch. Ist mir aber schon ganz egal... Na, Georgie, hast von jeher eine gute Portion Gewinsel von mir anhören müssen!»

«Unsinn, Paul, du hast niemals richtig gewinselt. Ab und zu... Weißt, ich mache Myra und den Gören immer solche Geschichten vor, was ich für ein Riesenkerl von Realitäter bin, und dann schleicht mir manchmal eine Idee durch den Kopf, daß ich am Ende gar kein solcher Pierpont Morgan bin, wie ich es ihnen vormache. Aber wenn ich dir nur ein bißchen Mut auf den Weg geben kann, alter Paulski, denk ich, daß der heilige Petrus mich vielleicht doch einlassen wird!»

«Ach, Georgie, du fideler Gauner, du bist ja ein alter Kanzelredner, aber du hilfst mir auf den Weg, das stimmt!»

«Warum scheidest du dich nicht von Zilla?»

«Warum ich's nicht tu? Ja, wenn ich's nur könnte! Wenn sie mir nur die kleinste Gelegenheit dazu geben würde! Aber um keinen Preis der Welt würde sie sich scheiden oder mich verlassen. Hängt zu sehr an ihren gesicherten täglichen Mahlzeiten und den paar Pfund Nußcremeschokolade, die sie zwischendurch ißt. Wenn sie nur das täte, was man ‹die eheliche Treue brechen› nennt! George, ich mag nicht zu gemein sein: in meinen Universitätsjahren war ich sicherlich überzeugt, daß ein Mann, der so was sagen kann, am nächsten Morgen erschossen werden muß. Aber ernstlich, es wäre der größte Spaß, wenn sie wirklich mit einem anderen ein Techtelmechtel anfangen würde. Nicht viel Aussicht! Natürlich flirtet sie mit allem, was ihr in den Weg läuft – du weißt ja, wie sie sich die Hände halten läßt und dazu lacht –, dieses Lachen – dieses grauenhafte, blecherne Lachen –, wie sie gluckst: ‹Sie Schlimmer, hüten Sie sich nur, sonst kommt mein starker Mann, und dann wehe Ihnen!› – und dann schaut mich der Trottel von oben bis unten an und denkt sich: ‹Na, du lieber kleiner Bursche, lauf doch fort, sonst setzt es was!› Und sie wird ihn ruhig wärmer werden lassen, um sich angenehm anzuregen, und auf einmal beginnt sie dann, die beleidigte Unschuld zu mimen, und amüsiert sich glänzend, während sie jammert: ‹Nie hätte ich geglaubt, daß Sie so einer sind!› Ich hab in Büchern über diese *demie-vierges* gelesen –»

«Diese *was*?»

«– aber die erfahrenen, wetterharten, gepanzerten alten Ehefrauen wie Zilla sind weit ärger als irgendein kurzhaariges Mädchen, das jemals frech in die Stürme des Lebens hinausgewandert ist – und dabei den geschlossenen Regenschirm fest unterm Arm gehalten hat! Aber, zum Teufel, du weißt ja, wer Zilla ist. Wie sie einen quält und quängelt und quängelt! Wie sie alle Sachen haben muß, die ich ihr kaufen kann, und eine Menge noch dazu, die ich nicht mehr kaufen kann; wie absolut unvernünftig sie ist, wenn ich mal die Geduld verliere und sie zur Rede stellen will; wie sie dann plötzlich die vornehme Dame vorkehrt und so geschickt spielt, daß sogar ich mich betrügen lasse und mich in tausend ‹Warum hast du gesagt› und ‹Ich hab das gar nicht so gemeint› verwickle. Sieh mal her, Georgie: du weißt, ich bin gar nicht anspruchsvoll – wenigstens was das Essen anbelangt. Natürlich, du bist immer unzufrieden, weil ich anständige Zigarren haben muß – nicht diese Flor de Kohl, die du selber schmauchst –»

«Laß nur gut sein! Die Zigarren sind gar nicht übel. Dabei fällt mir ein, Paul, hab ich dir schon gesagt, daß ich mich jetzt endgültig entschlossen habe, mir das Rauch –»

«Ja, du hast – Immerhin aber, wenn ich mal nicht das kriege, was ich gern mag, kann ich mich auch ohne abfinden. Es macht mir gar nichts aus, einmal abends ein verbranntes Schnitzel vorgesetzt zu bekommen und Pfirsichkonserven und Konditoreikuchen als aufregenden kleinen Nachtisch hinterher; aber es fällt mir nicht ein, Zilla zu bedauern, wenn die Köchin infolge ihrer bösen Laune durchgegangen ist und Zilla dann den ganzen Nachmittag in einem schmierigen Spitzenschlafrock mit Hingabe und Eifer die Abenteuer eines wundervoll kühnen Helden des Wildwest studiert und zum Kochen gar keine Zeit findet. Du redest immer über Moral und verstehst wahrscheinlich ‹Monogamie› darunter. Für mich bist du die Steinmauer, an die ich mich klammere, aber im Innersten bist du ja doch ein Dummkopf. Du –»

«Was meinst du mit dem ‹Dummkopf›, du kleiner Niemand? Laß mich dir erklären –»

«– liebst es, sehr ernst auszusehen und der Welt im allgemeinen mitzuteilen, daß es ‹die Pflicht verantwortungsvoller Geschäftsleute ist, schon als Beispiel für ihre Mitbürger sich streng moralisch aufzuführen›. De facto ist es dir so ernst mit der Moral, mein guter Georgie, daß es mir schwerfällt, mir vorzustellen, wie unmoralisch du in Wirklichkeit innerlich sein mußt. Also schön, du darfst –»

«Wart, wart doch nur! Was ist –»

«– über Moral reden, soviel du Lust hast, alter Junge, aber glaub mir, wenn du nicht gewesen wärst und ab und zu ein Abend, wo Terrill O'Farrell Cello und ich Violine gespielt haben, und dann noch drei oder vier süße Mädchen, die mir behilflich waren, diesen miserablen Witz, den man ‹ein anständiges Leben› nennt, zu vergessen – ich hätte mich schon vor Jahren umgebracht.

Und das Geschäft! Die imprägnierte Dachpappe! Dächer für Kuhställe! Na, ich will ja nicht sagen, daß mir die Dinge nicht oft Spaß machen; wenn ich den Arbeitervereinigungen ein Schnippchen schlagen kann und große Schecks einstreiche und das Geschäft sich gut entwickelt. Aber was hab ich von dem allem? Du weißt, es ist nicht so sehr meine Beschäftigung, die Leute mit Dächern zu versorgen – als hauptsächlich meine Konkurrenten daran zu hindern. Bei dir ist's das gleiche! Wir tun nichts anderes, als uns gegenseitig den Hals abzuschneiden und das Publikum dafür blechen zu lassen!»

«Jetzt aber hör auf, Paul! Was du zusammenredest, erinnert schon verdammt an Sozialismus!»

«Na ja, natürlich mein ich das nicht alles genauso, wie ich's jetzt gesagt hab. Natürlich – Konkurrenz – produziert schon das Beste – die Auswahl der Tauglichsten – aber – aber eigentlich will ich folgendes sagen: Nimm alle diese Leute, die wir kennen, gleich die, die jetzt hier im Club sitzen und die mit ihrem Familienleben und ihrem Geschäft außerordentlich zufrieden zu sein scheinen, Zenith und die Handelskammer gewaltsam vorwärts und in die Höhe treiben und nach einer Million Einwohner brüllen. Ich wette, wenn du ihre Köpfe aufschneiden könntest, würdest du finden, daß ein Drittel von ihnen tatsächlich absolut zufrieden mit Frau und Kindern, Freunden und Geschäft ist; und ein anderes Drittel ist irgendwie unruhig und will es nicht zugestehen; und ein Drittel ist todunglücklich und ist sich darüber vollkommen klar. Die hassen dann das ganze sprühende, großtuende, vorwärtstreibende Spiel; ihre Frauen langweilen sie, und sie finden ihre Kinder dumm – wenigstens wenn sie 40 oder 45 Jahre alt werden, langweilt sie alles –, und sie hassen ihre Arbeit und würden am liebsten – was glaubst du denn, warum so viele ‹rätselhafte› Selbstmorde vorkommen? Was glaubst du, warum so viele wohlhabende Bürger im Krieg eingesprungen sind? Glaubst du, das war alles Patriotismus?»

Babbitt schnaubte: «Was erwartest du eigentlich? Meinst wohl, wir sind in die Welt gesetzt, um uns fein zu unterhalten und – wie nennt man das? – ‹auf dem blumigen Pfuhl eitler Wonne zu lagern›? Meinst, der Mensch ist erschaffen, um glücklich zu sein?»

«Ja, warum denn nicht? Obwohl ich noch nie jemanden hab finden können, der wirklich wußte, wozu der Mensch eigentlich erschaffen ist!»

«Nun, wir wissen – nicht nur aus der Bibel, sondern logisch und verstandesgemäß –, daß ein Mann, der sich nicht dazu stellt und seine Pflicht tut, auch wenn sie ihn langweilt, nichts anderes als ein – na, also, er ist einfach ein Schwächling. Ein Muttersöhnchen ist er! Und wofür sprichst du eigentlich? Rück mit Beispielen heraus! Wenn sich ein Mann mit seiner Frau langweilt, glaubst du ernstlich, daß er das Recht hat, sie über Bord zu werfen und sich aus dem Staub zu machen oder sich zu töten?»

«Lieber Gott, ich weiß nicht, welche ‹Rechte› ein Mensch hat! Und ich weiß nicht, wie man Langeweile loswerden kann. Wenn ich das wüßte, wäre ich der einzige Philosoph, der ein Heilmittel für das Leben besäße. Aber eines weiß ich sicher, daß vielleicht zehnmal mehr Menschen sich im Leben langweilen – und unnötig langweilen –, als wir jemals ahnen; und ich bin überzeugt, daß, wenn wir manchmal herausplatzen und es zugestehen würden, statt während 60 Jahren anständig, geduldig und treu zu sein und dann in aller Ewigkeit anständig, geduldig und tot zu sein – na, vielleicht, möglicherweise wäre dann das Leben viel unterhaltsamer.»

Sie verloren sich in einem Wirrsal von theoretischer Grübelei. Dabei fühlte sich Babbitt elefantenhaft plump und unbehaglich. Paul redete gewagt, ohne sich über seine eigenen Reden ganz klarzuwerden. Ab und zu stimmte Babbitt urplötzlich mit Paul in etwas überein, das allen seinen Verteidigungsreden über Pflicht und christliche Geduld widersprach, und jedesmal empfand er dann eine seltsam unbekümmerte Freude. Schließlich sagte er: «Hör mal, alter Junge, du polemisierst wie ein Wasserfall darüber, daß man alles vor den Kopf stoßen soll, aber du stößt nie. Warum eigentlich?»

«Niemand tut's. Wahrscheinlich ist die Gewohnheit zu

mächtig. Aber – Georgie, mir ist ein feiner Jux eingefallen –, na, sei nicht besorgt, du alter Pfeiler der Monogamie, etwas ganz Hochanständiges. Nicht wahr, es ist doch fest beschlossen – obwohl Zilla noch immer gräbt und wühlt, um einen hübsch kostspieligen Ferienaufenthalt in New York und Atlantic City durchzusetzen, wo sie Lichterglanz und geschmuggelte Cocktails und eine schwere Menge Barhyänen zum Tanzen kriegen kann –, aber die Babbitts und die Rieslings gehen doch todsicher zum Sunasquam-See, nicht wahr? Warum könnten nun wir, du und ich, nicht irgendeine Ausrede finden – zum Beispiel eine Geschäftsverhandlung in New York – und vier oder fünf Tage vor ihnen nach Maine hinauffahren und dort zu zweit herumstreunen und rauchen und fluchen und frei und natürlich sein?»

«Herrlicher Gedanke!» sagte Babbitt im Ton der Bewunderung.

Seit vierzehn Jahren hatte er keine Ferienreise ohne seine Frau gemacht, und beide trauten sich nicht mehr solche Kühnheit zu. Viele Mitglieder des *Athletic Club* machten ohne ihre Frauen Sommerausflüge, aber dann hieß es offiziell, daß sie fischen oder jagen gingen, während Babbitt und Paul Riesling Golf, Auto und Bridge zu ihren geheiligten und unabänderlichen Zeitvertreiben erwählt hatten. Weder die Fischer noch die Golfer hätten ihre Angewohnheiten ändern können, ohne einen groben Fehler gegen die vorgeschriebene Disziplin zu begehen und dadurch bei allen richtig denkenden und ordnungsliebenden Bürgern unliebsames Aufsehen zu erwecken.

Babbitt stieß polternd hervor: «Warum treten wir nicht einfach energisch auf und sagen: ‹Wir gehen voraus und damit basta!› Das ist doch gewiß kein Verbrechen. Sag einfach zu Zilla –»

«Zu Zilla sagt man gar nichts einfach. Ich bitt dich, Georgie, sie ist ja ein fast ebenso großer Moralfatzke wie du, und wenn ich ihr die Wahrheit sagte, würde sie glauben, daß wir heimlich ein paar Dämchen in New York treffen wollten.

Und selbst Myra – sie sekkiert dich niemals aufs Blut, wie Zilla es tut, aber auch sie wäre beunruhigt. Sie würde sagen: ‹Willst du denn nicht, daß ich mit dir nach Maine fahre? Es würde mir nicht im Traum einfallen, mitzufahren, wenn du mich nicht mithaben willst!›, und du würdest klein beigeben, um sie nicht zu kränken. Ach was, zum Teufel! Komm lieber spielen!» Während des Spiels, es war eine Art kindliches Kegelspiel, war Paul schweigsam. Erst als sie über die Treppen des Clubs hinabgingen, nur eine halbe Stunde später, als Babbitt Miss McGoun streng als Stunde seiner Rückkehr genannt hatte, sagte Paul seufzend: «Hör mal, alter Freund, ich hätte über Zilla nicht so reden dürfen, wie ich's getan habe.»

«Unsinn, alter Freund, das ist nur das Sicherheitsventil.»

«Ach ja, ich weiß schon! Nachdem ich mich stundenlang über Formen und Konventionen lustig gemacht habe, bin ich konventionell genug, mich zu schämen, daß ich mir das Leben gerettet habe, indem ich mir meine ekligen Sorgen vom Herzen geredet habe.»

«Mein lieber Paul, deine Nerven scheinen mir ganz kaputt zu sein. Ich werde dich unbedingt fortschleppen. Ich werde die ganze Angelegenheit ins richtige Fahrwasser bringen. Ich werde ein sehr wichtiges Geschäft in New York haben und – das ist doch ganz selbstverständlich! – ich werde dich als Fachmann für das Dach des Gebäudes brauchen. Und zuletzt wird das ganze Geschäft in die Brüche gehen, und wir werden uns nicht anders zu helfen wissen, als daß wir nach Maine weiterfahren. Ich – Paul, wenn's darauf ankommt, ist es mir eigentlich gleichgültig, was du angestellt hast. Natürlich ist es mir angenehm, den Ruf zu haben, daß ich zu den Anständigen gehöre, aber wenn du mich jemals brauchst, würde ich alles über Bord werfen und dir zur Seite stehen. Nicht etwa, als ob du – natürlich mein ich damit nicht, daß du etwas tun könntest, was meinen Ruf – was den Ruf eines anständigen Menschen schädigen könnte, aber – verstehst schon, was ich sagen will? Ich bin eben ein schwerfälliger alter Bär, und mir fehlt deine feine süditalienische Künstlerpranke. Wir – Herrgottsakrament, ich kann nicht hier den ganzen Tag mit dir quasseln. Auf zu frischer Arbeit! Seh dich bald wieder! Leb wohl, Paulibus, und schau zu, daß es dir nicht in die Suppe regnet! Auf Wiedersehen!»

Sechstes Kapitel

I

Er vergass Paul Riesling während der ziemlich angenehmen Details des Nachmittags. Nachdem er ins Büro, das offenbar auch ohne ihn hatte existieren können, zurückgekehrt war, fuhr er mit einem Grundstücksspekulanten in den Linton-Distrikt hinaus, um einen Vierzimmerbau zu besichtigen. Die Bewunderung des Knaben für den neuen Zigarrenanzünder begeisterte ihn. Dreimal zwang ihn die Neuheit desselben, ihn zu benützen, und dreimal schleuderte er halbgerauchte Zigaretten aus dem Wagen, wobei er sich selbst vorhielt: «Ich *muß* dieses verdammt viele Rauchen aufgeben!»

Ihre eingehende Besprechung des Zigarrenanzünders und aller seiner Bestandteile führte sie zu dem Thema der elektrischen Bügeleisen und Bettwärmer. Babbitt entschuldigte sich, daß er so altmodisch war und noch eine Heißwasserflasche benützte, und er verkündete, daß er die Schlafveranda sofort mit elektrischer Leitung versehen lassen würde. Er hatte eine ungeheure, geradezu poetische Bewunderung und nur ein sehr geringes Verständnis für alle mechanischen Vorkehrungen. Sie waren seine Symbole für alles Schöne und Wahre. Bei jedem neuen, komplizierten Mechanismus – stählerne Drehbänke, Zweidüsenvergaser, Maschinengewehre, autogene Schweißer – lernte er einen kompletten, natürlich klingenden Satz auswendig und brachte ihn mit einem erhebenden Gefühl technischer Tüchtigkeit und großen Sachverständnisses bei jeder Gelegenheit vor.

Der Käufer stimmte in seine Verhimmelung alles Maschinellen ein, und sie gelangten in gehobener Stimmung zum Mietobjekt. Hier begann jene genaue Untersuchung des Schieferdachs, der Kamintüren, des ⅞ Zoll dicken, blindgenagelten Parketts, es begannen die ersten diplomatischen Schritte, die peinlichen Überraschungen und die Bereitwilligkeit, sich überreden zu lassen, etwas zu tun, was man schon längst zu tun beschlossen hatte, und alle die Präliminarien, die eines Tages in einem Verkauf kulminieren würden.

Auf dem Rückweg holte Babbitt seinen Partner und Schwiegervater Henry T. Thompson von seiner Küchenmöbelfabrik ab, und sie fuhren durch Süd-Zenith, eine farbenprächtige, lärmende, aufregende Gegend: neue Fabriken, ganz aus Hohlziegeln, mit kolossalen, drahtdurchwobenen Glasfenstern, düstere, alte, von Teerflecken verunzierte Fabriken aus roten Ziegelsteinen, hochangelegte Wasserbehälter, große rote Förderkarren, die fast wie Lokomotiven aussahen, und, auf einem Dutzend sinnloser Nebengleise, in die Ferne strebende Güterwagen: von der New York Central mit Äpfeln beladen, von der Great Northern mit Getreide von den großen Weizenplateaus, von der Southern Pacific mit Früchten der Orangenhaine.

Sie sprachen mit dem Sekretär der Zenither Eisengießereiwerke über einen interessanten künstlerischen Entwurf – ein gußeisernes Gitter für den Friedhof von Linden Lane. Dann fuhren sie bei der Zeeco Automobil-Gesellschaft vor und verhandelten mit dem Geschäftsführer, Noel Ryland, über einen Preisnachlaß auf einen Zeeco-Wagen für Thompson. Babbitt und Ryland waren beide Mitglieder des *Boosters Club*, und kein Booster gab sich zufrieden, wenn er einem anderen Booster etwas ohne Nachlaß abkaufen sollte. Aber Henry Thompson brummte: «Der Teufel hol sie miteinander! Ich kriech nicht rum und schwindel billigere Preise heraus, nein, wahrhaftig, bei niemandem!» Das war einer der Unterschiede zwischen Thompson, dem altmodischen, hageren Yankee, schroff und vorschriftsmäßig, wie man den amerikanischen Geschäftsmann auf der Bühne charakterisiert, und Babbitt, dem rundlichen, glatten, tüchtigen, aufgeweckten und in jeder Hinsicht vervollkommneten, modernen Produkt. Sooft Thompson mit seinem starken Akzent etwas Drastisches hervornäselte, fand Babbitt diese antiquierten Provinzialismen ebenso unwiderstehlich komisch, wie jeder richtige Engländer die Sprache des Amerikaners. Er wußte, daß seine Bildung durchaus ästhetischer und feinnerviger gewesen war als die Thompsons. Er hatte die Universität besucht, er spielte Golf, er rauchte oft Zigaretten statt Zigarren, und wenn er nach Chicago reiste, nahm er im Hotel ein Zimmer mit Bad. «Der ganze Witz an der Sache ist der», erklärte er Paul Riesling, «daß diese alten Walrosse nicht aufgeweckt und schlau genug sind für die heutigen Zeiten.»

Dieser Fortschritt der Zivilisation konnte aber auch ins Extreme gehen, wie Babbitt wohl merkte. Noel Ryland, der Geschäftsleiter der Zeeco-Werke, hatte die leichtlebige Universität von Princeton absolviert, während Babbitt das tüchtige und hochwertige Produkt des großen Warenhauses unter den Hochschulen, der State University, war. Ryland trug Gamaschen, er verfaßte lange Briefe über Städtebau und städtische Gesangvereine, und obwohl er ein Booster war, wußte doch jeder, daß er kleine Bändchen fremdsprachiger Lyrik in seinen Taschen trug. Alles das ging zu weit. Henry Thompson war das Extrem der Beschränkung und Noel Ryland das Extrem eines nichtigen Weichlings. Dazwischen standen Babbitt und seine Freunde, unterstützten den Staat, die evangelische Kirche, das fröhliche Heim und predigten solide Geschäftsgebarung.

Mit dieser richtigen Selbsteinschätzung – und mit dem Versprechen eines Preisnachlasses auf Thompsons Auto – kehrte Babbitt triumphierend in sein Büro zurück.

Aber als er durch den Korridor des Reeves-Gebäudes ging, seufzte er:

«Armer alter Paul! Ich muß ihn – zum Teufel mit Noel Ryland! Zum Teufel mit Charley McKelvey! Die glauben, daß sie was Besseres sind als ich, nur weil sie mehr Geld verdienen. Ich möchte in ihren alten, muffigen *Union Club* nicht hingehen, nicht um was! Ich – Merkwürdig, heut hab ich gar keine Lust zur Arbeit mehr. Na, also –»

2

Er beantwortete telefonische Anrufe, er las die Vier-Uhr-Post er unterschrieb seine Briefe vom Vormittag, er sprach mit einem Mieter über Hausreparaturen, er kämpfte einen Kampf mit Stanley Graff.

Der junge Graff, der auswärtige Verkäufer, machte fortwährend Andeutungen, daß er eigentlich höhere Provisionen verdienen müsse, und heute erklärte er offen: «Ich glaube, ich muß wirklich eine Gratifikation bekommen, wenn mir der Verkauf des Heiler-Hauses gelingt. Ich renne mir die Beine ab und arbeite fast jeden Abend spät daran.»

Babbitt bemerkte häufig zu seiner Frau, daß es richtiger wäre, den «Büroangestellten vorwärtszuhelfen und sie in guter Stimmung zu erhalten, statt immer auf sie loszuspringen und ständig an ihnen zu nörgeln – man bekäme so mehr und bessere Arbeit von ihnen», aber dieser beispiellose Mangel an Anerkennung kränkte ihn, und er wandte sich gegen Graff:

«Hören Sie mal, Stan, ich will Ihnen etwas klipp und klar sagen. Sie bilden sich offenbar ein, daß ausschließlich Sie alle Verkäufe machen. Wer hat Ihnen diesen Floh ins Ohr gesetzt? Was glauben Sie eigentlich, was Sie ohne unser Geld als Rückhalt ausrichten würden, und ohne unsere Auswahl an Immobilien und die vielen Spekulanten, die wir Ihnen bringen? Sie haben ja weiter nichts zu tun, als die Tips zu befolgen, die Sie von uns kriegen, und die Käufe abzuschließen. Unser Portier könnte Babbitt-Thompson-Objekte verkaufen! Sie sagen, Sie sind mit einem Mädchen verlobt und müssen Ihre Abende damit verbringen, daß Sie nach Käufern jagen. Ja, warum zum Teufel, sollten Sie denn das nicht tun? Was wollen Sie sonst machen! Rumsitzen und ihr die Hand halten? Glauben Sie mir, Stan, wenn Ihr Mädchen was wert ist, ist sie glücklich, daß Sie der Arbeit nachrennen und Geld verdienen, um bald Ihr eigenes Nest ausstatten zu können, statt sie wie ein verliebter Täuberich zu umgurren. So ein junger Kerl, der empört ist, wenn er Überstunden machen muß, der seine Abende mit Kolportageromanen verbringt und nur Liebeleien und Kajolieren und lauter Dummheiten mit Mädchen im Kopf hat, der ist gewiß nicht der selbständige, energische Mann, der eine Zukunft vor sich hat – und den nötigen Spürsinn dazu! – und den wir hier brauchen. Also, wie stehen die Sachen nun? Und was haben Sie sich als Ziel und Ideal gesteckt? Wollen Sie Geld verdienen und ein tüchtiges Mitglied der Gesellschaft werden, oder wollen Sie herumlungern, ohne Spannkraft, ohne Energie?»

Graff war für Zukunftsvisionen und Ideale weit weniger empfänglich als sonst.

«Geld will ich verdienen, da können Sie Gift drauf nehmen! Darum will ich auch die Gratifikation haben! Auf mein Ehrenwort, Mr. Babbitt, ich will nicht unverschämt sein, aber dieses Heiler-Haus ist ein Schreckgespenst. Keiner will mir drauf reinfallen. Der Fußboden fault und die Wände sind voller Risse.»

«Sehen Sie, genau das habe ich gemeint! Wenn ein Agent wirklich Liebe zu seinem Beruf hat, sind es die schwersten Probleme, die ihn zu seinen besten Leistungen anspornen. Und außerdem, Stan – also ganz einfach, Thompson und ich –, sind prinzipiell gegen Gratifikationen. Wir haben Sie gern und möchten Ihnen dazu behilflich sein, bald zu heiraten, aber wir dürfen gegen die übrigen Angestellten nicht ungerecht werden. Wenn wir anfangen, Ihnen Gratifikationen zu geben, müssen Sie doch selbst begreifen, daß sich Laylock und Penniman benachteiligt und gekränkt fühlen werden. Was recht ist, ist recht, und Unterschiede zu machen ist ungerecht, und das soll bei mir im Büro nicht einreißen! Bilden Sie sich nur nicht ein, Stan, weil während des Kriegs keine Agenten zu haben waren, daß jetzt nicht eine Menge aufgeweckter junger Leute heilfroh wären, Ihren Posten und Ihre Aussichten zu haben, und sich dabei nicht so benehmen würden, als ob Thompson und ich ihre Feinde wären und sie nur für Gratifikationen arbeiten wollten. Na, wie denken Sie darüber? Was sagen Sie jetzt dazu?»

«Na ja – also – natürlich –» seufzte Graff, während er sich nach rückwärts entfernte.

Es kam nicht oft vor, daß Babbitt sich mit seinen Leuten zankte. Es war ihm angenehm, die Menschen um sich gern zu haben; er war außer sich, wenn man ihn nicht gern hatte. Nur wenn man seinen heiligen Geldbeutel angreifen wollte, übermannte ihn im ersten Schreck der Zorn; dann wurde ihm das Reden angenehm, seine edle Gesinnung nahm überhand, und er schwelgte in Worten und sonnte sich in seiner eigenen Tugend. Heute war er so hemmungslos zufrieden mit sich selbst gewesen, daß ihm nun leise Zweifel ob seiner Gerechtigkeit aufstiegen.

«Stan ist ja selbstverständlich kein Kind mehr. Ich hätte nicht so streng mit ihm sein sollen. Aber, Donnerwetter, manchmal muß man die Menschen ein bißchen durcheinanderrütteln, tut ihnen gut. Es ist eine peinliche Aufgabe, aber – ob wohl Stan wütend ist? Was redet er denn jetzt mit der McGoun?»

Der eisige Wind des Hasses, der ihm vom großen Bürozimmer entgegenblies, verdarb ihm das Wohlgefühl, mit dem er sich sonst auf den Heimweg begab. Er war verzweifelt, daß er die Wertschätzung seiner Angestellten verloren hatte, um die jeder Arbeitgeber buhlt. Gewöhnlich verließ er sein Büro mit tausend angenehmen und umständlichen Weisungen, die besagten, daß morgen unbedingt wichtige Aufgaben ihrer harrten, daß Miss McGoun und Miss Banningan gut daran täten, früh im Geschäft zu sein, und man sollte ihn doch um Himmels willen erinnern, Conrad Lyte anzurufen, sobald er hereinkam. Heute abend entfernte er sich mit vorgetäuschter und Vergebung heischender Lebhaftigkeit. Er fürchtete sich vor den verschlossenen Gesichtern seiner Angestellten – vor den Augen, die ihn alle fixierten, Miss McGoun, die den Kopf von der Maschine erhoben hatte und ihn so anstarrte, Miss Bannigan, die ihn über das Kontobuch hinweg anblickte, Mat Penniman im dunklen Alkoven, der um die Ecke des Schreibtischs nach ihm sah, Stanley Graff, dessen Gesicht mürrisch und ausdruckslos war – er fürchtete sich, wie ein Parvenü vor der hoffnungslosen Wohlerzogenheit seines Dieners sich fürchtet. Es war ihm furchtbar, ausgelacht zu werden, sobald er den Rücken kehrte, aber trotz seiner Absicht, harmlos vergnügt zu sein, stammelte er in heiserer Freundlichkeit und trieb haltlos und verzweifelt zur Tür hinaus.

Er vergaß jedoch seinen Kummer, als er von der Smith Street aus die Reize der Blumenhöhe erblickte; die roten und grünen Schieferdächer, die blanken, neuen, verglasten Wintergärten und die hellen, sauberen Mauern.

3

Er hielt an, um seinem gelehrten Nachbarn Howard Littlefield mitzuteilen, daß der Abend kalt werden dürfte, obwohl der Tag so mild gewesen war. Er ging hinein und schrie nach seiner Frau: «Wo bist du?» und fühlte dabei nicht den ausgesprochenen Wunsch, zu wissen, wo sie sich gerade aufhielt. Er besichtigte den Grasplatz, um zu sehen, ob der Heizer ihn ordentlich gekehrt hatte. Nach längerer Erörterung dieses Themas mit Mrs. Babbitt, mit Ted, mit Howard Littlefield stellte er mit Befriedigung fest, daß der Heizer ihn nicht ordentlich gekehrt hatte. Er schnitt zwei Büschel Unkraut mit der größten Schere seiner Frau ab; er erklärte Ted, es sei ganz überflüssig, einen Heizer zu halten – «Großer, baumstarker Kerl wie du sollte alle schwere Arbeit im Haus besorgen»; und heimlich überlegte er dabei, daß es ganz angenehm wäre, wenn die Nachbarschaft erführe, es ginge ihm so gut, daß sein großer Sohn niemals im Haus zu helfen brauchte.

Er stand auf der Schlafveranda und machte seine täglichen Turnübungen: Arme zwei Minuten lang waagrecht stoßen, zwei Minuten lang senkrecht stoßen; dabei murmelte er: «Sollte wirklich mehr Bewegung machen, um nicht so dick zu werden»; dann ging er hinein, um nachzusehen, ob er zum Abendessen einen frischen Kragen anziehen müsse. Wie gewöhnlich schien es nicht nötig zu sein.

Das Mädchen, eine breit gebaute, kräftige Letto-Kroatin, schlug den Gong zum Essen.

Das gebratene Lendenstück, die Bratkartoffeln und jungen grünen Bohnen waren an diesem Abend ausgezeichnet, und nach einer entsprechenden Beschreibung des Wetters zu den verschiedenen Tageszeiten, seines Honorars von 450 Dollar, seines Frühstücks mit Paul Riesling und der erprobten Vorzüge des neuen Zigarrenanzünders überkam ihn eine milde Stimmung: «Ich hab daran gedacht, vielleicht ein neues Auto zu kaufen. Ich glaub ja nicht, daß wir es vor dem nächsten Jahr haben werden, aber immerhin wäre es nicht ausgeschlossen.»

Veronika, die ältere Tochter, rief: «Ach, Vater, dann könntest du einen kleinen, geschlossenen Wagen kaufen! Das wäre direkt begeisternd! Ein Landaulet ist viel gemütlicher als ein offener Wagen!»

«Na, da bin ich nicht ganz deiner Ansicht. Ich ziehe einen offenen Wagen vor. Dann kriegt man wenigstens frische Luft.»

«Ach, Schnack, Vater, das ist nur, weil du noch keinen geschlossenen versucht hast. Kauf doch einen! Ist doch so viel vornehmer!» sagte Ted.

«Ein geschlossener Wagen schont die Kleider viel mehr», äußerte sich Mrs. Babbitt; «das Haar wird einem nicht vom Kopf geblasen», erklärte Veronika; «entschieden schicker», steuerte Ted bei, während Tinka, die Jüngste, rief: «Ach ja, Landaulet! Mary Ellens Vater hat auch eines.» Den Beschluß bildete wieder Ted: «Jeder hat schon einen geschlossenen Wagen, nur wir nicht!»

Babbitt wendete sich gegen sie alle: «Ich glaub wahrhaftig, ihr braucht euch nicht schwer zu beklagen! Jedenfalls halte ich das Auto nicht, damit meine Kinder sich als Millionäre aufspielen können! Und ich ziehe einen offenen Wagen vor, bei dem man an Sommerabenden das Verdeck zurückschlagen kann und dann beim Fahren gute, frische Luft hat. Außerdem – ein geschlossener Wagen stellt sich viel höher.»

«Na, so geh doch, Vater, wenn die Doppelbraus sich ein Landaulet leisten können, werden wir's auch noch zustande bringen!» stichelte Ted.

«Hm, ich verdiene 8000 Dollar im Jahr und er nur sieben! Aber ich streu das Geld nicht in alle Winde und schmeiß es nicht heraus, wie er es tut. Ich mag das nicht, wenn man nur aus Protzerei Geld ausgibt und –»

Sie versenkten sich mit viel Eifer und einiger Gründlichkeit in die Besprechung von Stromlinien, Karosserien, Steigfähigkeit, Drahtspeichenrädern, Chromstahl, Zündungssystem, Karosseriefarben und allen Schikanen. Es handelte sich um weit mehr als um die Beschaffung eines bequemen Verkehrsmittels. Es war der Anspruch auf Erhebung in ritterlichen Rang. In der Stadt Zenith, im barbarischen 20. Jahrhundert, wurde die soziale Stellung der Familie von ihrem Auto genau bestimmt. Hatte Babbitt als Knabe gewünscht, Präsident zu werden, wünschte sich sein Sohn Ted einen Zwilling-Sechszylinder-Packard und eine anerkannte Position unter dem Motoradel.

Die Gunst der Familie, die sich Babbitt erworben hatte, indem er vom neuen Auto sprach, war von kurzer Dauer, als sie merkten, daß er gar nicht beabsichtigte, dieses Jahr eines zu kaufen. Ted jammerte: «Och jemine! Der alte Kasten sieht aus, als ob er Flöhe hätte und hätt sich den ganzen Lack abgekratzt!» Mrs. Babbitt sagte geistesabwesend: «Wie sprichst du wieder mit deinem Vater?» Babbitt wütete: «Wenn du zu vornehm bist und so ein perfekter Herr und dein guter Ton es dir nicht gestattet und so weiter, dann brauchst du eben heute abend mit dem Wagen nicht auszufahren.» Ted versuchte einzulenken: «Ich hab ja nicht gemeint» – und das Abendessen zog sich in gewohnter häuslicher Glückseligkeit hin, bis zu dem unvermeidlichen Augenblick, wo Babbitt erklärte: «Jetzt aber, jetzt aber war's genug, können nicht den ganzen Abend hier sitzen. Schließlich muß das Mädchen auch den Tisch abräumen.»

Er ärgerte sich. «Was für eine Familie! Ich kann nicht begreifen, warum wir uns immer zanken müssen. Möcht so gern irgendwohin gehen, wo ich mal in Ruhe nachdenken könnte… Paul… Maine… Alte Hosen anziehen und rumstrolchen und fluchen.» Und wandte sich vorsichtig an seine Frau: «Ich stehe in Korrespondenz mit einem Mann in New York – er will mich wegen eines Realitätenverkaufs sehen – dürfte aber erst im Sommer aktuell werden. Hoffentlich geht's nicht gerade los, wenn wir und die Rieslings bereit sind, nach Maine zu fahren. Das wär dumm, wenn wir nicht zusammen hinfahren könnten. Nun, es ist zwecklos, sich schon jetzt zu sorgen.»

Veronika verschwand gleich nach Tisch, ohne Sang und Klang, nur von Babbitts automatischem «Warum bleibst du nie zu Hause?» begleitet.

Im Wohnzimmer ließ sich Ted mit seinen Hausarbeiten in einer Ecke des Kanapees nieder; einfache Geometrie, Cicero und die Metaphern des Comus von Milton.

«Ich kann nicht begreifen, warum sie uns solche Schmarren von Milton, Shakespeare, Wordsworth und den übrigen alten

Herren zu lernen geben», beklagte er sich. «Ich hätt ja gar nichts dagegen, mir so eine Shakespeare-Vorstellung anzusehen, recht flott gespielt und mit großartigen Dekorationen, aber sich ruhigen Blutes hinsetzen und das Zeug *lesen* – diese Lehrer – möcht nur wissen, wie die sich so was ausdenken können.»

Mrs. Babbitt, die Socken stopfte, überlegte dabei: «Ja, das möcht ich wohl auch wissen. Ich will natürlich nichts gegen die Professoren und alle die Leute sagen, aber ich meine halt, es sind Stellen bei Shakespeare – nicht als ob ich jetzt viel von ihm lesen würde, aber als ich noch jung war, pflegten mir die anderen Mädchen Dinge darin zu zeigen, die nicht, die also wirklich nicht anständig waren.»

Babbitt blickte gereizt von der komischen Spalte des *Evening Advocate* auf. Diese illustrierten Witze, in denen Mr. Mutt Mr. Jeff mit faulen Eiern bewarf und Mutter Vaters Sprachfehler mit dem Nudelwalker korrigierte, waren seine liebste Literatur und Kunst. Jeden Abend arbeitete er sich mit einem Gesicht voll feierlicher Hingabe, schwer atmend, mit offenem Mund durch sämtliche Bilder durch, und er konnte nicht leiden, bei diesem Ritus unterbrochen zu werden. Außerdem war er sich darüber klar, daß er in puncto Shakespeare nicht eigentlich maßgebend war. Weder die *Advocate Times* noch der *Evening Advocate*, noch das *Bulletin der Handelskammer von Zenith* hatten jemals einen Leitartikel über dieses Thema gebracht, und solange keine seiner Zeitungen sich dazu geäußert hatte, fand er es unmöglich, sich ein selbständiges Urteil zu bilden. Aber auf die Gefahr hin, sich in fremdes Gehege zu verirren, konnte er einem Wortwechsel nicht ausweichen.

«Ich werde dir sagen, warum du Shakespeare und alles das durchnehmen mußt. Es ist notwendig, damit du auf die Universität kommen kannst, und damit basta. Ich für mein Teil weiß ja nicht, warum sie sie in unseren modernen High School-Plan aufgenommen haben. 's wär viel gescheiter, du würdest die Geschäftssprache studieren und lerntest eine Annonce aufzusetzen und wirkungsvolle Briefe schreiben. Aber es ist halt eben mal so, und da nützt kein Reden und Argumentieren und Verhandeln! Das Unglück bei dir, Ted, ist, daß du immer alles anders haben möchtest. Wenn du Rechte studieren sollst – und das wirst du! –, ich hab ja nie die Möglichkeit dazu gehabt, aber ich werde schon dafür sorgen, daß das bei dir nicht der Fall sein soll – nun, da wirst du all dein Englisch und all dein Latein mehr als nötig haben.»

«Ach jemine! Ich weiß wirklich nicht, wozu mir das Rechtsstudium gut sein soll – nicht einmal die Reifeprüfung sagt mir was! Ich mag gar nicht so besonders gern in die High School gehen. Kannst mir's glauben, 'ne Menge Kerls, die durch die Universität gegangen sind, verdienen bei weitem nicht soviel wie solche, die früh praktisch gearbeitet haben. Da ist der alte Shimmy Peters, der in der High School Latein vorträgt; der ist ein Wie-nennt-man's-nur von Columbia und sitzt die ganzen Nächte über alten Scharteken und nimmt den Mund voll über ‹den hohen Wert der Sprachkenntnisse›; ja, der arme Schlucker macht nicht mehr als 1800 Dollar im Jahr, und kein Reisender oder Agent ließe sich's gefallen, dafür zu arbeiten. Ich weiß schon, was ich gern tun möchte! Ich möchte ein Flieger sein, oder eine fabelhafte Garage möchte ich haben, oder aber – jemand hat mir das gestern erzählt – ich wäre gern einer von den Leuten, die die Standard Oil Company nach China entsendet; man wohnt in einer Einfriedigung und hat gar nichts zu tun und hat doch Gelegenheit, die Welt und Pagoden und den Ozean und alles zu sehen! Und außerdem könnte ich noch brieflichen Unterricht nehmen. Das ist mal was direkt Großartiges! Man braucht nicht die Aufgaben irgendeinem alten Lehrweib, das sich nur vor dem Vorstand produzieren will, herunterzuleiern, sondern man lernt das, was einen interessiert. Ich hab die Annoncen von ein paar feinen Lehrkursen herausgeschnitten.»

Er riß hastig aus seinem Geometriebuch ein halbes Hundert Anzeigen jener Heimkurse heraus, die das energische und tüchtige kommerzielle Amerika als Erziehungsbeitrag liefert. Die erste zeigte das Bild eines jungen Mannes mit edler Stirn, charaktervollem Kinn, seidenen Socken und Haar wie Lackleder. Er stand mit einer Hand in der Hosentasche und streckte die andere mit strafendem Zeigefinger aus, um in dieser Positur eine Zuhörerschaft von beleibten Männern mit grauen Bärten, kahlen Köpfen und allen anderen Anzeichen von Klugheit und Wohlstand zu bezaubern. Über diesem Bild war ein erhebendes pädagogisches Symbol – keine altmodische Lampe oder Fackel oder Minerva mit Eule, sondern eine Reihe Dollarzeichen. Dazu der nebenstehende Text.

Babbitt fand wiederum nicht das geflügelte Wort, das ihm ermöglicht hätte, mit voller Autorität zu sprechen. Weder beim Autofahren noch im Immobilienhandel hatte er jemals einen Fingerzeig darüber bekommen, wie sich ein tüchtiger Bürger und guter Freund schriftlicher Unterweisung gegenüber verhalten sollte. Er fing stockend an zu sprechen:

«Ja, also – es klingt ja gar nicht so übel. Gewiß ist es eine feine Sache, aus dem Stegreif eine Rede halten zu können. Manchmal habe ich mir gedacht, daß ich selbst Talent dazu hätte, und es ist sicherlich mit ein Grund, wenn der alte verdammte Schwindler Chan Mott sich als Realitäter so bewährt, daß er reden kann wie geschmiert, selbst wenn er absolut nicht weiß, worüber er redet. Und es ist wirklich fabelhaft, was die Leute alles für Kurse für die verschiedensten Dinge heutzutage haben! Aber ich werde dir was sagen, mein Lieber: es wäre schade, das gute Geld für dieses Zeug hinauszuschmeißen, wo du erstklassige Kurse für Vortragskunst und Englisch in deiner eigenen Schule hast – und außerdem ist es eines der größten Schulgebäude im ganzen Land!»

«Das stimmt!» sagte Mrs. Babbitt gemütlich, während Ted jammerte:

«Ja, ja, Vater, aber wenn so eine Menge Quatsch und Quassel ohne ein bißchen praktischen Wert dabei ist – ausgenommen natürlich die Handfertigkeitsübungen und Maschinenschreiben und Tennis und Tanzen –, aber in diesen schrift-

$ $

Macht und Glück bei öffentlichen Reden

Eine Geschichte, die ich im Club hörte

Was glaubt ihr, wen ich neulich abends im De Luxe-Restaurant zufällig traf? Na, unseren alten Freddy Durkee, der früher ein schlafmütziger Schiffahrtsbeamter in meinem ehemaligen Büro war – wir pflegten den guten Jungen im Spaß «Herr Mäuschen» zu nennen. Damals war er so schüchtern, daß ihm die Haare zu Berge standen aus lauter Angst vor dem Abteilungsleiter, und so bekam er niemals Lob für die erstklassige Arbeit, die er leistete. Was suchte der wohl im De Luxe? Und er bestellte sich ein fabelhaftes Futter, mit allem, was drum und dran ist, vom jungen Sellerie an bis zum Dessert! Und statt vor den Kellnern verlegen zu sein wie zu Olims Zeiten, als wir noch in einer Kneipe unsere Mahlzeit einnahmen, kommandierte er sie fix herum, wie ein geborener Millionär!

Vorsichtig fragte ich ihn, was er treibe. Freddy lachte und sagte: Hör mal, alter Kumpan, mir scheint, du wunderst dich, wie ich mich verändert habe. Es wird dich sicherlich freuen, zu hören, daß ich jetzt Unterabteilungsleiter in unserem Schiffahrtsbüro bin und auf dem bestem Weg, mir Glück und Macht zu eigen zu machen; ich will mir demnächst ein Zwölfzylinderauto anschaffen, meine Frau spielt in der besten Gesellschaft eine große Rolle, und an der Erziehung meiner Kinder brauche ich nichts zu sparen.

WAS
LERNT MAN BEI UNS?

Eine Rede in der Freimaurer-Loge zu halten.

Eine Tischrede zu halten.

Eine witzige Anekdote zu erzählen.

Einen Heiratsantrag zu stellen.

Eine Tischgesellschaft zu unterhalten.

Einen Kunden zum Kauf zu bereden.

Einen großen Wortschatz zu besitzen.

Ein imposanter Charakter zu sein.

Ein vernünftiger, kraftvoller und selbständiger Denker zu sein.

Ein Führer der Menschen zu sein.

$$$$$$$$$$$$$$$$$$$$$$$$$$$$$$$$$$$

Willst du wissen, wie das kam? Ich las zufällig eine Annonce über einen Kurs, wo man angeblich lerne, fließend und klar zu reden. Beschwerden zu beantworten, dem Generaldirektor einen Vorschlag zu machen, eine Anleihe bei der Bank zu machen, eine große Gesellschaft durch Witz, Humor, Anekdoten und Schlagfertigkeit in guter Laune zu erhalten usw. Der Meister der Redekunst, Prof. Waldo F. Peet, hatte das nötige Material gesammelt. Anfangs mißtraute ich der Geschichte, trotzdem schrieb ich (*nur eine Postkarte*, mit Namen und Adresse versehen) dem Verleger, mir die Lektionen einzusenden – sie werden zur Ansicht geschickt, und das Geld retourniert, wenn nicht in jeder Hinsicht entsprechend. Es waren acht einfache Lektionen, in klarer, jedermann verständlicher Sprache verfaßt, und ich nahm sie abends in wenigen Stunden durch und fing sofort an, mich bei meiner Frau zu üben. Bald hatte ich heraus, daß ich mit dem Abteilungsleiter ruhig reden konnte, und von da an wurde meine tägliche Arbeit ihrem wahren Werte nach geschätzt. Man sah mich mit anderen Augen an, und ich avancierte rasch, und du, was glaubst du denn, was ich heute für ein Gehalt habe? 6500 Dollar im Jahr! Und jetzt kann ich jede Zuhörerschaft gewinnen und interessieren, über welches Thema ich auch spreche. Als guter Freund empfehle ich dir, alter Junge, noch heute an folgende Adresse um einen Prospekt zu schreiben (kein Kaufzwang) und um die wertvolle künstlerische Reproduktion, die beiliegt:

> PROF. W. F. PEET
>
> Erfinder der Kurzen Kurse zur Beherrschung öffentlicher Reden, ist heute der prominenteste Mann in praktischer Literatur, Psychologie und Redekunst. Er hat unsere besten Universitäten besucht, Vorlesungen gehalten, Weltreisen gemacht, Bücher und lyrische Dichtungen verfaßt usw. Er, der einzigartige Mann, der *Meister des überragenden Geistes*, ist bereit, *Ihnen* alle Geheimnisse seiner Bildung und seiner titanischen Seelenmacht in einigen leichten Lektionen, die Sie in Ihrer täglichen Beschäftigung nicht behindern, zu übermitteln.

Pädagogische Kurze Kurse Verlag A.-G.

Abt. W. A. Sandpit, Iowa.

Verdienen Sie 100 Prozent oder nur 10 Prozent?

---

lichen Kursen könnte man wahrhaftig viel Nützliches lernen. Sieh mal, da ist noch was:

Sind Sie ein ganzer Mann?

Wenn Sie mit Ihrer Mutter, Ihrer Schwester, Ihrer Braut spazierengehen und jemand beleidigt die Damen, flucht oder ist unhöflich zu ihnen, wie werden Sie sich schämen, wenn Sie sie nicht schützen können! Ja, können Sie sie denn schützen?

Wir unterrichten Sie brieflich im Boxen und in Selbstschutzangriffen. Viele unserer Schüler schreiben uns, daß sie nach wenigen Lektionen schwerere und größere Gegner besiegt haben. Der Unterricht beginnt mit einfachen Übungen, die vor dem Spiegel ausgeführt werden – die Hand nach einer Münze strecken, das Brusttempo im Schwimmen usw. Bevor Sie sich's bewußt werden, machen Sie schon vorschriftsmäßige Abwehrbewegungen, Sie ducken sich, weichen aus und führen Gegenstöße, genau als ob Sie einen wirklichen Gegner vor sich hätten.

Oh, Lirumlarum, frag mich nur, ob ich das lernen möchte!» sang Ted. «Ich schnitt es gern in allen Rinden ein …! Herrjeh! Da ist ein Kerl in der Schule, der immer den Mund so voll nimmt, den möcht ich mal allein erwischen –»

«Blödsinn! Dummes Gerede! Hab noch nie so was Unnützes gehört!» wetterte Babbitt.

«Na, aber bitte, stell dir doch nur vor, ich gehe mit Ma oder Rony auf der Straße und es macht jemand eine Bemerkung über sie oder ist unhöflich zu ihnen. Was würde ich dann da machen?»

«Du würdest wahrscheinlich den Rekord im Hundert-Yard-Rennen schlagen!»

«Das würde ich *nicht* tun! Ich würde dem Strolch, der über *meine* Schwester das Maul aufreißt, schon standhalten. Zeigen möcht ich ihm –»

«Paß auf, junger Dempsey! Wenn ich dich jemals in einer Rauferei erwische, kriegst du solche Prügel von mir, daß dir Hören und Sehen vergeht – und du kriegst sie, ohne daß ich mich erst viel übe, die Hand nach einer Münze im Spiegel auszustrecken!»

«Und, Teddy-Junge», sagte Mrs. Babbitt friedlich, «ich finde es gar nicht fein, daß du so von Rauferei redest!»

«Aber, Herrgott noch mal, kannst du denn gar nicht würdigen – Und stell dir nur vor, ich ginge mit dir spazieren, Ma, und jemand ließe eine beleidigende Bemerkung fallen –»

«Niemand läßt über niemanden keinerlei beleidigende Bemerkungen fallen», behauptete Babbitt, «insbesondere nicht, wenn Leute zu Hause bleiben und ihre Geometrie studieren und sich um ihre Arbeit kümmern, statt sich in Billardsälen und Erfrischungsräumen und lauter solchen Orten herumzutreiben, wo kein anständiger Mensch was verloren hat!»

«Aber guck doch mal, Vater, wenn *doch* jemand so was täte!»

Mrs. Babbitt erklärte freundlich: «Wenn jemand das täte, würde ich ihm nicht die Ehre erweisen, auf seine Bemerkung einzugehen. Außerdem aber kommen solche Dinge nicht vor. Man hört und liest immer über Frauen, die auf der Straße verfolgt und angeredet werden und das alles, aber ich glaube kein Wort davon, oder sie haben es sich selber zuzuschreiben, Frauen, die Männern so frech ins Gesicht starren. Ich kann nur sagen, daß mir nie so was passiert ist –»

«Ach Schnack, Mutter, stell dir doch vor, daß es dir irgendmal passiert wäre! Nur *vorstellen* sollst du dir's! Kannst du dir denn nicht was vorstellen? Hast du denn gar keine Einbildungskraft?»

«Gewiß habe ich Einbildungskraft! So eine Frechheit!»

«Natürlich hat deine Mutter Einbildungskraft – und kann sich auch allerhand vorstellen! Glaubst wohl, du bist der einzige in der Familie, der Phantasie besitzt?» fragte Babbitt. «Aber was nützt denn die viele Vorstellerei? Damit hat man noch nie etwas erreicht. Vorstellungen helfen einem nicht vorwärts, sondern die Tatsachen des Alltags –»

«Hör mal, Vater, stell dir vor – das heißt, ich meine –, also denke dir, du wärst in deinem Büro, und ein Konkurrent, irgendein Immobilienmann –»

«Realitäter!»

«– irgendein Realitäter, den du haßt, käme herein –»

«Ich hasse keinen Realitäter!»

«Aber stell dir doch vor, du *würdest* einen hassen!»

«Es fällt mir gar nicht ein, mir so etwas vorzustellen! Es gibt genug Leute in meinem Beruf, die gemein genug sind, ihre Konkurrenz zu hassen; aber wenn du ein bißchen älter wärst und verstündest was vom Geschäft, statt immer in die Kinos zu laufen und mit dummen Mädchen herumzuscharwenzeln, die ihre Röcke überm Knie tragen und sich mit Puder und Schminke und Rouge und Gott weiß was alles anstreichen, als ob sie Ballettratten wären, dann würdest du – und könntest es dir gut vorstellen, daß es eine Sache gibt, die ich in unserem Kreis Zenither Realitäter immer und immer wieder betone: daß wir nur Gutes voneinander reden dürfen und uns gegenseitig im Zeichen der Brüderlichkeit behilflich sein müssen; und deswegen kann ich mir mit aller Einbildungskraft nicht vorstellen, daß ich irgendeinen Realitäter hassen könnte, nicht einmal den schmierigen Schuft und gesellschaftlichen Hochstapler, diesen Cecil Rountree!»

«Aber –»

«Hier gibt's kein Wenn und kein Aber! Und *wenn* es mir jemals einfallen sollte, jemandem ein paar Tüchtige herunterzuhauen, dann würde ich auch kein imaginäres Tauchen und keinen Schwimmunterricht vor dem Spiegel und keine hirnverbrannten Schnadahüpfeln dazu brauchen! Denk dir, du wärst irgendwo unter Menschen und ein Kerl schmisse dir ein paar Grobheiten an den Kopf. Glaubst du, du hättest Lust zu boxen und rumzuhüpfen wie ein Tanzmeister? Herunterhauen würdest du ihm eine, daß ihm die Ohren wackelten und ihm alle Lust zum Raufen verginge (wenigstens hoffe ich, daß mein eigener Sohn das täte!), und dann würdest du dir die Hände abwischen und deiner Wege gehen, und das ist auch alles, was man dazu sagen kann; und außerdem noch, daß du bestimmt keinen brieflichen Boxunterricht kriegen wirst!»

«Na ja, schön – aber –, ich habe dir ja nur zeigen wollen, wie viele verschiedene Arten brieflicher Kurse es gibt, statt dieses italienischen Salats, den wir in der High School durchnehmen müssen.»

«Ich dachte übrigens, daß ihr in der Schule Boxunterricht habt.»

«Na, das ist doch ganz was anderes. Dort muß man sich hinstellen, und so ein roher Riesenlackel amüsiert sich damit, einem die Eingeweide herauszuhämmern, ehe man überhaupt etwas hätte lernen können. Prost Mahlzeit! Möcht denen so passen! Und überhaupt – laß mich dir noch ein paar vorlesen!»

Die Annoncen waren durchaus philanthropisch. Die eine trug den aufregenden Titel: «Geld! Geld!! Geld!!!» Die zweite teilte mit «Mr. P. R., der früher nur 18 Dollar in der Woche als Friseurgehilfe bekam, schreibt uns, daß er jetzt als Doktor der Osteovitalität an 5000 Dollar verdient, seitdem er unseren Kurs mitgemacht hat», und die dritte besagte, daß «Miss J. L., früher Packerin in einem Warenhaus, jetzt 10 harte Dollar täglich verdient dadurch, daß sie unser Hindostanisches System der Vibrationsatmung und Selbstbeherrschung lehrt».

Ted hatte 50 oder 60 Anzeigen aus Jahrbüchern, Schulzeitungen, illustrierten Blättern und wissenschaftlichen Zeitschriften herausgeschnitten. Ein Wohltäter schrieb flehend: «Seien Sie kein Schattenpflänzchen – seien Sie beliebt in Gesellschaft und verdienen Sie mehr Geld – *Sie* können Ukulele spielen und sich durch Gesang die Herzen erobern! Durch ein geheimes Verfahren und die Entdeckung eines neuen großen Systems zur Erlernung der Musik kann jedermann – Herr, Dame oder Kind – ohne langweiliges Üben, besonderes Studium oder ausgesprochene Begabung und ohne Verlust an Zeit, Geld und Energie aus den Noten Klavier, Banjo, Horn, Klarinette, Saxophon, Violine oder Trommel spielen und vom Blatt singen lernen.»

Ein anderer flehte sehnsüchtig: «Fingerabdruckdetektive gesucht – Großes Einkommen!» und teilte dann vertraulich mit: «IHR unverbrauchten, frischblütigen Männer und Frauen – hier ist der BERUF, den ihr sucht. Es steckt GELD darin, VIEL Geld, und Abwechslung, die Möglichkeit, andere Orte zu sehen, das bezaubernde und zwingende Interesse, die Anregung, die euer lebhafter Geist und euer abenteuerlustiger Sinn herbeisehnen. Denkt daran, daß ihr bei der Aufklärung rätselhafter Ereignisse und seltsamer Verbrechen die führende Rolle spielen und die Hauptperson sein könnt. Dieser wunderbare Beruf führt euch mit den bedeutendsten Männern als Gleichberechtigte zusammen und bietet euch häufig Gelegenheit, überallhin zu reisen, bis in die fernsten Länder – alle Reiseunkosten werden vergütet. KEINERLEI SPEZIELLE VORBILDUNG ERFORDERLICH.»

«Ach Kinders! Das schießt den Vogel ab! Wär das nicht fein, überallhin zu reisen und vielleicht sogar einen berühmten Verbrecher am Schlafittchen zu kriegen!?» jauchzte Ted in den höchsten Tönen.

«Na, das imponiert mir nicht sehr. Neunzig vom Hundert Wahrscheinlichkeit, daß einem dabei etwas passiert. Immerhin, diese Erfindung zum Erlernen der Musik könnte schon gut sein. Ich sehe nicht ein, wenn tüchtige Sachverständige sich zusammentun, genauso wie sie's gemacht haben, um die Fabrikproduktionen herauszuarbeiten, warum sie nicht auch ein System zustande bringen könnten, wodurch man den Menschen die Musik ohne das viele Üben und die dummen Tonleitern beibringt.» Die Anzeige hatte entschieden Eindruck auf Babbitt gemacht, und er hatte das herrlich väterliche Gefühl, daß sich die beiden Männer der Familie gegenseitig verstanden.

Er horchte auf Annoncen anderer Korrespondenzschulen, die kurze Erzählungen schreiben lehrten und das Gedächtnis verbesserten, Unterricht im Filmschauspielern, im Entwickeln der Seele, im Bankwesen und in Spanisch, im Operieren von Hühneraugen und in Fotografie, in Elektrotechnik und in Blumenschmuck für Fenster, in Hühnerzucht und in Chemie erteilten.

«Na so was, na so was –» Babbitt suchte nach einem seiner Bewunderung entsprechenden Ausdruck. «Da legst dich nieder! Ich wußte ja schon lange, daß diese Korrespondenzschulen ein Mordsgeschäft sind – eine Realitätenagentur ist ein kleines Kind daneben –, aber ich hatte keine blasse Ahnung, daß sie sich zu einer regelrechten Industrie ausgebildet hatten. Die konkurrieren ja mit Kinos und Kolonialwarenläden. Ich habe immer schon geahnt, daß mal ein findiger Kopf kommen müßte, der die geistige Ausbildung aus den Händen der Bücherwürmer und unpraktischen Theoretiker reißen und was Großes draus machen würde. Ja, es ist mir jetzt ganz begreiflich, daß dich eine Menge dieser Kurse interessieren. Ich muß die Jungens im *Athletic* fragen, ob sie jemals gemerkt haben – aber weißt du, Ted, ich muß dich auch daran erinnern, daß Leute, die annoncieren, ich meine, manche von diesen Leuten, übertreiben. Ich bin gar nicht überzeugt, daß sie einem das alles so rapid beibringen können, wie sie es hier behaupten.»

«Aber sicher, Vater, unbedingt.» Ted sprach mit dem ungeheuren und reifen Verständnis eines Knaben, dem die Erwachsenen voller Respekt zuhören. Babbitt widmete sich ihm, dankbar und zärtlich.

«Ich begreife ebenfalls, was für einen Einfluß diese Kurse auf die Erziehung haben können. Natürlich würde ich es vor anderen nie zugeben – aber wenn einer, wie ich, die Staatsuniversität hinter sich hat, dann verlangt Anstand und Patriotismus, daß man dafür ins große Horn bläst und die Alma mater unterstützt – aber, 's ist schon wahr, selbst an der High School wird eine Menge wertvolle Zeit vergeudet, mit Lyrik und Französisch und lauter Gegenständen, die noch nie einen Cent eingetragen haben. Ich bin gar nicht so sicher, ob diese brieflichen Kurse nicht eine der wichtigsten Erfindungen Amerikas sind.

Die Schwierigkeit mit den meisten Menschen ist immer, daß sie verdammt materialistisch veranlagt sind; sie merken gar nichts von der seelischen und geistigen Oberhoheit Amerikas; sie glauben, die Erfindung des Telefons und der Aeroplane und der drahtlosen Telegrafie – nein, das ist ja eine italienische Erfindung; aber jedenfalls glauben sie, mechanische Vervollkommnungen seien alles, was wir brauchten; und dabei muß jeder ernste Denker sehen, daß geistige und – hm – vorherrschende Richtungen, wie die Hebung der Leistungskraft, Weltverbrüderung, Prohibition und Demokratismus, unseren tiefsten und wahrsten inneren Reichtum bedeuten. Und vielleicht ist diese neue Idee der Heimerziehung ebenfalls ein maßgebender Faktor – mag schon sein. Ich sage dir, Ted, wir müssen in die Zukunft zu blicken vermögen –»

«Ich finde die brieflichen Kurse furchtbar!»

Die beiden Philosophen schnappten nach Luft. Es war tatsächlich Mrs. Babbitt, die eine solche Dissonanz in ihre geistige Harmonie gebracht hatte, obwohl eine von Mrs. Babbitts hervorragenden Eigenschaften war, daß sie sich, mit Ausnahme von Abendgesellschaften, bei denen sie in Gastlichkeit wütete, nur um das Hauswesen kümmerte und die männlichen Mitglieder der Familie nicht durch Denken reizte. Sie sprach entschlossen weiter: «Für mich ist es grauenhaft, wie sie die armen jungen Leute überreden, zu denken, daß sie etwas lernen, und dabei haben sie niemanden, der ihnen behilflich sein könnte, und – ihr zwei lernt ja so rasch, aber ich war immer schwerfällig. Und trotzdem –»

Babbitt wendete sich jetzt ganz an sie: «Unsinn! Man kann genau dasselbe erreichen, wenn man zu Hause studiert. Du glaubst doch wohl nicht, daß ein Bursch dadurch mehr lernt, daß er das sauer verdiente Geld seines Vaters durchbringt und in Clubfauteuils, in großartigen Universitätsschlafräumen mit Bildern und Schildern und Künstlerdecken, und was das Zeugs alles ist, herumsitzt, was? Ich sag dir nur, ich war selbst auf der Universität – *ich weiß es!* Aber ein Bedenken teile ich mit dir. Ich protestiere entschieden gegen jeden Versuch, Leute aus Friseurläden und Fabriken in die Fakultäten aufzunehmen. Die sind sowieso schon überfüllt, und wo sollen wir unsere Arbeiter hernehmen, wenn die Kerls alle High School-Bildung haben wollen?»

Ted hatte sich zurückgelehnt und rauchte eine Zigarette, ohne ein Wort des Tadels zu ernten. Er bewegte sich in diesem Augenblick in der verdünnten Höhenluft von Babbitts grüblerischen Theorien, fast als ob er Paul Riesling oder sogar Dr. Howard Littlefield gewesen wäre.

«Also, Vater, was meinst du nun? Wäre es nicht eine feine Idee, wenn ich nach China oder sonst einem lebhaften Ort ginge und mein Ingenieurstudium, und was immer es wäre, brieflich abmachte?»

«Nein, ich will dir auch erklären, warum, mein Junge. Ich bin draufgekommen, daß es ungewöhnlich angenehm ist, wenn man sich einen Universitätsgrad und Titel erworben hat. Manchmal wissen die Kunden nicht, was man vorstellt, halten einen für einen trockenen Geschäftsmann und lassen ihr Mundwerk laufen über Volkswirtschaft oder Literatur oder die Lage des Welthandels, und wenn man dann nur so nebenbei einfließen läßt: ‹Als ich noch auf der Universität war – natürlich habe ich Soziologie und all das Zeug studiert› – ist das ein fabelhafter Dämpfer für ihre Redelust. Aber ich bezweifle, ob es einen in das rechte Licht rückt, wenn man von sich sagt: ‹Ich habe in der Bezuzusschen Briefkursschule den Rang eines Markenschleckers erlangt!› Verstehst du –? Mein Vater war ein ganz tüchtiger alter Bursche, aber er hatte nie viel Sinn fürs Vornehme, und ich habe verdammt schwer arbeiten müssen, um mir meinen Weg durch die High School zu verdienen. Nun, es war schon der Mühe wert, um mit allen vornehmen Leuten von Zenith verkehren zu können, in allen Clubs und so weiter drin zu sein, und ich möchte nicht, daß du aus dieser Klasse herausgleitest – aus dieser Klasse, die genauso gesundes rotes Blut hat wie das gemeine Volk, nur daß sie außerdem noch Macht und Charakter besitzt. Es wäre wahrhaftig ein schwerer Kummer für mich, wenn du nicht zu denen gehörtest, alter Junge!»

«Weiß schon, Vater! Natürlich! Na, 's ist recht. Ich werde durchhalten. Hallo! Zum Teufel! Donner und Doria, ich hab total vergessen, daß ich den Krabben versprochen habe, sie zur Chorprobe zu führen. Jetzt werd ich springen müssen!»

«Aber du hast deine Hausarbeiten noch nicht gemacht!»

«Muß sie halt morgen in aller Frühe machen.»

«Na also –»

In den letzten 60 Tagen hatte Babbitt gewütet und gewettert: «Du wirst sie nicht morgen in aller Frühe machen! Du wirst dich jetzt sofort dahinsetzen!» Aber heute abend sagte er: «Na also, mach fix», und dabei schwebte das seltene, schüchtern strahlende Lächeln um seinen Mund, das er sonst nur für Paul Riesling hatte.

4

TED IST EIN BRAVER BURSCHE», SAGTE ER ZU MRS. Babbitt.

«Ja, das ist er wirklich!»

«Was sind denn das für Mädchen, die er abholen geht? Sind es nette, anständige Mädchen?»

«Ich weiß wahrhaftig nicht. Ach, du lieber Gott, Ted erzählt mir ja rein gar nichts mehr. Ich kann absolut nicht begreifen, was in diese junge Generation gefahren ist. Ich mußte Papa und Mama alles erzählen, aber heutzutage scheinen ja die Kinder einem einfach aus der Hand zu gleiten.»

«Ich hoffe, es sind ordentliche Mädchen. Natürlich, Ted ist

ja kein Baby mehr, und ich möchte nicht gerne, daß er – na – irgendwie schlechten Einflüssen ausgesetzt wäre.»

«George, ich möchte doch wissen, ob du nicht mal mit ihm reden und ihm – gewisse Dinge sagen solltest!» Sie wurde rot und schlug die Augen nieder.

«Nein, ich weiß wirklich nicht. Wenn ich es mir recht überlege, Myra, hat es wirklich keinen Sinn, Jungens auf allerhand Dinge aufmerksam zu machen. Haben selber genug Streiche im Kopf. Trotzdem wäre – es ist keine leichte Frage. Wie wohl Littlefield darüber denkt?»

«Papa ist natürlich deiner Ansicht. Er sagt, alle diese – Aufklärung – ist –, er sagt, es sei nicht anständig.»

«Ach, sagt er das, so, sagt er das! Na, dann will ich dir mal was sagen: Wenn Henry T. Thompson sich was ausgedacht hat – über Dinge der Moral, versteht sich, in anderen Dingen kann man den alten Gauner nicht drankriegen –»

«Ja, aber wie redest du denn von Papa!»

«– bei einem Handel ist er immer obenauf; aber das sage ich dir: sooft er Ideen über Ethik und Erziehung entwickelt, dann weiß ich sofort, daß ich gerade das Gegenteil denke. Vielleicht hältst du mich nicht gerade für einen, der die Weisheit mit Löffeln gefressen hat, aber im Vergleich mit Henry T. bin ich ein Universitätsprofessor! Jawohl, meine Liebe, in drei Teufels Namen, ich werde mir Ted vornehmen und ihm auseinandersetzen, warum ich ein streng moralisches Leben führe.»

«Ach, willst du das wirklich tun? Wann denn?»

«Wann? Wann? Was hat denn das nun wieder für einen Zweck, genau zu bestimmen, wann und wie und wo und warum? Das ist immer das Dumme bei den Weibern, das ist es, warum sie nie erstklassige Repräsentanten eines Berufs werden können: weil sie gar kein Empfinden für Diplomatie haben. Wenn sich die richtige Gelegenheit bietet und der Moment gerade günstig sein wird, damit es natürlich wirkt, na, dann werde ich eben ein bißchen freundschaftlich mit ihm plaudern und – und – Ist das Tinka, die oben heult? Die sollte auch schon lange schlafen.»

Er durchstreifte das Wohnzimmer und blieb in der Sonnenveranda stehen, einem Raum mit Glaswänden und Korbmöbeln und schaukelnden Liegestühlen, wo sie die Sonntagnachmittage zu vertrödeln pflegten. Draußen wurde das weiche Dunkel der Aprilnacht nur von dem Licht unterbrochen, das aus Doppelbraus Haus strömte, und von den schattenhaften Umrissen von Babbitts Lieblingsulme.

«Fein war das mit dem Jungen. Fühl mich schon nicht mehr so verdreht wie am Morgen. Und nicht so unruhig. Aber, bei Gott, ich will trotzdem ein paar Tage allein mit Paul in Maine verbringen! ... Dieses Teufelsweib Zilla! ... Aber ... Mit Ted ist alles in Ordnung. Die ganze Familie ist in Ordnung. Und 's Geschäft sehr gut. 's ist nicht ein jeder Hergelaufener, der 450 Dollar, also sozusagen ein halbes Tausend, so leicht und einfach verdient, wie ich heute! Vielleicht, wenn wir uns alle immer zanken, habe ich ebensoviel Schuld wie die übrigen. Ich sollte nicht so ein alter Brummbär sein. Immerhin ... Ich wünsch fast, ich wäre einer der Pioniere gewesen, wie mein Großvater vor mir. Allerdings würde ich dann nicht ein solches Haus besitzen. Ich – ach, Herrgott, *ich weiß selber nicht*!»

Er dachte verstimmt an Paul Riesling, an ihre gemeinsame Jugend, an die Mädchen, die sie gekannt hatten.

Als Babbitt vor 24 Jahren die Universität beendet hatte, war es seine Absicht gewesen, Rechtsanwalt zu werden. Er war auf der High School ein gewichtiger Argumentierer gewesen; er fühlte sich als geborenen Redner und sah sich bereits als Staatsgouverneur. Während er Jura studierte, arbeitete er als Realitätenagent. Er legte Geld beiseite, wohnte in einer Pension und aß abends Rührei mit Ragout. Der lebhafte Paul Riesling (der unbedingt nächsten Monat oder vielleicht nächstes Jahr nach Europa reisen würde, um das Violinspiel zu studieren) war seine Zuflucht, bis Paul dem Zauber von Zilla Colbeck verfiel, die lachte und tanzte und die Männer mit einem Wink ihres munteren und rundlichen Zeigefingers an sich lockte.

Damals wurden die Abende öde für Babbitt, und er suchte Trost in der Gesellschaft einer entfernten Verwandten von Paul, Myra Thompson, einem weichhaarigen, sanften Mädchen, das seinen Verstand bewies, indem es die Meinung des feurigen jungen Babbitt, er würde eines Tages Gouverneur werden, unbedingt teilte. Wenn Zilla sich über ihn als Bauernburschen lustig machte, sagte Myra empört, daß er viel solider sei als die jungen Gecken, die schon in der Großstadt Zenith das Licht der Welt erblickt hatten – in Zenith, das 1897 schon eine alte Siedlung von 105 Jahren war, mit 200000 Einwohnern, und für den aus Catawba stammenden George Babbitt die Königin und das Wunder aller Städte vorstellte, so ungeheuer, so luxuriös, so erdrückend gewaltig, daß es ihn äußerst schmeichelhaft bedünkte, ein Mädchen zu kennen, das durch seine Geburt in Zenith schon geadelt war.

Noch war kein Wort der Liebe zwischen ihnen gefallen. Er wußte, daß er durch lange Jahre nicht heiraten konnte, wenn er Jurisprudenz studieren wollte; und Myra war nach jeder Richtung ein *feines Mädchen* – man küßte sie nicht, man dachte überhaupt nicht «auf diese Art an sie», ausgenommen, wenn man sie heiratete. Aber sie war ein verläßlicher Kamerad. Sie war immer bereit, mit ihm aufs Eis oder spazierenzugehen, war es immer zufrieden, seine Reden über die großen Dinge, die er vollbringen wollte, anzuhören, wie er die unterdrückten Armen gegen die ungerechten Reichen verteidigen, bei Banketten Reden halten, die vielen falschen Auffassungen, die im Umlauf waren, berichtigen würde.

Eines Abends, als er müde und erschöpft war, entdeckte er, daß sie geweint hatte. Zilla hatte eine Gesellschaft gegeben, zu der sie nicht geladen war. Plötzlich lag ihr Kopf auf seiner Schulter, und er küßte ihr die Tränen weg – und sie hob den Kopf und sagte zutraulich wie ein Kind: «Jetzt, wo wir verlobt sind – sollen wir nun bald heiraten oder noch warten?»

Verlobt? Es war die erste Andeutung der neuen Lage. Seine Zärtlichkeit für dieses braune, anschmiegsame weibliche Wesen schien sich in kalte Angst zu verwandeln, aber er brachte es nicht über sich, ihr weh zu tun oder ihr blindes Vertrauen zu täuschen. Er murmelte etwas von «warten» und flüchtete. Eine Stunde lang lief er durch die Straßen und suchte eine Form zu finden, um ihr zu sagen, daß es ein Mißverständnis gewesen war. In dem Moment, der folgte, war er öfters nahe daran, es ihr zu erklären, aber es war angenehm, ein Mädchen in den Armen zu halten, und es wurde immer unmöglicher, sie zu beleidigen und damit herauszuplatzen, daß er sie ja gar nicht liebe. Er selbst hegte nicht den geringsten Zweifel. Der Abend vor der Trauung war eine Qual und der Morgen brachte wilde Fluchtgelüste.

Sie wurde ihm das, was man eine «gute Frau» nennt. Sie war zuverlässig, war fleißig und manchmal, selten, fröhlich. Ihr anfänglicher leichter Ekel über ihre körperlichen Beziehungen wandelte sich in etwas, das leidenschaftliche Liebe zu verheißen schien, sich aber in lästiger Routine verlor. Dennoch lebte sie nur für ihn und für die Kinder und war ebenso traurig und bedrückt wie er, als er auf sein Studium verzichten mußte und als Realitätenagent seinen Weg suchte.

«Armes Kind, sie hat's ja auch nicht viel besser gehabt als ich», überlegte Babbitt, während er in der unbeleuchteten Sonnenveranda stand. «Aber – na, ich hätte doch gerne mit Jus und Politik einen Versuch gemacht. Nur um zu sehen, was ich kann. Nun, vielleicht habe ich auf diesem Weg viel mehr Geld verdient.»

Er kehrte ins Wohnzimmer zurück, aber bevor er sich niederließ, strich er seiner Frau über das Haar, und sie blickte glücklich und ein bißchen überrascht zu ihm auf.

Siebentes Kapitel

I

Feierlich las er die letzte Nummer des *American Magazine* zu Ende, während seine Frau ihre Stopferei seufzend beiseite legte und sehnsuchtsvoll die Lingeriemodelle einer Frauenzeitschrift betrachtete. Das Zimmer war sehr still.

Es war ein Zimmer, das nach allen Regeln der Kunst von Blumenhöhe eingerichtet war. Die grauen Wände waren durch schmale, weißemaillierte Tannenholzleisten kunstvoll in Felder geteilt. Aus ihrem ehemaligen Haus hatten die Babbitts zwei reichgeschnitzte Schaukelstühle mitgebracht, aber die übrigen Stühle waren neu, sehr tief und einladend und mit blau-gold gestreiftem Samt überzogen. Ein blausamtenes Sofa stand dem Kamin gegenüber, und hinter dem Sofa war ein Kirschholztisch und eine hohe Klavierlampe mit einem Schirm aus goldfarbener Seide. (Zwei Villen von dreien auf Blumenhöhe hatten ein Sofa vor dem Kamin stehen, dahinter einen echten oder imitierten Mahagonitisch und eine Klavierlampe oder eine Leselampe mit gelbem oder rosigem Seidenschirm.)

Auf dem Tisch lagen ein golddurchwirkter chinesischer Läufer, vier illustrierte Zeitschriften, eine silberne Dose, die Zigarettenkrümchen enthielt, und drei «Prachtwerke» – große, kostspielige Märchenbände, von englischen Künstlern illustriert; noch kein Babbitt, außer Tinka, hatte sie jemals gelesen.

In einer Ecke der vorderen Fenster stand ein großer Grammophonschrank. (Auf neun Häuser der Blumenhöhe entfielen acht solcher Grammophone.)

Von den Bildern, die genau in der Mitte einer jeden grauen Wandfläche hingen, war eines die schwarz-rote Imitation einer englischen Jagdszene, ein anderes stellte in anämischen Farben eine Boudoirszene dar, deren französischer Schlüpfrigkeit Babbitts moralischer Sinn immer ein wenig mißtraut hatte, und eine «handkolorierte» Fotografie eines Zimmers in kolonialem Stil – Bauernteppich, spinnendes Mädchen und sanfte Katze vor dem schlohweißen Kamin. (Unter zwanzig Häusern der Blumenhöhe hatten neunzehn entweder eine Jagdszene oder einen *Madame fait sa toilette* betitelten Druck, eine bunte Fotografie der Rocky Mountains oder alle vier.)

Es war ein Zimmer, dessen Bequemlichkeit so hoch über der «guten Stube» von Babbitts Kinderjahren stand wie sein Auto über dem einspännigen Wägelchen seines Vaters. Es gab nichts Interessantes, aber auch nichts Unangenehmes in dem Zimmer. Es war ebenso ordentlich und ebenso nichtssagend wie ein Block Kunsteis. Der Kamin wurde weder durch flockige Asche noch durch rußige Backsteine gemildert, die kupfernen Schürhaken glänzten tadellos poliert und die militärischen Kaminböcke schienen Musterartikel eines Warenhauses zu sein, so verlassen, so ungeliebt, so leblos und nur für den Handel bestimmt sahen sie aus.

An der Wand stand ein Klavier mit einer zweiten Klavierlampe, aber niemand benützte es außer Tinka. Der rasche, harte Ton des Grammophons genügte ihnen vollkommen; ihr ausgiebiger Vorrat an Jazzplatten gab ihnen das Gefühl von Kultur und Reichtum, und sie wußten von Musikproduktion nur so viel, als man braucht, um den Bambusstift genau einzustellen. Die Bücher auf dem Tisch waren tadellos und bildeten starre Rechtecke; keine Ecke des Teppichs war umgebogen; und nirgends war ein Hockeystab, ein zerrissenes Bilderbuch, eine alte Münze oder ein lärmender, unberechenbarer Hund zu sehen.

2

Zu Hause versank Babbitt niemals in seine Lektüre. Im Büro konnte er sich ganz konzentrieren, hier aber kreuzte er die Beine und konnte nicht ruhig sitzen. Wenn der Roman interessant war, las er die besten, das heißt amüsantesten Abschnitte seiner Frau vor; wenn er ihn aber nicht fesselte, hüstelte er, kratzte sich an den Fußgelenken und am rechten Ohr, steckte den linken Daumen in die Westentasche, klapperte mit den darin befindlichen Silbermünzen, wirbelte den Zigarrenabschneider und die Schlüssel am Ende seiner Uhrkette herum, gähnte, rieb sich die Nase und besann sich auf Nichtigkeiten, die er besorgen wollte. Er ging hinauf und zog sich Pantoffeln an, seine eleganten tiefbraunen Pantoffeln, die wie mittelalterliche Schuhe aussahen. Er ging ins Souterrain hinunter und holte sich einen Apfel aus dem Faß neben der Kofferkammer.

«Ein Apfel am Tag ist der beste Arzt», belehrte er Mrs. Babbitt zum erstenmal in den letzten vierzehn Stunden.

«Das ist ganz richtig.»

«Ein Apfel ist der beste Regulator, den es gibt.»

«Ja, er –»

«Das Malheur bei den Frauen ist, daß sie nie den Verstand haben, sich an Regelmäßigkeiten zu gewöhnen.»

«Na, ich –»

«Das ewige Naschen und Essen zwischen den Mahlzeiten!»

«George!» Sie blickte von ihrem Buch auf. «Hast du heute eine leichte Mittagsmahlzeit gegessen, wie du es dir vorgenommen hast? Ich hab's getan!»

Dieser tückische und durch nichts veranlaßte Angriff verblüffte ihn.

«Nun, sie war vielleicht nicht so leicht – ich habe mit Paul gefrühstückt und habe keine Gelegenheit gehabt – mich streng zu halten. Ach, du brauchst gar nicht zu grinsen wie eine Katze! Wenn ich nicht wäre, der immer auf dich und deine Diät aufpaßte – ich bin ja schließlich der einzige in dieser Familie, der die Wichtigkeit von Haferbrei zum Frühstück begreift. Ich –»

Sie beugte sich wieder über ihr Buch, während er gläubig seinen Apfel in Stücke schnitt, hinunterwürgte und dabei weitersprach:

«Aber eines habe ich getan: ich habe mir das Rauchen abgewöhnt.

Ich habe einen Zusammenstoß mit Graff im Büro gehabt. Der wird mir zu verdammt unverschämt. Ich kann schon etwas anhören, ohne meine Ruhe zu verlieren, aber ab und zu muß ich meine Autorität wieder hervorkehren, und ich habe heute kein Blatt vor den Mund genommen. ‹Stan›, hab ich ihm gesagt – also ich hab ihm den Standpunkt klipp und klar gemacht.

Komischer Tag heute. Gibt einem so ein Gefühl der Unruhe.

Jaaaaa, na –» Dieser schläfrigste aller Laute, ein langgezogenes, endgültiges Gähnen. Mrs. Babbitt gähnte mit und schien froh zu sein, als er brummte: «Wie denkst du über Schlafengehen? Ted und Rony kommen sicher wieder zu unirdischen Stunden heim. Ja, ja, merkwürdiger Tag, noch nicht sehr warm, aber trotzdem – Herrgott, ich hätte Lust –, einen dieser Tage werde ich einen langen Ausflug im Auto machen.»

«Ja, das wäre nett für uns beide», sagte sie gähnend.

Er blickte weg von ihr, da es ihm plötzlich klar wurde, daß er sie gar nicht mithaben wollte. Während er die Türen absperrte, die Fenster nachsah und den Heizungsregulator so einstellte, daß er sich am Morgen automatisch öffnete, seufzte er leise, mit einem schweren Gefühl der Einsamkeit, das ihn verwirrte und ihn ängstigte. Er war so geistesabwesend, daß er nicht mehr wußte, an welchen Fenstern er gerüttelt hatte, und er kroch durch die Dunkelheit zurück, nach unsichtbaren, gefährlichen Stuhlecken tastend, um sie alle noch einmal nachzusehen. Seine Tritte hallten, als er nach diesem großen Tag innerer Auflehnung die Treppe hinaufstampfte.

3

Vor dem Frühstück verwandelte er sich regelmäßig wieder in einen Dorfjungen und schreckte vor den komplizierten Ansprüchen des städtischen Lebens zurück, soweit sie sich auf Rasieren, Baden und Entscheidungen, ob das Hemd noch für einen Tag rein genug sei, bezogen. Sooft er des Abends zu Hause blieb, ging er früh zu Bett und erledigte sorgsam diese niederdrückenden Pflichten. Er hatte die schwelgerische Angewohnheit, während des Rasierens gemütlich in einer Wanne heißen Wassers zu sitzen. Man kann ihn sich auch an diesem Abend vorstellen, einen rundlichen, glatten, rosigen, schon etwas kahlen, kurzen und dicken Hausvater, der mit seiner Brille auch seine Gewichtigkeit abgelegt hat; er hockt bis zur Brust im Wasser, kratzt seine eingeseiften Wangen mit einem Sicherheitsrasierapparat, der wie eine winzige Gartenmähmaschine aussieht, und fischt mit melancholischer Würde im Wasser nach der Seife, die ihm glitschig und flink immer wieder entwischt.

Die milde Wärme lullte ihn in süße Träume. Das Licht fiel in einem zarten, zitternden Linienmuster auf die Innenseite der Wanne und glitt mit grünem Schimmer über die Rundungen des weißen Porzellans, sobald das klare Wasser sich bewegte. Babbitt beobachtete es lässig; er bemerkte, daß die Schatten der Luftbläschen, die an den Haaren seiner Beine hingen, sich gegen die strahlende Helle der Bodenfläche der

Wanne wie seltsame Seealgen abhoben. Er patschte ins Wasser und die Lichtreflexe zersprangen schwankend und funkelnd. Er war kindisch und zufrieden. Er spielte. Er rasierte einen Streifen an der Wade seines dicken Beins hinunter.

Der Wasserhahn tropfte, es klang wie ein liebliches, fröhliches Lied: tripf, tropftropf, tripf, tripf, tropftropf, tripf. Er war entzückt davon. Er betrachtete die dauerhafte Wanne, die prächtigen Nickelhähne, die gekachelten Wände des Badezimmers, und er fühlte sich im Besitz dieser Pracht äußerst tugendhaft.

Er rüttelte sich auf und sagte rauh zu seinen Badetüchern: «Her mit euch! Jetzt war's genug mit den Dummheiten!» Er wandte sich vorwurfsvoll an die hinterlistige Seife und herausfordernd an die kratzige Nagelbürste: «Wollt ihr wohl, wollt ihr wohl!» Er seifte sich ein und wusch sich ab und rieb sich streng und nüchtern trocken; er fand ein Loch im türkischen Handtuch, steckte gedankenvoll einen Finger hindurch und marschierte, ein ernster und unbeugsamer Bürger, ins Schlafzimmer zurück.

Dann kam ein Augenblick köstlicher Fessellosigkeit, ein melodramatischer Moment, wie er ihn manchmal hatte, wenn er das Auto durch dichten Verkehr steuerte; er legte einen sauberen Kragen zurecht, entdeckte, daß er vorn ausgefranst war, und zerriß ihn mit herrlich langgezogenem Si-i-i-p-Laut.

Aber die Herrichtung seines Betts in der Schlafveranda war das allerwichtigste.

Es ist nicht bekannt, ob er seine Schlafveranda wegen der frischen Luft bevorzugte oder weil es üblich und modern war, eine Schlafveranda zu benützen.

Ebenso wie er ein Elch, wie er ein Booster und Mitglied der Handelskammer war, ebenso wie die Priester der Presbyterianischen Kirche ihm seinen religiösen Glauben diktierten und die Leiter der Republikanischen Partei irgendwo in Washington in kleinen, raucherfüllten Zimmern darüber entschieden, was er über die Entwaffnung, über die Zölle und über Deutschland zu denken hatte, ebenso setzten die großen, nationalen Anzeigen die äußere Seite seines Lebens fest, fixierten, was er als seine Individualität betrachtete. Diese stets wiederkehrenden Anzeigen der verschiedensten Waren – Zahnpasten, Socken, Pneus, fotografische Apparate, Schnellsieder – waren seine Symbole und seine verläßlichen Gutachten; sie waren erst Zeichen, später Ersatzmaterial für Freude, Leidenschaft, Weisheit.

Aber keine dieser annoncierten Dinger bewiesen so sehr den finanziellen und sozialen Erfolg wie eine Schlafveranda mit einer verglasten Sonnenveranda darunter.

Die Reihenfolge der Vorbereitungen für das Zubettgehen war kompliziert und unabänderlich. Die Bettdecken mußten am Fußende des Betts eingeschlagen werden. (Auch mußte der Grund, weshalb das Mädchen die Decken nicht eingeschlagen hatte, mit Mrs. Babbitt besprochen werden.) Der bunte Bettvorleger wurde so zurechtgelegt, daß seine bloßen Füße morgens, wenn er aufstand, darauffallen mußten. Der Wecker wurde aufgezogen. Die Wärmflasche wurde gefüllt und genau zwei Fuß vom Bettende entfernt hingelegt.

Alle diese ungeheuren Vorbereitungen bewältigte er durch seine Energie; sie wurden Mrs. Babbitt einzeln mitgeteilt und mit Schmiß ausgeführt. Endlich klärte sich sein Antlitz und sein: «Gunnacht!» war voll männlicher Kraft. Aber er sollte noch Mut und Entschlossenheit brauchen. Gerade als er in Schlummer sank, bei der ersten wonnigen Erschlaffung, kam das Auto der Doppelbraus heim. Es rüttelte ihn wieder hellwach, und er jammerte: «Warum, in drei Teufels Namen, können manche Leute niemals zu gar keinen menschenmöglichen Stunden in die Klappe kriechen?» Der ganze Prozeß des Einstellens war ihm von seinem eigenen Auto her so bekannt, daß er jedem Detail mit den Gefühlen folgte, die ein geübter Scharfrichter haben muß, wenn er zu seiner eigenen Tortur verurteilt wird.

Das Auto war bei der Einfahrt unverschämt fröhlich. Die Wagentür ging auf und wurde wieder zugeschlagen, dann glitt das Tor der Garage auf, knirschte auf der Schwelle, dann kam wieder die Autotür. Der Motor raste, bevor er die Steigung zur Garage nahm, und raste weiter, von Explosionen unterbrochen, bis er abgestellt wurde. Ein letztes Öffnen und Zuschlagen der Wagentür. Dann Stille, die fürchterliche Stille der Erwartung, bis der gemächliche Mr. Doppelbrau die Bereifung untersucht und endlich, endlich das Garagentor geschlossen hatte. Augenblicklich setzte bei Babbitt der selige Zustand der Bewußtlosigkeit ein.

4

Im selben Augenblick war in der Stadt Zenith Horace Updike damit beschäftigt, mit Lucile McKelvey in ihrem malvenfarbigen Salon in Royal Ridge zu flirten, nachdem beide den Vortrag eines hervorragenden englischen Schriftstellers gemeinsam angehört hatten. Updike war der berufsmäßige Junggeselle von Zenith; er war ein schlanker Mann von 46 Jahren, dessen Stimme weibisch war, und der eine Vorliebe für Blumen, bedruckte Stoffe und Backfische hatte. Mrs. McKelvey war rothaarig, weißhäutig, unbefriedigt, entzückend unhöflich und aufrichtig. Updike begann mit seinem unabänderlichen Kunstgriff – er berührte ihr feines Handgelenk.

«Machen Sie keine Dummheiten!» sagte sie.

«Stört Sie das wirklich?»

«Nein! Und das ist es ja eben, was mich stört!»

Er ging zur Konversation über; er war berühmt auf diesem Gebiet. Er sprach gut über Psychoanalyse, über das Polospiel auf Long Island und über eine Porzellanschüssel der Ming-

Periode, die er in Vancouver aufgestöbert hatte. Sie versprach, ihn im Sommer in Deauville zu treffen, «obwohl», wie sie seufzend bemerkte, «es schon so furchtbar allgemein geworden ist; nichts als Amerikanerinnen und muffige englische Baronessen».

Und im selben Augenblick tranken in Zenith ein Kokainschmuggler und eine Prostituierte zusammen Cocktails in Healy Hansons Schankwirtschaft in der Front Street. Nachdem die Prohibition schon in Kraft getreten war und Zenith sich streng an die Gesetze hielt, waren sie gezwungen, ihre Cocktails zum Zeichen der Unschuld aus Teetassen zu trinken. Die Dame warf ihre Tasse dem Kokainschmuggler an den Kopf. Er ließ den Revolver aus einer versteckten Tasche im Ärmel herausgleiten und erschoß sie ohne Sang und Klang.

Im selben Augenblick saßen in Zenith zwei Männer in einem Laboratorium. Sie arbeiteten ununterbrochen seit 37 Stunden an einem Bericht über ihre Versuche zur Herstellung von synthetischem Gummi.

Im selben Augenblick hielten in Zenith vier Gewerkschaftsbeamte eine Besprechung ab, um zu beschließen, ob die 12000 Arbeiter der Kohlenbergwerke in einem Umkreis von 100 Meilen in den Streik treten sollten. Von diesen Leuten sah einer wie ein mürrischer, wohlhabender Gemischtwarenhändler aus, der zweite wie ein uramerikanischer Schreiner, der dritte wie ein Gehilfe in einer Erfrischungshalle und der letzte wie ein russischer Jude und Schauspieler. Der russische Jude zitierte Kautsky, Gene Debs und Abraham Lincoln.

Im selben Augenblick lag ein Veteran der Großen Republikanischen Armee im Sterben. Er war sofort nach dem Bürgerkrieg auf ein Bauerngut gekommen, das offiziell zum Stadtgebiet gehörte, in Wirklichkeit aber primitiv war wie der Urwald. Er war nie in einem Auto gefahren, hatte nie eine Badewanne gesehen, hatte außer der Bibel, einigen Traktaten und McGuffeys Lesebuch nie ein Buch gelesen, und er war überzeugt, daß die Erde flach ist, daß die Engländer, die zehn verlorenen Stämme Israels und die Vereinigten Staaten eine Demokratie sind.

Im selben Augenblick arbeitete die Fabrik der Pullmore-Lastautomobilwerke von Zenith – eine ganze Stadt aus Eisen und Zement – in Nachtschichten, um eine Bestellung von Lastautos für die polnische Armee auszuführen. Die Werke summten wie ein ungeheurer Bienenkorb und durch die breiten Fenster strömte blendendes Licht wie Feuer aus einem Vulkan. Scheinwerfer spielten über die hohen Drahteinfassungen, über schlackenbesäte Höfe, Schienen und Weichen und bewaffnete patrouillierende Schutzposten.

Im selben Augenblick schloß Mike Monday eine Versammlung. Mr. Monday, der vornehme Prediger, der bekannteste protestantische Würdenträger in Amerika, war früher Preisboxer gewesen. Satan hatte ihn ungerecht behandelt. Als Preisboxer hatte er nichts errungen als eine gebrochene Nase, einen fabelhaften Wortschatz und eine imposante Erscheinung. Der Dienst des Herrn war viel einträglicher gewesen. Er war im Begriff, sich mit einem Vermögen zur Ruhe zu setzen. Aber es war redlich verdientes Geld, wie aus einem der letzten Berichte über ihn ersichtlich war, der besagte, daß «Hochwürden Monday, der professionelle Prophet, der größte Ablaßverkäufer der Welt, durch zweckmäßige Organisation die Überzahlung der Seelenerlösung unterbunden und eine felsenfeste Basis mit unerreicht billigen Preisen eingeführt hat. Er hat über 200 000 kostbare verlorene Seelen zum Durchschnittspreis von nicht ganz 10 Dollar pro Kopf errettet.»

Unter den größeren Städten des Landes hatte nur Zenith geschwankt, ehe es seine Laster Mike Monday und seinem geschulten Seelenrettungspersonal unterbreitet hatte. Die unternehmungslustigeren Vereine der Stadt hatten dafür gestimmt, ihn einzuladen – Mr. George F. Babbitt hatte sich bei Gelegenheit einer Rede im *Boosters Club* lobend über ihn geäußert. Aber es war auch Opposition vorhanden gewesen, die von episkopalen und kongregationalen Pfarrern ausging, jenen Abtrünnigen, die Mr. Monday so treffend charakterisierte, wenn er von ihnen sagte: «Sie sind ein Pack Evangeliendrescher und haben Spülwasser statt Blut in den Adern; eine winselnde Rotte, die mehr Staub auf den Knien und mehr Fell auf ihren ausgedörrten alten Brustkörben brauchte.» Diese Opposition war im Keime erstickt worden, als der Schriftführer der Handelskammer einem Ausschuß von Fabrikanten berichtet hatte, daß Mr. Monday in jeder Stadt, wo er predigte, die Aufmerksamkeit der Arbeiter von den Löhnen und der Stundenzahl abgelenkt und höheren Dingen zugewandt hatte und dadurch Streiks vermied. Er wurde sofort eingeladen.

Es wurde ein Auslagenfonds von 40000 Dollar gezeichnet; auf dem großen Bezirksmarktgelände wurde ein Mike-Monday-Tabernakel errichtet, in dem 15000 Menschen Platz hatten. Hier beendete der Prophet seine Botschaft:

«Es gibt hier eine Menge schlauer Universitätsprofessoren und teesaufender Geiferer, die behaupten, ich sei ein Nichtswisser, ein Niemand und hätte keinen blauen Dunst von Bibel und Geschichte. Oh, das ist eine Rotte von triefäugigen Bücherläusen, die sich einbilden, sie wüßten mehr als der allmächtige Gott, und die die Gelehrtheit der Hunnen und eine Menge schmieriger deutscher Kritiken dem geraden, klaren Gotteswort vorziehen. Oh, die feinen Geckenherrchen, die gespitzten Schnäbel und Teiggesichter, die Heiden, die bierschwitzenden Skribler, die lieben es, ihre stinkenden Mäuler aufzureißen und zu zetern, daß Mikey Monday ordinär sei und immer voller Phrasen. Diese Laffen sagen mir nach, daß ich das Gotteswort beschmutze und nur für Pinke-Pinke predige. Aber nun hört mich an, ihr Leute! Ich will den sauberen Vögeln ein offenes Angebot machen! Sie sollen herkommen und mir jetzt und hier ins Gesicht sagen, daß ich ein Heuchler, ein lügnerischer Schuft, ein dummer Bauer bin! Aber wenn sie sich das getrauen – ja, wenn sie es tun! –, dann fallt nicht in Ohnmacht vor Überraschung, wenn ein paar von diesen schurkischen Lügnern eine Tüchtige von Mike heruntergehauen kriegen, mit der ganzen Kraft, die Gottes flammende Gerechtigkeit in eine Maulschelle zu legen vermag. Nun kommt heran, ihr Leute! Wer sagt das erste Wort? Wer traut sich, Mike Monday Lump und Flegel zu schimpfen? Nun, wird's? Ja, meldet sich denn niemand? Also, jetzt seht ihr es! Ich denke, in dieser Stadt wird mich keiner mehr aus sicherem Versteck besudeln; ich denke, ihr seht selber ein, daß ihr nicht mehr auf die Flunkerer zu hören braucht, die mit Hand und Fuß stoßen, mit dem Maul lästern und kein gutes Haar an einem lassen in ihrem saudummen Atheismus. Und alle, die ihr hier um mich seid, sollt mittun mit aller Kraft und aller Verehrung, die in euch steckt, und euch alle zusammen für Jesum Christum erklären und ihn hochhalten und stützen, um seiner ewigen und immerwährenden Gnade und Liebe willen!»

5

Im selben Augenblick sassen Seneca Doane, der radikale Rechtsanwalt, und Dr. Kurt Yavitch, der Professor der Histologie (dessen Forschungen über die Zerstörungen der Epithelzellen durch Radium den Ruhm Zeniths bis nach München, Prag und Rom geführt hatten), in Doanes Bibliothek ins Gespräch vertieft.

«Zenith ist die Stadt der gigantischen Macht – gigantischen Gebäude, gigantischen Maschinen, gigantischen Verkehrsmittel», sagte Doane nachsinnend.

«Ich hasse eure Stadt. Sie hat durch ihre Leidenschaft für das Einheitsmaß und den Durchschnitt alle Schönheit aus dem Leben gelöscht. Sie ist ein riesenhafter Bahnhof – und alle Leute darin lösen ihre Billetts für die besten Friedhöfe», erklärte Dr. Yavitch ruhig.

Doane erwiderte gereizt: «Ich will dies und das sein, wenn das stimmt! Du gehst mir schon auf die Nerven, Kurt, mit deinem ewigen Gewinsel über ‹Einheitsmaß› und ‹Durchschnittlichkeit›. Ja, glaubst du denn, daß kein anderes Volk auf ‹Normalmaß› eingestellt ist? Gibt es etwas Durchschnittlicheres als England, wo in jedem Haus, das es sich nur halbwegs leisten kann, dieselben Kuchen zur selben Teestunde vertilgt werden, jeder pensionierte General zur selben Abendandacht in dieselbe graue Steinkirche mit viereckigem Turm geht und jeder golfspielende Geck im selben Sportkostüm mit jedem anderen wohlhabenden Gecken genau dieselben Redensarten wechselt. Trotzdem liebe ich England. Und was das Einheitsmaß betrifft – denk doch mal an die Straßencafés in Frankreich und an die Liebeleien in Italien!

Einheitsmaß ist eine vorzügliche Eigenschaft per se. Wenn ich eine Ingersoll-Uhr oder einen Ford-Wagen kaufe, so bekomme ich eine bessere Maschinerie für weniger Geld, und außerdem weiß ich ganz genau, was ich habe, und spare dadurch Zeit und Energie, mit denen ich meine Eigenart und Persönlichkeit entwickeln kann. Und – ich erinnere mich, einmal in London das Bild einer amerikanischen Vorstadt auf einer Zahnpastenannonce auf der Rückseite der *Saturday Evening Post* gesehen zu haben – eine verschneite Straße zwischen Ulmen, diese neuen Häuser, einige von ihnen im König-Georg-Stil, oder aber mit tief heruntergezogenen Dächern und – so eine Straße, wie man sie hier in Zenith findet, sagen wir auf der Blumenhöhe. Breit, Bäume, Gras. Und ich hatte solches Heimweh! Kein anderes Land der Welt hat so hübsche Häuser! Und es ist mir ganz egal, wenn sie auch auf eine Norm eingestellt sind. Dann ist es eben eine feine Norm!

Nein, das, wogegen ich in Zenith ankämpfe, ist die Einstellung der Gedanken auf Normalmaß und selbstverständlich die Tradition der Konkurrenz. Die wirklichen Bösewichte in diesem Stück sind die anständigen, gutmütigen, fleißigen Familienväter, die alle erdenklichen Listen und alle grausamen Ränke anwenden, um ihren Gören Geld und Gut zu sichern. Das Ärgste bei diesen Kerls ist, daß sie so gute Menschen sind und – wenigstens was ihre Arbeit betrifft – so kluge Köpfe haben. Man kann sie gar nicht ordentlich hassen, und doch ist ihr Normalverstand der Erzfeind.

Und dann dieses Strebertum – ganz heimlich und schüchtern fühle ich, daß es sich in Zenith besser leben läßt als in Manchester oder in Glasgow oder in Lyon oder in Berlin oder Turin –»

«Stimmt nicht, denn ich habe schon in den meisten dieser Städte gewohnt», murmelte Dr. Yavitch.

«Nun, das ist Geschmackssache. Ich persönlich ziehe eine Stadt vor mit einer so unberechenbaren Zukunft, daß die Phantasie angeregt wird. Aber was ich mir ganz besonders wünsche –»

«Du bist ein Liberaler des Mittelwegs», sagte Dr. Yavitch, «und hast keine Idee, was du eigentlich haben möchtest. Ich dagegen, siehst du, bin ein Revolutionär und weiß genau, was ich will – und jetzt will ich mal was trinken.»

6

Im selben Augenblick hatten in Zenith die Politiker Jake Offut und Henry T. Thompson eine Konferenz. Offut machte folgenden Vorschlag: «Das Wichtigste ist, daß du deinen Trottel von Schwiegersohn Babbitt dazu kriegst, das Ding zu drehen. Er ist einer von diesen gewissen Patrioten. Sobald er ein Grundstück für unsere Bande erwischt hat, stellt er die Sache so hin, als ob wir vor Liebe zum teuren

Volk stürben, und ich kauf mir ja gar zu gern ein bißchen Achtbarkeit – wenn's nicht zu teuer ist. Nimmt mich wunder, Hank, wie lange wir das Spiel noch so treiben können? Wir sind sicher vor Entdeckung, solange brave kleine Jungs wie George Babbitt und alle die übrigen braven und ordentlichen Arbeitgeber überzeugt sind, daß du und ich schroffe Patrioten sind. Weiß Gott, ein ehrlicher Politiker kann sich hier sein Nest warm füttern: die ganze Stadt arbeitet ja, um uns mit Zigarren und Brathuhn und Martini Dry zu versorgen. Und alle sammeln sich voller Entrüstung um unser Banner, ja voll gerechter Entrüstung, sobald so ein Kerl wie dieser Seneca Doane herankommt! Auf Ehre, Hank, so ein schlauer Fuchs wie ich sollte sich schämen, wenn er es nicht zustande brächte, dies liebe Vieh zu melken, das sich brüllend um ihn drängt. Aber die Straßenbahnbande wird diesmal keine so gute Beute machen. Ich möchte wohl wissen, wann – Hank, ich wünschte, ich könnte irgendeinen Ausweg finden, um diesen Kerl Seneca Doane aus der Stadt zu bugsieren. Jetzt heißt es: wir oder er!»

Im selben Augenblick schliefen in Zenith 340000 oder 350000 alltägliche Menschen wie ein ungeheurer, undurchdringlicher Schatten. In einer Spelunke jenseits der Eisenbahn öffnete ein junger Mann, der während sechs Monaten vergeblich Arbeit gesucht hatte, den Gashahn und tötete sich und sein Weib.

Im selben Augenblick beendete Lloyd Mallam, der Dichter und Besitzer der Hafis-Buchhandlung, ein Rondeau, das bewies, wie unterhaltsam das Leben in den kampfreichen Zeiten des mittelalterlichen Florenz gewesen war und wie langweilig es jetzt sei in einer so selbstverständlichen Stadt wie Zenith.

Und im selben Augenblick drehte sich George F. Babbitt schwerfällig im Bett um – ein letztes Zeichen des Bewußtseins, mit dem er andeutete, daß er jetzt genug gehabt hatte von diesem unruhigen Einschlafen und allen Ernstes ans Werk gehen wollte.

Sofort hielt ihn sein zauberhafter Traum umfangen. Er fand

sich irgendwo zwischen unbekannten Leuten, die sich über ihn lustig machten. Er entwischte ihnen, lief durch die verschlungenen Pfade eines mitternächtigen Gartens zum Gittertor, wo ihn sein Elfenkind erwartete. Ihre süße, ruhespendende Hand streichelte seine Wange. Er war ritterlich und klug und fühlte sich von ihr geliebt; ihre Arme waren lebenswarmes Elfenbein; und jenseits der gefährlichen Sümpfe glitzerte das weite, herrliche Meer.

ACHTES KAPITEL

I

DIE GRÖSSTEN EREIGNISSE DES FRÜHJAHRS FÜR Babbitt waren der geheime Ankauf von Optionen auf Ländereien in Linton für eine Gruppe von Straßenbahnbeamten, vor dem offiziellen Kommuniqué, daß die Linton Avenue-Straßenbahnlinie verlängert werden sollte, und ein Souper, welches, wie er seiner Frau freudestrahlend mitteilte, «nicht nur eine gewöhnliche gesellige Abfütterung, sondern eine waschecht vornehme Angelegenheit werden sollte, mit ein paar von den klügsten Köpfen und von den flottesten, feschesten kleinen Frauen der Stadt». Das alles nahm ihn derartig in Anspruch, daß er seinen sehnsüchtigen Wunsch, mit Paul Riesling nach Maine durchzubrennen, fast vergaß.

Obwohl Babbitt in einem Dorf in Catawba zur Welt gekommen war, hatte er doch jene großstädtische Schicht der Gesellschaft erreicht, in der man sogar vier Leute auf einmal zum Abendessen bitten kann, ohne sich länger als ein bis zwei Tage darauf vorzubereiten. Aber ein Souper für zwölf Personen mit Blumen aus der Blumenhandlung und einem Aufmarsch aller geschliffenen Gläser brachte sogar die Babbitts aus der Fassung.

Volle zwei Wochen berieten und debattierten sie über die Liste der einzuladenden Gäste.

Babbitt staunte: «Natürlich sind wir selbst ganz *uptodate*, aber immerhin ist es doch fabelhaft, daß wir einen berühmten

Dichter wie Chum Frink an unserem Tisch haben sollen, einen Kerl, der nichts weiter tut, als jeden Tag ein bis zwei Gedichte schreiben und ab und zu ein paar Annoncen, und dadurch glatt 15 000 Dollar im Jahr verdient!»

«Ja, und Howard Littlefield. Weißt du, daß mir Eunice neulich erzählt hat, ihr Papa könnte drei Sprachen sprechen!» sagte Mrs. Babbitt.

«Ha! Das ist weiter nichts! Kann ich auch – Amerikanisch, Baseball und Poker!»

«Ich finde es nicht sehr fein, über solche Dinge Witze zu reißen. Stell dir nur vor, wie herrlich es sein muß, sich in drei Sprachen ausdrücken zu können, und so nützlich und – aber ich sehe wirklich nicht ein, warum wir mit solchen Leuten zusammen die Orville Jones einladen sollen.»

«Ja, weißt du, Orville hat jetzt einen kolossalen Aufschwung genommen.»

«Ja, ich weiß schon, aber – eine Waschanstalt!»

«Ich seh ja selbst ein, daß eine Waschanstalt lange nicht so vornehm ist wie dichten oder Realitäten verkaufen. Trotz allem ist Orvy ungeheuer vielseitig. Hast du ihn jemals über Gärtnerei reden hören? Du, der Mensch kann dir die Namen von allen Bäumen sagen, und einige sogar auf lateinisch und griechisch! Na, und dann sind wir den Jones eine Einladung schuldig. Und überhaupt, zum Kuckuck, wir müssen doch ein bißchen gewöhnliches Publikum haben, die diesen exotischen Pflanzen Frink und Littlefield zuhören.»

«Ja, also, weil du gerade davon anfängst – ich wollte es dir bei Gelegenheit sagen –, ich finde ja, daß du als Hausherr stillsitzen und zuhören und deinen Gästen die Möglichkeit geben solltest, auch ein bißchen zu reden!»

«So, meinst du das, meinst du das wirklich? Natürlich! Ich rede ja in einer Tour! Und ich bin ja nur ein Geschäftsmann, natürlich! Kein Dr. phil. wie Littlefield, auch kein Dichter, und ich habe ja auch nichts Interessantes vorzubringen! Nun, ich will dir mal sagen, dein verflixter Chum Frink ist neulich im Club zu mir gekommen und hat mich gebeten, ihm meine

Ansicht über die neuen Springfield-Schul-Aktien mitzuteilen. Und wer hat ihm alles erklärt? Hab ich getan! Kannst Gift darauf nehmen, daß ich's getan habe! Jawohl, ich selber! So wahr ich dasitze! Er ist zu mir gekommen und hat mich gefragt, und ich habe ihm das Ganze auseinandergesetzt! Jaha! Und er war heilfroh, von mir Auskunft zu bekommen, kannst mir glauben! Was ich als Hausherr tun und lassen soll! Ich werde schon selber wissen, was ich als Hausherr zu tun habe, und dann will ich dir nur sagen –»

Tatsache ist, daß die Orville Jones eingeladen wurden.

2

Am Morgen des festlichen Abends war Mrs. Babbitt störrisch.

«Also, George, du darfst nicht vergessen, heute abend rechtzeitig heimzukommen. Denke daran, daß du dich umziehen mußt.»

«Hm-m-m. Ich lese hier im *Advocate*, daß die Generalversammlung der Presbyterianer dafür gestimmt hat, daß sie aus der kirchlichen Weltverbrüderungsbewegung austreten. Das ist –»

«George! Hast du gehört, was ich gesagt habe? Du mußt heute abend zeitig heimkommen, um dich anzukleiden.»

«Ankleiden? Teufel! Bin doch schon angekleidet! Glaubst wohl, ich gehe in meiner B. V. D.-Unterwäsche ins Büro?»

«Ich dulde nicht, daß du vor den Kindern unanständige Reden führst. Und du mußt heute deinen Smoking anziehen!»

«Meinst wohl meine Joppe. Ich will dir nur sagen, von allen

blödsinnigen, verdammten Sekkaturen, die jemals erfunden worden sind –»

Drei Minuten später, nachdem Babbitt in einem Ton, der schon das Versprechen enthielt, gejammert hatte: «Na, ich weiß eben noch nicht, ob ich mich umziehen werde oder *nicht*!» gingen die Verhandlungen zum nächsten Punkt über.

«Also, George, vergiß ja nicht, am Heimweg bei Vecchia stehenzubleiben und die Eiscreme abzuholen. Sein Wagen ist kaputt, und ich traue mich nicht, sie nur so schicken zu lassen –»

«Ja doch, ja! Hast mir ja das schon vor dem Frühstück gesagt!»

«Nun, ich will dich nur erinnern, damit du es nicht vergißt. Ich werde heute sowieso eine wahnsinnige Arbeit haben, bis ich das Mädchen, das zur Aushilfe kommt, zum Servieren dressiert habe –»

«Dummheit, sag ich dir, zur Abfütterung extra ein Mädchen zu haben. Mathilde hätte tadellos –»

«– und dann muß ich gehen und Blumen für den Tisch kaufen und sie arrangieren, ich muß den Tisch decken und gesalzene Mandeln bestellen und die Brathühnchen ansehen und dafür sorgen, daß die Kinder ihr Abendessen oben bekommen und – und ich muß mich bestimmt darauf verlassen können, daß du zu Vecchia gehst und die Eiscreme holst.»

«Ja-a-a-a-a! Mein Gott, ich hol sie ja!»

«Du hast nichts weiter zu tun als hineinzugehen und zu sagen, du möchtest die Eiscreme holen, die Mrs. Babbitt gestern telefonisch bestellt hat, und dann bekommst du sie sofort.»

Um 10 Uhr 30 telefonierte sie ihm, er solle doch ja nicht vergessen, die Eiscreme von Vecchia abzuholen.

Ein furchtbarer Gedanke überraschte ihn und schmetterte ihn nieder: er überlegte, ob die Soupers von Blumenhöhe die grauenhafte Mühe, die sie verursachten, lohnten. Aber er bereute diesen sündhaften Gedanken bei dem aufregenden Einkauf des nötigen Zubehörs zum Cocktail.

Unter der Herrschaft der Prohibition und der Rechtlichkeit ging man folgendermaßen zu Werk, um sich Alkohol zu verschaffen:

Er fuhr durch die strengen, gradlinigen Straßen des modernen Geschäftszentrums, bis er die wirren Gäßchen und Wege der alten Stadt erreichte – unregelmäßige Blöcke, in denen sich schmierige Warenhäuser und Lager befanden; weiter bis in die Laube, die früher ein schöner Obstgarten gewesen und jetzt ein Wirrsal von Mietshäusern, Grundstücken und Bordellen war. Wonnige Schauer glitten ihm über Rückgrat und Magen, und er betrachtete jeden Polizisten mit inniger Unschuld wie einer, der das Gesetz liebt und die Polizei bewundert und nichts sehnlicher wünscht, als stehenzubleiben und mit ihnen zu spielen. Er hielt sein Auto einen Häuserblock vor Healy Hansons Wirtshaus an und tröstete sich selber beim Aussteigen: «Ja, zum Donnerwetter, wenn mich doch einer sieht, denkt er gewiß, ich sei geschäftlich hier.»

Er betrat das Lokal, das den Wirtshäusern aus der Vorprohibitionszeit merkwürdig ähnlich sah mit seinem langen, unappetitlichen Bartisch, vor dem Sägemehl ausgestreut war und hinter dem ein blinder Spiegel hing; an einem Holztisch träumte ein schmutziger alter Mann über einem Getränk, das wie Whiskey aussah; an der Bar standen zwei Männer und tranken etwas, das wie Bier aussah, und dabei hatte man den Eindruck, eine Menschenmenge zu sehen, ein Eindruck, den zwei Männer in einer Bar immer erwecken. Der Barkeeper, ein großer, blasser Schwede, mit einem Diamanten in seiner violetten Krawatte, starrte den rundlichen Babbitt an, der mit großen Schritten herankam und ihm zuflüsterte: «Ich möchte, hm – ein Freund von Hanson hat mich hergeschickt, möchte gerne Schnaps haben.»

Der Barkeeper blickte wie ein gekränkter Bischof auf ihn nieder. «Ich fürchte, Sie haben sich an die falsche Adresse gewendet, mein Freund. Wir führen hier nur milde Getränke.» Er putzte die Bar mit einem Tuch, das selbst vertragen hätte, ein wenig geputzt zu werden, und blickte wild über seinem mechanisch hin und her fahrenden Ellbogen auf Babbitt.

Der alte Träumer am Tisch rief den Barkeeper: «Hören Sie, Oskar, hören Sie!»

Oskar hörte nicht.

«Ach herrje, Oskar, ja, warum passen Sie denn nicht auf? Na, so hören Sie doch!»

Die trübe, schläfrige Stimme des Vagabunden und der wohlige Gestank der Bierreste hatten Babbitt mit ihrer Leere verzaubert. Der Barkeeper ging finster auf die Menschenmenge von zwei Leuten zu. Babbitt schlich ihm vorsichtig wie eine Katze nach und sagte einschmeichelnd: «Hören Sie, Oskar, ich möchte gern Mr. Hanson sprechen.»

«Was wollen's denn von ihm?»

«Ich möchte ihn gerne sprechen. Hier ist meine Karte.»

Es war eine prächtige Karte, eine gravierte Karte, eine Karte, die im schwärzesten Schwarz und im leuchtendsten Rot verkündete, daß George F. Babbitt Grundbesitz, Realitäten, Mieten war. Der Barkeeper hielt sie vor sich hin, als ob sie 10 Pfund wöge, und las sie, als ob 100 Worte darauf gedruckt wären, er ließ nicht ab von seiner bischöflichen Würde, aber er brummte: «Wer' mal sehen, ob er da ist.»

Er kehrte aus dem rückwärtigen Zimmer mit einem unendlich alt aussehenden jungen Mann zurück, einem ruhigen Mann mit durchdringendem Blick, der ein braunes Seidenhemd, eine karierte, offene Weste und brenzlig-braune Hosen trug: Mr. Healy Hanson. Mr. Hanson sagte nur: «Na?» Aber sein unerbittlicher, verachtender Blick forschte in Babbitts Seele, und der neue dunkelgraue Anzug, für den Babbitt 125 Dollar gezahlt hatte (was er jedem seiner Bekannten im *Athletic Club* verraten hatte), schien ihm keinerlei Eindruck zu machen.

«Freut mich, Mr. Hanson. Hören Sie, hm – ich bin George Babbitt von der Babbitt-Thompson-Realitäten-Agentur. Ich bin ein guter Freund von Jake Offut.»

«Na, und dann?»

«Ja, sehen Sie, ich gebe heute eine Gesellschaft, und Jake hat gemeint, Sie würden mir mit Whiskey aushelfen.» Bestürzt und unterwürfig fuhr er fort, als er merkte, daß Hansons Ausdruck gelangweilter wurde: «Telefonieren Sie nur mit Jake und fragen Sie, wenn Sie mir nicht glauben.»

Hansons Antwort war eine Kopfbewegung, mit der er auf die Tür des rückwärtigen Zimmers deutete, und dann spazierte er weiter. Babbitt schlich sich melodramatisch in einen Raum, der vier runde Tische, elf Stühle, den Kalender einer Brauerei und einen aufdringlichen Geruch enthielt. Er wartete. Dreimal schlenderte Healy Hanson durch, summte ein Liedchen mit den Händen in den Taschen und ignorierte ihn.

Babbitt war jetzt so weit gelangt, daß er den Schwur, den er morgens getan: «Nicht einen Cent mehr als 7 Dollar für ein Quart!» dahin abänderte: «Vielleicht zahl ich 10 Dollar!» Als Hanson wiederum matt vorbeiwandelte, flehte er: «Können Sie mir damit aushelfen?» Hanson blickte ihn drohend an und knirschte: «Warten's einen Augenblick, verflucht, so warten's doch!» Babbitt wartete weiter in wachsender Demut, bis Hanson wie zufällig mit einem Quart Schnaps – was man schon so ein Quart zu nennen pflegt – in seinen hochmütigen langen weißen Händen erschien.

«Zwölf Harte», schnauzte er ihn an.

«Aber hören Sie, ja, hm, hören Sie doch, Mr., Jake meinte, Sie würden nicht mehr als 8 oder 9 Dollar die Flasche rechnen.»

«Nein! Zwölf! Das ist das echte Zeug, aus Kanada rübergeschmuggelt. Nicht so ein neutraler, minderwertiger Spiritus mit ein paar Tropfen Wacholderextrakt», sagte der biedere Kaufmann im vollen Bewußtsein seiner Tugend. «12 Dollar – wenn Sie ihn haben wollen. Überhaupt müssen Sie wissen, daß ich das nur aus Freundschaft für Jake tue.»

«Aber selbstverständlich! Ich verstehe vollkommen!» Babbitt reichte ihm dankbar 12 Dollar. Er fühlte sich durch die Nähe solcher Größe geehrt, als Hanson gähnte, das Geld ungezählt in seine prächtige Weste steckte und weiterstolzierte.

Das Verstecken der Whiskeyflasche unter seinem Rock und später in seinem Schreibtisch war eine angenehm prickelnde Sensation. Den ganzen Nachmittag über schnaubte er und kicherte und lachte er darüber, daß er jetzt «den Jungens mal einen Steifen vorsetzen» würde. Tatsächlich war er so übermütig gelaunt, daß ihm erst knapp vor seinem eigenen Haus einfiel, daß er jene gewisse Sache, die ihm seine Frau aufgetragen hatte, die Eiscreme von Vecchia zu holen, total vergessen hatte. Er äußerte sich: «Na also, verdammt» – und fuhr zurück.

Vecchia war keine gewöhnliche Lebensmittelhandlung, er war «Der Lieferant» von Zenith. Die meisten Bälle fanden in dem weiß-goldenen Tanzsaal der *Maison Vecchia* statt; bei jedem feinen Tee genossen die Gäste die fünf verschiedenen Arten von Vecchias belegten Brötchen und die sieben Arten Vecchia-Kuchen; und alle wirklich vornehmen Soupers brachten als Schlußakkord eine neapolitanische Eiscreme von Vecchia in einer der drei erprobten Formen – die Melonenform, die runde Tortenform oder die längliche, flache Form.

Vecchias Laden enthielt blaßblaue Holzmöbel, Verzierungen in Form von Gipsrosen, Mädchen mit Kräuselschürzen und Glasregale mit «Baisers», die so ätherisch vornehm wirkten, wie eben nur Eiweiß wirken kann. Babbitt fühlte sich inmitten dieser berufsmäßigen Zierlichkeit plump und unbeholfen, und während er auf die Eiscreme wartete, stellte er mit heißen Prickelschauern im Nacken fest, daß ein junges Mädchen, eine Kundin, sich kichernd über ihn lustig machte. Er ging in gereizter Stimmung heim. Seine Frau begrüßte ihn aufgeregt:

«George! *Hast* du auch daran gedacht, zu Vecchia zu gehen und die Eiscreme zu holen?»

«Also, aber jetzt hör mal! Vergesse ich jemals etwas zu besorgen?»

«Ja! Oft!»

«Nein, weißt du, das passiert mir wirklich selten; und dann ist es furchtbar ärgerlich, wenn ich mir schon die Mühe nehme und gehe in den rosa Tragantladen von Vecchia und steh dort rum und starr eine Menge halbnackter Mädchen an, die sich mit Rouge anstreichen, als ob sie schon sechzig wären, und lauter Zeugs essen, das für ihre Verdauung pures Gift sein muß –»

«Nein, es ist nicht mehr zum Aushalten mit dir! Ich hab schon lange gemerkt, daß du es nicht über dich bringen kannst, hübsche junge Mädchen anzuschaun!»

Ganz plötzlich kam Babbitt die Erkenntnis, daß seine Frau viel zu sehr in Anspruch genommen war, um für die moralische Entrüstung, mit der die Herren der Schöpfung die Welt zu regieren pflegen, empfänglich zu sein, und er wandelte still und demütig hinauf, um sich umzukleiden. Im Vorbeigehen hatte er die Vision eines verklärten Speisezimmers mit Kristall und Kerzen, mit poliertem Holz, Spitzen, Silber und Rosen. Mit dem richtigen Gefühl – ehrfurchtsvoller Beklemmung, das die ernste Angelegenheit einer Abendeinladung verlangt, unterdrückte er die Versuchung, sein plissiertes Frackhemd zum viertenmal zu tragen, nahm ein vollkommen neues hervor, band seinen schwarzen Knoten fester und rieb seine ausgeschnittenen Lackschuhe mit einem Taschentuch glänzend. Er warf einen zufriedenen Blick auf seine silbernen Manschettenknöpfe mit den Granaten. Er glättete und streichelte seine Fußknöchel, die in ihren seidenen Socken aus den plumpen Beinen von George Babbitt sich in die eleganten Gliedmaßen eines sogenannten Clubmannes verwandelt zu haben schienen. Er stand vor dem großen Spiegel und betrachtete seinen schmucken Abendanzug und seine wundervolle Hose, die mit drei Reihen Borten besetzt war; und er murmelte in lyrischer Verklärung: «Steht mir, bei Gott, gar nicht schlecht. Jedenfalls seh ich nicht nach Catawba aus. Krämpfe würden die Bauernlümmel zu Hause kriegen, wenn sie mich so ausstaffiert sehen würden!»

Er wandelte majestätisch treppab, um die Cocktails zu mischen. Während er Eis zerkleinerte, Orangen auspreßte und Quantitäten Flaschen, Gläser und Löffel zur Vorratskammer-Wasserleitung trug, fühlte er sich ebenso herrisch wie der Barkeeper von Healy Hanson in seiner Bar. Allerdings sagte Mrs. Babbitt, er sei ihr im Wege, und Mathilde und das Aushilfsmädchen fegten an ihm vorbei, stießen ihn mit dem Ellbogen und schrien: «Tür aufmachen, bittschön!», während sie mit hochbeladenen Tabletts vorbeischwankten; aber in diesen Augenblicken hohen Glanzes übersah er sie vollständig.

Sein Weinkeller bestand noch, außer der neuen Schnapsflasche, aus einer halben Flasche Bourbon-Whiskey, einer Viertelflasche italienischem Wermut und beiläufig hundert Tropfen Orangenbitter. Er besaß keinen Cocktailmischer. Ein Mischer war das Abzeichen der Ausschweifung, das Symbol des Gewohnheitstrinkers, und Babbitt fühlte noch mehr Abneigung dagegen, als Trinker verrufen zu sein, als er einen guten Trunk liebte. Er mischte also, indem er aus einem alten Soßenboot in einen henkellosen Krug goß; er goß mit edler Würde, hielt seine Destillierkolben hoch unter dem grellen Licht der elektrischen Lampe, sein Gesicht glühte, seine Hemdbrust strahlte weiß, der kupferne Ausguß blinkte in rotem Gold.

Er kostete den geweihten Trank. «Donner und Doria, feinster alter Cocktail, den ich schon seit langem nicht getrunken habe. Schmeckt ein bißchen wie ein Bronx, aber eher noch wie ein Manhattan. H-m-m-m! Hallo! Myra, willst ein Schlückchen, bevor die Leute kommen?»

Mrs. Babbitt, deren graues, mit Silberspitzen verziertes Abendkleid von einer Schürze verdeckt war, stürzte ins Speisezimmer, rückte jedes Glas um ein Viertel Zoll weiter, raste mit unnachgiebiger Entschlossenheit auf ihrem Antlitz wieder zurück, blickte ihn wütend an und sagte tadelnd: «Natürlich nicht!»

«Nun», in einem legeren, scherzhaften Ton, «dein Alter wird's mal probieren!»

Der Cocktail erfüllte ihn mit wirbelnder Fröhlichkeit, hinter der er verheerende Wünsche ahnte – irgendwohin mit dem

Auto zu rasen, Mädchen zu küssen, zu singen, geistreich zu sein. Er suchte seine verlorene Würde wiederzugewinnen, indem er Mathilde mitteilte:

«Ich werde diesen Krug mit den Cocktails in den Eisschrank stellen. Passen Sie gut auf, daß Sie ihn nicht umstoßen.»

«Joh.»

«Geben Sie nur acht. Stecken Sie nichts in dieses obere Fach!»

«Joh.»

«Also passen Sie –» Der Kopf drehte sich ihm. Seine Stimme schien ihm fern und dünn zu klingen. «Hui!» Ungeheuer eindrucksvoll befahl er nochmals: «Gut achtgeben!» und schritt zierlich und vorsichtig in den sicheren Bereich des Wohnzimmers. Er überlegte, ob es ihm wohl gelingen würde, nach dem Souper «diese alten Stubenhocker alle, Myra und die Littlefields dazu zu kriegen, irgendwohin zu gehen und einen Höllenspektakel aufzuführen und vielleicht noch 'nen Schluck Alkohol zu erwischen». Er entdeckte auf einmal, daß er ein Talent zur Verworfenheit besaß, das er bisher nicht genügend berücksichtigt hatte.

Bis sich die Gäste alle eingestellt hatten – sogar das unvermeidliche verspätete Ehepaar, auf das die übrigen mit peinlicher Höflichkeit warteten –, hatte eine große graue Leere statt der purpurnen Wirbel Babbitts Kopf erfüllt, und er mußte sich zu der auf Blumenhöhe obligaten lärmenden Begrüßung seiner Gäste zwingen.

Die Gäste waren Howard Littlefield, der Doktor der Philosophie, der die Straßenbahngesellschaft mit der nötigen Reklame versorgte und ihr die Tröstungen der Volkswirtschaftslehre spendete, Vergil Gunch, der Kohlenhändler, der bei den Elchen und im *Boosters Club* gleich einflußreich war, Eddie Swanson, der Agent der Javelin Automobile, der über die Straße hinüber wohnte, und Orville Jones, der Besitzer der Blütenweiß-Wäscherei, die sich mit vollem Recht als die «größte, beste, feinste, rührigste Reinigungsanstalt von Zenith» ankündigte. Selbstverständlich aber war T. Cholmondeley Frink der vornehmste unter den Geladenen; er war der Dichter der *Poemulationen*, die 67 führende Tageblätter als Syndikat gleichzeitig brachten, und besaß auf diese Art vielleicht den größten Leserkreis irgendeines Dichters, hielt außerdem optimistische Vorlesungen und war Erfinder der «Anzeigen, die Erfolg zeigen». Trotzdem seine Lyrik hochmoralisch und tiefgründig philosophisch war, hatte sie doch Humor und war jedem zwölfjährigen Kind verständlich; sie war statt in Versen in Prosa geschrieben, was ihr einen leichten Anstrich zum Scherzhaften verlieh. Mr. Frink war von einem Ende Amerikas bis zum andern als «Chum» bekannt.

Die Herren waren von sechs Gattinnen begleitet – oder solchen, die es zu sein schienen –, aber es ließ sich so früh am Abend nicht leicht konstatieren, da sie auf den ersten Blick alle vollkommen gleich aussahen und alle im selben Ton erzwungener Lebhaftigkeit auf alles «Ach, wie *reizend*!» sagten. Die Männer sahen sich weniger ähnlich: Littlefield, ein Winkelgelehrter, groß und pferdeköpfig; Chum Frink, ein winziges Männchen mit weichem mausfarbenen Haar, der seinen Dichterberuf durch eine breite Seidenschnur am Augenglas kund und zu wissen tat; Vergil Gunch, vierschrötig, mit grobem schwarzem, steil aufgekämmtem Haar; Eddie Swanson, ein kahler, strammer junger Mann, dessen Sinn für Eleganz sich in einer schwarzen Brokatweste mit Glasknöpfen offenbarte; Orville Jones, ein verläßlich aussehender, untersetzter, nicht sehr merkwürdiger Mann, mit einem hanffarbenen kurzen Schnurrbart in Zahnbürstenform. Und dennoch waren alle so wohlgenährt und sauber, und alle riefen so herrlich und lärmend: «'n Abend, Georgie!», daß sie sich wie Vettern glichen; und das Seltsame war, daß, je länger man sie kannte, die Frauen sich desto weniger glichen, während die Männer im Laufe des Abends immer einförmiger wurden und ihre Eigenarten ganz verloren.

Das Trinken der Cocktails war ein ebenso heiliger Ritus wie das Mischen derselben. Die Gesellschaft wartete, unruhig, hoffnungsvoll; sie waren ganz einer Meinung, daß das Wetter recht warm und ein wenig kühl gewesen war, aber Babbitt sagte noch immer nichts vom Trinken. Sie wurden mutlos und verzagt. Aber als das verspätete Ehepaar (die Swansons) angelangt war, machte Babbitt eine Andeutung: «Nun, liebe Leute, seid ihr geneigt, den Gesetzen ein Schnippchen zu schlagen?»

Sie blickten Chum Frink an, den anerkannten Meister des Worts. Frink zog an der Seidenschnur seines Augenglases wie an einem Glockenzug, räusperte sich und sprach die obligaten Sätze:

«Ich will dir mal was sagen, George; ich bin ein friedlicher Bürgersmann, aber von Verg Gunch geht die Mär, er sei ein rechter Raufbold, und er ist unbedingt größer als ich, und es ist mir nicht möglich, auszudenken, was geschehen würde, wenn er mich zu einem Verbrechen zwingen würde!»

Gunch brüllte vor Lachen: «Nun, ich möchte das riskieren –» als Frink ihn mit erhobener Hand unterbrach und fortfuhr: «Wenn also Verg und du, Georgie, darauf besteht, werde ich meinen Motor auf der verbotenen Seite der Straße abstellen, denn ich muß annehmen, daß es dieses Verbrechen ist, woran ihr denkt!»

Es gab großes Gelächter. Mrs. Jones erklärte: «Mr. Frink ist einfach zum Kugeln! Er trägt alles mit so unschuldsvoller Miene vor!»

Babbitt lärmte: «Wie hast du das erraten können, Chum? Na, nun wartet nur alle still und geduldig, bis ich – die Schlüssel zu euren Autos hole!» Er brachte die schillernde Verheißung des mächtigen Teebretts mit allen Gläsern und den Glaskrug voll wolkig gelber Cocktails mitten in ihre überschäumende Heiterkeit. Die Männer redeten durcheinander: «Uijje, uijje, da schaut's her!» und: «Das greift mir an die Seele!»: und «Halt mich oder ich fall um!» Aber Chum Frink, ein vielgereister Mann, der schon Enttäuschungen erlebt hatte, fühlte sich plötzlich von einer Ahnung niedergeschmettert, daß das Gebräu vielleicht nur Fruchtsaft und etwas milder Alkohol sein mochte. Er sah ängstlich aus, als ihm Babbitt, der feuchte und verzückte Mundschenk, ein Glas reichte, er hatte jedoch kaum einen Schluck gekostet, als er schrillte: «Ach, Menschenskind, stör mich nicht im süßen Traum! Es ist zu schön, um wahr zu sein, aber weckt mich nicht auf! Laßt mich in seligem Frieden weiterträumen!»

Knapp zwei Stunden vorher hatte Frink ein lyrisches Gedicht für seine Zeitungen verfaßt, dessen Anfangsstrophe lautete: «Ich saß in Katzenjammer und Gedanken – kratzt mir den Kopf und stöhnte laut – und klagte leis: ‹Oh, wehe, weh, die Tölpel – die nach Spelunken und dem Fusel schrein – Schnaps macht den Weisen zum Idioten – weg mit dem Wirtshaus zu den Toten!› – Nie will ich jenes Gift mehr kosten – solange frische Quellen springen – die laben, ohne zu betören – und frisch und klar, wie neugeboren – sind meine Sinne an dem Morgen – wenn Abend köstlich Quellennaß ich trank!»

Babbitt trank mit den anderen; seine kurze Abspannung war verflogen; er war sich klar bewußt, daß dies die besten Kerls der Welt waren; er hätte ihnen gerne tausend Cocktails gegeben. «Könnt ihr noch einen vertragen?» schrie er. Die Frauen lehnten kichernd ab, aber die Männer schmunzelten und sprachen breit und voll des Genusses: «Jaha, Georgie, nur um dir keinen Korb zu geben –»

«Jetzt kriegst du Zins und Zinseszins», sagte Babbitt zu jedem, und jeder erwiderte: «Quetsch den Gläubiger, quetsch ihn nur, Georgie!»

Als der Krug unwiderruflich bis auf das letzte Tröpfchen geleert war, standen sie herum und redeten über die Prohibition. Die Männer lehnten sich auf ihren Absätzen zurück, steckten die Hände in die Hosentaschen und verkündeten ihre Ansichten mit jener tönenden Gründlichkeit, die man bei den Herren der Schöpfung immer findet, wenn sie ein abgedroschenes Urteil wiederholen über irgend etwas, von dem sie keinen blassen Schimmer haben.

«Also, ich will euch mal sagen», meldete sich Vergil Gunch, «ich sehe die Sache folgendermaßen an, und ich habe sie gründlich geprüft, weil ich mit Ärzten und so 'nen Leuten, die was davon verstehen, gesprochen habe, und wie ich das Ding sehe, ist es nur recht und gut, daß wir die Wirtshäuser abgeschafft haben; aber ich meine schon, daß man uns Bier und leichte Weine gestatten sollte.»

Howard Littlefield bemerkte: «Man ist sich im allgemeinen nicht klar darüber, daß es ein gefährliches Experiment ist, die persönliche Freiheit des einzelnen zu beschränken. Jetzt, hier ist ein Beispiel dafür: Der König von – Bayern? Ich glaube, es war Bayern – ja, natürlich war es Bayern –, 1862, im März 1862 erließ er eine Proklamation gegen das freie Weiden des Viehs. Die Bauern hatten die furchtbaren Steuerlasten ohne ein Wort der Klage getragen, aber als diese Proklamation bekannt wurde, rebellierten sie. Es kann aber auch Sachsen gewesen sein. Jedenfalls beweist es, wie gefährlich es ist, die Rechte der persönlichen Freiheit anzutasten.»

«Das stimmt – keiner hat das Recht, persönliche Freiheit anzutasten», sagte Orville Jones.

«Immerhin dürft ihr nicht vergessen, welche ungeheure Wohltat die Prohibition für die Arbeiterklasse bedeutet. Es hindert sie, ihr Geld herauszuschmeißen und ihre Leistungskraft zu reduzieren», sagte Vergil Gunch.

«Ja, das stimmt. Nur die Art der Durchführung ist eine unglückliche», beharrte Howard Littlefield auf seiner Meinung. «Der Kongreß hat es nicht verstanden, das richtige System zu finden. Wenn ich diese Sache unter mir gehabt hätte, hätte ich es so eingerichtet, daß der Trinker selbst die Lizenz bekommt, und dann hätten wir den hilflosen Arbeiter unter unserer Kontrolle gehabt – hätten ihn vom Trinken abgehalten –, und hätten nicht die Rechte – hätten nicht die persönliche Freiheit von Leuten unseres Niveaus angetastet.»

Sie nickten mit den Köpfen, blickten sich voller Bewunderung an und stellten fest: «Das wäre das Richtige. Das würde den Nagel auf den Kopf treffen.»

«Was mir am meisten Sorge macht, ist, daß eine Menge von Leuten zum Kokain greifen wird», seufzte Eddie Swanson.

Sie nickten heftiger und stöhnten: «Das stimmt, das ist eine große Gefahr.»

Chum Frink rief in singendem Ton: «Ach, Kinder, ich hab ein feines neues Rezept für heimgebrautes Bier neulich gekriegt. Man nimmt –»

Gunch unterbrach ihn: «Wart mal! Laß mich dir erst meines sagen!» Littlefield schnaubte: «Bier! Blödsinn! Apfelwein muß man gären lassen!» Jones sagte eigensinnig: «Mein Rezept bringt alle unter den Tisch!» Swanson bettelte: «Laßt mich euch doch die Geschichte erzählen –» Aber Frink sprach entschlossen weiter: «Man sammelt Erbsenhülsen und spart sie auf, dann gießt man sechs Gallonen Wasser über ein Bushel Hülsen und läßt die Mischung sieden, bis –»

Mrs. Babbitt wandte sich ihnen süßlich schmachtend zu, und Frink schloß eiligst die Beschreibung seines besten Bierrezepts; dann sagte Mrs. Babbitt fröhlich: «Es ist angerichtet.»

Die Männer stritten freundschaftlich miteinander, um zu bestimmen, wer als letzter gehen sollte, und während sie auf dem Weg vom Wohnzimmer zum Speisezimmer durch die Halle schritten, brachte sie Vergil Gunch zum Lachen, indem er lärmend verkündete: «Wenn ich nicht neben Myra Babbitt sitzen und ihre Hand unterm Tisch halten darf, spiel ich nicht mit – dann geh ich heim.» Im Speisezimmer warteten alle verlegen, während Mrs. Babbitt aufgeregt und verwirrt anordnete: «Also jetzt, bitte – ach, ich wollte hübsche, handgemalte Platzkarten für Sie alle haben, aber – nun, wir müssen –, Mr. Frink, wollen Sie, bitte, hier sitzen!»

Das Souper war in der besten Manier der künstlerischen Frauenzeitschriften hergerichtet, die vorschreiben, daß die Mayonnaise in ausgehöhlten Äpfeln serviert werden und jede Speise wie etwas anderes aussehen muß, mit Ausnahme der unumgänglichen gebratenen Hühnchen.

Für gewöhnlich fiel es den Männern schwer, sich mit den Damen zu unterhalten; Flirt war eine unbekannte Kunst auf Blumenhöhe, und Büro und Küche hatten nichts miteinander gemein. Aber unter dem Ansporn des Cocktails entwickelten sich leidenschaftliche Gespräche. Jeder von den Männern hatte noch wichtige Dinge über die Prohibition zu sagen, und jetzt, wo jeder eines getreuen Zuhörers sicher war, legten sie los:

«Ich weiß einen Ort, wo ich soviel Fusel kriege, als ich nur will, um 8 Dollar das Quart –»

«Haben Sie von dem Kerl gelesen, der 1000 Dollar gezahlt hat für zehn Kisten Rotsiegel, und wo es sich nachher herausgestellt hat, es war überhaupt nur Wasser? Man sagt, er sei an der Straßenecke gestanden, und da sei ein anderer Kerl auf ihn zugekommen –»

«Ich höre, es wird eine ganze Menge Schnaps von Detroit herübergeschmuggelt –»

«Was ich immer wieder sage, ist – die meisten Leute können bei der Prohibition nicht begreifen –»

«Und dann gibt's diese fürchterlichen Gifte, Holzalkohol und alles das –»

«Natürlich weiß ich, daß es im Prinzip richtig ist, aber ich dulde nicht, daß mir irgend jemand vorschreibt, was ich tun und was ich denken soll. Kein Amerikaner wird sich das je gefallen lassen!»

Aber sie empfanden es alle als recht geschmacklos von Orville Jones – der nebenbei gar nicht zu den geistreichen Köpfen des Abends gehörte –, zu bemerken: «Kurz und gut, der wunde Punkt bei der Prohibition ist nicht so sehr der Kostenpunkt, als vielmehr die Feuchtigkeit!»

Erst als dieses Thema nach jeder Richtung durchgedroschen war, wurde das Gespräch allgemein.

Es wurde oft und bewundernd von Vergil Gunch gesagt: «Du lieber Gott, der Mensch ist aber auch toller Dinge imstande! Der kann die schlüpfrigsten Witze in gemischter Gesellschaft vortragen und die Damen lachen sich halbtot darüber; aber ich, Herrjeses, wenn ich mich nur mal ein klein bißchen in etwas Riskantes hineinwage, gleich wird mir der Kopf abgebissen!»

Jetzt rief Gunch zu ihrer aller Entzücken Mrs. Eddie Swanson, der jüngsten und hübschesten der Frauen, zu:

«Louetta! Ich habe Eddies Türschlüssel aus seiner Tasche geschnipft, und 's wär fein, wenn Sie und ich uns hinüberschleichen könnten, wenn keiner uns zuguckt. Was?»

Und mit einem pfiffig-verliebten Blinzeln setzte er hinzu: «Ich muß Ihnen was ungeheuer Wichtiges erzählen!»

Die Damen wanden sich lachend und verlegen, und Babbitt fühlte sich versucht, ebenfalls etwas Schlimmes zu sagen: «Hört mal, Jungens, ich wünscht, ich könnt euch das Buch zeigen, das ich mir von Dr. Patten ausgeborgt habe.»

«Aber George! Was fällt dir denn ein!» kam Mrs. Babbitts warnender Ruf.

«Dieses Buch – pikant ist kein Ausdruck dafür! Es ist eine Art anthropologischer Abhandlung über – gewisse Sitten der Südsee-Insulaner, und es läßt nichts ungesagt. Man kriegt's aber nicht zu kaufen. Ich werd's dir mal borgen, Verg!»

«Mir zuerst!» reklamierte Eddie Swanson. «Es scheint ja gepfeffert und gesalzen zu sein!»

Orville Jones meldete sich: «Neulich hab ich einen feinen Witz über ein paar Schweden und ihre Frauen gehört», und mit dem reinsten jüdischen Akzent trug er den feinen Witz mit etwas gemildertem Schluß vor. Gunch folgte sofort seinem Beispiel. Aber die Cocktails fingen an zu verrauchen und die Unternehmungslustigen versanken wieder in den kühlen Alltag.

Chum Frink hatte vor kurzer Zeit eine Vorlesungstournee in den kleineren Städten gemacht, er sagte jetzt, in sich hineinlachend: «Herrlich ist's, wieder in zivilisierte Gegenden zu kommen! Herrgott, durch was für Bauernstädtchen ich gekommen bin! Natürlich will ich nicht sagen – die Leute sind die besten Menschen der Welt, aber, o jemine jerum, diese kleinen Orte mit einer Hauptstraße sind zum Aus-der-Haut-Fahren langweilig, und ihr alle wißt gar nicht, wie wohl es einem nachher in einer lebhaften Gesellschaft zumute ist.»

«Glaub ich dir gerne!» triumphierte Orville Jones. «Beste

Menschen der Welt, die Kleinstädter, aber Himmel, was führen die für Gespräche! Ja, die können ja über gar nichts anderes reden als über das Wetter und über den schö-nen, neu-en Ford-Wagen, auf Ehrenwort!»

«Ganz richtig. Die reden alle immer akkurat dieselben Dinge!» sagte Eddie Swanson.

«Na und ob! Wiederholen alle dieselben Dinge immer und immer wieder», sagte Vergil Gunch.

«Ja, es ist geradezu unglaublich. Die Fähigkeit, irgend etwas von einem abstrakten Standpunkt aus zu betrachten, scheint ihnen vollständig abzugehen. Sie reden einfach immer und immer wieder genau dasselbe über Ford-Autos und das Wetter und so weiter», sagte Howard Littlefield.

«Und trotzdem kann man ihnen eigentlich keinen Vorwurf daraus machen. Sie haben gar keine geistige Stimulans, wie wir sie hier in der Stadt kriegen», sagte Chum Frink.

«Weiß Gott, du hast recht», sagte Babbitt. «Ich möchte um die Welt nicht, daß ihr euch etwas einbilden sollt, ihr gescheiten Leute, aber das muß ich sagen, man muß hinterher sein und aufpassen, um Schritt zu halten mit einem Dichter und mit einem Kerl wie Howard, der das große V der Volkswirtschaftslehre erfunden hat. Aber diese Dummköpfe von Kleinstädtern reden ja nur miteinander, da ist es kein Wunder, wenn ihre Sprache schlampig und unkultiviert wird und ihr bißchen Verstand ganz einschrumpft.»

Orville Jones setzte hinzu: «Und dann denkt nur an die übrigen Vorteile, die wir genießen – die Kinos zum Beispiel. Diese Hinterwäldler glauben, sie seien wer weiß wie fortgeschritten, wenn sie einmal in der Woche ein neues Programm haben, während wir hier in der Stadt jeden Abend die Qual der Wahl von einem Dutzend Kinos haben!»

«Jawohlchen, und dann, wie einem der Verstand geschärft wird, wenn man Tag für Tag mit erstklassigen, vorwärtsstrebenden Geschäftsleuten konkurrieren muß und mit lauter Schlagerideen vollgepfropft wird!» sagte Eddie Swanson.

«Trotz alldem», sagte Babbitt, «braucht man diese verknöcherten Kleinstädter nicht gar zu sehr zu entschuldigen. Jeder trägt selbst die Schuld, der nicht genug Initiative in sich hat, um sich zu erheben und seine eigene Stadt mit hochzureißen, wie wir es machen – gemacht haben. Und weil wir Freunde unter uns sind, kann ich euch im Vertrauen sagen, daß sie höllisch eifersüchtig sind auf uns Großstädter. Sooft ich nach Catawba hinaufkomme, muß ich mich bei all den Leuten, mit denen ich aufgewachsen bin, entschuldigen, weil ich es zu was gebracht habe und sie nicht. Und wenn man mit ihnen redet, wie einem der Schnabel gewachsen ist, und ein bißchen schlau tut und zeigt, daß man einen breiten Horizont hat, dann glauben sie, man will unverschämt sein. Da ist gleich mein Stiefbruder Martin – der hat jetzt den kleinen Kramladen, den mein Vater früher betrieb. Ja, ich möcht ja wetten, der weiß gar nicht, daß es so ein Ding gibt wie eine Joppe – wie einen Abendanzug. Wenn er jetzt plötzlich hier hereinkäme, der würde sich denken, wir wären alle – wir wären alle – ja, weiß Gott, er wüßte gar nicht, was er denken sollte! Neidisch sind sie, alle miteinander!»

Chum Frink war derselben Ansicht. «Das stimmt. Aber was ich am meisten an ihnen vermisse ist die Erziehung und die Kultur des Schönen – wenn ihr diesen hochtrabenden Ausdruck nicht übelnehmt. Ich, zum Beispiel, halte gerne erstklassige Vorträge und lese am liebsten meine besten Dichtungen vor – nicht das Zeug aus den Tagesblättern, sondern was in den Zeitschriften erscheint. Aber sobald ich aufs Land hinauskomme, verfängt nichts als vorsintflutliche Anekdoten und Mundartliches, lauter Schmarren, der mir hier in der Stadt in allerkürzester Zeit einen Hinauswurf, der sich gewaschen hat, einbringen würde.»

Vergil Gunch machte den Beschluß: «Ich denke, wir können uns alle glücklich schätzen, daß wir mit lauter Stadtmenschen zusammen leben, die für künstlerische Bestrebungen ebenso empfänglich sind wie für geschäftliche Tüchtigkeit. Es wäre ein arger Schlag für jeden von uns, wenn wir plötzlich in einem solchen Landstädtchen steckten und diese alten Stockfische zu dem Leben und Treiben aufzupulvern suchten, das wir hier gewohnt sind. Aber eines muß man ihnen lassen, wenn man gerecht sein will: jede amerikanische Kleinstadt sucht moderne Ideale zu verwirklichen und ihre Einwohnerzahl möglichst zu vermehren. Und ich will der und jener heißen, wenn nicht eine Reihe von ihnen sich auch durchzusetzen weiß. Jemand schimpft über irgendein Bauernnest an einer Wegkreuzung und erzählt, daß er im Jahre 1900 dort war, und das Ganze bestand aus einer dreckigen Straße, sage und schreibe einer Straße und 900 menschenartigen Lebewesen. Geht mal 1920 in genau dasselbe Nest und ihr findet gepflasterte Straßen und ein vornehmes kleines Hotel und ein erstklassiges Damenkonfektionshaus – mit einem Wort: fabelhaft! Man darf nicht nur das in Betracht ziehen, was die Städtchen jetzt sind, sondern auch, was sie werden wollen. Sie haben alle so viel Ehrgeiz, daß sie im Laufe der Zeit die schönsten Orte auf Gottes Erde werden wollen – sie wollen alle genau wie Zenith werden!»

3

Sie waren auf dem denkbar besten Fuss mit T. Cholmondeley Frink, der sich als Nachbar oft die Gartenmähmaschine oder den Schraubenschlüssel ausborgte; aber sie waren sich gleichzeitig bewußt, daß er ein großer Dichter und ein berühmter Annoncenagent war und daß sich hinter seiner Gemütlichkeit schwüle literarische Probleme verbargen, in die sie nicht einzudringen vermochten. Aber heute abend, in der vom Alkohol angeregten Vertraulichkeit, weihte er sie in seine Geheimnisse ein:

«Ich habe jetzt eine literarische Arbeit vor, die mich noch um den Verstand bringen wird. Ich bin dabei, eine Reihe Annoncen für die Zeeco-Automobilwerke zu verfassen, und ich möchte gerne aus jeder einzelnen ein kleines Kunstwerk machen – eine Kette von literarischen Perlen. Ich bin ganz einer Meinung mit dieser Theorie, entweder höchste Vollkommenheit zu bringen, um die Leute zu verblüffen, oder aber gar nichts; aber diese Annoncen sind wohl mit das schwierigste, was ich je unternommen habe. Ihr denkt vielleicht, es sei schwerer, meine lyrischen Sachen zu schreiben – diese Ergüsse des Herzens und der Gefühle: Heim und häuslicher Herd und Liebesglück – aber das ist alles nur Schablone. Dabei kann man gar nicht fehlgehen, denn man weiß ja genau, was ein anständiger junger Kerl empfindet, wenn alles mit rechten Dingen zugeht, na, und daran hält man sich eben. Aber die Poesie des Industrialismus, seht ihr, das ist etwas, wo man nur mit Neuem kommen kann. Wißt ihr, wer *das* amerikanische Genie ist? Der Mann, dessen Namen ihr niemals gehört habt und den auch ich nicht kenne, und dessen Werk dennoch aufbewahrt werden müßte, damit künftige Generationen sich ein Bild vom Geist und der Originalität des Amerikaners von heute machen können. Also es ist der Mensch, der die Annoncen für den Prinz-Albert-Tabak schreibt! Hört nur einmal zu:

‹Mit P. A. stopf, stopf, stopf, stopfst Wonne du in den Pfeifenkopf. Hört, Jungens, ich wette, ihr habt schon oft diesen Fidibusspruch gehört, wenn einer sagt, er sei von fünf auf fünfzig pro Stunde raufgeschnellt, ‹weil er eine größere Geschwindigkeit eingeschaltet hat›! Das ist ja ganz gut und schön – aber im Vertrauen gesagt, 's ist gescheiter, ihr macht einen Versuch und probiert den Rekord zu schlagen mit rapidem Schnelläufersystem, um vom minderwertigen Rauchtabak – hoppla, schieß – in – die – Höhe! zum *Tip-Top-Perfekten* zu gelangen; wenn ihr hinter eurer Stummelpfeife sitzt, in dem der

Freund-und-Tröster-in-der-Not, Prinz Albert, hellauf glimmt.

Prinz Albert ist der Richtige-vom-Richtigsten – schmeckt immer und immer nach mehr, herrlich kühl und frisch und wohlriechend! Tatsache ist, ihr habt noch niemals so eine Rauchwonne empfunden, heiß wie Sünde, kupfergenietet, festgeballt wie eine Faust!

Geschwind zur Pfeife – im rasenden Laufschritt, wie du zur höchsten Wonne eilen würdest! Mit Prinz Albert vollgestopft, schlägst du jeden Professionellen platt auf die Bretter! *Und du weißt genau, was das bedeutet!*›»

«Also das», jubelte Automobilagent Eddie Swanson, «das nenne ich eine Manns-Literatur! Aber der Prinz-Albert-Bursche – ach was, das ist ja gar nicht einer, der das schreibt; die müssen eine ganze Kommission von erstrangigen Tintenfritzen zusammengesetzt haben. Wie immer es ist, jedenfalls schreibt der Kerl nicht für langhaarige, verweichlichte Mannsleute, sondern für echte Männer mit Rückgrat, er schreibt für *mich*, und ich sage: ‹Hut ab vor ihm!› Dann ist aber noch eine Frage: schlägt man auf diese Art seine Ware los? Wie alle Dichter läßt auch dieser Prinz-Albert-Bursche seine Phantasie durchgehen. Es ist schon vornehme Lektüre, aber es sagt halt nicht viel. Mir würde nie einfallen, gleich fortzugehen und Prinz-Albert-Tabak zu kaufen, weil er mir über den Artikel eigentlich nichts mitteilt. Er vergeht wie Schaum unter den Fingern.»

Frink wandte sich ihm empört zu: «Ach, du bist ja nicht bei Trost, soll ich dir denn meine stilistische Auffassung verkaufen? Na, jedenfalls ist das das Zeug, das ich gerne für die Zeeco produzieren möchte. Aber ich bring's nicht fertig. Und so habe ich mich entschlossen, dem Poetischen treu zu bleiben und habe einen Versuch mit einer hochtrabenden Annonce für die Zeeco gemacht. Wie gefällt euch das? –:

‹Langgestreckt und weiß ruft der Pfad, ruft und lockt – und über Berg und Tal und in die blaue Ferne zieht es Mann und Weib, wenn das helle Blut wie Frühling in den Adern pocht und das ewige Lied des wandernden Vagabunden über die Lippen strömt. Fort mit der grauen Farbe des trüben Alltags, fort mit Sorge und Arbeit! Schnelligkeit – rasende, herrliche Schnelligkeit! sie bietet mehr als nur die Freude des kurzen Augenblicks – sie bringt neues Leben dir und mir! Diese neue große Wahrheit war den Fabrikanten der Zeeco-Werke ebenso wichtig wie Preis und geschmackvolle Ausführung. Der Wagen ist geschwind wie die Antilope, weich und glatt wie der Flug der Schwalbe und dennoch wuchtig wie der Angriff des Elefantenbullen. Jede Linie zeugt von vornehmer Ausführung. Hört, ihr Freunde! Niemals werdet ihr die Höhe des Automobilismus erreichen, ehe ihr nicht einen Versuch macht mit der Höchsten Wonne Hoher Lust – Mit dem ZEECO!›»

«Ja», sagte Frink gedankenvoll, «es hat schon die Färbung der Vornehmheit für sich, wenn ich es auch selbst sage, aber es ist lange nicht so originell wie der ‹Fidibus-Spruch›!»

Die ganze Gesellschaft seufzte in Mitgefühl und Bewunderung.

Neuntes Kapitel

I

Babbitt liebte seine Freunde, er war glücklich, ihnen in seiner Würde als Wirt zurufen zu können: «Natürlich wirst du dir noch etwas Brathuhn nehmen – gar keine Frage!», er schätzte auch das Genie von T. Cholmondeley Frink hoch ein; aber die treibende Kraft der Cocktails war verraucht, und je mehr er aß, desto weniger fröhlich fühlte er sich. Dann wurde die freundschaftliche Atmosphäre des Soupers durch das Nörgeln der Swansons gestört.

Auf Blumenhöhe und in anderen vornehmen Stadtteilen Zeniths gab es, insbesondere in der «Jungverheirateten-Schicht», viele unbeschäftigte Frauen. Trotzdem sie wenig Dienstpersonal hatten, waren ihre Villen mit den Gasöfen, elektrischen Herden, Spülmaschinen und Vakuums und mit den gekachelten Küchen so bequem, daß sie nur wenig Hausarbeit zu besorgen hatten, und ein großer Teil ihrer Mahlzeiten kam aus den Bäckereien und Delikatessenhandlungen. Sie hatten zwei Kinder, eines oder gar keines. Und trotz des verbreiteten Mythos, daß der Weltkrieg die Arbeit wieder zu Ehren gebracht hatte, äußerten ihre Ehemänner Bedenken über «dumme Zeitvergeudung und verrückte neumodische Ideen», sobald sie sich nichtbezahlten, sozialen Arbeiten zuwandten, und erhoben noch größeren Einspruch, wenn von Geldverdienen die Rede war, weil das wiederum den Anschein erwecken könnte, als wären sie nicht gut genug versorgt. Sie arbeiteten höchstens zwei Stunden täglich, und während der übrigen Zeit naschten sie Schokoladenbonbons, besuchten Kinos, machten unnütze Einkäufe, gingen schwatzend zu zweit und zu dritt zum Kartenspiel, lasen Zeitschriften, träumten verzagt von Liebhabern, die niemals kamen, und häuften eine prächtige Unruhe in sich an, die sie wieder loswurden, indem sie mit ihren Männern zankten und nörgelten. Die Männer zankten und nörgelten ihrerseits.

Die Swansons waren ein tadelloses Beispiel dieser nörgelnden Paare.

Während des ganzen Soupers hatte sich Eddie Swanson laut und vernehmlich über die neue Toilette seiner Frau beklagt. Das Kleid war nach seiner Ansicht zu kurz, zu ausgeschnitten, zu unanständig durchsichtig und viel zu kostspielig. Er wandte sich an Babbitt:

«Also ehrlich, George, wie findest du das Fähnchen, das sich Louetta jetzt angeschafft hat? Findest du es nicht auch empörend?»

«Was ist dir denn über die Leber gelaufen, Eddie? Das ist doch ein todschickes Kleidchen!»

«Das ist es aber wirklich, Mr. Swanson. Ein entzückendes Kleidchen!» warf Mrs. Babbitt ihrerseits ein.

«Na also, da hörst du's, du Tausendsassa! Aber du bildest dir ein, daß du eine Autorität in Damenkleidern bist!» rief Louetta wütend, während die Gäste grübelten und nach ihren bloßen Schultern schielten.

«Jetzt hör aber auf», sagte Swanson. «Ich bin Autorität genug, um zu wissen, daß es pure Geldverschwendung war, und die Galle geht mir über, weil ich weiß, daß du einen ganzen Schrank voller Kleider hast, die du niemals trägst. Übrigens habe ich dir meine Meinung darüber schon öfters gesagt, wie du dich ganz genau erinnern wirst, aber du willst ja nicht hören. Die Lunge kann man sich ausreden, ehe du dich zum Folgen bequemst –»

Es kam noch mancherlei nach, und alle saßen und horchten, alle bis auf Babbitt. Um ihn herum war alles trüb und verschwommen, nur sein Magen nicht, und der war in knallrotem Aufruhr. «Hab wieder zuviel gefuttert; ich sollte dieses Zeug nicht essen», stöhnte er – während er immer weiter stopfte; jetzt würgte er die frostige, klebrige Eiscreme hinunter und eine Schnitte Kokosnußtorte, die dickflüssig wie eine Rasiercreme war.

Er hatte das Gefühl, als ob er mit Lehm vollgepfropft wäre, sein Körper drohte zu zerspringen, die Kehle war ihm zugeschnürt, sein Hirn war aus glühendem Schlamm; und es war eine namenlose Tortur, weiter zu lächeln und laut zu schwatzen, wie es sich für den Hausherrn auf Blumenhöhe schickte.

Hätte er nicht auf seine Gäste Rücksicht nehmen müssen, er wäre ins Freie geflohen und hätte sich durch rasches Gehen von dem Rausch, den er sich angegessen, befreit; aber sie saßen alle für Zeit und Ewigkeit in dem Dunst und Nebel, der das Zimmer erfüllte, und redeten und redeten, während er Todesqualen litt: «Verfluchter Idiot, der ich bin, solches Gemansche und Gepansche zu essen – keinen Bissen mehr!» und entdeckte im gleichen Augenblick, daß sein Mund wieder voll war von der widerlichen, auf dem Teller zerschmolzenen Eiscreme.

Der Zauber war von seinen Freunden gewichen; für ihn war es nicht mehr erhebend, als Howard Littlefield aus der Schatzkammer seiner Gelehrsamkeit die Auskunft hervorholte, daß die chemische Formel für rohen Gummi $C_{10}H_{16}$ lautete und daß sich der Gummi dann in Isopren oder $2\ C_5H_8$ verwandelte. Plötzlich geschah etwas noch nie Dagewesenes: Babbitt fühlte sich nicht nur gelangweilt, er gab auch zu, daß er sich langweilte. Er empfand ekstatisches Glück, als er endlich den Tisch und die hochnotpeinliche Tortur des steiflehnigen Stuhls verlassen und sich im Wohnzimmer auf einem Lehnstuhl rekeln durfte.

Wenn man bei den übrigen nach ihren abgerissenen, unzusammenhängenden Reden, nach ihrem schwerkranken Atem und ihrem bedrückten Gesichtsausdruck urteilte, schienen sie alle ebenso unter dem Zwang des geselligen Lebens und dem Ekel vor reichen Speisen zu leiden wie ihr Gastgeber. Alle griffen mit Freude zum erlösenden Bridgespiel.

Langsam verlor Babbitt das Gefühl, bei lebendigem Leibe gesotten zu sein. Er gewann bei der Bridgepartie. Nun vermochte er wieder Vergil Gunchs unerbittliche Fröhlichkeit zu ertragen. Aber er sah sich im Geiste mit Paul Riesling an einem See in Maine vagabundieren. Das Bild war so überwältigend klar und deutlich, daß er Heimweh empfand. Er war noch niemals in Maine gewesen, aber er meinte, die nebelumhüllten Berge, den stillen, abendlichen See vor sich zu sehen. «Der Paulemann ist mehr wert als alle diese renommierenden Großköpfe zusammen», murmelte er; und dann: «Wünsch, ich könnt fort von hier, fort von allem!»

Selbst Louetta Swanson konnte ihn nicht mehr aufrütteln.

Mrs. Swanson war hübsch und anschmiegsam. Babbitt pflegte Frauen nicht zu analysieren, ausgenommen wenn es sich um ihren Geschmack bei möblierten Wohnungen handelte. Für ihn teilten sie sich in wirkliche Damen, arbeitende Frauen, verdrehte Schachteln und fesche Luderchen. Er schwärmte von ihren vielfachen Reizen, war aber der Ansicht, daß alle (die Frauen seiner Familie ausgenommen) «seltsam» und «rätselhaft» waren. Dennoch sagte ihm sein Instinkt, daß man sich ruhig Louetta Swanson nähern durfte. Ihre Augen und ihre Lippen waren feucht. Ihr Gesicht verschmälerte sich von der breiten Stirn bis zum zierlich gespitzten Kinn, ihr Mund war schmal, energisch und gierig, und zwischen ihren Augenbrauen lagen zwei auswärts gebogene, leidenschaftliche Falten. Sie mochte vielleicht dreißig Jahre alt sein oder noch jünger. Sie war von keinem bösen Klatsch berührt, aber jeder Mann, der in ihre Nähe geriet, fing sofort automatisch an, mit ihr zu flirten, und jede Frau beobachtete sie mit stiller Ausdruckslosigkeit.

In den Pausen des Kartenspiels saß Babbitt neben ihr im Sofa und machte ihr nach Vorschrift mit jener schmetternden Galanterie den Hof, die kein Flirt, vielmehr eine erschrockene Flucht vor dem Flirt zu sein scheint: «Sie strahlen heute abend wie eine Sodawasserfontäne, Louetta.»

«Wirklich?»

«Unser alter Eddie ist wieder kriegerisch gestimmt.»

«Ja, und ich hab das schon so über.»

«Schön, wenn Sie's mit Männe nicht mehr aushalten, dann gehen Sie eben mit Onkel Georgie durch.»

«Wenn ich durchgehen wollte – ach, na –»

«Hat Ihnen jemand schon gesagt, was Sie für entzückende Händchen haben?»

Sie blickte auf ihre Hände, zog die Spitzenärmel herab, stellte sich aber sonst, als ob sie ihn gar nicht gehört hätte. Sie verlor sich in unausgesprochenen Phantasien.

Babbitt war zu schlaff an diesem Abend, um seine Pflichten als bezaubernder (aber stets streng moralischer) Mann noch weiter zu erfüllen. Er schlich sich an die Kartentische zurück. Er war nicht sehr begeistert, als Mrs. Frink, eine kleine, zappelige Dame, vorschlug, sie sollten doch «versuchen, Tische zu rücken und etwas Spiritistisches zu unternehmen – ihr wißt doch, Chum kann die Geister berufen – ganz ernstlich, er macht mir direkt Angst!».

Die Damen hatten sich an diesem Abend noch nicht hervorgetan, aber jetzt übernahmen sie, die das Geschlecht des Übersinnlichen darstellten, im Gegensatz zu den Männern, die mit der groben Materie kämpfen mußten, die Leitung und riefen: «Ach ja, versuchen wir's doch!»

Im darauf folgenden Halbdunkel sahen die Männer feierlich und albern aus, aber die Damen saßen in zitternder Anbetung rund um den Tisch. Sie sagten lachend: «Jetzt seid artig, oder wir schreien!» als die Männer im Kreis ihre Hände gefaßt hielten.

Babbitt überlief ein Schauer, und sein Lebensinteresse erwachte aufs neue, als Louetta Swansons Hand die seinige ruhig und energisch umschloß.

Alle beugten sich gespannt vor. Sie fuhren zusammen, als jemand schwer aufatmete. Im Halblicht, das aus der Halle hereinfiel, sahen sie schemenhaft aus und fühlten sich körperlos. Mrs. Gunch quietschte, und sie schraken auf und waren übertrieben lustig, aber Frinks warnendes Zeichen machte sie wieder scheu und ängstlich.

Plötzlich, ganz unwahrscheinlich, hörten sie ein Klopfen. Sie starrten auf Frinks halb sichtbare Hände und sahen sie unbeweglich liegen. Sie wetzten hin und her und stellten sich, als ob es keinen Eindruck auf sie gemacht hätte.

Frink erhob ernst die Stimme: «Ist jemand da?» Ein Klopfen. «Soll einmaliges Klopfen ‹Ja› bedeuten?» Ein Klopfen. «Und zweimal ‹Nein›?» Ein Klopfen.

«Nun, meine Damen und Herren, sollen wir den unsichtbaren Helfer bitten, uns mit dem Geist eines großen Verstorbenen in Verbindung zu setzen?» murmelte Frink.

Mrs. Orville Jones bettelte: «Ach, sprechen wir doch mit Dante! Wir haben ihn im literarischen Zirkel durchgenommen. Du weißt auch, wer er war, Orvy.»

«Selbstverständlich weiß ich, wer er war! Welscher Dichter. Ja, was glaubst du denn, wo ich aufgewachsen bin?» kam die Antwort des gekränkten Gatten.

«Natürlich – der Bursche, der sich bei Cook ein Reisebillett zur Hölle gelöst hat. Ich hab mich nie durch seine Gedichte durchgefressen, aber ich hab ihn an der Universität gelernt», sagte Babbitt.

«Hallo, Mr. Dan-n-n-te!» sang Eddie Swanson los.

«Sie sollten wirklich leicht mit ihm in Verbindung kommen, Mr. Frink, wo Sie doch beide Kollegen sind», meinte Louetta Swanson.

«Dummer Schnack – Kollegen! Wer hat Ihnen so 'nen Unsinn weisgemacht?» empörte sich Vergil Gunch. «Ich nehme an, Dante wird mit seiner alten Zeit ganz gut Schritt gehalten haben – nicht etwa, als ob ich etwas von ihm gelesen hätte, wie ihr euch vorstellen könnt –, aber um allen Mißverständnissen auszuweichen, er hätte nicht die kleinste Chance, wenn er sich hinsetzen und praktische Literatur schreiben müßte, jeden Tag ein Gedicht fürs Zeitungssyndikat, wie Chum es tut!»

«Ganz richtig», meldete sich Eddie Swanson. «Die alten Frösche konnten sich soviel Zeit lassen, als sie nur wollten. Ja, Herrgottsakra, ich könnt ja selber Verse schreiben, wenn ich ein ganzes Jahr dazu Zeit hätte und nur solchen abgedroschenen Kohl schreiben müßte, wie ihn Dante geschrieben hat.»

Frink befahl: «Ruhe jetzt! Ich will ihn rufen... Oh, lachende Augen, begebt euch fort und suchet das, hm, das Allerletzte auf, und schaffet uns Dantes Geist her, auf daß wir Sterblichen den Worten seiner Weisheit lauschen mögen.»

«Hast vergessen, ihm die Adresse zu sagen: 1658, Schwefelstraße, Feurige Anhöhe, Hölle», wieherte Gunch halblaut; aber die anderen fanden das ehrfurchtslos. Und außerdem – wahrscheinlich war es ja nur Chum, der selber klopfte, aber jedenfalls, wenn doch etwas hinter der ganzen Geschichte stecken sollte, es würde ja schon aufregend sein, mit einem alten Burschen zu sprechen, der irgendwann – in finsterer Vergangenheit gelebt –

Ein Klopfen.

Dantes Geist schwebte unsichtbar im Wohnzimmer von George F. Babbitt.

Er war offenbar gern bereit, auf ihre Fragen zu antworten. Er «freute sich sehr, den Abend mit ihnen zu verbringen».

Frink buchstabierte seine Botschaft, indem er das Alphabet herableierte, bis der vermittelnde Geist beim richtigen Buchstaben klopfte.

Littlefield fragte mit gelehrter Betonung: «Fühlen Sie sich wohl im Paradiso, Messire?»

«Wir sind sehr glücklich in den höheren Sphären, Signor. Wir freuen uns, daß Sie sich alle mit dem Studium der großen Wahrheiten des Spiritismus abgeben», erwiderte Dante.

Der geschlossene Kreis schwankte erregt-ehrfurchtsvoll und unter Knarren von Miedern und steifen Hemdbrüsten. «Ja, also, steckt doch wirklich etwas Wahres dahinter?»

Babbitt wurde von anderen Sorgen bedrückt: «Angenommen, Chum Frink war tatsächlich einer von diesen Spiritisten! Chum war bisher, trotz seines Schriftstellertums, immer ein braver Bursch gewesen, er gehörte der Presbyterianischen Kirche von Chatham Road an, ging zu den Frühstücken des *Boosters Club* und hatte eine Schwäche für Zigarren und Autos und gewagte Geschichtchen. Wenn er aber nun heimlich – schließlich konnte man ja bei diesen verflixten Großkopfeten niemals wissen; und ein durch und durch ehrlich überzeugter Spiritist war ja beinahe ebenbürtig mit einem Sozialisten!»

Aber im Beisein von Vergil Gunch konnte niemand lang ernsthaft bleiben. «Frag mal den Dante, wie es Jack Shakespeare und dem alten Verg – dem Spezi, nach dem ich benannt bin – dort oben geht und ob sie nicht Lust hätten, auch mal im Kino aufgeführt zu werden?» trompetete er, und sofort löste sich die Stimmung in Heiterkeit auf. Mrs. Jones schrie vor Lachen, und Eddie Swanson wollte gerne wissen, ob sich Dante keinen Schnupfen holte, wenn er mit nichts als einem Kranz bekleidet war.

Dante fühlte sich geschmeichelt und antwortete bescheiden.

Babbitt jedoch – die verdammte Unzufriedenheit quälte ihn wieder schwer, und er grübelte in der unpersönlichen Finsternis: «Ich mag nicht – wir sind alle so vorlaut und halten uns für ungeheuer schlau. Es müßte ja – so ein Mensch wie Dante –, ich wünschte, ich hätte ein paar von seinen Theaterstücken gelesen. Wahrscheinlich werde ich jetzt nie mehr dazu kommen.»

Er hatte, ohne es sich recht zu erklären, den Eindruck einer schlackigen Klippe, auf der eine einsame, strenge Gestalt sich wie eine Silhouette gegen drohende Wolken abhob. Mit Entsetzen fühlte er eine plötzliche Verachtung für seine besten Freunde. Er faßte nach Louetta Swansons Hand und fand Trost in der menschlichen Wärme dieser Berührung. Dann kam Gewohnheit, dieser in Waffen ergraute Krieger, und er rüttelte sich zusammen. «Was, zum Teufel, ist heute abend mit mir los?»

Er streichelte Louettas Hand, um ihr zu zeigen, daß der feste Händedruck nur anständig gemeint war, und verlangte dann von Frink: «Hör mal, vielleicht kannst du den alten Dante dazu kriegen, uns seine Gedichte vorzutragen. Red ihm doch gut zu. Sag ihm: ‹*Buena giorna, sennor, com sa va, how do you do? Keskersaykersa* kleines Gedicht, *sennor*›?»

2

Das Licht war wieder aufgedreht; die Frauen saßen ganz vorne auf den Stühlen in jener entschlossenen Haltung, durch die jede Gattin anzuzeigen pflegt, daß sie nur noch abwartet, bis der Redende zu Ende ist, um ihrem Mann heiter zuzurufen: «Nun, Schatz, ich denke, es ist jetzt Zeit für uns, uns zu verabschieden.» Diesmal machte Babbitt keinen lärmenden Versuch, die Gesellschaft am Fortgehen zu hindern. Er hatte – es war da etwas, was er allein zu Ende denken mußte – Aber sie hatten von neuem angefangen, über Spiritismus zu reden. («Warum gingen sie denn nur nicht heim! Warum gingen sie denn nur nicht heim!») Obwohl die Tiefe des Arguments Eindruck auf ihn machte, brachte er nur halben Enthusiasmus auf, als Howard Littlefield in belehrendem Ton vortrug: «Die Vereinigten Staaten sind die einzige Nation, deren Regierung nicht nur eine soziale Anordnung, sondern ein moralisches Ideal vorstellt.» («Schon wahr – schon wahr – würden sie denn *niemals* nach Hause gehen?») Er war für gewöhnlich entzückt, wenn er einen «Blick in das Innere» der bedeutungsvollen Welt der Motoren werfen durfte, aber heute abend hörte er kaum auf Eddie Swansons Enthüllungen: «Wenn man was Besseres haben will als ein Javelin-Auto ist ein Zeeco-Wagen eine ausgezeichnete Investition. Vor ein paar Wochen, und ich muß vorausschicken, daß diese Probe ganz grad und ehrlich gemacht wurde, nahmen sie einen Zeeco-Tourenwagen vom Lager und fuhren glatt hinauf auf die Tonawanda-Hügel, und einer von den Leuten hat mir erzählt –» («Zeeco – feiner alter Wagen, aber – ja, hatten sie denn die Absicht, die ganze Nacht hier zu verbringen?»)

Jetzt gingen sie allen Ernstes mit lebhaften Beteuerungen: «Wir haben uns *so* gut unterhalten!»

Babbitt war geradezu aufdringlich liebenswürdig, aber während er übersprudelte, maulte er innerlich: «Jetzt habe ich es überstanden und hab doch eine Zeitlang gemeint, daß ich es unmöglich durchhalten könnte.» Er war nun bereit, die exquisiteste Wonne des Hausherrn zu genießen und sich in der Erschlaffung der mitternächtlichen Stunde über seine Gäste lustig zu machen. Die Haustür fiel ins Schloß; er gähnte wollüstig, Brust herausgedrückt, Schultern hin und her schüttelnd, und wandte sich dann zynisch an seine Frau.

Sie strahlte. «Ach, es war doch nett, nicht wahr? Ich bin überzeugt, daß sie jede Minute genossen haben. Glaubst du nicht auch?»

Er konnte es einfach nicht tun. Er konnte nicht spotten. Es wäre dasselbe gewesen, als ob er ein glückliches Kind verhöhnt hätte. Und so log er schwerfällig: «Glaub ich dir gerne. Weitaus nettester Abend vom ganzen Jahr!»

«Und wie ausgezeichnet das Souper war! Ich glaube wahrhaftig, die Brathühner waren ein Gedicht!»

«Waren sie auch! Eine Königin hätte davon essen dürfen. Hab schon seit Olims Zeiten keine so guten Brathühner gegessen.»

«Ja, nicht wahr, Mathilde hat sie herrlich gebraten! Und die Suppe, wie fein die Suppe war!»

«Ausgezeichnet! Geradezu fabelhafte Suppe! So eine Suppe hat nicht mal der alte Abraham gelöffelt!» Aber seine

Stimme wurde immer leiser. Sie standen in der Halle, unter der elektrischen Lampe mit ihrem viereckigen roten, nickelgefaßten Glassturz. Sie starrte ihn an. «Ja, George, du redest ja – du redest ja, als ob dich das Ganze nicht gefreut hätte.»

«Ja, aber woher denn! Natürlich hat's mich gefreut!»

«George! Was ist los mit dir?»

«Ach, ich glaube, ich bin einfach müde. Hab im Büro arg geschuftet in der letzten Zeit. Ich muß ein bißchen raus und mich richtig erholen.»

«Nun, wir wollen ja sowieso in ein paar Wochen nach Maine fahren, Schatz.»

«Jaha –» Dann strömte sein Mund rückhaltlos von dem über, wovon sein Herz erfüllt war. «Myra, ich glaube, es wäre sehr gut für mich, wenn ich bald dort hinauf käme.»

«Aber du mußt ja diesen Herrn in New York geschäftlich treffen.»

«Welchen Herrn? Ach ja, natürlich. Den. Nun, das Geschäft ist aus. Aber ich möchte gerne bald nach Maine fahren – möcht ein bißchen fischen, große Forellen fangen, möcht ich schon!» Mit einem nervösen, künstlichen Lachen.

«Schön, warum sollen wir denn das nicht tun? Veronika und Mathilde können sehr gut gemeinsam das Haus führen, und du und ich können jederzeit losziehen, wenn du meinst, daß wir uns das leisten können.»

«Aber das ist – ich fühl mich in der letzten Zeit so abgerackert, ich hab mir schon gedacht, daß es vielleicht gut wäre, wenn ich allein losmarschierte und mit meinen überschüssigen Nerven kurzen Prozeß machte.»

«George! Ja, willst du mich denn nicht bei dir haben?» Es war ihr zu fürchterlich ernst zumute, als daß sie tragisch oder stolz gekränkt oder sonst etwas hätte sein können, außer schwerfällig und wehrlos und dunkelrot, rot mit der Farbe einer gekochten Runkelrübe.

«Aber natürlich will ich! Ich meinte nur –» Es fiel ihm ein, daß Paul Riesling das Ganze vorausgesagt hatte, und nun war er genauso trostlos wie sie. «Ich finde, es ist manchmal gut für einen alten Brummbär, wie ich einer bin, einfach allein zu sein und seine Brummigkeit loszuwerden.» Er versuchte, seiner Stimme einen väterlichen Ton zu geben. «Wenn du dann mit den Kindern nachkommst – ich hatte mir vorgestellt, daß ich vielleicht ein paar Tage früher als ihr nach Maine hinaufradeln würde –, wäre ich frisch und kregel und zu allen Schandtaten bereit, verstehst du?» Er umwarb sie schmeichelnd mit seiner großen, tönenden Stimme, mit gewinnendem Lächeln wie ein Volksprediger, der seine Gemeinde zu Ostern segnet, wie ein humoristischer Vortragskünstler, der seine mangelnde Beredsamkeit zu vertuschen sucht, wie alle Männer in Ausübung ihrer männlichen List.

Sie starrte ihn an, und alle Freude des verrauschten Festes war aus ihrem Antlitz gewichen. «Bin ich dir im Wege, wenn wir zusammen in die Ferien gehen? Trage ich denn gar nichts zu deiner frohen Laune bei?»

Er war gebrochen. Plötzlich, furchtbar plötzlich, wurde er hysterisch, wurde ein heulendes Baby. «Ja, ja, ja! Zum Teufel, ja! Aber kannst du denn nicht begreifen, daß ich kaputt, total hin bin? Ich kann's nicht mehr aushalten! Muß mich schonen und pflegen! Ich sag dir, ich muß unbedingt – alles und jeder wächst mir zum Hals heraus! Ich muß unbedingt –»

Jetzt war sie es, die bedächtig und schützend war. «Ja, aber selbstverständlich! Natürlich sollst du ganz allein auf Urlaub gehen! Warum rufst du denn nicht Paul an, daß er dich begleitet, und ihr zwei Jungens geht zusammen fischen und unterhaltet euch mal nett?» Sie streichelte seine Schulter – sie mußte sich dazu hochrecken –, während er hilflos zitterte und sich schüttelte wie ein Paralytiker, und in diesem Augenblick hatte er sie nicht nur gewohnheitsmäßig gern, sondern klammerte sich an ihre Stärke.

Sie rief freundlich: «Jetzt geh nur hinauf und mach, daß du ins Bett kommst. Wir werden schon alles ohne dich festmachen. Ich sehe selbst nach den Türen. Nun spring!»

Während langer Minuten, während vieler Stunden, während unendlicher Ewigkeiten lag er zitternd wach, von primitiver Angst gequält, mit dem klaren Bewußtsein, daß er sich seine Freiheit erkämpft hatte, und wunderte sich dabei im stillen, was man mit etwas so Fremdartigem, etwas so Verwirrendem wie Freiheit wohl anfangen konnte.

Zehntes Kapitel

I

Kein Wohnblock in Zenith hatte das Experiment des Zusammendrängens energischer betrieben als die Revelstoke Arms, wo Paul und Zilla Riesling ihre Wohnung hatten. Die Schlafräume wurden in Wohnzimmer verwandelt, indem man die Betten auf Rollen in niedere Kammern gleiten ließ. Die Küchen sahen wie Wandschränke aus und waren jede mit einem elektrischen Herd, einem kupfernen Ausguß, einem gläsernen Eisschrank und, in großen Zwischenräumen, mit einem Dienstmädchen aus den Balkanstaaten versehen. Alles war in diesem Gebäude außerordentlich modern, und alles war in den denkbar kleinsten Raum zusammengepfercht – mit Ausnahme der Garagen.

Die Babbitts waren auf Besuch bei den Rieslings in den Revelstoke Arms. Es war ein abenteuerliches Unternehmen, die Rieslings zu besuchen, es war interessant und manchmal auch verwirrend. Zilla war eine lebhafte, scharfstimmige, überreife und hochbusige Blonde. Wenn sie sich dazu herabließ, guter Laune zu sein, war sie aufreizend amüsant. Ihre Bemerkungen über andere Leute waren scharf satirisch und durchdrangen alle herkömmliche Heuchelei. Man mußte zugeben: «Eigentlich hat sie ganz recht!», und machte dann ein dummes Gesicht dazu. Sie tanzte wild und leidenschaftlich und forderte alle Welt auf, fröhlich zu sein, und mitten drin überkam sie plötzlich Entrüstung. Sie fand ständig Gelegenheit, entrüstet zu sein. Das Leben war eine gegen sie geplante Verschwörung, die sie wütend allen Blicken preisgab.

Heute abend war sie liebenswürdig. Sie deutete nur leicht an, daß Orville Jones ein Toupé trug, daß der Gesang der Mrs. T. Cholmondeley Frink an die höchsten Töne eines Fordwagens erinnerte und daß der ehrenwerte Otis Deeble, Bürgermeister von Zenith und Kandidat für den Kongreß, ein aufgeblasener Trottel war (was den Tatsachen vollkommen entsprach). Die Babbitts und die Rieslings saßen verlegen auf steinharten Brokatstühlen in dem kleinen Empfangszimmer der Wohnung, dessen Kaminsims keinen Kamin verhüllte und auf dessen funkelnagelneuem Flügel ein Streifen schweren Goldstoffs lag, bis Mrs. Riesling gellend rief: «Los, Kinder! Bringen wir Leben in die Bude! Hol deine Fiedel heraus, Paul, und ich will mal versuchen, Georgie richtig tanzen zu lehren.»

Es war den Babbitts sehr ernst. Sie versuchten, die Flucht nach Maine durchzusetzen. Aber als Mrs. Babbitt rundlich und lächelnd die Andeutung wagte: «Ist Paul auch so erschöpft wie Georgie, nach einem Winter voller Arbeit?», besann sich Zilla plötzlich auf eine Kränkung; und wenn Zilla Riesling sich auf eine Kränkung besann, blieb die Welt stehen, bis ihr nicht auf irgendeine Art und Weise abgeholfen war.

«Ob er erschöpft ist? Nein, er ist nicht erschöpft, er ist einfach verdreht! Ihr glaubt, Paul sei so verständig, ach ja, und er liebt es, sich als ein kleines Opferlamm aufzuspielen, aber er ist verstockt wie ein Maultier. Ach, wenn ihr mit ihm leben müßtet –! Ihr würdet schon darauf kommen, wie reizend er sein kann! Er stellt sich ja nur so sanft und bescheiden, um immer seinen eigenen Willen durchzusetzen. Und ich, ich habe den Ruf, eine furchtbare Xanthippe zu sein, aber wenn ich nicht ab und zu losplatze und selbst etwas in die Hand nehmen würde, ich glaube, wir würden verfaulen wie ein Stück Holz. Er will ja nirgends hingehen und – Gestern abend, zum Beispiel, war das Auto nicht in Ordnung – auch seine Schlamperei, denn er hätte es zur Werkstatt bringen müssen, um die Batterie nachsehen zu lassen –, und er wollte nicht mit der Trambahn ins Kino fahren. Aber wir sind doch gefahren, und der Schaffner war so unverschämt, und Paul hat keinen Finger gerührt.

Ich stand auf der Plattform draußen und wartete, bis mich die Leute in den Wagen lassen würden, und dieses Biest von Schaffner brüllte mich an: ‹Vorwärts! Machen Sie, daß Sie hereinkommen!› In meinem ganzen Leben hat noch nie jemand in dem Ton zu mir gesprochen! Ich war so verblüfft, ich drehte mich einfach um und sagte – ich glaubte, es sei ein Irrtum, und sagte sehr freundlich zu ihm: ‹Haben Sie mich gemeint?›, und er brüllte: ‹Jawohl hab ich Sie gemeint! Der Wagen kann wegen Ihnen nicht abfahren!› sagte er, und da merkte ich gleich, daß es einer von den schmierigen, groben Flegeln sei, bei denen alle Freundlichkeit umsonst ist, und ich blieb stehen und sah ihn von oben bis unten an und sagte: ‹Entschuldigen Sie mal, das ist absolut nicht der Fall›, sagte ich ihm, ‹es sind die Leute vor mir, die sich nicht rühren›, sagte ich, ‹und außerdem will ich Ihnen nur sagen, junger Mann, daß Sie ein ganz gemeiner, frecher, unverschämter Strolch sind›, sagte ich, ‹und Sie sind kein Gentleman! Ich werde Sie ganz bestimmt anzeigen, und wir wollen mal sehen›, sagte ich, ‹ob eine Dame sich von jedem betrunkenen Kamel, das sich eine lumpige Uniform anzieht, beschimpfen lassen muß, und ich ersuche Sie›, sagte ich ihm, ‹Ihr ungewaschenes Maul in meiner Gegenwart nicht aufzureißen.› Und dann erwartete ich, daß sich Paul halbwegs als Mann benehmen und mir zur Hilfe eilen würde. Aber er stand ganz ruhig dort und tat so, als ob er kein Wort gehört hätte, und so sagte ich ihm: ‹Na, weißt du›, sagte ich zu ihm –»

«Ach, laß gut sein, Zill, laß gut sein!» stöhnte Paul. «Wir wissen ja alle, daß ich ein Waschlappen bin, und du bist eine zarte Blüte, also lassen wir's doch dabei bewenden.»

«Es dabei bewenden lassen?» Zillas Gesicht war verzerrt wie das der Medusa. Ihre Stimme war rauh wie geätzter Stahl.

Sie war zum Überlaufen voll von böser Laune und von ihrer eigenen Rechtschaffenheit. Sie war Kreuzfahrer, und wie jeder Kreuzfahrer frohlockte sie über die günstige Gelegenheit, im Namen der Tugend Böses tun zu dürfen. «Es dabei bewenden lassen? Wenn die Leute wüßten, wieviel Dinge ich habe dabei bewenden lassen –»

«Ach, hör doch schon auf, mich zu tyrannisieren.»

«Ja, gut möchtest du ausschauen, wenn ich dich nicht tyrannisieren würde! Bis Mittag würdest du im Bett liegen und bis Mitternacht auf deiner dummen Geige spielen! Paul bist du von Geburt an, bist hilflos von Geburt an und bist ein Feigling von Geburt an, Paul Riesling –»

«Aber nein, Zilla, wie darfst du nur so etwas sagen; du meinst ja das überhaupt nicht im Ernst!» legte sich Mrs. Babbitt ins Mittel.

«Ich will es sagen, und jedes einzelne Wort ist mir bitter ernst!»

«Aber, aber, Zilla, so sei doch gut!» Mrs. Babbitt war mütterlich und umständlich. Sie war nicht älter als Zilla, aber sie schien es zu sein – wenigstens zuerst. Sie war gelassen, aufgeplustert und überreif, während Zilla mit ihren 45 Jahren so ausgewaschen und festgeschnürt war, daß man nur ahnte, sie sei älter als ihr Aussehen. «Was fällt dir denn nur ein, mit dem armen Paul so umzuspringen!»

«Armer Paul ist ganz richtig! Wir wären beide arm, wir wären schon im Armenhaus, wenn ich ihn nicht gewaltsam aufrütteln würde!»

«Na, jetzt hör mal, Zilla, Georgie und ich sprachen gerade darüber, wie sich Paul dieses ganze Jahr geplagt hat, und wir dachten, es wäre herrlich, wenn die Jungens allein miteinander fortgehen könnten. Ich rede Georgie die ganze Zeit über gut zu, vor uns allen nach Maine hinaufzugehen und seine Übermüdung loszuwerden, bevor wir nachkommen, und ich glaube, es wäre fein, wenn auch Paul sich freimachen könnte, um ihn zu begleiten.»

Diese Enthüllung seines Fluchtplans schreckte Paul aus seiner Gleichgültigkeit auf. Er rieb seine Finger. Seine Hände zuckten.

Zilla fauchte: «Ja! Du bist glücklich! Du kannst George ruhig gehen lassen und brauchst ihm nicht nachzuspüren. Dicker alter Georgie! Guckt sich niemals nach anderen Weibern um! Hat ja nicht genug Schmiß in sich dazu!»

«Was, zum Teufel! Ich soll keinen Schmiß haben?» Babbitt verteidigte inbrünstig seine kostbare Verworfenheit, als Paul ihn unterbrach – und Paul sah gefährlich aus. Er erhob sich rasch; er sagte sanft zu Zilla:

«Offenbar willst du damit andeuten, daß ich eine Menge Verhältnisse habe.»

«Ja, das will ich!»

«Na also, meine Liebe, und nachdem du es um jeden Preis wissen willst – in den letzten zehn Jahren hat es keinen Augenblick gegeben, wo ich nicht irgendein süßes kleines Mädchen gefunden hätte, um mich zu trösten, und solange du deine Liebenswürdigkeiten mir gegenüber fortsetzt, werde ich dich wahrscheinlich weiter betrügen. Es ist wirklich nicht schwer. Du bist so einfältig.»

Zilla schäumte; sie heulte vor Wut; die Worte ihrer geifernden Beschimpfungen waren unverständlich.

Aber der milde George F. Babbitt war plötzlich wie verwandelt. Wenn Paul gefährlich war, wenn sich auf Zillas Haupt Schlangen der Wut ringelten, wenn die zierlichen Gefühlsregungen, die den Dimensionen der Revelstoke Arms entsprachen, sich in lodernden Haß gesteigert hatten, war es dennoch Babbitt, der der Schreckenerregendste war. Er sprang auf. Er schien ungeheuer zu sein. Er griff nach Zillas Schulter. Die Behutsamkeit des Geschäftsmanns war von seinem Antlitz verschwunden, und seine Stimme klang grausam und kalt:

«Jetzt hab ich aber genug gehabt von diesem verdammten Unsinn! Ich kenne dich seit 25 Jahren, Zill, und meines Wissens hast du noch nie eine Gelegenheit versäumt, um dich für deine Enttäuschungen an Paul zu rächen. Du bist nicht schlecht, du bist etwas viel Ärgeres. Du bist eine Närrin. Und ich will dir nun ein für allemal sagen, daß Paul der prächtigste Junge ist, den Gott erschaffen hat. Jeder anständige Mensch hat es satt, zu sehen, wie du deine Stellung als Frau ausnützt und fortwährend gemeine Andeutungen machst. Ja, wer in drei Teufels Namen bist du denn, daß ein Mensch wie Paul dich um *Erlaubnis* bitten muß, wenn er mit mir gehen will? Du spielst dich ja auf, als ob du eine Zusammensetzung von Königin Victoria und Cleopatra wärst. Du Närrin, ja, siehst du denn nicht, wie die Leute dich hinter deinem Rücken auslachen und sich über dich lustig machen?»

Zilla schluchzte: «Ich hab noch nie – ich hab noch nie – niemand hat jemals in meinem ganzen Leben so zu mir gesprochen!»

«Nein, aber hinter deinem Rücken sprechen alle so! Immer! Sie sagen, du bist ein zänkisches altes Weib. Alt, bei Gott!»

Dieser feige Angriff schmetterte sie nieder. Ihre Augen waren ausdruckslos. Sie weinte. Aber Babbitt starrte wild und ungerührt vor sich hin. Er fühlte, daß er die allmächtige, oberste Behörde war, daß Paul und Mrs. Babbitt ihn mit ängstlicher Ehrfurcht betrachteten, daß er allein diese Angelegenheit meistern konnte.

Zilla wand sich. Sie bettelte: «Ach nein, nur das nicht!»

«Jawohl, sagen sie das!»

«Ich bin eine schlechte Frau gewesen! Aber es tut mir schrecklich leid! Ich will mich gern umbringen! Ich will alles tun, was ihr wollt. Ach, ich – was wollt ihr denn von mir?»

Sie erniedrigte sich bis zur Unmöglichkeit. Aber sie genoß auch die Situation. Für den Kenner von Familienszenen ist nichts vergnüglicher als eine gründliche, melodramatische, egoistische Erniedrigung.

«Ich verlange von dir, daß du Paul mit mir nach Maine fahren läßt», erklärte Babbitt.

«Wie kann ich ihn denn am Fahren hindern? Du hast mir

ja gerade gesagt, daß ich idiotisch bin und daß sich niemand im geringsten um meine Wünsche kümmert.»

«Oh, du kannst ihn schon hindern, du kannst ihn schon hindern! Vor allem mußt du mal mit diesen ewigen Andeutungen aufhören, daß er allen Mädchen nachläuft, sobald du ihn nicht siehst. Tatsache ist, daß du den Jungen damit auf Abwege führst. Du solltest mehr Verstand haben –»

«Ach, ich will, auf mein Ehrenwort, ich will, George. Ich weiß, daß ich schlecht war. Ach, verzeiht mir doch, ihr alle, verzeiht mir –»

Sie schwelgte im Genuß.

Aber auch Babbitt schwelgte. Er verurteilte hochtrabend und verzieh liebevoll. Und als er stolz mit seiner Frau von dannen ging, setzte er ihr großartig auseinander:

«Eigentlich eine Schande, Zilla so zu terrorisieren, aber es war die einzige Art, um mit ihr fertig zu werden. Weiß Gott, daß ich sie kleingekriegt habe!»

Sie sagte ruhig: «Ja, du warst eklig. Du hast nur geprahlt. Die ganze Zeit über hast du dich fabelhaft unterhalten und warst überzeugt, daß du ein großer und tüchtiger Mann bist!»

«Das ist aber stark! Hat man schon so was gehört! Natürlich hätt ich wissen können, daß du nicht meine Partei ergreifen wirst! Ich hätt mir schon denken können, daß du zu deinem eigenen Geschlecht halten wirst!»

«Ja. Arme Zilla, sie ist so unglücklich. Und sie läßt alles an Paul aus. Sie hat ja auf der weiten Welt nichts zu tun in ihrer kleinen Wohnung. Sie sitzt und brütet immer nur. Und früher war sie doch so hübsch und so fröhlich, und es kränkt sie, das alles zu verlieren. Du warst so gemein und so eklig, wie du nur konntest. Ich bin kein bißchen stolz auf dich – und auch auf Paul nicht, der mit seinen abscheulichen Verhältnissen prahlt!»

Er blieb stumm und mürrisch; während der vier Blocks, die sie noch von ihrem Heim trennten, hielt er seine üble Laune, die er mit gekränktem Edelmut verwechselte, aufrecht. An der Haustür ließ er sie stehen und ging hochmütig und selbstzufrieden auf den Grasplatz hinunter.

Mit einem Ruck überkam ihn die Erkenntnis: «Mein Gott, vielleicht hat sie recht gehabt – wenigstens zum Teil recht gehabt?» Sicherlich hatte die Überarbeit eine anomale Empfindlichkeit bei ihm hervorgerufen, denn es trat der in seinem Leben so seltene Fall ein, daß er an seiner eigenen Vollkommenheit zweifelte; und er wurde sich der Sommernacht bewußt, spürte den Duft des feuchten Grases. Dann: «Es ist mir ganz egal! Ich hab's ja doch durchgesetzt! Wir werden unseren feinen Spaß haben. Und für Paul würde ich vor nichts zurückschrecken.»

2

Sie waren dabei, ihre Fischereigerätschaften für Maine bei den Brüdern Ijams, dem großen Sportartikelhaus, einzukaufen, unter Beihilfe von Willis Ijams, ihrem Kollegen aus dem *Boosters Club*. Babbitt war total verrückt. Er johlte und tanzte. Er murmelte Paul ins Ohr: «Du, ist das nicht einfach himmlisch, was? Sich jetzt sein Fischerzeug zu besorgen, was? Und der brave alte Willis Ijams, der selbst durch das ganze Lager schießt, um uns zu bedienen? Du, wenn diese Kerls, die ihre Ausstattung für die nördlichen Seen besorgen, ahnten, daß wir nach Maine fahren, wären sie platt, einfach platt… Also jetzt los, Bruder Ijams – Willis, wollt ich sagen. Ergreif die Gelegenheit beim Schopf! Zwei solche Wurzen, wie wir sind, kriegst du nicht sobald wieder herein! Juhu! Haltet mich fest, Kinder! Ich will mal den Laden leerkaufen!»

Er weidete sich am Anblick von Angelruten und prächtigen, hüfthohen Gummistiefeln, an Zelten mit Zelluloidfenstern, an Klappstühlen und Eisbehältern. In der Einfalt seines Herzens wollte er alle diese Dinge kaufen. Und es war Paul, den er immer vor unklaren Gefahren zu schützen suchte, der ihn von diesem trunkenen Bestreben abhielt.

Aber selbst Paul leuchtete auf, als Willis Ijams, der poetische und diplomatische Verkäufer, anfing über Fliegen zu sprechen. «Also ihr wißt natürlich, Jungens», sagte er, «daß die erbittertsten Kämpfe um feuchte Fliegen und um trockene Fliegen ausgefochten werden. Ich persönlich ziehe trockene Fliegen vor. Sind ja viel sportmäßiger.»

«Ganz richtig. Unvergleichlich sportmäßiger», donnerte Babbitt, der keine blasse Ahnung von nassen oder trockenen Fliegen hatte.

«Wenn du meinem Rat folgst, Georgie, wirst du dir einen ordentlichen Vorrat von diesen durchsichtigen Abendfliegen, von diesen Silberschilffliegen und von den Roten Ameisen anlegen. Ach, Menschenskinder, das ist mal eine Fliege, diese Rote Ameise!»

«Glaub ich dir gern! Jawohl, das ist sie – eine Fliege!» frohlockte Babbitt.

«Ja, meine Herrschaften, diese Rote Ameise», sagte Ijams, «ist vor Gott und Menschen eine durch und durch rechtschaffene *Fliege*!»

«Na, die Herren Forellen werden sich um den Vorrang raufen, wenn ich eine solche Rote Ameise auswerfe!» behauptete Babbitt und markierte mit seinem dicken Handgelenk begeistert die Bewegung des Auswerfens.

«Gewiß, und der Salm in den eingeschlossenen Gewässern beißt auch darauf an», sagte Ijams, der in seinem Leben noch keinen Salm in eingeschlossenen Gewässern gesehen hatte.

«Salme! Forellen! Hörst du, Paul, und kannst du dir deinen Onkel George in seiner khakifarbenen Hose vorstellen, wie er die Viecher so morgens um sieben herum einholt? Huij-j-j!»

3

Sie sassen im New Yorker Express, unglaublicherweise auf der Fahrt nach Maine begriffen, unglaublicherweise ohne ihre Familien. Sie waren frei, lebten in einer Welt von Männern, im Raucherabteil des Pullman-Wagens.

Jenseits der Fensterscheibe lag das Dunkel wie eine polierte Masse, von den Goldtüpfchen vereinzelter, rätselhafter Lichter durchwirkt. Babbitt empfand in dem Schwanken und dem gebieterischen Rasseln des Zugs ungeheuer stark, daß er eilte, daß er vorwärtseilte. Er lehnte sich zu Paul hinüber und grunzte: «Fein, was, so in die Welt hineinzuradeln?»

Der kleine Raum mit seinen ockerfarbenen Stahlwänden enthielt fast ausschließlich die Klasse von Männern, die er als «die besten Kerls um und um» bezeichnete, Leute, deren Bekanntschaft sich lohnte. Auf der langen Bank saßen vier von ihnen: ein breiter, schwerer Mann mit einem schlauen, dicken Gesicht, ein Mann mit messerscharfem Profil und einem grünen Velourshut, ein sehr junger Mann mit einer imitierten Bernsteinzigarettenspitze und Babbitt. Ihm gegeüber auf zwei beweglichen Lederstühlen saßen Paul und ein schmächtiger, altmodischer Mann, der sehr schlau aussah und Falten um seinen Mund hatte. Sie lasen alle Zeitungen oder Handelsjournale, Schuh- und Stiefeljournale, Porzellan- und Glaswarenjournale, und sie warteten auf das Vergnügen eines Gesprächs. Es war der sehr junge Mann – er reiste zum erstenmal in einem Pullman –, der anfing.

«Ha, ich muß sagen, ich hab eine wilde Zeit in Zenith verjubelt!» brüstete er sich. «Wenn einer dort Bescheid weiß, glaub ich, kann er ebenso flott bummeln wie in New York!»

«Hoho, ich wette, Sie haben dem Teufel die Hölle heiß gemacht. Hab mir gleich gedacht, daß Sie ein Schlimmer sind, als ich Sie einsteigen sah!» gluckste der Dicke.

Die übrigen legten ihre Zeitungen entzückt beiseite.

«Also, da gibt's wirklich nichts zum Lachen. Ich denk, ich hab in den Vorstädten Dinge gesehen, die keiner hier kennt!» beschwerte sich der Junge.

«Ich möcht wetten, daß dem so ist. Gift möcht ich drauf nehmen, daß Sie Malz und Milch in sich eingesogen haben wie ein verflixter kleiner Teufel!»

Dann, nachdem der Junge als Einleitung gedient hatte, übersahen sie ihn vollständig und widmeten sich dem richtigen Gespräch. Nur Paul, der allein saß und die Fortsetzung einer Novelle in einer Zeitschrift las, schloß sich nicht an, und alle außer Babbitt betrachteten ihn als einen Snob, als einen exzentrischen Menschen, als einen Mann ohne Temperament.

Wer von ihnen sprach und was jeder sagte, ist nie festgestellt worden und hat auch keinerlei Bedeutung, nachdem sie alle dasselbe dachten und es mit der gleichen, gewichtigen, unverschämten Überzeugung von sich gaben. Wenn nicht Babbitt selbst tonangebend war, so betrachtete er zumindest strahlend den Parteiführer des Augenblicks.

«Man muß es ihnen lassen», erklärte der erste, «sie verkaufen schon guten Schnaps in Zenith. Ich glaub, sie sitzen obenauf. Ich weiß nicht, wie ihr Leute über die Prohibition denkt, aber mir will es scheinen, daß sie ein rechter Segen für den armen Teufel ohne eine Spur von Willenskraft ist, aber für uns andere Kerls bedeutet sie doch entschieden einen Übergriff in die persönliche Freiheit.»

«Ja, das ist leider der Fall. Der Kongreß hat keinerlei Recht, in die persönliche Freiheit eines Menschen einzugreifen», meinte der zweite.

Ein Mann kam aus dem benachbarten Abteil herein, da aber alle Stühle besetzt waren, rauchte er seine Zigarette stehend. Er war ein *outsider*; er gehörte nicht zu den erbangesessenen Familien des Raucherabteils. Sie blickten ihn ausdruckslos an, und nachdem er sich bemüht hatte, ungezwungen zu erscheinen, und sein Kinn im Spiegel betrachtet hatte, gab er den ungleichen Kampf auf und verschwand wortlos.

«Ich hab gerade einen Abstecher in den Süden gemacht. Die Geschäftslage ist nicht glänzend dort unten», sagte einer von den Versammelten.

«So, ist das wirklich der Fall? Nicht glänzend, wie?»

«Nein, ich hatte die Impression, daß sie unter dem Durchschnitt stehen.»

«Sogar unter dem Durchschnitt, wie?»

«Ja, ich muß sagen, eher darunter, keineswegs darüber.»

Die ganze Versammlung nickte weise und einmütig und bestätigte: «Ja, hm, ganz unter der Kanone.»

«Nun, die Geschäfte draußen im Westen sind auch bei weitem nicht so, wie sie sein sollten.»

«Stimmt, stimmt. Und mir scheint, die Hotels fühlen das schon. Aber das ist die gute Seite der Sache: diese Hotels, die einem 5 Dollar im Tag abgeknöpft haben – oder vielleicht sogar 6, 7 Dollar! – für ein lumpiges Zimmer, werden verdammt froh sein, jetzt vier dafür zu bekommen und werden einen besser bedienen.»

«Stimmt, stimmt. Ja, hm, weil wir gerade von Hotels reden, bin da neulich zum erstenmal im *St. Francis* in San Francisco abgestiegen, und ihr könnt mir glauben, 's ist entschieden ein erstklassiges Haus.»

«Sie haben recht, Bruder! Das *St. Francis* ist ein vornehmes Haus, entschieden Ia.»

«Stimmt auffallend. Bin ganz Ihrer Ansicht. Erstklassiges Haus.»

«Jaha, aber was ich sagen wollte, hat einer von euch Leuten mal im *Rippleton* in Chicago gewohnt? Ich will nichts Böses sagen – ich mach überall gerne Reklame –, aber alles was recht ist, das ist die miserabelste von allen elenden Spelunken, die sich als erstklassige Hotels bezeichnen. Ich werde den Halunken noch einmal eins auswischen, und ich hab's ihnen auch gesagt. Ihr wißt ja, wie ich bin – na, vielleicht wißt ihr es auch nicht, aber ich bin an erstklassige Wohnung und Verpflegung gewöhnt, und ich bin gerne bereit, gut dafür zu zahlen. Neulich komme ich spät nachts in Chicago an, und das *Rippleton* ist nicht weit vom Bahnhof – ich war noch nie früher dort, aber ich sagte zum Chauffeur – ich bin immer der Ansicht, daß man ein Auto nehmen soll, wenn man irgendwo spät ankommt; es kostet vielleicht ein bißchen mehr, aber es zahlt sich aus, wenn man am anderen Morgen in aller Herrgottsfrühe auf den Beinen sein muß, um altes Graffelwerk zu verkaufen –, und ich sagte ihm also: ‹Ach, fahren Sie mich nur zum *Rippleton* hinüber.›

Na, wir kommen hinüber, ich schlendere zur Portierloge und sage dem Angestellten: ‹Hören Sie, Bruder, gibt's ein nettes Zimmer mit Bad für Vetter Bill?› Ihr hättet ihn hören sollen! So, als ob ich ihm eine heruntergehauen hätte oder von ihm verlangt hätte, an Jom Kippur zu arbeiten!

Er glubscht mich an wie ein gekochter Schellfisch und faucht: ‹Weiß nicht, Freund, werde nachsehen›, und verschwindet hinter der Wandtafel, wo sie die Nummern notieren. Na, ich glaube, er hat die Kreditvereinigung und die amerikanische Sicherheitsliga angerufen, um zu hören, ob alles klappt bei mir – jedenfalls dauerte es lange genug dazu –, oder vielleicht ist er nur eingeschlafen; schließlich kommt er heraus, guckt mich an, als ob ihm was weh tät, und krächzt: ‹Ich glaube, ich kann Ihnen ein Zimmer mit Bad geben.› – ‹Na, das ist furchtbar nett von Ihnen – tut mir leid, Ihnen soviel Mühe zu machen – was kostet der Spaß?› flöte ich ganz süß. ‹Das wird Sie 7 Dollar pro Tag kosten, Freund›, sagt er darauf.

Na, es war spät, und außerdem ging das auf die Expensnote – Teufel, wenn nicht die Firma, sondern ich hätte blechen müssen, ich wäre wahrhaftig die ganze Nacht auf der Straße geblieben, ehe ich mir von einem Nepplokal sieben große, runde Dollar aus der Tasche hätte stehlen lassen, das könnt ihr mir glauben! Ich ließ es also dabei bewenden. Na, der Portier weckt einen netten kleinen Pagen – fescher Bursche –, nicht einen Tag älter als 79 Jahre – hat bei der Schlacht von Gettysburg mitgefochten und weiß nicht, daß sie schon aus ist –, dachte, ich gehöre zur Konföderierten Armee, glaub ich, weil er mich so anstarrte – na, Rip van Winkle führt mich hinauf in etwas – später hab ich rausgefunden, daß sie das ein Zimmer nennen, aber anfangs glaubte ich, es sei ein Irrtum –, ich dachte, sie wollten mich in der Sammelbüchse von der Heilsarmee unterbringen! Für sieben Runde pro Tag! Ich danke!»

«Hab schon was läuten hören, daß das *Rippleton* ein faules Ei ist. Wenn ich nach Chicago fahre, steige ich entweder im *Blackstone* oder im *La Salle* ab – beides prima Häuser.»

«Ist einer von euch schon mal im Hotel *Birchdale* in Terre Haute gewesen? Wie ist es?»

«Oh, das *Birchdale* ist ein ausgezeichnetes Hotel.»

(Konferenz von zwölf Minuten über den Zustand der Hotels in South Bend, Flint, Dayton, Tulsa, Wichita, Fort Worth, Winona, Erie, Fargo und Moose Jaw.)

«Weil wir bei Preisen halten», bemerkte der Mann im Velourhut und spielte mit dem Elchzahn an seiner dicken Uhrkette, «möcht ich nur wissen, wo die Leute die verschrobene Idee herhaben, daß Kleider billiger werden. Da ist zum Beispiel dieser Anzug, den ich jetzt anhabe.» Er kniff ins Hosenbein. «Vor vier Jahren habe ich 42,50 Dollar dafür bezahlt, und das war er sicherlich auch wert. Vor ein paar Tagen gehe ich in den Konfektionsladen bei uns zu Hause und verlange einen Anzug, und der Ladenschwengel fischt ein paar Röcke herunter, die ich, auf mein Ehrenwort, nicht einem Hausknecht anziehen würde. Ich frag ihn aus purer Neugierde: ‹Was verlangt ihr für den Schund?› – ‹Schund›, sagte er. ‹Was verstehen Sie unter Schund? Das ist ein vornehmes Kleidungsstück, reine Wolle –› Es war schöne Pflanzenwolle, direkt von der Plantage! ‹Reine Wolle›, sagte er, ‹und wir verlangen 67,90 Dollar dafür.› – ‹So, verlangt ihr das?› sagte ich. ‹Verlangen könnt ihr's schon, aber kriegen werdet ihr's nicht – von mir›, sag ich, und damit dreh ich ihm den Rücken und geh hinaus. Jawohl! Sag ich zu meiner Frau: ‹Du›, sag ich, ‹solange du noch Kraft in den Gliedern hast und noch imstande bist, neue Flicken auf Papas Hose zu nähen, werden wir uns das Kaufen von neuen Bekleidungsstücken verbeißen.›»

«Hast recht, Bruder. Na, und da sind zum Beispiel Kragen –»

«Hallo! Nicht so eilig!» warf der dicke Mann dazwischen. «Was habt ihr gegen Kragen? Ich verkaufe Kragen! Wißt ihr denn, daß der Arbeitslohn bei Kragen noch immer 207 Prozent über –»

Sie beschlossen einmütig, wenn ihr alter Freund, der dicke Mann, Kragen verkaufte, waren eben die Preise von Kragen genau, wie sie zu sein hatten; aber alle anderen Kleidungsstücke waren zum Verzweifeln teuer. Jetzt liebten und bewunderten sie sich schon gegenseitig. Sie vertieften sich in die wissenschaftliche Basis der Geschäfte und zeigten, daß der Zweck eines Pflugs und eines Ziegelsteins, vom Standpunkt der Fabrikation aus, war, verkauft zu werden. Für sie war nicht mehr der Ritter der romantische Held, noch der wandernde Dichter oder der Cowboy des Wilden Westens, nicht mehr der Flieger noch der junge tapfere Kreisbevollmächtigte, sondern der tüchtige Geschäftsleiter, der die «Analyse der merkantilen Probleme» auf seinem Pult aufliegen hatte, dessen Adelsprädikate Spürsinn und energische Arbeitskraft waren, und der sich und alle seine jungen Krieger der kosmischen Notwendigkeit des Verkaufens geweiht hatte – nicht des Verkaufens eines bestimmten Artikels an bestimmte Personen, sondern des puren Verkaufens an sich.

Das Geschäftsgespräch rüttelte Paul Riesling auf. Obwohl er ein Geigenspieler und ein interessant unglücklicher Ehemann war, so war er außerdem noch ein sehr tüchtiger Verkäufer von Dachpappe. Er horchte aufmerksam auf die Bemerkungen des dicken Mannes über «den Wert von Stellvertretern und von Tagesberichten als Mittel, um die Agenten auf ihren Reisen aufzupulvern»; und er selbst steuerte ein paar ausgezeichnete Ideen über die Verwendung von Zwei-Cent-Marken auf Zirkularen bei. Dann beging er eine Todsünde gegen die heiligen Gesetze der Verbrüderung der Guten Freunde. Er wurde hochtrabend und schwulstig.

Sie fuhren gerade in eine Stadt ein. An der äußeren Peripherie lag ein Stahlwerk, von grellroten und orangefarbenen Flammen beleuchtet, deren Widerschein leblose Holzstöße, eisengepanzerte Mauern und düstere Bessemer-Birnen erhellte.

«Herrgott, seht doch nur – wundervoll!» sagte Paul.

«Will ich Ihnen gern glauben, mein Freund, daß das wundervoll ist. Das ist das Shelling-Hortonsche Stahlwerk, und ich habe gehört, daß der alte John Shelling gut drei Millionen Dollar durch Munitionslieferungen während des Kriegs verdient hat!» sagte der Mann mit dem Veloursbut ehrfurchtsvoll.

«Ich hab's nicht so gemeint – ich wollte sagen, es ist herrlich schön, wie das Licht den malerischen Fabrikhof mit dem vielen Eisenzeug aus der Finsternis hervorzerrt», sagte Paul.

Sie starrten ihn an, während Babbitt krähte: «Paul, ja, der hat entschieden ein fabelhaftes Auge für malerische Plätze und eigenartige Dinge und lauter solche Sachen. Wär Schriftsteller geworden oder was Ähnliches, wenn er sich nicht für Dachpappe entschieden hätte.»

Paul schien ärgerlich zu sein. (Babbitt fragte sich manchmal, ob Paul seine liebevollen Lobeshymnen auch immer würdigte.) Der Mann im Velourhut brummte:

«Ich persönlich finde ja, daß die Shelling-Hortons ihre Werke furchtbar schmutzig halten. Verfluchte Schweinewirtschaft. Und ich nehme an, daß niemand Ihnen verbieten kann, das malerisch zu nennen, wenn Sie das Bedürfnis dazu empfinden.»

Paul verschanzte sich mürrisch hinter seiner Zeitung, und das Gespräch wandte sich in logischer Folge dem Zugverkehr zu.

«Um wieviel Uhr sind wir in Pittsburgh?» fragte Babbitt.

«Pittsburgh? Ich glaube, wir sind um – nein, das war der letztjährige Fahrplan – warten Sie einen Augenblick – werden's gleich haben – ich hab das Kursbuch hier.»

«Ich bin neugierig, ob wir keine Verspätung haben.»

«Nein, nein, mir scheint, wir sind ganz pünktlich.»

«Das stimmt nicht. Bei der letzten Station haben wir schon sieben Minuten Verspätung gehabt.»

«Haben wir das? Wirklich? Ja, mein Gott, und ich dachte, wir sind auf die Minute pünktlich.»

«Nein, wir sind sieben Minuten zu spät dran.»

«Ja, richtig; sieben Minuten zu spät.»

Der Diener kam herein – ein Neger in weißer Jacke mit Messingknöpfen.

«Wieviel Verspätung haben wir, George?» knurrte der dicke Mann.

«Ich weiß wirklich nicht, Sir. Glaube, wir sind pünktlich», sagte der Diener, während er Handtücher zusammenlegte und sie geschickt in das Netz über der Waschschüssel schleuderte. Die Versammlung starrte ihn düster an, und als er wieder verschwunden war, klagten sie:

«Ich weiß nicht, was heutzutage in diese Neger gefahren ist, man kriegt keine höfliche Auskunft mehr von ihnen.»

«Das ist wahrhaftig wahr. Jetzt sind sie schon so, daß sie gar kein bißchen Respekt mehr aufbringen. Der Nigger von ehedem war ein großartiger Kerl – hielt die Grenze genau ein –, aber diese jungen Schwarzen wollen nicht mehr Diener oder Arbeiter in den Baumwollplantagen sein. I wo! Sie müssen um jeden Preis Professoren und Rechtsanwälte und Gott weiß was alles sein! Ich sage euch, es fängt an, ein ernstes Problem zu werden. Wir sollten uns alle zusammentun und dem schwarzen Mann, und selbstverständlich auch dem gelben Mann, seine Position klarmachen. Na, ich zum Beispiel, ich habe kein Tüttelchen Vorurteil gegen andere Rassen. Ich bin der erste, der sich freut, wenn ein Neger es zu etwas bringt – aber nur solange er dort bleibt, wo er hingehört, und nicht versucht, die rechtmäßige Autorität und die geschäftlichen Möglichkeiten des weißen Mannes an sich zu reißen.»

«Ausgezeichnet! Ganz meine Auffassung! Und was wir noch außerdem tun müssen», sagte der Mann mit dem Velourshut (dessen Name Kopliansky war), «ist, diese verfluchten Ausländer rauszuekeln. Gott sei Dank, die Einwanderung wird jetzt beschränkt. Die Welschen und Hunnen müssen endlich begreifen, daß dieses Land der weißen Rasse gehört und daß man sie hier nicht brauchen kann. Wenn wir die Fremdlinge, die jetzt hier sind, assimiliert und ihnen die Grundprinzipien des Amerikanismus beigebracht haben werden und sie in ordentliche Menschen umwandeln, ja, dann lassen wir vielleicht wiederum ein paar herein.»

«Jawohl, und das ist eine Tatsache», stimmten sie zu und gingen zu leichteren Dingen über. Sie erledigten rasch die Automobilpreise, die Leistungsfähigkeit der Gummibereifung, Petroleumaktien, das Fischen und die Ernteaussichten für Weizen in Dakota.

Aber der dicke Mann wurde ungeduldig bei dieser Zeitvergeudung. Er war ein erfahrener Reisender und besaß keine Illusionen mehr. Er hatte schon erklärt, daß er ein «Abgehärteter» sei. Nun beugte er sich vor, lenkte durch seinen schlaudrolligen Ausdruck die Aufmerksamkeit auf sich und brummte: «Ach, hol's der Geier, Jungens, lassen wir doch die Formalitäten beiseite und fangen wir endlich mit den guten Witzen an!»

Sie wurden alle außerordentlich lebhaft und intim.

Paul und der junge Bursche verschwanden. Die übrigen rutschten vorwärts auf der langen Bank, knöpften sich die Westen auf, legten ihre Füße auf die Stühle, rückten die würdigen messingenen Spucknäpfe in bequeme Nähe und zogen den grünen Fenstervorhang an seiner Schnur herunter, um sich von der seltsam fremden Nachtfinsternis abzuschließen.

Jedesmal, wenn der Lachsturm verklang, riefen sie: «Sagt mal, habt ihr schon die Geschichte gehört, wie –» Babbitt war weitherzig und männlich. Wenn der Zug bei einer größeren Station stehenblieb, spazierten die vier Männer auf der Zementplattform auf und ab; über ihnen war das riesige, rauchige Bahnhofsdach fast wie ein sturmbewegter Himmel, und sie gingen unter Fußgängerbrücken durch, an Holzverschlägen mit Enten und an frisch geschlachteten Rindervierteln vorbei, umgeben von alldem Geheimnisvollen einer unbekannten Stadt. Sie wandelten in einer Reihe, lauter gute Freunde und hochbefriedigt. Wenn das langausgezogene «Alles einsteigen» – wie ein Bergruf im Morgennebel – ertönte, eilten sie zurück in das Raucherabteil, und bis um zwei Uhr morgens setzten sie ihre Witze und komischen Geschichten fort, mit Augen, die feucht waren vom Zigarrendampf und vom Gelächter. Als sie sich endlich trennten, schüttelten sie sich die Hand und grölten: «Also, Herrschaften, es war eine unerhörte Sitzung. Fast schade, sie zu unterbrechen. War wirklich ein Vergnügen, Ihre Bekanntschaft zu machen.»

Babbitt lag wach in dem engen, heißen Sarg seines Pullman-Betts und schüttelte sich vor Lachen in Erinnerung an den Klapphornvers des dicken Mannes von einer Dame, die über die Schnur hauen wollte. Er zog den Lampenschirm auf; er lag mit einem wulstigen Arm zwischen seinem Kopf und dem flachen Kissen, blickte auf die vorübergleitenden Silhouetten der Bäume und auf die Dorflichter, die wie Ausrufungszeichen erschienen. Er war sehr glücklich.

Elftes Kapitel

I

Sie hatten vier Stunden in New York zwischen Ankunft und Abfahrt der Züge. Das einzige, was Babbitt zu sehen wünschte, war das Hotel *Pennsylvania*, das seit seinem letzten Aufenthalt gebaut worden war. Er starrte hinauf und murmelte: «2200 Zimmer und 2200 Badezimmer! Das schlägt jeden Weltrekord. Herrgott, ihr Umsatz muß ja – also, nehmen wir an, der Preis der Zimmer schwankt zwischen 4 und 8 Dollar täglich, und wahrscheinlich gibt es auch welche zu 10 Dollar und – viermal 2200 – sagen wir, sechsmal 2200 –, 's ist ja gleich, mit Restaurant und allem zusammen kann man in den Sommermonaten 8000 bis 15000 Dollar im Tag annehmen. Jeden Tag, den Gott geschaffen hat! Ich hab nie gemeint, daß ich so etwas wirklich sehen werde! Ist das 'ne Stadt! Natürlich hat der Durchschnitt der Leute in Zenith viel mehr Individualität und Initiative als diese Hochstapler hier, aber sonst, allen Respekt vor New York. Ja, Herrschaften, die Stadt klappt – im großen ganzen. Na, alter Paulibus, mir scheint, wir haben alles Sehenswerte erledigt. Was sollen wir mit dem angebrochenen Abend anfangen? Kino?»

Aber Paul wünschte einen Ozeandampfer zu sehen. «Hab schon immer nach Europa fahren wollen – und, bei allen Göttern, ich tu's auch noch einmal, bevor ich fertig bin», seufzte er.

Sie starrten von einer holprigen Werft am North River auf

das Heck der *Aquitania* und auf ihre Schlote und drahtlosen Antennen, die sich über das Dock, das sie umschloß, erhoben.

«Hol mich der Geier», brummte Babbitt, «wär gar nicht übel, dem alten Land einen Besuch abzustatten und sich mal alle Ruinen dort und das Haus, wo Shakespeare geboren ist, anzugucken. Und denk doch nur, man könnte sich was zu Trinken bestellen, sooft man nur will. Einfach in eine Bar marschieren und losbrüllen: ‹Her mit einem Cocktail, und der Teufel hol die Polizei!› Gar nicht ohne! Was möchtest denn du drüben sehen, Paul-Junge?»

Paul antwortete nicht. Babbitt wandte sich um. Paul stand dort mit geballten Fäusten und hängendem Kopf und starrte das Schiff wie in verzweifelter Angst an. Gegen die in der Sommersonne blendenden Planken der Werft erschien sein schmaler Körper kindlich hager.

Wiederum ertönte die Frage: «Was würde dich auf die andere Seite locken, Paul?»

Sein finsterer Blick klammerte sich ans Schiff, seine Brust ging auf und nieder, und Paul flüsterte: «Oh, du mein Gott!» Babbitt beobachtete ihn ängstlich, und Paul fuhr ihn an: «Komm doch, mach ein bißchen fix!» und lief eilig die Werft entlang, ohne sich umzublicken.

«Ist aber merkwürdig», überlegte Babbitt. «Der Junge hat also doch keine Freude an den Seeschiffen gehabt. Ich dachte, sie würden ihn interessieren.»

2

Obwohl er frohlockte und weise Betrachtungen über die Pferdestärke der Lokomotiven anstellte, während ihr Zug die Hügelkette von Maine hinaufkletterte und er dann von der Höhe den weißleuchtenden Weg zwischen den Kiefern erblicken konnte, obwohl er ausrief: «Nein, aber da hört sich doch schon alles auf!», als er entdeckte, daß die Endstation der Linie Katadumcook ein ausrangierter Güterwagen war, kam dennoch der Augenblick leidenschaftlicher Erlösung für Babbitt, als sie auf einer diminutiven Werft am Sunasquam-See saßen und auf den kleinen Hoteldampfer warteten. Ein Floß glitt über den See hinunter; zwischen den Holzstämmen und dem Ufer war das Wasser durchsichtig, klarflüssig und glitzerte vor winzigen Fischlein. Ein Führer mit schwarzem Filzhut, an dessen Band Forellenangeln steckten und der ein intensiv blaues Flanellhemd trug, saß auf einem Baumstumpf und schnitzelte an einem Holzblock und schwieg. Ein Hund, ein rechter Bauernhund, schwarz und wollig-grau, ein Hund, der viel Muße zum Sinnen und Grübeln hatte, kratzte sich und gähnte und schlief. Die pralle Sonne strömte auf das blitzende Wasser herab, auf die Einfassung von goldgrünen Balsamtannen, Silberbirken und tropischen Farnkräutern, und jenseits des Sees brannte sie auf die wuchtigen Bergrücken. Über allem lag heilige Ruhe.

In tiefer Stille faulenzten sie am Ufer und ließen ihre Beine über das Wasser hängen. Die unendliche Zartheit des Bildes senkte sich über Babbitt, und er murmelte: «Ich möchte hier sitzen bleiben – mein ganzes Leben lang Holz schnitzen –, und nur sitzen. Und nie mehr eine Schreibmaschine hören. Oder Stan Graff, der am Telefon lärmt. Oder Rony und Ted, die sich zanken. Nur hier sitzen. Lieber Gott!»

Er klopfte Paul auf die Schulter. «Na, wie findest du's, alter Gesell?»

«Ach, es ist verteufelt gut, Georgie. Es ist etwas von ewiger Seligkeit dran.»

Dieses eine Mal verstand ihn Babbitt ganz.

3

Ihr Schiff glitt um die Biegung; am oberen Ende des Sees, am Fuß eines Berghangs, sahen sie im Zentrum einen Schuppen, den Speiseraum ihres Hotels, und im Halbmond darum Holzhütten, die als Schlafräume dienten. Sie landeten und erduldeten die kritischen Blicke der Habitués, die schon seit einer Woche im Hotel wohnten. In ihrem Häuschen mit dem hohen Kachelofen angelangt, eilten sie, sich in «kurze Wichs» zu kleiden, wie Babbitt sich ausdrückte. Sie kamen heraus; Paul trug einen alten grauen Anzug und ein weiches weißes Hemd; Babbitt ein khakifarbenes Hemd, ebensolche Joppe und eine weite, flatternde Hose. Sein Anzug sah funkelnagelneu aus; seine ungefaßten Brillengläser verlangten nach Stadt und Büro, und sein Gesicht war nicht gebräunt, sondern hatte eine rosige Stadtfarbe. Er war ein schreiend falscher Ton an diesem Ort. Aber mit inniger Befriedigung klatschte er sich auf die Beine und krähte: «Das ist ja phänomenal, sag ich dir!»

Sie standen am Landungssteg vor dem Hotel. Er zwinkerte Paul zu und zog aus der rückwärtigen Hosentasche ein Stück Kautabak heraus, eine pöbelhafte Angewohnheit, die im Babbittschen Haus verpönt war. Er biß strahlend hinein und wackelte mit dem Kopf, während er mit den Zähnen daran zerrte. «Um! Um! Was bin ich doch ausgehungert gewesen nach einem Bissen Kautabak? Magst einen?»

Sie sahen sich an und grinsten verständnisinnig. Paul nahm den Tabak und nagte daran. Sie standen still, und ihre Kiefer arbeiteten. Sie spuckten feierlich einer nach dem anderen in das spiegelglatte Wasser. Sie dehnten sich wollüstig mit ausgestreckten Armen und gebogenem Rücken. Das scharrende Geräusch eines fernen Zugs ließ sich von jenseits der Bergwand vernehmen. Eine Forelle sprang hoch und plumpste zurück, inmitten silberner Kreise. Sie seufzten gleichzeitig.

4

Sie hatten eine Woche vor der Ankunft ihrer Familien. Jeden Abend besprachen sie, daß sie früh aufstehen und vor dem Frühstück fischen wollten. Jeden Morgen blieben sie im Bett liegen, bis die Frühstücksglocke ertönte, im angenehmen Bewußtsein, daß keine brave Gattin sie heraustreiben konnte. Die frühen Stunden waren kalt; ein molliges Feuer erwärmte sie beim Ankleiden.

Paul war haarsträubend sauber, aber Babbitt schwelgte in gutem, gesundem Schmutz und rasierte sich nur, wenn ihn die Lust dazu ankam. Er freute sich über jeden Fettfleck und jede Fischsuppe auf seiner neuen khakifarbenen Hose.

Den ganzen Vormittag lang fischten sie lässig und faul oder wanderten über schummerige, in wässerigem Grün leuchtende Fußpfade, zwischen üppig wuchernden Farnen und seltsamen, mit roten Glöckchen gesprenkelten Moosen. Sie schliefen die Nachmittage durch und spielten dann bis Mitternacht mit den Führern Poker um Cents. Bei den Führern war Pokern eine ernste Angelegenheit. Sie schwatzten nicht dabei; sie mischten die großen, fettigen Karten mit einer geübten Grausamkeit, die für die «Sportler» nichts Gutes ahnen ließ; und Joe Paradise, König unter den Führern, wurde sarkastisch, wenn ein Nachzügler sich den Kopf kratzte und dadurch das Spiel verzögerte.

Um Mitternacht, wenn Paul und er durch das feuchte, würzige Gras und über Kiefernwurzeln, die im Dunkeln Verwirrung stifteten, zu ihrem Häuschen zurücktappten, frohlockte Babbitt, daß er seiner Frau nicht erklären mußte, wo er so lange geblieben war.

Sie sprachen nicht viel. Die nervöse Redseligkeit und die Anmaßung des Zenither *Athletic Club* war von ihnen gewichen. Aber wenn sie ins Gespräch kamen, glitten sie unversehens in die naive Intimität ihrer Schuljahre zurück. Einmal zogen sie ihr Kanu auf das Ufer des Sunasquam-Flusses hinauf, der von dem undurchdringlichen Grün der Spiräenstauden wie von einer Mauer eingefaßt war. Die Sonne kochte über diesem grünen Sumpfdickicht, aber im Schatten war schläfrige Stille, und das Wasser schimmerte golden und kräuselte sich leise plätschernd. Babbitt zog seine Hand durch die kühle Flut und sagte träumerisch: «Wir haben nie daran geglaubt, daß wir zusammen nach Maine fahren würden.»

«Nein. Wir haben sonst nie etwas so ausgeführt, wie wir es uns vorgenommen hatten. Ich glaubte, daß ich in Deutschland, bei den Verwandten meines Großvaters, leben und Violine spielen würde.»

«Ja, richtig. Und weißt du noch, wie gern ich Rechtsanwalt werden und eine politische Laufbahn ergreifen wollte? Ich glaub ja noch immer, daß ich es zu was gebracht hätte. Ich hab die Begabung zum Reden – jedenfalls kann ich auch stehend denken und über jedes Thema ordentlich loslegen, und natürlich ist das das Wichtigste in der Politik. Ted wird in die Juristenschule gehen, zum Kuckuck, wenn ich's nicht habe tun können! Nu – und – es hat sich doch alles zum Guten gewendet. Myra ist eine prächtige Frau. Und im Grunde will Zilla nur dein Bestes, Paulchen.»

«Ja. Hier oben denk ich mir allerhand aus, was ihr Spaß machen könnte. Ich hab ein Gefühl, daß sich jetzt alles ändern wird, nachdem wir uns tüchtig ausgeruht haben, und wenn wir zurückkehren, machen wir einen ganz frischen Anfang.»

«Hoff ich auch, alter Junge!» Schüchtern: «Du, zum Teufel, es war doch furchtbar nett, mit dir hier herumzusitzen und zu bummeln und Karten zu spielen und immer nur mit dir allein zu sein, alter Halunke!»

«Nun, du weißt ja, was es für mich bedeutet, Georgie. Es hat mir das Leben gerettet.»

Scham über ihre Rührung überkam sie; sie fluchten ein bißchen, um zu zeigen, was für Kerls sie waren; und während sie in der süßen Stille zum Hotel zurückruderten, pfiff Babbitt und Paul summte.

5

Scheinbar war es Paul, der überarbeitet war, und Babbitt war der große, schützende Bruder gewesen; aber Paul wurde vergnügt und blickte klar und fröhlich in die Welt, während Babbitt übermäßig reizbar wurde. Langsam deckte er eine Lage nach der andern seiner verborgenen Müdigkeit auf. Anfangs hatte er für Paul den munteren Spaßmacher gespielt und Unterhaltung für ihn gesucht; aber gegen das Wochenende zu war Paul die Krankenpflegerin, und Babbitt duldete seine Gefälligkeiten mit der Herablassung, die man einer gewissenhaften Pflegerin stets zuteil werden läßt.

Am Tag vor der Ankunft ihrer Familien sprudelten die

weiblichen Gäste des Hotels: «Ach, ist das nicht reizend, daß sie kommen? Sie sind gewiß sehr aufgeregt!», und Paul und Babbitt mußten aus Anstandsgefühl Aufregung markieren. Aber sie gingen frühzeitig mürrisch zu Bett.

Als Myra erschien, erklärte sie sofort: «Also, wir möchten, daß ihr zwei Jungens auch weiterhin herumlaufen sollt, als ob wir gar nicht da wären.»

Am ersten Abend blieb Babbitt bei den Führern und beim Pokerspiel; sie sagte ruhig und heiter: «Na, du bist mir aber ein Schlimmer!» Am zweiten Abend stöhnte sie verschlafen: «Himmel, wirst du von nun ab jede Nacht ausbleiben?» Am dritten Abend spielte er nicht mehr Poker.

Alles, jede Zelle seines Körpers schien jetzt erschöpft zu sein. «Merkwürdig! Die Ferien sind mir diesmal gar nicht gut bekommen», klagte er. «Paul ist frisch und munter wie ein junges Füllen, aber ich glaube wahrhaftig, ich bin abgetakelter und nervöser, als ich zuerst war.»

Er blieb drei Wochen in Maine; am Ende der zweiten Woche wurde er ruhiger und gewann wieder Interesse am Leben. Er plante eine Tour zur Ersteigung des Sachem-Bergs und wollte die Nacht im Freien am Box Car-Teich verbringen. Er fühlte sich seltsam schwach, war aber gutgelaunt, so als ob er die vergiftete Energie aus seinen Adern vertrieben und sie jetzt mit frischem, gesundem Blut angefüllt hätte.

Teds plötzliche Verliebtheit in eine Kellnerin (die siebente tragische Affäre in diesem Jahr) ärgerte ihn nicht mehr; er amüsierte sich mit Ted und unterrichtete ihn stolz in der Kunst, Angeln auszuwerfen, im friedlichen Schatten der hohen Kiefern um den Skowtuit-Teich.

Am Schluß seufzte er: «Ach jemine, jetzt fang ich grade an, meine Ferien zu genießen. Na, aber ich fühl mich doch viel besser. Und ich glaube, ich habe ein feines Jahr vor mir. Vielleicht wird die Kammer der Realitätenagenten mich zum Präsidenten erwählen, statt eines solchen Dusselkopps und Schwindlers wie Chan Mott.»

Sooft er auf der Heimreise ins Raucherabteil ging, fühlte er sich schuldig, weil er seine Frau allein ließ, und war wütend, daß man von ihm erwartete, er müsse sich schuldig fühlen; dennoch rief er jedesmal triumphierend aus: «Na, das wird ein gutes Jahr, ein mächtig gutes Jahr wird das werden!»

Zwölftes Kapitel

I

Auf dem ganzen Heimweg war Babbitt überzeugt, daß er ein neuer Mensch war. Er hatte sich zu Klarheit und Gemütsruhe durchgerungen. Er wollte sich um geschäftliche Dinge keine Sorgen mehr machen. Er wollte sich mehr und neuere «Interessensphären» suchen, Theater, Angelegenheiten des Gemeinwohls, Lektüre. Und plötzlich, gerade als er eine besonders schwere Zigarre zu Ende rauchte, wollte er das Rauchen überhaupt aufgeben.

Er erfand eine neue, vollkommen sichere Entwöhnungsmethode. Er wollte keinen Tabak mehr kaufen; dann würde er darauf angewiesen sein, sich welchen zu leihen; und natürlich würde er sich schämen, oft darum zu bitten. In einem Anfall übermäßiger Tugend schleuderte er sein Zigarrenetui aus dem Fenster des Raucherabteils. Er ging zu seiner Frau zurück und war ohne besonderen Grund nett mit ihr; er bewunderte seine eigene Seelenreinheit und entschied innerlich: «Es ist wirklich sehr einfach. Nur Willensstärke braucht man dazu.» Er begann in einer Zeitschrift eine Geschichte über einen wissenschaftlich gebildeten Detektiv zu lesen. Nach 10 Meilen Fahrt wurde er sich plötzlich bewußt, daß er furchtbar gerne rauchen wollte. Er zog den Kopf ein, wie eine Schildkröte, die in ihre Schale kriecht; er wurde unruhig; er übersprang zwei Seiten in der Detektivgeschichte und merkte es nicht. Nach weiteren 5 Meilen sprang er auf und suchte den

Schaffner. «Hm, George, sagen Sie mal, haben Sie eine –» Der Schaffner machte ein geduldiges Gesicht. «Haben Sie ein Kursbuch?» vollendete Babbitt seine Frage. Bei der nächsten Haltestelle stieg er aus und kaufte eine Zigarre. Da es die letzte sein sollte, bevor er nach Zenith kam, rauchte er sie zu einem winzigen Stummel.

Vier Tage später erinnerte er sich wieder, daß er das Rauchen aufgegeben hatte, aber er war viel zu sehr durch die Aufarbeitung der Rückstände in Anspruch genommen, als daß er es hätte im Kopf behalten können.

2

Er entschied, dass Baseball eine ausgezeichnete Nebenbeschäftigung sein würde. «Hat gar keinen Sinn, wenn sich ein Mensch zu Tode rackert. Ich werde dreimal in der Woche auf den Sportplatz hinausgehen. Außerdem ist es nur richtig, wenn man zu seiner Clubmannschaft hält.»

Er ging tatsächlich hinaus und stand bei seiner Mannschaft und hielt Zeniths Ruhm hoch, indem er aus Leibeskräften brüllte: «Gut gespielt!» und «Abzug!». Er hielt sich streng an den vorgeschriebenen Ritus. Er hatte ein baumwollenes Taschentuch um seinen Kragen geschlungen; er klebte vor Schweiß; sein Mund stand breitgrinsend offen; und er trank Sodawasser-Limonade aus einer Flasche. Während einer ganzen Woche ging er dreimal in der Woche hinaus. Dann machte er einen Kompromiß und verfolgte die Resultate, die auf einer Tafel bei der *Advocate Times* zu lesen waren. Er stand eingepfercht in einer kompakten, dampfenden Menschenmenge, und wenn der Junge auf der hohen Plattform die

Heldentaten von Big Bill Bostwick, dem Schleuderer, verkündete, bemerkte Babbitt laut zu einigen wildfremden Menschen: «Flottes Spiel, tüchtige Leistung!» und eilte in sein Büro zurück.

Er glaubte ehrlich, daß er Baseball gern mochte. Es war ja nicht abzuleugnen, daß er in den letzten 25 Jahren selbst nicht mehr gespielt hatte, außer einem leichten Geplänkel ab und zu mit Ted – sehr behutsam und niemals länger als zehn Minuten. Aber dieser Sport gehörte mit zu den Pflichten seines Klans und war ein bequemes Ventil für die mörderischen und parteiischen Instinkte Babbitts, die er als «Patriotismus» und «Liebe zum Sport» bezeichnete.

Wenn er in die Nähe des Büros gelangte, ging er schneller und schneller und murmelte dabei: «Muß mich sputen.» Um ihn herum sputete sich die ganze Stadt, Eile um der Eile willen. Männer in Autos eilten, einander zu überholen in dem rasenden Verkehr. Männer eilten, um Züge zu erreichen, auf Zügen, die mit Verspätung anlangten, sprangen von den Zügen, galoppierten über die Straßen, stürzten in die Häuser und in die auf und ab schießenden Expreßaufzüge. Männer in Speisewirtschaften sputeten sich, ihr Essen hinabzuwürgen, das der Koch in rasender Eile gebraten hatte. Männer in Friseurläden keuchten: «Rasieren Sie mich ein bißchen fix. Bin eilig.» In fiebernder Hast suchten Männer ihre Besucher loszuwerden in Büroräumen, die mit der Aufschrift «Bin heute beschäftigt!» oder «Der Herr hat die Welt in sechs Tagen erschaffen, du kannst alles Nötige in sechs Minuten sagen!» verziert waren. Männer, die im vorletzten Jahr 5000 und im letzten Jahr 10000 Dollar verdient hatten, trieben ihre zerrütteten Nerven und ihr erschöpftes Gehirn in toller Hast an, um dieses Jahr 20000 herauszuschlagen; und die Männer, die schon 20000 Dollar verdient hatten und gleich hinterher zusammengebrochen waren, hasteten, um Züge zu erreichen und ihre Ferien, eilig von hastenden Ärzten verschrieben, in Hast und Eile zu verbringen.

Zwischen ihnen eilte Babbitt in sein Büro zurück, wo er

sich niederließ, ohne besonders viel zu tun zu haben, und nur darauf paßte, daß die Angestellten so taten, als ob sie ihre Arbeiten mit nötiger Rapidität erledigten.

3

JEDEN SAMSTAG NACHMITTAG EILTE ER IN SEINEN Landclub hinaus und spielte eiligst seine neun Golflöcher durch, um sich von der Hast und Eile der ganzen Woche zu erholen.

In Zenith war es für einen erfolgreichen Bürger ebenso verpflichtend, einem Landclub anzugehören, als Leinenkragen zu tragen. Babbitts Club war der *Outing Golf- und Landclub*, ein freundlicher grauer Schindelbau mit einer breiten Terrasse, auf einem mit Gänseblümchen überwachsenen Felsen, über dem Kennepoose-See. Es gab noch einen, den *Tonawanda Landclub*, dem Charley McKelvey, Horace Updike und andere reiche Leute angehörten, die nicht im *Athletic*, sondern im *Union Club* zu frühstücken pflegten. Babbitt äußerte sich oftmals: «Um keinen Preis der Welt würde ich dem *Tonawanda* beitreten, selbst wenn ich 180 Dollar zum Herausschmeißen für die Aufnahmegebühr hätte. Hier im *Outing* haben wir eine Reihe lieber guter Kerls und alle feschen, flotten kleinen Frauen der Stadt – die sich vor Jux und Ulk ebensowenig fürchten wie die Männer –, aber im *Tonawanda* sind lauter Möchte-Gerns und Kann-doch-nicht, die in New Yorker Aufmachung Tee trinken. Überhaupt zuviel Protzentum! Also – ich, ich möchte nicht zu ihnen gehören, selbst wenn sie – nicht um eine Wette möchte ich beitreten!»

Wenn er sich durch vier oder fünf Löcher durchgespielt

hatte, ließ er ein bißchen nach, sein vom übermäßigen Rauchen unruhig klopfendes Herz fing an normal zu schlagen, und seine Sprache gewann langsam wieder den gedehnten Tonfall, den seine Bauernahnen durch hundert Generationen gehabt hatten.

4

Mindestens einmal in der Woche gingen Mr. und Mrs. Babbitt und Tinka ins Kino. Ihr Lieblingskinematograph war das *Château*, wo 3000 Zuschauer Platz hatten und das ein Orchester mit 50 Repertoirestücken besaß. Opernauszüge und Suiten, die einen Tag auf der Farm oder ein Großfeuer mit allen Alarmsignalen wiedergaben. In der großen, steinernen Rotunde, die mit kronenbestickten samtenen Sesseln und beinahe mittelalterlichen Wandbehängen verziert war, saßen grüne Papageien auf goldenen Lotossäulen.

Mit begeisterten Rufen: «Das laß ich mir gefallen!» und «Möcht den Affenkasten sehen, der das hier schlägt!» gab Babbitt seiner Bewunderung Ausdruck. Während er über Tausende von Köpfen, eine graue Fläche in der schwachen Beleuchtung, hinwegstarrte, während er den Duft von guten Kleidern und diskretem Parfum und Kaugummi einsog, hatte er dasselbe überwältigende Gefühl wie damals, als er das erste Mal einen Berg gesehen und begriffen hatte, wieviel, wie ungeheuer viel Erde und Felsen zu seinem Aufbau nötig waren.

Er mochte drei verschiedene Arten von Filmen gern; hübsche junge Mädchen mit nackten Beinen im Seebad; Polizisten und Cowboys und eifriges Revolverschießen; und komische dicke Männer, die Spaghetti aßen. Er lachte glucksend und mit ungeheurer tränenfeuchter Sentimentalität über Intermezzi mit Hundebabies, Kätzchen und nudeldicken Säuglingen; und er weinte ohne falsche Scham, wenn ein Totenbett oder eine alte Mutter, die geduldig in einer gepfändeten Hütte haust, auf der Leinwand erschien. Mrs. Babbitt zog Aufnahmen vor, in denen schöne junge Damen in eleganten, komplizierten Toiletten sich durch Möbelarrangements bewegten, die angeblich Salons der New Yorker Millionäre vorstellten. Tinka aber bevorzugte, was ihre Eltern ihr anbefahlen, oder man glaubte es zum mindesten von ihr.

Alle diese Zerstreuungen – Baseball, Golf, Kinos, Bridge, Autofahrten, lange Zwiesprachen mit Paul im *Athletic Club* oder im *Good Ref Beef* und *Old English*-Restaurant – waren unbedingt notwendig für Babbitt, denn er stand am Anfang eines so tätigen, wirkungsreichen Jahres, wie er bisher noch keines erlebt hatte.

Dreizehntes Kapitel

I

Babbitt verdankte es einem Zufall, dass er Gelegenheit hatte, in dem S. A. R. A. K. eine Ansprache zu halten.

Der S. A. R. A. K., wie ihn seine Mitglieder mit der allgemeinen Leidenschaft für geheimnisvolle und wichtig klingende Anfangsbuchstaben nannten, war der Staatliche Ausschuß der Realitäten-Agenten-Kammer; also die Vereinigung aller Agenten und Händler. Die Jahresversammlung sollte in Monarch, Zeniths Hauptkonkurrentin unter den Städten, stattfinden. Babbitt war einer der offiziellen Delegierten; Cecil Rountree, den Babbitt seiner abenteuerlichen, spekulativen Bauten wegen bewunderte und seiner sozialen Stellung wegen – er nahm an den elegantesten Bällen von Royal Ridge teil – haßte, war ebenfalls delegiert. Rountree war Vorsitzender des Programmkomitees.

Babbitt hatte murrend zu ihm gesagt: «Ich fahr aus der Haut, wenn ich sehe, wie diese Doktoren und Professoren und Prediger sich Allüren geben und sich ‹geistige Arbeiter› nennen. Ein tüchtiger Realitäter muß mehr Wissen und Schlauheit besitzen als alle übrigen zusammen.»

«Stimmt auffallend! Hör mal, warum bringst du das nicht einfach zu Papier und reichst es beim S. A. R. A. K. ein?» schlug Rountree vor.

«Na, wenn ich damit euch und dem Programm helfe – ich

werde dir sagen: ich sehe die Dinge so an: Erstens sollten wir darauf bestehen, daß die Leute uns Realitäter und nicht Haus- und Ländereiagenten nennen. Es klingt mehr wie ein anerkannter Beruf. Zweitens: Was unterscheidet einen Beruf von einem gewöhnlichen Geschäft, von einem Handel, von einer Beschäftigung? Was ist der Unterschied? Nun, die Gemeinnützigkeit und die Geschicklichkeit, die Schulung und das Wissen und, hm, alles das; während einer, der eben ohne Vorbildung einen Handel anfängt, sich niemals um Gemeinnützigkeit und Schulung und so weiter kümmert. Ich als Berufsmensch –»

«Ausgezeichnet! Wirklich großartig! Sehr bemerkenswert! Also du bringst es vorerst mal zu Papier», sagte Rountree und entfernte sich rasch und entschlossen.

2

Wenn Babbitt auch an literarisches Schaffen durch Annoncen und Korrespondenz gewöhnt war, überkam ihn doch eine ziemliche Bestürzung an dem Abend, an dem er sich niedersetzte, um eine Abhandlung zu schreiben, deren Vorlesen zehn Minuten dauern sollte.

Er legte sich ein neues Fünfzehn-Cent-Schulheft auf dem zusammenklappbaren Nähtisch seiner Frau zurecht, den er zu diesem Zweck ins Wohnzimmer geschafft hatte. Die Familie hatte er so sehr eingeschüchtert, daß sie keinen Laut wagte; Veronika und Ted hatte er ersucht, zu verduften; und Tinka hatte er drohend zugerufen: «Du, wenn ich einen einzigen Ton höre – wenn du nur einmal um ein Glas Wasser Skandal machst –, na, ich rate dir gut, tu's nicht!» Mrs. Babbitt saß drüben am Klavier, nähte ein Nachthemd und blickte Babbitt respektvoll an, der auf dem rhythmisch wackelnden und quietschenden Nähtisch in sein Heft schrieb.

Als er sich schwitzend und gereizt, mit einer von Zigaretten ausgedörrten Kehle erhob, staunte sie: «Ich begreife gar nicht, wie du dich einfach hinsetzen und Dinge aus deinem Kopf heraus erfinden kannst!»

«Ach, das ist nur die Erziehung zur schaffenden Phantasie, die einem das moderne Geschäftsleben gibt!»

Er hatte sieben Seiten geschrieben, von denen die erste folgendermaßen aussah:

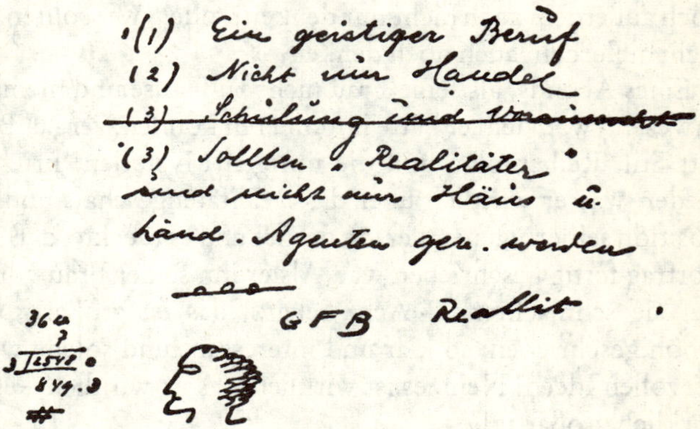

Die übrigen sechs Seiten waren der ersten zum Verwechseln ähnlich. Während einer Woche ging er herum und sah wichtig aus. Jeden Morgen, während des Ankleidens, gab er seinen Gedanken Ausdruck: «Hast dir schon jemals überlegt, Myra, daß, bevor eine Stadt Gebäude und Wohlstand oder sonst was haben kann, vor allem ein Realitäter kommen muß, der das Land verkauft? Die ganze Zivilisation fängt erst mit ihnen an! Hast du dir das schon jemals gut überlegt?» Im *Athletic Club* schleppte er widerstrebende Männer in einen Winkel, um sie auszuforschen: «Hör mal, wenn du vor einer großen Versammlung eine Abhandlung lesen müßtest, würdest du mit den komischen Anekdoten anfangen oder sie nur dazwischenstreuen?» Er ersuchte Howard Littlefield um «eine statistische Aufstellung von Realitätenverkäufen; etwas Schönes und Wirkungsvolles!», und Littlefield versah ihn mit etwas ungewöhnlich Schönem und Wirkungsvollem.

Aber am häufigsten wandte sich Babbitt an T. Cholmondeley Frink. Er fing Frink jeden Tag zur Mittagsstunde im Club ab, und während Frink wie ein gejagtes Tier, das durchgehen will, aussah, verlangte er zu wissen: «Sag mal, Chum, du verstehst doch diese Schreibereien aus dem ff – wie würdest du diesen Satz stellen, den hier in meinem Manuskript – na, wo ist es denn? –, aha, hier ist es. Würdest du sagen: ‹Wir sollten noch außerdem auch nicht nur denken?› oder ‹Wir sollten nur nicht außerdem auch noch denken› –»

Eines Abends, als seine Frau nicht zu Hause und niemand anwesend war, dem er hätte imponieren können, vergaß Babbitt Stil, Reihenfolge und die übrigen Mysterien, kritzelte nieder, was er wirklich über das Realitätengeschäft und die Position seiner eigenen Person dachte und entdeckte, daß sein Vortrag fertig geschrieben war. Als er ihn seiner Frau vorlas, rief sie schmachtend: «Ach, Schatz, das ist großartig; so schön geschrieben, so klar und interessant und solche wundervollen Ideen! Nein, es ist wirklich – es ist wirklich – es ist wirklich großartig!»

Am nächsten Tag erwischte er Chum Frink und krähte stolz: «Na, aber alter Junge, hab's gestern abend fertiggebracht! Einfach hingeschmiert hab ich's! Hab immer gemeint, ihr Schriftsteller müßt euch ordentlich plagen, um was zu schreiben, aber Herrgott, 's ist ja nur Schablone. Ganz bequem für euch, Leutchen; ihr macht leichtes Geld! Wenn ich dann so weit bin, daß ich mich vom Geschäft zurückziehe, werde ich mich selber mit Schreiberei abgeben und euch Jungens zeigen, wie man's machen muß. Ich hab mir schon immer gedacht, ich könnt was Besseres schreiben, mit mehr Schmiß und Originalität, wie das Zeug, was gedruckt wird, und jetzt weiß ich es todsicher!»

Er ließ die Abhandlung in vier Exemplaren drucken, mit schwarzen Buchstaben und prächtig rotem Titel, und in blaßblauen Manilahanf binden. Eines davon überreichte er dem alten Ira Runyon, dem Chefredakteur der *Advocate Times*, der sagte: Ja, ja, wirklich, er sei sehr froh, es zu bekommen und würde es bestimmt gründlich durchlesen – sobald er nur Zeit dazu hätte.

Mrs. Babbitt konnte nicht nach Monarch fahren. Sie mußte in eine Versammlung des Frauenclubs gehen. Babbitt sagte, es täte ihm sehr leid.

3

Ausser den fünf offiziellen Delegierten – Babbitt, Rountree, W. A. Rogers, Alwin Thayer und Elbert Wing – fuhren noch 50 inoffizielle Delegierte zur Versammlung, die meisten davon mit ihren Frauen.

Sie trafen sich an der Union Station, um den Mitternachtszug nach Monarch zu nehmen. Alle, mit Ausnahme von Cecil Rountree, der ein solcher Snob war, daß er niemals Abzeichen trug, hatten dollargroße Zelluloidknöpfe angesteckt, auf denen zu lesen war: «Wir ziehen mit Zenith!» Die offiziellen Delegierten erstrahlten in der Pracht von silbernen und rostfarbenen Bändern. Martin Lumsens kleiner Junge Willy trug ein mit Troddeln geschmücktes Banner mit der Inschrift: «Zenith, die flotte Stadt – Immer obenauf – 1 000 000 in 1935.» Als die Delegierten angefahren kamen, nicht in Autodroschken, sondern in Familienautos, die der älteste Sohn oder Vetter Fred chauffierte, bildeten sie aus dem Stegreif eine Prozession durch den Warteraum des Bahnhofs.

Es war ein ungeheuer großer neuer Warteraum mit Marmorsäulen und Fresken, die die Erforschung des Chaloosa-Flußtals durch Pater Emile Fauthoux im Jahre 1740 darstellten. Die Bänke waren wuchtige Mahagonisimse, der Zeitungsstand ein marmorner Kiosk mit Messinggittern. Die Delegierten wandelten durch die hallenden Gänge, hinter Willy Lumsens Banner her, die Männer mit ihren Zigarren fuchtelnd, die Frauen sehr selbstbewußt in ihren neuen Kleidern und bunten Perlenketten; alle sangen das Lied der City, das Chum Frink verfaßt hatte, auf die Melodie von *Auld Lang Syne*:

Zenith, du liebe Stadt,
Heim uns und Vaterland,
Wo immer wir sind,
Singen wir laut heraus
Immer dein Loblied:
Stadt ohnegleichen – Hut ab vor dir!

Warren Whitby, der Händler, der zu Banketten und Geburtstagen Verse zu schmieden pflegte, hatte zu Frinks Lied noch einen besonderen Vers zum speziellen Gebrauch der Realitäter verfaßt:

Hier kommen wir,
Die Jungens von
Zenith, der schönen Stadt,
Wir sind Realitäter,
Jeder Zoll ein Meter,
Geld und Gut und Mut ein jeder hat.

In Babbitt rührte sich ein hysterischer Patriotismus. Er schwang sich auf eine Bank und rief in das Menschengewühl hinab:

«Was ist mit Zenith los?»

«Tiptop an allen Enden!»

«Welches ist die beste Stadt der USA?»

«Zeeeeen-ith!»

Die geduldigen, armen Leute, die auf den Mitternachtszug warteten, starrten ihn mit neidloser Verwunderung an – italienische Weiber in großen Tüchern, alte, wegmüde Männer mit zerrissenen Stiefeln, vagabundierende Burschen, denen die Weisheit der Landstraße auf das Antlitz geschrieben war, in Kleidern, die einst auffallend und bunt gewesen und jetzt nur mehr verschossen, verdrückt und unscheinbar waren.

Babbitt erkannte, daß er sich als offizieller Delegierter würdiger benehmen mußte. Er wanderte mit Wing und Rogers neben den wartenden Pullman-Wagen auf der zementierten Plattform auf und ab. Gepäckwagen mit Motorbetrieb und rotbemützte Träger mit Handkoffern eilten die Plattform entlang, und ihre emsige Tätigkeit war angenehm zu beobachten. Bogenlampen flackerten und surrten über ihren Köpfen. Die leuchtend gelben Schlafwagen glänzten einladend. Babbitt suchte seine Stimme vornehm und gemessen klingen zu lassen; er streckte den Unterleib vor und polterte: «Wir müssen darauf dringen, daß die Vereinigung der Gesetzgebung klarmacht, wo der springende Punkt ist in dieser Angelegenheit der Besteuerung des Realitätenverkehrs.» Wing grunzte zustimmend, und Babbitt schwoll vor Stolz – er triumphierte –

Jemand zog den Vorhang eines Pullman-Abteils beiseite, und Babbitt warf einen Blick in eine fremde Welt. Die Insassin des Abteils war Lucile McKelvey, die hübsche junge Gattin des Millionärs. Vielleicht, durchzuckte es Babbitt, wollte sie nach Europa fahren! Auf dem Sitz neben ihr lag ein Bukett Orchideen und Veilchen und ein Buch in gelbem Papierumschlag, das exotisch aussah. Während er hineinstarrte, nahm sie das Buch auf und blickte dann zum Fenster, als ob sie sich langweilte. Sie mußte ihn direkt angesehen haben, und er war ihr vorgestellt worden, aber sie gab kein Zeichen, daß sie ihn erkannte. Sie zog langsam den Vorhang wieder hinunter, und er stand still, mit dem kalten Gefühl seiner eigenen Unbedeutendheit im Herzen.

Aber im Zug gewann er sein Selbstbewußtsein wieder, als er Delegierte von Sparta, Pioneer und anderen kleinen Städten traf, die ihn voller Respekt anhörten, als er, der Aristokrat von der Metropole Zenith, ihnen seine Ansichten über Politik und über eine gute, klare Geschäftsgebarung auseinandersetzte. Mit freudigem Eifer widmeten sie sich dem Geschäftsgespräch, dieser reinsten und begeisterndsten Form der Konversation:

«Wie hat dieser Mensch, dieser Rountree, es eigentlich mit dem großen Wohnhotel gemeint, das er bauen will? Wie will er das anfangen? Sollen Aktien emittiert werden, um es zu finanzieren?» fragte ein Händler aus Sparta.

«Nun, ich will Ihnen das erklären», sagte Babbitt. «Also, wenn ich das ganze Ding zu drehen hätte –»

«Ich mietete die Geschäftsauslage für eine Woche», summte Elbert Wings eintönige Stimme, «und ich hängte eine große Tafel aus: ‹Puppenparadies für kleine Puppenmütterchen›; ich stellte eine Reihe winziger Häuschen und eine Menge netter kleiner Bäumchen auf, und unten war nochmals eine Tafel: ‹Baby freut sich über die Puppenstadt, aber Papa und Mama ziehen unsere entzückenden Villen vor!›, und ihr könnt mir glauben, die Leute wurden wirklich aufmerksam, und in der ersten Woche verkauften wir –»

Die Waggons sangen «Licketi-lick, licketi-lick», während der Zug durch das Fabrikviertel raste. Flammen sprühten aus den Hochöfen und die Dampfhämmer dröhnten. Rote Lichter, grüne Lichter, blendend weiße Lichter sprühten vorbei, und Babbitt war wieder anmaßend und voller Eifer.

4

Er erlaubte sich einen üppigen Luxus; er gab im Zug seinen Anzug zum Aufbügeln. Am anderen Morgen, eine halbe Stunde bevor sie Monarch erreichten, kam der Schaffner an sein Bett und flüsterte: «Sir, es ist ein Salon frei. Ich habe Ihren Anzug dort bereitgelegt.» Mit einem braunen Herbstüberzieher über seinem Pyjama schlüpfte Babbitt zwischen den grünen Vorhängen des Seitengangs hindurch und trat in die Herrlichkeit des ersten Sonderabteils seines Lebens. Der Schaffner gab ihm zu verstehen, daß er wisse, Babbitt sei an einen Kammerdiener gewöhnt; er hielt die Hosenbeine von Babbitts Anzug, damit das prächtig hergerichtete Kleidungsstück nicht wieder beschmutzt würde, goß die Waschschüssel im privaten Toilettenraum voll und wartete mit dem entfalteten Handtuch.

Einen eigenen Waschraum zu haben war Luxus und höchste Wonne. Wenn auch ein Pullman-Raucherabteil abends ungeheuer anregend war, so wurde doch selbst Babbitt deprimiert, wenn des Morgens alles mit dicken Männern in wollener Unterwäsche gesteckt voll war, zerknüllte Baumwolloberhemden an jedem Haken hingen, die Ledersitze mit schmierigen Toilettentaschen gehäuft waren und die Luft schwer und widerlich nach Seifen und Zahnpasten roch. Für gewöhnlich hielt Babbitt nicht viel von Zurückgezogenheit, aber jetzt schwelgte er in ihr, schwelgte in den Diensten seines Kammerdieners und floß vor Freude über, als er dem Mann ein Trinkgeld von anderthalb Dollar überreichte.

Eigentlich hoffte er, ein bißchen Aufsehen zu erregen, als er in seinem frischgebügelten Anzug, mit dem ihm rettungslos ergebenen Schaffner als Gepäckträger, in Monarch ausstieg.

Er sollte gemeinsam mit W. A. Rogers, dem schlauen, ländlich aussehenden Farmhändler, ein Zimmer im Hotel

Sedgwick bewohnen. Sie nahmen zusammen ein imposantes Frühstück ein, Waffeln und Kaffee, aber nicht in dürftigen Tassen, sondern in großen Kannen, Babbitts Gefühle strömten über, und er teilte Rogers die Kunst des Schriftstellers mit; er gab einem Liftjungen einen viertel Dollar, weil er ihm die Morgenzeitung aus der Halle brachte, und er schrieb Tinka eine Postkarte: «Papa tut es furchtbar leid, daß Du nicht hier bist, um Dich mit ihm zu amüsieren.»

5

Die Zusammenkünfte wurden in dem Ballsaal vom *Allen House* abgehalten. In einem Vorraum war das Büro des Vorsitzenden des Exekutivkomitees. Er war der geschäftigste Mann dort; er war so geschäftig, daß er gar nichts erledigte. Er saß an einem eingelegten Tisch in einem Zimmer, in dem viel zerknülltes Papier am Boden herumlag; ununterbrochen kamen Annoncenagenten zu ihm, Leute, die die Kongreßmitglieder zu beeinflussen suchten; Redner, die Debatten führen wollten, flüsterten ihm etwas zu, worauf er unsicher aufblickte, eilig sagte: «Ja, ja, das ist eine ausgezeichnete Idee, das machen wir», und sofort wieder alles vergaß, eine Zigarre anzündete und auch diese vergaß, während das Telefon unerbittlich klingelte und eine Schar Männer um ihn herum in flehenden Tönen bat: «Hören Sie, Mister – hören Sie, Sir!», ohne zu seinem erschöpften Auffassungsvermögen vordringen zu können.

In dem Ausstellungssaal waren Pläne für die neuen Vorstädte von Sparta, Fotografien des neuen staatlichen Kapitols in Galop de Vache und große Kornähren mit der Aufschrift:

«Lauteres Gold der Natur aus Shelby County, dem Paradiesgarten in Gottes Lieblingsland.»

Die wirkliche Versammlung bestand aus Männern, die in Hotelzimmern sorgenschwer vor sich hin brummten oder in der Hotelhalle Gruppen bildeten mitten in der abzeichengeschmückten Menge; aber es wurden auch mit öffentlichen Versammlungen Versuche gemacht.

Die erste wurde durch eine Willkommensrede des Bürgermeisters von Monarch eröffnet. Der Pfarrer der Ersten Christlichen Kirche von Monarch, ein großer, schwerfälliger Mann mit einer langen, feuchten Stirnlocke, machte Gott die Mitteilung, daß die Leute von den Realitätenagenturen jetzt da seien.

Der ehrwürdige Realitäter von Minnemaganta, Major Carlton Tuke, las eine Rede vor, in der er gegen die kooperativen Warenhäuser wetterte. William E. Larkin aus Eureka las eine trostreiche Prognose «Über die Bautätigkeit und ihre Aussichten auf Zunahme» vor und erinnerte daran, daß die Spiegelglaspreise um zwei Punkte gefallen waren.

Die Versammlungen waren im besten Zuge.

Es wurde ununterbrochen und energisch für die Unterhaltung der Delegierten gesorgt. Die Handelskammer von Monarch gab ihnen zu Ehren ein Bankett und die vereinigten Fabrikanten einen feierlichen Nachmittagsempfang, bei welchem jede Dame eine Chrysantheme und jeder Herr einen ledernen Notizblock mit der Aufschrift: «Von Monarch, dem mächtigen Automarkt», erhielt.

Mrs. Crosby Knowlton, die Gattin des Fleetwing-Automobilfabrikanten, öffnete die Tore ihres berühmten italienischen Gartens und bewirtete sie mit Tee. Sechshundert Realitätenagenten samt Damen wandelten zierlich die herbstlichen Pfade entlang. Vielleicht dreihundert von ihnen waren ruhig und unauffällig; vielleicht nochmals dreihundert riefen lebhaft: «Das ist aber wundervoll, was?», pflückten heimlich ein paar späte Astern und stopften sie sich in die Tasche und waren eifrig bemüht, sich Mrs. Knowlton zu nähern, um ihre reizende Hand zu schütteln. Ohne daß man sie ersucht hätte, versammelten sich die Zenither (mit Ausnahme von Rountree) um eine tanzende Marmornymphe und sangen: «Hier kommen wir, die Jungens von Zenith, der schönen Stadt.»

Zufällig waren alle Delegierten aus Pioneer Mitglieder des Brüderlichen Schutzordens der Elche, und sie entfalteten ein riesiges Banner, auf dem «B. J. d. W. – M. R. f. P. – Bravste Jungens der Welt – Macht Reklame für Pioneer» stand. Auch Galop de Vache, die Hauptstadt des Staates, ließ sich nicht spotten. Der Führer der Delegation von Galop de Vache war ein großer roter, rundlicher, aber sehr rühriger Mann. Er zog seinen Rock aus, schleuderte seinen breiten schwarzen Filzhut auf die Erde, rollte seine Hemdärmel auf, kletterte auf die Sonnenuhr, spuckte und brüllte aus Leibeskräften:

«Wir verkünden der Welt und der liebenswürdigen Dame, die uns das Vergnügen des heutigen Nachmittags spendiert, daß die wonnigste Stadt im weiten Land Galop de Vache ist. Ihr anderen Jungens dürft ruhig von eurer Tüchtigkeit reden, aber laßt mich euch verraten, daß unser altes Galop den größten Prozentsatz von Bürgern mit eigenem Heim besitzt; und wenn Leute auf eigenem Grund und Boden sitzen, dann gibt es keine Arbeiterunruhen, und statt viel Unzufriedenheit zu produzieren, produzieren sie viele Kinder! Galop de Vache! Die Stadt der Leute, die Haus und Heim lieben! Die Stadt, die alles an sich reißt, juchhe! Wir – rufen's – laut – in alle Welt!»

Die Gäste fuhren weg; mit leisem Erzittern sank der Garten wieder in seine Stille zurück. Aber Mrs. Crosby Knowlton seufzte, während sie eine Marmorbank betrachtete, die noch warm zu sein schien von fünfhundert Sommern in Amalfi. Jemand hatte auf das Gesicht einer geflügelten Sphinx mit Bleistift einen Schnurrbart gezeichnet. Verknüllte Papierservietten waren achtlos zwischen die großen Margeriten geworfen. Auf dem Kiesweg lagen die zarten, fleischfarbenen Blütenblätter der letzten holden Rose zerpflückt. Zigarettenstummel schwammen im Goldfischbassin und zogen trübe

Spuren im Wasser, während sie quollen und sich auflösten. Und unter der Marmorbank stand eine zertrümmerte Teeschale, deren Scherben sorgsam zusammengestellt waren.

6

Babbitt fuhr ins Hotel zurück und überlegte dabei: «Myra hätte diese gesellige Tierquälerei Freude gemacht.» Er selbst fand weniger Genuß an diesem Gartenfest als an den Automobiltouren, die die Handelskammer von Monarch arrangiert hatte. Unermüdlich besichtigte er Wasserreservoirs, unterirdische Trambahnen und Gerbereien. Er verschlang die statistischen Angaben, die man ihm gab, und äußerte sich staunend zu seinem Zimmergenossen W. A. Rogers: «Natürlich läßt sich diese Stadt mit Zenith nicht in einem Atem nennen; sie hat weder unsere Lage noch unsere Naturschönheiten; aber haben Sie gewußt – ich hab's heute zum erstenmal gehört –, daß sie letztes Jahr 763 Millionen Fuß Bauholz produziert haben? Was sagen Sie jetzt dazu?»

Als die Zeit, seinen Vortrag zu halten, näher rückte, wurde er nervös reizbar, und als er auf der Plattform vor der Versammlung stand, zitterte er und sah nur purpurne Nebel vor sich. Aber es war ihm sehr ernst, und als er seine formelle Rede beendet hatte, sprach er weiter zu ihnen, Hände in den Taschen, sein bebrilltes Antlitz eine leuchtende Scheibe, wie ein Teller, der im Lampenlicht auf seine scharfe Kante aufgestellt ist. Sie schrien: «Das paßt uns in den Kram!», und in der darauffolgenden Diskussion erwähnten sie mit Nachdruck «unseren Freund und Bruder, George F. Babbitt». Im Verlauf von fünfzehn Minuten war er vom kleinen Delegierten zu einer bekannten Persönlichkeit avanciert, fast ebenso bekannt wie der Geschäftsdiplomat Cecil Rountree. Nach der Sitzung redeten ihn Delegierte von allen Ecken der Staaten an: «Wie geht's, Bruder Babbitt?» Sechzehn vollkommen fremde Männer nannten ihn «George», und drei andere Männer führten ihn abseits und teilten ihm vertraulich mit: «Hab mich riesig gefreut, daß Sie den Mut gehabt haben, das gute Wort für unseren Beruf zu reden. Also ich für mein Teil sage immer –»

Am nächsten Morgen verlangte Babbitt unendlich gleichgültig und wie zufällig vom Mädchen am Hotelzeitungsstand die Blätter von Zenith. Die *Press* erwähnte gar nichts, aber in der *Advocate Times*, auf der dritten Seite – er schnappte nach Luft. Sie hatten seine Fotografie und einen Bericht von einer halben Seite gebracht. Der Titel lautete: «Sensation bei der Jahresversammlung der Ländereiagenten. G. F. Babbitt, bekannter Zenither Realitäter, macht Furore mit aufsehenerregender Rede.» Er murmelte ehrfüchtig: «Na, ich denke, jetzt werden ein paar Leute auf Blumenhöhe die Augen aufreißen und aufmerksam werden und sich um den alten Georgie mehr bemühen!»

7

ES WAR DIE LETZTE ZUSAMMENKUNFT. DIE EINZELNEN Delegationen proklamierten tönend die Ansprüche ihrer Städte auf die nächste Jahresversammlung: Redner verkündeten, daß «Galop de Vache, die Hauptstadt, der Sitz der Kremerschen Universität und der Upholtzschen Stickereifabrik sei und der anerkannte Mittelpunkt für Kultur und vornehme Unternehmungen»; und «Hamburg, das große Städtchen mit der logischen Einteilung, wo jeder Mann freigebig und jede Frau eine gottbegnadete Gastgeberin ist, öffnet seine gastlichen Tore weit vor euch».

Mitten in diesen schüchternen Versuchen öffneten sich die goldenen Türen des Ballsaals unter Trompetengeschmetter, und eine Zirkusparade rollte sich vor allen Blicken auf. Sie wurde von den Zenither Händlern dargestellt, die als Cowboys, Zirkusreiter und japanische Gaukler verkleidet waren. Allen voran ging der große Warren Whitby in der hohen Bärenmütze und der scharlachgoldenen Montur eines Tambourmajors. Hinter ihm kam Babbitt, der in einem Clownkostüm beglückt und geräuschvoll die große Trommel schlug.

Warren Whitby sprang auf die Tribüne, winkte fröhlich mit seinem Marschallstab und legte los: «Jungens und Mädels, der Augenblick drängt: wir wollen das Kind beim Namen nennen. Ein koch- und waschechter Zenither liebt unbedingt seinen Nachbarn wie sich selbst, trotzdem sind wir fest entschlossen, die nächste Jahresversammlung aus den Klauen der Nachbarstädte zu reißen, akkurat wie wir das kondensierte Milchgeschäft und das Pappschachtelgeschäft an uns gerissen haben, und –»

J. Harry Barmhill, der Präsident der Versammlung, ließ sich jetzt vernehmen: «Wir sind Ihnen sehr verbunden, Mister, aber Sie müssen jetzt auch den anderen Burschen Gelegenheit geben, ihre Vorschläge zu machen.»

Eine Stimme, wie ein Nebelhorn, heulte: «In Eureka versprechen wir euch unentgeltliche Autotouren durch reizende Gegenden –»

Ein junger, hagerer, kahler Mann lief händeklatschend das Mittelschiff hinab und schrie: «Ich bin von Sparta! Unsere Handelskammer hat mir telegrafiert, daß sie 8000 Dollar in barem Geld beiseite gelegt haben, um die Versammlung zu empfangen!»

Ein Mann, der wie ein Pastor aussah, erhob sich und

lärmte: «Bares Geld spricht Bände! Ich schlage vor, wir nehmen den Ruf von Sparta an!»

Er wurde angenommen.

8

Das beschlussfassende Komitee legte seinen Bericht vor. Darin hieß es, daß, nachdem es Gott dem Allmächtigen gefallen hatte, so was wie 36 Realitäter im Verlauf des letzten Jahres zu sich in eine nützliche Sphäre zu berufen, wäre es demnach die Ansicht der hier Versammelten, daß sie innig bedauerten, daß Gott dies getan, und der Schriftführer sollte betraut werden, und war es hiermit, sofort ein Konzept über diesen Beschluß zu entwerfen und die schwergeprüften Familien zu trösten, indem er jeder eine Abschrift des Beschlusses einsandte.

Ein zweiter Beschluß bevollmächtigte den Präsidenten der S. A. R. A. K., 15000 Dollar zum Zweck der Beeinflussung anzulegen, um entsprechende Steuerverordnungen bei der Staatlichen Gesetzgebenden Versammlung zu erreichen. Dieser Beschluß enthielt ziemlich viel über Gefährdung der soliden Geschäftslage und Befreiung alles Fortschrittlichen von übelwollenden und kurzsichtigen Hindernissen.

Das Komitee der Komitees legte ebenfalls Bericht ab, und Babbitt erfuhr mit Staunen und Ehrfurcht, daß man ihn zum Mitglied des Komitees für Torrens Titles erwählt hatte.

Er triumphierte: «Ich hab ja gesagt, das wird ein ganz spezielles Jahr! Georgie, mein Sohn, dir stehen große Dinge bevor! Bist ein natürlich begabter Redner von Geburt an und weißt dich mit den Leuten überall gut zu stellen – und juchhu!»

9

Für den letzten Abend war keine formelle Zusammenkunft mehr vorgesehen. Babbitt hatte sich vorgenommen, heimzufahren, aber am Nachmittag schlugen die Jered Sassburgers aus Pioneer vor, daß Babbitt und W. A. Rogers mit ihnen im Hotel *Catalpa* Tee trinken sollten.

Nachmittagstees waren keine neue Funktion für Babbitt – seine Frau und er besuchten würdevoll solche Tees mindestens zweimal im Jahr –, aber sie waren ungewöhnlich genug, um ihm ein Gefühl der Wichtigkeit zu verleihen. Er saß an einem Glastischchen im künstlerisch verzierten Saal des Hotels, mit seinen gemalten Kaninchen und in Birkenrinde geschnitzten Sprüchen, von Kellnerinnen, die sich bemühten, in Holländerhäubchen künstlerisch auszusehen, gar nicht zu reden; er aß unbefriedigende Salatbrötchen und unterhielt sich lebhaft und verfänglich mit Mrs. Sassburger, die geschmeidig und großäugig war wie eine Probiermamsell. Sassburger und er hatten sich vor zwei Tagen kennengelernt und nannten sich infolgedessen schon «Georgie» und «Sassy».

Sassburger sagte andächtig: «Hört mal, Jungens, bevor ihr fortgeht, in Anbetracht, daß dies unsere letzte Zusammenkunft ist: ich hab *es* oben in meinem Zimmer, und Miriam hier ist die beste kleine Mixologin in den Stati Unidos, wie wir Italiener zu sagen pflegen.»

Mit flotten, übermütigen Gebärden folgten Babbitt und Rogers den Sassburgers auf ihr Zimmer. Mrs. Sassburger schrie entsetzt: «Mein Gott, wie furchtbar!», als sie bemerkte, daß sie ein Hemd aus durchsichtigem lavendelfarbenem Seidencrêpe auf dem Bett hatte liegenlassen. Sie stopfte es in einen Koffer, und Babbitt kicherte: «Machen Sie sich nichts draus; wir sind zwei lockere Kumpane!»

Sassburger bestellte telefonisch Eis, und der Liftjunge, der es brachte, fragte von selbst und ganz prosaisch: «Whiskey-

oder Cocktail-Gläser?» Miriam Sassburger mischte die Cocktails in einem jener trostlos glatt-weißen Porzellankrüge, die man nur im Hotel findet. Als sie die erste Runde getrunken hatten, bewies sie, daß sie den geheiligten und unabänderlichen Ritus des Cocktailtrinkens aufs genaueste kannte, obwohl sie nur eine Frau war, denn sie stimmte nach Vorschrift an: «Na, Jungens, vertragt ihr noch einen – es steht euch noch ein kleiner Zins zu!»

Draußen schlug Babbitt Rogers vor: «Du, W. A., alter Gockelhahn, mir kommt die Erleuchtung, daß ich es überleben könnte, wenn wir nicht heute an diesem entzückenden Abend zu den liebenden Gattinnen heimkehrten, sondern hier in Monarch blieben und uns so eine Art fidelen Abend machten, was?»

«George, deine Zunge trieft vor Weisheit und Scharfsinn. El Wings Frau ist nach Pittsburgh weitergefahren. Versuchen wir doch, ihn anzuwerben.»

Um halb acht Uhr saßen sie in ihrem Zimmer mit Elbert Wing und zwei Delegierten der oberen Staaten. Sie hatten die Röcke abgelegt und die Westen aufgeknöpft, ihre Gesichter waren rot und ihre Stimmen nachdrücklich. Sie beendeten gerade eine Flasche ätzenden, geschmuggelten Whiskey und beschworen den Pagen in flehenden Tönen: «Ach, mein Sohn, könntest du uns nicht noch mehr von diesem balsamischen Naß herzaubern?» Sie rauchten große, schwere Zigarren und ließen Asche und Stummel achtlos auf den Teppich fallen. Mit stürmischem Gewieher erzählten sie sich Anekdoten. Sie waren tatsächlich männliche Wesen, die sich in seligem Naturzustand befanden.

Babbitt seufzte: «Ich weiß nicht, wie ihr empfindet, ihr vertrackten Kerls, aber ich meinerseits liebe es, zur Abwechslung mal über die Stränge zu hauen und mit dem Fuß ein paar Berge umzuschmeißen und auf den Nordpol raufzukraxeln und dort die Aurora Borealis rumzuschwenken.»

Der Mann von Sparta, ein ernster, gespannter Jüngling, plapperte vor sich hin: «Ich sag euch, ich glaube, ich bin ein ganz guter Ehemann, so gut wie der Durchschnitt zumindest, aber du lieber Gott, das Nachhausegehen jeden Abend wächst mir ja schon zum Hals heraus, und als einzige Unterhaltung die Kinos. Darum habe ich mich zur Nationalgarde anwerben lassen und geh mit ihnen zum Manöver raus. Ich weiß, ich hab die niedlichste Frau in unserer ganzen Stadt, aber – ja, wißt ihr denn, was ich als Kind vorhatte? Wißt ihr, was ich vorhatte? Ich wollte ein großer Chemiker werden. Das wollte ich. Aber mein Alter hat mich auf die Straße gejagt, um Küchengeschirr zu verkaufen, und hier sitz ich jetzt angeschmiedet – fürs *Leben* festgekettet –, keine Spur von Aussicht auf irgendwas! Ach, wer zum Teufel hat dieses trübe Gewäsch angefangen? Wie steht's mit noch einem Gläschen? und: ‹Wohlauf denn, getrunken den funkelnden Wein!›»

«Ja. Genug von Heulen und Zähneklappern», sagte W. A. Rogers heiter. «Kinder, wißt ihr, daß ich das Singvögelchen unseres Dorfs bin? Also los – singt mit:

Sagt der alte Obadiah zu dem jungen Obadiah:
‹Durstig bin ich, Obadiah, aber schon sehr!›
Sagt der junge Obadiah zu dem alten Obadiah:
‹Ganz mein Fall. Obadiah, nur noch viel mehr.›»

10

Sie speisten im maurischen Grillroom des Hotels *Sedgwick*. Irgendwann, irgendwo hatten sie noch zwei Kumpane aufgegabelt: einen Fliegenleimfabrikanten und einen Zahnarzt. Sie tranken alle Whiskey aus Teetassen, und sie waren sprühend und witzig, und keiner hörte darauf, was der andere sagte, ausgenommen als W. A. Rogers den italienischen Kellner «aufzog».

«Hören Sie, Dschiuseppe», sagte er mit dem unschuldigsten Gesicht von der Welt, «ich möchte ein paar gebackene Elefantenohren.»

«Bedaure, Sir, das haben wir nicht.»

«Was, keine Elefantenohren? Ja, da bin ich aber wirklich platt!» Rogers wandte sich an Babbitt. «Pedro sagt, die Elefantenohren sind heute schon alle!»

«Na, das find ich aber ein bißchen stark!» sagte der Mann von Sparta, der sich mit Mühe das Lachen verbiß.

«Also, wenn dem so ist, Carlo, bringen Sie mir eine tüchtige Schnitte Lendenbraten und eine Ladung Pommes frites und ein bißchen Erbsen», setzte Rogers fort. «Ich nehme an, drüben im guten alten, sonnigen Italien holen die Katzelmacher die jungen Gartenerbsen aus den Konservenbüchsen raus.»

«Nein, Sir, wir haben gute Erbsen in Italien.»

«So, ist das wirklich wahr? Georgie, hörst du's? In Italien wachsen die jungen Gartenerbsen im Garten! Tod und Teufel, man wird alt wie 'ne Kuh und lernt immer was zu, nicht wahr, Antonio? Du lernst doch auch noch immer was auf deine alten Tage, wenn du nur lang lebst und gesund bleibst. Na, schön, Garibaldi, laß mal das Lendenstück auffahren mit vielleicht zwei Scheffel französischen Gerösteten auf dem Promenadendeck, *comprehenez-vous*, Michelovitsch Angeloni?»

Später sagte Elbert Wing bewundernd: «Du, W. A., den armen Kauderwelschen hast du aber gründlich tanzen lassen. Er hatte keinen blassen Dunst, was du eigentlich willst!»

Im *Monarch Herald* fand Babbitt eine Anzeige, die er unter stürmischem Applaus und Gelächter laut vorlas:

ALTES KOLONIE THEATER

Was ein rechter Heuschreck ist
Tanzt im Sommer auf der Wies und sieht sich

DIE FIDELEN SPATZEN

an.

Die wonnigste Vorführung weiblicher Schönheiten im Badekostüm und in einer Burleske. Pete Menutti und seine süßen Baby-Kinderchen. Ich sag es euch einmal, merkt es euch gut! Diese entzückenden Puthühnchen, genannt die Fidelen Spatzen, sind die wonnigsten, molligsten, pusselhaftesten Mädchen, die jemals die Schwelle dieser Stadt überquert haben. Halt die Richtung ein, hol dir ein Billettchen und schlage deine Augen auf zu der wun-der-vol-len, traumhaften Vorstellung. Dein Kohl wird blühen, wenn du unsere Juxe merkst. Die Schwestern Calroza sind Ansehens wert, und dein Geld wird dir nicht leid tun. Jack Selbersteen ist ein flinker, frecher Junge, der dich zum Weinen vor Lachen bringt, eh du dich umsiehst. Verlaß dich drauf, Jackson und West sind geschicktere Akrobaten als du, sie tanzen auf einem und auf zwei Drähten. Provin und Adams vertreiben dir die schlechte Laune in ihrem Lach-Sketch ‹Hootch-Mon!›. 's ist was Feines los! Hört auf die Stimme des Vögelchens, das euch zwitschernd lockt, Jungens!

«Scheint mir annehmbar und fidel zu klingen! Gehen wir doch alle hin», sagte Babbitt.

Aber sie schoben den Aufbruch so lange hinaus, als es nur irgend anging. Sie fühlten sich geborgen, solange sie mit fest unter dem Tisch gekreuzten Beinen saßen, aber sie wußten, daß sie nicht mehr ganz stabil waren; sie fürchteten sich, über die lange, schlüpfrige Strecke Parkett im Grillroom vor den kritischen Augen der Gäste und Kellner aufrecht zu steuern.

Als sie sich endlich doch mit einem Ruck entschlossen, schoben sich Tische in ihren Weg, und sie suchten in der Garderobe ihre Verlegenheit durch plumpe Scherze zu verbergen. Das Mädchen reichte ihnen ihre Hüte, und sie lächelten ihr zu und hofften im stillen, diese kühle und geübte Richterin würde herausfühlen, daß sie es mit wahren Gentlemen zu tun hatte. Sie krächzten einander zu: «Wem gehört der alte Deckel?» und: «Nimm dir nur den besten, George, ich nehm mir dann schon, was übrigbleibt.» Und zu dem Mädchen, das sie bediente, sagten sie stammelnd: «Kommen Sie doch mit uns, Schwesterchen! Wir machen uns einen fidelen Abend!» Alle waren bemüht, ihr ein Trinkgeld zu geben, und sie redeten einander gut zu: «Nein! Hier! Wart mal! Ich hab's ja schon in der Hand!» Im Durcheinander bekam sie schließlich 3 Dollar.

II

Sie sassen in einer Loge des Varietétheaters, rauchten auffällige Zigarren und hatten die Füße auf die Brüstung gelegt, während ein Chor von zwanzig angestrichenen, vergrämten und unausrottbar anständigen Großmüttern ihre Beine in anfängerhaften Tanzbewegungen schwang und ein semitisch aussehender Schauspieler sich boshaft über die Juden lustig machte. In den Pausen trafen sie noch andere vereinsamte Delegierte. Ein Dutzend von ihnen fuhr in Autodroschken zur *Bunten Blumenwirtschaft* hinaus, wo die bunten Blumen aus staubigem Papier die Decke eines niedrigen, verstunkenen Raums zierten, der wie ein nicht mehr zweckmäßig verwendeter Kuhstall aussah.

Hier setzte man ihnen ganz offen Whiskey in Gläsern vor. Zwei oder drei Verkäufer, die an ihrem Zahltag gern für Millionäre gelten wollten, tanzten verlegen und einfältig mit Telefonistinnen und Maniküredamen in dem schmalen Raum zwischen den Tischen. Die Professionellen, ein junger Mann in glattem, gut sitzendem Frack, und ein schlankes, tolles Mädchen in smaragdgrüner Seide, mit bernsteinfarbenem Haar, das wie zackige Flammen ihren Kopf umlohte, wirbelten phantastisch herum. Babbitt versuchte mit ihr zu tanzen. Er schob sich schwerfällig weiter, war zu umfangreich, um sich führen zu lassen, seine Schritte hatten mit dem undurchdringlich wirren Rhythmus der Musik nichts gemein, und er wäre während seines Herumstolperns gefallen, wenn sie ihn nicht mit biegsamer, gutmütiger Kraft aufrecht gehalten hätte. Der Alkohol der Prohibitionszeit hatte ihn blind und taub gemacht; er konnte weder Tische noch Gesichter unterscheiden. Aber das Mädchen mit ihrer jungen, schmiegsamen Wärme überwältigte ihn.

Als sie ihn ruhig und entschlossen zu seiner Gruppe zurückgeführt hatte, besann er sich mit einem unkontrollierbaren Gedankensprung darauf, daß die Mutter seiner Mutter eine Schottin gewesen war, und mit zurückgeworfenem Kopf, mit geschlossenen Augen und vor Verzückung weit aufgerissenem Mund sang er langsam und mit Genuß *Loch Lomond.*

Aber das war der Beschluß seiner weichen Stimmung und kameradschaftlichen Fröhlichkeit. Der Mann aus Sparta sagte, sein Gesang sei ein Katzenkonzert, und Babbitt zankte sich mit ihm während zehn Minuten lärmender, unsicherer, heroischer Entrüstung. Sie riefen nach frischen Getränken, bis der Direktor energisch erklärte, das Lokal sei geschlossen. Und während der ganzen Zeit fühlte Babbitt eine heiße, ungezügelte Lust nach brutaleren Belustigungen in sich flammen. Als W. A. Rogers in langgezogenen Tönen sagte: «Was meint ihr dazu, gehen wir ein Haus weiter und begutachten wir die Mädchen anderswo?», stimmte er leidenschaftlich zu. Bevor sie das Wirtshaus verließen, besprachen drei von ihnen ein Stelldichein mit der professionellen Tänzerin, die zu allem, was sie sagten: «Ja, ja, sicher, mein Schatz!» erwiderte, um sie dann alle wieder gutmütig zu vergessen.

Als sie durch die Peripherie von Monarch fuhren, durch lange Straßen mit kleinen braunen Arbeiterholzhäuschen, die so charakterlos wirkten wie Mönchszellen, als sie durch den Warenhausdistrikt rasselten, der bei Nacht in ihrer trunkenen Phantasie unheimlich und ungeheuer erschien, als sie sich immer mehr den roten Lichtern, den ohrenbetäubenden, mechanischen Klavieren und den breiten Frauen mit dem gezierten Lächeln näherten, bekam Babbitt Angst. Er wollte aus der Autodroschke springen, aber sein ganzer Körper brannte in dumpfem Feuer, und er stöhnte: «Zu spät, um auszukneifen!», und war sich dabei klar bewußt, daß er gar nicht auskneifen wollte.

Unterwegs geschah etwas, was sie alle als sehr komisch empfanden. Ein Geschäftsmann aus Minnemaganta bemerkte: «Monarch ist viel flotter als Zenith. Ihr Zenither Puritaner habt gar keine richtigen Spelunken wie diese hier.» Babbitt wütete: «Das ist eine infame Lüge! Es gibt das gar nicht, was man nicht in Zenith finden könnte. Können's mir glauben, bei uns in Zenith gibt's mehr verdächtige Häuser und Branntweinschenken und alle Arten von Kneipen als in irgendeiner Stadt des Landes.»

Er merkte, daß sie alle über ihn lachten; er hätte es gern mit ihnen ausgekämpft, aber er vergaß diese Regung bald wieder in so dumpfen, unbefriedigenden Sinnesgenüssen, wie er sie seit seinen Universitätsjahren nicht mehr durchgemacht hatte.

Am anderen Morgen, als er nach Zenith zurückkehrte, war seine Sehnsucht nach Rebellion teilweise befriedigt. Er hatte sich hinter einer schüchtern-schamhaften Befriedigung verschanzt. Aber er war reizbar. Er lächelte nicht einmal, als W. A. Rogers wehklagte: «Au, mein armer Schädel! Gottes strafender Finger ruht heute schwer auf mir. Hör mal, ich weiß, wo der Fehler steckt! Gestern abend hat mir jemand gemeinerweise Alkohol in die Getränke gegossen!»

Babbitts Seitensprung kam seiner Familie nie zu Ohren; außer Rogers und Wing erfuhr in Zenith kein Mensch jemals davon. Nicht einmal er selbst gestand ihn sich offiziell zu. Wenn er Folgen hatte, so sind sie nie entdeckt worden.

Vierzehntes Kapitel

I

In diesem Herbst wurde Mr. W. G. Harding aus Marion, Ohio, zum Präsidenten der Vereinigten Staaten erwählt, aber Zenith interessierte sich weniger für diese nationale Frage als für die lokalen Wahlen. Obwohl Seneca Doane Rechtsanwalt war und an der State University promoviert hatte, war er doch Kandidat für das Bürgermeisteramt von Zenith mit einem besorgniserregenden Programm der Arbeiterpartei. Um sich gegen ihn zu wappnen, einigten sich die Demokraten und Republikaner und stellten gemeinsam Lucas Prout auf, einen Matratzenfabrikanten mit wohlbegründetem Ruf für ruhigen Verstand. Mr. Prout wurde von den Banken, von der Handelskammer, von allen anständigen Zeitungen und von George F. Babbitt gestützt.

Babbitt war Bezirksführer von Blumenhöhe, aber sein Wählerkreis war sicher, und er dürstete nach blutigeren Schlachtfeldern. Sein Vortrag bei der Jahresversammlung hatte ihm schon einen ziemlichen Ruf als Redner gemacht, und so entsandte ihn das demokratisch-republikanische Zentralbüro in den siebenten Wahlkreis und nach Süd-Zenith, um dort vor einem Publikum von Arbeitern und Angestellten und ihren Frauen, die sich alle über ihre neue Wahl noch nicht einig waren, zu reden. Hier erwarb er sich Ruhm, der durch Wochen anhielt. Ab und zu war ein Zeitungsreporter bei seinen Versammlungen zugegen, und die Überschriften am nächsten Tag verkündeten (obwohl in nicht allzu großem Druck), daß George F. Babbitt vor «begeisterter Menge gesprochen» und daß ein «vornehmer Geschäftsmann die Schwindeleien von Doane aufgedeckt» hatte. Einmal erschien sogar in der illustrierten Beilage der *Advocate Times* die Fotografie von Babbitt und noch einem Dutzend anderer Geschäftsleute mit dem Titel: «Führer des Handels und der Finanzen in Zenith, die hinter Prout stehen.»

Er verdiente wirklich Glanz und Ehre. Er war ein ausgezeichneter Vorkämpfer. Er besaß unbedingten Glauben; er war überzeugt, wenn Lincoln am Leben wäre, würde er für W. G. Harding agitieren – oder aber nach Zenith kommen und seine Stimme für Lucas Prout abgeben. Er verwirrte seine Zuhörerschaft nicht durch dumme Spitzfindigkeiten; der Name Prout bedeutete ehrlichen Fleiß, Seneca Doane winselnden Müßiggang, und zwischen den beiden mußte man eben seine Wahl treffen. Es war klar, daß er mit seinen breiten Schultern und seiner tönenden Stimme einer von den guten Kerls war; und was das wirklich Seltene an ihm war, er liebte das Volk aufrichtig. Selbst die gemeinen Arbeiter liebte er beinahe. Er wollte, daß sie gute Löhne haben und imstande sein sollten, hohe Mieten zu zahlen – obwohl es für ihn selbstverständlich war, daß dadurch der anständige Verdienst der Aktienbesitzer nicht geschmälert werden durfte. Mit diesem erhabenen Programm und hochgestimmt durch die Entdeckung seines angeborenen Rednertalents war er bei den Leuten allgemein beliebt und wütete durch den Wahlkampf mit einem Ruf, der nicht nur den siebenten und achten, sondern sogar Teile des sechzehnten Bezirks ergriff.

2

Zusammengepfercht im Auto fuhren sie vor der Turnvereinshalle Süd-Zenith vor – Babbitt, seine Frau, Veronika, Ted und Paul und Zilla Riesling. Der Saal befand sich über einem Delikatessenladen in einer Straße, die vor Trambahnwagen widerhallte und nach Zwiebeln, Petroleum und Bratfischen duftete. Sie alle, Babbitt mit inbegriffen, sahen Babbitt jetzt mit ganz anderen Augen an.

«Ich begreife wirklich nicht, wie du es zustande bringst, an einem Abend in drei verschiedenen Versammlungen zu sprechen; ich wünsche manchmal, ich hätte deine Widerstandskraft», sagte Paul, und Ted rief Veronika zu: «Der alte Herr versteht's, diese Rauhbeine fein zu packen und auf den rechten Weg zu schieben!»

Männer in schwarzen Baumwoll-Satinhemden, mit frisch gewaschenen Gesichtern und Schmutzspuren unter den Augen, schlenderten die breiten Treppen zum Saal hinauf. Babbitts Gesellschaft bahnte sich höflich einen Weg zwischen ihnen und trat in den weiß getünchten Saal, in dem vorn eine Estrade mit einem Thronsessel aus rotem Plüsch und ein wasserblau angestrichener Tannenholzaltar stand, die allabendlich von den Großmeistern und höchsten Würdenträgern zahlloser Logen verwendet wurden. Der Saal war gesteckt voll. Als Babbitt sich durch die rückwärtigen Reihen drängte, vernahm er den köstlichen Tribut: «Das ist er!» Der Vorsitzende eilte den Mittelgang hinab und ihm entgegen, mit dem gewichtigen Ausruf: «Der Redner? Alles bereit, Sir! Hm, entschuldigen Sie, wie war doch nur Ihr Name?»

Dann schwamm Babbitt in einem Meer von Beredsamkeit:

«Meine Damen und Herren vom sechzehnten Wahlbezirk, es gibt einen, der heute nicht in unserer Mitte erscheinen konnte, einen Mann, der stark, grad und tüchtig wie ein Trojaner in der politischen Arena dasteht – ich meine unseren

Anführer, den ehrenwerten Lucas Prout, den Bannerträger der Stadt Zenith und ihrer Umgebung. Da er heute nicht mit uns ist, gebe ich der Hoffnung Ausdruck, daß ihr mit mir vorlieb nehmen werdet, der ich als Freund und Nachbar, als einer, der stolz ist, mit euch das Glück zu teilen, Bürger der großen Stadt Zenith zu sein, euch ehrlich und aufrichtig und mit ganzer Offenheit mitteilen möchte, wie der Ausgang dieses kritischen Kampfs einem einfachen Geschäftsmann erscheint – einem Menschen, der im Segen der Armut und durch die Arbeit seiner Hände groß gewachsen ist, und wenn ihn auch heute das Schicksal dazu verdammt hat, seine Tage an einem Schreibtisch zu verbringen, doch niemals vergessen hat, sapperlot, wie es schmeckte, um 5 Uhr 30 aus den Federn zu schlüpfen und um 7 Uhr mit dem Mittagssuppentopf in seiner schwieligen Faust am Fabriktor zu stehen, wenn das Pfeifensignal erklang – ausgenommen, wenn der Eigentümer sich zehn Minuten vor uns hereingeschlichen hatte und das Signal früher ertönen ließ!» (Lachen.) «Um also zu dem fundamentalen und ausschlaggebenden Resultat dieses Wahlkampfs zu kommen, der große Irrtum, den Seneca Doane fälschlich verbreitet –»

Es gab Arbeiter, die laut höhnten – junge, zynische Arbeiter, zum größten Teil Ausländer, Juden, Schweden, Iren, Italiener –, aber die älteren Leute, die geduldigen, grauhaarigen, von der Arbeit gebeugten Tischler und Mechaniker, spendeten ihm Beifall; und wenn er seine Klimax mit der Anekdote von Lincoln erreichte, waren ihre Augen naß.

Bescheiden und geschäftig eilte er, unter köstlich klingendem Applaus, aus dem Saal, um sich seiner dritten Zuhörerschaft des Abends zu widmen. «Ted, lenk du lieber das Auto», sagte er. «Fühl mich ganz erschöpft nach der vielen Rederei. Nun, Paul, wie war's denn heute? Hab ich den Ton richtig getroffen?»

«Fein, Junge, famos! Du warst ja großartig in Schwung.»

Mrs. Babbitt floß vor Anbetung über: «Ach, es war herrlich! Es war alles so klar und spannend und so voll glänzender

Ideen. Wenn ich dich in der Öffentlichkeit reden höre, wird mir erst klar, daß ich sonst keinen richtigen Maßstab dafür gehabt habe, was du für ein tiefer Denker bist und welch wundervollen Verstand und reichen Wortschatz du besitzt. Einfach – wundervoll!»

Aber Veronika brachte ihn wieder aus der Fassung. «Vati», quälte sie ihn, «woher weißt du denn, daß der öffentliche Besitz von Vorzugsaktien, und so weiter und so weiter, niemals gut ausschlagen kann?»

Mrs. Babbitt sagte mißbilligend: «Ich glaube, Rony, du könntest selbst sehen und begreifen, daß jetzt nicht der Moment ist, deinen Vater über all diese komplizierten Sachen auszufragen, wenn er von seinen Reden ganz erschöpft ist. Ich bin überzeugt, er wird dir alles gern erklären, wenn er mal Zeit und Ruhe dazu hat. Jetzt aber seien wir alle mäuschenstill, damit Papa sich für seinen – stellt euch doch nur vor! – nächsten Vortrag sammeln kann. In diesem Augenblick strömt das Volk in Maccabee Temple und *harrt* auf uns!»

3

Mr. Lucas Prout und ein solides Geschäftsgebaren errangen den Sieg über Mr. Seneca Doane und Klassenherrschaft, und Zenith war wieder einmal gerettet. Man bot Babbitt einige kleine städtische Ämter für seine armen Verwandten an, aber er zog es vor, rechtzeitige Aufschlüsse darüber zu bekommen, in welcher Richtung gepflasterte Straßen angelegt werden sollten, und eine dankbare Verwaltung erfüllte ihm seinen Wunsch. Außerdem gehörte auch er zu den neunzehn Rednern, die bei dem Festmahl, mit dem die Handelskammer den Sieg der Rechtschaffenheit feierte, ihre Stimme erhoben.

Nun sein Ruf als Redner gefestigt war, hielt er beim Dinner der Kammer der Zenither Realitätenagenten die Jahresfestrede. Die *Advocate Times* brachte diese Ansprache in ungewohntem Umfang:

«Eines der angeregtesten Banketts, die in jüngster Zeit abgehalten wurden, fand gestern abend bei der festlichen Jahreszuammenkunft der Kammer der Zenither Realitätenagenten im venetianischen Ballsaal des *O'Hearn House* statt. Der liebenswürdige Wirt Gil O'Hearn hatte, wie stets, seinem freigebigen Rufe volle Ehre angetan, und die Versammelten labten sich an einer Fülle von Speisen, wie sie nirgends westlich von New York und wahrscheinlich selbst dort nicht zu finden waren, und spülten das reiche Mahl mit dem Trunk, der anregt, ohne zu berauschen, hinunter, nämlich mit Apfelwein vom Gut von Chandler Mott, dem Präsidenten der Kammer, der sich durch raschen Witz und Tüchtigkeit als Vorsitzender auszeichnete.

Da Mr. Mott an einer leichten Erkältung und Halsschmerzen litt, war es G. F. Babbitt, der die Hauptrede hielt. Nachdem er über die Fortschritte der Torrensing-Grundbesitzaktien berichtet hatte, setzte Mr. Babbitt seine Rede also fort:

‹Unvorbereitet, wie ich mich habe, erhebe ich mich, um Sie zu begrüßen mit meiner Rede in der Westentasche. Und da fällt mir die Anekdote von zwei Irländern, Mike und Pat, ein, die zusammen in einem Schlafwagen fuhren. Ich habe vergessen, zu erwähnen, daß beide Matrosen waren. Es scheint, daß Mike im unteren Bett lag, und auf einmal hört er ein schreckliches Gepolter über sich und brüllt hinauf, um zu erfahren, was eigentlich los sei; worauf ihm Pat erwidert: ‚Ach, ich kann ja nicht, und es geht ja nicht, und wo soll ich denn heute nacht meine müden Knochen ausstrecken? Ich bin ja schon seit acht Glas dabei, in diese tüterige Hängematte zu kriechen, und bring's allweil nicht zuwege!'›

Nun, meine Herren, während ich so vor Ihnen stehe, habe ich ganz ähnliche Empfindungen wie Pat, und es ist gar nicht ausgeschlossen, daß auch ich mir so verschwindend klein vorkommen werde, nachdem ich eine Weile fix von der Leber weg geredet habe, daß ich am liebsten in das Koffernetz des Schlafwagens kriechen würde, aber es wird mir gar nicht, rein gar nicht schwerfallen!

Meine Herren, es will mich dünken, daß jedes Jahr bei dieser festlichen Gelegenheit, wenn Freund und Feind sich zusammensetzen und die Kriegsaxt begraben und auf den milden Lüften des Wohlwollens und der Geselligkeit die blumigen Hügel der Freundschaft hinanschweben, wir es als unsere erste Pflicht erachten müssen, Schulter an Schulter, Auge in Auge, als Bürgergenossen der besten Stadt der Welt, einen Augenblick ruhig und klar zu überlegen, wohin wir und mit uns das Wohl und Wehe der Gemeinde gelangt sind.

Es läßt sich nicht leugnen, daß trotz unserer Einwohnerschaft von 361000, oder ich sollte wohl schon sagen 362000 Seelen nach dem Ergebnis der letzten Volkszählung, es wohl zwanzig noch größere Städte in den Vereinigten Staaten gibt. Aber, meine Herren, wenn wir bei der nächsten Volkszählung nicht bereits an zehnter Stelle stehen, will ich gerne jeden, der Lust dazu hat, auffordern, mir ein Bein auszureißen und es zu verschlucken, mit ganz ergebener Empfehlung von George F. Babbitt, Hochwohlgeboren! Es mag ja wahr sein, daß New York, Chicago und Philadelphia auch weiterhin größer sein werden als wir. Aber abgesehen von diesen drei Städten, die notorisch so überlebensgroß angewachsen sind, daß kein anständiger Mensch, der ein Herz für Frau und Kinder und Gottes schöne Natur hat und ab und zu mal auch einem Nachbar die Hand freundschaftlich reichen will, dort wohnen möchte – und nebenbei will ich Ihnen allen hier feierlich erklären, daß ich einen erstklassigen Zenither Grundbesitz nicht um die ganze Broadway oder State Street hergeben würde! –, abgesehen also von diesen drei Städten ist es doch klipp und klar für jedermann, der Augen zum Sehen und Ohren zum Hören hat, daß Zenith das herrlichste Beispiel amerikanischen Lebens und amerikanischer Wohlhabenheit ist, das man sich nur wünschen kann.

Ich will ja gar nicht behaupten, daß wir schon den Gipfel der Vollkommenheit erreicht haben. Wir haben noch viele Straßen vor uns, die nicht für den Autoverkehr gepflastert sind, und ihr könnt mir glauben, wenn ich euch die Versicherung gebe, daß es die Leute sind, die 4000 bis 10000 Dollar Einkommen haben und, sagen wir, ein Auto und eine kleine Familie in einem netten Häuschen in der Umgebung der Stadt, die für Entwicklung und Fortschritt sorgen.

Dieser Menschenschlag regiert heute in Amerika; es ist aber auch tatsächlich ein vorbildlicher Menschenschlag, zu dem sich die ganze Welt durchringen muß, wenn unser guter alter Planet eine anständige, harmonische, durch und durch christliche und vorwärtsstrebende Zukunft erreichen will. Ab und zu setze ich mich hin und revidiere mein Urteil über den tüchtigen amerikanischen Bürger, und dann überfällt mich jedesmal eine ungeheure Befriedigung!

Unser idealer Bürger – ich stelle mir immer in erster Reihe vor, daß er fleißig wie ein ganzer Ameisenhaufen ist und nicht seine schöne Zeit mit Träumereien und vornehmen, geselligen Tees und lauter solchen Sachen verbringt, die ihn den Teufel was angehen, sondern voller Eifer seinen Laden, seinen Beruf, seine Kunst hochbringt. Abends zündet er sich dann einen feinen Glimmstengel an, klettert in seinen alten Karren, flucht vielleicht ein bißchen über den Vergaser und rast heim. Er mäht den Grasplatz im Garten, übt heimlich für Golf oder Baseball und ist dann so weit, daß er sein Abendessen vertragen kann. Nach dem Essen erzählt er den Kleinen Märchen, führt seine Familie ins Kino, spielt eine Partie Bridge oder liest seine Zeitung oder ein bis zwei Kapitel eines guten, flotten Romans, wenn er gerade einen Hang zum Literarischen hat; vielleicht kommen die Leute von nebenan auf ein halbes Stündchen herein, und sie sitzen zusammen und besprechen die Ereignisse des Tages oder reden über gemeinsame

Freunde. Dann geht er ruhig und glücklich zu Bett und hat ein gutes Gewissen, denn er hat sein Scherflein beigetragen zum Wohlstand der Stadt und zu seinem eigenen Bankguthaben.

In politischer und religiöser Hinsicht hat dieser rüchtige Bürger den denkbar klarsten Kopf; und in der Kunst entwickelt er einen natürlichen, guten Geschmack, der es ihm ermöglicht, stets das Beste vom Besten zu haben. In keinem Land der Welt werdet ihr so zahlreiche Reproduktionen der alten Meister und der bekanntesten Gemälde als Wandschmuck sehen wie in den Vereinigten Staaten. Kein anderes Land hat auch nur annähernd so viele Phonographen wie wir, und die Platten bringen nicht nur Tänze und Humoristisches, sondern auch Wiedergaben aus den besten Opern, zum Beispiel aus Verdischen Opern, die von den bestbezahlten Künstlern gesungen werden.

In anderen Ländern liegen Kunst und Literatur in den Händen von armen Hungerleidern, die in Dachkammern hausen und sich von Alkohol und Spaghetti nähren; aber in Amerika unterscheidet sich der anerkannte Schriftsteller oder Maler in gar nichts von jedem anderen anständigen Geschäftsmann; und ich, für mein Teil, bin der erste, der sich aufrichtig freut, daß der Mann, der die seltene Gabe besitzt, seine Botschaft in angenehme Lektüre zu wandeln, und der sowohl Ausdauer als Energie in der Vertreibung seiner literarischen Ware beweist, imstande ist, jährlich 50000 Dollar zu verdienen, mit den Größen der Gesellschaft auf gleichem Fuß zu verkehren und ein ebenso vornehmes Haus und ein ebenso elegantes Auto zu besitzen wie irgendein Industriebaron! Aber merkt es euch wohl: es war nur die Anerkennung des tüchtigen Bürgers, den ich euch vorhin beschrieb, die das alles möglich gemacht hat, und dieser Mann verdient mindestens ebensolches Lob wie der Autor selbst.

Endlich – und dieses halte ich für sehr wichtig – ist unser Musterbürger, selbst wenn er Junggeselle ist, ein Kinderfreund, ein Stab und eine Stütze des häuslichen Herdes, der

der stärkste Pfeiler, der wahre Grundstein unserer Zivilisation von Anfang bis zu Ende war, ist und sein wird und der uns hauptsächlich von den übrigen verderbten Völkern Europas unterscheidet.

Ich bin noch nie in Europa gewesen – und wenn ich's mir recht überlege, bin ich auch gar nicht sicher, daß mir viel daran gelegen ist, solange ich unsere mächtigen Städte und Berge noch nicht alle kenne –, aber soviel ich merke, muß es auch drüben sehr viele Menschen unseres Schlags geben. Der enthusiastischste Weltverbrüderer, den ich jemals getroffen habe, sang mir das Lob der hundertprozentigen Energie der Einwohner eines kleinen Städtchens, das im schönen Schottland mitten zwischen den lieblichen Hügeln von Bobby Burns gelegen war. Aber dabei gibt es noch immer etwas, was uns von unseren guten Brüdern, den Vorwärtsstrebern dort drüben, unterscheidet, und das ist, daß sie auch heute von Großköpfen und Zeitungsmenschen und Politikern abhängig sind, während der moderne amerikanische Geschäftsmann nicht auf den Mund gefallen ist, sondern für sich selbst redet und klipp und klar zeigt, daß er sich stets der Situation gewachsen fühlt. Er braucht sich keinen Schmuser zu mieten, wenn er den Lästerzungen des kühlen, trockenen Alltagslebens antworten muß. Er ist nicht mit Stummheit geschlagen, wie der altmodische Kaufmann von ehedem. Er hat eine beredte Zunge, eine scharfe Feder und eine schwere Faust.

In aller Bescheidenheit möchte ich auf mich selbst als auf ein Exemplar des tüchtigen Geschäftsmannes weisen und euch leise ins Ohr sagen: ‹So sind unsere Menschen! Hier ist die genaue Aufstellung unseres mustergültigen Amerikaners! Hier ist die junge Generation von Amerika: Burschen mit behaarter Brust, lachenden Augen und Rechenmaschinen im Büro. Wir wollen nicht prahlen, aber wir sind gern erstklassig, und wem wir nicht gefallen, der soll sich nur in acht nehmen – es ist besser unterzukriechen, ehe der Zyklon losbricht!›

So, ich habe mich bemüht, euch in meiner schwerfälligen

Art einen echten, rechten Mann vor Augen zu führen, den Kerl, der Saft und Kraft in sich hat. Und weil Zenith so viele solche Kerls besitzt, ist sie die gefestigtste, die größte unter unseren Städten. Auch New York hat Tausende von rechten Männern, aber New York leidet schwer unter dem Fluch seiner zahllosen Ausländer. Mit Chicago, mit San Francisco ist's das gleiche. Oh, wir haben eine herrliche Reihe von Städten – Detroit und Cleveland mit ihren berühmten Fabriken, Cincinnati mit seinen großen Werkzeugmaschinen und seiner Seifenproduktion, Pittsburgh und Birmingham mit ihren Stahlwerken, Kansas City und Minneapolis und Omaha, deren reiche Tore sich einem wogenden Meer von Weizenland öffnen, und zahllose andere üppige, prächtige Schwesterstädte: denn die letzte Volkszählung hat uns gezeigt, daß wir nicht weniger als 68 herrliche amerikanische Städte mit mehr als 100000 Einwohnern besitzen. Und all diese Städte halten zusammen, um ihre Macht und Reinheit gegen fremden Einfluß und Kommunismus zu schützen – Atlanta mit Hartford, Rochester mit Denver, Milwaukee mit Indianapolis, Los Angeles mit Scranton, Portland, Maine mit Portland, Oregon. Ein flinker, lebensfähiger Geist aus Baltimore oder Seattle oder Duluth ist der leibliche Zwillingsbruder jedes anderen Kameraden aus Buffalo oder Akron, Fort Worth oder Oskaloosa!

Aber hier in Zenith, dem Heim männlicher Männer, echt weiblicher Frauen und prächtiger Kinder, ist der Punkt, wo man den größten Prozentsatz tüchtiger Kerls findet, und darum hat es auch einen ganz eigenen Rang; darum wird Zeniths Name in der Geschichte auf der Ruhmestafel prangen, als Vorläufer einer Zivilisation, die bestehen bleiben wird, wenn die Tage des langsamen Wandelns ein Ding der Vergangenheit sein werden und ein neuer Morgen des ernsten, raschen Strebens sein helles Licht über die ganze Welt ergießt.

Ich hoffe, die Zeit ist nahe, wenn die Leute nicht nur eine Menge verschimmelter, mottenzerfressener, unzeitgemäßer alter europäischer Scharteken anbeten, sondern auch dem prächtigen Zenither Geist huldigen werden, jener mutigen, kampfbereiten Entschlossenheit, um jeden Preis Erfolge zu erringen, die unserer guten alten kleinen Stadt zum Ruhm verholfen hat, in jedem Land und in jedem Klima, in dem man kondensierte Milch und Pappkartons verwendet. Glaubt mir, Freunde, die Welt hat sich rasch vorwärts bewegt für jene ausgepumpten Länder, die nur mehr Stiefelwichse, Landschaft und Likör produzieren, die kaum ein Badezimmer auf 100 Einwohner aufweisen und ein Hauptbuch nicht von einem Notizbuch unterscheiden können; und es wäre höchste Zeit, daß ein Zenithianer sich auf die Hinterbeine stellte und ihnen eine Warnung zubrüllte!

Ich sage euch, Zenith und die Schwesterstädte sind dabei, einen neuen Typus der Zivilisation zu produzieren. Es gibt viel Ähnlichkeit zwischen Zenith und diesen anderen Städten, und darüber bin ich verdammt froh! Der überraschende, in mächtigem Aufschwung wachsende und durch und durch gesunde Standard der Warenhäuser, Büros, Straßen, Hotels, der Bekleidung und der Zeitungen durch die ganzen Vereinigten Staaten beweist, was für ein ausdauernder und lebensstarker Typus der unserige ist.

Ich besinne mich immer gern auf einen Artikel, den Chum Frink einmal in der Zeitung über seine Vorlesungstourneen schrieb. Er ist sicher vielen von euch bekannt, aber wenn ihr mir gestattet, möchte ich es trotzdem riskieren und ihn vorlesen. Es ist eine klassische Dichtung, wie Kiplings *Wenn* oder *Der Mann, der es verdient* von Ella Wheeler-Wilcox, und ich trage diesen Ausschnitt in meinem Notizbuch:

‹Wenn ich ein Wanderer auf der Walz, ein Dichter bin mit Trödlers Kram, sing ich zumeist ein fröhlich Lied, kau meinen Priem und zieh des Wegs; dabei verteil ich Sonnenschein und frischen, frohen Mut zumal, ich biet auch Optimismus feil, mit Scherz und scharfem Witz gewürzt; Hochschulen eilen, andere auch, zu kaufen meine gute War', Weltbrüder und Kiwanis Clubs, sie alle fühlen: der meint's gut, ist treu wie Gold und ist kein Schuft. Doch Silas Satan, der Major –

verflucht geriebener Schurke, das! – liegt auf der Lauer immerzu, er wedelt jetzt mit viel Gefühl, hat gleich die schmutz'ge Klau im Spiel. Er streichelt mich gegen den Strich, er setzt mir manchen Floh ins Ohr, er macht mich einsam jämmerlich am Sonntag, wo die Leute ruhn. Und dann, bei Gott, zög ich es vor, wenn niemals mehr ich lesen müßt vor auserlesenem Publikum, nicht fahren müßt im schnellen Zug, die köstliche Zigarre schmauchend, nicht wanderte in fremder Stadt; daheim nur möcht ich gerne sein, bei Pfannkuchen und bei Schinken, daheim nur, wo die Leute wissen, was für ein Mensch im Dichter steckt!

Wenn Einsamkeit mich überfällt, such ich das beste Hotel auf, 's ist gleich, in welcher Stadt ich bin – St. Pauli, Toledo, alles eins, ob Washington, Shenectady, ob Louisville, ob Albany. Und im Hotel geht es mir auf: ‚Nicht fremd bin ich, ich bin daheim.' Wenn ich nur eine Stunde lang vor dem Hotel stehend wartete, zu dem die Musikanten rennen, aus einem Kino vis-à-vis, um sich an Trank und Speis' zu laben; wenn ich dort stehend denken müßte: ‚Wie heißt die Stadt, wo du jetzt bist?' Mein Ehrenwort, ich wüßt es nicht! Denn all die Leut um mich herum sind schön gekleidet, elegant, genauso wie bei uns zu Hause; die Hüte aller Damen sind vom letzten Schick, *le dernier cri,* und alle Männer stehen herum und reden wichtig und vertieft. Was reden sie? Ich wett mit euch, sie reden, wie wir's alle tun, von Autos, Politik und so, von Baseballspielern, die beliebt, 's ist akkurat wie bei uns in der geliebten Heimatstadt!

Und geh ich ins Hotel hinein, schau ich mich um und sag: ‚Das stimmt!' Denn dort ist ja der Zeitungsstand, grad wie daheim, und Pralines, und Tabak, Zigaretten auch, glaubt mir, es ist zum Lachen fast, dieselben Firmen wie zu Hause! Und kommt dann eine Kumpanei von frohen Leutchen reingetanzt, der Rock stets vom modernsten Schnitt, zum Frühstück eilen hungrig sie, verzehren Schüsseln von Pommes frites, ja, dann möcht jauchzen ich beglückt: ‚Ich bin daheim, nie war ich fort!' und seelenruhig setz ich mich neben den

Mann im braunen Rock, in einen tiefen Samtfauteuil und rede ihn gleich fröhlich an: ‚Hallo, Bill, alter, guter Kerl, was machen die Papiere heut?‘ Und wie die besten Freunde schnell, sind tief wir im Gespräch, von Auto, Wetter, Heim und Weib, sind Brüder für die Ewigkeit! Wenn Satan euch den Spaß verdirbt, ihr Freunde, hört, ich rat euch gut, geht hin und tut, wie ich getan; in unserem Land, ob fern, ob nah, der Weg euch führt von Heim und Haus, in Wirklichkeit verlaßt ihr nie das liebe, teure, süße Heim.›

Ja, ihr Herren, die anderen Städte stehen uns als treue Gefährten zur Seite in dem großen Kampf des Lebens. Aber schließen wir gleich jedes Mißverständnis aus. Ich behaupte, daß Zenith der beste Kampfgenosse ist und den größten Aufschwung von der ganzen Bande genommen hat. Ich hoffe, niemand nimmt es mir übel, wenn ich meine Behauptungen mit ein paar statistischen Angaben stütze. Wenn sie euch auch nichts Neues bringen, so klingen sie doch immer wieder süß in den Ohren des wahrhaft Vorwärtsstrebenden, genau wie die frohe Botschaft aus der Bibel, die man auch nicht oft genug vernehmen kann. Jeder intelligente Mensch weiß, daß Zenith mehr kondensierte Milch und Büchsenrahm, mehr Pappschachteln und mehr Beleuchtungsartikel produziert als irgendeine andere Stadt der Vereinigten Staaten, ja vielleicht der ganzen Welt. Aber es ist nicht so allgemein bekannt, daß wir an zweiter Stelle stehen mit der Produktion von verpackter Butter, an sechster Stelle in der ungeheuren Welt der Automobile und Motore, und beiläufig an dritter in Käse, Lederwaren, Dachpappe, Nährpräparaten und Arbeitskitteln.

Aber unsere Größe liegt nicht nur im gedeihlichen Fortschritt, sondern auch in dem Gemeinsinn, in dem weitblickenden Idealismus, in der Brüderlichkeit, die Zenith stets ausgezeichnet haben, seit die Vorfahren den ersten Grundstein legten. Wir haben ein Anrecht auf unsere schöne Stadt, ja, wir haben eine Pflicht ihr gegenüber und müssen in alle Welt hinaus den Ruhm und Ruf ihrer High Schools mit ihren prächtigen, baulichen Anlagen und dem ausnahmslos vollkommensten Schulventilationssystem des Landes verkünden; müssen die Aufmerksamkeit auf unsere herrlichen Hotels und Banken, mit ihren Gemälden und Marmorskulpturen in den Vorhallen, lenken, und auf unseren zweiten Nationalturm, das zweithöchste Geschäftsgebäude des Binnenlandes der Vereinigten Staaten. Wenn ich noch hinzusetze, daß wir eine unerreichte Anzahl Meilen gepflasterter Straßen, Badezimmer, Staubsauger und alle anderen Anzeichen der Zivilisation haben, daß unsere Bibliotheken und Kunstmuseen gut dotiert und in bequemen, geräumigen Bauten untergebracht sind, daß das System unserer Gartenanlagen, mit ihren ansehnlichen Fahrwegen, die mit Sträuchern, Gras und Monumenten verziert sind, weit über dem Durchschnitt steht, habe ich nur leise angedeutet, wie allumfassend die Größe Zeniths ist.

Mein Prinzip ist es, das Beste bis zum Schluß aufzubewahren. Wenn ich euch daran erinnere, daß bei uns ein Automobil auf alle fünfkommasiebenachtel Personen der Stadt fällt, dann habe ich euch einen felsenfesten, praktischen Anhaltspunkt dafür gegeben, wie Fortschritt und geistige Entwicklung Synonyme des Namens Zenith sind!

Aber der Weg der Rechtschaffenheit ist nicht nur mit Rosen gepflastert. Bevor ich schließe, muß ich euch noch auf ein schweres Problem aufmerksam machen, dem wir dieses Jahr gegenüberstehen. Die größte Gefahr für eine gesunde Regierung besteht nicht in den erklärten Sozialisten, sondern in einer Menge Feiglinge, die sich unter Decknamen verstecken – die langhaarigen Herrschaften, die sich ‹Liberale› und ‹Radikale› und ‹Parteilose› und ‹Intelligenz› nennen und Gott weiß wie viele andere Namen noch für sich erfinden! Verantwortungslose Lehrer und Professoren sind die ärgsten Mitglieder dieser Bande, und ich schäme mich sagen zu müssen, daß ein Teil dieser Männer an unserer großen Staatsuniversität wirkt. Die große U. ist meine eigene Alma mater, und ich bin stolz darauf, mich als ihren Schüler zu bekennen, aber es gibt Lehrkräfte dort, die offenbar der Ansicht sind, daß wir die Führung unserer Nation Radaumachern und Bauernlümmeln überlassen sollten.

Diese Professoren sind Schlangen, die ausgerottet werden müssen, mitsamt ihrer ganzen Milch- und Wasserbrut. Der amerikanische Geschäftsmann ist großmütig bis zum Exzeß, aber eines verlangt er von seinen Lehrern, von seinen Vortragenden und Journalisten: wenn sie von uns gutes Geld bekommen, müssen sie uns auch zur Seite stehen und Tüchtigkeit und rationellen Fortschritt predigen. Und weil wir gerade bei diesen schwatzhaften, kritteligen, pessimistischen, zynischen Universitätsprofessoren halten, will ich euch nur sagen, daß ich es genauso sehr als unsere Pflicht erachte, unseren Einfluß anzuwenden, um sie hinauswerfen zu lassen, als Häuser und Länder zu verkaufen und reichen Mammon anzuhäufen.

Erst wenn das geschehen ist, werden unsere Söhne und Töchter begreifen lernen, daß das amerikanische Mannesideal und die amerikanische Kultur nicht bei den Narren steckt, die herumsitzen und immer und ewig Recht und Unrecht, Gut und Böse wiederkäuen, sondern bei dem gottesfürchtigen, vorwärtshastenden, erfolgreichen, hartfäustigen, fixen Kerl, der einer frommen und energischen Kirche angehört und irgendeinem Club – Boosters, Weltverbrüderer oder Kiwanis, Elche, Renntiere oder Rothäute oder Ritter des Kolumbus oder sonst einer von den Dutzenden Verbindungen frischer, froher, ulkiger, lachender, abgeplagter, aufrechter, stets hilfsbereiter, wahrhaft guter Menschen, die bei Spiel und Arbeit fest drauflosgehen, und die Zweiflern und Krittlern mit einer gutplacierten Schuhsohle antworten, um allen Miesmachern und Alleswissern beizubringen, daß sie vor dem echten Mann Respekt haben und sich dem lauten Hoch anschließen müssen, das wir ausbringen wollen auf Onkel Samuel, USA!»

4

BABBITT VERSPRACH, EIN ANERKANNTER REDNER ZU werden. Er sorgte an einem Raucherabend für die Unterhaltung des Männerclubs der Presbyterianischen Kirche von Chatham Road mit irischen, jüdischen und chinesischen Dialektwitzen.

Aber nichts beleuchtete seine Stellung als hervorragender Bürger besser als seine Vorlesung «Das Alltagsleben in der Realitätenbranche», die er im Zenither Verein Christlicher Junger Männer in einem Kurs über Verkaufslehre hielt.

Die *Advocate Times* brachte seine Vorlesung so vollinhaltlich, daß Vergil Gunch zu Babbitt bemerkte: «Du fängst an, einer der beliebtesten Sprüchemacher der Stadt zu werden. Es will mir fast scheinen, als ob ich die Nase nicht mehr in eine Zeitung stecken könnte, ohne von deinem bekannten Rednertalent zu lesen. Das alles sollte dir viele gute Geschäfte ins Haus bringen. Ganz recht, bleib nur dabei!»

«Na, geh, hör mit dem Jux auf!» sagte Babbitt schwach, aber bei diesem Tribut von Gunch, der selbst keinen zu verachtenden Ruf als Redner genoß, schwoll er vor Wonne und fragte sich verwundert, wie er vor seinen Ferien an den Freuden eines tüchtigen Bürgers zu zweifeln vermocht hatte.

Fünfzehntes Kapitel

I

Sein Aufstieg zur Grösse geschah nicht ohne unheilvolles Straucheln.

Der neuerworbene Ruhm brachte den Babbitts nicht den gesellschaftlichen Aufstieg, den sie verdient hatten. Sie wurden nicht aufgefordert, dem *Tonawanda Landclub* beizutreten, und wurden vom *Union Club* nicht zu den Tanzabenden eingeladen. Für ihn selbst, sagte sich Babbitt gekränkt, war ja das Ganze «wurscht und schnuppe, aber das Frauchen würde gerne zu den Angelangten gehören». Nervös und erregt wartete er auf das Festessen seiner Universitätsklasse und auf die damit verbundene heftige Intimität mit Führern der Gesellschaft, wie dem Millionär und Unternehmer Charley McKelvey, dem Bankier Max Kruger, dem Werkzeugfabrikanten Irving Jate und dem modernen Innenarchitekten Adelbert Dobson. Theoretisch war er ihr Freund wie in den Universitätstagen, und wenn er mit ihnen zusammenkam, nannten sie ihn «Georgie», aber merkwürdigerweise traf er sie so selten, und sie luden ihn niemals zum Souper (mit Champagner und livrierten Dienern) in ihre Häuser auf Royal Ridge ein.

Die ganze Woche vor dem Klassenmahl dachte er an sie. «Jetzt gibt es doch wirklich keinen Grund mehr, warum wir nicht intim sein sollen!»

2

Wie jede echt amerikanische Unterhaltung und jeder geistige Genuß war das Festmahl der Männer aus der Klasse von 1896 gründlich organisiert. Das Festkomitee trommelte wie bei einer Auktion, wöchentlich einmal sandten sie kleine Flugschriften an die Teilnehmer:

Mahnruf Nr. 3

Alter Junge, wirst Du uns Gesellschaft leisten bei der fidelsten Frohen-Fest-Fütterung, die die Studenten der guten alten U. jemals gefeiert haben? Die Studentenschaft von '08 erschien mit 60%! Sollen wir flotten Jungens uns von diesen alten Weiberschürzen unterkriegen lassen? Los, Ihr Burschen, versuchen wir doch wahrhaft rechten Enthusiasmus zu produzieren, und machen wir allesamt Propaganda für eine noch nie dagewesene Abendunterhaltung! Piekfeines Futter, kurze, schäumende Reden und gemeinsame Erinnerung an die zusammen verbrachten schönsten, frohesten Tage des Lebens.

Das Souper fand in einem Privatzimmer des *Union Club* statt. Der Club selbst war ein düsterer Bau, drei anspruchsvolle alte Wohnhäuser, die vereinigt worden waren, und der Eingang sah wie ein Kartoffelkeller aus; dennoch trat jener Babbitt, dem die Pracht des *Athletic Club* frei zur Verfügung stand, mit ziemlicher Verlegenheit ein. Er nickte dem Portier zu, einem hochmütigen alten Neger in blauem Frack mit Messingknöpfen, und versuchte wie ein Mitglied auszusehen, während er durch die Halle stolzierte.

60 Herren waren zum Souper erschienen. Sie bildeten Inseln und Strömungen in der Halle; sie füllten den Aufzug und die Ecken des Speisesaals aus. Sie waren bemüht, begeistert und

intim zu sein. Sie machten aufeinander genau denselben Eindruck wie in ihren Universitätstagen, den Eindruck von unreifen Knaben, deren Schnurrbärte, Kahlköpfe, Schmerbäuche und Runzeln nur fidele Verkleidung für einen lustigen Abend waren. «Du hast dich aber nicht ein bißchen verändert!» sagten sie verwundert zueinander. Wenn sie sich auf jemanden nicht besinnen konnten, sagten sie ihm: «Ja, ja, alter Freund, schön, dich wieder mal zu sehen. Was treibst du immer –? Noch bei derselben Sache?»

Irgendeiner versuchte immer ein Hoch auszubringen oder ein Studentenlied anzufachen, und immer verlor es sich in Schweigen. Trotz ihres festen Vorsatzes, demokratisch zu sein, teilten sie sich in zwei Klassen: die Männer mit Abendanzug und die Männer ohne Abendanzug. Babbitt (in gesuchtestem Abendanzug) ging von einer Gruppe zur andern. Obwohl er fast eingestandenermaßen auf gesellschaftliche Eroberungen aus war, suchte er doch zuerst Paul Riesling auf. Er fand ihn allein, adrett und schweigsam.

Paul seufzte. «Du, ich taug nichts bei einer solchen Affäre, wo man sich die Hände schütteln und ‹Na, wer kommt denn da?› rufen muß.»

«Aber Unsinn, Paulemann, raff dich auf und sei gesellig! Beste Jungens der Welt heute hier! Hör mal, du schaust so trübselig drein. Was ist denn los?»

«Ach, nichts Ungewöhnliches. Kleiner Zusammenstoß mit Zilla.»

«Also ziehen wir los! Waten wir gleich in den dicksten Dreck und vergessen wir unsere Sorgen.»

Er ließ Paul nicht von seiner Seite, aber er steuerte direkt auf die Stelle zu, wo Charley McKelvey stand und auf seine Bewunderer wie ein wärmender Ofen wirkte.

McKelvey war der Held der Klasse in '96 gewesen, nicht nur als Kapitän der Football-Mannschaft und als Hammerwerfer, sondern auch in Disputationen und ziemlich gut in dem Unbestimmbaren, das an der State University als Gelehrsamkeit galt. Er hatte seinen Weg fortgesetzt, hatte sich das Bauunternehmen zu eigen gemacht, das einst den Dodsworth, der bekanntesten Pionierfamilie von Zenith, gehört hatte. Er baute prunkvolle Kapitole, Wolkenkratzer und Bahnhöfe. Er war ein breitbrüstiger Mann mit schweren Schultern, ohne dabei träge zu sein. In seinem Blick war ruhiger Humor und in seiner Rede eine honigsüße Schärfe, die Politiker und Journalisten einschüchtern und aus der Fassung bringen konnte; und in seiner Gegenwart fühlte sich der intelligenste Wissenschaftler, der feinnervigste Künstler blaßblütig, unweltlich und ziemlich armselig. Er war sehr liebenswürdig, gutmütig und prachtliebend, insbesondere wenn er auf gesetzgebende Körperschaften Einfluß gewinnen oder Arbeiterspione anwerben wollte. Er war freiherrlich; er war ein Mitglied der sich jetzt rasch absondernden amerikanischen Aristokratie, und nur die hochmütigen alten Familien waren im Range noch über ihm. (In Zenith gilt diejenige Familie als alt, die sich vor 1840 niedergelassen hat.) Seine Macht war um so größer, als ihn keinerlei Skrupel behinderten und weder die Laster noch die Tugenden der älteren puritanischen Tradition ihm anhafteten.

In diesem Augenblick war McKelvey still-fröhlich mit den anderen Größen, den Fabrikanten und Bankiers, den Gutsbesitzern, Rechtsanwälten und Chirurgen, die Chauffeure hielten und nach Europa reisten. Babbitt preßte sich zwischen sie. McKelveys Lächeln war ihm ebensoviel wert wie der soziale Aufstieg, den er seiner Gunst verdanken würde. Wenn er sich in Pauls Gesellschaft gewichtig und beschützend fühlte, so war er in McKelveys Nähe unbedeutend und voller Verehrung.

Er hörte, wie McKelvey zu Max Kruger, dem Bankier, sagte: «Ja, Sir Gerald Doak wird bei uns wohnen.» Babbitt, mit seiner demokratischen Liebe für Adelstitel, schwamm in Wonne. «Du weißt, Max, daß er einer der größten Leute für Eisen in ganz England ist. Schauderhaft reich... Hallo, Georgie, alter Junge! Du, Max, George Babbitt wird jetzt dicker als ich!»

Der Vorsitzende brüllte: «Setzt euch an euren Platz, Kinder!»

«Na, Charlie, sollen wir uns weiter fort begeben?» sagte Babbitt seelenruhig zu McKelvey.

«Schön. Hallo, Paul? Wie geht's dem alten Geigenfritzen? Hast du schon bestimmt, wo du sitzen willst, George? Komm doch, suchen wir uns Plätze. Komm doch, Max. Georgie, ich hab deine Reden vor den Wahlen gelesen. Feines Stück Arbeit das!»

Nach dieser Äußerung wäre ihm Babbitt durch Feuer und Flammen gefolgt. Während des Essens war er ungeheuer geschäftig; bald brummte er Paul aufmunternd zu, bald wandte er sich an McKelvey: «Ich hörte, du wirst jetzt in Brooklyn Molen bauen.» Dann bemerkte er, wie neiderfüllt die vom Glück weniger Begünstigten, die zusammengedrängt in einem traurigen Häufchen saßen, zu ihm aufblickten, der mit dem Adel auf gleichem Fuß verkehrte; oder aber er sonnte sich in dem gesellschaftlichen Klatsch, den McKelvey mit Max Kruger führte. Sie sprachen von einem «Dschungelball», für den Mona Dodsworth ihr Haus mit Tausenden von Orchideen geschmückt hatte. Sie sprachen mit ausgezeichnet gespielter Gleichgültigkeit von einem Souper in Washington, bei welchem McKelvey einen Senator, eine Prinzessin aus dem Balkan und einen englischen Generalmajor kennengelernt hatte. McKelvey sprach von der Prinzessin als Jenny und teilte mit, daß er mit ihr getanzt hatte.

Babbitt war ergriffen, aber nicht genug niedergeschmettert vor Ehrfurcht, um zu schweigen. Wenn sie ihn auch nicht zu sich einluden, so war er es doch gewohnt, mit Bankpräsidenten, mit Kongreßmitgliedern und mit Clubdamen, die mit Dichtern befreundet waren, zu sprechen. Er war McKelvey gegenüber angeregt und ehrerbietig:

«Weißt du noch, Charley, wie wir im Jahr, als wir Junioren waren, einen Segler auf dem Weg zur See mieteten und nach Riverdale hinunterjagten, um die großartige Vorstellung von Madame Brown zu sehen? Erinnerst du dich, wie du den lümmelhaften Schutzmann durchgebleut hast, der uns auf Numero Sicher bringen wollte, und wie wir dann das Firmenschild von der Herrenkleiderbüglerei mopsten und vor Professor Morrisons Tür hängten? Ach du lieber Himmel, waren das Zeiten!» Ja, McKelvey war ganz seiner Ansicht, daß das Zeiten waren.

Babbitt war gerade dabei zu sagen: «Es ist nicht so sehr die Gelehrsamkeit, die man in den Universitätstagen eingetrichtert kriegt, die im späteren Leben zählt, sondern vielmehr die Freundschaften, die man schließt», als die Männer am oberen Tischende ein Lied anstimmten. Nun griff er McKelvey direkt an:

«'s ist 'ne Schande, ja, eine Schande, sich so aus den Augen zu verlieren, weil, hm, unsere geschäftliche Betätigung in verschiedenen Sphären liegt. Es hat mir viel Freude gemacht, wieder mit dir von den alten Tagen zu reden. Du und Mrs. McKelvey müßt an einem Abend zum Essen zu uns kommen.»

Sehr unbestimmt: «Ja, wirklich –»

«Möcht gerne mal mit dir über die Entwicklung der Baugelände draußen hinter deinem Warenspeicher von Grantsville reden. Ich glaube, ich könnte dir vielleicht ein paar ganz gute Tips geben.»

«Ausgezeichnet. Ja, wir müssen mal zusammen speisen, Georgie. Laß mich nur wissen wann. Und ich werde mich sehr freuen, deine Frau und dich bei uns zu sehen», sagte McKelvey, diesmal weniger unbestimmt.

Dann erscholl die Stimme des Vorsitzenden, diese schallende Stimme, die sie alle schon einmal aufgerüttelt hatte, um mit lautem Hochruf ihrer Verachtung der Radikalen von Ohio oder Michigan oder Indiana Ausdruck zu verleihen: «Feste drauflos, ihr Murmeltiere! Brüllt alle zusammen den langen Kriegsruf unserer Universität!» Babbitt empfand tief innen, daß das Leben nie süßer sein würde als in diesem Augenblick, wo er mit Paul Riesling und seinem wiedergefundenen Helden, McKelvey, zusammen losbrüllte:

Krieges Axt,
Hol 'ne Axt,
Kriegsaxt,
Holnaxt,
Wozu? für die U.!
Hurrahu!

3

Die Babbitts luden die McKelveys Anfang Dezember ein, und die McKelveys nahmen die Einladung nicht nur an, sondern sie kamen auch tatsächlich, nachdem sie den Tag ein- oder zweimal verschoben hatten.

Die Babbitts besprachen die Details des Abendessens sehr gründlich, angefangen von der Flasche Champagner, die gekauft werden mußte, bis zu der Zahl der gesalzenen Mandeln, die vor jedem Gast stehen sollten. Insbesondere die übrigen einzuladenden Gäste verursachten Schwierigkeiten. Bis zuletzt war Babbitt ganz dafür, Paul Riesling diese günstige Gelegenheit zu bieten, mit den McKelveys zusammenzusein. «Der gute Charlie wird viel lieber mit Paul und Verg Gunch zusammensein, als mit irgendeinem hochtrabenden, affektierten Affenschwanz», behauptete er eigensinnig; aber Mrs. Babbitt unterbrach ihn mit der Bemerkung: «Ja – schon möglich –, ich glaube, ich will versuchen, Lynnhavener Austern zu bekommen», und als sie mit allen Vorbereitungen fertig war, lud sie Dr. J. D. Angus, den Augenarzt, und einen hochachtbaren und trübseligen Rechtsanwalt namens Maxwell mit ihren glitzernden Gattinnen ein.

Weder Angus noch Maxwell gehörten zu den Elchen oder

zum *Athletic Club*; keiner von beiden hatte Babbitt je «Bruder» gerufen oder ihn um seine Ansicht über den Vergaser gefragt. Babbitt wütete, daß die einzigen «menschlichen Leute», die sie eingeladen hatte, die Littlefields waren, und Howard Littlefield pflegte manchmal so statistisch trocken zu werden, daß sich Babbitt nach den erfrischenden Worten von Gunch sehnte: «Na, altes Teiggesicht, kannst du nicht mal ein verständiges Wort reden!»

Gleich nach dem Frühstück begann Mrs. Babbitt den Tisch für die McKelveys, die um 19 Uhr 30 speisen sollten, zu decken, und Babbitt war auf höheren Befehl um 16 Uhr zu Hause. Aber sie fanden nichts für ihn, wo er sich nützlich machen könnte, und dreimal zankte Mrs. Babbitt: «Ich bitte dich, versuch doch mir nicht immer im Weg zu stehen!» Er stellte sich in die Tür seiner Garage, seine Mundwinkel waren hinuntergezogen, und er wünschte, daß Littlefield oder Sam Doppelbrau oder sonst jemand käme, um mit ihm zu reden. Plötzlich sah er Ted, der sich um die Ecke schlich.

«Was ist denn los, alter Junge?» fragte Babbitt.

«Ja, bist du das, Alterchen? Herr Jesus, Mutter ist aber heute auf dem Kriegspfad! Ich hab ihr nur gesagt, daß Rony und ich uns gar nicht darum reißen, an der Fresserei heute abend teilzunehmen, und sie ist ganz bissig auf mich losgefahren. Sie sagt, ich muß noch baden. Aber hör mal, die Babbitt-Männer werden heute abend grandios aussehen! Klein Theodor im Frack!»

«Die Babbitt-Männer!» Das Wort gefiel Babbitt. Er legte den Arm auf die Schulter des Jungen. Er wünschte, Paul Riesling hätte eine Tochter, damit Ted sie heiraten könnte.

«Ja, deine Mutter ist heute wirklich so ein bißchen aufgeregt», sagte er, und sie lachten beide und seufzten beide und gingen gehorsam hinein, um sich umzukleiden.

Die McKelveys kamen nicht ganz fünfzehn Minuten zu spät. Babbitt hoffte innerlich, daß die Doppelbraus das Auto der McKelveys mit ihrem livrierten Chauffeur von der Tür sehen würden.

Das Souper war gut zubereitet und unglaublich reichhaltig, und Mrs. Babbitt hatte die silbernen Leuchter ihrer Großmutter aufgestellt. Babbitt arbeitete angestrengt. Er benahm sich gut. Er erzählte alle die Anekdoten nicht, die ihm am Herzen lagen. Er hörte zu, wenn andere sprachen. Er verhalf Maxwell zu einem Anfang, indem er ihm laut zurief:

«Jetzt möchten wir was über deine Reise zum Yellowstone hören.» Er äußerte sich lobend, außerordentlich lobend über alles. Er suchte und fand Gelegenheit, zu bemerken, daß Dr. Angus ein Wohltäter der Menschheit, Maxwell und Howard Littlefield große Gelehrte, Charley McKelvey ein begeisterndes Beispiel für die ehrgeizige Jugend und Mrs. McKelvey eine Zierde der höchsten Gesellschaft von Zenith, Washington, New York, Paris und einer Reihe anderer Städte waren.

Aber er konnte seine Gäste nicht erwärmen. Dem Souper fehlte die lebendige Seele. Ohne ersichtlichen Grund waren sie alle in Schwere befangen, und sie sprachen mühsam und widerwillig.

Er konzentrierte sich auf Lucile McKelvey und vermied es dabei sorgsam, ihre herrlichen weißen Schultern anzusehen und das gelb-braune Band, an dem ihr Kleid befestigt war.

«Wahrscheinlich werden Sie jetzt bald wieder nach Europa fahren?» fragte er versuchsweise.

«Ich möchte furchtbar gerne auf ein paar Wochen nach Rom hinüber.»

«Ich denke mir, Sie sehen eine Menge Bilder und Antiquitäten und hören Musik und solche Sachen dort?»

«Nein, was mich wirklich lockt ist folgendes: auf der Via della Scrofa gibt es eine kleine *trattoria*, und dort bekommt man die besten *fettuccini* der ganzen Welt.»

«Ach, ich – Na, ja. Es muß sehr schön sein, die mal zu kosten. Ja.»

Um ein Viertel vor zehn stellte McKelvey mit tiefem Bedauern fest, daß seine Frau an Kopfschmerzen litt. Als ihm

Babbitt mit seinem Mantel behilflich war, sagte er munter: «Wir müssen mal zusammen frühstücken und über die alten Tage reden.»

Als sich auch die übrigen um halb elf mühselig entfernt hatten, wandte sich Babbitt mit flehendem Tonfall an seine Frau: «Charley hat mir gesagt, daß er sich bei uns prächtig gefühlt hat, und ich müßte mal mit ihm frühstücken – er hat gesagt, sie möchten uns gerne bald zum Souper in ihrem Haus sehen.»

Es gelang ihr hervorzubringen: «Nun, es war einer von den ruhigen Abenden, die gewöhnlich viel angenehmer sind als lärmende Gesellschaften, wo alle Leute auf einmal reden und man gar nicht dazu kommt – sich nett und ruhig zu unterhalten.»

Aber von seinem Feldbett auf der Schlafveranda aus hörte er sie weinen – langsam, hoffnungslos.

4

Während eines ganzen Monats verfolgten sie die Gesellschaftsberichte und warteten darauf, zurückgeladen zu werden.

In der Woche nach dem Babbittschen Souper hatten die McKelveys, als Wirte von Sir Gerald Doak, fettgedruckte Titellinien in den Zeitungen. Zenith empfing Sir Gerald (der nach Amerika gekommen war, um Kohle zu kaufen) feurig. Die Zeitungen interviewten ihn über Prohibition, Irland, Arbeitslosigkeit, Flugzeuge zur See, Wechselkurse, Tee trinken gegen Whiskey trinken, die Psychologie der Frau in Amerika und das Leben der englischen Magnatenfamilien. Sir Gerald schien über alle diese Themata orientiert zu sein. Die McKelveys gaben ihm zu Ehren einen singalesischen Abend, und Miss Elnora Pearl Bates, die die gesellschaftlichen Nachrichten der *Advocate Times* redigierte, trillerte ihr Preislied in den höchsten Tönen. Babbitt las am Frühstückstisch laut vor:

«Mitten zwischen den eigenartigen orientalischen Dekorationen, den seltsamen, überraschend lieblichen Speisen, sah man die vornehmen Erscheinungen des erlauchten Gastes, der entzückenden Hausfrau und des allgemein geachteten Hausherrn, auf jenem exquisiten Fest, wie Zenith noch keins erlebt hat, auf dem Ceylon-Ballabend, den Mr. und Mrs. Charles McKelvey Sir Gerald Doak zu Ehren veranstalteten. Während ich – dreimal Glückliche! – den Vorzug genoß, den feenhaften exotischen Anblick mit den Augen zu trinken, war mir bewußt, daß weder in Monte Carlo noch in den erlesensten Gesandtschaftszirkeln des Auslands Wundervolleres geboten werden konnte. Nicht umsonst gewinnt Zenith in letzter Zeit den Ruf, in gesellschaftlicher Hinsicht die auserwählte Stadt des Binnenlandes zu sein.

Obwohl seine Bescheidenheit sich dagegen sträubt, verleiht die Gegenwart von Lord Doak unserem Viertel ein Cachet, wie es seit dem unvergeßlichen Besuch des Herzogs von Sittingbourne nicht genossen hat. Nicht nur, daß er ein Peer von England ist, er ist außerdem, wie man sich zuflüstert, einer der Anführer der britischen Metallindustrie. Er stammt aus Nottingham, dem Lieblingsaufenthalt von Robin Hood, obwohl, wie uns Lord Doak mitteilt, es heute eine moderne und lebhafte Stadt mit 275 573 Einwohnern, großer Spitzenfabrikation und anderen Industrien ist; dennoch glauben wir gerne, daß durch seine Adern etwas von dem männlich roten und edlen blauen Blut rinnt, das der frühere Lord des grasgrünen Waldes, der schelmische Robin Hood besaß.

Die reizende Mrs. McKelvey war nie so faszinierend

wie gestern abend in ihrer schwarzen Tüllrobe, die mit zarten Silberbändern durchwirkt war und an deren Gürtel einige Aaron-Ward-Rosen glühten.»

Babbitt erklärte mit Todesverachtung: «Ich hoffe, sie laden uns nicht zu diesem Lord Doak-Burschen ein. Mir ist viel lieber, wir verbringen einen netten, stillen Abend mit Charley und Gemahlin.»

Im Zenither *Athletic Club* wurde die Sache des langen und des breiten besprochen. «Ich glaub, wir werden McKelvey von nun ab ‹Lord Chaz› nennen müssen», sagte Sidney Finkelstein.

«Es ist doch absolut unbegreiflich», überlegte Howard Littlefield, der Mann der genauen Wissenschaft, «wie schwer es ist, den Leuten manche Dinge einzutrichtern. Hier, zum Beispiel, sagen alle ‹Lord Doak›, wo es doch ‹Sir Gerald› heißen müßte.»

Babbitt staunte: «Nein, tatsächlich? Na, so was! ‹Sir Gerald›, was? Wird er so angeredet? Na, meine Herrschaften, ich freue mich, daß ich das jetzt weiß.»

Später äußerte er sich seinem Personal gegenüber folgendermaßen: «Es ist zu dumm für Worte, wie Leute, die zufällig schwer reich geworden sind, berühmte Ausländer zu sich laden, und dabei nicht mal soviel Ahnung haben wie die Kuh im Stall, wie sie ihren Gast anreden müssen, damit er sich gemütlich fühlt!»

Als er sich am selben Abend auf den Heimweg machte, fuhr er an McKelveys Auto vorüber und sah Sir Gerald darin sitzen, einen schweren, frischroten, glotzäugigen, teutonenhaften Engländer, dessen dünn herabhängender gelber Schnurrbart ihm ein trauriges, unsicheres Aussehen gab. Babbitt fuhr langsam, von einem Gefühl der Nutzlosigkeit bedrückt, weiter. Er hatte die plötzliche, unerklärliche und grauenhafte Überzeugung, daß sich die McKelveys über ihn lustig machten.

Er verriet seine Niedergeschlagenheit durch die Heftigkeit, mit der er seiner Frau mitteilte: «Leute, die sich ernstlich um ihr Geschäft kümmern, können ihre Zeit nicht mit so einem Pack wie die McKelveys vergeuden. Dieses Gesellschaftsleben ist wie jede andere Liebhaberei: widmet man sich ihr ganz, kommt man auch vorwärts. Aber ich hab auch gerne mal ein bißchen Zeit für dich und die Kinder, statt all dieses dummen Herumgerennes.»

Sie erwähnten die McKelveys nicht wieder.

5

Es war zu ärgerlich, dass sie sich, zwischen all diesen Sorgen, auch noch um die Overbrooks kümmern mußten.

Ed Overbrook war ein Klassenkollege Babbitts, der es zu nichts Rechtem gebracht hatte. Er hatte eine große Familie und eine schwachgehende Versicherungsagentur draußen in der Vorstadt Dorchester. Er war grauhaarig und mager und nichtssagend. Er war derjenige, den man regelmäßig vergaß unter Freunden vorzustellen, um ihn dann hinterher mit besonderer Begeisterung vorzustellen. Er hatte auf der Universität Babbitts Kollegialität bewundert, er bewunderte seither seine Macht als Realitätenagent, sein prächtiges Haus, seine schönen Kleider. Das freute Babbitt, obwohl es ihn gleichzeitig durch ein Verantwortlichkeitsgefühl belästigte. Bei ihrem Klassen-Festessen hatte er den armen Overbrook in einem abgetragenen blauen Sergeanzug mit drei anderen Nullen schüchtern in einer Ecke stehen gesehen. Er war hingegangen und hatte herzlich gerufen: «Hallo, junger Ed! Ich höre, du machst jetzt alle Versicherungen in Dorchester. Feines Geschäft, das!»

Sie gedachten der guten alten Tage, in denen Overbrook lyrische Gedichte verfaßt hatte. Overbrook brachte ihn in die ärgste Verlegenheit, als er unerwartet herausplatzte: «Du, Georgie, es ist mir schrecklich, wenn ich daran denke, wie wir zwei uns aus den Augen verloren haben. Ich würde mich so sehr freuen, wenn du und Mrs. Babbitt an einem Abend bei uns speisen wolltet.»

Babbitt schrie dröhnend: «Schön! Ganz bestimmt! Laß mich nur wissen wann. Und meine Frau und ich möchten euch gerne mal bei uns sehen.» Dann vergaß er es ganz, aber unglücklicherweise vergaß Ed Overbrook nicht. Verschiedene Male rief er Babbitt an, um ihn zum Abendessen einzuladen. «Es wäre gescheiter, hinzugehen und es überstanden zu haben», sagte Babbitt stöhnend zu seiner Frau. «Aber findest du es nicht unglaublich, wie der arme Schlucker nicht 'ne blasse Ahnung von Etikettefragen hat! Telefoniert mir, statt daß sich die Frau hinsetzt und eine reguläre Einladung schreibt! Na, ich denke, wir müssen uns darein finden. Man hat die größten Unannehmlichkeiten von all dieser Klassenkollegen-Herumtuerei.»

Er sagte bei Overbrooks nächster, kläglicher Einladung zu, an einem Abend über zwei Wochen zu kommen. Ein Souper, das erst in zwei Wochen stattfinden soll, erscheint niemals so entsetzlich, bis die zwei Wochen erstaunlich rasch um sind und man plötzlich entsetzt die gefürchtete Stunde herannahen sieht. Sie mußten, wegen ihres eigenen Abends mit den McKelveys, das Datum nochmals verlegen, aber schließlich fuhren sie trübselig zu dem Haus der Overbrooks nach Dorchester hinaus.

Es war jämmerlich von Anfang an. Die Overbrooks speisten um 18 Uhr 30, während die Babbitts nie vor 19 Uhr speisten. Babbitt erlaubte sich den Luxus, um zehn Minuten zu spät zu kommen. «Machen wir die Sache so kurz und so schmerzlos wie möglich. Ich denke, wir reißen früh aus. Ich werde sagen, daß ich morgen besonders zeitig im Büro sein muß», nahm er sich vor.

Die Wohnung der Overbrooks machte einen niederdrückenden Eindruck. Es war das zweite Stockwerk eines Zwei-Familien-Hauses, eine Wohnung, wo Kinderwagen herumstanden, alte Hüte im Vorzimmer hingen, alles nach Grünkohl roch und die Familienbibel auf dem Wohnzimmertisch lag. Ed Overbrook und seine Frau waren ebenso unbeholfen und schlecht gekleidet wie gewöhnlich, und die anderen Gäste waren zwei gräßliche Familien, deren Namen Babbitt nicht verstand und niemals zu hören wünschte. Aber er war gerührt und ein bißchen aus der Fassung gebracht durch die taktlose, überschwengliche Art, mit der Overbrook sein Lob sang:

«Wir sind herzlich stolz und froh, unseren alten George heute abend bei uns zu haben! Natürlich habt ihr alle seine Reden und Vorträge in den Zeitungen gelesen – und ein fescher Junge ist er auch, was? –, aber woran ich mich am liebsten erinnere, aus allen unseren Universitätstagen, ist, was für ein prächtiger Kamerad er war, und einer der besten Schwimmer in der Klasse obendrein.»

Babbitt bemühte sich, aufgeräumt zu sein; er arbeitete energisch daran; aber er konnte nichts Anregendes finden in Overbrooks Ängstlichkeit, in der Teilnahmslosigkeit der übrigen Gäste und in dem leeren Stumpfsinn von Mrs. Overbrook, mit ihrer Brille, ihrer farblosen Haut und ihrem glatt zurückgespannten Haar. Er erzählte seine drolligste irische Anekdote, aber sie fiel in sich zusammen wie ein schwammiger Kuchen. Der trübste Augenblick kam, als Mrs. Overbrook aus dem Nebel ihrer häuslichen Miseren, der acht Kinder, die sie genährt hatte, des Kochens und Scheuerns auftauchend, versuchte, Konversation zu machen.

«Sie gehen sicher sehr oft nach Chicago und New York, Mr. Babbitt?» sagte sie tastend.

«Na ja, nach Chicago komm ich ziemlich oft.»

«Es muß furchtbar interessant sein. Wahrscheinlich besuchen Sie alle Theater?»

«Also, um ganz aufrichtig zu sein, Mrs. Overbrook, was

mich am meisten nach Chicago lockt sind die schönen großen Beefsteaks in dem holländischen Restaurant in der Loop.»

Sie hatten sich nichts mehr zu sagen. Es tat Babbitt leid, aber er konnte sich nicht helfen; das Souper war ein großer Mißerfolg gewesen. Um 22 Uhr riß er sich gewaltsam aus dem Stumpfsinn nichtssagender Reden empor und erklärte, so munter er nur konnte: «Ich fürchte, wir müssen uns jetzt auf den Weg machen, Ed. Morgen kommt jemand in aller Herrgottsfrühe zu mir ins Büro.» Als ihm Overbrook behilflich war, in den Mantel zu schlüpfen, sagte Babbitt: «Es war nett, wieder von alten Tagen zu plaudern. Wir müssen mal zusammen frühstücken in nächster Zeit.»

Mrs. Babbitt seufzte,während sie heimwärts fuhren. «Es war schon sehr entsetzlich. Aber wie dich doch Mr. Overbrook bewundert!»

«Ja, armer Schuft! Scheint sich einzubilden, daß ich ein zinnerner Engel mit Flügeln bin und der hübscheste Junge in Zenith.»

«Nein, das bist du nicht, aber – Ach, Georgie, du willst doch nicht sagen, daß wir sie auch werden einladen müssen?»

«Och je! Herrgott, ich hoffe nicht.»

«Hör mal, George! Du hast doch hoffentlich Mr. Overbrook nichts davon gesagt?»

«Nein! Also auf Ehre! Nein! Ich habe nichts gesagt. Hab nur eine Bemerkung fallenlassen, daß wir mal zusammen frühstücken müßten.»

«Nun, dann... Ach, du lieber Gott... Ich will sie ja wirklich nicht kränken. Aber ich glaube allen Ernstes, daß ich einen zweiten solchen Abend nicht aushalten könnte. Und stell dir nur vor, Dr. Angus und seine Frau oder sonst wer käme herein, wenn sie gerade bei uns sind, und würden sich denken, das sind unsere Freunde.»

Sie quälten und ängstigten sich während einer Woche: «Wir sollten wirklich Ed und seine Frau einladen, die armen Teufel!» Aber nachdem sie die Overbrooks nie sahen, vergaßen sie sie, und nach ein bis zwei Monaten sagten sie: «Das war das Beste, was wir tun konnten, das Ganze einfach einschlafen zu lassen. Es wäre ja keine Wohltat für sie, wenn wir sie einlüden. Sie würden sich ganz deplaciert und armselig bei uns fühlen.»

Sie erwähnten die Overbrooks nicht wieder.

Sechzehntes Kapitel

I

Nun er die Gewissheit gewonnen hatte, nicht in den Kreis der McKelveys aufgenommen zu werden, fühlte sich Babbitt schuldig und ein wenig lächerlich. Aber er suchte mit mehr Regelmäßigkeit die Elche auf; bei einem Frühstück der Handelskammer sprach er über die Verruchtheit der Streiks; und er sah sich wieder als hervorragenden Bürger gefeiert.

Seine Clubs und sein Verkehr waren gerade das, was seine Seele brauchte.

Es wurde von jedem anständigen Mann in Zenith verlangt, daß er zu einer oder noch besser zu zwei oder zu drei der zahllosen «Logen» und Wohlhabenheit verkündenden Frühstücksclubs gehöre; zu den Weltverbrüderern, den Kiwanis oder den Boosters; zu den Eigenbrötlern, Renntieren, Freimaurern, Rothäuten, Waldmenschen, Eulen, Adlern, Makkabäern, Rittern der Pythia, Rittern des Kolumbus und anderen Geheimorden, die sich alle durch hochgradige Herzlichkeit, gesunde Moral und Ehrfurcht vor der Konstitution auszeichneten. Vier Gründe gab es, um diesen Vereinigungen beizutreten: es war das, was jeder tat. Es war nützlich im Geschäft, da Logenbrüder meist Kundschaften wurden. Es bot den Amerikanern, die weder Geheimräte noch Commendatori werden konnten, die Möglichkeit, salbungsvolle Titel, wie zum Beispiel Hochwürdiger Geheimer Archivschreiber oder

Groß-Hoogow, neben die gewöhnlicheren Titel Major, Richter oder Professor zu setzen. Und es verschaffte dem streng gehaltenen amerikanischen Ehemann die Freiheit, an einem Abend in der Woche seinem häuslichen Herd fernzubleiben. Die Loge war seine Piazza, war sein Straßenkaffeehaus. Er konnte dort Billard spielen und wie ein Mann mit Männern reden und schlüpfrig und tollkühn sein.

Babbitt war wegen all dieser Gründe das, was er einen «Mitmacher» nannte.

Hinter dem gold- und scharlachfarbenen Banner seiner offiziellen Heldentaten lag der farblos graue Hintergrund seines alltäglichen Geschäftslebens: Pachtverträge, Verkaufskontrakte, Listen der zu vermietenden Objekte. Die Vorträge, die Versammlungen und Logenabende regten ihn an wie Branntwein, aber an den Morgen hinterher war seine Zunge trocken und sandig. Woche nach Woche speicherte er Nervosität auf. Zwischen ihm und seinem auswärtigen Agenten Stanley Graff herrschte offene Fehde; und einmal fuhr er Miss McGoun an, weil sie seine Briefe eigenmächtig abänderte, obwohl ihre Reize ihm bisher immer widerwillige Höflichkeit abgerungen hatten.

Aber in Paul Rieslings Gegenwart wurde er mild und heiter. Mindestens einmal in der Woche flüchteten sie vor ihren Pflichten in die Knabenjahre zurück. Am Samstag spielten sie Golf und neckten einander: «Für einen Golfpartner bist du ein ganz guter Tennisspieler»; oder sie fuhren den ganzen Sonntagnachmittag lang im Auto, hielten in Dorfwirtshäusern, um auf hohen Stühlen vor dem Schanktisch zu sitzen und aus dicken Porzellantassen Kaffee zu trinken. Manchmal kam Paul am Abend mit seiner Violine herüber, und selbst Zilla wurde still, wenn der einsame Mann, der seinen Weg verloren hatte und immer nur auf unbekannten Pfaden schlich, seiner düsteren Seele in der Musik Luft machte.

2

Nichts läuterte Babbitt so sehr und hob seinen Ruf in der Öffentlichkeit als sein Wirken in der Sonntagsschule.

Seine Kirche, die Presbyterianische auf Chatham Road, war eine der größten und reichsten mit Samt und Eiche ausgestatteten Kirchen von Zenith. Der Pfarrer war Hochwürden John Jennison Drew, M. A., D. D., LL. D. (Die ersten zwei Titel waren von der Elbert University, Nebraska, der letzte von der Waterbury University in Oklahoma.) Er war beredt, tüchtig und geschmeidig. Er führte den Vorsitz bei anti-unionistischen Versammlungen und bei solchen zur Hebung des häuslichen Gottesdienstes, und er teilte gern der Zuhörerschaft mit, daß er als armer Junge Zeitungen verkauft hatte. Er schrieb Leitartikel in der Samstagsausgabe des *Evening Advocate* über «Den Glauben des mannhaften Mannes» und «Der Dollar und der geistige Wert des Christentums», die, in großen Lettern gedruckt, mit einer geschlängelten Randleiste erschienen. Er erklärte oft, daß er «stolz darauf sei, in erster Reihe als tüchtiger Geschäftsmann zu gelten», und daß er unter keinen Umständen «zugeben würde, daß der alte Satan auf alle Energie und alles Draufgängertum ein Monopol nähme». Er war ein hagerer, bäurisch aussehender junger Mann mit Goldbrille und einem farblos braunen Haarschopf, aber wenn er sich seinem überströmenden Wortschwall mit Macht hingab, flammte er vor Begeisterung. Er gab selbst zu, daß er zu sehr Dichter und Gelehrter war, um dem Evangelisten Mike Monday nachzueifern, aber er hatte seine Gemeinde einmal aus ihrer Trägheit aufgerüttelt und reichere Sammlungen erzielt durch seinen herausfordernden Spruch: «Meine lieben Brüder in Christo, der wirklich gemeine Schuft ist der Mann, der dem Herrn nicht leiht!»

Er hatte aus seiner Kirche einen wahren Mittelpunkt der

Gemeinde gemacht. Sie enthielt alles außer einer Bar. Sie hatte einen Kindergarten, ein Donnerstags-Abendessen, gefolgt von einem kurzen, heiteren Missionsvortrag, eine Turnhalle, jede zweite Woche einen kinematographischen Abend, eine Bibliothek technischer Handbücher für junge Arbeiter – obwohl bedauerlicherweise kein junger Arbeiter jemals die Kirche betrat, außer um Fenster zu putzen oder um die Heizung in Ordnung zu bringen – und ein Kränzchen, wo kleine kurze Höschen für die Kinder der Armut verfertigt wurden, während Mrs. Drew Romane mit ernsten Tendenzen laut vorlas.

Obwohl Dr. Drews theologische Anschauungen presbyterianisch waren, war der Bau seiner Kirche anmutig und episkopal. Sie hatte, wie er sich ausdrückte, «die dauerhaftesten und charakteristischsten Merkmale jener edlen kirchlichen Monumente des schönen Englands, die als Symbole des unvergänglichen Glaubens und der ewigen Treue in religiösem und bürgerlichem Sinne stehen». Sie war aus freundlichem, rostfarbenem Ziegelstein in verbessertem gotischem Stil gebaut und die Haupthalle war mit diffusem Licht von elektrischen Birnen in verschwenderischen Alabasterkugeln erhellt.

Als die Babbitts an einem Dezembervormittag in der Kirche saßen, war Dr. John Jennison Drew besonders beredt. Es war ein ungeheures Gedränge. Zehn tüchtige, flinke junge Helfer in Salonröcken mit einer weißen Rose im Knopfloch trugen Klappstühle aus dem Keller herauf. Es gab ein ergreifendes musikalisches Programm von Sheldon Smeeth, dem pädagogischen Leiter der Christlichen Vereinigung Junger Männer, der auch das Offertorium sang. Babbitt mochte das nicht besonders gern, weil irgendein irregeleiteter Mensch dem jungen Mr. Smeeth beigebracht hatte, während des Singens zu lächeln, immerfort zu lächeln und zu lächeln; aber mit der ganzen Wertschätzung eines Fachkollegen würdigte er die Predigt des Dr. Drew. Sie hatte das geistige Niveau, das die Gemeinde von Chatham Road so vorteilhaft von den vernachlässigten Gotteshäusern der Arbeiterklasse von Smith Street unterschied.

«In dieser überreichen Erntezeit des Jahres», präludiert Dr. Drew in singendem Ton, «wenn auch der Himmel stürmisch ist und der beschwerliche Pfad dem wegmüden Wanderer endlos erscheint, blickt doch der schwebende, körperlose Geist über die Werke und Wünsche der letztverflossenen zwölf Monate zurück, und es will mir, ach, wie trostreich erscheinen, daß hinter unseren angeblichen Mißgriffen und Fehlschritten der goldene Freudenchor jener erklingt, die nicht mehr auf Erden weilen; und siehe da! Am düsteren Horizont tauchen hinter trüben Schmerzenswolken gewaltige Gebirgsmassen auf, Berge von Melodien, Berge der Heiterkeit, Berge aller Macht und Wonne!»

«Nein, wie angenehm doch eine kultivierte, wohldurchdachte Predigt auf mich wirkt», grübelte Babbitt.

Am Schluß des Gottesdienstes war er entzückt, als der Pastor, der an der Eingangstür eifrig Hände schüttelte, zwitscherte: «Ach, Bruder Babbitt, können Sie ein Augenblickchen warten? Ich möchte gern Ihren Rat haben.»

«Na und ob, Doktor! Selbstverständlich!»

«Treten Sie solange in mein Büro ein. Ich glaube, die Zigarren, die dort sind, werden Ihnen schmecken.» Und sie schmeckten Babbitt. Auch gefiel ihm das Büro, das sich von anderen Geschäftsräumen nur durch die geistreiche Abänderung des wohlbekannten Wandspruchs unterschied, der hier: «Heut ist der geschäftige Tag des Herrn!» lautete. Chum Frink kam herein, und nach ihm William W. Eathorne.

Mr. Eathorne war der fünfundsiebzigjährige Präsident der Ersten Staatsbank von Zenith. Er trug noch immer die zierlichen Bartkoteletten, die 1870 das allgemeine Merkmal des Bankiers gewesen waren. Fühlte Babbitt Neid vor der eleganten Gesellschaft der McKelveys, so fühlte er vor William Washington Eathorne Ehrfurcht. Mr. Eathorne hatte mit der eleganten Welt nichts gemein. Er thronte in höheren Regionen. Er war der Urenkel von einem der fünf Männer, die Zenith 1792 begründet hatten, und er war Bankier in der dritten Generation. Er konnte Kredite prüfen, Anleihen bewilligen, einem Mann geschäftlich nützen oder schaden. In seiner Gegenwart ging Babbitts Atem rasch, und er fühlte sich jung und unreif.

Hochwürden Dr. Drew platzte ins Zimmer, und sofort strömten Redeblüten über seine Lippen:

«Ich habe die Herren ersucht zu verweilen, damit ich Ihnen einen Vorschlag unterbreiten kann. Die Sonntagsschule muß aufgerüttelt werden. Sie ist die viertgrößte von Zenith, aber es liegt kein Grund vor, warum wir hinter anderen zurückstehen sollen. Wir müßten die ersten sein. Ich wollte Sie ersuchen, wenn es Ihnen recht ist, ein Komitee zu bilden, zur Beratung und zu Reklamezwecken für unsere Sonntagsschule; überdenken Sie das Ganze und bringen Sie mir alle Vorschläge für durchzuführende Verbesserungen, vielleicht setzen Sie es auch durch, daß die Zeitungen die Aufmerksamkeit auf uns lenken – dem Publikum einmal nützliche und konstruktive Nachrichten statt lauter Morden und Scheidungen zu bringen.»

«Ausgezeichnet», sagte der Bankier.

Babbitt und Frink schlossen sich ihm entzückt an.

3

Wenn man Babbitt nach seinem religiösen Glauben gefragt hätte, würde er mit der volltönenden Rhetorik des *Boosters Club* geantwortet haben: «Mein Glauben ist, meinem Mitmenschen zu dienen, meinen Bruder zu achten wie mich selbst und mein Scherflein dazu beizutragen, um das Leben für mich und andere glücklich zu machen.» Wenn man ihn um genauere Umschreibung ersucht hätte, hätte er erklärt: «Ich bin Mitglied der Presbyterianischen Kirche, und natürlich anerkenne ich ihre Lehren.» Und hätte man die Grausamkeit gehabt, ihn noch weiter zu quälen, hätte er protestiert: «Aber es ist doch ganz zwecklos, über Religion zu diskutieren und zu argumentieren; das macht nur böses Blut.»

Tatsächlich bestand seine theologische Auffassung darin, daß es ein höheres Wesen gab, das versucht hatte, uns vollkommen zu gestalten, und dem es offenbar nicht gelungen war; daß man an einen Ort kam, der Himmel hieß (und den sich Babbitt unbewußt als ein wirklich vorzügliches Hotel mit einem Privatgarten vorstellte), wenn man ein guter Mensch war; war man aber ein schlechter Mensch, das heißt, wenn man Raubmord oder Einbruch verübte, Kokain schnupfte, Mätressen aushielt oder nicht existierende Ländereien verkaufte, wurde man bestraft. Babbitt war sich durchaus nicht im klaren über diese «Höllenaffäre», wie er sich ausdrückte. Ted erklärte er: «Natürlich bin ich ja ziemlich liberal; ich stelle mir die Hölle nicht als einen flammenden Schwefelschlund vor. Aber es scheint mir ganz logisch zu sein, daß ein Mensch nicht schwere Laster verüben kann, ohne dafür etwas abzukriegen, verstehst du mich?»

Über diese seine Theologie grübelte er selten. Der innerste Kern seiner praktischen Religion war, daß sie angesehen sein mußte und daß es dem Geschäft zugute kam, wenn man den Gottesdienst besuchte; daß die Kirche die schlechten Elemente davor zurückhielt, noch schlechter zu werden; und daß die Predigten des Pastors, wie langweilig sie auch immer im Augenblick erschienen, dennoch eine geheime Zaubermacht enthielten, die «dem Menschen wohl tat – die ihn mit erhabenen Dingen in Berührung brachte».

Er mochte die Bibelklasse der Geschäftigen, die aus reifen Männern und Frauen bestand, sehr gern; dort sprach der Arzt der alten Schule, Dr. T. Alkins Jordan, in einem sprühenden Stil, der vielleicht mit dem der vornehmen humoristischen Tischredner zu vergleichen wäre; aber wenn er zu den jüngeren Klassen hineinging, kam er aus der Fassung. Er war dabei, wie Sheldon Smeeth, der pädagogische Leiter der Christlichen Vereinigung Junger Männer und Dirigent des Kirchenchors, ein blasser, aber eifriger junger Mann mit lockigem Haar und ständigem Lächeln, eine Klasse sechzehnjähriger Knaben unterrichtete. Smeeth sprach ihnen liebevoll zu: «Also am nächsten Donnerstag, Jungens, findet in meinem Haus ein offenherziger Besprechungsabend statt. Wir wollen uns alle zusammensetzen und offen und ehrlich unsere geheimen Sorgen und Wünsche mitteilen. Ihr dürft ruhig eurem alten Sheldy alles erzählen, genau wie es die Burschen im Verein tun. Ich werde euch klar und aufrichtig von den gräßlichen Gefahren sprechen, die einem Jungen drohen, wenn er nicht von einem großen Bruder geführt und behütet wird, und werde euch die gefahrvollen Klippen und die Herrlichkeit des Geschlechtslebens erklären.» Der alte Sheldy strahlte feucht; die Knaben sahen aus, als ob sie sich schämten; und Babbitt wußte in seiner Verlegenheit nicht, wohin zu blicken.

Die untersten Klassen waren nicht so beunruhigend, dafür aber viel langweiliger; denn ernsthafte alte Jungfern unterrichteten dort Philosophie und orientalische Ethnologie. Die meisten Versammlungen wurden in dem glänzend lackierten Sonntagsschulraum abgehalten, aber der Überschuß ergoß sich in die Souterrainräume, die mit krampfaderartigen Wasserrohren geschmückt und durch kleine Kellerfenster hoch oben in den feuchttriefenden Mauern erhellt waren. Babbitt jedoch sah mit seinem geistigen Auge die Erste Kongregationale Kirche von Catawba vor sich. Er sah sich wieder in die Sonntagsschule seiner Knabenjahre zurückversetzt. Er glaubte, wieder jene vornehm dicke Luft zu atmen, die man nur in geistlichen Räumen findet; er sah den schmutzigbraunen Bücherschrank mit den Sonntagsschulbüchern: *Hetty, die demütige Heldin* und *Josephus, der Knabe aus Palästina;* er hielt wieder die grellbunten Kärtchen mit geistlichen Sprüchen in der Hand, die kein Junge haben mochte und die sich dennoch keiner getraute fortzuwerfen, weil sie irgendwie heilig waren; die holperige Routine der Zeit vor 35 Jahren quälte ihn furchtbar, während er in der geräumigen Zenither Kirche dem Unterricht folgte:

«Nun, Edgar, du liest den nächsten Vers. Was bedeutet das, wenn es dort heißt, eher geht ein Kamel durch ein Nadelöhr? Welche Lehre sollen wir daraus ziehen? Clarence! Bitte, wetz nicht so hin und her! Wenn du deine Aufgabe gelernt hättest, wärst du nicht so unruhig. Nun, Earl, was wollte Jesus seinen Jüngern beweisen? Ich möchte gerne, daß ihr euch eine Sache merken sollt, Kinder, und zwar: ‹Bei Gott ist alles möglich!› wenn ihr den Mut sinken lassen wollt und – Alec, willst du den nächsten Vers lesen? Wenn du aufgepaßt hättest, wüßtest du jetzt, wo wir halten!»

Summ – summ – summ – gigantische Bienen summen in einer Höhle voller Schlaf –

Babbitt fuhr aus seinem wachen Duseln auf, dankte der Lehrerin «für das Vergnügen, das er bei ihrem prächtigen Unterricht genossen hatte», und wankte zur nächsten Klasse hinüber.

Nach zwei Wochen solcher Geschäftigkeit hatte er Hochwürden Dr. Drew keine neuen Vorschläge zu unterbreiten.

Dann entdeckte er eine ganze Welt von Sonntagsschulzeitungen, ein ungeheures, geschäftiges Gebiet von Wochenschriften und Monatsschriften, die technisch und praktisch vollkommen und ebenso vorwärtsstrebend waren wie die Spalten über Ländereiagentur oder die Zeitung über Schuhhandel. Er kaufte ein halbes Dutzend in einer geistlichen Buchhandlung und las darin bis spät in die Nacht voll aufrichtiger Bewunderung.

Er fand viele einträgliche Winke über die «Zentralisierung von Aufrufen an das Publikum», «Anwerbung von neuen Mitgliedern» und «Wie man Spekulanten zur Sonntagsschule bringt». Ihm gefiel der Ausdruck «Spekulanten» ganz besonders, und folgender Abschnitt rührte ihn tief:

«Die moralischen Quellen des Gemeindelebens ruhen in den Tiefen der Sonntagsschulen – dieser Schulen religiöser Unterweisung und Begeisterung. Werden sie jetzt vernachlässigt, wird sich das in kommenden Jahren bitter rächen durch Verminderung der geistigen Kraft und des moralischen Einflusses... Die obigen Tatsachen und unsere direkte Aufforderung werden allen Leuten zu Herzen gehen, die man weder durch Scherze noch durch gutes Zureden dazu gewinnen kann, ihre Pflicht zu tun.»

Babbitt gab das zu. «Es ist wirklich so. Ich hab die alte Sonntagsschule in Catawba geschwänzt, sooft ich konnte, aber trotzdem, vielleicht wär ich nicht so weit, wie ich heute bin, wenn ich mir nicht dort moralische Kraft geholt hätte. Und der ganze Teil über die Bibel. Großartige Literatur. Muß mich wieder dranmachen, sobald ich Zeit habe.»

Wie eine Sonntagsschule nach allen Regeln der Wissenschaft organisiert werden konnte, lernte er aus einem Artikel in der *Westminster Bibelklasse für Erwachsene*:

«Die zweite Vizepräsidentin sorgt für den kameradschaftlichen Geist der Klasse. Sie wählt einen Ausschuß, der ihr dabei behiflich ist. Diese Leute werden zu Helfern ernannt. Jeder, der in den Saal tritt, bekommt einen warmen Händedruck, keiner verläßt ihn als Fremdling. Einer der Hilfslehrer steht auf der Treppe und ladet die Vorübergehenden ein, hereinzukommen.»

Die Bemerkungen von William H. Ridgeway in der *Sonntagsschul-Times* schätzt Babbitt vielleicht am höchsten:

«Wenn ihr eine Sonntagsschulklasse habt ohne Energie, ohne überströmende Arbeitslust, eine Klasse, die kein Interesse aufweist und nicht regelmäßig erscheint, eine Klasse, die an Wechselfieber zu leiden scheint, dann laßt euch vom alten Dr. Ridgeway ein Rezept dafür geben. Rp. Ladet sie alle zusammen zum Abendessen ein.»

Die Sonntagsschulblätter waren ebenso formvollendet wie

praktisch. Sie pflegten alle Künste. Zum Beispiel was Musik betraf, annoncierte die *Sonntagsschul-Times*, daß C. Harold Lowden, «Tausenden wohlbekannt durch seine geistlichen Kompositionen», ein neues Kunstwerk mit dem Titel *In Sehnsucht nach dir* geschaffen hatte. «Die Verse, von Harry D. Kerr verfaßt, sind die denkbar lieblichsten, und die Musikbegleitung ist unbeschreiblich schön. Kritiker sind sich darin einig, daß das Lied das ganze Land im Sturm erobern wird. Kann in ein entzückendes geistliches Lied umgewandelt werden durch Verwendung des Kirchenliedtextes: ‹Höret die Stimme Jesu an›.»

Selbst für Handfertigkeit war entsprechend gesorgt. Babbitt entdeckte eine geistreiche Erfindung, um die Auferstehung Jesu zu illustrieren:

«Modell für Schüler. Grabmal mit Schiebetür. – Nimm eine viereckige Schachtel mit Deckel und lege sie mit dem Boden nach oben. Ziehe den Deckel etwas vor, um unten eine Schwelle zu bilden. Schneide eine viereckige Tür und einen Pappdeckelkreis, der die Tür reichlich deckt. Bedecke die runde Tür und das ganze Grabmal mit einem dicken Brei aus Sand, Mehl und Wasser und lasse es trocknen. Am Ostermorgen fanden die Frauen den schweren runden Stein über der Tür hinweggerollt. Hier folgt die Geschichte, die wir nunmehr erzählen wollen.»

In ihren Annoncen waren die Sonntagsschulblätter außerordentlich tüchtig. Babbitts Interesse wurde erweckt durch ein Präparat, das «bei Männern mit sitzender Lebensweise die mangelnde Bewegung ersetzt, indem es den verbrauchten Nervenstoff neu aufbaut, den Hirnzellen und dem Verdauungsapparat Nahrung und Kraft zuführt».

Er fand es erbaulich, zu erfahren, daß der Verkauf von Bibeln eine rege und eifrig konkurrierende Industrie war; und als Experte in Dingen der Hygiene freute er sich über die Anzeige der sanitären Kommunions-Ausstattungsgesellschaft, die «eine verbesserte und durchaus befriedigende komplette Einrichtung mit wundervollem Mahagonitablett in Hochglanzpolitur» anbot. «Dieses Tablett vermeidet jedes Geräusch, ist leichter und bequemer als die bisherigen und paßt viel besser zur Inneneinrichtung der Kirchen als Tablette aus anderem Material.»

4

Er liess das Paket Sonntagsschulblätter zur Erde gleiten. Er überlegte. «Nun, das ist eine richtige, tüchtige Geschäftswelt. Imposant! Ich schäme mich, daß ich nicht mehr hingegangen bin. Einer, der Einfluß haben kann auf die Gemeinde – es ist eine Schande, wenn er nicht aktiv mitwirkt bei einer solchen strebsamen, eifrigen, mannhaften Religion. Eine Art von Christlichkeits-G.m.b.H., könnte man fast sagen.

Aber natürlich nur mit aller Ehrfurcht.

Manche Leute könnten behaupten, diese Sonntagsschulreklame sei unwürdig und unheilig, und so weiter! Spotten und höhnen und zerstören – das ist immer viel leichter als aufbauen. Aber ich für mich muß ja schon sagen, diese Zeitungen haben's mir entschieden angetan. Es ist ihnen gelungen, den guten alten George F. Babbitt ganz zu gewinnen, und das ist gleich die Antwort auf alle abfälligen Kritiken!

Je männlicher und praktischer der Mensch ist, desto weniger sollte er die Führung dieses unternehmenden christlichen Lebens scheuen. Ich bin mal dafür! Werde diese ganze Wurschtigkeit und Schnapstrinkerei streichen und – Veronika! Wo zum Teufel warst du denn? Ich muß sagen, das ist eine nette Art, mitten in der Nacht nach Hause zu kommen!»

Siebzehntes Kapitel

I

Es gibt nur drei oder vier alte Häuser auf Blumenhöhe, und man bezeichnet dort diejenigen, die vor 1880 erbaut wurden, als alte Häuser. Das größte unter ihnen ist der Wohnsitz von William Washington Eathorne, dem Präsidenten der Ersten Staatsbank.

Eathorne Mansion ist eine lebendige Erinnerung an die «vornehmen Viertel» von Zenith, wie sie von 1860 bis 1900 beliebt waren. Es ist eine Ungeheuerlichkeit aus roten Ziegelsteinen mit grauen Sandsteinbalken und Fenstervorsprüngen und einem Schieferdach mit roten, grünen und schmutziggelben Streifen. Es besitzt zwei saft- und kraftlose Türme, von denen der eine kupfergedeckt und der andere mit gußeisernen Farnen gekrönt ist. Die Veranda ist wie ein offenes Grabmal; sie ruht auf plumpen Granitsäulen, über denen steifgefrorene Ziegelsteinkaskaden hängen. Auf der einen Seite des Hauses prangt ein riesenhaftes, buntes Glasfenster in Form eines Schlüssellochs.

Aber das Haus macht durchaus keinen spaßigen Eindruck. Es verkörpert vielmehr die schwerfällige Würde jener Finanzleute der viktorianischen Ära, die die Zwischengeneration zwischen den Pionieren und den rührigen «Ingenieurkaufleuten» regiert haben und eine finstere Oligarchie schufen, indem sie ihre Macht über Banken, Mühlen, Ländereien, Eisenbahnen und Gruben ausdehnten. Dutzende widersprechender

Zeniths bilden das wahre und vollkommene Zenith, und keiner dieser Teile ist so mächtig und ausdauernd und dennoch den Einwohnern so wenig bekannt wie das unauffällige, stille, dürre, höfliche, grausame Zenith der William Eathornes; und für diese winzige Hierarchie mühen sich die übrigen Zeniths, ohne es zu wissen, und sterben dafür eines unrühmlichen Todes.

Die meisten Palais dieser eigensinnigen, mürrischen viktorianischen Tetrarchen sind heute bereits vom Erdboden verschwunden, oder sie sind zu Mietshäusern herabgesunken; aber Eathorne Mansion besteht in stolzer Tugend und unnahbarer Würde weiter. Seine Marmortreppen werden täglich gescheuert, die Messingplatte an der Tür wird liebevoll poliert, und die Spitzenvorhänge sind genauso fein und steif und überlegen wie William Washington Eathorne selbst.

Mit einer gewissen ängstlichen Ehrfurcht suchten Babbitt und Chum Frink Eathorne auf, um eine Sitzung des beratenden Sonntagsschulkomitees abzuhalten; in wortlosem Unbehagen folgten sie einer uniformierten Kammerjungfer durch katakombenartige Empfangszimmer in die Bibliothek. Diese war ebenso unverkennbar die Bibliothek eines soliden alten Bankiers wie die Bartkoteletten Eathornes die eines soliden alten Bankiers waren. Die meisten Bücher waren gesammelte Werke in korrekten und überlieferungsgemäßen Einbänden: mattes Blau, mattes Gold und glattes Kalbsleder. Das Feuer war genau wie es nach allen Traditionen zu sein hatte: ein kleines, stilles, ruhiges Feuer, das sich in den polierten Schürhaken spiegelte. Der Eichenschreibtisch war dunkel und alt und in jeder Hinsicht vollkommen; die Stühle waren sogar ein wenig hochmütig.

Eathornes Fragen nach dem Befinden von Mrs. Babbitt, Miss Babbitt und den anderen Kindern klangen sanft und väterlich, aber Babbitt fand keine Worte der Erwiderung. Es war unschicklich, nur daran zu denken, daß man «Wie geht's, wie steht's, alter Sozi?» sagen könnte, Worte, die Vergil Gunch und Frink und Littlefield erfreuten – diese Menschen, die ihm bisher feingebildet und erfolgreich erschienen waren. Babbitt und Frink setzten sich höflich, und höflich bemerkte Eathorne, der seine dünnen Lippen nur so weit öffnete, daß die Worte durchschlüpfen konnten: «Meine Herren, bevor wir die Sitzung eröffnen – Sie werden vielleicht auf dem Weg unter der Kälte gelitten haben, es war so liebenswürdig von Ihnen, einem alten Mann die Fahrt zu ersparen –, wollen wir nicht vielleicht zuerst einen heißen Whiskey trinken?»

Babbitt war so sehr auf die ständigen Formeln aller guten Freunde dressiert, daß er sich fast blamiert hätte, indem er ausrief: «Um niemanden zu kränken und vorausgesetzt, daß keine Kontrollorgane im Papierkorb versteckt sind –» Die Worte blieben ihm im Hals stecken. Er verneigt sich erregt und gehorsam. Chum Frink folgte seinem Beispiel.

Eathorne klingelte der Jungfer.

Der moderne, durch Luxus verwöhnte Babbitt hatte noch nie jemanden in einem Privathaus nach dem Mädchen klingeln hören, ausgenommen bei den Mahlzeiten. Er selbst hatte im Hotel den Boys geklingelt, aber zu Hause hütete man sich, Mathilde zu kränken; man ging in die Halle hinaus und rief nach ihr. Auch hatte er seit der Prohibitionszeit niemanden gekannt, der geistigen Getränken gegenüber gleichgültig gewesen wäre. Es war unerhört, seinen Whiskey einfach zu schlürfen, ohne auszurufen: «Ach, Menschenskind, das greift mir ans Herz!» Und in der Ekstase der Jugend, die vor wahrer Größe steht, staunte er: «Der kleine, haarige Kerl dort, der könnt mich ja mit einem Finger zugrunde richten! Wenn er zum Beispiel meinem Bankier sagen würde, er soll meine Anleihen kündigen – Herrgott! Der kleinwurzelige Stöpsel! Und sieht dabei aus, als ob er nicht ein bißchen Triebkraft in sich hätte! Nimmt mich wunder – bilden wir Boosters uns zuviel auf unseren Schneid ein?»

Er wandte sich schaudernd von diesem Gedanken ab und horchte hingebungsvoll auf Eathornes Ideen über das Hochbringen der Sonntagsschule, die alle sehr klar und ebenso schlecht waren.

Schüchtern gab Babbitt einen Umriß seiner Vorschläge:

«Ich glaube, wenn wir analysieren wollen, was der Schule nottut, wenn wir also die Sache so ansehen, als ob sie ein kaufmännisches Problem wäre, werden wir zuerst finden, daß die grundlegende und fundamentale Notwendigkeit das Wachstum ist. Ich nehme an, wir sind uns alle darin einig, daß wir nicht ruhen wollen, bis wir die verdammt größte Sonntagsschule des ganzen Staates sind, damit die presbyterianische Kirche von Chatham Road sich von niemandem nichts sagen lassen muß. Was nun unseren Feldzugsplan betrifft: es ist schon ein Versuch mit Werbetruppen gemacht worden, so daß die Kinder, die die meisten neuen Mitglieder hereinbrachten, Preise bekamen. Und hier machten sie einen groben Fehler: die Preise waren lauter Schund und dummer Schmarrn, Gedichtbände und illustrierte Bibeln, statt Dingen, für die ein echter, rechter Junge nicht die Mühe scheuen würde, tüchtig zu arbeiten, wie zum Beispiel bares Geld oder ein Geschwindigkeitsmesser für sein Motorrad. Natürlich ist es sehr schön und gut, den Unterricht mit bunten Buchzeichen und farbigen Bildern an der Wandtafel und so weiter zu beleben; aber wenn es sich darum handelt, mit richtigem Schneid und männlichem Eifer die Kundschaft anzuwerben, ich meine die Mitglieder, na, dann muß man es einem Burschen eben auch wirklich der Mühe wert machen.

Ich möchte also zwei Schlager bringen: Erstens teilen wir die Sonntagsschule in vier Armeen nach dem Alter der Knaben ein. Jeder bekommt einen militärischen Rang in seiner eigenen Armee, je nachdem, wie viele Mitglieder er uns anwirbt, und die Trottel, die uns im Stich lassen und niemanden bringen, die bleiben halt Gemeine. Der Pfarrer und der Superintendent haben Generalsrang. Und alle müssen militärisch salutieren, und wir führen den ganzen Klimbim der regulären Armee ein, damit die Jungens fühlen sollen, daß es lohnt, Karriere zu machen.

Dann zweitens: Natürlich hat die Schule eine Annoncenabteilung, aber Herrgott, niemand schafft dort was Rechtes –

niemals arbeitet jemand wirklich gut nur aus purer Liebe zur Arbeit. Das einzig Mögliche ist, ganz praktisch und *up to date* vorzugehen und einen wirklichen, bezahlten Presseagenten für die Sonntagsschule anzustellen – irgendeinen Zeitungsmenschen, der uns ein paar Stunden seiner Zeit widmen kann.»

«Ja, sicher, das stimmt!» sagte Chum Frink.

«Denkt doch nur an die netten, saftigen Brocken, die er einschieben würde!» triumphierte Babbitt. «Nicht nur die großen, auffälligen und maßgebenden Tatsachen, wie rasch sich die Sonntagsschule und die Geldsammlung entwickelt, aber auch eine Menge Späße und Unsinn und humoristischen Klatsch: zum Beispiel wie irgendein Schmock mit seiner Wette, soundso viele neue Mitglieder zu kapern, aufgesessen ist; oder wie fein sich die heilige Dreifaltigkeits-Mädchenklasse bei ihrem Wienerwürstchenball unterhalten hat. Und nebenbei, wenn er dazu Zeit findet, könnte der Presseagent über den Unterricht selbst schreiben – eigentlich für alle Sonntagsschulen der Stadt im Prinzip Reklame machen. Es hat gar keinen Sinn, sich den übrigen gegenüber wie schmutzige Schweine zu benehmen, vorausgesetzt, daß unsere Mitgliederzahl die ihrige immer übertrifft. Zum Beispiel könnte er die Blätter dazu kriegen, daß sie – natürlich versteh ich nicht viel von Literatur, ich habe sie nicht studiert wie Frink, und ich probier nur, mir auszudenken, wie die Artikel lauten müßten; aber nehmen wir an, man hätte in dieser Woche die Geschichte von Jakob durchgenommen, nun, dann würde der Annoncenmann etwas schreiben, das zum Schluß eine feine Moral hätte, aber der Titel wäre ein Kniff, um die Leute zu blenden und zum Lesen zu bringen, sagen wir so: *Jake hält den alten Herrn zum Narren, nimmt Reißaus und entführt Geld und Mädchen*. Versteht ihr, wie ich's meine? Das erweckt sofort das Interesse! Sie, Mr. Eathorne, sind selbstverständlich konservativer, und vielleicht finden Sie, daß diese Methoden unwürdig sind, aber ich glaube allen Ernstes, daß sie den Vogel abschießen würden.»

Eathorne faltete die Hände über seinem netten Bäuchlein und schnurrte wie ein alter Kater:

«Darf ich mich zuerst dahin äußern, Mr. Babbitt, daß mir Ihre Analyse der Situation viel Vergnügen bereitet hat. Sie nehmen ganz richtig an, daß es für mich in meiner Stellung notwendig ist, konservativ zu sein und vielleicht auch einen gewissen Würdegrad aufrechtzuerhalten. Dennoch glaube ich, werden Sie finden, daß ich immerhin fortschrittlich bin. Ich getraue mir zu behaupten, daß wir beispielsweise in unserer Bank, was Öffentlichkeit und Annoncen betrifft, mindestens ebenso modern sind wie andere Unternehmungen in der Stadt. Ja, es will mich dünken, daß Sie überrascht sein werden, wie sehr wir von der alten Generation auf dem laufenden sind über die so veränderten geistigen Werte des Tages. Ja, ach ja. Und es freut mich also, sagen zu können, daß, obwohl ich persönlich vielleicht mehr zum starren Presbyterianismus eines früheren Zeitalters neige –»

Schließlich war sich Babbitt im klaren, daß Eathorne einverstanden war.

Chum Frink brachte für den Posten des halbtägigen Presseagenten einen gewissen Kenneth Escott, Reporter der *Advocate Times,* in Vorschlag.

Sie trennten sich mit dem Gefühl hoher Freundschaft und christlicher Hilfsbereitschaft.

Babbitt fuhr nicht heim, sondern dem Zentrum der Stadt zu. Er wünschte allein zu sein und in der Schönheit seines intimen Verhältnisses zu William Washington Eathorne zu schwelgen.

2

Schimmernder Schneeabend mit frostharten Gehsteigen und freundlich hellen Lichtern.

Große goldene Lichter der Trambahnwagen, die über den festgefrorenen Schnee der Straßen gleiten. Ehrbare Lichter der kleinen Häuser. Tosend hervorbrechender Strahl eines fernen Hochofens, der die klarleuchtenden Sterne verdunkelt. Lichter der benachbarten Drogen- und Sodawassergeschäfte, wo nach des Tages Last und Mühen Freunde in eifrigem Gespräch saßen.

Grünes Licht der Polizeiwache und sein noch intensiv grünerer Widerschein auf dem Schnee; Drama eines Gefängnisautos – Schlagen des Klöppels auf den Gong, wie verzweifelter Herzschlag, Autolaternen sengen die kristallen schimmernde Straße, der Führer ist kein Chauffeur, ist ein Polizist in stolzer Uniform, ein anderer Polizist hängt besorgniserregend am rückwärtigen Trittbrett, und einen flüchtigen Augenblick lang sieht man den Gefangenen. Ein Mörder, ein Einbrecher, ein Falschmünzer, den sie geschickt in eine Falle gelockt haben?

Eine ungeheure graue Steinkirche, mit spitzem, steilem Turm; schwaches Licht aus der Sakristei, wo fröhlich summender Chor übt. Zitterndes grünes Quecksilberdampflicht eines Fotografenateliers. Dann stürmende Lichter der Innenstadt; abgestellte Autos mit rubinfarbenen Nummernlichtern; weiße Bogeneingänge der Kinotheater, wie winterliche, frostige Höhlen; elektrisch beleuchtete Aushängeschilder – Schlangen und kleine, tanzende Feuermännchen; rosige Lampen und feurigrote Jazzmusik in billigen Tanzlokalen im Stockwerk; Lichter von chinesischen Restaurants, Laternen mit Kirschblüten und Pagoden bemalt, vor glänzend schwarz-goldenem Gitterwerk hängend. Kleine, schmierige Lampen in kleinen, stinkenden Speisewirtschaften. Das elegante Ladenviertel, mit vornehmem, ruhigem Licht über kristallenen Ketten und Pelzen und einschmeichelnde Flächen polierten Holzes in samtbehangenen, diskreten Auslagen. Hoch über der Straße ein unerwartetes, erleuchtetes Viereck, das im Dunkel zu hängen scheint, das Fenster eines Büros, wo irgend jemand aus unbekannten, aufregenden Gründen noch spät an der Arbeit sitzt. Ein Mann, der mit dem Bankrott kämpft, ein ehrgeiziger Knabe, ein Petroleumspekulant, der über Nacht reich geworden ist?

Die Luft war schneidend, der Schnee lag tief in den schmalen, ungekehrten Alleen, und jenseits, vor den Toren der Stadt, wußte Babbitt, lagen schneeverwehte Hügel und winterliche Eichen und der geschlängelte, eisgebannte Fluß.

Er liebte seine Stadt mit leidenschaftlichem Staunen. Die angesammelte Ermüdung, die die Geschäftssorgen und seine häufigen Reden vor der Öffentlichkeit mit sich gebracht hatten, wich von ihm; er fühlte sich jung und einflußreich. Er war voller Ehrgeiz. Es genügte ihm nicht mehr, ein Vergil Gunch, ein Orville Jones zu sein. Nein. «Das sind brave Burschen, wirklich großartig, aber es fehlt ihnen alle feine List.» Nein. Er würde ein Eathorne werden, wählerisch und streng, kalt und mächtig.

«Das ist das Wahre. Die schwere Faust im samtenen Handschuh. Niemandem gestatten, unverschämt zu werden. Ich hab meine Sprache vernachlässigt. Slang gesprochen. Schlampige Ausdrücke gebraucht. Damit wird Schluß gemacht. Ich war an der Universität ausgezeichnet in Rhetorik. Aufsätze über – Jedenfalls war ich gut. Hab mich jetzt zu tief eingelassen in diese Allerweltsfreund- und Gemütlichkeitsfex-Allüren. Ich – Warum sollte ich nicht eines Tages selbst eine Bank gründen? Und Ted wäre mein Nachfolger!»

Er fuhr glücklich und zufrieden heim und war vor Mrs. Babbitt ein William Washington Eathorne; aber sie merkte es nicht.

3

Der junge Kenneth Escott, Reporter der *Advocate Times*, wurde zum Presseagenten der Presbyterianischen Sonntagsschule von Chatham Road ernannt. Er widmete dieser Arbeit sechs Stunden in der Woche. Wenigstens wurde er für sechs Stunden in der Woche bezahlt. Er hatte gute Freunde bei der *Press* und bei der *Gazette* und war nicht offiziell als Presseagent bekannt. Er bildete eine nie versiegende Quelle von gewinnenden Notizen über nachbarliche Gefühle und die Bibel, über Klassensoupers, fröhlich und dabei erzieherisch gehalten, und über den Wert eines in Gebet verbrachten Lebens zur Sicherung eines finanziellen Erfolgs.

Die Sonntagsschule machte sich Babbitts System der militärischen Organisation zu eigen. Angeregt durch diese geistige Auffrischung nahm sie einen Riesenaufschwung. Sie wurde nicht die größte Schule von Zenith – die Zentrale Methodistenkirche blieb ihr überlegen durch Methoden, die Dr. Drew als «unredlich, unwürdig, unamerikanisch, unchristlich und nicht gentlemanlike» verurteilte – aber sie kletterte vom vierten Platz zum zweiten empor, und es gab eitel Freude im Himmel, wenigstens in dem Teil des Himmels, der zu dem Pastorat des Dr. Drew gehörte, während Babbitt viel Lob errang und den besten Ruf genoß.

Er war zum Captain des Generalstabs der Schule erwählt worden. Er freute sich gutmütig über das Salutieren unbekannter kleiner Jungen auf der Straße; seine Ohren flammten vor Wonne, wenn man ihn «Captain» titulierte; und wenn er auch nicht ausschließlich um dieses Vergnügens willen am Sonntag die Schule besuchte, so verschaffte ihm dennoch dieser Gedanke unterwegs intensiven Genuß.

Er war besonders liebenswürdig zum Presseagenten Kenneth Escott; er frühstückte mit ihm im *Athletic Club* und lud ihn in sein Haus zum Souper.

Wie die meisten selbstsicheren jungen Männer, die sich in den Großstädten mit anscheinender Zufriedenheit selbst versorgen und ihrem Zynismus in anmaßendem Slang Luft machen, war Escott schüchtern und vereinsamt. Sein durchtriebenen kluges Hungerleidergesicht wurde breit vor Freude bei den Mahlzeiten, und unerwartet entfuhr es ihm: «Herr du meine Güte, wenn Sie nur wüßten, Mrs. Babbitt, wie herrlich es ist, wieder einmal Hauskost zu kriegen!»

Escott und Veronika mochten einander gern. Den ganzen Abend hindurch sprachen sie von «ihren Ideen». Sie entdeckten, daß sie beide Radikale waren. Natürlich war ihre Auffassung vernünftig. Sie einigten sich darüber, daß alle Kommunisten Verbrecher waren; daß dieser *vers libre* heller Blödsinn war und daß die allgemeine Abrüstung stattfinden müßte, Großbritannien und Amerika aber trotzdem, zum Schutz der bedrückten kleinen Nationen, eine Seemacht aufrechterhalten dürften, die der Tonnage der ganzen übrigen Welt entsprach. Aber sie waren so revolutionär, daß sie (zu Babbitts Ärger) voraussagten, daß eines Tages eine dritte Partei auferstehen würde, die den Republikanern und Demokraten viel zu schaffen machen sollte.

Escott schüttelte beim Abschied dreimal Babbitts Hände.

Babbitt erwähnte, welch außerordentliche Neigung er für Eathorne hegte.

Im Verlauf einer Woche brachten drei Zeitungen Berichte über Babbitts bewährtes Wirken im Interesse der Religion, und alle erwähnten taktvoll William Washington Eathorne als Babbitts Mitarbeiter.

Nichts hatte Babbitt so viele Anerkennung und Ehre bei den Elchen, im *Athletic Club* und bei den Boosters eingetragen. Seine Freunde hatten ihn immer zu seinen öffentlichen Reden beglückwünscht, aber ihre Lobsprüche hatten zweifelhaft geklungen; denn selbst in den Reden, in denen er für ihre Stadt Reklame machte, war etwas Schwülstiges und Degeneriertes gewesen, fast als ob er Verse geschrieben hätte. Aber jetzt schrie Orville Jones quer über den Speisesaal des *Athletic Club* hinüber: «Hier ist unser neuer Direktor der Ersten Staatsbank!» Grover Butterbaugh, der hervorragende Großhändler für Spengler- und Installationsmaterial, lachte glucksend: «Wundert mich, daß du dich doch noch unters gemeine Volk mischst, nachdem du Eathornes Hand gedrückt hast!» Und Emil Wengert, der Juwelier, entschloß sich endlich, über den Hauskauf in Dorchester zu verhandeln.

4

ALS DER FELDZUG FÜR DIE SONNTAGSSCHULE BEENdet war, schlug Babbitt Kenneth Escott vor: «Hören Sie mal, wie wäre es, wenn Sie jetzt für Dr. Drew selbst etwas Reklame machten?»

Escott grinste. «Da verlassen Sie sich nur ganz auf den Doktor, Mr. Babbitt, der versteht's schon, für sich selbst Reklame zu machen! Es vergeht ja keine Woche, wo er nicht die Zeitung antelefoniert, um uns mitzuteilen, wir sollen ihm doch fix einen Reporter schicken, damit er uns den Bericht seiner nächsten großartigen Predigt über die Sündhaftigkeit der kurzen Röcke oder über den authentischen Verfasser des Pentateuch überlassen kann. Machen Sie sich um den keine Sorgen. Es gibt nur einen Menschen in dieser Stadt, der die Aufmerksamkeit des Publikums noch besser auf sich zu lenken versteht, und das ist diese Dora Gibson Tucker, die dem Wohlfahrtsamt für Kinder und der Liga für Amerikanisierung vorsteht, und der einzige Grund, warum ich sie über Dr. Drew stelle, ist, daß sie einen verflixt gescheiten Kopf hat.»

«Na, jetzt passen Sie aber auf, Kenneth, ich finde, Sie sollten nicht so über den Doktor reden. Ein Prediger muß sich selbstverständlich darum kümmern, daß er obenauf bleibt. Erinnern Sie sich noch an die Stelle in der Bibel, wo es heißt, man muß die Geschäfte des Herrn mit Eifer betreiben, oder so was Ähnliches?»

«Schön, Sie sollen recht haben, Mr. Babbitt, und da Sie es wünschen, werde ich etwas in die Zeitung einschmuggeln; aber ich muß schon warten, bis der Chef nicht da ist und dann den Stadtredakteur meuchlings überfallen.»

Und so geschah es denn, daß in der Sonntags-*Advocate Times* ein Bild von Dr. Drew in seinem intensivsten Moment, mit lebhaftem Blick, eiserner Entschlossenheit im Kinn und ländlich flatternder Stirnlocke erschien und darunter eine Notiz – eine Gedenktafel aus Holzstoff, die ihm eine vierundzwanzigstündige Unsterblichkeit verlieh:

Hochwürden Dr. John Jennison Drew, M. A., Pfarrer der herrlichen Presbyterianischen Kirche in Chatham Road auf der lieblichen Blumenhöhe, ist ein Zauberer und Seelenfänger. Er hält den lokalen Rekord für Bekehrungen. Während seiner Seelenfürsorge haben durchschnittlich hundert sündenüberdrüssige Menschen jährlich den Entschluß gefaßt, ein neues Leben zu führen und haben bei ihm den Hafen der Zuflucht gefunden.

In der Kirche auf Chatham Road klappt alles. Die Hilfsorganisationen sind auf das Höchstmaß der Leistungen eingestellt. Dr. Drew legt ganz besonders Gewicht auf den schönen Gesang seiner Gemeinde. Bei jeder Zusammenkunft werden frische, fröhliche Kirchenlieder gesungen, und die speziellen Singgottesdienste locken Musikliebhaber und Professionelle aus allen Teilen der Stadt heran.

Auf dem volkstümlichen Vorlesungspodium ist Dr.

Drew ebensosehr als Meister der Wortkunst bekannt wie auf der Kanzel, und im Verlauf des Jahres bekommt er Hunderte von Einladungen, um bei den verschiedensten Versammlungen hier und auswärts zu sprechen.

5

Babbitt teilte Dr. Drew mit, dass er der geistige Urheber dieses Tributs war. Dr. Drew nannte ihn «Bruder» und schüttelte ihm zahllose Male die Rechte.

Bei einer Sitzung des beratenden Komitees hatte Babbitt angedeutet, daß er entzückt sein würde, wenn er Eathorne zu sich einladen dürfte, aber Eathorne hatte leise gemurmelt: «Zu liebenswürdig von Ihnen – jetzt schon alter Mann – gehe fast niemals aus.» Aber die Einladung seines eigenen Pfarrers würde Eathorne sicher nicht abweisen.

Babbitt sagte mit knabenhaftem Enthusiasmus zu Drew:

«Sie, Doktor, jetzt, wo wir die Angelegenheit so gut erledigt haben, deucht es mich, daß uns unser Pastor alle drei zu einem Festessen zusammentrommeln sollte!»

«Ausgezeichnet! Machen wir! Werde mich riesig freuen!» rief Dr. Drew in seiner männlichen Art. (Jemand hatte ihm einmal gesagt, er spräche wie der verstorbene Präsident Roosevelt.)

«Und, hm, Doktor, was ich noch sagen wollte, schauen Sie zu, daß Mr. Eathorne Ihnen keine Absage gibt. Bestehen Sie nur darauf. Er ist, hm – Ich glaube, er hockt zuviel zu Hause, ist ungesund auf die Dauer.»

Eathorne kam.

Es war ein freundschaftliches Mahl. Babbitt sprach voller

Grazie von dem stabilisierenden und erzieherischen Einfluß des Bankiers auf die bürgerliche Gesellschaft. Sie waren, behauptete er, die Seelsorger der kommerziellen Gemeinde. Zum erstenmal verließ Eathorne das Thema der Sonntagsschulen und fragte Babbitt nach den Fortschritten des Geschäfts. Babbitt antwortete bescheiden, fast kindlich.

Einige Monate später, als sich ihm Gelegenheit bot, am Abschluß des Geschäfts der Straßenbahngesellschaft teilzunehmen, zog Babbitt es vor, sich nicht an seine eigene Bank wegen einer Anleihe zu wenden. Es war eigentlich ein diskretes Geschäft, und wenn es an die Öffentlichkeit gekommen wäre, hätte es möglicherweise zu Mißverständnissen seitens des Publikums Anlaß gegeben. Er ging zu seinem Freund, Mr. Eathorne; er wurde liebenswürdig empfangen und erhielt die Anleihe als Privatunternehmen; und beide verdienten bei dieser angenehmen, neuen Verbindung.

Von der Zeit an ging Babbitt regelmäßig zur Kirche, ausgenommen an Frühlingssonntagen, die offensichtlich für Touren geschaffen waren. Er erklärte Ted: «Ich sage dir, Junge, es gibt keine stärkere Schanze des soliden Konservativismus als die evangelische Kirche, und auch keinen besseren Ort, um Freunde zu gewinnen, die einem behilflich sind, den rechten Platz in der Gesellschaft zu erringen, als unser eigenes Gotteshaus.»

Achtzehntes Kapitel

I

Obwohl er sie zweimal täglich sah, obwohl er jede ihrer Geldausgaben kannte und des langen und breiten besprach, kamen seine Kinder Babbitt dennoch Wochen hindurch nicht mehr zum Bewußtsein als die Knöpfe an seinem Rockärmel.

Die Bewunderung Kenneth Escotts machte ihn auf Veronika aufmerksam.

Sie war Sekretärin bei Mr. Gruensberg von der Gruensberg-Leder-A.-G. geworden; sie machte ihre Arbeit mit der Gründlichkeit eines Menschen, der in Achtung vor Einzelheiten erstirbt und sie niemals ganz beherrscht; aber sie gehörte zu der Klasse, die einem immer das aufregende Gefühl verschafft, daß sie im Begriff sind, eine verzweifelte Tat zu begehen – ihre Stellung oder ihren Mann zu verlassen –, ohne jedoch diese Tat jemals auszuführen. Babbitt wurde durch Escotts schüchterne Inbrunst zu so freudiger Hoffnung bewegt, daß er sich als mutwilliger Vater gebärdete. Kam er abends von den Elchen heim, so guckte er verschämt und zimperlich ins Wohnzimmer und gluckste: «War unser Kenny heut abend hier?» Er schenkte Veronikas lebhaftem Widerspruch keinerlei Glauben, wenn sie erklärte: «Ken und ich sind die besten Freunde und unterhalten uns nur über unsere Ideen. Ich will nicht, daß du uns diesen sentimentalen Unsinn steckst, das würde mir die ganze Freude verderben.»

Aber es war Ted, der Babbitt am meisten Sorge machte.

Ted kämpfte sich durch die oberste Klasse der High School von East Side mit vorbehaltlichen Zensuren für Latein und Englisch, aber mit einem unerhörten, triumphalen Rekord für Handfertigkeit, Sport und das Arrangieren von Tänzen. Zu Hause erwachte sein Interesse nur, wenn man ihn bat, einen unauffindbaren Fehler in der Zündung des Motors zu beheben. Er wiederholte seinem gereizten Vater immer wieder, daß er weder die Universität noch die Juristenschule zu besuchen Lust empfand, und Babbitt war durch diese «Indolenz» ebenso verstört wie durch Teds Verhältnis zu Eunice Littlefield im Nachbarhaus.

Trotzdem sie die Tochter von Howard Littlefield war, von diesem geschmiedeten Tatsachen-Menschen, diesem pferdeköpfigen Hohenpriester des Privateigentums, war Eunice doch eine tanzende Mücke im Sonnenstrahl. Sie hüpfte ins Haus herein, warf sich Babbitt in den Schoß, wenn er beim Lesen war, sie zerknüllte seine Zeitung und lachte ihn aus, wenn er ihr zu erklären versuchte, daß er eine zerknüllte Zeitung ebensowenig leiden mochte wie einen gebrochenen Vertrag. Sie war jetzt siebzehn. Ihre höchste Ambition war, Kinoschauspielerin zu werden. Sie wohnte nicht nur der Aufführung jedes «sensationellen Films» bei, sie las auch die Cinema-Zeitschriften, diese merkwürdigen Symptome des jüngsten Zeitalters – prachtvoll illustrierte Monats- und Wochenschriften mit Fotografien junger Damen, die sich kürzlich noch mit Maniküre abgegeben und dabei kein besonderes Geschick entwickelt hatten, und die nicht genügend schauspielerisches Talent besaßen, um in der Osterkantate der Zentralen Methodistenkirche mitzuwirken, wenn ihnen dazu nicht jede kleinste Grimasse vom Direktor beigebracht wurde; Zeitschriften, die allen Ernstes mit Reithosen und kalifornischen Landhäusern gespickte «Interviews» und die persönlichen Ansichten ausdrucksloser schöner, verdächtig schöner junger Männer über Bildhauerkunst und internationale Politik brachten; die Entwürfe zu Filmen über keusche

Dirnen und weichherzige Eisenbahnräuber veröffentlichten und genaue Angaben darüber machten, wie ein Schuhputzer über Nacht zu einem berühmten Regisseur werden könne.

Eunice studierte diese maßgebenden Autoritäten. Sie konnte genau sagen, und tat es auch oft, ob es im November oder im Dezember 1905 gewesen war, als Mack Harker, der bekannte Filmcowboy und Bösewicht, seine große Karriere als Chormitglied in *Oh, du böses kleines Mädchen* angetreten hatte. Auf den Wänden ihres Zimmers hatte sie, nach Bericht ihres Vaters, die Fotografien von 21 Schauspielern befestigt. Aber das mit Autogramm versehene Porträt des graziösesten Kinohelden trug sie an ihrem jungen Busen.

Diese Anbetung neuer Götter machte Babbitt verwirrt und bestürzt, und er hegte den Verdacht, daß Eunice Zigaretten rauche. Er spürte den schweren Geruch, der von oben herunterkam, und hörte, wie sie mit Ted lachte und kicherte. Aber er fragte niemals. Das liebenswürdige Kind erschreckte ihn. Ihr schmales und reizendes Gesichtchen sah, von kurzgeschnittenem Haar umrahmt, fast spitzig aus; sie trug kurze Röcke, eingerollte Strümpfe, und wenn sie Ted über Stock und Stein nachflog, sah man über der schmeichelnden Seide des Strumpfs einen flüchtigen Schimmer von weichen, runden Knien, die Babbitt beunruhigten, und er war verzweifelt, daß sie ihn als alten Herrn behandelte. Manchmal, in dem verschleierten Leben seiner Träume, wenn das Feenkind auf ihn zulief, nahm es die Gestalt von Eunice Littlefield an.

Ted war autotoll wie Eunice kinotoll war.

Tausende sarkastische, abschlägige Antworten konnten ihn nicht davon abhalten, um ein eigenes Auto zu quälen und zu betteln. Wie lässig er auch immer sein mochte, wo es sich um frühes Aufstehen oder die Prosodie von Vergil handelte, im Basteln und Herumpfuschen war er unermüdlich. Mit drei anderen Jungen zusammen kaufte er ein gichtbrüchiges altes Ford-Chassis, baute eine fabelhafte Rennkarosserie aus Blech und Tannenbrettern dazu, raste und schlitterte um alle Ecken in dem gefährlichen Fahrzeug und verkaufte es schließlich mit

Gewinn. Babbitt schenkte ihm ein Motorrad, und jeden Samstagnachmittag fuhr er, mit sieben belegten Broten und einer Flasche Coca-Cola in der Tasche und Eunice beängstigend und unsicher auf dem Rücksitz schwebend, sirenenheulend nach fernen Städten los.

Für gewöhnlich waren Eunice und er nur befreundete Nachbarskinder und stritten sich mit gesundem und heftigem Mangel an Zartgefühl; ab und zu jedoch, nach dem Farbenspiel und den süßen Düften eines Tanzabends, schwiegen sie zusammen, blickten sich verstohlen an, und Babbitt fühlte sich beunruhigt.

Babbitt war ein Durchschnittsvater. Er war zärtlich, tyrannisch, eigensinnig, unwissend und vielleicht ein wenig sentimental. Wie fast alle Eltern liebte er es, zu warten, bis das arme Opfer offenbar im Unrecht war, um es dann im Vollbewußtsein der Tugend zu überfallen. Er rechtfertigte sich, indem er knurrte: «Nun, Teds Mutter verwöhnt ihn. Jemand muß da sein, der ihm von Zeit zu Zeit den Kopf zurechtrückt, und natürlich werde ich immer zum Sündenbock erwählt. Weil ich darauf aus bin, ihn zu einem wirklich anständigen Menschen zu erziehen, und ihn nicht zu einem Hohlkopf oder einer Barhyäne werden lasse, heißt's dann immer, daß ich der Freudenstörer und der Brummbär bin!»

Mit dem ewig-menschlichen Genie, das es so herrlich versteht, auf den denkbar schlechtesten Wegen ganz annehmbare Ziele zu erreichen, liebte Babbitt seinen Sohn mit steter Liebe und freute sich seiner Kameradschaft, und hätte ihm gern jedes Opfer gebracht – wenn er nur sicher war, daß er auch die Anerkennung dafür bekam.

2

TED PLANTE, SEINE SPEZIELLEN KAMERADEN DER obersten Klasse einzuladen.

Babbitt wollte dabei fröhlich behilflich sein. Er besann sich auf die Unterhaltungen, die Anno dazumal in Catawba in der High School an der Reihe waren, und schlug die nettesten Gesellschaftsspiele vor: «Ich fahre nach Amerika» und Scharaden mit Kochtöpfen statt Helmen und Sprichwörterraten, wobei man ein Beiwort oder ein Eigenschaftswort sein konnte. Als er mitten im schönsten Enthusiasmus war, merkte er, daß sie gar nicht auf ihn hörten; er wurde einfach geduldet. Was nun die Gesellschaft betraf, war alles genauso fixiert und streng nach der Vorschrift, wie eine Hüpferei im *Union Club*. Im Wohnzimmer sollte getanzt werden, im Speisezimmer würde man einen pikfeinen Imbiß zu sich nehmen, und in der Halle konnten zwei Bridgetische aufgestellt werden «für die armen alten Stockfische», wie Ted sie bezeichnete, «die man nicht dazu kriegen kann, mehr als den halben Abend durchzutanzen».

Jedes erste Frühstück stand im Zeichen der Besprechung dieser ernsten Angelegenheit. Niemand hörte auf Babbitts Bulletin über das Februarwetter oder auf die geräusperten Kommentare zu den Zeitungstiteln. Er sagte wütend: «Wenn ihr mir *gestatten* wollt, eure hochinteressante *Privatunterhaltung* zu unterbrechen – ja, *hört* ihr denn nicht, was ich sage?»

«Ach, tu doch nicht so wie ein verwöhntes Baby! Ted und ich haben auch ein Recht zu sprechen, genau wie du!» brauste Mrs. Babbitt auf.

Am Abend der Gesellschaft erlaubte man ihm zuzusehen, wenn er nicht gerade Mathilde mit der Eiscreme von Vecchia oder den Petit Fours helfen mußte. Er war tief beunruhigt. Acht Jahre früher, als Veronika ihre Kolleginnen aus der High School eingeladen hatte, waren die Kinder charakterlose Puppen gewesen. Nun waren sie Herren und Damen der Welt, sogar sehr anmaßende Herren und Damen; die Burschen waren herablassend zu Babbitt; sie trugen Abendanzüge und boten sich hochmütig Zigaretten aus silbernen Etuis an. Babbitt hatte im *Athletic Club* Geschichten über «gewisse Vorkommnisse» bei jugendlichen Gesellschaften gehört; daß die Mädchen ihre Mieder im Ankleideraum «einstellten», daß «geherzt» und «gehätschelt» wurde und daß voraussichtlich das, was als Unmoral bekannt war, in starker Zunahme begriffen war.

An diesem Abend schenkte er allen Berichten Glauben. Die Kinder schienen ihm dreist und berechnend. Die Mädchen trugen wolkigleichten Chiffon, korallenfarbenen Samt oder Goldbrokat, und schimmernde Kränze lagen auf ihren kurzgelockten, beweglichen Köpfchen. Auf seine dringenden, geheimen Anfragen erhielt er den Bescheid, daß oben keine Mieder «eingestellt» waren; aber diese eifrigen, schmiegsamen Körper waren gewiß durch keinen Stahl beengt. Ihre Strümpfe waren von glänzender Seide, ihre Tanzschuhchen kostbar und von unnatürlicher Form, ihre Lippen waren geschminkt und ihre Augenbrauen mit dem Stift nachgezogen. Sie tanzten Wange an Wange mit den Jungen, und Babbitt fühlte Übelkeit in sich aufsteigen vor Besorgnis und unbewußtem Neid.

Die Ärgste von allen war Eunice Littlefield, und der Tollste unter den Jungen war Ted. Eunice war ein wirbelndes Teufelchen. Sie glitt die ganze Länge des Zimmers hinunter; ihre zarten Schultern wiegten sich; ihre Füße waren flink und zierlich wie Weberschiffchen; sie lachte und verführte Babbitt dazu, mit ihr zu tanzen.

Dann entdeckte er die heimlichen Schliche der Gesellschaft.

Die Burschen und Mädchen verschwanden zeitweilig, und er besann sich auf Gerüchte, die es wahrhaben wollten, daß sie zusammen aus Reiseflaschen Schnaps tranken. Auf Fußspitzen glitt er außen um das Haus herum und sah die glimmenden Lichtpunkte der Zigaretten in jedem einzelnen von den Dutzend Autos, die auf der Straße warteten, und hörte unterdrücktes Lachen und Quietschen. Er hätte sie am liebsten auf frischer Tat ertappt, aber mitten im Schnee um die Ecke lugend, fand er nicht den Mut dazu. Er versuchte auf taktvolle Art seinen Zweck zu erreichen. Als er wieder in der Halle stand, probierte er die Jungen zu überreden: «Hört, Jungens, wenn ihr durstig seid, hab ich ein feines Ingwerbier für euch!»

«Ach, vielen Dank!» war die herablassende Antwort.

Er suchte und fand seine Frau in der Speisekammer, und dann brach der Sturm los: «Ich möchte hineingehen und ein paar von den jungen Hunden am Kragen erwischen und aus dem Haus schmeißen! Sie reden mit mir, als ob ich ihr Bedienter wäre! Am liebsten möcht ich –»

«Ich weiß», sagte sie seufzend, «aber jeder sagt – alle Mütter erzählen mir, daß man ihnen Alkohol geben muß oder sie hinausgehen lassen zu den Autos, um dort zu trinken; und wenn man einen Skandal macht, kommen sie nicht mehr ins Haus, und wir wollen doch nicht, daß Ted seinen ganzen Verkehr verlieren soll, nicht wahr?»

Er erklärte sofort, daß er hochbeglückt wäre, wenn Ted diesen Verkehr verlieren würde, und eilte ins Zimmer und war dort liebenswürdig, um dieser drohenden Gefahr auszuweichen.

Aber er nahm sich vor, daß er, wenn er die Burschen nochmals beim Trinken überraschte – nun, daß er «ihnen eine herunterhauen wollte, die sich gewaschen hatte»! Während er sich bemühte, mit breitschultrigen jungen Gecken nett und höflich zu sein, schnupperte er, innerlich ernsthaft, an ihnen herum. Zweimal schlug ihm der Duft von prohibiertem Whiskey ins Gesicht, aber schließlich, es war nur zweimal –

Dr. Howard Littlefield polterte schwerfällig herein.

Er war in einer Stimmung feierlicher, väterlicher Würde und war gekommen, um zuzusehen. Ted und Eunice tanzten gerade zusammen und schwebten im Rhythmus wie ein Körper. Littlefield blieb der Atem aus. Er rief Eunice. Dann folgte ein geflüstertes Zwiegespräch, und Littlefield teilte Babbitt mit, daß die Mutter von Eunice Kopfschmerzen hatte und sie zu Hause brauchte. Sie verschwand in Tränen aufgelöst. Babbitt blickte ihnen wutschnaubend nach: «So ein kleiner Teufel! Läßt Ted in der Tinte sitzen! Und Littlefield, der dumme, aufgeblasene Patron, tut ja rein, als ob Ted einen bösen Einfluß auf sie hätte!»

Später roch er auch an Teds Atem den Geruch von Whiskey.

Nachdem sich die Gäste höflich verabschiedet hatten, folgte ein entsetzlicher Krach, eine richtige Familienszene, die wie eine Lawine losbrach, hemmungslos, verheerend. Babbitt donnerte, Mrs. Babbitt weinte, Ted war unnachgiebig und trotzig, und Veronika war in Verwirrung, wessen Partei sie eigentlich ergriffen hatte.

Während mehrerer Monate herrschte merkliche Kühle zwischen den Babbitts und den Littlefields, und jede Familie suchte ihr Lamm vor dem jungen Wolf im Nachbarhaus zu hüten. Babbitt und Littlefield besprachen auch weiterhin mit klerikaler Würde ihre Autos und ihre Ansichten über den Senat, aber sie vermieden streng jede Erwähnung ihrer Familien. Sooft Eunice ins Haus kam, erörterte sie mit gewinnender Intimität die Tatsache, daß es ihr verboten war, das Haus zu betreten. Und Babbitt bemühte sich, ohne den geringsten Erfolg, ihr väterlich und beratend zur Seite zu stehen.

3

«Der Teufel hol den ganzen Schlamassel!» jammerte Ted zu Eunice gewendet, während sie heiße Schokolade, Nougatwürfel und eine Auswahl kandierter Nüsse in der mosaikgeschmückten Pracht des Royal-Drogen- und Konditorwarenhauses verschlangen. «Ich kann nicht begreifen, warum Vater immer so unmenschlich fad und zum Sterben langweilig ist. Jeden Abend sitzt er dort, duselt so vor sich hin, und wenn Rony oder ich sagen: ‹Ach, los, fangen wir doch was Nettes an!›, nimmt er sich nicht einmal die Mühe, darüber nachzudenken. Er gähnt nur und sagt: ‹Nein, fühl mich hier ganz wohl!› Er hat nicht eine Ahnung, wieviel Spaß es macht, irgendwohin zu gehen. Ich nehme an, daß er, ebenso wie du und ich, manchmal nachdenkt, aber hol mich der Teufel, wenn man's ihm jemals anmerkt. Ich glaub wahrhaftig, er weiß nicht einmal, daß man außer dem Büro und dem bißchen blöden Golf am Samstagnachmittag noch was anderes auf der Welt tun und treiben kann, als nur dort auf einem Fleck zu sitzen – jeden Abend dort zu sitzen –, niemals woanders hingehen – niemals was unternehmen –, und dabei denken, wir Kinder seien total verdreht – immer dort sitzen –, Herr Jesus!»

4

WENN TEDS INDOLENZ BABBITT ERSCHRECKTE, SO wurde er durch Veronika nicht genügend erschreckt. Sie war zu sicher und verläßlich. Sie lebte zu sehr in dem sauberen kleinen, luftlosen Kämmerchen ihres Geistes eingesperrt. Man stolperte immer über sie und über Kenneth Escott. Wenn sie nicht zu Hause waren und ihre vorsichtig radikale Liebelei über statistische Angaben hinweg betrieben, so waren sie unterwegs zu Vorlesungen von Schriftstellern, von indischen Philosophen und schwedischen Offizieren.

«Herrgott», jammerte Babbitt zu seiner Frau, während sie von der Bridgepartie der Fogartys zu Fuß heimkehrten, «ich kann absolut nicht begreifen, wie Rony und der Mensch so namenlos fad und langweilig sein können. Dort sitzen sie jeden verdammten Abend, den Gott geschaffen hat, wenn er nicht gerade arbeitet, und haben nicht eine blasse Ahnung, daß es auf der Welt auch Spaß und Frohsinn gibt. Sitzen dort und reden und diskutieren – du lieber Gott! Sitzen dort – sitzen dort – Abend für Abend – kriegen niemals Lust zu was anderem – halten mich für verdreht, weil ich gern mal zu einer Kartenpartie geh – sitzen dort beieinander – Herr Jesus!»

Aber um den Schwimmer, der Langeweile empfand, während er sich durch die ewig eintönige Brandung des Familienlebens hindurcharbeitete, schwollen neue Wellenkämme.

5

BABBITTS SCHWIEGERVATER UND SCHWIEGERMUTTER, Mr. und Mrs. Henry T. Thompson, vermieteten ihr altes Haus in der Bellevuegegend und zogen in das Hotel *Hatton*, in dieses verklärte Haus der möblierten Wohnungen, voll von Witwen, roten Plüschmöbeln und dem Klang der Eiswasserkrüge. Dort fühlten sie sich aber einsam, und so mußten die Babbitts an jedem zweiten Sonntagabend mit ihnen frikassiertes Huhn, kraftlose Sellerie und Mondamin-Eiscreme speisen, und hinterher höflich und wohlerzogen im Gesellschaftszimmer des Hotels sitzen, während eine junge Violinistin Lieder spielte, die aus dem Deutschen via Broadway übertragen waren.

Dann kam Babbitts eigene Mutter von Catawba herunter, um drei Wochen bei ihnen zu verbringen.

Sie war eine gutmütige Frau und grenzenlos beschränkt. Sie gratulierte der unkonventionellen Veronika dazu, daß sie «ein braves, treues, zu Hause sitzendes Wesen war, ohne die vielen verrückten Ideen, die die Mädchen heutzutage fast alle haben»; und als Ted aus purer Liebe zur Mechanik und zum Dreck das Differential mit Schmieröl anfüllte, war sie hochbeglückt, daß er «sich im Haus so nützlich machte und seinem Vater half, und so weiter, statt immer mit Mädchen herumzulaufen und zu versuchen, sich für einen Gesellschaftslöwen auszugeben».

Babbitt liebte seine Mutter, und manchmal hatte er sie ganz gern, aber ihre christliche Geduld ging ihm auf die Nerven, und er fühlte sich breiig weich werden, wenn sie anfing, über einen mythischen Helden, genannt «Dein Vater», vorzutragen:

«Du wirst dich nicht mehr daran erinnern, Georgie, du warst ja damals noch so ein kleiner Kerl – mein Gott, ich sehe dich noch vor mir, wie du an dem Tag ausgesehen hast, mit deinen goldbraunen Locken und dem Spitzenkragen, du warst immer so ein feines, vornehmes Kind und eigentlich ein bißchen zart und kränklich, und du mochtest alle schönen Dinge so gern, und die roten Klunker an deinen Stiefelchen und alles das – und dein Vater nahm uns mit zur Kirche, und ein Mann hielt uns auf und sagte ‹Major› – so viele von den Nachbarn pflegten deinen Vater ‹Major› zu nennen; natürlich war er im Krieg nur ein einfacher Soldat gewesen – aber jeder wußte, daß es nur wegen der Eifersucht des Captain war und daß er eigentlich einen hohen Offiziersrang verdient hätte, er hatte die angeborene Gabe zu kommandieren, die nur so selten einem Menschen zuteil wird – und dieser Mann stellte sich mitten auf die Straße, hob die Hand und hielt unseren Wagen auf und sagte: ‹Major›, sagte er, ‹eine Menge von den Leuten in dieser Gegend haben sich entschlossen, den Colonel Scanell für den Kongreß zu stützen, und wir möchten, daß Sie sich uns anschließen sollen. Bei Ihnen im Laden gehen so viele Menschen ein und aus, Sie könnten uns gut helfen.›

Nun, dein Vater schaute ihn an und sagte: ‹Es fällt mir gar nicht ein, irgend etwas in der Sache zu tun, seine Politik gefällt mir gar nicht›, sagte er. Nun, der Mann – man nannte ihn Captain Smith, der Himmel mag wissen, warum, denn er hatte nicht den Schimmer eines Anrechts auf den Titel ‹Captain› oder auf sonst irgendeinen Titel – dieser Captain Smith sagte: ‹Wir werden Ihnen die Hölle heiß machen, Major, wenn Sie nicht zu Ihren Freunden halten.› Nun, du weißt ja, wie dein Vater war, und dieser Smith wußte es auch; er wußte genau, was für ein ganzer Mann er war, und er wußte auch, daß dein Vater die politische Situation von A bis Z beherrschte, und er hätte natürlich begreifen müssen, daß es einen Menschen gab, dem er nichts weismachen konnte, aber er probierte immer wieder und machte Andeutungen und probierte, bis dein Vater endlich die Geduld verlor und ihm sagte: ‹Captain Smith›, sagte er, ‹ich habe in dieser Gegend den Ruf, daß ich ein Mann bin, der vollständig imstande ist, sich um seine eigenen Angelegenheiten zu kümmern, und es anderen Leuten überläßt, sich um die ihrigen zu kümmern!›, und damit fuhr er weiter und ließ den anderen dort stehen wie einen Holzklotz!»

Babbitt konnte geradezu außer sich geraten, wenn sie sein Babyalter vor den Kindern enthüllte. Es kam zutage, daß er gerne Gerstenzucker genascht hatte, daß in seinen Locken die süßeste kleine rosa Bandschleife gewesen war und daß er seinen Namen zu «Goo-Goo» verdreht hatte. Er hörte (obwohl er es nicht offiziell hörte), wie Ted Tinka ermahnte: «Komm jetzt, mein Kind, steck die süße kleine rosa Bandschleife in deine Locken und rase mit mir zum Frühstück hinunter, sonst wird Goo-Goo dir eine Standpauke halten, daß dir die Ohren wackeln.»

Babbitts Halbbruder Martin kam mit seiner Frau und seinem jüngsten Baby auf zwei Tage von Catawba herüber. Martin hatte eine Viehzucht und führte den staubigen kleinen Gemischtwarenladen des Orts. Er war stolz darauf, ein freier, unabhängiger Amerikaner von gutem altem Yankeestamm zu sein; er war stolz darauf, daß er ehrlich, barsch, häßlich und zuwider war. Seine ständige Bemerkung auf alles war: «Was hast du dafür bezahlt?» Er betrachtete Veronikas Bücher, Babbitts silbernen Bleistift und Blumen auf dem Tisch als Verschwendung und hielt mit seiner Meinung nicht zurück. Babbitt würde sich mit ihm gezankt haben, wenn seine eckigplumpe Frau und das Baby nicht gewesen wären, das Baby, das Babbitt neckte und mit dem Finger kitzelte und dem er lange Ansprachen hielt: «Mir scheint, das ist ein ganz nichtsnutziges Baby, ja, Herrschaften, das ist ein kleines, nichtsnutziges Baby, jawohl, meine Herren, er ist ein Nichtsnutz, ein kleiner Nichtsnutz ist er, ja, das ist er, ein kleiner Nichtsnutz ist er, ein nichtsnutziger kleiner Niemand, ja, das ist er, ein Nichtsnutz!»

Inzwischen hielten Veronika und Kenneth Escott lange Nachforschungen über Epistemologie; Ted war ein in Ungnade gefallener Rebell; und Tinka, die elf Jahre alt war, verlangte, daß man auch ihr erlauben sollte, dreimal in der Woche ins Kino zu gehen «wie die anderen Mädchen alle».

Babbitt schäumte vor Wut. «Es kriecht mir schon zum Hals heraus! Drei Generationen hängen an mir. Die ganze verdammte Bande verläßt sich auf mich. Muß Mutters halbes Einkommen zahlen, auf Henry T. hören, Myras Sorgen tragen helfen, höflich sein zu Mart, und zum Schluß werde ich ein alter Brummbär genannt, wenn ich den Kindern helfen möchte. Alle hängen sich an mich und saugen mich aus, und kein einziger von ihnen, der ein verdammtes bißchen Dankbarkeit zeigt! Keine Erlösung und keine Anerkennung und keine Hilfe – von niemandem. Und immer so weiter schuften müssen – ja, Herrgott, wie lange denn noch?»

Er war froh, als er im Februar erkrankte; er war entzückt über ihre Bestürzung, daß er, der Felsen, nachgeben konnte.

Er hatte eine nicht ganz einwandfreie Miesmuschel gegessen. Zwei Tage lang war er matt, wurde gehegt und gepflegt, und man machte viel Wesen von ihm. Er hatte das Recht: «Ach, laßt mich in Ruh!» zu knurren, ohne Vorwürfe zu bekommen. Er lag auf der Schlafveranda und sah der Wintersonne zu, wie sie über die straff gespannten Vorhänge glitt und ihr rötliches Braun in blasses Blutrot umwandelte. Der Schatten der Zugschnur war tiefschwarz und lag, verführerisch gekräuselt, auf der Leinwand. Er freute sich über diese geschweifte Linie und seufzte, als sie im schwindenden Licht undeutlich wurde. Er war sich des Lebens sehr bewußt und war auch ein wenig traurig. Jetzt, wo kein Vergil Gunch da war, vor dem er eine optimistische Miene aufsetzen mußte, erkannte er (und gab fast zu, daß er es erkannte), daß er sein Leben unglaublich mechanisch verbrachte. Mechanische Geschäfte – ein flotter Verkauf mangelhaft gebauter Häuser. Mechanische Religiosität – eine dürre, starre Kirche, die sich vom wahren Leben des Volkes abschloß und ebenso unmenschlich und ehrbar war wie ein Zylinderhut. Golfspiel und Soupers und Bridge und Gespräche, die alle mechanisch waren. Und, mit Ausnahme von Paul Riesling, mechanische

Freundschaften – bei denen man sich gegenseitig auf den Rücken schlug und Späße machte und sich niemals getraute, die Feuerprobe eines langen Schweigens zu versuchen.

Er drehte sich unruhig im Bett um. Er sah die Jahre, die strahlenden Wintertage und die vielen langen goldenen Nachmittage, die für sommerliche Wiesen geschaffen waren, und die sich alle in dieser vergänglichen, sinnlosen Anmaßlichkeit verloren. Er dachte daran, wie er wegen Mieten telefonieren, Leuten schmeicheln mußte, die er haßte, dachte an Geschäftsbesuche und an das Warten in schmutzigen Vorzimmern – Hut in der Hand, gähnend vor fliegenbeschmutzten Kalendern, und wie man zu den Bürodienern höflich sein mußte.

«Ich möchte wahrhaftig gar nicht mehr zu meiner Arbeit zurückkehren», betete er vor sich hin. «Ich möchte nur – Ach, ich weiß selbst nicht.»

Aber am nächsten Tag war er wieder im Büro, sehr geschäftig und in gefährlicher Laune.

Neunzehntes Kapitel

I

Die Zenither Strassenbahngesellschaft beabsichtigte, in der Vorstadt Dorchester Reparaturwerkstätten zu bauen, aber als sie die nötigen Grundstücke ankaufen wollte, stellte es sich heraus, daß die Babbitt-Thompson-Realitäten-A.-G. bereits eine Option darauf hatte. Der Einkaufsagent, der erste Vizepräsident und sogar der Präsident der Straßenbahngesellschaft erhoben Einspruch gegen den Preis, den Babbitt forderte. Sie sprachen von ihrer Pflicht gegen die Aktionäre, sie drohten, sich mit einer Klage an die Gerichte zu wenden, aber seltsamerweise wurde diese Klage nie erhoben, und die Beamten hielten es für klüger, mit Babbitt einen Kompromiß zu schließen. Durchschläge dieser ganzen Korrespondenz liegen in der Registratur der Gesellschaft auf, wo sie von jeder Kontrollkommission eingesehen werden können.

Kurz darauf deponierte Babbitt 3000 Dollar in seiner Bank, der Einkaufsagent der Straßenbahngesellschaft kaufte ein Auto um 5000 Dollar, der erste Vizepräsident baute sich ein Heim in Devon Woods, und der Präsident wurde zum Minister eines fremden Staates ernannt.

Für Babbitts Nerven war es eine außerordentliche Anstrengung gewesen, die Optionen zu erhalten und sich das Land jedes einzelnen zu sichern, ohne daß der Nachbar davon erfuhr. Es war erforderlich, Gerüchte über neue Garagen und Geschäfte zu verbreiten, sich zu stellen, als ob er keine Optionen mehr nehmen wollte, zu warten und gelangweilt auszusehen wie ein Pokerspieler in einem Augenblick, wo die Unmöglichkeit, das wichtigste Grundstück zu erwerben, seinen ganzen Plan gefährdete. Zu alldem kam noch ein nervenzerrüttender Streit mit seinen geheimen Kaufverbündeten. Sie wünschten, daß Babbitt und Thompson, außer als Mittelsperson, keinen Anteil am Kauf haben sollte. Babbitt war eigentlich ihrer Ansicht. «Die ethische Seite des Geschäfts – der Agent hat ausschließlich seine Auftraggeber zu vertreten und darf nicht selbst am Kauf beteiligt sein», sagte er zu Thompson.

«Ethik, Blödsinn! Glaubst wohl, ich werde zuschauen, wie dieses gierige, happige Pack sich mit der Beute aus dem Staub macht und uns auf dem trockenen sitzen läßt?» schnaubte der alte Henry.

«Nun, mir gefällt die Sache gar nicht. Kommt mir wie eine doppelte Gaunerei vor.»

«Ist es aber gar nicht. Ist eine dreifache Gaunerei. Das Publikum wird doppelt begaunert. Na also, jetzt, wo wir ethisch gewesen sind und uns alles von der Leber geredet haben, kommt die Frage, wo wir uns das nötige Geld verschaffen sollen, um einen Teil des Landes ganz still und im geheimen an uns zu bringen. Wir können uns nicht an unsere Bank wenden. Es könnte herauskommen.»

«Ich kann zum alten Eathorne gehen. Der ist verschwiegen wie das Grab.»

«Das ist unser Mann!»

Eathorne war, wie er sagte, hocherfreut, eine «persönliche Investition» zu machen, Babbitt die Anleihe zu gewähren und dafür zu sorgen, daß sie nicht aus den Büchern der Bank ersichtlich war. So kam es denn, daß einige von den Optionen, die Babbitt und Thompson vorwiesen, auf Grundstücke aufgenommen waren, die ihnen selbst gehörten, obwohl der Besitz nicht auf ihre Namen eingetragen war.

Während des Abschlusses dieses glänzenden Handels, der

das Zutrauen der Geschäftswelt und des Publikums anregte, da er als Zeichen von erhöhter Konjunktur in Grundstücken gelten konnte, wurde Babbitt durch die Entdeckung niedergeschmettert, daß ein unehrlicher Mensch für ihn arbeitete.

Der Unehrliche war Stanley Graff, der auswärtige Agent.

Seit einiger Zeit schon war Babbitt wegen Graff unruhig. Er hielt seine Versprechen, die er den Mietern machte, nicht ein. Um ein Haus vermieten zu können, versprach er Reparaturen, zu denen ihn der Besitzer nicht autorisiert hatte. Es lag begründeter Verdacht vor, daß er mit den Inventaren der möblierten Häuser Betrügereien ausführte, so daß der Mieter, wenn er auszog, für Gegenstände zahlen mußte, die nie vorhanden gewesen waren und deren Preis in Graffs Tasche floß. Babbitt war bisher nie imstande gewesen, die Wahrheit dieses Verdachts zu beweisen, und obwohl er sich vorgenommen hatte, Graff zu entlassen, hatte er doch nie richtig Zeit dazu gefunden.

Nun stürmte plötzlich ein Mann mit hochrotem Kopf in Babbitts Privatzimmer herein und keuchte: «Hören Sie einmal! Ich bin gekommen, um einen Riesenskandal zu machen, und wenn Sie den Kerl nicht ins Kittchen bringen, so tu ich's!»

«Was ist – regen Sie sich nicht so auf, mein Bester. Was ist denn eigentlich los?»

«Was los ist? Haha! 's ist schon was Ordentliches los –»

«Setzen Sie sich und reden Sie vorsichtiger! Man kann Sie ja im ganzen Gebäude hören!»

«Dieser Mensch, dieser Graff, der für Sie arbeitet, hat mir ein Haus vermietet. Gestern ging ich hinein und unterzeichnete den Vertrag, alles in schönster Ordnung, und er wollte noch die Unterschrift vom Besitzer draufsetzen lassen und mir den Vertrag, so wie gestern abend, per Post schicken. Na ja, und das tat er denn auch. Heute morgen komm ich zum Frühstück herunter, und das Mädchen sagt mir, gleich nach der ersten Post sei ein Mensch dagewesen und hätte ihr gesagt, er möchte das große, lange Kuvert haben, wo ‹Babbitt-

Thompson› in der Ecke drauf stünde, und es sei irrtümlicherweise aufgegeben worden. Richtig war es auch da, und sie gab's ihm. Und sie beschreibt mir den Menschen ganz genau, und es war dieser Graff. Ich telefoniere ihm also, und er, der blöde Trottel, gibt es auch gleich zu. Er sagte, nachdem meine Miete unterzeichnet war, hätte er ein besseres Angebot von einem anderen Menschen bekommen, und so holte er sich den Vertrag wieder ab. Was werden Sie jetzt in dieser Angelegenheit unternehmen?»

«Sie heißen –?»

«William Varney – W. K. Varney.»

«Ach ja. Das war das Garrison-Haus.» Babbitt drückte auf den elektrischen Knopf. Als Miss McGoun hereinkam, fragte er: «Ist Graff ausgegangen?»

«Ja, Mr. Babbitt.»

«Wollen Sie auf seinem Schreibtisch nachsehen, ob dort nicht ein Mietvertrag für Mr. Varney über das Garrison-Haus aufliegt?» Und zu Varney gewendet: «Ich kann Ihnen nicht sagen, wie sehr ich diesen Vorfall bedaure. Ich brauche nicht zu erwähnen, daß Graff herausgeschmissen wird, sobald er zurückkommt. Und selbstverständlich gilt Ihr Vertrag. Aber ich möchte außerdem noch etwas tun. Ich werde dem Hausbesitzer sagen, er soll uns unsere Kommissionsgebühren nicht bezahlen, sondern sie Ihnen von der Miete abziehen. Nein, auf Ehrenwort. Es ist mir so am liebsten. Um ganz ehrlich zu sein, diese Sache hat mich arg erschüttert. Ich glaube, ich bin immer ein praktischer Geschäftsmann gewesen. Wahrscheinlich werde ich auch ab und zu ein Märchen erzählt haben, wenn es gerade erforderlich war – Sie wissen ja: manchmal muß man die Farbe ein bißchen dick aufstreichen, wenn man mit Schwachköpfen zu arbeiten hat. Aber das ist das erste Mal, daß ich einem meiner Angestellten einen ernsteren Vorwurf machen muß, als daß er ein paar Marken geschnipft hat. Grad heraus, es würde mich kränken, wenn wir daran verdienten. Sie werden mir also gestatten, die Kommission auf Sie zu überschreiben? Schön!»

2

Er ging zu Fuss durch die Stadt in ihrer Februarstimmung, wo Lastwagen Schmutz und Nässe weit umherspritzten und der dunkle Himmel über dunklen Ziegelsteinsimsen hing. Er war unglücklich, als er zurückkam. Er, der das Gesetz hochhielt, hatte es gebrochen, indem er dazu beigetragen hatte, das föderale Verbrechen der Verletzung des Briefgeheimnisses zu verdecken. Aber er konnte Graff nicht ins Gefängnis schicken, konnte seine junge Frau nicht darunter leiden sehen. Ärger noch, er mußte Graff vor die Tür setzen, und er haßte diesen Teil der Geschäftsroutine. Er hatte alle Menschen gern, es lag ihm so viel daran, daß man auch ihn gern hatte, daß er es nicht ertragen konnte, sie schlecht zu behandeln.

Miss McGoun stürzte herein und flüsterte, durch die bevorstehende heftige Auseinandersetzung aufgeregt: «Er ist da!»

«Mr. Graff? Bitten Sie ihn, hereinzukommen.»

Er bemühte sich, ruhig und gewichtig in seinem Stuhl zu sitzen und einen ausdruckslosen Blick zu bewahren. Graff kam mit langen Schritten herein – ein Mann von 35 Jahren, adrett, mit Augenglas und geckenhaftem Schnurrbart.

«Sie wünschten mich?» fragte Graff.

«Ja. Setzen Sie sich.»

Graff blieb ruhig stehen und brummte: «Wahrscheinlich war der dammelige alte Varney bei Ihnen. Lassen Sie mich Ihnen das Ganze erzählen. Er ist ein furchtbarer Geizhals, hockt auf seinem Geld und hat mich über seine Zahlungsfähigkeit glatt angelogen. Ich kam darauf, gleich nachdem alles unterzeichnet war. Und dann kam ein anderer daher, der mir für das Haus einen viel besseren Preis offerierte, und ich sah ein, daß es meine Pflicht war, uns diesen Varney vom Hals zu schaffen, und dann war ich derartig verärgert, daß ich schleunigst hinlief und mir den Vertrag wieder holte. Ehrenwort, Mr. Babbitt, ich wollte nichts Unehrliches tun. Ich wollte einfach die Firma so viel verdienen lassen, als –»

«Halt ein wenig, Stan. Das mag ja alles wahr sein, wie Sie's mir da erzählen, aber ich habe in letzter Zeit sehr viele Klagen über Sie gehört. Ich glaub ja nicht, daß Sie wissentlich auf Abwege geraten sind, und wenn Sie jetzt mal einen ordentlichen Stoß kriegen, dann wird Ihnen das auch eine Lehre sein, und Sie werden hoffentlich mit der Zeit noch ein erstklassiger Realitäter werden. Aber ich sehe nicht die Möglichkeit, Sie jetzt noch weiter bei mir arbeiten zu lassen.»

Graff lehnte am Registraturschrank, hielt die Hände in den Taschen und lachte: «Also herausgeschmissen! Na, alter Seher und Ethiker, ich lach mir 'nen Ast! Aber Sie sollen ja nicht glauben, daß Sie sich so leichten Kaufs und als Engel der Reinheit aus dieser Affäre ziehen können. Ich geb zu, ich hab manchen gefährlichen Streich ausgeführt – ab und zu –, aber wie hätte ich es vermeiden sollen, bei einer solchen Firma?»

«Hören Sie, junger Mann, bei Gott –»

«Na, na! Werden Sie nur nicht fuchsig und brüllen Sie nicht, sonst hört Sie jeder im großen Büro. Wahrscheinlich horchen sie jetzt schon alle. Babbitt, alter Junge, erstens wandeln Sie selber auf krummen Pfaden, und zweitens sind Sie ein verdammter Geizbock. Hätten Sie mir ein anständiges Gehalt gezahlt, hätte ich dem blinden Bettler nicht die Cents aus dem Hut stehlen müssen, damit meine Frau nicht verhungert. Wir sind ja erst fünf Monate verheiratet, und sie ist das prächtigste Mädchen der Welt, und dabei müssen wir die ganze Zeit mit bitterer Not kämpfen, weil Sie, Sie verdammter Dieb, Geld aufhäufen müssen für Ihren Trottel von Sohn und für Ihren idiotischen Lappen von Tochter! Warten Sie nur! Sie sollen, bei Gott, alles still anhören, sonst brüll ich so, daß das ganze Büro mich hört! Unehrlich, das sind Sie – Was würden Sie dazu sagen, wenn ich dem Strafgericht mitteilen würde, was ich über diesen letzten Diebstahl bei den Straßenbahnoptionen weiß? Sie und ich kämen beide ins Gefängnis und mit uns noch ein paar nette, saubere, scheinheilige, hochgestellte Herren von der Straßenbahn!»

«Na, Stan, mir scheint, wir sind jetzt bei Tatsachen angelangt. Der Handel mit der Straßenbahn war durchaus ehrlich. Die einzige Möglichkeit, einen Fortschritt zu erreichen, ist die, daß großangelegte Menschen etwas richtig ausführen; natürlich müssen sie dafür belohnt werden –»

«Ach, um aller Heiligen willen, kehren Sie nicht Ihre tugendhafte Seite nach außen! Wenn ich Sie recht verstehe, bin ich rausgeschmissen. Schön und gut. Für mich ist das ein Glück. Und wenn ich Sie dabei erwische, daß Sie mich bei einer anderen Firma anschwärzen, petz ich alles, was ich über Sie und Henry T. und Ihre schmierigen kleinen Machenschaften weiß, die die Führer der Industrie für größere und intelligentere Diebesbanden ausführen, und Sie werden aus der Stadt gejagt, so wahr ich hier stehe. Und ich – Sie haben recht, Babbitt, ich war auf schlechtem Weg, aber von nun ab gehe ich den geraden Weg, und der erste Schritt auf diesem Weg wird der sein, daß ich mir in einem Büro Arbeit suche, wo der Meister nicht von Idealen fabelt. Wünsch Ihnen alles Schlechte, alter Junge, und stecken Sie meine Anstellung in den Kanal!»

Babbitt saß noch lange an demselben Platz, abwechselnd vor Wut schäumend: «Ich bring ihn ins Gefängnis!», und sehnsüchtig vor sich hin murmelnd: «Es nimmt mich wunder – nein, ich habe nie etwas anderes unternommen, als was für den Fortschritt unbedingt nötig war.»

Am nächsten Tag nahm er an Graffs Stelle Fritz Weilinger, den Agenten seiner ärgsten Konkurrenz, der Gesellschaft für Entwicklung und Heime in East Side, auf, wodurch er gleichzeitig seinen Rivalen ärgerte und einen vorzüglichen Menschen erwarb. Der Knabe Fritz war ein lockiger, fröhlicher, tennisspielender Jüngling. Er machte den Kunden durch seine angenehme Art Lust, ins Büro zu kommen. Babbitt behandelte ihn in seinen Gedanken wie einen Sohn und fand viel Trost und Linderung in seiner Gesellschaft.

3

Eine aufgelassene Rennbahn in der nächsten Umgebung von Chicago, die für Fabrikanlagen besonders geeignet war, kam zum Verkauf, und Jake Offut beauftragte Babbitt, in seinem Namen darauf zu handeln. Die Anstrengungen des Straßenbahnhandels und der Verdruß mit Stanley Graff hatten Babbitts Nerven so erschüttert, daß es ihm schwerfiel, ruhig am Schreibtisch zu sitzen und sich auf seine Arbeit zu konzentrieren. Er erklärte seiner Familie: «Hört mal, ihr Leute! Wißt ihr, wer nach Chicago hinauftraben wird für ein paar Tage – grad fürs Wochenende, versäumt auch nur einen Schultag dabei –, wißt ihr, wer den berühmten kommerziellen Gesandten George F. Babbitt begleiten wird? Na, Mr. Theodore Roosevelt Babbitt!»

«Hurra!» brüllte Ted, und: «Ujje, wie die Babbitt-Männer die liebe alte Stadt auf den Kopf stellen werden!»

Und kaum hatten sie die vertrauten Gewohnheiten des Heims hinter sich gelassen, waren sie intim wie zwei Männer. Ted war nur unreif, wenn er sich altklug benahm, und offenbar die einzigen Gebiete, auf denen Babbitt größeres und erwachseneres Wissen zeigte als Ted, waren Details der Realitätenagentur und Phrasen der Politik. Als die übrigen Weisen des Raucherabteils sie allein ließen, verfiel Babbitt nicht in den scherzhaften und widerlichen Ton, mit dem man Kinder anzureden pflegt, sondern sprach in überwältigender Eintönigkeit weiter, und Ted eiferte ihm mit seinem schrillen Tenor nach:

«Hui, Vater, du hast es aber dem armen Teufel ordentlich gegeben, als er den Schnabel über die Völkerliga aufriß!»

«Weißt, das Malheur bei vielen von diesen Burschen ist, daß sie einfach nicht wissen, wovon sie reden. Sie können sich über die Tatsachen nicht klarwerden... Was hältst du von Ken Escott?»

«Ich werde dir sagen, Vater: ich glaube, Ken ist ein netter Junge, hat keine besonderen Fehler, außer daß er zuviel raucht; aber langweilig, Herr du meine Güte! Wenn wir ihn nicht vorwärts stubsen, wird der Unglückswurm ja nie um ihre Hand anhalten! Und Rony ist um kein Haar besser. Fimmelig sind sie!»

«Ja, kannst schon recht haben. Sie sind Langweiler. Keiner von beiden hat unseren Schneid.»

«Stimmt auffallend. Langweiler sind sie. Ich schwör dir, Vater, ich kann mir gar nicht vorstellen, wie Rony in unsere Familie gekommen ist! Ich wette, wenn man nur alles über dich wüßte, käm es schon heraus, daß du ein feines Früchtchen warst als Junge!»

«Na, jedenfalls war ich kein Fadian!»

«Das will ich wetten! Ich wette, du warst mit allen Salben geschmiert!»

«Also, wenn ich mit Mädchen zusammen war, habe ich nicht die ganze Zeit damit verbracht, ihnen den Streik der Strickwarenfabrik zu erzählen!»

Beide brüllten vor Lachen, beide steckten sich Zigarren an.

«Was sollen wir nun mit ihnen anfangen?» beratschlagte Babbitt.

«Herrgott, ich weiß wirklich nicht. Ich schwör dir, manchmal hab ich das Gefühl, ich müßte Ken beiseite nehmen und ihn ein bißchen auf die Schliche bringen; ich möcht ihm sagen: ‹Ken, mein junger Knabe, hast du überhaupt die Absicht, Rony zu heiraten, oder willst du sie tot quasseln? Du näherst dich schon gefährlich den dreißiger Jahren und verdienst noch immer nur 20 oder 25 Dollar in der Woche. Wann wirst du endlich ein verantwortlicher Mensch werden und dich steigern? Wenn es irgend etwas gibt, wo George F. oder ich dir helfend unter die Arme greifen können, dann rede frei von der Leber weg, aber auf alle Fälle schalte eine größere Geschwindigkeit ein!»

«Na, wenn ich mir das Ding von allen Seiten ansehe, wär es gar nicht übel, wenn du oder ich mal so mit ihm reden würden, vorausgesetzt, daß er uns kapierte. Er ist doch so ein Gescheitredner! Er kann das Kind nie beim rechten Namen nennen und mit offenen Karten spielen wie du oder ich; bei ihm heißt's immer mit der rechten Hand zum linken Ohr.»

«Das stimmt schon, er ist wie diese Bildungsfexe.»

«Jawohl, die sind sich alle gleich.»

«Da hast du ganz recht.»

Sie seufzten und versanken in Gedanken und waren glücklich.

Der Schaffner kam herein. Er hatte einmal Babbitt in seinem Büro aufgesucht, um sich nach Wohnungen zu erkundigen. «Wie geht's denn immer, Mr. Babbitt? Kommen Sie jetzt zu uns nach Chicago? Ist das Ihr Junge?»

«Ja, das ist mein Sohn Ted.»

«Na, so was! Hab mir immer eingebildet, Sie sind ein junger Kerl, noch nicht einmal vierzig oder so was, und da ist jetzt dieser lange Laban!»

«Vierzig? Ja, Bruder, fünfundvierzig ist auch schon längst tempi passati für mich!»

«Was Sie nicht sagen! Na, das hätt ich Ihnen aber nicht angesehen!»

«Ja, mein Freund, es ist schon eine schlechte Empfehlung für einen alten Herrn, wenn er mit so einem jungen Haifisch, wie dieser Ted-Junge hier, reist!»

«Ja, da könnten Sie schon recht haben.» Zu Ted gewendet: «Na, und Sie sind wahrscheinlich schon auf der Universität?»

Ted voller Stolz: «Nein, erst vom nächsten Herbst ab. Vorläufig lasse ich mir die Universitäten alle so ein bißchen zur Prüfung durch den Kopf gehen.»

Als der Schaffner, mit schwerer, klappernder Uhrkette auf seiner blauen Rockbrust, freundlich-gutmütig seines Weges gegangen war, fingen Babbitt und Ted ernsthaft an, die Universitätsfrage zu beraten. Sie kamen spät nachts in Chicago an; morgens lagen sie lange zu Bett und freuten sich: «Großartig ist das, wenn man nicht aufstehen muß, um rechtzeitig zum Frühstück hinunterzugehen, was?» Sie logierten im bescheidenen *Eden Hotel,* weil Zenither Geschäftsleute immer im *Eden* abstiegen, aber sie speisten im brokat- und kristallbehangenen Versailler Saal des *Regency Hotel.* Babbitt bestellte Blue Point-Austern mit Cocktail-Soße, ein ungeheures Beefsteak mit einer noch größeren Schüssel französischer Kartoffeln, zwei Portionen Kaffee, Apfelkuchen mit Eiscreme für sie beide und für Ted noch einen Extrakuchen.

«Erstrangiges Futter! Das nenne ich eine tüchtige Mahlzeit, mein junger Freund!» sagte Ted bewundernd.

«Tja! Bleib du nur an meiner grünen Seite, alter Junge, und ich werde dir zeigen, was ein feines Leben ist!»

Sie gingen zusammen zu einer Operette und stießen sich bei den Witzen über Ehe und Prohibition gegenseitig in die Rippen. Sie spazierten im Zwischenakt Arm in Arm im Vorraum auf und ab, und in der Wonne der ersten Erlösung von dem tiefen Schamgefühl, das für gewöhnlich zwischen Vater und Sohn zu stehen pflegt, kicherte Ted: «Vater, kennst du den Witz von den drei Modistinnen und dem Richter?»

Als Ted nach Zenith zurückgekehrt war, fühlte sich Babbitt einsam. Er war bemüht, eine Verbindung zwischen Offut und gewissen Interessenten aus Milwaukee, die die Rennbahn ankaufen wollten, herzustellen, und verbrachte infolgedessen seine Zeit damit, auf Telefonanrufe zu warten... Am Bettrand sitzend, das tragbare Telefon in der Hand, fragte er gequält und müde: «Ist Mr. Sagen noch nicht heimgekommen? Hat er für mich nichts hinterlassen? Ja, schön, ich bleibe am Apparat.» Er starrte einen Schmutzfleck an der Wand an und konstatierte, daß er wie ein Schuh aussah, und ärgerte sich, zum zwanzigstenmal festgestellt zu haben, daß er wie ein Schuh aussah. Er zündete eine Zigarette an; dann war er ans Telefon gefesselt, hatte keinen Aschenbecher in der Nähe und fragte sich, was er mit dieser brennenden Gefahr anfangen sollte, und bemühte sich angstvoll, sie bis ins gekachelte Badezimmer zu schleudern. Schließlich meldete sich jemand am Telefon: «Wie, nichts für mich? Schön, dann rufe ich später nochmals an.»

Eines Nachmittags wanderte er durch verschneite Straßen, deren Namen er noch nie gehört hatte, Straßen voll kleiner Bauten, Zwei-Familien-Häuser und verloren aussehender Hütten. Er entdeckte, daß er nichts vor hatte, daß er gar keine Lust hatte, etwas vorzuhaben. Am Abend, als er im *Regency Hotel* speiste, war er traurig und einsam. Später saß er in der Halle in einem Samtfauteuil mit dem Wappen von Sachsen-Coburg, zündete sich eine Zigarre an und hielt nach einem Menschen Ausschau, der sich mit ihm unterhalten und ihn vor seinen Gedanken erretten würde. Im benachbarten Lehnstuhl (mit dem litauischen Wappen bestickt) saß ein merkwürdig bekannt aussehender Mann mit breitem rotem Gesicht, hervorstehenden Augen und einem mageren gelben Schnurrbart. Er sah gutmütig und unbedeutend und ebenso verlassen aus wie Babbitt selbst. Er trug einen gesprenkelten Anzug und eine widerliche orangefarbene Krawatte.

In Babbitts Kopf ging eine Rakete los. Der melancholische Fremdling war Sir Gerald Doak.

Instinktiv erhob sich Babbitt und murmelte: «Wie geht es Ihnen, Sir Gerald? Können Sie sich erinnern, wir haben uns in Zenith bei Charley McKelvey getroffen? Ich heiße Babbitt – Realitätenagentur.»

«Ach! Freut mich sehr.» Sir Gerald schüttelte ihm matt die Hand.

Babbitt stand verlegen und zerbrach sich den Kopf, wie er in allen Ehren den Rückzug antreten konnte; er stammelte: «Na, Sie haben sicher eine schöne Reise gemacht, seitdem Sie Zenith und uns verlassen haben?»

«Hab ich. Britisch-Kolumbien und Kalifornien und überall herum», sagte er unbestimmt und blickte Babbitt trostlos an.

«Wie ist Ihnen die Geschäftslage in Britisch-Kolumbien vorgekommen? Oder vielleicht haben Sie sich gar nicht darum gekümmert? Mehr das Landschaftliche und Sport und so was?»

«Landschaft? Die ist großartig. Aber die Geschäftslage –

Wissen Sie, Mr. Babbitt, daß es dort fast ebensoviel Arbeitslosigkeit gibt wie bei uns?» Sir Geralds Ton war plötzlich lebhaft und warm geworden.

«So? Also sind die Geschäftsverhältnisse gar nicht so verdammt gut, was?»

«Nein, ich fand die Verhältnisse bei weitem nicht so gut, wie ich gehofft hatte.»

«Wirklich nicht so gut?»

«Nein, nicht was man wirklich gut nennen möchte.»

«Das ist aber eine Affenschande. Na – wahrscheinlich warten Sie auf jemanden, mit dem Sie dann zu einer großartigen Festivität gehen?»

«Zu einer großen – zu einer Festivität? Nein, wenn ich ganz ehrlich sein soll, hab ich mir grad den Kopf zerbrochen, was, zum Teufel, ich heute abend anfangen soll. Ich kenne in ganz Chicago keine Seele. Vielleicht wissen Sie zufällig, ob es in dieser Stadt ein gutes Theater gibt?»

«Gutes Theater? Ja, hören Sie mal, die Große Oper ist ja jetzt im besten Zuge. Die würde Ihnen sicher gut gefallen.»

«Was? Was? War mal in der Oper in London. So etwas wie Covent Garden. Schauderhaft! Nein, ich wollte wissen, ob es einen guten Kinematographen gibt, ein Kino?»

Babbitt setzte sich, zog seinen Stuhl ruckweise heran und schrie: «Kino? Ja, wissen Sie, Sir Gerald, ich hab angenommen, daß Sie eine ganze Batterie Damen haben, die nur darauf warten, Sie zu einer Soiree zu entführen –»

«Gott bewahr mich!»

«– aber wenn dem so ist, was würden Sie dazu sagen, wenn Sie und ich zusammen ins Kino gingen? Im Grantham haben sie einen großartigen Film: Bill Hart in einer Banditenrolle.»

«Machen wir! Augenblickchen, bis ich meinen Überrock geholt habe.»

Von seiner eigenen Größe aufgeblasen, ängstlich besorgt, daß das adelige Blut von Nottingham sich die Sache überlegen und ihn an irgendeiner Straßenecke stehenlassen könnte, stolzierte Babbitt mit Sir Gerald Doak in den Kinopalast und saß in wortloser Seligkeit neben ihm, während er sich bemühte, seinen Enthusiasmus nicht laut werden zu lassen, um nicht die Verachtung des Ritters mit seiner Leidenschaft für sechsschüssige Revolver und wilde Ponies zu erwecken. Am Schluß murmelte Sir Gerald: «Schöne Aufnahmen das. War wirklich unerhört nett von Ihnen, mich herzubringen. Hab mich schon seit Wochen nicht so gut unterhalten. Alle diese Damen – sie lassen einem nie Zeit, ins Kino zu gehen!»

«Was, in drei Teufels Namen!» Babbitts Sprache hatte alle Vornehmheit und die gedehnten A-s verloren, mit denen er sie geschmückt hatte, und klang jetzt herrlich und natürlich. «Na, das find ich zum Schießen, daß es Ihnen soviel Spaß gemacht hat.»

Sie krochen vorsichtig, an den Knien dicker Frauen vorbei, in den Mittelgang; sie standen in der Vorhalle und fuchtelten mit den Armen, während sie in ihre Mäntel schlüpften. Babbitt machte den Vorschlag: «Wie wär's, wenn wir etwas essen würden? Ich weiß ein Lokal, wo wir frisch gebackene Käsestangen kriegen, und vielleicht erwischen wir auch einen guten Tropfen – heißt das, wenn Sie solches Zeug überhaupt trinken.»

«Ob ich trinke! Aber warum kommen Sie nicht mit auf mein Zimmer. Ich hab dort einen Scotch Whisky – der sich sehen lassen kann.»

«Ach, ich will doch nicht Ihren ganzen Schnaps austrinken! Es ist riesig nett von Ihnen, aber – Sie werden ja wahrscheinlich auch in die Federn schlüpfen wollen.»

Sir Gerald war wie umgewandelt. Er bettelte schwerfällig: «Aber ich bitte Sie; ich hab schon so lange keinen fröhlichen Abend mehr gehabt! Hab immer zu Tanzereien gehen müssen. Nie eine Gelegenheit, ordentlich über Geschäfte und all die Dinge zu reden. Seien Sie doch ein guter Kerl und kommen Sie mit. Wollen Sie?»

«Ob ich will? Da können Sie Gift drauf nehmen! Ich dachte nur, daß – Sagen Sie, zum Kuckuck, es tut einem Menschen doch wohl, nicht wahr? Nach all diesen Bällen und Maskeraden und Banketten und geselligen Klimbims sich mal hinzusetzen und über Geschäfte zu schmusen? Ich fühl das oft so in Zenith. Ja, natürlich komme ich furchtbar gern mit.»

«Das ist zu nett von Ihnen.» Strahlend wandelten sie über die Straßen. «Hören Sie mal, alter Junge, sagen Sie mir doch, ob man in amerikanischen Städten immer so schauderhaft viel in Gesellschaft lebt? Alle diese prächtigen Soireen?»

«Hören Sie doch auf, machen Sie sich nicht lustig! Herrgott, bei Ihnen gibt's doch Hofbälle und Empfänge und das alles –»

«Nein, wirklich, alter Junge! Mutter und ich – Lady Doak wollt ich eigentlich sagen, wir spielen gewöhnlich eine Partie und gehen um 22 Uhr zu Bett. Du meine Güte, in dem Tempo, wie es hier zugeht, könnt ich ja nicht lange mitmachen! Und das Reden! Alle diese amerikanischen Frauen wissen soviel – sind so gebildet und wie man das nennt! Diese Mrs. McKelvey – Ihre Freundin –»

«Tja, unsere gute Lucile. Braves Mädchen.»

«– die hat mich gefragt, welche Galerie mir in Florenz am besten gefällt. Oder hat sie Firenze gesagt? Bin in meinem Leben noch nicht in Italien gewesen. Und die Primitiven. Ob ich die Primitiven gern habe? Haben Sie eine Ahnung, was, zum Teufel, diese Primitiven sein können?»

«Ich? Nein, wahrhaftig nicht! Aber ich weiß, was ein Kassa-Skonto ist.»

«Jaha, das ist was anderes! Weiß ich auch, mein Lieber! Aber Primitive!»

«Tja, Primitive!»

Sie lachten mit demselben Tonfall, wie man beim Frühstück im *Boosters Club* zu lachen pflegte.

Sir Geralds Zimmer war, mit Ausnahme der gewichtigen und dauerhaften englischen Lederkoffer, fast genauso wie George F. Babbitts Zimmer; und genau in der Art von Babbitt brachte er eine mächtige Whiskyflasche zum Vorschein, blickte sich stolz und gastfreundlich um und gluckste: «Sagen Sie, wenn's genug ist, alter Junge!»

Nach dem dritten Glas rückte Sir Gerald mit seinen Ansichten heraus: «Wo habt ihr Yankees nur die Idee her, daß solche Federfuchser wie Bernard Shaw und dieser Wells unseren Typus repräsentieren? Wir, das richtige, geschäftliche England, sehen diese Leute als Verräter an. Unsere beiden Länder haben ihre komische alte Aristokratie – Sie wissen, was ich meine, alte, erbangesessene Familien, die sich mit Jagden abgeben und so weiter –, und beide Länder haben ihre elenden Führer der Arbeiterpartei, aber wir haben auch ein Rückgrat, solide, tüchtige Geschäftsleute, die das Ganze nach ihrem Kopf lenken.»

«Na, das glaub ich Ihnen. Trinken wir auf die tüchtigen Kerls.»

«Halt ich mit! Ich trinke auf uns selbst!»

Nach dem vierten Glas fragte Sir Gerald demütig: «Was halten Sie von North Dakota-Hypotheken?» Aber erst nach dem fünften Glas fing Babbitt an, ihn «Jerry» zu titulieren, und Sir Gerald sagte vertraulich: «Hören Sie, macht's Ihnen was aus, wenn ich meine Stiefel ausziehe?», und streckte entzückt seine ritterlichen Füße, seine armen, heißen, geschwollenen, müden Füße auf dem Bett aus.

Nach dem sechsten Glas erhob sich Babbitt etwas unsicher:

«Na, jetzt muß ich mich aber auf die Beine machen. Jerry, Sie sind ein regelrechter, ordentlicher Mensch! Ich wünsch bei Gott, wir wären schon in Zenith besser bekannt gewesen. Passen Sie auf. Können Sie nicht zurückkommen und noch eine Weile bei mir wohnen?»

«Zu schade – muß morgen nach New York reisen. Tut mir wirklich unendlich leid, alter Junge. Seit ich in Amerika bin, hab ich noch keinen so fidelen Abend verlebt. Haben uns ordentlich was erzählt. Nicht dieser gesellschaftliche Quassel. Ich hätt mir nie den verfluchten Titel anhängen lassen – und ich hab ihn mich was kosten lassen, was glauben Sie? –, wenn ich geahnt hätte, daß ich mit Weibern über Polo und Primitive werde reden müssen. Aber drüben in Nottingham ist so ein Titel schon ganz angenehm; Bürgermeister hat sich wütend geärgert, als ich ihn kriegte; und natürlich ist meine Gnädige glücklich damit. Aber niemand ruft mich ‹Jerry› –» er schluchzte fast vor Rührung – «und in den ganzen Vereinigten Staaten hat sich noch niemand wie ein Freund zu mir benommen bis zum heutigen Abend! Leben Sie wohl, alter Junge, leben Sie wohl! Und haben Sie herzlichen Dank!»

«Sie haben mir nichts zu danken, Jerry. Und vergessen Sie nicht, sobald Sie wieder nach Zenith kommen, die Haustür steht immer offen zu Ihrem Empfang.»

«Und denken Sie daran, alter Junge, wenn Sie jemals nach Nottingham kommen, Mutter und ich würden uns rasend freuen, Sie bei uns zu sehen. Ich werde den Burschen in Nottingham Ihre Ideen über Blicke in die Zukunft und tüchtige Kerls mitteilen – bei unserem Frühstück im Weltverbrüderungsclub.»

4

Babbitt lag im Bett im Hotel und stellte sich vor, wie der Zenither *Athletic Club* ihn fragen würde: «Na, wie war's denn in Chicago?», und seine Antwort darauf: «Ach ja, ganz nett; war halt viel mit Sir Gerald Doak zusammen.»

Er sah im Geiste sein Zusammentreffen mit Lucile McKelvey und hörte sich in belehrendem Ton zu ihr sagen: «Ich habe ja nichts an Ihnen auszusetzen, Mrs. Mac, solange Sie nicht auf die Superkluge ausspielen. Es ist genau, wie Gerald Doak mir in Chicago gesagt hat – ja, Jerry ist ein alter Freund von mir –, meine Frau und ich beabsichtigen, nächstes Jahr eine Tour nach England zu machen, um Jerry auf seinem Schloß zu besuchen – und er hat mir also gesagt: ‹Georgie, alter Bursche, ich mag diese Lucile sehr gern, aber du und ich, Georgie, wir müssen ihr diese hochtrabenden Flausen austreiben.›»

Aber am Abend des nächsten Tages geschah etwas, das seinen Hochmut zu Fall bringen sollte.

5

Am Zigarrenstand des Hotels *Regency* kam er mit einem Klavierreisenden ins Gespräch, und sie speisten zusammen. Babbitt war voller Freundlichkeit und Wohlwollen. Er schwelgte in der Pracht des Saals: in den Kronleuchtern, in den schweren Falten der Brokatvorhänge, in den Porträts der Könige von Frankreich, die die vergoldeten Eichenpaneele zierten. Er freute sich über die Menschenmenge: hübsche Frauen, brave, solide Männer, die «ein offenes Herz und einen offenen Beutel» hatten.

Auf einmal stockte ihm der Atem. Er blickte starr auf einen Punkt, wandte sich ab, starrte wieder auf denselben Punkt. Drei Tische entfernt, neben einer zweifelhaft aussehenden Frau, einer zimperlichen und dennoch welken Frau, saß Paul Riesling, Paul Riesling, von dem er wußte, daß er in Akron war, um Dachpappe zu kaufen. Die Frau streichelte seine Hand, sah schwärmerisch zu ihm auf und kicherte. Babbitt hatte das Gefühl, daß er vor etwas Kompliziertem, etwas Bösem stand. Paul redete mit dem hingerissenen Eifer eines Mannes, der seinen Kummer und seine Not beichtet. Seine ganze Aufmerksamkeit war auf die matten Augen der Frau gerichtet. Einmal nahm er ihre Hand, und einmal, ohne auf die anderen Gäste zu achten, spitzte er die Lippen, als ob er sie küssen wollte. Der Impuls, zu Paul hinzugehen, war so stark in Babbitt, daß er fühlte, wie sein Körper sich reckte, wie seine Schultern sich bewegten, aber gleichzeitig wußte er verzweifelt, daß er diplomatisch vorgehen mußte, und erst als er beobachten konnte, wie Paul die Rechnung bezahlte, wandte er sich lärmend an den Klavieragenten: «Himmel – dort sitzt ein Freund von mir – entschuldigen Sie einen Augenblick – will ihm nur guten Tag sagen.»

Er klopfte Paul auf die Schulter und rief: «Na, wann bist du in diese Stadt gesegelt?»

Paul starrte zu ihm empor, und sein Gesicht war hart:

«Hallo, George. Hab geglaubt, du bist schon nach Zenith zurück.» Er machte ihn nicht mit seiner Begleiterin bekannt. Babbitt guckte sie verstohlen an. Sie war eine verquollen hübsche, schlaffe, gefallsüchtige Frau von 42 oder 43 Jahren mit einem Blumenhut auf dem Kopf. Sie war gründlich, aber mit wenig Geschick geschminkt.

«Wo bist du abgestiegen, Paulinus?»

Die Frau drehte sich zur Seite, gähnte, betrachtete ihre Nägel. Es schien ihr nichts Neues zu sein, nicht vorgestellt zu werden.

Paul brummte: «*Hotel Campbell* auf der Südseite.»

«Allein?» Es klang wie eine Anspielung.

«Ja! Unglücklicherweise!» Wütend wandte sich Paul zu der Frau und lächelte sie mit einer Zärtlichkeit an, die Babbitt Übelkeit verursachte. «May! Ich möchte dich bekannt machen. Mrs. Arnold, hier ist mein alter – Bekannter George Babbitt.»

«Freut mich sehr», knurrte Babbitt, während sie girrend rief: «Ach, ich freu mich ja so unendlich, einen Freund von Mr. Riesling kennenzulernen.»

Babbitt erkundigte sich: «Wirst du später zu Hause sein, Paul? Ich komm dann runter und besuch dich.»

«Nein, ich zieh vor – es wird besser sein, wir frühstücken morgen zusammen.»

«Einverstanden, aber ich will dich auch noch heute abend sehen, Paul. Ich werde jedenfalls in dein Hotel gehen und dich dort erwarten!»

Zwanzigstes Kapitel

I

Er sass und rauchte mit dem Klavieragenten, klammerte sich an den sicheren Rettungsanker des Geschwätzes und traute sich nicht, seinen Gedanken über Paul freien Lauf zu lassen. Je mehr seine Besorgnis, seine innere Spannung zunahmen, desto liebenswürdiger wurde er nach außen. Er war überzeugt, daß Paul sich ohne Zillas Wissen in Chicago aufhielt und daß er hier Dinge trieb, die weder moralisch noch sicher waren. Als der Agent endlich gähnend erklärte, daß er jetzt seine Aufträge ordnen müßte, verließ Babbitt ihn und das Hotel in gemächlicher Ruhe. Aber zum Taxichauffeur sagte er fuchsteufelswild: «Hotel *Campbell.*» Aufgeregt saß er auf dem rutschig-glatten Ledersitz in der frostigen Dunkelheit, die nach Staub und Parfum und türkischen Zigaretten roch. Er bemerkte weder das verschneite Seeufer noch die dunklen Plätze und die unerwarteten, hellerleuchteten Straßenecken in dem unerforschten Land südlich der Loop.

Das Büro des Hotels *Campbell* war streng, blank und neu; der Nachtportier war noch strenger und blanker.

«Bitte?» sagte er zu Babbitt.

«Ist Mr. Paul Riesling bei Ihnen abgestiegen?»

«Tjawoll.»

«Ist er zu Hause?»

«Nein.»

«Dann geben Sie mir bitte seinen Zimmerschlüssel, und ich werde oben auf ihn warten.»

«Kann ich nicht tun, Freund. Warten Sie hier unten auf ihn, wenn Sie warten wollen.»

Babbitt hatte mit jener Achtung gesprochen, mit der der Klan der braven Kerls die Hotelbeamten immer behandelte. Jetzt sagte er mit knurriger Schroffheit:

«Vielleicht muß ich lange warten. Ich bin Rieslings Schwager. Ich will in sein Zimmer hinaufgehen. Schau ich aus wie ein Strolch?»

Seine Stimme war leise, aber unangenehm. Mit erstaunlicher Hast nahm der Beamte den Schlüssel herunter und beteuerte: «Ist mir doch nicht eingefallen, zu sagen, daß Sie wie ein Strolch aussehen. Es sind halt die Hotelvorschriften. Aber wenn Sie es vorziehen –»

Während er mit dem Lift aufwärts fuhr, fragte sich Babbitt, warum er eigentlich gekommen war. Warum sollte denn Paul nicht mit einer anständigen, verheirateten Frau soupieren? Warum hatte er den Portier angelogen und ihm gesagt, daß er Pauls Schwager war? Er hatte sich kindisch benommen. Er mußte vorsichtig sein und Paul nicht mit dramatischen Redensarten überfallen. Als er sich niedersetzte, bemühte er sich, wichtig und gelassen auszusehen. Dann kam ihm ein Gedanke – Selbstmord. Davor hatte er Angst gehabt, ohne es zu wissen. Paul war gerade der Richtige dazu, um so etwas anzustellen. Er mußte ja seinen Verstand verloren haben, sonst hätte er sich nicht dieser – dieser ausgedörrten alten Schachtel anvertraut.

Zilla (ach, diese verdammte Zilla! Wie gern hätte er diesen zänkischen Teufel von einem Weib erdrosselt!) – wahrscheinlich war es ihr jetzt endlich gelungen, Paul total verrückt zu machen.

Selbstmord. Dort draußen auf dem See, weit draußen, jenseits des Eises, das am Ufer hoch aufgetürmt lag. Es mußte schauderhaft kalt sein, heute nacht ins Wasser zu gehen.

Oder – Hals durchschnitten – im Badezimmer –

Babbitt stürzte in Pauls Badezimmer. Es war leer. Er lächelte schwach und matt.

Er riß an seinem Halskragen, der ihn würgte, sah auf die Uhr, öffnete das Fenster, um auf die Straße zu starren, sah wieder auf die Uhr, versuchte das Abendblatt zu lesen, das auf der Glasplatte des Schreibtischs lag, sah nochmals auf die Uhr. Drei Minuten waren vergangen, seit er sie zum erstenmal angesehen hatte.

Und er wartete drei Stunden lang.

Als sich die Tür endlich in den Angeln drehte, saß er steif und frosterstarrt auf seinem Platz. Paul kam finsteren Blicks herein.

«Hallo», sagte Paul. «Hast du gewartet?»

«Tja, ein bißchen.»

«Nun?»

«Nun, was denn? Bin nur heraufgekommen, um zu hören, wie es dir in Akron ergangen ist.»

«Ist mir gut gegangen. Na, und was weiter?»

«Ja, mein Gott, Paul, warum bist du denn so giftig?»

«Wozu steckst du die Nase in meine Angelegenheiten?»

«Aber Paul, das ist doch keine Art, so mit mir zu reden! Ich steck meine Nase in gar nichts hinein. Hab mich so gefreut, als ich deine schieche Visage erblickt habe, daß ich hergekommen bin, um ‹Wie geht's allweil› zu sagen.»

«Ich dulde nicht, daß mir jemand nachschleicht, um mich zu bemuttern. Davon hab ich grade genug gehabt, hängt mir schon zum Hals raus.»

«Na, zum Kuckuck, ich hab doch nicht –»

«Es hat mir gar nicht gepaßt, wie du May Arnold angestarrt hast, und auch nicht dein brummiges Reden.»

«Also schön, ist mir recht! Wenn du dir einbildest, daß ich ein Schnüffelmeier bin, dann will ich auch schnüffeln! Ich weiß nicht, wer deine May Arnold ist, aber ich weiß eines ganz sicher, und das ist, daß ihr zwei beide euch nicht über Dachpappen unterhalten habt, nein, und auch nicht über Violinspiel. Wenn du keine moralische Achtung vor dir selbst hast, dann solltest du sie doch vor deiner gesellschaftlichen Stellung haben. Was fällt dir denn ein, dich in der Welt herumzutreiben und eine Weibsperson mit Augen anzuglupschen wie ein liebeskranker Hund?! Ich kann ganz gut verstehen, wie ein Mensch einmal vom Weg abgeraten kann, aber ich habe nicht die Absicht, ruhig zuzusehen, wie jemand, der mit mir so dick befreundet war wie du, sich in den Abgrund rollen läßt, hinterrücks von seiner Frau fortschleicht, auch wenn diese Frau so verdreht ist wie Zilla, und einfach allen Weiberröcken nachrennt –»

«Ach du, du bist ja ein ganz moralischer, braver Ehemann!»

«Bin ich auch, bei Gott! Ich habe keine Frau angeschaut außer Myra, seitdem ich verheiratet bin – und ich werde es auch in Zukunft nicht tun! Ich sage dir, diese Unmoral zieht nichts Gutes nach sich. Lohnt sich einfach nicht. Ja, merkst du denn nicht, Junge, daß du Zilla damit immer nur verdrehter machst?»

Paul, dessen Energie ebensowenig widerstandsfähig war wie sein Körper, warf seinen schneegesprenkelten Winterrock auf den Boden und kroch auf einem dünnen Rohrstuhl in sich zusammen. «Ach ja, du bist ein alter Krakeeler, und du verstehst weniger von Moral als Tinka, aber sonst bist du ein braver Junge, Georgie! Nur, kannst du nicht begreifen, daß – Ich bin am Ende. Ich kann Zillas Nörgeleien nicht mehr aushalten. Sie ist vollkommen überzeugt, daß ich ein Teufel in Menschengestalt bin und – regelrechte Inquisition –, hochnotpeinliches Halsgericht. Es macht ihr Spaß. Es amüsiert sie, zu sehen, wie sie mich verletzen kann. Und für mich heißt es, ein bißchen Trost suchen, irgendeinen Trost, irgendwo, oder sonst was viel Ärgeres anstellen. Jetzt, diese Mrs. Arnold zum Beispiel, die ist ja nicht mehr jung, aber sie ist eine großartige Frau und versteht mich, und sie hat selbst schon viel durchgemacht in ihrem Leben.»

«So! Wahrscheinlich eines von den Hühnchen, die von ihrem Mann ‹nicht verstanden› werden!»

«Ich weiß nicht. Vielleicht. Er ist im Krieg gefallen.»

Babbitt kam schwerfällig heran, stand neben Paul und streichelte seine Schulter und stieß dabei kleine, besänftigende Laute aus.

«Wirklich, George, sie ist eine prächtige Frau, und ihr Leben war eine wahre Hölle. Aber wir trösten uns und heitern uns gegenseitig auf. Wir sagen uns, daß wir das netteste Pärchen auf der Welt sind. Vielleicht glauben wir's nicht ganz, aber es hilft uns schon auf den Weg, wenn man jemanden hat, mit dem man ganz einfach und natürlich sein kann, nicht immer diese vielen Unterhaltungen – diese Erklärungen –»

«Und weiter treibt ihr auch nichts miteinander?»

«Das hab ich nie behauptet! Halte dich nicht zurück! Sprich's nur aus!»

«Na, ich möchte nicht – ich will ja nicht sagen, daß ich entzückt bin, aber –» mit einem plötzlichen Entschluß stand er in der Glorie seiner Großmut da – «schließlich geht mich die verdammte Geschichte nichts an! Ich will dir gerne behilflich sein, wenn ich irgend etwas für dich tun kann!»

«Du könntest mir schon helfen. Ich merke aus Zillas Briefen, die mir aus Akron nachgeschickt werden, daß sie anfängt, Verdacht zu schöpfen, weil ich so lange fortbleibe. Sie wäre wirklich imstande, mir nachzuspionieren und nach Chicago zu kommen, um hier in ein Restaurant zu stürzen und mich vor allen Leuten zu entlarven.»

«Ich nehme Zilla auf mich. Ich werde ihr irgendein Märchen aufbinden, sobald ich wieder in Zenith bin.»

«Du, ich weiß nicht – ich glaube fast, das solltest du nicht tun. Du bist ein guter Junge, aber ich glaube nicht, daß Diplomatie deine stärkste Seite ist.» Babbitt sah erst gekränkt, dann geärgert aus. «Ich meine mit Frauen! Mit Frauen meinte ich das, natürlich. Im Geschäft, da ist's was anderes, da muß einer schon gerieben sein, um dich unterzukriegen, aber bei Frauen geht das nicht so. Zilla redet wie ein Kutscher, aber dabei ist sie durchtrieben schlau. Sie würde dir im Handumdrehen die ganze Wahrheit herauslocken.»

«Na schön, meinetwegen, aber ich –» Babbitt war noch immer trübselig, weil er nicht Geheimagent spielen durfte.

Paul linderte seinen Schmerz: «Könntest ihr allerdings sagen, daß du in Akron warst und mich dort gesehen hast.»

«Aber selbstverständlich werde ich das tun! Muß ich denn nicht sowieso das Konditoreigrundstück in Akron besichtigen? Ich muß doch hin! Und ist es nicht eine Schande, daß ich mich dort aufhalten muß, wo ich mich doch schon sosehr nach Hause sehne? Ist das nicht eine Affenschande? Ich sag dir, das ist es! Eine verfluchte Schande ist es!»

«Ausgezeichnet. Aber um des Himmels und aller Heiligen willen laß deiner Phantasie nicht die Zügel schießen. Wenn Männer lügen, machen sie die Geschichte immer zu glatt und zu gekünstelt, darum schöpfen die Frauen gleich Verdacht. Und – jetzt wollen wir was trinken, Georgie. Ich hab ein bißchen Schnaps und Wermut.»

Derselbe Paul, der gewöhnlich einen zweiten Cocktail refüsierte, trank jetzt einen zweiten und dann einen dritten. Seine Augen waren rotgerändert und seine Zunge schwer. Er war peinlich lustig und schlüpfrig.

Im Taxi entdeckte Babbitt zu seiner Überraschung, daß ihm die Augen voller Tränen standen.

2

Er hatte Paul seine Absicht nicht verraten, aber er blieb wirklich in Akron zwischen zwei Zügen stehen, aus dem einzigen Grund, weil er Zilla eine Postkarte schicken wollte, auf die er schrieb: «Bin für einen Tag hier, habe zufällig Paul getroffen.» Wieder in Zenith angelangt, besuchte er sie. Wenn sich Zilla für die Öffentlichkeit übermäßig frisierte und schminkte und schnürte, so trug sie für ihre häuslichen Kümmernisse einen schmierigen blauen Schlafrock und zerrissene Strümpfe, die in verschossenen rosa Seidenpantoffeln steckten. Ihr Gesicht war verfallen. Sie schien nur halb soviel Haar zu haben als in Babbitts Erinnerung, und was sie hatte, war farblos und struppig. Sie saß in einem Schaukelstuhl zwischen Überbleibseln von Bonbonschachteln und illustrierten Zeitschriften, und ihre Stimme klang trübselig, wenn sie nicht höhnisch war. Aber Babbitt war außerordentlich gut aufgelegt:

«Nun, nun, Zilla, mein Schatz, faulenzt wohl tüchtig, solange Männchen nicht da ist? Weiß schon, daß ihr das gern tut! Ich geh jede Wette ein, daß Myra nicht vor 10 Uhr aufgestanden ist, während ich in Chicago war. Hör mal, kannst du mir deinen Thermos leihen – ich bin nur heraufgekommen, weil ich wissen wollte, ob du mir deine Thermosflasche geben möchtest. Wir wollen eine Schlittenpartie machen – will heißen Kaffee mitnehmen. Ja, und richtig, hast du meine Karte aus Akron bekommen, wo ich dir schrieb, daß ich Paul getroffen habe?»

«Ja. Was tat er denn?»

«Wie meinst du das eigentlich?» Er knöpfte seinen Mantel auf und setzte sich probeweise auf den Arm eines Lehnstuhls.

«Du weißt genau, was ich meine!» Sie blätterte nervös und gereizt das Heft in ihrem Schoß um. «Wahrscheinlich schwänzelte er gerade um irgendeine Hotelkellnerin oder Maniküredame oder sonst so etwas herum.»

«Zum Donnerwetter, du stellst dich immer an, als ob Paul jedem Weiberrock nachliefe. Erstens mal tut er's nicht, und wenn er's täte, so wäre es nur, weil du fortwährend gräbst und wühlst und stichelst. Ich hatte gar nicht die Absicht, Zilla, aber weil Paul fort ist, in Akron –»

«Ist er auch wirklich in Akron? Ich weiß, er hat irgendeine gräßliche Weibsperson, der er immer nach Chicago schreibt.»

«Wenn ich dir sage, daß ich ihn in Akron getroffen habe!

Worauf bist du eigentlich aus? Willst du mich einen Lügner heißen?»

«Nein, aber ich bin – ich kränke und sorge mich so viel.»

«Na siehst du, das ist's ja gerade! Das kann ich nicht begreifen an dir! Du gestehst's selbst zu, daß du Paul lieb hast, und doch quälst du ihn und zankst mit ihm, als ob du ihn hassen würdest. Ich kann absolut nicht verstehen, warum das ist, daß, je mehr manche Menschen die Leute lieben, desto mehr suchen sie sie unglücklich zu machen.»

«Du hast Ted und Rony auch lieb – nicht wahr? –, und sekkierst sie doch immerzu.»

«Ach. Na ja. Die. Das ist aber was anderes. Außerdem sekkier ich sie nicht. Nicht was man so richtig sekkieren nennen kann. Aber was ich dir sagen wollte: hier ist Paul, der wundervollste und empfindsamste Mensch auf Gottes grüner Erde. Du solltest dich in Grund und Boden schämen, wie du mit dem Jungen umgehst. Ja, du redest ja mit ihm wie ein Waschweib. Ich wundere mich, wie du dich so ordinär und gemein benehmen kannst, Zilla!»

Sie brütete über ihren gefalteten Händen. «Ach, ich weiß ja. Ich weiß, daß ich manchmal ganz niederträchtig bin, und später tut es mir auch leid. Aber, mein Gott, Georgie, Paul ist ja zum aus der Haut fahren! Auf mein Ehrenwort, ich habe mir in den letzten Jahren furchtbare Mühe gegeben, nett zu ihm zu sein, aber nur, weil ich früher boshaft war – oder boshaft schien; ich war's ja nicht wirklich, aber ich redete so gradheraus und alles, was mir durch den Kopf ging –, und so bildet er sich ein, daß ich an allem schuld bin. Aber ich kann doch nicht immer an allem schuld sein, nicht wahr? Und wenn ich jetzt einmal ein bißchen Umstände und Lärm mache, wird er einfach still und stumm, ach, so schrecklich wortlos und stumm, und er sieht mich gar nicht an – nimmt gar keine Notiz von mir. Gradheraus gesagt, er ist nicht mehr menschlich! Und dann bleibt er absichtlich so lange stumm, bis ich herausplatze und ihm lauter Dinge an den Kopf werfe, die ich gar nicht sagen wollte. Still und stumm. – Ach, ihr rechtschaffenen Männer! Wie schlecht ihr doch seid! Wie niederträchtig ihr seid!»

Sie wiederkäuten das alles nochmals und abermals eine halbe Stunde hindurch. Zuletzt versprach Zilla, grau und tränenverschmiert, daß sie sich zurückhalten würde.

Paul kehrte vier Tage später heim, und die Babbitts und die Rieslings gingen fröhlich zusammen ins Kino und von dort in ein chinesisches Restaurant. Auf dem Weg zum Restaurant, als sie durch eine Straße mit Schneidergeschäften und Friseurläden gingen, die zwei Ehefrauen voran in ein Gespräch über Köchinnen vertieft, flüsterte Babbitt Paul zu: «Du, Zilla scheint jetzt viel netter zu sein.»

«Ja, sie war viel netter, mit Ausnahme von ein bis zwei Malen. Aber es ist zu spät jetzt dazu. Ich kann einfach – Ich will nicht darüber reden, aber ich fürchte mich vor ihr. In mir ist nichts mehr geblieben. Ich mag sie überhaupt nie mehr sehen. Eines Tages werde ich mich von ihr losreißen. Irgendwie.»

Einundzwanzigstes Kapitel

I

Die Internationale Verbindung der Boosters Clubs ist heute in der ganzen Welt gleichbedeutend mit Optimismus, männlichem Scherz und Frohsinn und Geschäftstüchtigkeit. In dreißig Ländern findet man die Ordenskapitel des Clubs. Neunhundertzwanzig der tausend Kapitel befinden sich jedoch in den Vereinigten Staaten. Keiner ist enthusiastischer als der *Boosters Club* von Zenith.

Das Frühstück der Boosters am 2. März war das wichtigste Ereignis des Jahres, da gleich danach die Jahresneuwahl der Beamten stattfand. Die Erregung war groß. Das Frühstück fand im Ballsaal des *O'Hearn-House* statt. Beim Eintritt nahm jeder von den vierhundert Boosters einen mächtigen Zelluloidknopf, der seinen Namen, seinen Spitznamen und seine Beschäftigung verkündete, von einem Wandbrett. Man mußte eine Geldstrafe von 10 Cents zahlen, wenn man bei einem Frühstück einen Boosters-Kollegen anders als mit seinem Spitznamen anredete, und während Babbitt vergnügt seinen Hut an den Nagel hängte, war die Luft voll von fröhlichen Rufen: «Hallo, Chet!» und: «Wie geht's, Dicker?» und: «Immer fidel, Mac!»

Sie saßen zu acht an freundlichen Tischen und losten um ihre Sitzplätze, Babbitt war mit Albert Boos, dem Herrenschneider, mit Hector Seyboldt von der Gesellschaft für kondensierte Milch «Süßer Schatz», mit Emil Wengert, dem Juwelier, mit Professor Pumphrey von der Riteway-Handelshochschule, mit Dr. Walter Gorbutt, mit Roy Teegarten, dem Fotografen, und mit Ben Burkey, dem Lithographen, zusammen. Einer der Vorzüge des *Boosters Club* war, daß von jedem Erwerbszweig nur zwei Mitglieder beitreten konnten, so daß man sofort die idealen Vertreter jeder Branche vor sich hatte und unwillkürlich die metaphysische Gleichwertigkeit jeder Beschäftigung erfaßte – Installation und Porträtmalerei, Medizin und Kaugummifabrikation.

Babbitts Tischgesellschaft befand sich heute in besonders glücklicher Stimmung, weil Professor Pumphrey gerade Geburtstag gefeiert hatte und darum allen Neckereien gegenüber wehrlos war.

«Pumpen wir mal Pump an, um rauszukriegen, wie alt er ist», schlug Emil Wengert vor.

«Nein, gleiten wir lieber mit Tanzschuhen (Pumps) über ihn hinweg!» sagte Ben Burkey.

Aber Babbitt errang den größten Applaus, als er rief: «Redet ihm doch nicht von Pumpen! Die einzige Pumpe, die er gelten läßt, ist eine Flasche! Ich geb euch mein Ehrenwort, ich hab gehört, daß er auf seiner alten High School mit Vorträgen über heimgebrautes Bier anfangen will!»

An jedem Platz lag das Büchelchen des *Boosters Club* mit der Liste der Mitglieder. Obwohl der Zweck des Clubs freundschaftliche Zusammenkünfte waren, so vergaßen sie doch nie das wichtige Faktum, daß man auch geschäftlich noch ein bißchen was tun konnte. Hinter jedem Namen stand die Beschäftigung des Mitglieds. Es gab Dutzende von Annoncen in dem Büchlein, und auf einer Seite wurde man ermahnt:

Gemeinnützigkeit und Boostertum

Gemeinnützigkeit findet die schönste Gelegenheit zur Entwicklung in der breitesten und intensivsten Anwendung und der Beobachtung ihrer ständigen Auswirkung auf Rückwirkung. Ich glaube, daß die höchste Form der Gemeinnützigkeit, gleich den fortgeschrittensten ethischen Grundsätzen, ohne Unterlaß ihrem Gefühl folgt, und daß ihr einziger Beweggrund die aktivste Zusammengehörigkeit und Loyalität zu den grundlegenden Prinzipien des Boosterstums ist – nämlich zum soliden Bürgertum in allen seinen Erscheinungen und Bestandteilen.

Dad Petersen
Dadbury Petersens Annoncen-Verband
empfiehlt sich bestens

3 Worte
«Bombenerfolg bei Petersen»

Alle Boosters lasen Mr. Petersens Aphorismen und erklärten, daß sie es vollkommen verstanden.

Die Versammlung wurde mit den regelmäßigen, allwöchentlichen «Schlagern» eröffnet. Der zum letztenmal amtierende Präsident Vergil Gunch hatte den Vorsitz; sein borstiges Haar sah wie eine Hecke aus, seine Stimme war eine kupferne Kesseltrommel. Mitglieder, die Gäste einführen wollten, stellten sie öffentlich vor. «Dieses lange brandrote Subjekt der gefälschten Nachrichten ist der Sportredakteur der *Press*», sagte Willis Ijams; und H. H. Hazen, der Drogist, ließ seine Stimme in singendem Ton erklingen: «Jungens, wenn ihr eine lange Autotour unternehmt und schließlich ein romantisches Fleckchen oder eine herrliche Aussicht erreicht und dort der Gattin erklärt: ‹Das ist, weiß Gott, ein gesegnetes Stück Erde›, dann überläuft es euch heiß vor Freude. Nun, der Gast, den ich euch heute bringe, kommt von einem solchen Fleckchen, von Harpers Ferry in Virginia im schönen Süden, dem Land, das reich ist an Erinnerungen an unseren guten alten General Robert E. Lee und an den tapferen John Brown, der, wie jeder rechte Boosters, stets vorwärtsmarschiert –»

Es gab zwei besonders hervorragende Gäste: den ersten Helden der «Paradiesvogel»-Gesellschaft, die diese Woche im Dodsworth Theater gastierte, und den Bürgermeister von Zenith, den würdigen Mr. Lucas Prout.

Vergil Gunch donnerte: «Wenn es uns gelungen ist, diesen berühmten Thespisjünger fortzulocken von den wonnigen Reizen entzückender Schauspielerinnen – und ich muß euch gestehen, daß ich geradewegs in sein Ankleidezimmer eingebrochen bin, um ihm zu sagen, wie sehr die Boosters den hochstehenden künstlerischen Genuß zu schätzen wissen, den er uns bietet – und haltet euch vor Augen, daß der Schatzmeister des Dodsworth ein Booster ist und unsere Protektion zu würdigen wissen wird –, und wenn wir als Draufgabe seine Hochwohlgeboren den zahlreichen, schwerwiegenden Aufgaben im Stadthaus zu entreißen vermochten, dann fühle ich, daß wir uns aufrichtig gratulieren dürfen, und Mr. Prout wird uns jetzt ein paar kurze Worte über die Aufgaben und Pflichten –»

Die Boosters entschieden durch Abstimmung, wer der schönste und wer der häßlichste Gast war, und jedem wurde ein Nelkenbukett überreicht, das, wie Präsident Gunch hervorhob, von Bruder Boosters H. G. Yeager, dem Blumenhändler der Jennifer Avenue, gestiftet war.

Jede Woche, in regelmäßiger Reihenfolge, genossen vier Boosters den Vorzug, die Freuden der Freigebigkeit auszuüben und sich selbst der Öffentlichkeit in Erinnerung bringen zu dürfen, indem sie vier anderen Boosters, die durch das Los bestimmt wurden, Geschenke überreichten oder Dienste leisteten. Diese Woche gab es viel Gelächter, als mitgeteilt wurde, daß einer der Beitragenden Barnabas Joy, der Leichenbestatter, war. Fast jeder flüsterte: «Ich wüßt schon ein paar großartige Kerls, die man begraben könnte, wenn seine Gabe ein freies Leichenbegängnis ist!»

Während all dieser Zerstreuungen frühstückten die Boosters eifrig Hühnercroquettes, grüne Erbsen, geröstete Kartoffeln, Kaffee, Apfelkuchen und amerikanischen Käse.

Gunch wußte die Reden zu verteilen. Nach einer Weile rief er den auf Besuch gekommenen Sekretär des Zenither Weltverbrüderungsclubs, eines Konkurrenzunternehmens, auf. Dieser Sekretär hatte den Vorzug, die staatliche Autolizenz Nummer 3 zu besitzen.

Der Weltverbrüderungssekretär erklärte lachend, daß überall, wo er in den Vereinigten Staaten mit seinem Auto fuhr, seine niedrige Nummer Aufsehen erregte, und «obwohl es recht angenehm war, einen solchen Ehrenplatz einzunehmen, so merkten sich die Hüter des Gesetzes diese Nummer verdammt gut, und manchmal wollte es ihm fast scheinen, als ob ihm die einfache Nummer B 65 876 oder irgend etwas Ähnliches lieber wäre. Sollte aber irgendein verflixter Booster es sich in den Kopf setzen, nächstes Jahr Nummer 5 einem schlauen Weltverbrüderer wegschnappen zu wollen, dann wehe ihm, denn, na, dann würde es was setzen! Und wenn sie es ihm gestatten wollten, möchte er als Schlußakkord seiner paar Worte ein Hoch auf die Boosters, die Weltverbrüderer und die Kiwanis alle zusammen ausbringen!»

Babbitt wandte sich seufzend an Professor Pumphrey: «Muß schon fein sein, eine so niedrige Nummer zu haben! Jeder würde sagen: Der ist gewiß ein großes Tier! Möcht wissen, wie er es zuwege gebracht hat! Ich will wetten, daß er den Superintendenten der Automobillizenzen mehr als einmal mit gutem Essen und Wein traktiert hat, bis er kirre war!»

Dann hielt ihnen Chum Frink eine Rede:

«Vielleicht werden einige von euch die Empfindung haben, daß es hier nicht am Platz ist, über hochtrabende, intellektuelle Dinge zu reden, aber ich will mir kein Blatt vor den Mund nehmen und euch Jungens gradeaus bitten, meiner Proposition, ein Symphonieorchester für Zenith zu gründen, zuzustimmen. Eine ganze Reihe von euch begeht damit einen groben Fehler, daß ihr denkt, ihr müßtet um jeden Preis dagegen stimmen, nur weil ihr klassische Musik und all den Kram nicht gern hört. Ich will euch nur gleich eingestehen, daß ich selbst, obwohl ich ein Literaturfatzke bin, für diese langhaarige Musik nichts, aber auch gar nichts übrig habe. Ich höre jeden Augenblick eine Jazz-Band lieber als irgendein Beethoven-Stück, das genau soviel Melodie hat wie ein Pack raufender Katzen, und das ich nicht nachpfeifen könnte, selbst wenn mein Leben davon abhinge. Kultur ist heutzutage für jede Stadt ein ebenso notwendiger Schmuck wie Straßenpflaster und Bankclearings. Die Kultur, die sich in Theatern und Kunstmuseen offenbart, ist es, die alljährlich Tausende von Besuchern nach New York lockt, und um offen und ehrlich zu sein, wir haben noch nicht annähernd den Kulturstand von New York oder von Chicago oder Boston erreicht – oder wir haben zumindest den Ruf. Was wir lebhaften, zappeligen Vorwärtsstreber also vor allem tun müssen, ist, die *Kultur zu kapitalisieren*, einfach drauflosgehen und sie uns aneignen.

Bilder und Bücher sind prächtig für diejenigen, die ihrem Studium Zeit widmen können, nur machen sie keinen großen Lärm für sich selbst: ‹Seht her, was das gute alte Zenith für eine hochgradige kulturelle Bildung produziert!› Aber ein Symphonieorchester hätte gerade das zur Folge! Seht nur, wie berühmt Minneapolis und Cincinnati geworden sind. Ein Orchester mit erstklassigen Musikern und einem vornehmen Dirigenten – und meiner Ansicht nach müßten wir alles tipptopp machen und einen von den bestbezahlten Dirigenten des Musikmarkts anstellen, vorausgesetzt, daß er kein Teutone ist –, so ein Orchester wird nach Boston und New York und Washington berufen; es spielt in den ersten Theatern vor den kultiviertesten und reichsten Leuten; es ist eine Reklamekasse für sich, die sich eine Stadt auf keine andere Weise zu schaffen vermag; und der Schuft, der so blind ist, sich gegen diesen Orchesterplan zu stemmen, vermindert die Chancen, den ruhmreichen Namen Zeniths irgendeinem großen New Yorker Millionär zu Ohren zu bringen, der vielleicht – der möglicherweise eine Zweigfabrik hier errichten würde!

Ich könnte auch noch darauf hinweisen, daß für unsere Töchter, die ein Interesse an hochtrabender Musik haben und sich eventuell für den Unterricht ausbilden wollen, eine I a prima Lokalorganisation selbstverständlich von größter Wichtigkeit wäre; aber bleiben wir nun bei der praktischen Seite, und nach alldem, was ich gesagt habe, rufe ich euch, lieben Brüder, auf, mit mir für Kultur und für einen Weltschlager von Symphonieorchester zu stimmen!»

Sie klatschten Beifall.

Unter Rascheln und Murmeln der Erregung erklärte Präsident Gunch: «Meine Herren, wir wollen jetzt zur Beamtenneuwahl des Jahres schreiten.» Für jede der sechs zu besetzenden Stellen hatte das Komitee drei Kandidaten gewählt. Der zweite Name unter den Kandidaten für die Vizepräsidentschaft war Babbitts Name.

Er war überrascht. Er sah selbstbewußt aus. Sein Herz klopfte laut. Es klopfte noch aufgeregter, als die Stimmen gezählt wurden und Gunch sagte: «Ich freue mich, Ihnen zu verkünden, daß Georgie Babbitt der neue Vizepräsident sein wird. Ich kenne keinen Mann, dem solider Verstand und Vorwärtsstreben näher am Herzen gelegen sind, als unserem guten alten George. Los, Brüder, widmen wir ihm unseren schönsten und lautesten Hochruf!»

Als sich die Versammlung auflöste, drängten sich hundert Leute an ihn heran, um ihm auf den Rücken zu klopfen. Er hatte noch nie einen größeren Augenblick genossen. Er fuhr in einem verschwommenen Nebel der Bewunderung weg. Er stampfte schwerfällig in sein Büro und gluckste lachend zu Miss McGoun: «Na, Sie dürfen mal Ihrem Chef gratulieren! Bin zum Vizepräsidenten der Boosters ernannt worden!»

Er erlebte eine Enttäuschung. Sie erwiderte nur: «Ja – Ach, Mrs. Babbitt sucht Sie schon lange am Telefon zu erreichen.» Aber der neue Agent, Fritz Weilinger rief: «Zum Teufel noch mal, Captain, das ist aber großartig, das nenn ich einen Erfolg! Freu mich rasend! Ich gratuliere!»

Babbitt rief seine Nummer an und krähte vergnügt zu seiner Frau ins Telefon: «Hab gehört, daß du mich gesucht hast, Myra. Du, hör mal, diesmal hat George den Vogel abgeschossen! Paß auf, daß du mit dem nötigen Respekt mit mir redest!

Du hast das Vergnügen, mit dem neuen Vizepräsidenten des *Boosters Club* zu sprechen!»

«Ach, Georgie –»

«Ganz nett, was? Willis Ijams ist der neue Präsident, aber wenn er abwesend ist, hat der gute Georgie den Vorsitz und gibt den Ton an und ruft die Redner auf – und wenn es der Gouverneur des Staates selbst ist – und –»

«George! Hör mich an!»

«– es stellt mich in einen Rang mit berühmten Leuten wie Dr. Dilling und –»

«George! Paul Riesling –»

«Ja, natürlich werde ich Paul antelefonieren und ihm sofort die Neuigkeit mitteilen.»

«Georgie! *Hör* mich doch an! Paul ist im Gefängnis. Er hat seine Frau erschossen, er hat Zilla erschossen, heute mittag. Vielleicht bleibt sie nicht am Leben.»

Zweiundzwanzigstes Kapitel

I

Er fuhr ins Stadtgefängnis, nicht blindlings, sondern mit ungewohnter Umständlichkeit an den Straßenecken, mit der Umständlichkeit eines alten Weibleins, das Blumen umsetzt.

Das hinderte ihn daran, die Widerlichkeit des Verhängnisses ins Auge zu fassen.

Der Aufseher sagte: «Nein, Sie dürfen keinen der Gefangenen sehen bis um 15 Uhr 30 – Besuchsstunde.»

Es war 15 Uhr. Während einer halben Stunde saß Babbitt, in die Betrachtung eines Kalenders und einer Wanduhr, die an der weiß getünchten Mauer hingen, vertieft. Der Stuhl, auf dem er saß, war hart und gewöhnlich und quietschte. Menschen gingen durch den Raum, und er bildete sich ein, daß sie ihn anstarrten. Er empfand eine kampflustige Verachtung, die sich in zuckende Angst verwandelte, als es ihm zum Bewußtsein kam, daß diese ganze Maschinerie Paul zerstampfen würde – Paul –

Punkt 15 Uhr 30 ließ er sich anmelden.

Der Aufseher kehrte mit dem Bescheid zurück: «Riesling sagt, daß er Sie nicht sehen will!»

«Sie sind verrückt! Sie haben ihm meinen Namen nicht genannt! Sagen Sie ihm, daß George zu ihm möchte, George Babbitt!»

«Ja, hab ich ihm ja schon gesagt, hab's ganz richtig gesagt! Er hat geantwortet, daß er Sie nicht sehen mag.»

«Also führen Sie mich trotzdem zu ihm.»

«Geht nicht. Wenn Sie nicht sein Verteidiger sind, und er will Sie nicht empfangen, dann läßt sich nix machen.»

«Aber, *Herrgott* – hören Sie, führen Sie mich zum Inspektor.»

«Der hat keine Zeit. Also machen Sie vorwärts, Sie –»

Babbitt richtete sich wie zum Sprung auf. Der Aufseher änderte eiligst den Ton und sagte zuredend: «Sie können ja morgen wiederkommen und es nochmals versuchen. Wahrscheinlich hat der arme Kerl den Verstand verloren.»

Babbitt fuhr, durchaus nicht vorsichtig oder umständlich, zum Stadthaus, glitt bösartig nahe an den Lastwagen vorbei und scherte sich nicht um die Flüche der Kutscher; die Räder knirschten den Kantstein entlang, als er anhielt, und er stürzte die Marmortreppe empor zum Büro des hochwohlgeborenen Mr. Lucas Prout, Bürgermeister. Er bestach den Türsteher des Bürgermeisters mit einem Dollar; im nächsten Augenblick stand er schon drin und fragte: «Kennen Sie mich noch, Mr. Prout? Babbitt – Vizepräsident der Boosters –, habe während der Wahlen für Sie agitiert. Sagen Sie, haben Sie schon von dem armen Riesling gehört? Also, ich möchte einen Befehl für den Inspektor, oder wie er heißt, des Stadtgefängnisses haben, daß man mich zu ihm hineinführt. Schön. Ich danke Ihnen.»

Fünfzehn Minuten später stampfte er den Korridor des Gefängnisses entlang, bis zu einem Käfig, in dem Paul Riesling auf einer Pritsche saß, in sich gekrümmt wie ein alter Bettler, die Beine gekreuzt, die Arme verschlungen, an seiner geballten Faust nagend.

Paul blickte ausdruckslos auf, als der Wärter die Tür seiner Zelle aufschloß, Babbitt eintreten ließ und wieder verschwand. Er sprach langsam: «Leg los! Halt mir eine Moralpredigt!»

Babbitt ließ sich neben ihn auf die Pritsche fallen. «Ich mag dir keine Moralpredigt halten! Es ist mir ganz egal, was du angestellt hast! Ich möchte dir beistehen in allem, was ich habe. Es freut mich, daß Zilla endlich das gekriegt hat, was sie verdient.»

Paul erwiderte streitsüchtig: «Sei so gut und schieb nicht alles auf Zilla. Ich hab darüber nachgedacht; sie wird es auch nicht immer leicht gehabt haben. Gleich nachdem ich auf sie geschossen habe – ich hab gar nicht die Absicht gehabt, aber sie reizte mich so wahnsinnig, daß ich verrückt wurde, nur einen Augenblick lang, und ich riß den alten Revolver heraus, mit dem wir beide, du und ich, Kaninchen zu schießen pflegten, und dann drückte ich auf sie ab. Ich hatte wirklich nicht die Absicht – Und nachher, als ich versuchte, das Blut zu stillen – ihre Schulter war gräßlich zugerichtet, und sie hatte doch eine so schöne, zarte Haut – Vielleicht wird sie nicht sterben. Hoffentlich bleibt ihre Haut nicht voller Narben. Aber gleich nachher, als ich im Badezimmer nach Watte suchte, um das Blut zu stillen, kam mir zufällig eine kleine gelbe, wollige Ente in die Hand, die wir einmal zu Weihnachten an den Baum gehängt hatten, und mir fiel plötzlich ein, daß sie und ich damals noch furchtbar glücklich waren – Teufel! Ich kann's kaum glauben, daß ich's bin, der hier sitzt.»

Babbitts Arm um seine Schultern drückte ihn fester, und Paul seufzte: «Ich bin froh, daß du gekommen bist. Aber ich dachte, daß du vielleicht predigen würdest, und wenn man einen Mord begangen hat und hierhergebracht worden ist und alles – draußen vor dem Haus stand eine große Menschenmenge, und die Polizisten führten mich hindurch – Ach, ich will ja nicht mehr darüber reden.»

Aber ein eintöniges, grauenvolles, wahnsinniges Murmeln strömte ununterbrochen über seine Lippen. Um ihn abzulenken, bemerkte Babbitt: «Du, du hast ja einen Riß auf der Wange.»

«Ja. Da hat mich der Polizist getroffen. Ich denke mir,

solchen Polizisten macht es ja einen Riesenspaß, den Mördern die Leviten zu lesen. Er war ein baumstarker Kerl. Und er wollte mir nicht erlauben, Zilla zum Rettungswagen hinuntertragen zu helfen.»

«Paul! Laß das sein! Hör zu: sie wird nicht sterben, und wenn alles vorüber ist, gehen wir beide zusammen nach Maine. Und vielleicht können wir diese May Arnold dazu kriegen, daß sie mitkommt. Ich werde nach Chicago reisen und sie bitten. Brave Frau, das, bei Gott. Und später werde ich dafür sorgen, daß du irgendwo im Westen ein Geschäft anfängst, vielleicht in Seattle – das soll eine wunderbare Stadt sein.»

Paul lächelte schon beinahe. Jetzt war es Babbitt, der sinnlos weiterschwatzte. Er hatte keine Ahnung, ob Paul ihm zuhörte, aber seine Rede floß eintönig weiter, bis Pauls Anwalt, P. J. Maxwell, sie durch sein Kommen unterbrach; er war ein hagerer, geschäftiger, unliebenswürdiger Mann, der Babbitt zunickte und gleich bemerkte:

«Wenn Sie mich mit Riesling einen Augenblick allein lassen wollten –»

Babbitt drückte heftig Pauls Hand und wartete im Büro, bis Maxwell eilig heraustrippelte. «Sagen Sie, alter Freund, was kann ich tun?» flehte er ihn an.

«Nichts. Wirklich gar nichts. Vorläufig nichts», sagte Maxwell. «Tut mir leid. Muß jetzt weiter. Und gehen Sie jetzt nicht zu ihm hinein. Ich habe ihm vom Doktor eine Morphiuminjektion geben lassen, und er wird wahrscheinlich schlafen.»

Es schien ihm eine Sünde, jetzt ins Büro zurückzukehren. Babbitt hatte das Gefühl, als ob er gerade von einem Leichenbegängnis käme. Haltlos trieb er zum städtischen Krankenhaus hinaus, um sich nach Zillas Befinden zu erkundigen. Er erfuhr, daß eigentlich keine Lebensgefahr für sie bestünde. Die Kugel aus Pauls riesigem altem vierundvierziger Armeerevolver hatte ihr die Schulter zerschmettert und war oben wieder herausgefahren.

Willenlos wanderte er heim und fand seine Frau vor Entsetzen und interessierter Neugierde strahlend, Gefühle, die die Lebenstragödien unserer Freunde gewöhnlich in uns erwecken.

«Natürlich kann man nicht alle Schuld auf Paul wälzen, aber das kommt davon, wenn man immer nach anderen Frauen jagt, statt sein Kreuz wie ein Christenmensch zu tragen», triumphierte sie.

Er war zu matt, um ihr nach seinem Sinn zu erwidern. Aber er sagte alles, was gesagt werden konnte, über das christliche Tragen von Kreuzen, und ging hinaus, seinen Wagen zu putzen. Trostlos und geduldig kratzte er Fettreste aus der Tropfpfanne und schabte den angetrockneten Straßenschmutz von den Rädern. Er verbrachte viele Minuten mit Händewaschen, er rieb sie mit sandiger Küchenseife und freute sich, als ihm das weh tat.

«Verflucht weiche Hände – wie ein Weib. Pfui!»

Beim Abendessen, als seine Frau wieder vom Unvermeidlichen anfing, brüllte er sie an: «Ich verbiete euch allen, ein Wort über Paul zu reden. Ich werde schon selber alle nötigen Redereien besorgen, verstanden? In dieser skandal- und klatschsüchtigen Stadt wird es am heutigen Abend wenigstens ein Haus geben, wo nicht scheinheilig alles in den Schmutz gezerrt wird. Und schmeißt mir diese dreckigen Zeitungen hinaus!»

Aber nach Tisch las er selbst die Zeitungen.

Vor neun Uhr machte er sich auf den Weg zur Wohnung von Rechtsanwalt Maxwell. Er wurde ohne alle Wärme empfangen.

«Nun?» fragte Maxwell.

«Ich wollte meine Dienste für das Gerichtsverfahren anbieten. Ich hab nämlich eine Idee. Ich könnte sehr gut vor Gericht beschwören, daß ich dort war und gesehen habe, daß sie erst geschossen hat und daß er dann mit ihr gerungen hat und der Revolver zufällig losgegangen ist.»

«Und Sie wollen einen Meineid schwören?»

«Hm? Na ja, das wär ja wahrscheinlich ein Meineid. Ach – würd es denn was nützen?»

«Aber lieber Freund! Ein Meineid!»

«Ach, seien Sie doch kein Trottel! Entschuldigen Sie, Maxwell, ich wollte Sie nicht beleidigen. Ich wollte nur folgendes sagen: ich kenne und Sie kennen zahllose Fälle von Meineid, die begangen werden, um irgendein verdammtes kleines Grundstück zu erlangen; und hier, wo es sich darum handelt, Paul vor dem Gefängnis zu retten, würd ich bis zum letzten Atemzug meineidig werden.»

«Nein. Abgesehen von der ethischen Seite des Ganzen ist Ihre Idee auch praktisch nicht verwertbar. Der Staatsanwalt würde Ihre Zeugenaussage nicht einen Augenblick gelten lassen. Es ist ja bekannt, daß Riesling bei der Tat mit seiner Frau allein war.»

«Also dann passen Sie auf! Lassen Sie mich auf die Zeugenbank gehen und schwören – und diesmal wäre es lautere Wahrheit, so wahr Gott lebt –, daß sie ihn gemartert hat, bis er wahnsinnig wurde.»

«Nein, bedauere. Riesling verweigert absolut jede Zeugenschaft, die ein schlechtes Licht auf seine Frau wirft. Er besteht darauf, sich vor Gericht schuldig zu erklären.»

«Dann lassen Sie mich vortreten und irgend etwas bezeugen – was immer Sie mir sagen werden. Lassen Sie mich nur *irgend etwas* tun!»

«Es tut mir leid, Babbitt, aber das Beste, was Sie für uns tun können – es fällt mir wirklich schwer, Ihnen das sagen zu müssen –, aber Sie helfen uns am meisten, indem Sie sich absolut still verhalten.»

Babbitt, der wie ein armer Pächter seinen Hut in den Händen drehte, zuckte so deutlich zusammen, daß sich Maxwell nochmals zu ihm herabließ:

«Es ist mir unangenehm, Ihnen weh zu tun, aber Sie müssen verstehen, daß wir beide das Allerbeste tun wollen, um Riesling zu helfen, und da müssen wir alle anderen Faktoren aus dem Spiel lassen. Das Malheur bei Ihnen, Babbitt, ist, daß

Sie zu den Menschen gehören, denen das Reden zu leichtfällt. Sie hören gern Ihre eigene Stimme. Wenn ich auch irgend etwas fände, wofür Sie Zeugnis ablegen könnten, so würden Sie sich in Rage reden und alles aus der Schule schwatzen. Tut mir leid. Ich muß jetzt meine Akten durchsehen – Sie entschuldigen.»

2

Er verbrachte den grössten Teil des nächsten Vormittags damit, daß er Kräfte sammelte, um der geschwätzigen Welt des *Athletic Club* ruhig gegenüberzutreten. Sie würden über Paul sprechen; sie würden lüstern-neugierig und schadenfroh sein. Aber am Tisch der Rauhbeine wurde Paul gar nicht erwähnt. Sie sprachen eifrig von der nahenden Baseballsaison. Er liebte sie, wie er sie noch nie geliebt hatte.

3

Er hatte sich, wahrscheinlich nach irgendeinem Roman, Pauls Gerichtsverhandlung als einen langwierigen Kampf mit erbitterten Argumenten, einer lautlos gespannten Menge und plötzlichen, überwältigenden, neuen Aussagen vorgestellt. Tatsächlich beanspruchte die Verhandlung keine fünfzehn Minuten, und diese wurden in der Hauptsache von den ärztlichen Attesten ausgefüllt, die besagten, daß Zilla hergestellt werden würde und daß Paul in dem Augenblick unzurechnungsfähig gewesen sein mußte. Am nächsten Tag wurde Paul zu drei Jahren in der Staatsstrafanstalt verurteilt und abgeführt – ganz undramatisch, ohne Handschellen, nur matt und mühsam neben einem fröhlichen stellvertretenden Sheriff einherschreitend – und nachdem sich Babbitt am Bahnhof von ihm verabschiedet hatte, kehrte er in sein Büro zurück, wo es ihm völlig klar wurde, daß er einer Welt gegenüberstand, die ohne Paul für ihn bedeutungslos geworden war.

Dreiundzwanzigstes Kapitel

I

Von März bis Juni hatte er sehr viel zu tun. Er hielt sich mit Gewalt davor zurück, in das Wirrsal seiner Gedanken einzudringen. Seine Frau und seine Nachbarn benahmen sich großherzig. Jeden Abend spielte er Bridge oder ging ins Kino und die Tage trugen ein ausdrucksloses, stummes Gesicht.

Im Juni fuhr Mrs. Babbitt mit Tinka nach dem Osten, um Verwandte zu besuchen, und Babbitt durfte tun und lassen – er wußte selbst nicht ganz, was er alles tun und lassen durfte.

Nach ihrer Abreise dachte er den lieben langen Tag an sein nunmehr freies Heim, in dem er, wenn ihn die Lust dazu anwandelte, wahnsinnig werden und den Göttern fluchen konnte, ohne die Formen eines gesitteten Ehegatten wahren zu müssen. Er überlegte: «Heute könnte ich mir einen krummen Abend spendieren, erst nach zwei Uhr heimkommen und trotzdem niemandem eine Erklärung schuldig sein. Juchhu!» Er telefonierte an Vergil Gunch und an Eddie Swanson. Beide waren für den Abend vergeben, und plötzlich ärgerte es ihn, daß er sich soviel plagen mußte, um über die Schnur zu hauen.

Er war wortkarg bei Tisch, ungewöhnlich liebevoll zu Ted und zu Veronika, und zögernd, aber nicht abweisend, als Veronika ihre Meinung über Kenneth Escotts Meinung über

Dr. John Jennison Drews Meinung über die Meinung der Evolutionisten zum besten gab. Ted arbeitete während der Sommerferien in der Garage, und er berichtete über seine täglichen Erfolge, wie er ein gesprungenes Kugellager gefunden hatte, was er dem alten Griesgram gesagt hatte und wie er dem Werkführer die Zukunft der drahtlosen Telegrafie auseinandergesetzt hatte.

Nach dem Abendessen gingen Ted und Veronika zu einem Tanz. Selbst das Dienstmädchen hatte Ausgang. Es kam selten vor, daß Babbitt einen ganzen Abend hindurch mutterseelenallein im Haus war. Er konnte nicht zur Ruhe kommen. Er sehnte sich unklar nach irgend etwas Unterhaltenderem als die Lektüre der komischen Spalten in der Zeitung. Bedächtig wandelte er in Veronikas Zimmer hinauf und saß summend und brummend in solid bürgerliche Weise auf ihrem blauweißen, jungfräulichen Bett, während er ihre Bücher prüfte: Conrads *Rettung*, ein Band mit dem seltsamen Titel: *Tönerne Formen*, Lyrik (ganz unrhythmische Lyrik, dachte Babbitt) von Vachell Lindsay, und Essays von H. L. Mencken, höchst unpassende Essays, die sich über Religion und alles Wohlanständige lustig machten. Keines von diesen Büchern war ihm sympathisch. Er fühlte in ihnen einen Geist der Rebellion gegen Sitte und solides Bürgertum. Diesen Schriftstellern – und er mußte annehmen, daß sie berühmte Schriftsteller waren – lag es offenbar gar nicht am Herzen, hübsche Geschichten zu schreiben, die den Menschen von seinen Sorgen ablenken konnten. Er seufzte. Er bemerkte ein Buch, *Die drei schwarzen Pennies* von Joseph Hergesheimer. Ha, das war endlich das Richtige! Sicher eine Abenteuergeschichte, vielleicht über Falschmünzer – Detektive, die sich nachts heimlich ans alte Haus heranpirschten. Er steckte das Buch unter den Arm, ging stampfend die Treppe hinunter und fing feierlich unter der Klavierlampe zu lesen an:

«Das Zwielicht glitt wie blauer Staub in die seichten Niederungen der dichtbewaldeten Hügel. Es war noch früh im Oktober, aber ein klingender Frost hatte die Ahornbäume mit

Gold durchwirkt, die spanischen Eichen waren mit weinroten Flecken bekränzt und der Sumach leuchtete grell aus dem dunkelnden Gesträuch. Wildgänse flogen tief und sorglos über die Hügelkette und schwankten, scharf abgezeichnet gegen den klaren, aschfarbenen Abendhimmel. Howat Penny, der auf dem verhältnismäßig gut gerodeten Weg stand, entschied, daß der wechselnde, gleitende Flug nicht nahe genug zum Schuß kommen würde ... Er hatte gar nicht die Absicht, auf Gänse zu jagen. Mit dem herabsinkenden Abend war sein Eifer verflogen; eine gewohnheitsmäßige Gleichgültigkeit, die alle seine Poren durchdrang ...»

Da war es schon wieder: Unzufriedenheit mit den guten alten Sitten. Babbitt legte das Buch nieder und horchte auf die Stille. Die inneren Türen des Hauses standen offen. Aus der Küche hörte er das regelmäßige Tropfen des Eisschranks, in ruhelosem, anspruchsvollem Rhythmus. Er schlenderte zum Fenster. Die Sommernacht war neblig und durch die feinen Drahtschutznetze sahen die Straßenlampen wie bleiche Feuerkreuze aus. Die ganze Welt schien ihm unnatürlich zu sein. Während er vor sich hin grübelte, kamen Veronika und Ted nach Hause und gingen hinauf schlafen. Das Schweigen verdichtete sich in dem schlummernden Haus. Er setzte seinen Hut auf, seinen anständigen, harten schwarzen Hut, zündete eine Zigarre an und spazierte vor dem Haus auf und ab, eine beleibte, würdige, durchaus nicht phantastische Gestalt, leise vor sich hin summend: «Mit Silber ist das Gold durchwoben.» Er überlegte dabei: «Eigentlich könnte ich Paul anrufen.» Dann besann er sich wieder. Er sah Paul in seiner Gefangenenuniform, aber während er Todesqualen litt, vermochte er nicht an die Wirklichkeit der Geschehnisse zu glauben. Sie waren ebenso unwirklich wie diese verzauberte Nebellandschaft.

Wenn Myra dagewesen wäre, hätte sie jetzt Andeutungen gemacht: «Ist es nicht schon spät, Georgie?» Er marschierte hilflos weiter in seiner unerwünschten Freiheit. Jetzt verhüllte Nebel das Haus. Die Welt war unerschaffen, ein Chaos ohne Aufruhr und Gelüste.

Durch die grauen Nebelschwaden kam ein Mann in so rasendem Tempo daher, daß er vor Wut zu zappeln schien, als er den leuchtenden Kreis der Straßenlaterne erreichte. Bei jedem Schritt fuchtelte er mit dem Stock und schlug dann krachend auf das Pflaster. Sein Augenglas, das an einem breiten, auffälligen Band hing, tanzte auf seinem Magen. Ungläubig erkannte Babbitt, daß es Chum Frink war.

Frink blieb stehen, konzentrierte seinen Blick und sprach ernst: «Da steht noch ein Trottel, George Babbitt. Verbringt sein Leben damit, Häu-Häuser zu vermieten. Weißt, wer ich bin? Ich bin der Verräter der Lyrik. Bin betrunken. Rede viel zuviel. Ist mir egal. Weißt, was ich hätte werden können? Ich hätte ein Gene Field oder ein James Whitcomb Riley sein können. Vielleicht ein Stevenson. Hätt ich alles sein können. Launig. Phantasievoll. Hör zu. Hör dir das an. Hab's grade gemacht:

> Glitzernd und sommerlich, Wiesen voller Lärm
> Von Käfern und Strolchen und fürnehmen Herrn.

Verstehst du? Lau-launig. Hab ich gedichtet. Gartenreime für Kind. Und was schreib ich? Gewäsch! Erhebende Gedichte! Lauter Spülwasser! Hätt schreiben können – zu spät!»

Er stürmte mit einem unheimlichen Sprung vorwärts und schien immer hinzustürzen, ohne zu fallen. Babbitt wäre nicht mehr und nicht weniger überrascht gewesen, wenn ein Gespenst, den Kopf unterm Arm, aus dem Nebel aufgetaucht wäre. Er glitt über Frink mit unendlicher Gleichgültigkeit hinweg; er brummte: «Armer Schlucker!» und vergaß ihn im nächsten Augenblick.

Mühselig schritt er ins Haus, ging bedächtig zum Eisschrank hin und plünderte ihn. Wenn Mrs. Babbitt zu Hause war, gehörte das zu den schwersten Sünden. Er stand vor den zugedeckten Waschtrögen, verschlang ein Hühnerbein und eine halbe Schale Himbeergelee, und murrte über eine feuchtkalte, gekochte Kartoffel. Er war in Gedanken versunken. Langsam stieg es ihm auf, daß vielleicht das ganze Leben, von dem er wußte und das er mit aller Energie betrieb, wertlos war; daß das Jenseits, von Dr. John Jennison Drew dargestellt, weder wahrscheinlich noch im geringsten interessant war, daß ihm das Erarbeiten von Geld nicht viel Freude machte, und schließlich, daß es einen fraglichen Wert besaß, Kinder großzuziehen, nur damit auch sie Kinder großziehen konnten, die Kinder großziehen würden. Um was handelte es sich denn überhaupt? Was wollte er?

Er stolperte ins Wohnzimmer, lag auf dem Kanapee, die Hände unter dem Kopf verschlungen.

Was wollte er eigentlich? Reichtum? Eine gesellschaftliche Position? Reisen? Dienerschaft? Ja, das alles, aber nur nebenbei.

«Ich gebe es auf», seufzte er.

Aber er war sich darüber ganz klar, daß er Paul Riesling haben wollte; und von da war es nur noch ein Schritt zum Geständnis, daß er sich nach seinem Elfenkind sehnte – nach seinem Elfenkind in Fleisch und Blut. Wenn es eine Frau gegeben hätte, die er liebte, er wäre zu ihr geflohen, hätte sich vor ihr gedemütigt und die Stirn an die Knie gedrückt.

Er dachte an seine Stenotypistin, Miss McGoun. Er dachte an das hübscheste Maniküremädchen im Friseurladen im Hotel *Thornleigh*. Während ihn auf dem Kanapee der Schlaf übermannte, fühlte er, daß er etwas Neues im Leben entdeckt und einen furchtbaren, aufregenden Strich durch alles Anständige und Normale gemacht hatte.

2

Am nächsten Morgen hatte er seine bewusste Rebellion vergessen, aber im Büro befand er sich in gereizter Stimmung, und als um 11 Uhr der Andrang der Besucher und der Telefonanrufe groß wurde, tat er etwas, wonach er sich oft gesehnt hatte, ohne den Mut der Ausführung zu finden: er verließ das Büro, ohne sich bei seinen Sklaventreibern, den Angestellten, zu entschuldigen, und ging ins Kino. Er freute sich über seine Macht, allein zu bleiben. Er kam mit dem sündhaften Entschluß heraus, nur das zu tun, was ihm gefiel.

Als er sich im Club dem Tisch der Rauhbeine näherte, wurde er mit allgemeinem Gelächter empfangen.

«Na, hier ist ja der Millionär!» sagte Sidney Finkelstein.

«Ja, ich hab ihn schon in seinem Lokomobil gesehen!» sagte Professor Pumphrey.

«Herrjeses, muß das herrlich sein, wenn man so ein nobler Patron ist wie Georgie!» stöhnte Vergil Gunch. «Wahrscheinlich hat er schon ganz Dorchester zusammengestohlen. Nicht um alles in der Welt möcht ich ein armes, wehrloses kleines Grundstück herumliegen lassen, wo er es klauen könnte!»

Sie hatten, wie Babbitt merkte, die Absicht, ihn aufzuziehen. Oder besser ausgedrückt, «einen Jux wollten sie sich machen». Für gewöhnlich wäre er von der Ehre entzückt gewesen, die darin lag, von ihnen geneckt zu werden, aber er war plötzlich empfindlich. Er murrte: «Ja, 'türlich, soll ich euch Jungens als Bürodiener anstellen?» Er wurde ungeduldig, als der Scherz sich langsam seinem Knalleffekt näherte.

«Es wär ja leicht möglich, daß er ein Rendezvous mit einem Mädchen hatte», sagten sie und: «Nein, nein, er hat sicher auf seinen alten Schlafkameraden, Sir Jerusalem Doak, gewartet.»

Er platzte heraus: «Also, legt doch schon endlich los, laßt hören, ihr Dusselköpfe! Was soll der glänzende Witz?»

«Hurra! Georgie ist beleidigt!» kicherte Sidney Finkelstein, während auf allen Gesichtern ein wortloses Grinsen erschien. Endlich klärte ihn Gunch über den empörenden Tatbestand auf: er hatte Babbitt um zwölf Uhr mittags aus einem Kinematographen kommen sehen!

Sie blieben dabei. Mit hundert Variationen, mit hundert Lachsalven wiederholten sie, daß er während der Geschäftsstunden ins Kino gegangen war. Er machte sich nicht so viel aus Gunchs Neckereien, aber er ärgerte sich über Sidney Finkelstein, über diesen rührigen, hageren, rotköpfigen Witzereißer. Dann machte ihm auch das Eisstück in seinem Wasserglas zu schaffen. Es war viel zu groß: es war immer im Weg und fror an seiner Nase fest, wenn er zu trinken versuchte. Innerlich wütete er, daß Finkelstein genauso war wie dieser Malefizeisklumpen. Aber zum Schluß triumphierte er über sie; er sparte nicht mit seinen spöttischen Antworten, bis sie genug hatten vom göttlichen Spaß und sich den großen Problemen des Tages zuwandten.

Er zerbrach sich den Kopf: «Was ist denn heute mit mir los? Scheint mir, daß ich mit dem linken Fuß aufgestanden bin. Wenn sie nur nicht alle so scheußlich viel reden würden! Aber ich muß ein bißchen vorsichtig sein und den Mund halten.»

Als sie die Zigarren ansteckten, murmelte er: «Muß schleunigst zurückgehen!», und unter einem höhnischen Chor von «Ja, natürlich, wenn du um *jeden Preis* deine Vormittage mit den Aufseherinnen von Kinos verbringen willst!» gelang es ihm, zu entwischen. Er hörte sie noch hinter sich kichern und lachen. Er war sehr verlegen. Während er dem Garderobenmann mit unnötigem Pathos zustimmte, daß das Wetter warm war, fühlte er eine kindische Sehnsucht danach, mit allen seinen Sorgen zum Elfenkind zu laufen und sich bei ihm Trost zu holen.

3

Er liess Miss McGoun in seinem Zimmer warten, nachdem sie mit dem Diktat fertig war. Er suchte nach einem Thema, das ihr unpersönliches, bürokratisches Benehmen in Freundlichkeit verwandeln würde.

«Wo wollen Sie Ihre Ferien verbringen?» fragte er schnurrend wie ein Kater.

«Ich glaub, ich fahr auf eine Farm im Norden; wünschen Sie für heute nachmittag eine Kopie des Siddons-Mietvertrags?»

«Ach, lassen Sie nur, das hat Zeit... Ich denke mir, daß Sie herzlich froh sind, wenn Sie vom Büro und von uns verdrehten Menschen fortkommen.»

Sie erhob sich und las ihre Bleistifte auf. «Ach, niemand ist verdreht hier im Büro; ich werde wahrscheinlich noch Zeit finden zum Abschreiben, wenn ich mit den Briefen fertig bin.»

Sie war verschwunden. Babbitt leugnete durchaus, daß er einen Versuch gemacht hatte, ob man sich Miss McGoun nähern konnte. «'türlich!» sagte er. «Wußt ja schon, daß nichts los ist!»

4

Eddie Swanson, der Automobilagent, der Babbitt gegenüber jenseits der Straße wohnte, gab ein Sonntagssouper. Seine Frau Louetta, die junge Louetta, die Musik und Kleider, Jazz und Lachen liebte, war in der wildesten Stimmung. Sie rief: «Wir wollen ein richtiges Fest machen!», als sie ihre Gäste empfing. Babbitt hatte schon früher unruhig empfunden, daß sie auf viele Männer verlockend wirken mußte; jetzt gestand er sich ein, daß sie für ihn selbst eine überwältigende Verlockung war. Mrs. Babbitt hatte Louetta niemals ganz gebilligt; Babbitt war herzlich froh, daß sie an diesem Abend nicht da war.

Er bestand darauf, Louetta in der Küche zu helfen: er holte die Hühnercroquettes aus der Wärmeröhre und die Salatbrötchen aus dem Eisschrank. Einmal hielt er ihre Hand, und sie bemerkte es gar nicht, niederdrückenderweise gar nicht. Sie rief singend: «Sie sind eine brave kleine Stütze der Hausfrau, Georgie. Jetzt sputen Sie sich, das Tablett hineinzutragen, und stellen Sie es auf der Anrichte ab.»

Er wünschte, daß Eddie Swanson ihnen Cocktails zu trinken geben und auch Louetta einen trinken möchte. Er wollte – Ach, er wollte einer von diesen Bohemiens sein, über die man immer in Büchern las. Atelierbälle. Schöne, wilde, völlig unabhängige Mädchen. Mußten darum nicht unbedingt verdorben sein. Durchaus nicht! Aber nicht zahm und fade wie auf Blumenhöhe. Wie er es überhaupt all diese Jahre hindurch ausgehalten hatte –?

Eddie gab ihnen keine Cocktails. Immerhin herrschte beim Souper Frohsinn und Gelächter, und Orville Jones mußte mehrere Male wiederholen, daß «Sobald Louetta sich entschließt, sich mir auf den Schoß zu setzen, will ich mein belegtes Brötchen mit den Augen verschlingen!». Aber sie waren ehrbar und hochanständig, wie es sich für den Sonntagabend gehörte. Babbitt hatte sich diskret einen Platz auf der Klavierbank neben Louetta reserviert. Während er über Motoren sprach, während er mit starrem Lächeln auf die Inhaltswiedergabe des Films, den sie am letzten Mittwoch gesehen, lauschte, während er hoffte, daß sie fix machen und endlich mit dem Bericht über Inhalt, Schönheit des Helden und Luxus der Ausstattung zu Ende kommen würde, beobachtete er sie. Schlanke Taille, von Rohseide umschlossen, energische Brauen, brennende Augen, das Haar über der breiten Stirn geteilt – für ihn bedeutete sie Jugend mit all den Reizen, die ihn traurig stimmten. Er dachte daran, was sie für eine tapfere kleine Kameradin auf einer langen Autotour sein müßte, wenn man auf Entdeckungsreisen in die Berge fuhr oder in einem Tannendickicht hoch über den Tälern sich zu Mahlzeiten lagerte. Ihre Zerbrechlichkeit rührte ihn; er war wütend auf Eddie Swanson, der den häuslichen Zwist ununterbrochen fortsetzte. Ganz plötzlich identifizierte er Louetta mit dem Elfenkind. Die Überzeugung, daß sie stets eine romantische Anziehung aufeinander ausgeübt hatten, überraschte und erschreckte ihn.

«Wahrscheinlich führen Sie jetzt als Witwer ein schreckliches Leben?» sagte sie.

«Können Sie mir glauben! Ich bin ein Schlimmer und bin stolz darauf. An einem dieser Abende sollten Sie Eddie ein Schlafmittel in den Mokka mischen und sich über die Straße zu mir schleichen, dann zeig ich Ihnen, wie man einen Cocktail mischt», brüllte er.

«Na, ich weiß nicht! Vielleicht tu ich's! Man weiß ja nie!»

«Schön, wann immer Sie Lust haben, hängen Sie nur ein weißes Tuch zum Dachfenster hinaus, und ich renn den Schnaps holen!»

Alle kicherten über diese Unverfrorenheit. Mit einem zufriedenen Gesicht erklärte Eddie Swanson, daß er seinen Kaffee jeden Tag von einem Arzt untersuchen lassen würde. Die übrigen glitten in eine Besprechung der sympathischeren, neuesten Morde, aber Babbitt suchte Louetta in persönlichere Fragen zu verwickeln:

«Das ist das hübscheste Kleid, das ich in meinem ganzen Leben gesehen habe.»

«Gefällt es Ihnen wirklich?»

«Ob es mir gefällt? Ja, hören Sie, ich will doch Kenneth Escott dazu kriegen, eine Notiz in die Zeitung zu setzen, daß die bestgekleidete Frau der Vereinigten Staaten Mrs. E. Louetta Swanson ist.»

«Na, jetzt hören Sie aber mit den Dummheiten auf!» Trotzdem strahlte sie. «Tanzen wir doch ein bißchen. Georgie, Sie müssen unbedingt mit mir tanzen.»

Noch während er Einspruch erhob: «Sie wissen doch, was ich für ein miserabler Tänzer bin!» stand er schon schwerfällig auf.

«Ich werde Sie unterrichten. Ich kann es jedem beibringen.»

Ihre Augen waren feucht, ihre Stimme war rauh vor Erregung. Er war überzeugt, daß er sie für sich gewonnen hatte. Er umschlang sie und fühlte dabei ihre weiche Wärme, und feierlich drehte er sich in einem plumpen Onestep herum. Er stieß nur mit ein oder zwei Leuten zusammen. «Donnerwetter, ich kann's doch ganz gut; ich bin schon bald ein regelrechter Tanzkünstler!» triumphierte er; und sie erwiderte geschäftig: «Ja, ja – hab Ihnen ja gesagt, daß ich es jedem beibringen kann – *machen Sie nicht so große Schritte!*»

Einen Augenblick lang verlor er seine Sicherheit; mit ängstlicher Konzentration suchte er im Takt mit der Musik zu bleiben. Aber dann riß ihn ihr Zauber wieder hin. «Sie muß mich gern haben; ich zwinge sie dazu!» gelobte er sich. Er bemühte sich, die Locke neben ihrem Ohr zu küssen. Mechanisch neigte sie den Kopf nach rückwärts, um ihm auszuweichen, mechanisch murmelte sie: «Nicht doch!»

Einen Augenblick lang haßte er sie, aber gleich hinterher war er wieder genauso zudringlich. Er tanzte mit Mrs. Orville Jones, aber dabei beobachtete er Louetta, die jetzt mit ihrem Gatten durch das Zimmer stürmte. «Paß auf! Fängst an, Dummheiten zu machen!» mahnte er sich selbst zur Vorsicht, während er herumhopste und seine steifen Knie in zögerndem Takt vor Mrs. Jones bog. «Teufel, ist das eine Hitze!» knurrte er der würdigen Dame ins Ohr. Plötzlich, ohne allen Grund, dachte er an Paul an jenem düsteren Ort, wo die Menschen niemals tanzen. Bin ja verrückt heute abend, wäre gescheiter, heimzukehren, dachte er besorgt, um dann Mrs. Jones flink zu verlassen und an Louettas grüne Seite zu stürzen, mit dem bittenden Befehl: «Der nächste gehört mir.»

«Ach, mir ist so heiß; ich werde jetzt einmal nicht tanzen.»

«Dann», mit keckem Mut, «kommen Sie mit mir hinaus auf die Veranda, und kühlen wir uns dort ab.»

«Na ja –»

Im zärtlichen Dunkel, mit dem Lärm und den Lichtern des Hauses im Rücken, nahm er entschlossen von ihrer Hand Besitz. Sie preßte kurz seine Finger und ließ gleich wieder los.

«Louetta! Ich glaube, Sie sind das reizendste Ding, das ich je gesehen habe!»

«Nun, ich finde Sie auch sehr nett.»

«Wirklich? Sie müssen mich ein bißchen gern haben! Ich bin so schrecklich einsam.»

«Ach, das geht wieder vorbei, sobald Ihre Frau zu Hause ist.»

«Nein, ich bin immer einsam.»

Sie faltete ihre Hände unterm Kinn, so daß er sie nicht zu berühren wagte. Er seufzte:

«Wenn ich mich so kaputt fühle und –» fast hätte er Pauls Tragödie erwähnt, aber die war ihm selbst für die diplomatischen Kniffe einer Liebeserklärung zu heilig – «wenn ich im Büro so abgerackert bin und alles, dann schau ich gern über die Straße hinüber und denke an Sie. Wissen Sie, daß ich einmal von Ihnen geträumt habe?»

«War es ein hübscher Traum?»

«Ja, wonnig!»

«Na, man sagt ja, daß Träume immer das Gegenteil bedeuten! So, und jetzt muß ich wieder hinein.»

Sie stand schon auf den Füßen.

«Ach, gehen Sie doch noch nicht hinein! Bitte schön, Louetta!»

«Doch, ich muß! Muß mich ja um meine Gäste kümmern!»

«Lassen Sie die Gäste um sich selbst kümmern!»

«Nein, das darf ich nicht.» Nachlässig schlug sie ihm auf die Schulter und verschwand lautlos.

Aber nach zwei Minuten verschämter und kindischer Sehnsucht, sich heimzuschleichen, schnaubte er: «Natürlich hab ich mir gar keine Mühe gegeben, mit ihr intim zu werden! Wußt ja gleich von Anfang an, daß da nichts zu holen war!», und schwerfällig folgte er ihr, um mit Mrs. Orville Jones zu tanzen und Louetta augenfällig und tugendhaft zu meiden.

Vierundzwanzigstes Kapitel

I

Sein Besuch bei Paul war ebenso unwirklich wie seine Nacht voller Nebelschwaden und Lebensfragen. Ohne zu sehen, schritt er durch Gefängnisgänge, die nach Karbol stanken, bis zu einem Zimmer, das mit hellgelben, sternchenförmig gelochten Holzbänken möbliert war; sie erinnerten ihn an die Bänke, die er als Junge in Schuhläden gesehen hatte. Der Gefängniswärter führte Paul herein. Über der schiefergrauen Uniform schwebte Pauls Gesicht, blaß und ausdruckslos. Er bewegte sich ängstlich, des Wärters Befehlen gehorchend; demütig schob er Babbitts Geschenke, Tabak und Zeitschriften, über den Tisch hinüber, dem Wärter zur Prüfung hin. Er wußte nichts anderes zu sagen, als «Ach, ich fang schon an, mich einzugewöhnen» und: «Jetzt arbeite ich in der Schneiderwerkstatt, der rauhe Stoff macht mir die Finger wund.»

Babbitt wußte, daß Paul in diesem Haus des Todes bereits tot war. Und während er auf der Heimfahrt im Zug grübelte, schien auch in ihm etwas gestorben zu sein: der treue, starke Glaube an die Güte der Welt, die Angst vor öffentlicher Mißbilligung, die stolze Freude am Erfolg. Er war froh, daß seine Frau verreist war. Er gab es zu und versuchte nicht, sich zu rechtfertigen. Es war ihm ganz gleichgültig.

2

AUF IHRER KARTE STAND: «MRS. DANIEL JUDIQUE». Babbitt hatte von ihr als von der Witwe eines Papiergrossisten gehört. Sie mußte wohl schon 40 oder 42 Jahre alt sein, aber er hielt sie für jünger an dem Nachmittag, als er sie im Büro sah. Sie war gekommen, um sich nach einer Wohnung zu erkundigen, und er nahm sie der ungeübten jungen Buchhalterin aus den Händen. Ihre flotte Eleganz reizte ihn und zog ihn an. Sie war eine schlanke Frau in einem schwarzen, weißgetupften Mullkleid, das kühl und doch graziös wirkte. Ein breiter schwarzer Hut beschattete ihr Gesicht. Ihre Augen schimmerten feucht, ihr weißes Kinn war angenehm gerundet und ihre Wangen waren glatt und gleichmäßig rosig. Babbitt fragte sich hinterher, ob sie wohl geschminkt und hergerichtet war, aber kein Mann ahnte weniger als er von solchen Kunstgriffen.

Sie saß und drehte ihren violetten Sonnenschirm in den Händen. Ihre Stimme war gewinnend, ohne zimperlich zu sein. «Ich möchte wissen, ob Sie mir wohl behilflich sein können?»

«Mit größtem Vergnügen.»

«Ich habe schon überall gesucht und – Ich brauche eine kleine Wohnung, ein Schlafzimmer, oder zwei, ein Wohnzimmer und eine winzige Küche und Badezimmer, aber es müßte eine Wohnung sein, die wirklich hübsch ist, nicht ein paar schmierige Löcher oder eine von diesen neuen Baracken mit greulichen, geschmacklosen Lampen. Und ich kann auch nicht einen furchtbar hohen Zins zahlen. Ich heiße Tanis Judique.»

«Ich glaube, daß ich vielleicht gerade etwas Passendes für Sie hätte. Möchten Sie auf einen Sprung mit mir hinüberkommen und es sich ansehen?»

«Ja. Ich habe ein paar freie Stunden vor mir.»

Babbitt hatte in den neuen Cavendish-Häusern eine Wohnung, die er für Sidney Finkelstein reserviert hatte, aber beim Gedanken, neben dieser liebenswürdigen Frau im Auto zu sitzen, kümmerte er sich nicht weiter um seinen Freund Finkelstein, sondern verkündete in galantem Ton: «Sie sollen gleich sehen, was ich für Sie tun kann!»

Er wischte den Staub von ihrem Sitz im Auto, und zweimal setzte er sein Leben aufs Spiel, um ihr zu zeigen, wie er fahren konnte.

«Sie haben Ihren Wagen fabelhaft in der Hand!» sagte sie.

Ihre Stimme gefiel ihm. Es war Musik in dieser Stimme, dachte er, und sie klang kultiviert, nicht unangenehm grell und kichernd wie Louetta Swansons Stimme.

Er prahlte: «Wissen Sie, es gibt eine Menge Leute, die so feig und so langsam fahren, daß sie allen Menschen immer im Wege sind. Der verläßlichste Chauffeur ist derjenige, der seinen Wagen in der Gewalt hat und sich auch einmal traut, rasch zu fahren, wenn's not tut; finden Sie nicht auch?»

«Ach ja, unbedingt!»

«Ich wette, Sie lenken selbst fabelhaft.»

«Ach, nein – das heißt –, nicht wirklich gut. Wir hatten natürlich auch ein Auto – damals noch, bevor ich meinen Mann verlor –, und ich habe immer so gemacht, als ob ich selbst fahren könnte, aber ich glaube nicht, daß eine Frau jemals selbst so chauffieren lernt wie ein Mann.»

«Nun, das möchte ich nicht behaupten, es gibt schon Frauen, die wirklich ausgezeichnet fahren.»

«Ja, selbstverständlich gibt es Frauen, die nur dafür leben, den Männern alles nachzumachen, und Golf spielen und lauter solche Sachen, mit denen man sich den Teint kaputtmacht und die Hände ruiniert.»

«Das stimmt, ich hab für diese Mannweiber nie was übriggehabt.»

«Ich will damit nicht sagen – natürlich imponieren sie mir ungeheuer, und ich fühle, daß ich schwach und unnütz bin neben ihnen.»

«Aber Unsinn! Ich wette, Sie spielen großartig Klavier.»

«Ach, nein – das heißt –, ich spiele nicht sehr gut.»

«Na, ich möchte doch darauf wetten!» Er warf einen Blick auf ihre glatten Hände und auf ihre Diamant- und Rubinringe. Sie bemerkte den Blick, schmiegte ihre Hände fest ineinander mit einer kätzchenhaften Bewegung der schlanken weißen Finger, die ihn entzückte, und schmachtete ihn an:

«Ich spiele ja so furchtbar gern – das heißt –, ich trommle nur so am Klavier herum, aber ich habe niemals richtige Schulung gehabt. Mr. Judique pflegte zu sagen, daß ich, bei richtigem Unterricht, eine gute Klavierspielerin geworden wäre, aber wahrscheinlich hat er mir nur schmeicheln wollen.»

«Ausgeschlossen, das hat er gewiß so gemeint. Ich wette, Sie sind temperamentvoll.»

«Ach – lieben Sie Musik, Mr. Babbitt?»

«Na und ob! Nur für dieses klassische Zeug kann ich mich nicht so sehr erwärmen.»

«Ach ja, ich schon! Ich liebe Chopin und alles das!»

«Tun Sie das wirklich? Na, ich geh ja natürlich zu allen den hochtrabenden Konzerten, aber am liebsten mag ich ein gutes Jazzorchester, alles in den höchsten Tönen, und den Kerl mit der Baßgeige, der sein Instrument immer im Kreis dreht und mit dem Bogen drauf herumklopft.»

«Ja, ich weiß schon. Ich liebe ja gute Tanzmusik. Und ich tanze so furchtbar gern, Sie nicht, Mr. Babbitt?»

«Na, das will ich meinen! Obwohl ich, weiß Gott, kein guter Tänzer bin.»

«Ach, sicher sind Sie ein guter Tänzer. Ich möchte Sie aber gerne unterrichten. Ich kann es nämlich jedem beibringen.»

«Wollen Sie mir wirklich einmal eine Tanzstunde geben?»

«Mit tausend Freuden!»

«Seien Sie vorsichtig, sonst nehme ich Sie noch beim Wort. Ich bin imstande und komm in Ihre Wohnung hinauf, um mir eine Stunde geben zu lassen.»

«So-o?» Sie war durchaus nicht beleidigt, ohne etwas zu versprechen.

Er warnte sich selbst: «Halt dein bißchen Verstand beisammen, du Trottel! Spiel dich nicht wieder als dummer Narr auf!» und sprach selbstsicher weiter:

«Ich wäre froh, wenn ich so tanzen könnte wie mancher von diesen jungen Burschen, aber ich will Ihnen etwas sagen: nach meinem Empfinden muß ein rechter Mann einen großen, fast möchte ich sagen, einen schöpferischen Teil der Arbeit der Welt auf sich nehmen, muß die Verhältnisse nach seinem Willen gestalten und in seinem Leben Erfolge aufweisen können, finden Sie nicht auch?»

«Ja, ach ja!»

«Und so muß ich vieles, wozu ich wohl Lust hätte, opfern, obwohl ich mindestens ebenso verdammt gut Golf spiele wie irgendein anderer.»

«Das glaube ich Ihnen gerne... Sind Sie verheiratet?»

«Hm – ja... Und, hm, natürlich viele öffentliche Pflichten – ich bin der Vizepräsident des *Boosters Club*, und ich repräsentiere das Komitee der Staatlichen Vereinigung der Realitätenagenturen, und natürlich führt das viel Arbeit und Verantwortung mit sich – aber es sind keine dankbaren Aufgaben.»

«Ach, ich weiß das! Diener der Öffentlichkeit werden nie nach Verdienst geehrt.»

Sie blickten sich beide mit gegenseitigem Respekt an, und bei den Cavendish-Häusern angelangt, half er ihr mit großer Ritterlichkeit beim Aussteigen, machte eine Handbewegung, als ob er ihr das Haus vorstellen wollte, und gab dem Liftboy gewichtig den Auftrag, sich ein bißchen zu beeilen und die Schlüssel herbeizuschaffen. Im Aufzug stand sie dicht neben ihm, und er war erregt, aber vorsichtig.

Es war eine hübsche kleine Wohnung mit weißer Holzvertäfelung und mattblauen Wänden. Mrs. Judique strömte vor Entzücken über und beschloß sofort, die kleine Wohnung zu mieten. Als sie durch die Vorhalle zum Lift gingen, legte sie ihre Finger leicht auf seinen Arm und jauchzte: «Ach, ich bin ja so froh, daß ich mich an Sie gewendet habe!

Es ist so unendlich beruhigend, einmal einen Menschen zu treffen, der einen auch versteht. Ach! Die Wohnungen, die mir *andere* Leute gezeigt haben!»

Er hatte ein heftiges, instinktives Gefühl, daß er jetzt den Arm um sie legen durfte, aber er bezähmte sich, geleitete sie mit übertriebener Höflichkeit zum Auto und fuhr sie heim. Auf der Rückfahrt in sein Büro wütete er ununterbrochen gegen sich selbst:

«Bin heilfroh, daß ich einmal bei Verstand geblieben bin... Verdammt noch mal, wenn ich doch wenigstens einen Versuch gewagt hätte. Sie ist ein Schatz! Entzückend ist sie! Ein wonniges Ding. Herrliche Augen und süße Lippen und so eine zierliche Figur – die würde sicher nie verschlampen und verfetten wie manche Frauen... Nein, nein, nein! Das ist eine richtige, vornehme Dame. Vielleicht die flotteste, lebhafteste kleine Frau, die ich seit langem kennengelernt habe. Versteht sich auch ganz gut auf Dinge der Öffentlichkeit und – Ja, aber verflucht noch einmal, warum habe ich dann keinen Versuch gewagt? – Tanis!»

3

Es quälte und verwirrte ihn, aber er fand zu seinem Trost, daß es die Jugend in ihm war, die sich der Jugend zuwandte. Das Mädchen, das ihn besonders aus der Fassung brachte – obwohl er noch nie mit ihr gesprochen hatte –, war das letzte Manikürefräulein auf der rechten Seite im pompejanischen Friseurladen. Sie war klein und flink und schwarzhaarig und lächelnd. Sie war neunzehn Jahre alt, oder vielleicht zwanzig. Sie trug dünne lachsfarbene Blusen, die ihre Schultern und ihre mit schwarzen Bändern verzierten Untertaillen durchschimmern ließen.

Er ging in den pompejanischen Laden, um sich, wie alle vierzehn Tage, die Haare stutzen zu lassen. Wie gewöhnlich fühlte er sich als Verräter, weil er seinen Nachbarn, den Friseurladen im Reeves-Gebäude, im Stich ließ. Dann aber, zum erstenmal in seinem Leben, warf er sein Schuldbewußtsein über Bord. «Ich brauch doch, in drei Teufels Namen, nicht hinzugehen, wenn ich dazu keine Lust habe! Das Reeves-Gebäude ist doch nicht mein Eigentum! Die Friseure gehen mich gar nichts an! Ich werde mir mein verdammtes Haar dort schneiden lassen, wo es mir gefällt! Und jetzt ist's gut, und ich will nichts mehr hören! Ich hab genug gehabt davon, anderen Leuten unter die Arme zu greifen – außer wenn es mir in den Kram paßt. Man kommt damit nicht weit. Fertig, Schluß gemacht!»

Der pompejanische Friseurladen war im Souterrain des Hotels *Thornleigh*, des größten und intensiv modernsten Hotels in Zenith. Gewundene Marmorstufen mit poliertem Messinggeländer führten von der Halle in den Friseurladen hinab. Die Innenräume waren mit schwarzen, weißen und hellroten Fliesen gekachelt, der Plafond war eine Sensation in dunklem Gold, und außerdem war noch ein Springbrunnen vorhanden, in dem eine massive Nymphe ohne Unterlaß ein scharlachrotes Füllhorn leerte. Vierzig Friseure und neun Maniküremädchen arbeiteten mit Todesverachtung, und am Eingang lauerten sechs Neger in Uniform den Kunden auf, um sie in Empfang zu nehmen, ihre Hüte und Halskragen ehrfurchtsvoll aufzubewahren, sie zu einem Warteplatz zu geleiten, wo auf einem Teppich, der mitten in den weißen Fliesen einer tropischen Insel glich, ein Dutzend Lederstühle um einen mit Zeitschriften gehäuften Tisch standen.

Babbitts Diener war diesmal ein unterwürfiger, grauhaariger Neger, der ihm eine im Land Zenith hochgeschätzte Ehre angedeihen ließ – er begrüßte ihn mit Namen. Dennoch fühlte sich Babbitt unglücklich. Sein reizendes, spezielles

Manikürmädchen war beschäftigt. Sie feilte die Nägel eines geckenhaft gekleideten Mannes und kicherte und lachte mit ihm. Babbitt empfand tiefen Haß. Zuerst wollte er warten, aber es war ausgeschlossen, das imposante Symstem des pompejanischen Ladens umzustürzen oder aufzuhalten, und er wurde augenblicklich in einen Stuhl befördert.

Um ihn herum herrschte Luxus, kostbare, gewählte Pracht. Einer der Jünger ließ sich das Gesicht mit violetten Strahlen behandeln, dem nächsten wurde der Kopf mit Öl schamponiert. Diener schoben zauberhafte, elektrische Massageapparate lautlos auf Rädern umher. Die Friseure rissen dampfende Halstücher von einer Maschine, die wie eine glänzende Nickelhaubitze aussah, um sie einen kurzen Augenblick zu benützen und verachtungsvoll beiseite zu werfen. Auf dem riesigen Marmorwandbrett, den Stühlen gegenüber, standen Tausende von Kräftigungs- und Schönheitsmitteln, bernsteinfarben, rubinrot, smaragdgrün. Es schmeichelte Babbitt, daß ihm zwei Sklaven gleichzeitig zur Verfügung standen – der Friseur und der Stiefelputzer. Seine Seligkeit wäre vollkommen gewesen, wenn er auch noch das Manikürmädchen hätte haben können. Der Friseur schnippelte an seinem Haar herum und fragte nach seiner Ansicht über die Rennen von Havre de Grace, die Baseballsaison und Bürgermeister Prout. Der Stiefelputzer, ein junger Neger, summte ein Lied und putzte Babbitts Stiefel im Takt zur Melodie; er spannte das glänzende Poliertuch so fest bei jedem Strich, daß es wie eine springende Banjosaite knallte. Der Friseur war gleichzeitig ein ausgezeichneter Verkäufer. Er verlieh Babbitt das Gefühl des Reichtums und der persönlichen Gewichtigkeit durch seine Art, sich zu erkundigen: «Welches Haarwasser bevorzugen Sie, Mr. Babbitt? Haben Sie heute Zeit für Gesichtsmassage? Ihre Kopfhaut ist etwas spröde, wünschen Sie eine Kopfmassage?»

Das Schamponieren gab Babbitt den wonnigsten Schauer. Der Friseur machte sein Haar mit dickflüssiger Seife schaumig, dann (während Babbitt sich, in Handtücher gehüllt, über die Schüssel neigte) goß er heißes Wasser darüber, bis seine Kopfhaut prickelte, und ließ schließlich das Wasser eiskalt über ihn laufen. Bei der plötzlichen Erschütterung des eisigkalten Wassers, das auf seinem Schädel brannte, fing Babbitts Herz laut zu klopfen an, seine Brust hob und senkte sich, und sein Rückgrat schien ein elektrischer Draht zu sein. Es war ein aufregendes Gefühl, das die Eintönigkeit des Lebens angenehm unterbrach. Während er sich aufsetzte, blickte er sich im Geschäft hochmütig um. Der Friseur rieb dienstbeflissen sein nasses Haar und band ein Halstuch wie einen Turban darum, so daß Babbitt einem wohlgenährten, rosigen Kalif auf einem sinnreichen, verstellbaren Thron glich. Der Friseur fragte (im Ton eines guten Freundes, der aber trotzdem von der Pracht des Kalifen erdrückt wird): «Wie wäre es, wenn ich Sie mit ein bißchen Eldoradoöl einreiben würde, Sir? Sehr gesund für die Kopfhaut, Sir. Habe ich Sie nicht auch das letzte Mal damit eingerieben?»

Das hatte er wohl nicht, aber Babbitt gab nach: «Schön, machen Sie's.»

Mit zitternder Erregung sah er, daß sein Maniküremädchen jetzt frei war.

«Ich weiß nicht, vielleicht laß ich mich jetzt doch maniküren», meinte er bedächtig und beobachtete aufgeregt ihr Kommen, schwarzhaarig, lächelnd, zart und klein. Das Maniküren mußte später an ihrem Tischchen beendet werden, und er würde dann Gelegenheit haben, mit ihr zu sprechen, ohne daß der Friseur zuhörte. Er harrte geduldig und zufrieden und suchte gar nicht, sie anzugucken, während sie an seinen Nägeln feilte und der Friseur ihn rasierte und auf seine brennenden Wangen all die interessanten Mixturen schmierte, die der liebenswürdige Geist der Haarkünstler im Laufe der Zeiten erdacht hat. Als der Friseur mit ihm fertig war, und er dem Mädchen gegenüber an ihrem Tisch saß, bewunderte er die marmorne Tischplatte, bewunderte das feststehende, vertiefte Becken mit seinen winzigen, silbrigen Wasserhähnen und bewunderte sich selbst, daß er es sich leisten konnte, ein so kostspieliges Lokal zu besuchen. Als sie seine nasse Hand aus dem Becken zog, war sie durch das warme Seifenwasser so empfindlich geworden, daß ihm der Druck ihrer festen kleinen Pfote unnatürlich stark zum Bewußtsein kam. Er war begeistert von ihren rosigen, polierten Nägeln. Ihre Hände schienen ihm entzückender und auch eleganter als Mrs. Judiques dünne Finger. Der Schmerz, den sie ihm verursachte, indem sie ihm mit einem scharfen Messer die Haut rund um die Nägel entfernte, war gleichzeitig Ekstase.

Er kämpfte mit sich, um nicht die Umrisse ihres jungen Busens und ihrer Schultern, die unter einem hauchdünnen rosa Chiffon sehr sichtbar waren, auffällig zu betrachten. Sie kam ihm wie ein köstliches Ding vor, und als er sich bemühte, mit seiner Persönlichkeit Eindruck auf sie zu machen, sprach er unbeholfen wie ein Dorfjunge bei seinem ersten Tanz:

«Fast ein bißchen heiß heute zur Arbeit, was?»

«Ach ja, es ist schon heiß. Sie haben sich zuletzt selbst die Nägel geschnitten, nicht wahr?»

«Ja-a, ich glaub schon.»

«Das sollten Sie nicht; sollten sie immer von der Maniküre schneiden lassen.»

«Ja, vielleicht haben Sie recht. Ich –»

«'s gibt nichts, was so vornehm wirkt wie gutgepflegte Nägel. Ich denk mir immer, daran erkennt man zuallererst den feinen Herrn. Gestern war ein Autoverkäufer da, und der behauptete, man kann den Stand eines jeden Menschen an seinem Auto abgucken, aber ich sag ihm darauf: ‹Reden Sie keinen Unsinn›, sag ich, ‹Schlaumeiers gucken sich bei jedem zuerst die Nägel an, bevor sie sagen, ob Plebs, ob Gentleman!›»

«Ja, vielleicht ist was dran an dem, was Sie sagen! Natürlich, ich meine – bei einem so süßen Kindchen wie Sie kann der Mensch ja gar nicht anders als immer herkommen, um sich die Pfoten renovieren zu lassen.»

«Na, ich mag ja schon ein Kindchen sein, aber dabei bin ich auch ein schlauer Vogel, und ich erkenne feine Leute, wenn sie mir in den Weg laufen – brauch nur einen Blick, um ihren wahren Charakter zu lesen –, und ich würde mir nie einfallen lassen, so offenherzig zu sein, wenn ich nicht sicher wäre, daß Sie ein anständiger Mensch sind.»

Sie lächelte. Ihre Augen schienen ihm mild und zärtlich wie Aprilteiche. Mit großem Ernst verkündete er sich innerlich, daß «manche Rauhbeine glauben, wenn ein Mädchen nur eine Maniküre und wahrscheinlich nicht sehr gebildet ist, taugt sie gleich nichts, aber er – er war ein Demokrat und hatte Herz und Verständnis für das Volk», und er blieb bei seiner Behauptung, daß das ein prächtiges Mädchen sei, ein braves Mädchen – aber nicht zu unbequem brav. Er fragte mit einer Stimme, die vor Mitgefühl zitterte: «Wahrscheinlich kommen immer eine Menge Burschen zu Ihnen, die sich mit Ihnen allerhand herausnehmen?»

«Uijje, das will ich Ihnen gern glauben! Ja, hören Sie, ein paar von den Jünglingen aus dem Tabakladen, die bilden sich ein, wenn ein Mädchen bei einem Friseur arbeitet, darf man sich mit ihr alles erlauben. Wie die nur daherreden, jessas! Aber ich geb Ihnen mein Ehrenwort, den sauberen Vögeln stutz ich schon die Flügel! Ich red mit ihnen, wie mir der Schnabel gewachsen ist, nehm mir kein Blatt vor den Mund, und frag sie: ‹Ja, was glaubt ihr denn eigentlich, mit wem ihr's zu tun habt?›, und sie schwinden dahin wie der jungen Liebe süßer Alpdruck und – ach ja, brauchen Sie nicht eine Dose Nagelpasta? Die Nägel werden davon so glänzend wie nach der Maniküre, vollständig unschädlich bei Gebrauch und ungeheuer ausgiebig.»

«Schön, schön, wollen wir mal versuchen. Sagen Sie – sagen Sie, ist das nicht komisch: ich bin Kunde, seitdem das Geschäft besteht und –» Mit schelmischer Verwunderung: «Ich glaube wahrhaftig, ich weiß Ihren Namen nicht!»

«So, wirklich nicht? Ist das komisch! Ich kenn ja Ihren auch nicht!»

«Also, jetzt war's genug mit dem Jux! Wie heißt der hübsche kleine Name?»

«Ach, er ist gar nicht so hübsch. Ich glaub, er klingt jüdisch. Aber meine Leute sind keine Juden. Der Papa von meinem Papa war ein polnischer Edelmann, und neulich war ein Herr da, irgendein Graf oder so was –»

«Sie meinen wahrscheinlich ein Gräflein ohne Schäflein und ohne sonst was in der Tasche!»

«Wer hat Ihnen das gesteckt, Sie Frechdachs? Und er hat gesagt, er kennt die Familie vom Papa meines Papas drüben in Polen, und daß sie dort ein feines großes Haus haben. Direkt an einem See erbaut!» Unsicher: «Am Ende glauben Sie das gar nicht?»

«Doch. Nein. Wirklich. Natürlich glaub ich Ihnen. Warum denn auch nicht? Glauben Sie ja nicht, daß ich Spaß mache, aber ich sage Ihnen, mein Herzchen, sooft mein Auge auf Sie gefallen ist, hat's mir jedesmal einen Ruck gegeben: ‹Dieses Kind hat blaues Blut in den Adern!›»

«Wirklich wahr?»

«Wirklich wahr. Na, also jetzt – jetzt sind wir doch Freunde –, was ist Ihr kleiner, süßer Name?»

«Ida Putiak. Wirklich gar nicht so was Extra-es von einem Namen. Ich sag immer zu Mama: ‹Mama›, sag ich, ‹warum hast du mich nicht Dolores genannt oder sonst einen eleganten Namen gesucht?›»

«Nun, ich finde, es ist ein entzückender Name. Ida!»

«Ich wette, ich weiß, wie *Sie* heißen!»

«Na, vielleicht doch nicht. Es wär ja möglich – aber mein Name ist nicht so besonders berühmt.»

«Sind Sie nicht Mr. Sondheim, der für die Krackajack-Küchenmesser GmbH reist?»

«Das bin ich nicht! Ich bin Babbitt, der Immobilienagent!»

«Ach, verzeihen Sie! Ach, natürlich! Sie meinen, hier in Zenith?»

«Tja.» Es klang kurz, wie bei jemandem, der sich gekränkt fühlt.

«Ja, jetzt weiß ich! Ich hab Ihre Annoncen gelesen. Die sind aber fein.»

«Ja, schon – Vielleicht haben Sie auch etwas über meine öffentlichen Reden gelesen?»

«Natürlich! Ich hab nicht viel Zeit zum Lesen, aber – Wahrscheinlich halten Sie mich für ein furchtbar dummes kleines Ding!»

«Sie sind ein kleiner Schatz!»

«Na – etwas Nettes hat ja meine Arbeit für sich. Ein Mädchen hat dadurch doch Gelegenheit, manchmal furchtbar feine Herren kennenzulernen und sich durch Gespräche zu bilden, und mit der Zeit kommt man dann so weit, daß man jeden Charakter auf den ersten Blick lesen kann.»

«Hören Sie mal, Ida, halten Sie mich nicht für unverschämt –» Es überlief ihn heiß, während er sich überlegte, daß es sehr demütigend sein würde, von diesem Kind zurückgewiesen, und nicht wenig gefährlich, erhört zu werden. Wenn er sie in irgendein Restaurant führte, wenn ihn klatschsüchtige Freunde erblickten – Aber er sprach leidenschaftlich weiter: «Halten Sie mich nicht für unverschämt, wenn ich Ihnen vorschlage, an einem dieser Abende mit mir ein nettes kleines Souper im Restaurant zu nehmen.»

«Ich weiß nicht, ob ich eigentlich ja sagen soll, aber – Alle die Herren, mit denen ich befreundet bin, laden mich fortwährend ein. Aber vielleicht könnte ich gerade heute abend kommen.»

4

Es war wirklich kein Grund, versicherte er sich, warum er nicht einmal ruhig mit einem armen Mädchen speisen durfte, mit einem Mädchen, dem die Bekanntschaft eines gebildeten und reifen Menschen, wie er, entschieden nützlich sein würde. Aber um zu vermeiden, daß man sie sehen und mißverstehen konnte, würde er sie nach *Biddlemeiers Gasthof* an der äußeren Peripherie der Stadt bringen. Sie würden eine angenehme Autofahrt machen an diesem heißen, einsamen Abend, und er würde ihre Hand halten – nein, nicht einmal das würde er sich erlauben. Ida war gefällig; ihre bloßen Schultern verrieten das nur allzu deutlich; aber er wollte verdammt sein, wenn er den Verliebten nur darum spielte, weil sie etwas zu erwarten schien.

Dann versagte plötzlich sein Auto; etwas war mit der Zündung nicht in Ordnung. Und er mußte doch den Wagen heute abend haben! Wütend kontrollierte er die Zündkerzen, starrte den Umschalter an. Sein zornigster Blick ließ das böswillige Auto unberührt, und mit Schimpf und Schande wurde es zur Garage geschleppt. Ein Taxi klang nach Reichtum und hatte etwas interessant Lasterhaftes an sich.

Aber als er sie an einer Ecke, zwei Häuserblocks vom Hotel *Thornleigh* entfernt, traf, sagte sie: «Ein Taxi? Ich dachte, Sie besitzen ein Auto!»

«Natürlich. Natürlich hab ich eins. Aber es ist kaputt heute abend.»

«Ach», sagte sie in einem Ton, als ob ihr diese Geschichte nichts Neues wäre.

Auf dem ganzen Weg nach *Biddlemeiers Gasthof* suchte er wie ein alter Freund zu reden, aber er konnte ihren Wortschwall nicht hemmen. Mit nicht enden wollender Entrüstung berichtete sie ihm getreulich die Antworten, die sie «dem unverschämten Oberfriseur» hatte zuteil werden lassen, und die drastischen Maßregeln, die sie ergreifen wollte, wenn er sich noch einmal unterstand, ihr zu sagen, «daß sie in der Zungenarbeit viel tüchtiger sei als im Krallenschneiden».

In *Biddlemeiers Gasthof* gelang es ihnen nicht, etwas zum Trinken zu bekommen. Der Oberkellner wollte durchaus nicht verstehen, wer George F. Babbitt war. Sie saßen, dampfend vor Hitze, vor einer riesigen Schüssel gebratenen Fleischs und führten eine Unterhaltung über Baseball. Als er versuchte, Idas Hand zu fassen, sagte sie mit lebhafter Freundlichkeit: «Vorsichtig! Der freche Kellner kiebitzt!» Aber dann kamen sie in eine verräterische Sommernacht hinaus, die Luft war still und mild und ein kleiner Mond hing über traumhaften Ahornbäumen.

«Fahren wir noch irgendwohin, wo man trinken und tanzen kann!» verlangte er.

«Gern, an einem anderen Abend. Aber heute habe ich Mama versprochen, früh heimzukommen.»

«I woher denn! Viel zu schön jetzt, um heimzufahren.»

«Ich möcht rasend gern, aber Mama würde mir schön was geben!»

Er zitterte. Alles an ihr war jung und entzückend. Er legte den Arm um sie. Sie huschelte sich weich und furchtlos an seine Schulter, und er triumphierte. Dann lief sie die Treppen des Gasthofs hinunter und jauchzte: «Kommen Sie, Georgie, die Rückfahrt wird uns fein kühl machen.»

Es war eine Nacht für Liebende. Überall auf der Landstraße bis nach Zenith hinein standen Autos am Wegrand, und unter dem tiefhängenden sanften Mond hielten sich undeutliche Gestalten träumerisch umschlungen. Er streckte hungrige Hände nach Ida aus, und als sie sie streichelte, war er von Dankbarkeit erfüllt. Es gab weder Momente des Kampfs noch des Nachgebens; er küßte sie, und sie erwiderte einfach seinen Kuß, alles hinter dem empfindungslosen Rükken des Chauffeurs.

Ihr Hut rutschte herab, und sie riß sich aus seiner Umarmung, um danach zu greifen.

«Ach, laß ihn doch!» flehte er.

«Was? Meinen Hut? Fällt mir gar nicht ein!»

Er wartete, bis sie ihn angesteckt hatte, dann ließ er seinen Arm wieder um ihre Hüfte sinken. Sie rückte von ihm ab und sagte mit mütterlich beruhigender Stimme: «Jetzt seien Sie kein dummer Junge mehr! Sonst muß gutes Mutti schimpfen! Also lehnen Sie sich wie ein braves Kind zurück und gucken Sie sich um, wie fein die Nacht ist. Wenn Sie ein lieber, guter Junge sind, kriegen Sie vielleicht einen Kuß, wenn ich gute Nacht sage. Und jetzt möcht ich eine Zigarette rauchen.»

Er war eifrig besorgt, ob ihre Zigarette gut brannte und ob sie ganz bequem saß. Dann setzte er sich so weit als möglich von ihr ab. Er war kalt vor Enttäuschung. Niemand hätte Babbitt mit mehr Energie, Ausdauer und Eindringlichkeit einen Idioten nennen können als er selbst. Er überlegte, daß er, vom Standpunkt des Dr. John Jennison Drew aus, ein lasterhafter Mensch war; während er, vom Standpunkt der Miss Ida Putiak aus gesehen, ein alter, langweiliger Narr war, den man als Strafe für ein verzehrtes Abendessen neben sich dulden mußte.

«Sie werden doch jetzt nicht Nücken machen, lieber Junge, und die gekränkte Leberwurst spielen?» Ihr Ton war schnippisch. Er hätte Lust gehabt, ihr tüchtig auf die Finger zu klopfen. Er brütete vor sich hin: «Muß mir wahrhaftigen Gottes von dieser Straßendirne nichts gefallen lassen! Verflixte Einwanderer! Na, jetzt heißt es, die Geschichte so schnell als möglich hinter sich bringen und heimschleichen und zu Hause einen moralischen Katzenjammer durchmachen!»

Er schnaubte: «Was? Ich gekränkt? Ja, du dummes Baby, was sollte mich denn kränken? Jetzt hör mal zu, Ida; folg deinem Onkel George. Ich will dir meine Meinung sagen über deine ewigen Streitereien mit dem Oberfriseur. Ich hab viel Erfahrung gesammelt bei meinen eigenen Angestellten, und ich sag dir, es zahlt sich niemals aus, sich zu verfeinden –»

Bei dem farblosen Holzbau, in welchem sie wohnte, sagte er ihr kurz, aber freundlich gute Nacht, aber als das Taxi weiterfuhr, betete er heiß und inständig: «Oh, mein Gott!»

Fünfundzwanzigstes Kapitel

I

Er erwachte und dehnte sich vergnügt, während er auf das Lärmen der Spatzen horchte, bis ihm plötzlich wieder einfiel, daß ja alles quer ging, daß er beschlossen hatte, vom rechten Weg abzuweichen, und daß ihm die Ausführung dieses Plans nicht das geringste Vergnügen schaffte. Warum, fragte er sich staunend, muß er denn rebellieren? Um was handelte es sich denn eigentlich? «Warum bin ich nicht gescheit? Warum höre ich nicht mit diesem blöden Herumgerenne auf und genieße wieder mein Leben im Kreis der Familie, des Geschäfts, der Freunde im Club?» Was brachte ihm seine Rebellion ein? Elend und Schmach – die Schmach, als ungezogener kleiner Junge behandelt zu werden von einem miserablen Lumpenbündelchen wie diese Ida Putiak! Und dennoch – stets kehrte er wieder zu diesem «Und dennoch» zurück. Wie tief er auch ins Elend geriet, er konnte nicht reuig Zufriedenheit am Busen einer Welt suchen, an der er einmal gezweifelt hatte und die ihm lächerlich erschien.

Aber er gab sich die Versicherung, daß es «jetzt Schluß war mit dieser Schürzenjägerei».

Um Mittag herum war er selbst über diesen Punkt nicht mehr ganz so sicher. Wenn Miss McGoun, Louetta Swanson und Ida ihn enttäuscht und sich nicht als gütiges, süßes Frauenideal entpuppt hatten, so war das noch lange kein Beweis dafür, daß dieses Frauenideal nicht existierte. Der uralte Glaube, daß es irgendwo eine gewiß nicht undenkbare Sie für ihn geben mußte, die ihn verstehen, achten und glücklich machen würde, ließ ihn nicht los.

2

Mrs. Babbitt kehrte im August zurück.

Sonst, wenn sie von zu Hause fort war, hatte er immer ihre beruhigende summende Persönlichkeit vermißt und hatte ihre Rückkehr zu einem Fest gestaltet. Jetzt, obwohl er sich nicht getraute, sie durch eine Andeutung in seinen Briefen zu kränken, tat es ihm leid, daß sie kam, bevor er sich selbst gefunden hatte, und die Notwendigkeit, sie zu empfangen und selbst glücklich auszusehen, brachte ihn in Verlegenheit.

Er schlenderte zur Station hinunter; er vertiefte sich in die Plakate der Sommerfrischen, um nicht mit Bekannten sprechen zu müssen, die seine Unruhe bemerken konnten. Aber er hatte sich gut in der Gewalt. Als der Zug hereinbrauste, stand er schon auf der Plattform draußen, guckte in alle Pullman-Wagen, und als er sie in der langen Reihe Reisender, die sich der Halle zu bewegten, erblickte, schwenkte er seinen Hut. Bei der Tür umarmte er sie und verkündete laut: «Nun, nun, nun, nun, du siehst, bei Gott, prächtig aus, prächtig siehst du aus!» Dann bemerkte er plötzlich Tinka. Hier war etwas, dieses Kind mit seiner drolligen Stumpfnase und seinen lebhaften Augen, etwas, das ihn liebte, an ihn glaubte, und als er sie umfing, hochhob und an sich drückte, bis sie quietschte, hatte er, wenigstens für den Augenblick, sein altes, ruhiges, sicheres Selbst wiedergefunden.

Tinka saß neben ihm im Auto, durfte ihre Hand auf das Lenkrad legen und so machen, als ob sie ihm beim Chauffieren behilflich wäre, und er schrie nach rückwärts seiner Frau zu: «Ich wette, dieses Gör wird der beste Chauffeur der Familie werden! Sie hält das Rad wie ein alter Berufsfahrer!»

Und dazwischen ängstigte er sich ununterbrochen vor dem Augenblick, wo er mit seiner Frau allein bleiben und sie geduldig darauf warten würde, daß er seiner Leidenschaft freien Lauf ließ.

3

Im ganzen Haus herrschte die unausgesprochene Meinung, daß er allein auf Urlaub gehen und eine Woche oder zehn Tage in Catawba verbringen würde, aber die Erinnerung an die Tage, die er vor einem Jahr mit Paul in Maine verlebt hatte, quälte ihn und ließ ihn nicht los. Er sah sich dorthin zurückkehren und Frieden und Pauls geliebte Persönlichkeit in dem kühnen, primitiven Leben wiederfinden. Wie eine Erschütterung kam ihm plötzlich der Gedanke, daß er frei war, hinzugehen. Aber er konnte es doch nicht wirklich tun; er konnte nicht sein Geschäft stehen- und liegenlassen, und Myra würde es sicher merkwürdig finden, wenn er allein so weit wegreiste. Wahr – wahr –, er hatte ja beschlossen, von nun ab immer nur das zu tun, was ihm selber paßte, immerhin – so weit weg nach Maine fahren!

Er fuhr aber doch, nach reiflicher Überlegung.

Seiner Frau gegenüber, der es unmöglich schien, zu erklären, daß er fortzog, um Pauls Geist in der Wildnis zu suchen, begnügte er sich mit der Lüge, die er vor einem Jahr zurechtgemacht und kaum gebraucht hatte. Er sagte, daß er geschäftlich nach New York müßte, um dort einen Herrn zu treffen. Er hätte sogar sich selbst keine Erklärung dafür geben können, warum er mehrere hundert Dollar mehr aus der Bank nahm, als er wirklich brauchte, und warum er beim Abschied Tinka so zärtlich küßte und ihr zurief: «Gott schütze dich, Baby!» Vom Zug aus winkte er ihr zu, bis sie nur mehr ein roter Punkt war, neben der stattlicheren braunen Form von Mrs. Babbitt, ganz am Ende des aus Zement und Stahl erbauten Bahnhofsschiffs, das mit riesigen Gittertoren schloß. Melancholisch blickte er auf die Vorstädte Zeniths zurück.

Auf der Reise nach dem Norden stellte er sich die Führer von Maine vor: einfach und kraftvoll und mutig, vergnügt beim Pennypoker in ihrer mit Balken gedeckten Hütte, erfahren in den Tücken und Schlichen des Waldes und des Wassers, während sie über Berge wanderten und Stromschnellen überquerten. Insbesondere Joe Paradise, halb Yankee, halb Indianer, schwebte ihm vor. Wenn er nur mit einem Mann wie Joe ein Stückchen Urwald pachten und von seiner Hände Arbeit leben könnte, immer frei und lärmend sein, mit einem Flanellhemd bekleidet, niemals zurückkehren zur öden Vornehmheit und Zivilisation!

Oder wie ein Trapper in einem Nordkanada-Film, seinen Weg durch Urwald bahnen, sein Zelt in den Rockies aufschlagen, ein grimmiger, wortkarger Höhlenbewohner! Warum denn nicht? Es ließ sich schon ausführen! Es war reichlich Geld vorhanden, um die Familie zu erhalten, bis Veronika heiratete und Ted genug zum Leben verdiente. Der alte Henry T. würde sich schon um sie alle kümmern. Ernstlich! Warum *nicht*? Einmal wirklich *leben* –

Er sehnte sich danach, gab zu, daß er sich sehnte, und schließlich glaubte er beinahe, daß er seinen Plan ausführen würde. Wenn sein kühler Menschenverstand sich vor Empörung schnaubend meldete: «Blödsinn! Leute laufen nicht von ihren braven Familien und von ihren Geschäftspartnern fort; wird eben nicht gemacht und damit basta!», dann erwiderte

Babbitt demütig flehend: «Na, dazu braucht man gewiß nicht mehr Mut, als Paul brauchte, um ins Gefängnis zu kommen und – lieber Gott, wie gern würd ich es tun! Mokassins – Sechsschußflinte – Grenzstädtchen – Kartenspieler – unter freiem Himmel schlafen – ein rechter Mann sein unter anderen rechten Männern wie Joe Paradise – Herrgott!»

So kam er nach Maine, stand wieder am kleinen Landungssteg vor dem Hotel, spuckte wieder in kühnem Schwung ins zarte, schimmernde, glitzernde Wasser, während die Kiefern rauschten, die Berge glühten und eine Forelle hochsprang und in auseinandergleitende Ringe zurückfiel. Er rannte eilig zur Führerhütte wie zu seinem Heim, zu seinen guten, langvermißten Freunden. Sie würden froh sein, ihn wiederzusehen. Sie würden aufstehen und lärmend rufen: «Ja, hier ist ja Mr. Babbitt! Das ist keiner von den gewöhnlichen Sportlern! Nein, er ist ein echter, rechter Mann!»

In ihrer ziemlich unordentlichen Bretterhütte saßen die Führer und spielten auf dem fettigen Tisch Pennypoker mit fettigen Karten: ein halbes Dutzend runzeliger Männer in alten Hosen und bequemen alten Filzhüten. Sie blickten auf und nickten ihm kurz zu. Joe Paradise, der dunkelhäutige alternde Mann mit dem schweren Schnurrbart, brummte: «Wie geht's? Schon wieder da?»

Stille, nur vom Klappern der Spielmarken unterbrochen.

Babbitt stand neben ihnen und fühlte sich sehr einsam. Nach einer Weile des intensivsten Spiels wagte er zu bemerken: «Was meinen Sie, Joe, kann ich mitspielen?»

«'türlich! Setzen Sie sich. Wie viele Spielmarken wollen Sie? Warten Sie mal; waren Sie nicht letztes Jahr mit Ihrer Frau da?» sagte Joe Paradise.

Das war Babbitts ganzer Willkomm in der alten Heimat.

Während einer halben Stunde spielte er, bevor er wieder den Mund öffnete. Sein Kopf schwamm vor Pfeifenrauch und schlechten Zigarren, das Kartenspiel langweilte ihn, und er grollte, weil sie ihn einfach links liegen ließen. Kurzangebunden wendete er sich an Joe:

«Beschäftigt?»

«Nein.»

«Wollen Sie mein Führer sein für ein paar Tage?»

«Meinetwegen. Bin erst für nächste Woche wieder belegt.»

Das war die ganze Anerkennung, die Joe für Babbitts angebotene Freundschaft hatte. Babbitt zahlte seine Schulden und verließ die Hütte in kindischem Trotz. Joe hob den Kopf aus Rauchringen, wie ein Seehund sich aus der Brandung erhebt, grunzte: «Ich komme morgen früh rüber!» und tauchte wieder zu seinen drei As hinab.

Weder in seiner stummen Wohnkabine, die nach Harz und frisch geschnittenem Holz duftete, noch an den Ufern des Sees oder in den Wolken des Sonnenuntergangs, die nach und nach sich hinter den blau umnebelten Bergen ansammelten, vermochte Babbitt die beruhigende Gegenwart von Pauls Geist zu entdecken. Er war so vollkommen vereinsamt, daß er nach dem Abendessen ein Gespräch mit einer uralten Dame anfing, mit einer keuchenden und energisch fortredenden alten Dame, neben dem Ofen des Hotelbüros. Er erzählte ihr von Teds voraussichtlichen, zukünftigen Erfolgen an der State University und von Tinkas überraschendem Wortschatz, bis ihn das Heimweh überkam nach dem Heim, das er für immer verlassen hatte.

Durch die Finsternis, durch die nordische, kieferumschlossene Stille, tappte er an den See hinunter und fand ein Kanu. Es waren keine Ruder vorhanden, aber mit Hilfe eines Bretts, mit dem er, unbequem in der Mitte des Fahrzeugs hockend, das Wasser mehr aufrührte, als daß er ruderte, gelang es ihm, weit in den See hinauszufahren. Die Lichter des Hotels und der Sommerhäuschen wurden zu gelben Pünktchen, ein Haufen Glühwürmchen am Fuß des Sachem-Berges. Mächtiger und immer unnahbarer wurde der Berg in der sternbesäten Finsternis und der See war eine endlose Ebene aus schwarzem Marmor. Er fühlte sich zwergenhaft, stumm und ein bißchen eingeschüchtert, aber seine Belanglosigkeit befreite ihn vom pompösen Zwang, Mr. George F. Babbitt aus Zenith sein zu müssen; er wurde traurig, aber sein Herz war der Fesseln ledig. Jetzt fühlte er Pauls Gegenwart, schien ihn zu sehen (befreit vom Gefängnis, von Zilla und vom rührigen, zeitraubenden Dachpappenhandel), wie er am Bootsende auf seiner Violine spielte. Er legte einen Schwur ab: «Ich will vorwärtsgehen! Nie wieder zurückkehren! Jetzt, wo Paul nicht mehr zu ihnen gehört, will ich keinen von den verdammten Menschen jemals wiedersehen! Es war idiotisch von mir, beleidigt zu sein, weil Joe Paradise mir nicht gleich um den Hals gefallen ist und mich nicht geküßt hat. Er ist eben ein Waldmensch, viel zu abgeklärt weise, um loszubrüllen und einen krumm und schief zu reden, wie die Kerls in der Stadt. Aber wenn ich mal mit ihm in den Bergen bin, auf der Wanderschaft –! Das ist das wahre Leben!»

4

Joe meldete sich bei Babbitt in der Schlafhütte am nächsten Morgen um 9 Uhr. Babbitt begrüßte ihn als Bruder und Höhlenbewohner.

«Na, Joe, wie denken Sie über den Wanderpfad, daß wir mal fortkommen von diesen verfluchten weichlichen Sommerleuten und Weibern und allem?»

«Schon recht, Mr. Babbitt.»

«Was meinen Sie, wenn wir nach dem Box Car-Teich hinübergingen – ich hörte, die Hütte ist leer – und uns dort häuslich niederließen?»

«Ja, mir ist's recht, Mr. Babbitt, aber der Skowtuit-Teich ist näher, und man hat dort genauso gutes Fischwasser.»

«Nein, ich will in die richtige Wildnis hinaus.»

«Also schön.»

«Hängen wir unsere Bündel um und machen wir, daß wir in die Wälder kommen und fest drauflos wandern.»

«Ich glaub, es wär fast leichter, mit dem Boot hinzukommen, wenn wir durch den Chogue-See fahren. Wir können die ganze Tour mit dem Motorboot machen, hat einen flachen Kiel und einen Evinrude-Motor.»

«Nein, mein Lieber! Die Ruhe mit einem knatternden Motor zerstören? Nicht um alles in der Welt! Holen Sie sich Ihre Siebensachen und sagen Sie den Leuten im Hotel, was für Fressalien sie Ihnen ins Bündel schnüren sollen. Ich bin soweit, sobald Sie fertig sind.»

«Fast alle Sportler fahren im Boot, Mr. Babbitt. Es ist ein weiter Weg zu Fuß.»

«Hören Sie mal, Joe, wollen Sie damit sagen, daß Sie nicht marschieren wollen?»

«Ach nein, glaub, ich kann's schaffen. Aber ich hab seit sechzehn Jahren nicht so 'nen langen Marsch gemacht. Fast alle Sportler fahren im Boot hin. Aber wahrscheinlich kann ich's schaffen, wenn Sie meinen – na ja, glaub schon!» Joe schob in Trauer gehüllt ab.

Babbitt hatte seine empfindliche Gereiztheit überwunden, bevor Joe zurückkam. Er stellte sich vor, daß Joe sich erwärmen und amüsante Geschichten erzählen würde. Aber sie waren schon unterwegs, und Joe hatte sich noch immer nicht erwärmt. Er blieb eigensinnig hinter Babbitt zurück, und wie sehr ihn auch seine Schultern von der ungewohnten Last schmerzten, wie jämmerlich er auch keuchen mochte, stets hörte er seinen Führer ebenso schwer keuchen. Aber der Weg war befriedigend: ein Weg, der sich, braun von Tannennadeln und holprig von Wurzeln, zwischen Balsamtannen, Farnen und unerwarteten weißen Birkenhainen hindurchwand. Er wurde wieder gläubig und schwitzte freudig und hingebungsvoll. Als sie haltmachten, um sich auszuruhen, rief er grinsend: «Mir scheint, wir kommen ganz gut vorwärts trotz der alten Knochen, was?»

«Uhum», gab Joe zu.

«Das ist ein besonders hübsches Fleckchen. Schauen Sie, man sieht den See durch die Bäume schimmern. Ich sag Ihnen, Joe, Sie wissen ja gar nicht Ihr Glück zu schätzen, daß Sie in den Wäldern leben dürfen, statt in der Stadt mit den quietschenden Trambahnen, klappernden Schreibmaschinen und unzähligen Menschen, die einem keinen Augenblick der Ruhe gönnen! Ich wünschte, ich wüßte in den Wäldern so gut Bescheid wie Sie. Sagen Sie, wie heißt die kleine rote Blume dort?»

Joe rieb sich den Rücken und blickte grollend auf die Blume: «Na, manche Leute nennen sie so und manche nennen sie wieder anders. Ich nenn sie immer nur rote Blume.»

Als die Wanderschaft sich in mühseliges Vorwärtstraben verwandelte, hörte Babbitt glücklicherweise auf zu denken. Er war eingehüllt von seiner Müdigkeit. Seine dicken Beine schienen von selbst weiterzuwandern, ohne daß er ihre Schritte lenkte, und mechanisch wischte er sich den brennenden Schweiß aus den Augen. Er war zu erschöpft, um bewußt glücklich zu sein, als sie, nach einer sonnengetränkten Meile notdürftig gerodeter Pfade, durch einen Sumpf, wo Fliegen über dichtem Buschwerk schwebten, endlich die kühlschattigen Ufer des Box Car-Teichs erreichten. Als er das Bündel von seinen Schultern gleiten ließ, wankte er und konnte sein Gleichgewicht nicht wiederfinden, und einen Augenblick lang vermochte er sich nicht aufzurichten. Er warf sich ins Gras unter den breitschattigen Zweigen eines Ahornbaums, in der Nähe der Schutzhütte, und fühlte selig, wie Schlaf durch seine Adern rollte und ihn übermannte.

Er erwachte, als die Dämmerung herabsank; Joe war dabei, geschickt Speck und Eier und Pfannkuchen für ihr Abendmahl zu braten, und seine Bewunderung für den Waldmenschen erwachte aufs neue. Er setzte sich auf einen Baumstumpf und fühlte kühne Manneskraft in sich.

«Joe, was würden Sie tun, wenn Sie einen Haufen Geld hätten? Würden Sie weiter als Führer arbeiten, oder würden

Sie ein Stück Urwald für sich abpflocken und urbar machen und von den Menschen unabhängig sein?»

Zum erstenmal hellte sich Joes Gesicht auf. Er kaute an seinem Priem und platzte schließlich heraus: «Hab schon oft daran gedacht: Wenn ich's Geld dazu hätte, würde ich nach den Tinker-Fällen runtergehen und dort einen feinen Schuhladen aufmachen.»

Nach dem Abendessen schlug Joe eine Partie Pennypoker vor, aber Babbitt lehnte kurz ab, und Joe ging nach 20 Uhr friedlich zu Bett. Babbitt saß auf seinem Baumstumpf, blickte auf den dunklen Teich und schlug nach den Mücken. Außer dem schnarchenden Führer gab es auf eine Entfernung von 10 Meilen keine Menschenseele. Er war so einsam wie noch nie in seinem Leben. Dann war er plötzlich in Zenith.

Er sorgte sich, ob Miss McGoun nicht für Kohlepapier zuviel zahlte. Er grollte seinen Freunden und sehnte sich gleichzeitig nach den ewigen Neckereien am Tisch der Rauhbeine. Er fragte sich, was wohl Zilla Riesling jetzt machte. Er dachte darüber nach, ob Ted, nach der Selbständigkeit der Sommerarbeit in der Garage, sich ernsthaft ans Universitätsstudium machen würde. Er dachte an seine Frau. «Wenn sie nur – wenn sie nicht so verdammt zufrieden wäre damit, alt und gesetzt zu werden – Nein! Ich will nicht! Ich will nicht mehr heim! In drei Jahren bin ich fünfzig Jahre alt. In dreizehn Jahren sechzig. Ich will noch ein bißchen Freude am Leben haben, ehe es zu spät ist. Ist mir alles egal! Ich will halt!»

Er dachte an Ida Putiak, an Louetta Swanson, an die hübsche Witwe – wie hieß sie doch? – Tanis Judique? –, der er eine Wohnung verschafft hatte. Er verwickelte sich in imaginäre Gespräche. Dann:

«Donnerwetter, scheint fast, als ob ich immer, um jeden Preis, an diese Leute denken müßte!»

Und so wurde es ihm plötzlich bewußt, daß es sinnlos war, fortzulaufen, weil er niemals von sich und seinen Gedanken fortlaufen konnte.

In diesem Augenblick machte er sich wieder auf den Weg

nach Zenith. Seine Heimfahrt hatte nichts Fluchtartiges an sich, aber es war dennoch eine Flucht, und vier Tage später saß er im Zenither Zug. Er war sich klar, daß er heimschlich, nicht etwa, weil er sich danach sehnte, aber weil er sich nicht anders zu helfen wußte. Er prüfte wieder seine Entdeckung, daß er niemals Zenith, seine Familie, sein Büro verlassen konnte, weil sein Geist vom Büro, von der Familie und von jeder Straße, jeder Unruhe, jeder Illusion Zeniths durchtränkt war.

«Aber ich werde trotzdem – ach, ich werde unbedingt etwas unternehmen!» schwor er sich und suchte dabei kühn auszusehen.

Sechsundzwanzigstes Kapitel

I

Er wanderte durch den Zug, nach befreundeten Gesichtern spähend, fand aber nur einen Menschen, den er kannte, und das war Seneca Doane, den Rechtsanwalt, der, nachdem er das Glück genossen hatte, Babbitts Klassenkollege an der Universität und späterhin Gemeinderat zu sein, plötzlich verrückt geworden war, sich Bauern- und Arbeiterverbänden angeschlossen und mit eingestandenen Sozialisten brüderlich verkehrt hatte. Obwohl er im Zustand der Rebellion war, hatte Babbitt dennoch keine Lust, sich mit einem solchen Fanatiker in ein Gespräch einzulassen, aber er konnte in sämtlichen Pullman-Wagen keinen anderen Bekannten entdecken, und widerwillig blieb er stehen. Seneca Doane war ein zierlicher, dünnhaariger Mann, der ein bißchen an Chum Frink erinnerte, ausgenommen, daß er nicht so fröhlich grinste wie Frink. Er war in die Lektüre eines Buchs, *Der Weg alles Fleisches*, versunken. Babbitt schien es ein religiöses Buch zu sein, und er fragte sich, ob Doane am Ende bekehrt und wieder anständig und patriotisch geworden war.

«Hallo, Doane», sagte er.

Doane blickte auf. Seine Stimme war merkwürdig gütig.

«Ach! Wie geht's, Babbitt?»

«Kleine Reise gemacht, was?»

«Ja, ich war in Washington.»

«Washington, so? Wie macht sich unsere alte Regierung?»

«Die – wollen Sie sich nicht setzen?»

«Danke. Hab nichts dagegen. Nun, nun! Ist schon eine ganze Weile her, seitdem wir nicht mehr Gelegenheit hatten, miteinander zu reden. Ich war, hm – Schade, daß Sie nicht zum Jahresfest unserer Klasse gekommen sind.»

«Ja – schade.»

«Was machen die Unionen? Werden Sie wieder als Bürgermeister kandidieren?»

Doane schien unruhig. Er blätterte abwesend in seinem Buch. Er sagte: «Schon möglich», als ob er damit gar nichts hätte ausdrücken wollen, und dann lächelte er.

Babbitt gefiel dieses Lächeln, und er suchte nach Gesprächsstoff: «War in einem wirklich schicken Kabarett in New York, bei den ‹Guten Morgen, Vielliebchen›-Mädchen im Hotel *Minton*.»

«Ja, das sind hübsche Mädchen. Ich habe an einem Abend dort getanzt.»

«Ach. Tanzen Sie gern?»

«Natürlich. Ich mag Tanzen und hübsche Frauen und gutes Essen lieber als alles andere auf der Welt. Die meisten Männer mögen das.»

«Aber, zum Kuckuck, Doane, ich dachte, Sie und Ihre Freunde wollen uns alles Gute zum Essen und sonst auch alles Gute wegnehmen?»

«Nein. Durchaus nicht. Was ich mir wünschen würde, wäre, daß die Bekleidungsarbeiter ihre Versammlungen im *Ritz* abhielten und hinterher dort tanzten. Ist das nicht eine vernünftige Idee?»

«Tja, ganz gute Idee, nicht schlecht. Nun – wirklich ein Skandal, daß ich Sie in den letzten Jahren so selten getroffen habe. Ja, hören Sie, hoffentlich haben Sie mir's nicht übelgenommen, daß ich für Prout Propaganda gemacht und gegen Sie agitiert habe? Sie müssen verstehen, ich gehöre zu den organisierten Republikanern und mein Gefühl –»

«Es ist kein Grund vorhanden, warum Sie nicht gegen mich

ankämpfen sollten. Ich bin überzeugt, daß Sie für die Organisation sehr nützlich sind. Ich weiß noch – auf der Universität waren Sie ein ungewöhnlich liberaler und feinfühliger Junge. Ich erinnere mich genau, wie Sie mir erzählten, daß Sie Rechtsanwalt werden, für das arme Volk umsonst arbeiten und die reichen Leute bekämpfen wollten. Und ich erinnere mich, daß ich selbst reich sein und Gemälde sammeln und in Newport leben wollte. Ich bin überzeugt, daß Sie uns alle inspiriert haben.»

«Na ja, na ja – ich bin immer bemüht, liberal zu sein.» Babbitt war ungeheuer verschämt und stolz und selbstbewußt; er versuchte auszusehen wie der Junge, der er vor einem Vierteljahrhundert gewesen war, und er strahlte seinen alten Freund Seneca Doane an, während er selbst brummend weitersprach: «Das Unglück bei vielen dieser Leute, selbst bei den sehr Geweckten und denen, die sich für vorsorglich halten, ist, daß sie nicht großzügig und nicht liberal sind. Ich, zum Beispiel, gebe immer gern auch dem anderen die Möglichkeit, mir seine Ideen zu entwickeln.»

«Das ist schön.»

«Ich werd Ihnen sagen, wie ich das Ding sehe: ein bißchen Opposition ist gut für uns alle, und darum sollte jeder Mensch, insbesondere wenn er ein Geschäftsmann ist und für die große Welt arbeitet, liberal sein.»

«Ja –»

«Ich behaupte immer, man muß Ideale haben und einen Blick für die Zukunft. Wahrscheinlich halten mich viele Leute in meiner Branche für einen Phantasten, aber ich laß sie denken, was sie wollen, und gehe ruhig auf meinem Weg weiter – genau wie sie es tun... Himmel, ich finde das zu nett, daß man wieder so zusammensitzen und schwatzen kann und, ich möchte sagen, seine Ideale wieder zum Lüften heraushängt.»

«Aber uns Visionären und Idealisten geht es ja meistens nicht sehr gut. Macht Ihnen das nichts aus?»

«Nicht die Bohne! Mir darf niemand meine Gedanken vorschreiben!»

«Sie sind der rechte Mann, um mir zu helfen! Ich möchte, daß Sie mit ein paar Geschäftsleuten reden und sie dazu bringen, daß sie dem armen Beecher Ingram gegenüber eine liberalere Haltung annehmen.»

«Ingram? Ja, ist das nicht der verrückte Pfarrer, den sie aus der kongregationalen Kirche herausgeschmissen haben, weil er freie Liebe und Aufruhr gepredigt hat?»

Dieses, erklärte Seneca Doane, sei die allgemeine Auffassung, die man von Beecher Ingram hatte, aber in seinen Augen war Beecher Ingram der Priester der großen Brüdergemeinschaft der Menschen, deren bekannter Anhänger Babbitt selbst war. Und deswegen wollte er Babbitt bitten, seine Bekannten daran zu hindern, Ingram und seine arme, verlassene kleine Kirche zu verfolgen.

«Ja, das will ich! Von nun an werde ich jeden, der nur ein Wort auf Ingram sagt, meine Meinung hören lassen», sagte Babbitt liebevoll zu seinem teueren Freund Doane.

Doane erwärmte sich und frischte alte Erinnerungen auf. Er sprach über seine Studententage in Deutschland, über Einflüsterungen an Kongreßmitglieder von Washington, um Junggesellensteuern durchzusetzen, über internationale Arbeiterkonferenzen. Er erwähnte seine Freunde, Lord Wycombe, Colonel Wedgewood, Professor Piccoli. Babbitt hatte sich immer vorgestellt, daß Doane nur mit U. S. P.-Mitgliedern verkehrte, aber jetzt nickte er sehr ernst wie einer, der Lord Wycombes dutzendweise kennt, und zweimal schob er Anspielungen auf Sir Gerald Doak ein. Er fühlte, daß er sich kühn, idealistisch und kosmopolitisch benahm.

Plötzlich, in seiner neuen vergeistigten Größe übermannte ihn Mitleid für Zilla Riesling, und er empfand ein so tiefes Verstehen, wie es die übrigen im *Boosters Club* niemals für sie haben konnten.

2

Fünf Stunden nach seiner Ankunft in Zenith, und nachdem er seiner Frau erzählt hatte, wie heiß es in New York gewesen war, ging er Zilla besuchen. Er floß über vor Ideen und vor Nachsicht. Er würde Paul auf freien Fuß setzen lassen; er würde für Zilla Dinge unternehmen, die wohl unklar, aber ungeheuer gütig waren; er würde genauso weitherzig und großmütig sein wie sein Freund Seneca Doane.

Er hatte Zilla nicht gesehen, seitdem Paul auf sie geschossen hatte, und er stellte sie sich noch immer als die blühende, hochbusige, lebhafte und etwas zerzauste Frau vor, die er gekannt hatte. Als er mit dem Auto die Pension, wo sie wohnte, in einer bedrückenden kleinen Hintergasse erreichte, hielt er mit Unbehagen an. An einem oberen Fenster lehnte, auf ihren Ellbogen gestützt, eine Frau mit Zillas Zügen, aber sie war alt und blutleer wie ein vergilbtes, runzlig geknülltes Papierbündel. War Zilla früher stramm und zappelig gewesen, so war diese Frau jetzt furchtbar.

Er wartete eine halbe Stunde, bevor sie in das Empfangszimmer der Pension herunterkam. Wohl fünfzigmal durchblätterte er das Buch mit den Fotografien der Chicagoer Weltausstellung von 1893, und fünfzigmal betrachtete er das Bild des Ehrenhofs.

Er schrak zusammen, als er bemerkte, daß Zilla im Zimmer war. Sie trug ein schwarzes, verschossenes Kleid, das sie mit einem hellroten Bandgürtel aufzufrischen versucht hatte. Das Band war zerrissen und sorgsam und geduldig geflickt worden. Er beobachtete das ganz genau, weil er vermeiden wollte, ihre Schultern anzusehen. Die eine Schulter hing tiefer als die andere; sie hielt den einen Arm seltsam gekrümmt, fast als ob er gelähmt wäre; und unter dem hohen Kragen aus billiger Spitze war eine Vertiefung in dem blutarmen Hals, der ehedem so schimmernd weiß und weich gerundet gewesen war.

«Ja?» sagte sie.

«Nun, nun, meine liebe Zilla! Es freut einen, bei Gott, dich wiederzusehen!»

«Er kann mir alles Nötige durch den Rechtsanwalt sagen lassen.»

«Aber Unsinn, Zilla, ich bin doch nicht wegen ihm gekommen. Bin als alter Freund bei dir erschienen.»

«Du hast dir dazu Zeit genug gelassen.»

«Na, du weißt ja, wie das ist. Hab mir vorgestellt, du würdest sicherlich im Anfang lange Zeit keinen seiner Freunde sehen wollen und – Setz dich, Schatz! Laß uns vernünftig sein. Wir alle haben massenhaft Dinge begangen, die wir natürlich niemals hätten tun sollen, aber vielleicht können wir jetzt so eine Art frischen Anfang machen. Mein Ehrenwort, Zilla, ich möchte etwas finden, um euch beide glücklich zu machen. Weißt du, was ich mir heute gedacht habe? Aber wohlverstanden, Paul hat keine Ahnung davon – weiß ja nicht einmal, daß ich dich besuche. Ich hab mir so meine Gedanken gemacht: Zilla ist eine prächtige, großherzige Frau, und sie wird einsehen, daß Paul, hm, seine Strafe jetzt schon abgekriegt hat. Wär es nicht eine feine Idee, wenn du also den Gouverneur bitten tätest, Paul auf freien Fuß zu setzen? Ich glaub, er tät's, wenn es dein Wunsch wäre. Nein! Wart einen Augenblick! Überleg dir nur, wie glücklich du dich fühlen würdest nach einer so großmütigen Handlung.»

«Ja, ich will großmütig sein.» Sie saß steif auf ihrem Stuhl, und ihre Stimme war eiskalt. «Das ist auch der Grund, warum ich wünsche, daß er im Gefängnis bleibt; er soll ein abschreckendes Beispiel für Missetäter sein. Ich bin fromm geworden, George, seitdem mir der Mann so Furchtbares angetan hat. Früher war ich manchmal herzlos und sehnte mich nach den Freuden der Welt, nach Tanz und Theater. Aber als ich im Spital lag, pflegte mich der Seelsorger von der Pfingstkommunions-Glaubenssekte zu besuchen, und er bewies mir an Hand der Prophezeiungen, die in Gottes Wort geschrieben stehen, daß der Tag des Gerichts naht und daß alle Mitglieder der älteren Kirchen geradewegs der ewigen Verdammnis zusteuern, weil sie dem Herrn nur mit dem Munde dienen und die Welt und das Fleisch und den Teufel verschlingen –»

Während fünfzehn wirren Minuten redete sie weiter, Ermahnungen ausstreuend, vor dem kommenden Zorn zu fliehen, und ihr Antlitz rötete sich, ihre tote Stimme hatte wieder etwas von der schrillen Energie der alten Zilla. Sie schloß mit einem wütenden Ausbruch:

«Es ist ein wahrer Segen Gottes, daß Paul jetzt im Gefängnis schmachtet und von seiner wohlverdienten Strafe gepeinigt und gedemütigt wird, auf daß er seine Seele rette und auf daß alle anderen schlechten Menschen, diese wollüstigen, grauenhaften Schürzenjäger, ein abschreckendes Beispiel in ihm sehen mögen.»

Babbitt hatte sich gedreht und gewunden. Ebenso wie er sich jetzt in der Kirche während der Predigt nicht zu rühren getraute, hatte er jetzt die Empfindung gehabt, daß er Aufmerksamkeit markieren mußte, obwohl ihre gellenden Anschuldigungen wie Aasgeier an seinen Ohren vorüberflogen.

Er bemühte sich, ruhig und brüderlich zu bleiben: «Ja, ich weiß schon, Zilla. Aber, du lieber Gott, es ist doch gewiß das innerste Wesen jeder Religion, daß man Barmherzigkeit üben muß, nicht wahr? Laß mich dir erzählen, wie ich mir das alles zurechtlege: was wir in der Welt brauchen ist Liberalität, ein liberaler Sinn, was immer wir erreichen wollen. Es war immer mein Bestreben, großzügig und liberal zu sein –»

«Du? Liberal?» Das klang schon sehr nach der alten Zilla. «Ja, George Babbitt, du bist höchstens so großzügig und liberal wie die Schneide eines Rasiermessers!»

«So, bin ich das, bin ich das wirklich? Dann werde ich mir aber erlauben, dir zu sagen, jawohl – dir – zu sagen, daß ich zumindest ebenso verdammt liberal bin, wie du gläubig! *Du und gläubig!*»

«Und ich bin es doch! Unser Pastor sagt, daß ich ihn in seinem Glauben festige!»

«Tust du auch! Mit Pauls Geld! Aber um dir zu zeigen, wie liberal ich bin, werde ich jetzt diesem Beecher Ingram einen Scheck auf 10 Dollar schicken, weil eine Menge dummer Kerls behaupten, der arme Schlucker predige Aufruhr und freie Liebe, und alle versuchen, ihn aus der Stadt zu jagen.»

«Und sie haben recht! Sie sollen ihn nur hinausjagen! Herrgott, er predigt ja – wenn man das überhaupt predigen nennen kann – in einem Theater, im Haus Satans! Du weißt ja nicht, was es heißt, Gott finden, Frieden finden und die Fallen erkennen, die der Teufel um unsere Füße legt. Ach, ich bin ja so glücklich, daß ich Gottes geheime Absicht verstehe, mit der er Paul antrieb, mich zu verletzen und mich so meinem sündhaften Leben entriß – und Paul kriegt sein reichliches Teil ab, für alle die Grausamkeiten, die er mir angetan hat, und ich hoffe, er *stirbt* im Gefängnis!»

Babbitt stand, mit dem Hut in der Hand, auf den Füßen und grollte: «Na, wenn du das ‹in Frieden sein› nennst, dann, um Himmels willen, laß mir eine Warnung zukommen, bevor du in den Krieg ziehst.»

3

Ungeheuer ist die Macht der Städte, mit denen sie den Wanderer wieder zu sich locken. Mehr als die Berge und das strandzerfressende Meer behält die Stadt ihren Charakter, unerschütterlich, zynisch, fest ihrem Zweck und ihrem Ziel zusteuernd, trotz oberflächlicher Veränderungen. Obwohl Babbitt seine Familie verlassen und mit Joe Paradise in der Wildnis gehaust hatte, obwohl er liberal geworden war, obwohl er in der Nacht, bevor er Zenith erreichte, fest überzeugt gewesen war, daß weder er noch die Stadt jemals wieder dieselben sein würden, waren doch seit seiner Rückkehr kaum zehn Tage ins Land gezogen, und er vermochte es kaum zu glauben, daß er jemals fort gewesen war. Auch schien es seinen Bekannten durchaus nicht aufzufallen, daß ein neuer George F. Babbitt aufgetaucht war, außer daß er unter dem ununterbrochenen Strom von Neckereien im *Athletic Club* reizbarer war als sonst, und einmal, als Vergil Gunch bemerkte, daß Seneca Doane verdiente, gehängt zu werden, schnaubte Babbitt: «Er ist doch gar nicht so schlimm, Teufel noch einmal!»

Zu Hause brummte er: «Wie? Was?» über seine Zeitung hinüber, wenn die Gattin sich auf Kommentare einließ; er war entzückt von Tinkas neuer roter Mütze und verkündete laut: «Diese Wellblechgarage ist wahrhaftig nicht mehr zum Ansehen; muß mir eine andere, nettere, aus Fachwerk bauen lassen.»

Veronika und Kenneth Escott schienen wirklich verlobt zu sein. Kenneth Escott hatte in seiner Zeitung einen Feldzug im Interesse reiner Nahrungsmittel gegen die großen Kommissionshäuser geführt. Der Erfolg war, daß ihm ein Kommissionshaus eine glänzende Stellung anbot; er hatte jetzt ein Gehalt, mit dem man bequem einen Hausstand gründen konnte, und wetterte und donnerte gegen unverantwortliche Reporter, die Märchen und Kritiken über die Kommissionshäuser schrieben, ohne eine blasse Idee davon zu haben, worüber sie sich eigentlich die Mäuler zerrissen.

Im September hatte Ted angefangen, die State University zu besuchen, und war jetzt Erstjähriger in den Klassen für Kunstgeschichte. Die Universität befand sich in Mohalis, nur 15 Meilen von Zenith entfernt, und Ted kam oft für das Wochenende heim. Babbitt war ängstlich und besorgt. Ted zeigte Interesse für alles, nur nicht für seine Bücher. Er hatte versucht, in die Football-Mannschaft als leichter Mittelstürmer aufgenommen zu werden, er konnte kaum die Zeit für Basketball erwarten, er gehörte zum Komitee für das Lämmerhüpfen der Füchse und (als Zenither war er ein Aristokrat unter Bauernlümmeln) er wurde von zwei Verbrüderungen «bestürmt». Aber über sein Studium vermochte Babbitt nichts zu erfahren außer einem Gemurmel: «Ach, Schmarrn, diese alten Dösköppe von Lehrern reden einem den Kopf voll von Unsinn über Literatur und Sozialökonomie.»

Bei einem seiner Wochenendbesuche schlug Ted vor: «Sag mal, Vati, warum kann ich mich nicht von der Universität auf die Technische Hochschule umschreiben lassen und dort auf Maschinentechniker losstudieren? Du schreist dir immer die Lungen aus, daß ich nichts lerne, aber Ehrenwort, Vater, dort würde ich lernen.»

«Nein, die Technische Hochschule verschafft dir lange nicht die Position, die du an der Universität einnimmst», ärgerte sich Babbitt.

«Jetzt möchte ich aber wirklich wissen, warum du das denkst? Die Ingenieure sind immer obenauf und kriegen das Beste!»

Es gab noch lange Erklärungen «über den Wert eines Universitätstitels in Dollar und Cents umgerechnet, besonders wenn man auf Jursiprudenz lossteuert», gefolgt von der Beschreibung der Lebensaussichten eines Rechtsanwalts, ein wahres rednerisches Meisterstück. Bevor er sein letztes Wort gesagt hatte, war Ted von Babbitts Gnaden Senator der Vereinigten Staaten.

Unter den berühmten Rechtsanwälten, die er aufzählte, befand sich auch Seneca Doane.

«Ja, potztausend», staunte Ted, «hab gemeint, du hättest mir immer gesagt, dieser Doane sei ein total verrücktes Huhn!»

«Du, das ist keine Art, von einem wahrhaft großen Mann zu reden! Doane war mir immer ein guter Freund – an der Universität habe ich ihm sogar geholfen –, ich hab ihm den Weg gewiesen und, man könnte fast sagen, seine Begeisterung entfacht. Nur weil er Sympathien hat für die Arbeiterpartei behaupten eine Menge Schufte, die weder liberal noch großzügig sind, daß es nicht ganz richtig ist mit ihm, aber ich will dir nur sagen, es gibt nicht viele Leute, die so fette Honorare einstreichen wie er, und er ist mit einigen der stärksten und konservativsten Menschen der Welt befreundet – wie zum Beispiel Lord Wycombe, der, hm, der große englische Edelmann, von dem man soviel spricht. Und, weißt du, mein Lieber, was ziehst du eigentlich vor? Willst du mit einer Bande schmieriger Mechaniker und Arbeiter dein Leben verbringen, oder willst du mit einem erstklassigen Burschen, wie Lord Wycombe, befreundet sein und zu den Bällen in seinem Haus geladen werden?»

«Na – Gottchen, ja», seufzte Ted.

In der nächsten Woche stürzte er strahlend herein und rief: «Hör mal, Vater, warum soll ich denn nicht nur Technik statt der übrigen Wissenschaften studieren? Du redest immer von Position und Titel – vielleicht ist ein Maschineningenieur nichts Besonderes, aber die Bergwerksingenieure, Donner und Doria, die haben bei den Neuwahlen für Ny Tau Tau von elf Stimmen sieben bekommen!»

Siebenundzwanzigstes Kapitel

I

Der Streik, der Zenith in zwei feindliche Lager teilt, die Roten und die Weißen, begann spät im September mit einem Aufmarsch der Telefonistinnen und der Telefonarbeiter als Protest gegen die herabgesetzten Löhne. Die neugegründete Vereinigung der Molkerei-Produktenarbeiter zog ebenfalls mit, teils aus Sympathie und teils aus dem Wunsch nach einer vierundzwanzigstündigen Arbeitswoche heraus. Ihnen folgte der Verband der Lastwagenlenker. Die Industrie lag darnieder, und die ganze Stadt redete ängstlich und erregt von einem Trambahnstreik, einem Druckerstreik, einem Generalstreik. Wutschnaubende Bürger, die Telefonverbindungen mit Hilfe streikbrechender Mädchen zu erreichen suchten, wetterten und zappelten hilflos. Jedes Lastauto, das von den Fabriken zum Güterbahnhof fuhr, wurde von einem Schutzmann bewacht, der sich bemühte, neben dem streikbrechenden Wagenlenker gleichgültig auszusehen. Eine Reihe von fünfzig Lastautos der Zenither Stahl- und Maschinengesellschaft wurde von Streikenden angegriffen, die plötzlich vom Gehsteig aus auf sie losstürzten, Wagenlenker vom Sitz rissen, Vergaser und Zündungen zerstörten, während Telefonistinnen am Trottoir Hurra brüllten und kleine Jungen Ziegelsteine schmissen.

Die Nationalgarde wurde herausbeordert. Colonel Nixon,

der im Privatleben Mr. Caleb Nixon, Sekretär der Pullmore-Lastwagengesellschaft war, hüllte sich in einen langen khakibraunen Mantel und marschierte gravitätisch durch die Menschenmenge, seine vierundvierziger automatische Pistole in der Hand. Selbst Babbitts Freund, Clarence Drum, der Schuhhändler – ein rundlicher, fröhlicher Mann, der im *Athletic Club* gern Geschichten erzählte und einem viktorianischen Mops merkwürdig ähnlich sah –, konnte als watschelnder, aber gefährlich wilder Captain gesehen werden, mit festgeschnürtem Gurt um sein nettes, fettes Bäuchlein, sein rundes Mündchen in verdrießliche Falten gelegt, wie er schwatzenden Gruppen an den Straßenecken mit hoher Fistelstimme zurief: «Vorwärts, vorwärts, nicht stehenbleiben! Ich kann diese Ansammlungen nicht gestatten!»

Alle Zeitungen der Stadt, mit Ausnahme einer einzigen, waren gegen die Streikenden. Als der Mob die Zeitungsstände stürmte, wurde bei jedem Stand ein junger verlegener Milizsoldat mit Brille postiert, der im Zivilleben Buchhalter oder Gehilfe im Grünkramladen war und jetzt versuchte, gefährlich auszusehen, während kleine Jungen in den höchsten Tönen heulten: «Geh ma los auf'n Zinnsoldaten!», und streikende Lastautokutscher sich zärtlich erkundigten: «Sag, Joe, wie ich an der französischen Front war, warst du da im amerikanischen Hinterland oder hast du im Verein Christlicher Junger Männer schwedische Gymnastik getrieben? Sei nur recht vorsichtig mit dem Bajonett, sonst schneidest du dich noch!»

In ganz Zenith sprach niemand von etwas anderem als vom Streik, und es gab niemanden, der nicht Partei ergriffen hätte. Man war entweder ein mutiger Freund der Arbeit oder man war Stab und Stütze der besitzenden Klasse; und in jedem Fall war man kampflustig und mit Freuden bereit, den Freund zu verleugnen, der den Feind nicht haßte.

Eine Fabrik für kondensierte Milch wurde in Brand gesteckt – jede Partei schob es auf die andere –, und die Stadt war hysterisch.

Und diesen Augenblick wählte Babbitt, um offiziell liberal zu sein.

Er gehörte zum gesunden, soliden, rechtschaffenen Lager und hatte anfangs durchaus zugestimmt, daß die dunklen Volksaufwiegler erschossen werden müßten. Es tat ihm leid, als sein Freund Seneca Doane arretierte Streikende verteidigte, und er dachte einen Augenblick daran, zu Doane zu gehen und ihn über die Agitation aufzuklären; aber als er ein Flugblatt las, daß die Telefonistinnen selbst bei ihrem früheren Gehalt gehungert hatten, wurde er beunruhigt und verwirrt. «Lauter Lügen und falsche Angaben», sagte er, aber in seiner Stimme krächzte der Zweifel.

Für den nächsten Sonntag kündigte die Presbyterianische Kirche von Chatham Road eine Predigt des Dr. John Jennison Drew an. Der Titel lautete: «Wie unser Heiland einen Streik verhindern würde». Babbitt hatte in letzter Zeit seine Kirchenbesuche vernachlässigt, aber diesmal ging er zur Predigt in der Hoffnung, daß Dr. Drew wirklich etwas darüber gehört hatte, wie die himmlischen Mächte über Streiks dächten. Neben Babbitt saß Chum Frink in dem großen, gewölbten, schimmernden, samtbespannten Kirchenstuhl.

Frink flüsterte: «Ich hoffe, der Doktor sagt den Streikenden ordentlich seine Meinung! Für gewöhnlich halte ich ja nicht viel davon, wenn ein Pfarrer seine Nase in politische Dinge steckt – laß ihn nur bei seinem frommen Glauben bleiben und Seelen retten und nicht Zwist und Unruhe stiften –, aber in einer solchen Zeit finde ich wirklich, daß es seine Pflicht ist, vor allem Volk aufzustehen und diesen Tunichtguten ein ‹Fahrt zur Hölle!› zuzuschreien!»

«Ja – schon –» sagte Babbitt.

Ehrwürden Dr. Drew, dessen Künstlerlocken vor Enthusiasmus und poetischem und sozialem Eifer flatterten, trompetete:

«Während der unerwünschten Serie industrieller Verrenkungen, die – seien wir nur mutig und gestehen wir es offen ein – das geschäftliche Leben unserer schönen Stadt in den letztvergangenen Tagen erdrosselt haben, gab es viel loses Geschwätz über exakte, wissenschaftlich fundierte Vermeidung – wissenschaftlich, *wissenschaftlich!* Nun, ich will euch nur sagen, daß es auf Erden nichts so Unwissenschaftliches gibt als die Wissenschaften! Seht euch nur die Angriffe auf die festgestellten Glaubenssätze der Christenheit an, die in der letzten Generation bei Wissenschaftlern und Gelehrten so beliebt waren. Ach ja, sie waren schon mächtige Kerls und lachten und höhnten und kritisierten groß! Sie hatten die feste Absicht, Kirche und Glauben zu zerstören; sie wollten uns beweisen, daß nur der blinde Zufall für die Erschaffung der Welt und ihren Aufstieg zu dieser fabelhaften Stufe von Moral und Zivilisation verantwortlich war. Und dennoch steht unsere Kirche heute so fest als ehedem, und die einzige Antwort, die ein christlicher Pfarrer seinen langhaarigen Widersachern zu erteilen braucht, ist ein mitleidiges Lächeln!

Und nun wünschen diese selben ‹Gelehrten› den natürlichen Zustand des freien Wettbewerbs durch verrückte Systeme zu ersetzen, die, was immer sie für klingende Namen haben mögen, dennoch nichts anderes sind als eine despotische Bevormundung. Natürlich soll das keine Kritik für die Arbeitsgerichte sein, die jene Leute ermahnen, die grundlos streiken, oder für die glänzenden Verbände, wo Arbeiter und Arbeitgeber zusammengehen. Aber meine Kritik geht entschieden gegen jene Systeme, in denen die freie, fließende Motivierung der unabhängigen Arbeit ersetzt werden soll durch künstlich heraufgetriebene Zahlungstarife und Mindestgehälter und Regierungskommissionen und Arbeiterverbindungen und was es noch alles für Unsinn gibt.

Was noch nicht in das allgemeine Verständnis einzudringen vermochte, ist, daß diese ganz industrielle Frage nicht auf Volkswirtschaft beruht. Es ist in der Hauptsache und ausschließlich eine Frage der Nächstenliebe und der praktischen Anwendung des christlichen Glaubens! Stellt euch eine Fabrik vor – statt Arbeiterkomitees, die sich den Arbeitgeber mit Gewalt entfremden, geht der Herr und Besitzer mit lächelndem Antlitz durch ihre Reihen hindurch, und sie erwidern sein Lächeln, sie sind zueinander wie ein älterer Bruder und viele jüngere Brüder. Brüder, das ist es, was sie sein müssen, liebende Brüder, und dann wären Streiks ebenso unausdenkbar wie Haß im Busen der Familie!»

Bei diesem Punkt murmelte Babbitt: «Ach, Blödsinn!»

«Hm?» fragte Chum Frink.

«Er hat ja keine Ahnung, wovon er redet. Das Ganze ist so klar und durchsichtig wie Schlamm. Nicht ein verdammter Gedanke im ganzen Gewäsch!»

«Vielleicht, aber –»

Frink blickte ihn zweifelnd an, die ganze Predigt hindurch blickte er ihn immer wieder zweifelnd und verwundert an, bis Babbitt ganz kribbelig wurde.

2

Die Streikenden hatten eine Demonstration für Dienstag vormittag angekündigt, aber Colonel Nixon hatte ein Verbot dagegen erlassen, wie die Zeitungen meldeten. Als Babbitt an diesem Morgen um 10 Uhr von seinem Büro westwärts fuhr, sah er eine Herde zerlumpter Männer, die sich in der Richtung des verwickelten, schmutzigen Distrikts jenseits von Court House Square fortbewegten. Er haßte sie, weil sie arm waren, weil sie ihm das Gefühl der Sicherheit raubten. «Verdammte Müßiggänger! Wenn die ein bißchen Schuß und Energie in sich hätten, wären sie schon lange keine gemeinen Arbeiter mehr», beschwerte er sich innerlich. Er fragte sich, ob es wohl zu einem Aufruhr kommen würde. Er fuhr zum Ausgangspunkt des Demonstrationszugs, einem Dreieck mit welkem, staubigem Gras, das als Moore Street Park bekannt war, und hielt dort sein Auto an. Der Park und die Straßen wimmelten von Streikenden, junge Männer in blauen Baumwollhemden, alte Männer mit Mützen auf dem Kopf. Zwischen ihnen bewegte sich ununterbrochen das Militär auf und ab und rührte sie durcheinander wie siedendes Wasser in einem Topf. Babbitt konnte die monotonen Rufe der Soldaten hören: «Nicht stehenbleiben – weitergehen – macht euch Bewegung und haltet die Füße warm!» Babbitt bewunderte ihre ungerührte Gutmütigkeit. Die Menge schrillte: «Zinnsoldaten!» und «Lumpenhunde – Diener des Kapitalismus!», aber die Soldaten grinsten und erwiderten nichts weiter als: «Sicher, habt ja ganz recht. Nur immer fortbewegen, Billy!»

Babbitt begeisterte sich für die Miliz, haßte die gemeinen Schufte, die die lieblichen Pfade des Fortschritts und der Wohlhabenheit verstellten, und bewunderte Colonel Nixon, der sich verachtungsvoll einen Weg durch die Ansammlung bahnte; und als Captain Clarence Drum, der etwas kurzatmig schnaubende Schuhhändler, zornentbrannt vorbeiraste, rief Babbitt hochachtungsvoll und lärmend: «Feines Stück Arbeit, Captain! Lassen Sie nur nicht losmarschieren!» Er sah zu, wie die Streikenden in Einzelreihe den Park verließen. Viele von ihnen trugen Plakate, auf denen zu lesen stand: «Sie können uns nicht daran hindern, friedlich zu ziehen.» Die Soldaten rissen die Plakate ab, aber die Streikenden fielen hinter ihren Anführern in Schritt und entfernten sich in einer dünnen, durchaus nicht imposanten Linie zwischen den glitzernden Stahlhelmen der Bürgerwehr. Babbitt sah zu seiner Enttäuschung, daß hier keine Gewalt angewendet wurde, es geschah gar nichts Interessantes. Dann blieb ihm vor Schreck plötzlich der Atem aus.

Zwischen den Marschierenden, neben einem großen, schweren jungen Arbeiter, ging Seneca Doane, lächelnd und zufrieden. Vor ihm war Professor Brockbank, oberster Leiter der geschichtlichen Abteilung an der State University, ein alter, weißbärtiger Mann, von dem bekannt war, daß er aus einer vornehmen Familie in Massachusetts stammte.

«Ja, Teufel», staunte Babbitt, «ein Großköpfiger, wie der, zwischen den Streikenden? Und der gute, alte Senny Doane! Sie sind Narren, daß sie sich in diesen Plebs mischen. Salonsozialisten sind sie! Aber Mut scheinen sie zu haben. Und kriegen tun sie auch nichts dafür, nicht einen Cent! Und – es kommt mir wahrhaftig vor, als ob nicht alle Streikenden wie abgefeimte Gauner aussehen würden. Sehen eigentlich aus wie jeder andere Mensch!»

Die Bürgerwehr lenkte den Demonstrationszug in eine Seitengasse.

«Sie haben ebenso viel Recht zu marschieren wie andere auch! Die Straßen gehören ihnen genauso sehr, wie sie Clarence Drum oder der amerikanischen Legion gehören!» murrte Babbitt. «Natürlich sind sie – sind sie gefährliche Elemente, aber – ach, dummer Schnack!»

Während des Frühstücks im *Athletic Club* war Babbitt schweigsam, während die anderen sich beklagten: «Weiß wirklich nicht, was in die Welt gefahren ist!» oder ihre bedrückten Gemüter durch «Jux» erleichterten.

Captain Clarence Drum trabte martialisch, in der vollen Pracht seiner Khakiuniform, am Tisch vorbei.

«Na, wie steht's, Captain?» erkundigte sich Vergil Gunch.

«Ja, wir haben sie eben aufgehalten. Wir haben sie in die Nebengassen abgelenkt und dort schön langsam auseinandergetrieben, und dann haben sie Lust und Mut verloren und sind heimgegangen.»

«Großartig! Feines Stück Arbeit! Ganz ohne Gewalt!»

«Feines Stück Arbeit kann mir gestohlen bleiben!» jammerte Mr. Drum. «Wenn's nach mir ginge, würde es schon Gewalttätigkeiten genug geben, und ich würde den Anfang machen, und dann wäre der ganze Klimbim auf ja und nein vorbei. Ich halte nichts davon, wenn man ruhig steht und die Kerls nur bewacht und betreut und diese Unruhen um sich greifen läßt. Ich sag euch, diese Streikenden sind auf Gottes weiter Welt nichts weiter als ein Haufen Bombenwerfer und Halsabschneider, und die kann man nicht anders unterkriegen, als daß man sie mit Knüppeln totschlägt.»

Babbitt hörte sich selbst sagen: «Ach, Blödsinn, Clarence, die suchen auch nur die Welt mit geraden Sinnen aufzufassen, genau wie wir, und ich bin sicher, daß sie keine Bomben bei sich gehabt haben.»

Drum sagte in gekränktem Ton: «So, haben sie keine bei sich gehabt? Möchten Sie vielleicht die Oberaufsicht über den Streik selbst übernehmen? Teilen Sie nur Colonel Nixon mit, was für Unschuldslämmer die Streikenden sind! Der würde sicher entzückt sein darüber!» Drum schritt weiter, während die ganze Gesellschaft Babbitt anstarrte.

«Was fällt dir denn ein? Wünschst du vielleicht, daß wir diese Höllenbrut mit Küssen traktieren sollen?» sagte Orville Jones.

«Verteidigst du einen Pack Zuchthäusler, die sich bemühen, unseren Familien Brot und Butter wegzustehlen?» wütete Professor Pumphrey.

Vergil Gunch sagte gar nichts, was einschüchternd wirkte. Er trug eine strenge, starre Maske; sein Mund und Kinn waren aus Eisen, sein kurzes, struppiges Haar schien herzlos, sein Schweigen war ein grausamer Sturm. Während die übrigen Babbitt versicherten, daß sie ihn mißverstanden haben mußten, sah Gunch aus, als ob er nur zu gut verstanden hätte. Wie ein Richter im Talar horchte er auf Babbitts Gestammel: «Nein, natürlich nicht; ich weiß, sie sind ein Lumpenpack. Aber ich wollte nur sagen – Ich finde, es ist keine gute Politik, herumzugehen und sie einfach totzuschlagen. Caleb Nixon tut's auch nicht. Er hat den feinen italienischen Takt. Darum ist er ja auch Colonel. Clarence Drum ist eifersüchtig auf ihn.»

«Nun», sagte Professor Pumphrey, «du hast Clarence sehr

gekränkt. Er ist den ganzen Morgen draußen in Staub und Hitze herumgelaufen, da kann man sich nicht wundern, wenn er dem Gesindel die Hirnschale eindreschen will.»

Gunch sagte nichts und beobachtete nur; und Babbitt wußte, daß er beobachtet wurde.

3

Während er den Club verliess, hörte Babbitt, wie sich Chum Frink protestierend an Gunch wandte: «Weiß nicht, was in ihn gefahren ist. Letzten Sonntag hat Dr. Drew eine kapitale Predigt über Anstand und Moral in Geschäftsdingen gehalten, und Babbitt hat allerhand auszusetzen gehabt. Soweit ich mir das Ganze erklären kann –»

Babbitt fühlte, wie ein dumpfer Schreck ihn durchzuckte.

4

Er sah eine Menschenansammlung, zu der ein Mann, von der Tribüne eines Küchenstuhls aus, redete. Er hielt sein Auto an. Von Zeitungsfotografien her wußte er, daß der Redner der berüchtigte, auf eigene Faust predigende Beecher Ingram sein mußte, von dem ihm Seneca Doane gesprochen hatte. Ingram war ein hagerer Mann, mit flammendem

Haar, eingesunkenen Wangen und vergrämten Augen. Er sprach flehend:

«– wenn diese Telefonistinnen durchhalten können, wenn sie nur eine Mahlzeit am Tag essen, selbst ihre Wäsche waschen, hungern und lächeln, dann können doch gewiß große, starke Männer wie ihr –»

Babbitt bemerkte, daß ihn Vergil Gunch vom Gehsteig aus beobachtete. Mit einer unbestimmten Unruhe im Herzen ließ er seinen Motor wieder an, während Gunchs feindseliger Blick ihn auf dem Weg zu verfolgen schien.

5

Eine Menge von diesen Leuten», beklagte sich Babbitt zu seiner Frau, «glauben ganz einfach, daß alle streikenden Arbeiter absolute Teufel sind. Natürlich ist es ein ernster Kampf zwischen solidem Geschäft und destruktiven Elementen, und wenn sie uns dazu zwingen, müssen wir ihnen einen Denkzettel hinter die Ohren geben, der sich gewaschen hat, aber ich will verdammt sein, wenn ich begreifen kann, warum wir nicht wie Ehrenmänner kämpfen können, und warum wir sie schmierige Hunde nennen, die niedergeschossen werden müßten.»

«Ja, George», meinte sie ruhig. «Ich dachte, du hättest mir immer gesagt, Streikende sollten alle ins Gefängnis gesteckt werden.»

«Hab ich nie gesagt! Das heißt, ich meine – einige von ihnen selbstverständlich. Die unverantwortlichen Anführer. Aber ich will damit nur sagen, daß man jedenfalls großmütig und liberal über solche Dinge denken soll –»

«Aber Schatz, du hast mir doch immer erklärt, daß die sogenannten ‹Liberalen› die Ärgsten sind –»

«Unsinn! Frauen können nie die verschiedenen Nuancen eines Wortes auffassen. Natürlich hängt es davon ab, in welchem Sinne es gebraucht wird. Und außerdem soll man nie zu verdammt sicher über etwas sein. Also, diese Streikenden zum Beispiel: ich gebe dir die Versicherung, das sind gar nicht so üble Kerle. Sie sind nur dumm. Sie verstehen nicht, wie kompliziert das Verhältnis von Handel und Profit ist, so wie wir Geschäftsleute es verstehen; aber sonst denke ich mir manchmal, daß sie nur solche Menschen sind wie wir alle und nicht happiger auf Geld und Lohn wie wir auf Profit!»

«George! Wenn dich die Leute so reden hören würden – ich natürlich, ich *kenn* dich ja; ich weiß noch, was du für ein ausgelassener, närrischer Junge warst, und ich weiß, daß du das alles gar nicht so meinst, wie du es sagst – aber wenn andere, die dich nicht so gut verstehen, dich reden hören würden, ja, die würden dich als einen ausgemachten Sozialisten ansehen!»

«Was kümmert's mich, was die Leute über mich denken? Und ich will dir nur ein für allemal sagen – ich möchte, daß du das endlich begreifst, daß ich niemals ein übermütiger, toller Junge war, und wenn ich etwas sage, dann meine ich es auch so und bleibe dabei und – du, sag mir mal ehrlich, würden mich die Leute für zu liberal ansehen, wenn ich ihnen erklären würde, daß ich die Streikenden für anständig halte?»

«Natürlich täten sie das. Aber mach dir nur keine Sorgen, Kind, ich weiß schon, daß du das nicht so meinst. So, und jetzt ist es Zeit, zu Bett zu gehen. Hast du genug Wolldecken draußen für heute nacht?»

Auf der Schlafveranda zerbrach er sich den Kopf: «Sie versteht mich nicht. Eigentlich versteh ich mich ja selbst nicht. Warum kann ich nicht alles auf die leichte Art nehmen, wie ich es früher getan habe?

Ich wünsch, ich könnt zu Senny Doane hinausgehen und

mit ihm einmal alles durchdreschen. Nein! Herrgott, wenn mich Verg Gunch zu ihm hineingehen sehen würde?!

Ich wünsch, daß ich irgendeine feine, gescheite, ordentliche Frau kennen würde, die verstehen könnte, wo ich hinaus will, und mich erzählen ließe und – Ob wohl Myra recht hat? Glauben die Leute wirklich, daß ich verrückt geworden bin, nur weil ich jetzt großzügiger und liberal bin? Wie Verg mich angestarrt hat –»

Achtundzwanzigstes Kapitel

I

Miss McGoun kam um drei Uhr nachmittags in sein Privatbüro und sagte: «Hören Sie, Mr. Babbitt, eine Mrs. Judique ist am Telefon – möchte gerne über irgendwelche Reparaturen Bescheid wissen, und die Verkäufer sind alle auswärts. Wollen Sie mit ihr sprechen?»

«Gut.»

Die Stimme von Tanis Judique war klar und angenehm. Der schwarze Zylinder des Telefonhörers schien ihr winziges, lebendiges Ebenbild zu enthalten: schimmernde Augen, feingeschnittene Nase, sanftes Kinn.

«Hier ist Mrs. Judique. Können Sie sich noch an mich erinnern? Sie sind damals mit mir zum Cavendish-Haus gefahren und waren mir behilflich, eine reizende Wohnung zu finden.»

«Aber natürlich! Selbstverständlich erinnere ich mich! Womit kann ich Ihnen zu Diensten sein?»

«Ja, es ist nur eine kleine – Ich weiß nicht, ob ich Sie überhaupt damit belästigen soll, aber der Hausbesorger scheint nicht genau Bescheid zu wissen. Sie wissen doch, meine Wohnung ist im oberen Stockwerk, und jetzt, wo die Herbstregen angefangen haben, ist das Dach nicht mehr ganz dicht, und ich wäre sehr froh –»

«Aber selbstverständlich! Ich komme zu Ihnen herauf und

sehe mir die Geschichte an.» Schüchtern: «Wann sind Sie zu Hause?»

«Ja, ich bin jeden Vormittag zu Hause.»

«Sind Sie heute nachmittag in einer Stunde oder so zu Hause?»

«Ja-a. Vielleicht darf ich Ihnen eine Tasse Tee anbieten? Ich finde, das ist das geringste, wenn Sie sich soviel Mühe machen!»

«Ausgezeichnet! Ich fahr zu Ihnen, sobald ich hier abkommen kann.»

Er grübelte: «Also diese Frau hat doch Vornehmheit, verstehste, Klasse! ‹Das ist doch das geringste, wenn Sie sich soviel Mühe machen.› Die würde einen Menschen verstehen. Ich bin ein Narr, aber wenn man mich kennt, bin ich schließlich gar nicht so übel! Und vielleicht auch nicht so ein Narr, wie manche glauben!»

Der große Streik war vorüber, die Streikenden waren geschlagen. Mit der einen Ausnahme, daß Vergil Gunch weniger herzlich zu sein schien, hatte Babbitts Verrat am Clan keine sichtbaren Spuren hinterlassen. Die peinliche Angst vor strenger Kritik war vergangen, aber Mißtrauen und Einsamkeit waren geblieben. Jetzt war er so heiter gestimmt, daß er, um das Gegenteil zu beweisen, eine Viertelstunde lang im Büro herumstolzierte, sich Grundrisse ansah, Miss McGoun auseinandersetzte, daß diese Mrs. Scott mehr Miete verlangte für ihr Haus – sie hatte den verlangten Preis erhöht –, hatte den Preis von 7000 auf 8500 Dollar erhöht – würde Miss McGoun so gut sein und das auf der Karte gleich notieren – Mrs. Scotts – Haus – erhöht. Nachdem er sich solcherart als Menschen charakterisiert hatte, der vollkommen gefühllos war und nur für das Geschäft Interesse bewies, schlenderte er hinaus. Er brauchte besonders lange, um sein Auto anzulassen, stieß mit dem Fuß an die Reifen, staubte das Glas des Geschwindigkeitsmessers ab und zog die Schrauben an, mit denen die Windschutzvorrichtung befestigt war.

Er fuhr glücklich und zufrieden in der Richtung des Bellevue-Distrikts und empfand die Existenz von Mrs. Judique als ein strahlendes Licht am Horizont. Die Ahornblätter waren abgefallen und säumten die Seitenrinnen der asphaltierten Straßen. Der blaßgoldene Tag mit seinem verwelkten Grün lag still und zögernd hingegossen. Babbitt war unter dem Bann dieses träumerischen Tags und sah die Dürftigkeit des Bellevue – hölzerne Häuserblocks, Garagen, kleine Läden, unkrautbewachsene Grundstücke. «Muß aufgefrischt werden; braucht die Hand von Leuten wie Mrs. Judique, die das richtige Gefühl und den nötigen Geschmack haben», überlegte er, während er durch die langen, leeren, luftdurchwehten Straßen rasselte. Ein Wind erhob sich, belebend, scharf, und in einem plötzlich erwachenden Wohlgefühl erreichte er die Wohnung von Tanis Judique.

Als sie ihn aufgeregt hereinließ, trug sie ein schwarzes Chiffonkleid, das sich züchtig und rund in kleinem Ausschnitt um ihren hübschen Hals schloß. Sie erschien ihm sehr verändert und unkontrollierbar. Er warf einen Blick auf die bunten Kattune und farbigen Drucke in ihrem Wohnzimmer und rief fröhlich: «Donner, haben Sie sich aber ein hübsches Nest hergerichtet! Das muß schon eine geschickte Frau sein, die ihr Heim so anheimelnd gestalten kann!»

«Gefällt es Ihnen wirklich? Das freut mich. Aber Sie haben mich skandalös vernachlässigt. Sie hatten mir ja versprochen, einmal heraufzukommen und bei mir tanzen zu lernen.»

Ziemlich unsicher: «Ach, aber das war ja nicht Ihr Ernst?»

«Vielleicht nicht. Aber Sie hätten einen Versuch wagen können!»

«Na also, jetzt bin ich gekommen, meine Stunde zu nehmen, und es ist am besten, Sie richten sich gleich so ein, daß ich auch zum Abendessen hierbleibe.»

Beide lachten in einem Ton, der anzeigte, daß das nicht wörtlich gemeint war.

«Aber vielleicht sehe ich mir noch vorher das undichte Dach an.»

Sie kletterte mit ihm auf das flache Dach des Hauses hinauf – eine abgeschlossene Welt mit bretterbelegten Wegen, Wäscheleinen, einem Wasserreservoir unter einem Schutzdach. Er stieß mit der Fußspitze an Verschiedenes und bemühte sich, ihr mit der Gelehrsamkeit zu imponieren, mit der er über Kupferrinnen, über die Notwendigkeit, Wasserrohre durch einen Bleihals und Muffe zu führen und sie mit Kupfer zu überziehen, und über die Vorzüge von Zedernholz über Gußeisen für Dachreservoirs sprach.

«Was Sie alles wissen müssen bei Ihrer Häuseragentur!» bewunderte sie ihn.

Er versprach ihr, daß das Dach binnen zwei Tagen wieder gerichtet sein würde. «Störe ich Sie, wenn ich von Ihrer Wohnung aus telefoniere?» fragte er.

«Mein Gott, nein!»

Er stand einen Augenblick am vorspringenden Mauersims und übersah ein Land von steifen kleinen Sommerhäuschen mit unnatürlich großen Veranden und neuen Wohnhäusern, die wohl klein, aber dafür bunt waren, mit vielfarbigen Ziegelmauern und Terrakottaverzierungen. Dahinter lag ein Hügel mit einem breiten gelben Lehmfleck, der wie eine riesige Wunde aussah. Neben jeder Villa und hinter jedem Wohnhaus waren kleine Garagen. Es war eine Welt braver kleiner Leute, eine bequeme, arbeitsame, gläubige Welt.

In der herbstlichen Beleuchtung wurde die Fläche und die Neuheit gemildert, und die Luft schimmerte wie das sonnenklare Wasser eines Teichs.

«Herrgott, ist das ein wundervoller Nachmittag. Sie haben eine prachtvolle Aussicht hier, bis über den Tanner Hügel», sagte Babbitt.

«Ja, es ist schön frei und offen.»

«Die wenigsten Leute legen auf freie Aussicht Wert.»

«Steigern Sie mir deswegen ja nicht die Miete! Das war wohl recht ungezogen von mir? Ich wollte Sie nur necken. Aber allen Ernstes, es gibt wenig Menschen, die bei einer schönen Aussicht reagieren – aus sich herauskommen. Ich will damit sagen, diese Leute haben kein Gefühl für Poesie und Schönheit.»

«Ja, das stimmt, dafür haben sie kein Gefühl», flüsterte er und bewunderte dabei ihre schlanke Figur und die leichte Versunkenheit, mit der sie nach dem Hügel hinüberblickte. Kinn in der Luft, ein Lächeln auf den Lippen. «Ich glaub, es wird gut sein, wenn ich jetzt dem Monteur telefoniere, damit er gleich morgen früh die Arbeiter herschicken kann.»

Nachdem er telefoniert hatte, mit einer Stimme, die er absichtlich rauh und männlich klingen ließ, blickte er sich unsicher um und meinte: «Jetzt werde ich mich wohl auf –»

«Ach, Sie müssen aber erst noch Ihren Tee trinken!»

«Nun, offen gestanden nehme ich ihn sehr gerne an.»

Es war wonnig, sich in einem tiefen grünen Rippstuhl zu rekeln, mit weitausgestreckten Beinen, auf den schwarzen chinesischen Telefontisch zu gucken und auf die farbigen Aufnahmen von Mount Vernon, die er stets so gern gehabt hatte, während Mrs. Judique in der winzigen Küche – gleich dicht daneben – *Meine Kreolenkönigin* sang. Mit berauschender Süße, mit einer Befriedigung, die so tief war, daß sie fast an unbefriedigte Sehnsucht grenzte, sah er Magnolien im Mondenschein vor sich auftauchen und hörte die Neger auf der Plantage wehmütig leise zum Banjo singen. Er wollte mit der Ausrede, ihr zu helfen, ganz nahe bei ihr sein, und gleichzeitig wollte er in dieser stillen Ekstase verweilen. Matt und willenlos blieb er sitzen.

Als sie eilig und geschäftig mit dem Tee hereinkam, lächelte er ihr zu. «Es ist wirklich schön hier!» Zum erstenmal sprach er offen mit ihr; er war tief innerlich ruhig und freundschaftlich; und ihre Antwort war ebenso freundlich und ruhig: «Es ist nett, Sie hier zu haben. Es war so lieb von Ihnen, daß Sie mir geholfen haben, dieses kleine Heim zu finden.»

Sie waren beide darin einig, daß das Wetter jetzt bald kälter sein würde. Sie waren auch darüber einig, daß die Prohibition streng gehandhabt wurde. Sie waren einig, daß die Kunst im Heim zur Kultur gehört. Sie waren in allem einig. Dann wurden sie kühner. Sie wagten Andeutungen, daß diese modernen jungen Mädchen – also, ganz offen und ehrlich gesagt, ihre kurzen Röcke waren sehr kurz. Sie waren stolz, daß sie über solche Dinge rückhaltlos reden konnten, ohne schockiert zu sein. Tanis machte noch einen Schritt vorwärts: «Sie werden verstehen, was ich meine – ich weiß nur nicht ganz, wie ich mich ausdrücken soll, aber ich finde, die Mädchen, die durch ihre Art, sich zu kleiden, zu zeigen versuchen, wie schlecht sie sind, gehen niemals bis zum Äußersten. Sie verraten nur dadurch, daß ihnen der weibliche Instinkt der echten Frau fehlt.»

Babbitt erinnerte sich an das Manikürefräulein Ida Putiak und wie schlecht sie ihn behandelt hatte, und stimmte ihr enthusiastisch zu; und er erinnerte sich, wie schlecht alle Welt mit ihm umgegangen war, und erzählte von Paul Riesling, von Zilla, von Seneca Doane und vom Streik:

«Verstehen Sie, wie es gekommen ist? Natürlich war ich ebenso Feuer und Flamme dafür, daß diese Schufte ihre Tracht Prügel kriegen wie jeder andere, aber Herrgott, das ist doch kein Grund, um nicht einmal alles auch von ihrem Standpunkt aus anzusehen. Ein Mensch muß doch um seiner selbst willen großzügig und liberal sein, finden Sie nicht?»

«Ach, das meine ich auch!» Sie saß mit gefalteten Händen auf dem harten kleinen Kanapee, lehnte sich vor und ihm zu, nahm ihn geradezu in sich auf; und mit dem erhebenden Gefühl, voll und ganz gewürdigt zu werden, deklamierte er weiter:

«Ich spring auf und sag zu den Jungens im Club: ‹Hört mal›, sag ich –»

«Gehören Sie dem *Union Club* an? Ich finde –»

«Nein, ich bin beim *Athletic*. Ich werde Ihnen was sagen: Natürlich bitten sie mich immer, doch dem *Union* beizutreten, aber dann antworte ich ihnen: ‹Nein, Gentlemen! Da ist nichts zu machen!› Ich scheue durchaus nicht die Kosten, aber diese alten, verdrehten Käuze gehen mir auf die Nerven.»

«Ach ja, das ist richtig. Aber erzählen Sie doch weiter: Was haben Sie ihnen gesagt?»

«Ach, Sie wollen das ja gar nicht wissen. Wahrscheinlich langweilen Sie meine vielen Sorgen unsagbar! Man sollte gar nicht meinen, daß ich schon ein alter Esel bin, ich red ja wie ein Grünschnabel daher!»

«Sie sind auch noch ein halbes Kind! Das heißt – Sie können doch bestimmt nicht über 45 Jahre alt sein.»

«Nein, das bin ich auch nicht – nicht viel. Aber, weiß Gott, jetzt fang ich an, mich manchmal alt zu fühlen; die viele Verantwortung, die auf mir lastet!»

«Ach, ich weiß.» Ihre Stimme schien ihn zu streicheln; sie hüllte ihn ein wie warme Seide. «Und ich fühle mich auch einsam, so sehr einsam an manchen Tagen, Mr. Babbitt.»

«Wir sind ein paar arme Schlucker! Aber wir sind verdammt nett und sympathisch dabei!»

«Ja, ich glaube, wir sind viel netter als die meisten Leute, die ich kenne!» Sie lächelten beide. «Aber bitte, erzählen Sie doch, was Sie im Club gesagt haben.»

«Na also, es war folgendermaßen: Natürlich gehört Seneca zu meinen Freunden – sie können ja alle sagen, was sie wollen, sie können ihn mit allen Namen behängen, die ihnen Spaß machen, aber was die meisten Leute hier nicht wissen, ist, daß Senny der Intimus von einigen der größten Staatsmänner der Welt ist – Lord Wycombe zum Beispiel –, Sie wissen ja, der große britische Edelmann. Mein Freund, Sir Gerald Doak, hat mir erzählt, daß Lord Wycombe eine ganz große Kanone in England ist – na, Doak hat mir das erzählt oder sonst jemand.»

«Ach! Sie kennen Sir Gerald? Der war doch hier bei den McKelveys auf Besuch?»

«Ob ich ihn kenne? Na, hören Sie, wir kennen uns nur gerade so gut, daß wir uns George und Jerry nennen, und in Chicago waren wir beide so angeheitert –»

«Das muß lustig gewesen sein. Aber –» sie drohte ihm mit dem Finger – «ich kann es wirklich nicht erlauben, daß Sie so über die Schnur hauen. Ich werde Sie von nun ab an die Hand nehmen müssen!»

«Ach, tun Sie es doch! ... Na, wie ich also zu den Jungens gesagt hab: Ja, seht ihr, ich weiß zufällig, was für ein großer Mann Senny Doane in der Welt ist, aber ein Prophet wird doch in der Heimat nie geehrt, und Senny, der Teufel soll ihn holen, der ist ja so bescheiden, daß er niemals damit prahlt, was für eine Rolle er auf Reisen und im Ausland spielt. Nun, während des Streiks kommt Clarence Drum im Paradeschritt an unseren Tisch, geschnürt und herausstaffiert in seiner Captain-Uniform wie ein Unwiderstehlicher, und jemand sagt ihm: ‹Streik schon erledigt, Clarence?›

Na, er bläst sich auf wie ein Truthahn und brüllt, daß man ihn bis hinauf ins Lesezimmer hören konnte: ‹Ja, aus und vorbei; ich hab den Anführern meine Meinung unter die Nase gerieben, und dann sind sie heimgegangen.›

‹Na›, sag ich zu ihm, ‹bin froh, daß es ohne Gewalttätigkeit vorüber ist.›

‹Ja›, sagt er, ‹aber wenn ich nicht aufgepaßt hätte wie ein Heftelmacher, wär's nicht so glatt abgelaufen. Die Kerls hatten ja die Taschen voller Bomben. Das sind regelrechte Anarchisten!›

‹Ach, Unsinn, Clarence›, sag ich ihm darauf, ‹ich hab sie ganz genau kontrolliert; haben nicht mehr Bomben gehabt wie eine Herde Kaninchen›, sag ich ihm. ‹Natürlich›, sag ich, ‹sind sie dumm und unvernünftig, aber sonst sind sie ja doch beinahe genauso wie du und ich und jeder andere.›

Und dann sagt Vergil Gunch oder sonst jemand – nein, es war Chum Frink –, Sie wissen ja, der berühmte Dichter – guter Freund von mir –, der sagt zu mir: ‹Hör mal›, sagt er, ‹willst du vielleicht damit ausdrücken, daß du den Streikenden die Stange hältst?› Na, ich war so empört, daß ein Mensch imstande sein soll, so niedrig zu denken, daß ich, auf mein Ehrenwort, nicht übel Lust gehabt hätte, ihnen gar keine Erklärung abzugeben – sie einfach zu ignorieren –»

«Ach, das ist ja immer das klügste!» sagte Mrs. Judique.

«– aber schließlich setzte ich ihm mehreres auseinander: ‹Wenn du so viel gearbeitet hättest wie ich für das Komitee der Handelskammer›, sag ich ihm, ‹dann hättest du ein Recht, zu reden! Aber›, sag ich ihm, ‹trotz allem halte ich daran fest, daß man seinen Gegner wie einen Gentleman behandeln soll!› Na, also die Antwort hat ihnen zu denken gegeben! Frink – Chum nenn ich ihn immer –, der wußte kein Wort mehr zu sagen. Aber dabei, glaub ich, haben einige von ihnen sich gedacht, daß ich viel zu liberal bin. Was meinen Sie?»

«Ach, Sie haben so klug gehandelt. Und so mutig waren Sie! Ich liebe es, wenn ein Mann den Mut seiner Überzeugung hat!»

«Aber glauben Sie, daß das die richtige Antwort war? Viele von den Leuten sind ja schließlich so verdammt vorsichtig und kleinlich, daß sie ein Vorurteil fassen gegen jedermann, der gradheraus redet und kein Blatt vor den Mund nimmt.»

«Was kümmert Sie das? Auf die Dauer müssen sie ja doch Respekt haben vor einem Mann, der sie zum Nachdenken zwingt, und mit Ihrem Ruf als Redner –»

«Was wissen Sie von meinem Ruf als Redner?»

«Ach, ich werde Ihnen gewiß nicht meine ganze Weisheit verraten! Aber ernstlich, Sie scheinen sich gar nicht recht bewußt zu sein, was Sie für ein berühmter Mann sind.»

«Nun – obwohl ich in diesem Herbst wirklich nicht viele Reden gehalten habe. Diese Geschichte mit Paul Riesling, glaub ich, die hat mich ganz aus dem Häuschen gebracht. Aber – wissen Sie, daß Sie der erste Mensch sind, der ganz verstanden hat, was ich anstrebe, Tanis – Hören Sie mich nur an! Bin ich nicht unverschämt, Sie einfach Tanis zu nennen?»

«Ach, nennen Sie mich doch so! Und soll ich Sie George nennen? Finden Sie es nicht furchtbar nett, wenn zwei Menschen soviel – wie soll ich's nur ausdrücken – soviel analytisches Gefühl haben, daß sie alle diese dummen Konventionen beiseite lassen und einander verstehen können und sich miteinander befreunden wie Schiffe, die sich nachts begegnen?»

«Das finde ich auch! Das finde ich auch!»

Jetzt saß er nicht mehr unbeweglich auf seinem Stuhl; er wanderte im Zimmer umher, er ließ sich neben sie auf das Kanapee fallen. Aber als er seine Hand schwerfällig nach ihren zerbrechlichen, weißschimmernden Fingern ausstreckte, sagte sie lebhaft: «Ach, geben Sie mir doch eine Zigarette. Werden Sie die arme Tanis für sehr schlecht halten, wenn sie raucht?»

«Herrgott, nein, ich mag das gern!»

Er hatte oft und tief über weibliche Wesen nachgegrübelt, die in den Zenither Restaurants rauchten; aber persönlich kannte er nur eine Frau, die rauchte – Mrs. Sam Doppelbrau, seine vergnügungssüchtige Nachbarin. Feierlich zündete er die Zigarette von Tanis an, sah sich um, wo er das abgebrannte Streichholz hinwerfen sollte, und versenkte es in seine Tasche.

«Ich bin sicher, Sie sehnen sich nach einer Zigarre, Sie Ärmster!» rief sie weich und singend.

«Stört es Sie nicht?»

«Ach nein! Ich liebe den Geruch einer guten Zigarre! Riecht so angenehm und – so angenehm und männlich. Sie dürfen den Aschenbecher aus meinem Schlafzimmer holen, er steht auf dem Tischchen neben meinem Bett, wenn Sie so gut sein wollen!»

Ihr Schlafzimmer brachte ihn in Verlegenheit: ein breites Ruhebett mit einem violetten Seidenüberwurf, blaßlila Vorhänge mit Goldstreifen, ein chinesischer Chippendale-Schreibtisch und eine unglaubliche Anzahl von kleinen Schuhen in einer Reihe, mit bandverzierten Schuhleisten und zartgelben Strümpfen, die quer darüber lagen. Er fühlte, daß seine Art, den Aschenbecher hereinzubringen, den richtigen Grad der Freundschaftlichkeit ausdrückte. «Ein Lümmel, wie Verg Gunch, würde sie jetzt damit aufziehen, daß er ihr Schlafzimmer gesehen hat, aber ich benehme mich natürlich und gleichgültig.» Später war er nicht mehr gleichgültig. Die Befriedigung der Seelengemeinschaft war verflogen, und der

Wunsch, ihre Hand zu berühren, machte ihn unruhig. Aber sooft er sich ihr zuwandte, war ihm ihre Zigarette im Weg. Sie war wie ein Schild zwischen ihnen. Er wartete, bis sie zu Ende geraucht hatte, aber als er sich freute, daß sie den glimmenden Stummel so rasch im Aschenbecher zerdrückte, sagte sie: «Wollen Sie mir noch eine Zigarette geben?», und wieder sah er hoffnungslos die Wand der blassen Rauchschwaden und die graziöse Biegung ihres Handgelenks zwischen ihnen. Jetzt empfand er nicht mehr ausschließlich die Neugierde, ob sie ihm wohl gestatten würde, ihre Hand zu halten (natürlich alles aus purer Freundschaft!), denn die Sehnsucht nach dieser Hand war eine brennende Qual.

Auf der Oberfläche war von diesem heftigen Drama nichts sichtbar. Sie sprachen vergnügt von Autos, von Ausflügen nach Kalifornien, von Chum Frink. Einmal machte er eine zarte Andeutung: «Ich finde die Leute schrecklich – ich hasse die Menschen, die sich Einladungen zu einer Mahlzeit erzwingen, aber jetzt will es mir fast scheinen, als ob ich heute abend mit der schönen Mrs. Tanis Judique soupieren würde. Obwohl ich sicher bin, daß Sie sich schon nach sieben verschiedenen Seiten vergeben haben.»

«Nun, ich hatte daran gedacht, in ein Kino zu gehen. Ja, ich glaube, ich muß ausgehen und ein bißchen frische Luft schnappen.»

Sie ermutigte ihn nicht zum Bleiben, aber ebensowenig entmutigte sie ihn. Er überlegte: «Es wird schon besser sein, ich schleich mich fort. Sie *läßt* mich schon bleiben – hier wäre *sicher* was zu machen –, aber ich darf mich nicht hineinzerren lassen – nein, ich darf nicht –, ich muß das überwinden.» Dann: «Nein, jetzt ist es zu spät dazu.»

Plötzlich, um 19 Uhr, schob er ihre Zigarette beiseite, griff nach ihrer Hand und sagte schroff: «Tanis! Quälen Sie mich nicht länger! Sie wissen ja, wir – wir sind doch zwei einsame Seelen, und wir fühlen uns furchtbar glücklich zusammen. Wenigstens ich bin glücklich! War in meinem Leben noch nicht so glücklich! Lassen Sie mich hierbleiben! Ich spring hinunter in den Delikatessenladen und besorge alles Nötige – vielleicht kaltes Huhn oder kalten Truthahn –, und wir setzen uns zusammen zu einem kleinen Abendessen hin, und nachher, wenn Sie mich rausschmeißen wollen, werde ich brav sein und folgsam wie ein kleines Lamm.»

«Nun – ja –, das wäre sehr hübsch», gab sie zu.

Sie zog auch ihre Hand nicht zurück. Er preßte sie, zitternd und zagend, und tappte hinaus, um in den Mantel zu schlüpfen. In der Delikatessenhandlung kaufte er unsinnige Mengen Nahrungsmittel, die er nach dem Prinzip der Kostspieligkeit zusammenstellte. Vom Drogisten gegenüber telefonierte er seiner Frau: «Muß einen Mann dazu bringen, seinen Vertrag vor Mitternacht zu unterschreiben, weil er wegreist. Werde sehr spät nach Hause kommen. Wart nicht auf mich. Gib Tinka einen Gutenachtkuß.» Erwartungsvoll und schwerfällig kletterte er zur Wohnung hinauf.

«Oh, Sie Böser, welche Unmengen Sie gekauft haben!» lautete ihr Empfang, und ihre Stimme war fröhlich, ihr Lächeln ein Dank.

Er half ihr in der winzigen, weiß gekachelten Küche; er wusch den Salat, entkorkte die Flasche mit den Oliven. Sie befahl ihm, den Tisch zu decken, und während er ins Speisezimmer trabte, während er in Schränken und Schubladen Jagd auf Messer und Gabeln machte, fühlte er sich vollkommen zu Hause.

«Das einzige, was ich nicht weiß», erklärte er, «ist, wie Sie sich für unser Souper kleiden werden. Ich kann mich nicht entscheiden, ob Sie Ihr schönstes Ballkleid anziehen sollen oder Ihr Haar abstecken und in kurze Röckchen schlüpfen und so machen, als ob Sie ein kleines Mädchen wären.»

«Ich werde mich so, wie ich jetzt bin, in diesem alten Chiffonfetzen zu Tisch setzen, und wenn Ihnen die arme Tanis so nicht gut genug ist, dann müssen Sie eben in Ihren Club gehen!»

«Nicht gut genug!» Er streichelte ihre Schulter. «Kind, Sie sind die klügste und schönste und die prächtigste Frau, die ich kenne! Kommen Sie, Lady Wycombe, wenn Sie sich in den Arm des Herzogs von Zenith einhängen wollen, werden wir uns zu einem berückend entzückenden Festessen hineinzubegeben geruhen!»

«Ach, was sagen Sie doch immer für reizende, drollige Sachen!»

Als sie mit ihrem kleinen Mahl fertig waren, steckte er den Kopf zum Fenster hinaus und verkündete: «Es ist sehr kühl geworden, und ich glaube, es wird regnen. Sie wollen doch gar nicht mehr ins Kino gehen.»

«Nun –»

«Ich wünsch, wir hätten einen Kamin! Ich wünsch, es regnete Schusterbuben heute abend, und wir säßen in einem komischen kleinen, altmodischen Bauernhäuschen zusammen, und die Bäume stürmten und krachten draußen, und drinnen hätten wir ein prächtiges Feuer im Kamin, und – wissen Sie was? Rücken wir dieses Kanapee ganz an die Zentralheizung, und ziehen wir die Beine herauf, und tun wir so, als ob große Holzklötze prasselten.»

«Ach, ich finde das wirklich rührend! Sie großes Kind!»

Aber sie rückten das Kanapee doch zum Heizkörper hin und lehnten ihre hochgezogenen Füße an die Eisenrippen – seine plumpen schwarzen Stiefel und ihre kleinen Lackschuhchen. Im Dämmerlicht sprachen beide über sich selbst, wie einsam sie war und wie unglücklich er, und wie herrlich es war, daß sie zueinander gefunden hatten. Als sie schwiegen, wurde das Zimmer stiller als ein verlassener Feldweg. Von der Straße drang kein Laut herauf, nur das Knirschen der Autoräder, das Rasseln eines fernen Güterzugs. Das Zimmer war in sich selbst abgeschlossen, warm, sicher, eine kleine Insel, die die quälende, aufreibende Außenwelt nicht berühren konnte.

Er war versunken in tiefer Glückseligkeit, die Furcht und Zweifel verdrängt hatte; und als er in der Morgendämmerung sein Heim erreichte, hatte sich die Seligkeit zu einer abgeklärten, erinnerungsreichen Befriedigung gemildert.

Neunundzwanzigstes Kapitel

I

Die Versicherung von Tanis Judiques Freundschaft stärkte Babbitts Selbstgefühl. Im *Athletic Club* machte er Experimente. Obwohl Vergil Gunch stumm blieb, waren die übrigen am Tisch der Rauhbeine dazu gekommen, Babbitt, der aus irgendeinem Grund plötzlich ein Narr geworden war, ruhig unter sich zu dulden. Sie stritten und argumentierten heftig mit ihm, und er fühlte sich als Hahn im Korb und genoß stolz das Schauspiel seines eigenen interessanten Martyriums. Er lobte sogar Seneca Doane, und Professor Pumphrey sagte, daß er mit diesem Scherz schon zu weit ging; aber Babbitt widersprach ihm: «Nein! Ernstlich! Ich sag euch, er ist einer der feinsten und klügsten Köpfe des Landes. Lord Wycombe hat ja gesagt –»

«Ach, wer in drei Teufels Namen ist denn Lord Wycombe? Was willst du denn immer mit dem? Jetzt zerrst du seinen Namen schon seit sechs Wochen immer in den Vordergrund!» rief Orville Jones.

«George hat ihn sich aus Sears, Roebuck bestellt. Man kann sich nämlich die englischen Großschnauzen für 2 Dollar dort per Post schicken lassen», schlug Sidney Finkelstein vor.

«Na ja, das ist schon recht! Lord Wycombe, das ist einer von den größten Intellektuellen im politischen Leben Englands. Also, was ich sagen wollte, ich selbst bin ja natürlich konservativ, aber ich kann einen Burschen, wie diesen Senny Doane, nach Verdienst würdigen –»

Vergil Gunch unterbrach ihn rauh: «Es nimmt mich wunder, ob du wirklich so konservativ bist? Ich finde, daß ich meine Geschäfte ganz gut zu Ende führen kann, ohne auf die Hilfe von Schuften und Roten, wie Doane einer ist, angewiesen zu sein!»

Gunchs kalte, abweisende Stimme, sein eisernes Kinn brachten Babbitt aus der Fassung, aber er beherrschte sich rasch und redete weiter, bis sie erst gelangweilt, dann verärgert und schließlich ebenso mißtrauisch aussahen wie Gunch.

2

Er dachte fortwährend an Tanis. Mit innerer Bewegung besann er sich auf alles, was zu ihr gehörte. Seine Arme sehnten sich nach ihr. «Ich hab sie gefunden! Durch so viele Jahre habe ich sie mir erträumt, und jetzt habe ich sie gefunden!» jubelte er. Er traf sie an Vormittagen in den Kinematographen, er fuhr in ihre Wohnung spät am Nachmittag oder abends, wenn er angeblich bei den Elchen war. Er war ständig orientiert über ihre Geldangelegenheiten und stand ihr beratend zur Seite, während sie über die Unwissenheit der Frauen jammerte und sein herrisches Wesen bewunderte und zum Schluß weit besser mit den Aktien Bescheid wußte als er. Sie hatten gemeinsame Erinnerungen und lachten zusammen über alte Zeiten. Einmal zankten sie sich, und er wütete, daß sie genauso tyrannisch sei wie seine Frau, aber noch viel mehr flennte, wenn er nicht aufmerksam genug war. Das ging jedoch bald vorüber.

Ihre Stunde höchsten Glücks war eine Marschtour an einem klingenden Dezembernachmittag, durch schneeverwehte Wiesen hinunter bis zum eisgebundenen Chaloosa-Fluß. Sie sah in ihrer Astrachanmütze und kurzen Biberjacke exotisch aus; sie schlitterte auf dem Eis und schrie, während er ihr prustend, atemlos und schwach vor Lachen folgte... Myra Babbitt schlitterte nie auf dem Eis.

Er hatte Angst, daß man sie zusammen sehen konnte. In Zenith ist es ausgeschlossen, mit eines anderen Mannes Frau zu frühstücken, ohne daß diese Tatsache noch vor Einbruch der Nacht in allen Häusern bekannt wird. Aber Tanis war bewundernswürdig diskret. Wie flehend und sehnsuchtsvoll sie sich auch an ihn wenden mochte, wenn sie allein waren, in der Öffentlichkeit benahm sie sich ernst und zurückhaltend, und er hoffte, daß man sie für eine Klientin ansehen würde. Orville Jones sah sie einmal zusammen aus einem Kino kommen, und Babbitt murmelte: «Möchte dich Mrs. Judique vorstellen. Siehst du, das ist eine Dame, die genau weiß, an welchen Realitätenagenten man sich wenden muß, Orvy!» Mr. Jones schien befriedigt, obwohl er ein Mann war, der Moral und Waschmaschinen gegenüber einen kritteligen Geist besaß.

Seine größte Sorge war – nicht aus besonderer Zärtlichkeit für sie, sondern aus gewohnheitsmäßigem Anstand –, daß seine Frau etwas von dieser Angelegenheit erfahren könnte. Er war ganz sicher, daß sie nichts Genaues über Tanis wußte, aber er war ebenso sicher, daß sie irgendeinen undefinierbaren Verdacht hegte. Seit Jahren hatte sie jeder Zärtlichkeitsbeweis, mit Ausnahme eines Abschiedskusses, angeödet; aber das geringste Nachlassen seines reizbaren, zeitweiligen Gefühls für sie kränkte sie tief, und momentan hatte er gar kein Interesse für sie übrig; viel eher eine Art Abneigung. Er bewahrte eine mustergültige Treue – Tanis gegenüber. Er war verzweifelt über die schlaffe Fülle seiner Frau, über ihr wogendes, quellendes Fett, über den zerschlissenen Unterrock, den sie immer forttun wollte und doch immer wieder vergaß.

Aber er war sich vollkommen klar darüber, daß sie, die seit so vielen Jahren ganz auf ihn eingestellt war, seinen ganzen Widerwillen merkte. Sorgfältig, schwerfällig und mit vielen plumpen Scherzen suchte er ihn vor ihr zu verbergen. Es gelang ihm nicht.

Sie feierten das Weihnachtsfest ziemlich angenehm. Kenneth Escott, der jetzt offiziell mit Veronika verlobt war, feierte mit. Mrs. Babbitt war gerührt und tränenreich und nannte Kenneth ihren neuen Sohn. Babbitt machte sich wegen Ted Sorgen, denn dieser hatte aufgehört, sich über die State University zu beklagen und war verdächtig fügsam. Er fragte sich, was der Junge jetzt wohl vorhatte, und war zu schüchtern, um ihn darüber zur Rede zu stellen. Babbitt selbst verschwand am Nachmittag vor dem Weihnachtsabend, um Tanis sein Geschenk, ein silbernes Zigarettenetui, zu bringen. Als er zurückkam, fragte Mrs. Babbitt viel zu unschuldig: «Wolltest ein bißchen an die frische Luft gehen?»

«Ja, bin nur herumgefahren», murmelte er.

Nach dem neuen Jahr rückte Mrs. Babbitt mit einer Idee heraus: «Ich habe heute von meiner Schwester einen Brief bekommen, George. Es geht ihr nicht gut. Ich glaube, ich sollte auf ein paar Wochen zu ihr fahren.»

Nun war es durchaus nicht Mrs. Babbitts Gewohnheit, ihr Heim während des Winters zu verlassen, wenn nicht ein besonders dringlicher Fall sie dazu zwang, und sie war gerade im vergangenen Sommer wochenlang fortgewesen. Auch war Babbitt keiner von den leicht abzuschüttelnden Ehegatten, die sich gleichmütig über Trennungen hinwegsetzen. Er liebte es, sie zu Hause zu wissen; sie kümmerte sich um den Stand seiner Garderobe; sie wußte am besten, wie seine Mahlzeiten zubereitet werden mußten; und ihre Gluckhennenart gab ihm das Gefühl der Sicherheit. Aber diesmal vermochte er nicht einmal das pflichtmäßige: «Ach, wahrscheinlich braucht sie dich doch gar nicht so nötig, was?» hervorzupressen. Während er sich bemühte, betrübt auszusehen, während er deutlich merkte, daß seine Frau ihn beobachtete, war er mit überschwenglichen Visionen von Tanis erfüllt.

«Glaubst du, daß ich eigentlich fahren sollte?» fragte sie scharf.

«Das mußt du selbst entscheiden, Schatz, ich kann das nicht für dich tun.»

Sie wandte sich seufzend ab, und auf seiner Stirn perlte Schweiß.

Bis sie, vier Tage später, wegreiste, war sie merkwürdig still, und er zärtlich bis zum Überdruß. Ihr Zug ging um Mittag. Als er ihn hinter den Remisen klein werden und verschwinden sah, wäre er am liebsten gleich zu Tanis geeilt.

«Nein, bei Gott, ich tu's nicht!» schwor er. «Ich werde eine Woche lang nicht einmal in ihre Nähe gehen!»

Aber um 16 Uhr war er schon in ihrer Wohnung.

3

Er, der einmal Herr seines Lebens gewesen oder wenigstens scheinbar gewesen war, in dem leidenschaftslosen, aber arbeitsreichen und gesunden Einerlei der Tage, wurde in den nächsten vierzehn Tagen in einem wahren Strudel von heißen Wünschen und von schlechtem Whiskey mitgerissen und litt unter den tausend Komplikationen seines neuen Bekanntenkreises, jener heftigen, neuen Intimitäten, die so viel mehr Aufmerksamkeit und Gefühlsäußerungen beanspruchen als alte Freunde. Jeden Morgen legte er sich düster Rechenschaft ab über die Dummheiten, die er am Abend vorher begangen hatte. Mit schmerzendem Kopf, mit von Zigarettenrauch zerbissener Zunge und wunden Lippen berechnete er ungläubig, wieviel er getrunken hatte, und stöhnte: «Ich werde ausspringen müssen!» Er hatte aufgehört, zu sagen: «Ich *will* ausspringen!», denn wie immer entschlossen ihn auch der frühe Morgen fand, war er doch nicht imstande, auch nur an einem einzigen Abend seinem unaufhaltsamen Verhängnis zu entgehen.

Er hatte die Bekanntschaft von Tanis' Freunden gemacht; er war von ihnen mit der wilden Hast der Mitternachts-Lebemenschen, die trinken und tanzen und schwatzen und sich fürchten, still zu sein, als Mitglied ihres Kreises, den sie kurz «Die Bande» nannten, aufgenommen worden. Zuallererst kam er mit ihnen zusammen nach einem Tag besonders angestrengter Arbeit, und als er gehofft hatte, mit Tanis allein zu sein und sich in ihrer Bewunderung zu sonnen.

Schon im Treppenhaus konnte er Schreien und gellendes Lachen und das Rasseln des Phonographen vernehmen. Als Tanis ihm die Tür öffnete, sah er phantastische Gestalten, die in einem Nebel von Zigarettenrauch tanzten. Tische und Stühle waren an die Wand gerückt.

«Ach, ist das nicht herrlich!» plapperte sie gleich auf ihn ein. «Carrie Nork hatte so eine prachtvolle Idee gehabt. Sie hat erklärt, es sei jetzt wieder der Moment für einen Tanzabend und hat der ganzen Bande telefoniert und ihnen befohlen, sich hier zu versammeln... George, hier ist Carrie.»

«Carrie» war in der schlechtesten Bedeutung des Wortes sowohl matronenhaft als auch altjüngferlich. Sie war vielleicht 40 Jahre alt; ihr Haar war ganz unwahrscheinlich aschblond; und konnte man ihre Brust nicht anders als flach nennen, so waren ihre Hüften dafür breit und schwer. Sie begrüßte Babbitt mit hellem Gekicher: «Willkommen in unserer kleinen Mitte! Tanis sagt, Sie sind ein fideles Huhn!»

Offenbar erwartete man, daß er tanzen und mit Carrie knabenhaft vergnügt sein würde, und mit zornigem Herzen tat er sein Bestes. Er bugsierte sie herum, stieß mit anderen Paaren zusammen, stolperte über den Heizkörper und verwickelte sich in heimtückisch hervorstehende Stuhlbeine. Während er tanzte, besah er sich den Rest der Bande: eine schlanke junge Frau, die tüchtig, eingebildet und sarkastisch aussah. Eine andere Frau, die sich ihm absolut nicht einprägen wollte. Drei auffallend angezogene und etwas weibische junge Männer – Angestellte in Drogerien- und Sodawasserhandlungen, oder zumindest solche, denen diese Profession auf die Stirn geschrieben zu sein schien. Ein Mann in seinen Jahren, schwerfällig, selbstzufrieden, grollend und empfindlich über Babbitts Gegenwart.

Nachdem er seinen Pflichttanz beendet hatte, zog ihn Tanis beiseite und bat: «Lieber, willst du mir nicht einen Gefallen tun? Ich habe keinen Tropfen Alkohol mehr im Haus, und die Bande will doch ein Fest feiern! Möchtest du nicht rasch zu Healy Hanson fahren und mir dort etwas besorgen?»

«Selbstverständlich», sagte er und versuchte, nicht wütend auszusehen.

«Ich weiß etwas: ich werde Minnie Sonntag überreden, daß sie mit dir hinfährt.» Tanis deutete auf die schlanke, sarkastische junge Dame.

Miss Sonntag begrüßte ihn mit süßsaurem Ton: «Freut mich, Mr. Babbitt. Tanis sagt mir, daß Sie ein hervorragender Mann sind, und es ist mir eine große Ehre, mit Ihnen fahren zu dürfen. Natürlich müssen Sie wissen, daß ich nicht gewohnt bin, mit Leuten der Gesellschaft zu verkehren, und bin mir darum auch gar nicht im klaren, wie man sich in solch hohen Kreisen zu benehmen hat!»

So und ähnlich plauderte Miss Sonntag auf dem ganzen Weg zu Healy Hanson. Auf ihre ironischen Bemerkungen hätte er am liebsten geantwortet: «Ach, hol Sie der Teufel!», aber er konnte sich doch nie ganz dazu entschließen, diese verständige Meinung zu äußern. Er verübelte die ganze Existenz der Bande. Er hatte Tanis von der «goldigen Carrie» sprechen hören, und «Min Sonntag, sie ist so rasend gescheit – du wirst von ihr begeistert sein», aber er hatte sie sich nie als wirklich lebende Menschen vorgestellt. Er hatte sich Tanis gedacht, wie sie in einem rosigen, luftleeren Raum lebte, wie sie auf ihn wartete, frei und ungehemmt, ohne die bedrückenden Fesseln der Blumenhöhe.

Als sie zurückkehrten, mußte er sich die gönnerhafte Herablassung der jungen Burschen gefallen lassen. Sie waren ebenso feuchtfröhlich wie Miss Sonntag trockenfeindlich war. Sie nannten ihn «alter Georgie» und johlten: «Los, altes Haus, schwing dein Tanzbein...» Burschen in gegürteten Joppen, mit Pickeln im Gesicht, Burschen, die so jung waren wie Ted und so schlaff und verbraucht wie Choristen, die aber hervorragend waren, wo es sich um Tanz und Phonographen und Zigarettenrauchen handelte und die Tanis von oben herab behandelten. Er versuchte, es ihnen nachzumachen; er schrie: «Feines Stück Arbeit, Jungs!», aber seine Stimme klang falsch.

Tanis freute sich offenbar über die Gesellschaft der tanzenden Lieblinge; sie ließ sich von ihnen umschmeicheln und streute am Ende jedes Tanzes achtlose Küsse um sich. Babbitt haßte sie in diesem Augenblick. Er sah, daß sie die Blüte der Jugend schon verloren hatte. Er beobachtete die Falten an ihrem weichen Hals, die schlaffe Haut unter ihrem Kinn. Die gestrafften Muskeln ihrer jungen Jahre waren lose und hängend geworden. In den Pausen zwischen den Tänzen saß sie im tiefsten Lehnstuhl, fuchtelte mit ihrer Zigarette herum und befahl ihren grünen Anbetern, zu ihr zu kommen und sie zu unterhalten. («Glaubt wohl, daß sie eine verteufelte Königin ist!» knurrte Babbitt.) In singendem Ton wandte sie sich an Miss Sonntag: «Ist mein kleines Atelier nicht süß?» («Atelier ist gut! Eine ganz gemeine Altejungfern-mit-Mopshund-Wohnung! Mein Gott, ich wünsch, ich wär zu Hause! Möchte nur wissen, ob ich mich jetzt auf französisch empfehlen könnte?»)

Sein Blick wurde jedoch verschwommen, als er sich mit Healy Hansons unvermischtem, kräftigem Whiskey abgab. Er stach jetzt nicht mehr von den übrigen ab. Er freute sich, daß Carrie Nork und Pete, der immerhin noch intelligenteste unter den flotten Jünglingen, ihn anscheinend gern mochten;

und es war ihm ungeheuer wichtig, den mürrischen, ältlichen Mann für sich zu gewinnen, der ein Eisenbahnbeamter war und Fulton Bemis hieß.

Die Gespräche der Bande bewegten sich in Ausrufen, waren kräftig gefärbt und voll von Anspielungen auf Menschen, die Babbitt nicht kannte. Offenbar hatten sie eine gemütliche und reizende Meinung von sich selbst. Sie waren eben die Bande, klug und schön und amüsant; sie waren Bohemiens und dabei großstädtisch und an allen Luxus von Zenith gewöhnt, an Tanzlokale und Kinematographen und Restaurants; und mit zynischer Überheblichkeit über andere Menschen, die «fad» oder «knauserig» waren, gackerten sie:

«Oh, Pete, hab ich dir schon erzählt, was der Dummkopf von Kassierer gestern gesagt hat, als ich zu spät hereinkam? Ach, es war gra-de-zu unbezahlbar!»

«Oh, und was meinst du, wie T. D. in der Tinte war! Ja, er war einfach hin, tot, erledigt! Was hat ihm Gladys denn gesagt?»

«Stellt euch nur die Frechheit von Bob Bickerstaff vor, der uns alle zu sich laden wollte! Also die Frechheit! Habt ihr schon je so was Freches gehört? Frech nenn ich das!»

«Hast du bemerkt, wie Dotty getanzt hat? Jesus, das ging aber doch wirklich schon über den grünen Klee!»

Man hörte Babbitt der einst gehaßten Miss Sonntag lärmend zustimmen, daß Leute, die eine Nacht vergehen ließen, ohne zur Jazzmusik zu tanzen, dumme Frösche, rechte Miesmuscheln und energielose Quallen waren, und er brüllte: «Na und ob!», als Mrs. Carrie Nork sich girrend und kichernd erkundigte: «Sitzen Sie auch so rasend gern auf dem Fußboden? Ich finde, es ist so herrlich zigeunerhaft und künstlerisch!» Er fing an, eine ausgezeichnete Meinung von der Bande zu bekommen. Als er seine Freunde, Sir Gerald Doak, Lord Wycombe, William Washington Eathborne und Chum Frink erwähnte, war er durch ihr herablassendes Interesse beglückt. Er war so gründlich von dem leicht-scherzhaften Geist dieses Kreises durchdrungen, daß er sich nicht viel daraus machte, als Tanis ihren Kopf auf die Schulter des jüngsten und grünsten jungen Mannes sinken ließ, und er selbst empfand den Wunsch, Carrie Norks fleischige Hand zu halten, und ließ sie erst wieder los, als Tanis wütend hinsah.

Als er um zwei Uhr heimging, war er ein erklärtes Mitglied der Bande; er war für die ganze nächste Woche durch ihre außerordentlich strengen Regeln gebunden, durch ihre ungeheuer aufreibenden Ansprüche in Dingen der Geselligkeit und der Freiheit gefesselt. Er mußte bei ihren Tanzabenden erscheinen; er war in die ganze Aufregung verwickelt, die entstand, wenn jeder an jede telefonierte, daß sie nicht wirklich gedacht hatte, was sie gesagt hatte, als sie es gesagt hatte, und wie immer es auch sein mochte, warum ging jetzt Pete überall herum und sagte, daß sie es gesagt habe?

Nie hatte eine Familie ernsthafter darauf gedrungen, gegenseitig von allen ihren respektiven Bewegungen unterrichtet zu sein, als die Bande. Alle wußten wortreich darüber Bescheid oder verlangten empört Aufklärung, was alle anderen in jedem Augenblick der Woche getrieben hatten. Babbitt erwischte sich dabei, wie er Carrie oder Fulton Bemis auseinandersetzte, warum er erst um 22 Uhr erschienen war, und wie er sich bei ihnen entschuldigte, weil er mit einem Geschäftsfreund zu Abend gespeist hatte.

Jedes Mitglied der Bande war sozusagen moralisch verpflichtet, jedem anderen Mitglied mindestens einmal in der Woche zu telefonieren. «Warum haben Sie mich nicht angerufen?» klang die belastende Frage, die nicht nur Tanis und Carrie, sondern sehr bald auch neue, uralte Freunde, Jennie und Capitolina und Toots, an ihn richteten.

War ihm Tanis einen Augenblick lang welk und sentimental erschienen, so verlor er diesen Eindruck vollständig an Carrie Norks Tanzabend. Mrs. Nork besaß ein großes Haus und einen kleinen Mann. Zu ihrem Abend erschien die ganze Bande, vielleicht 35 Mann hoch, wenn sie komplett waren. Babbitt, der von ihnen als «Alter Georgie» bezeichnet wurde, war jetzt einer der Pioniere der Bande, denn jeden Monat änderte sich die Hälfte der Mitglieder, und wer sich an die prähistorischen Tage von vor zwei Wochen erinnern konnte, an die Zeit, bevor Mrs. Absolom, die im Interesse der Ernährung demonstrierte, nach Indianapolis gegangen war und Mac sich mit Minnie «in die Haare geriet», wurde als ehrwürdiger Anführer angesehen und konnte sich zu neuen Petes und Minnies und Gladyses herablassen.

Bei Carrie mußte Tanis nicht die Arbeit der Wirtin besorgen. Sie war würdevoll und sicher, eine klare, schöne Gestalt in dem schwarzen Chiffonkleid, das er immer an ihr geliebt hatte; und in den bequemen Räumen dieses häßlichen Hauses konnte Babbitt friedlich mit ihr zusammen sitzen. Er bereute seinen ersten Widerwillen, saß schwärmerisch zu ihren Füßen und war glücklich, sie im Auto heimfahren zu dürfen. Am nächsten Tag kaufte er eine schreiend gelbe Krawatte, um ihr zuliebe jung auszusehen. Er wußte und war darüber ein wenig traurig, daß er niemals wahrhaft schön sein konnte; er sah sich plump und schwer, schon an Beleibtheit grenzend, aber er tanzte, kleidete sich gewählt und schwatzte angestrengt, um so jung zu sein, wie sie war... so jung, wie sie schien.

4

Alle Neubekehrten, ob sie nun zu einem Glauben, zur Liebe oder zur Gärtnerei bekehrt worden sind, erkennen stets wie durch ein Wunder, daß ihr Steckenpferd, das bisher nicht zu existieren schien, jetzt die Welt mit wütendem Lärm erfüllt; so entdeckte auch Babbitt, nachdem er einmal zur Ausschweifung bekehrt war, daß sich ihm hierzu überall angenehme Möglichkeiten boten.

Er hatte jetzt eine andere Ansicht über seinen lebenslustigen Nachbarn Sam Doppelbrau. Die Doppelbraus waren achtbare Leute, arbeitsame Leute, wohlhabende Leute, deren höchstes Ideal ein ewiges Kabarett war. Ihr Leben kulminierte in vorstädtischen Alkohol-, Nikotin-, Benzin- und Kuß-Bacchanalien. Sie und ihr Kreis leisteten sich die ganze Woche hindurch brauchbare Arbeit und freuten sich ebenfalls die ganze Woche hindurch auf Samstag, wo sie dann, wie sie es ausdrückten, «sich einen fidelen Abend ausrissen»; und dieser fidele Abend wurde lärmender und lärmender, bis die Dämmerung des Sonntagmorgens ihn unterbrach. Er schloß gewöhnlich mit einer Autotour in rasendem Tempo und ohne besonderes Ziel.

Eines Abends, als Tanis im Theater war, fand sich Babbitt urplötzlich sehr fidel bei den Doppelbraus ein, allwo er mit Männern Brüderschaft trank, die er seit Jahren Mrs. Babbitt gegenüber in den bittersten Tönen als «ein miserables Pack von elenden Imitationsgecken» bezeichnete, mit denen er «nicht verkehren würde, nicht um was, nicht, wenn sie die einzigen Kerls auf der Welt wären». An diesem Abend war er verdrießlich heimgekommen, hatte sich vor dem Haus allerhand zu schaffen gemacht und die Eisklümpchen vom Gehsteig weggescharrt, die die Tritte der Vorübergehenden wie versteinerte Fußspuren in dem jüngsten Schnee hinterlassen hatten. Howard Littlefield kam schnaubend und schnuppernd heran.

«Noch immer Strohwitwer, George?»

«Tja. Kalt heute abend.»

«Was hörst du von deiner Frau?»

«Geht ihr ausgezeichnet, aber ihre Schwester ist noch sehr krank.»

«Hör mal, eigentlich solltest du heute abend zu uns kommen und mit uns speisen, George.»

«Ach – ja, vielen Dank. Muß leider ausgehen.»

Plötzlich konnte er nicht mehr Littlefields Aufzählung der interessanten Statistiken völlig uninteressanter Probleme mitanhören. Er kratzte am Gehsteig herum, grunzte und stöhnte.

Sam Doppelbrau tauchte auf.

«'n Abend, Babbitt. Fest an der Arbeit?»

«Tja, mach mir ein bißchen Bewegung.»

«Finden Sie's kalt genug heute abend?»

«Na ja, ziemlich.»

«Noch Strohwitwer?»

«Uhum.»

«Hören Sie, Babbitt, während sie nicht da ist – Weiß schon, Sie machen sich nicht viel aus Saufgelagen, aber die Gattin und ich würden uns riesig freuen, wenn Sie an einem Abend rüberkommen wollten. Können Sie einmal ausnahmsweise einen guten Cocktail vertragen?»

«Vertragen? Junger Freund, ich gehe jede Wette mit Ihnen ein, daß Onkel George Ihnen den besten Cocktail der Vereinigten Staaten braut!»

«Hurra! Ein Mann, ein Wort! Passen Sie auf: heute abend kommen ein paar Leute zu uns, Louetta Swanson und noch ein paar fidele Häuser, und ich will eine Pulle Vorkriegsschnaps spendieren, und vielleicht tanzen wir auch ein wenig. Warum sollten Sie nicht mittun und uns zur Abwechslung ein bißchen helfen?»

«Nun – um wieviel Uhr kommen Ihre Gäste?»

Um 21 Uhr war er bei Sam Doppelbrau. Es war das dritte Mal, daß er sein Haus betrat. Um 22 Uhr nannte er Mr. Doppelbrau schon «Sam, altes Kamel».

Um 23 Uhr fuhren sie alle zur *Alten Farmwirtschaft* hinaus. Babbitt saß mit Louetta Swanson auf dem Rücksitz von Doppelbraus Auto. Einst hatte er schüchtern versucht, mit ihr anzubandeln. Jetzt versuchte er nicht mehr; er flirtete geübt und intensiv; und Louetta lehnte ihren Kopf an seine Schulter, erzählte ihm, was Eddie für ein gräßlicher Nörgler sei, und akzeptierte Babbitt als anständigen und gutgeschulten Wüstling.

Mit Hilfe von Tanis und ihrer Bande, von den Doppelbraus

und anderen Kameraden im Land des Vergessens, gab es während zwei Wochen keinen Abend, an dem Babbitt nicht spät und unsicher heimgekehrt wäre. Wenn auch seine Sinne schwammen, hatte er doch die Begabung des echten Chauffeurs, brachte es fertig, sein Auto zu lenken, wenn er keinen geraden Schritt mehr gehen konnte, und fuhr langsam um Ecken, weil eventuell andere Autos kommen konnten. Schlotternd wankte er ins Haus. Saßen Veronika und Kenneth Escott noch zusammen, kroch er mit einem hastigen Gruß an ihnen vorüber und war sich ihres klaren jungen Blicks grauenhaft bewußt, während er sich oben im Schlafzimmer versteckte. Wenn er ins warme Haus kam, fand er regelmäßig, daß er benebelter war, als er gemeint hatte. Sein Kopf schwamm. Er traute sich nicht, sich zu Bett zu legen. Er probierte, den Alkohol durch ein heißes Bad aus seinem Körper zu vertreiben. Für den Augenblick wurde sein Kopf klarer, aber wenn er sich im Badezimmer bewegte, irrte er sich in den Entfernungen, so daß er die Handtücher zu Boden riß und die Seifenschüssel mit solchem Gepolter umstieß, daß er Angst bekam, die Kinder könnten ihn überraschen. Frierend, in seinen Schlafrock gehüllt, bemühte er sich, das Abendblatt zu lesen. Er konnte jedes Wort deutlich erkennen; der Sinn und Zusammenhang schien ihm ganz klar; aber eine Minute später hätte er nicht zu sagen vermocht, was er gelesen hatte. Als er ins Bett schlüpfte, brummte sein Kopf wie ein Kreisel, und er setzte sich hastig auf, um Selbstbeherrschung kämpfend. Schließlich vermochte er doch stillzuliegen, fühlte sich nur noch leicht elend und schwindlig – und schrecklich beschämt. Seinen «Zustand» vor den eigenen Kindern verbergen zu müssen! Mit Leuten, die er tief verachtete, getanzt und geschrien zu haben! Blödes Zeug hatte er geredet, idiotische Lieder gesungen, versucht, dumme Mädchen zu küssen! Ungläubig erinnerte er sich daran, daß er sich durch seine lärmende Vertraulichkeit der gönnerhaften Herablassung von Jünglingen preisgegeben hatte, die er sonst kurzerhand aus seinem Büro geworfen hätte; daß er sich durch seinen viel zu leidenschaftlichen Tanz dem Tadel der anrüchtigen alten Klatschbasen ausgesetzt hatte. Als ihm alles unerbittlich wieder vor Augen stand, knurrte er: «Ich verabscheue mich! Mein Gott, wie ich mich verabscheue!» Und dann wütete er: «Aber jetzt ist's Schluß! Hab genug gehabt, mehr als genug!»

Er war seiner Sache noch viel sicherer am nächsten Morgen, als er sich beim Frühstück bemühte, mit seinen Töchtern ernst und väterlich zu sein. Um Mittag herum war er schon weniger sicher. Er leugnete gar nicht, daß er ein Dummkopf gewesen war; das war ihm fast ebenso klar wie um Mitternacht; aber alles, was immer, war weit besser, wie er sich zu überzeugen suchte, als wieder zu einem Leben öder Herzlichkeit zurückzukehren. Um 16 Uhr plagte ihn der Durst. Er hielt jetzt eine Reiseflasche mit Whiskey in seinem Büro, und nach einem Kampf, der zwei Minuten dauerte, nahm er einen Schluck. Nach drei weiteren Schlucken fing er an, die Bande als zärtliche und unterhaltende Freunde anzusehen, und um 18 Uhr war er schon wieder bei ihnen... und die ganze Geschichte fing von vorne an.

An jedem Morgen schmerzte ihn der Kopf ein bißchen weniger. Bisher war es sein Rettungsanker gewesen, daß er das Trinken so schlecht vertrug, aber der Rettungsanker fing an, in die Brüche zu gehen. Es kam die Zeit, wo er in der Morgendämmerung todbetrunken sein konnte, ohne daß sein Gewissen – oder sein Magen – besonders rebellierten, wenn er um 8 Uhr erwachte. Kein Schmerz, keine Reue, keine Sehnsucht nach Befreiung von der mühseligen Last, mit den anstrengenden Unterhaltungen der Bande Schritt zu halten, konnte so stark sein wie das Gefühl gesellschaftlicher Minderwertigkeit, das ihn plagte, wenn er nicht Schritt hielt. Der «Fidelste» unter ihnen zu sein war jetzt ebensosehr seine Ambition geworden, wie es früher der Wunsch gewesen war, sich durch Geldverdienen, durch Golfspiel, durch Autofahren, durch Rednertalent oder durch das Emporsteigen in den Kreis der McKelveys auszuzeichnen. Aber zeitweilig mißlang es ihm.

Er entdeckte, daß Pete und die anderen jungen Männer die Bande als zu nüchtern höflich und Carrie, die nur hinter Türen küßte und sich küssen ließ, als zu verwirrend monogamistisch betrachteten. Ebenso wie Babbitt sich heimlich von Blumenhöhe aus zur Bande schlich, schlichen sich die jungen Galane von der wohlanständigen Bande weg, um sich «krumme Abende» mit drallen jungen Frauenzimmern zu machen, die sie in Warenhäusern und in Hotelgarderoben auflasen. Einmal versuchte Babbitt mitzutun. Es gab ein Auto, eine Flasche Whiskey und, für ihn, ein schmutziges, lärmendes Kassiermädchen von Parcher & Stein. Er saß neben ihr und grübelte und sorgte sich. Offenbar erwartete man von ihm, daß er sie noch weiter «aufpulverte», aber als sie kreischte: «He, loslassen, sag ich, zerwühlen Sie mir nicht meine Entlausungsanstalt!», wußte er wirklich nicht mehr, was mit ihr anzufangen. Sie saßen im Rückzimmer einer Schnapsbudike; Babbitt hatte Kopfschmerzen, war von ihrem neuen, ungewohnten Slang verwirrt, blickte sie der Reihe nach wohlwollend an, wäre furchtbar gern heimgegangen, und trank dann ein Gläschen – er trank sogar ziemlich viele Gläschen.

Zwei Abende später nahm Fulton Bemis, der mürrische, ältere Mann der Bande, Babbitt beiseite und knurrte: «Hören Sie, geht mich ja nichts an, und Gott weiß, daß ich meinen guten Teil Spiritus selber hinuntersaufe, aber meinen Sie nicht, Sie sollten sich besser in acht nehmen? Sie sind auch einer von den Enthusiasten, die immer gleich Feuer und Flamme sind und alles übertreiben. Sind Sie sich auch im klaren, daß Sie den Alkohol nur so in sich schütten und eine Zigarette an der andern anstecken? Sollten mal eine kleine Pause machen.»

Babbitt versicherte unter Tränen, daß der gute alte Fult ein König unter den Menschen sei, und, ja, er würde bestimmt aufhören damit, und gleich danach goß er sich ein Gläschen hinter die Binde und steckte eine Zigarette an und hatte einen furchtbaren Zusammenstoß mit Tanis, die ihn dabei erwischte, wie er mit Carrie Nork zärtlich tat.

Am nächsten Morgen verabscheute er sich, weil er so tief

gesunken war, daß ein solcher Fünfzehntrangiger, wie Fulton Bemis, ihm Vorhaltungen machen durfte. Er sah plötzlich ein, daß er jetzt mit jeder Frau sofort anbandelte und Tanis infolgedessen nicht mehr sein einziger, strahlender Stern war; und dann warf er die Frage auf, ob sie ihm jemals mehr gewesen war als einfach nur ein Weib. Und wenn Bemis ihm die Leviten gelesen hatte, ob wohl dann andere Leute auch schon über ihn sprachen? Mißtrauisch beobachtete er mittags die Freunde im *Athletic Club*. Sie schienen sich etwas unbehaglich zu fühlen. Sie hatten ihn also durchgehechelt? Er war sehr aufgebracht darüber. Dann wurde er kampflustig. Nicht nur, daß er Seneca Doanes Partei ergriff, er machte sich sogar über den Verein Christlicher Junger Männer lustig. Vergil Gunch antwortete ihm ziemlich kurz.

Hinterher empfand Babbitt nicht mehr Zorn, sondern Angst. Er erschien am nächsten Tag nicht zum Frühstück des *Boosters Club*, sondern verkroch sich in ein billiges Restaurant und sorgte und grämte sich, während er Brötchen mit Schinken und Eiern hinunterschlang und Kaffee aus einer Tasse schlürfte, die auf dem Arm seines Lehnstuhls stand.

Vier Tage später, als die Bande gerade eines ihrer gelungensten Feste feierte, fuhr Babbitt sie alle im Auto zur Eisbahn hinunter, die auf dem Chaloosa-Fluß angelegt war. Nach kurzem Tauwetter war alles wieder zugefroren und mit spiegelglattem Eis bedeckt. Die breiten, endlosen Straßen entlang rasselte und klapperte der Wind zwischen den hölzernen Häusern, und das ganze Bellevue-Viertel sah wie eine Grenzstadt aus. Trotz der Schneeketten an allen vier Rädern hatte Babbitt Angst, ins Gleiten zu kommen, und als er an einen langen Abhang kam, kroch er ganz langsam hinunter und setzte beide Bremsen an. Um eine Ecke raste in schnellster Fahrt ein wenig vorsichtiges Auto. Es schlitterte, er stieß fast an sie an, und die hinteren Schutzbleche schabten an ihnen vorbei. Vor Freude, der Gefahr so knapp entwischt zu sein, brüllte die ganze Bande – Tanis, Minnie Sonntag, Pete, Fulton Bemis – «Ach, du mein Baby!» und winkte dem anderen sehr erregten Chauffeur eifrig zu. Dann erblickte Babbitt Professor Pumphrey, der mühsam und zu Fuß auf dem steilen Weg emporstieg und die fröhlichen Nachtschwärmer mit Eulenaugen anstarrte. Er war sicher, daß Pumphrey ihn erkannt und gesehen hatte, wie Tanis ihn küßte und jubelte: «Wie kannst du fein fahren!»

Am nächsten Tag klopfte er während des Frühstücks bei Pumphrey an den Busch: «Bin gestern abend mit meinem Bruder und ein paar Freunden von ihm ausgefahren. Herrgott, war das eine Fahrt! Glitschig wie Glas! Ist mir so vorgekommen, als ob ich Sie den Bellevue-Hügel heraufspazieren gesehen hätte.»

«Nein, ich war nicht – ich hab Sie nicht gesehen», sagte Pumphrey hastig und wie von bösem Gewissen bedrückt.

Vielleicht zwei Tage später frühstückte Babbitt mit Tanis im Hotel *Thornleigh*. Sie, die anfangs so zufrieden gewesen war, wenn sie in ihrer kleinen Wohnung auf ihn warten durfte, deutete nun mit melancholischem Lächeln an, daß er sie offenbar nicht sehr hochhielt, wenn er sie mit seinen Freunden nicht bekannt machte und sich, außer in Kinos, niemals mit ihr in der Öffentlichkeit zeigte. Einen Augenblick lang dachte er daran, sie in die Damenabteilung des *Athletic Club* zu führen, aber dann war es ihm doch zu gefährlich. Er müßte sie dort bekannt machen und, na ja, die Leute könnten das falsch auffassen und – sie glichen sich auf das Hotel *Thornleigh* aus.

Sie war ungewöhnlich elegant, ganz in Schwarz gekleidet: kleiner schwarzer Dreispitz, kurze schwarze Karakuljacke, die sie lose umwogte, und strenges, hochgeschlossenes schwarzes Samtkleid, zu einer Zeit, wo die meisten Straßenkostüme wie Abendkleider ausgeschnitten waren. Vielleicht war sie um einen Gedanken zu elegant. Alle Augen in dem großen gold- und eichenverzierten Saal des Hotel *Thornleigh* waren auf sie gerichtet, als Babbitt ihr zu einem freien Tisch folgte. Unruhig hoffte er, daß der Oberkellner ihnen einen diskreten Platz hinter einer Säule anweisen würde, aber sie wurden in den Mittelgang gesetzt. Tanis schien ihre Bewunderer gar nicht zu bemerken; sie wandte sich lächelnd und überschwenglich an Babbitt: «Ach, wie reizend find ich es hier! Was für eine flotte Musikkapelle!» Es fiel ihm fast ein bißchen schwer, ebenso überschwenglich zu antworten, denn zwei Tische weiter sah er Vergil Gunch sitzen. Während der ganzen Mahlzeit wurden sie von Gunch beobachtet, während Babbitt beobachtete, wie er beobachtet wurde, und sich kläglich bemühte, Tanis die Freude nicht zu verderben. «Heute war ich gerade zu einem kleinen Bummel aufgelegt», plätscherte ihre klare Stimme. «Ich liebe das *Thornleigh*, und Sie, mögen Sie es auch gern? Es ist so viel Leben darin, und dennoch ist es so – so vornehm.»

Er sprach weiter über das *Thornleigh*, die Bedienung, das Essen, die Bekannten, die er im Restaurant sah, bis auf Vergil Gunch, den er nicht erwähnte. Es schien nichts anderes zu geben, wovon man sprechen konnte. Er lächelte gewissenhaft über ihre zaghaften Scherze; er stimmte ihr zu, daß es «wahrhaftig eine Plage sei, mit Minnie Sonntag friedlich auszukommen», und daß dieser Pete «so ein dummer, fauler Bengel sei, wirklich ein ganz unnützer Bengel!». Aber er selbst fand für sich nichts zu sagen. Er überlegte, ob er ihr seine Sorgen wegen Gunch mitteilen sollte, aber – «Ach, Himmel, es wär viel zuviel Mühe, ihr jetzt das Ganze auseinanderzusetzen und Verg und alles, was drum und dran hängt, zu erklären.»

Er fühlte sich erleichtert, als er Tanis endlich in ihrem Trambahnwagen verstaut hatte; in der gewohnten Einfachheit seines Büros gewann er seine gute Laune wieder.

Um 16 Uhr suchte ihn Vergil Gunch auf.

Babbitt war aufgeregt, aber Gunch fing ganz freundschaftlich an:

«Wie geht's dem Jungen? Hör mal, ein paar von uns haben einen neuen Plan ausgeheckt, und wir möchten dich gerne auch mit dabei haben.»

«Ausgezeichnet, Verg! Schieß los.»

«Du weißt ja, daß wir während des Kriegs die unerwünschten Elemente, die Roten und die Agitatoren und das ganz minderwertige, einfache Volk sehr energisch auf den rechten Platz zurückgedrängt haben, und das haben wir auch noch eine ganze Weile nachher fortgesetzt; aber die Leute vergessen die Gefahr, und das ist für diese Tollhäusler die beste Gelegenheit, um wieder ihre unterirdische Wühlarbeit aufzunehmen, insbesondere für diese Salonsozialisten. Also der Moment ist jetzt gekommen, um unsere Köpfe ein bißchen logisch zu zerbrechen und mit klarem Bewußtsein und starkem Willen die Kerle wieder zurückzudrängen. Irgend jemand im Osten hat eine neue Gesellschaft unter dem Namen ‹Brave-Bürger-Liga› zu genau diesem Zweck gegründet. Natürlich leistet die Handelskammer und die amerikanische Legion viel wertvolle Arbeit, um anständige Leute zu unterstützen, aber sie haben daneben noch so viele andere Ziele, daß sie diesem einen Problem nicht genügend Zeit widmen können. Aber die Brave-Bürger-Liga, die B. B. L., die hat eben nur dieses eine vor. Ach, natürlich muß die B. B. L. nach außen hin irgendwelche plausible Begründung bekommen – zum Beispiel hier in Zenith könnte sie das Projekt für ausgedehnte Parkanlagen und das Stadtbaukomitee unterstützen –, und dann sollte natürlich auch für den geselligen Teil Sorge getragen werden, die beste Gesellschaft müßte dabei sein – man würde Tanzabende arrangieren und so weiter, insbesondere da der einzige Weg, um diesen Dummköpfen unsere Meinung klarzumachen, der soziale Boykott ist, gerade bei solchen Menschen, die groß und mächtig dastehen, so daß man sie auf eine andere Art nicht treffen kann. Dann, wenn man damit noch immer nicht ans Ziel kommt, kann die B. B. L. eine kleine Abordnung herumschicken, um den Leuten mitzuteilen, daß sie sich viel herausnehmen, daß sie sich anständig benehmen müssen und ihr loses Mundwerk nicht so voll nehmen dürfen. Klingt es nicht so, als ob diese Organisation eine große und wertvolle Arbeit leisten könnte? Wir haben schon einige der einflußreichsten Männer der Stadt gewonnen, und natürlich wollen wir dich auch mit dabei haben. Wie steht's damit?»

Babbitt war es ungemütlich zu Sinne. Er fühlte einen Zwang, der ihn zu all den Anschauungen zurücklocken wollte, von denen er halb unbewußt und dennoch verzweifelt geflohen war. Er stammelte:

«Wahrscheinlich würdet ihr euch speziell gegen Leute wie Seneca Doane wenden und versuchen, sie –»

«Na, und ob, kannst du Gift darauf nehmen! Hör mal, mein guter George: ich habe nie auch nur einen Augenblick lang ernstlich deinen Worten geglaubt, wenn du Doane und die Streikenden und so weiter im Club verteidigt hast. Ich wußte ja, daß du dir nur einen Jux machen wolltest mit den armen Schuften wie Sid Finkelstein... Wenigstens hoffe ich bestimmt, daß das alles nur Jux war!»

«Na ja – sicher –, natürlich, muß ich auch sagen –»

Babbitt war sich bewußt, wie matt und kraftlos das alles unter Gunchs strengen, unnachgiebigen Augen klang. «Herrgott, du kennst ja meine Ansichten! Ich bin kein sozialistischer Agitator! Ich bin ein Geschäftsmann, zuerst, zuletzt und jederzeit! Aber – aber, auf mein Ehrenwort, ich glaub nicht, das Doane Böses im Schilde führt, und du darfst nicht vergessen, daß er mein alter, guter Freund ist.»

«George, wenn es sich um einen erbitterten Kampf handelt zwischen Wohlanständigkeit und der Sicherheit unserer Heime auf der einen Seite und rotem Ruin und diesen elenden, arbeitsscheuen Hunden, die nur umsonst Bier saufen wollen, auf der anderen Seite, dann muß man auch die älteste Freundschaft opfern. ‹Wer nicht mit mir ist, der ist wider mich.›»

«Ja, schon – ich glaube –»

«Also, wie steht es? Willst du dich uns anschließen und der Braven-Bürger-Liga beitreten?»

«Ich muß es mir noch überlegen, Verg.»

«Schon gut, wie du also meinst.» Babbitt war froh, so leichten Kaufs loszukommen, aber Gunch sprach weiter: «George, ich weiß nicht, was in dich gefahren ist; wir alle wissen nicht mehr mit dir Bescheid; und wir alle haben viel über dich hin und her geredet. Eine Zeitlang haben wir uns gesagt, daß du dein Gleichgewicht verloren hast wegen des Unglücks, das den armen Riesling betroffen hat, und wir haben dir alle Dummheiten verziehen, die du uns an den Kopf geworfen hast; aber das ist jetzt lange vorbei, George, und wir wissen noch immer nicht, was in dich gefahren ist. Ich persönlich habe dich immer verteidigt, aber ich muß sagen, daß es jetzt anfängt, auch mir zum Hals herauszuhängen. Alle die Jungens im *Athletic Club* und bei den Boosters haben eine Wut auf dich wegen der Art, wie du ihnen in aller Gemütsruhe immer wieder Doane und seine Höllenbrut unter die Nase reibst, und weil du dich immer liberal nennst – was nur ein anderes Wort für Wischi-Waschi ist –, und weil du sogar behauptest, dieser Straßenpredigerkerl Ingram sei nicht ein professioneller Anhänger der freien Liebe. Und dann die Art, wie du dich in letzter Zeit überhaupt benommen hast! Joe Pumphrey erzählt, er hätte dich neulich in der Nacht mit einer Bande Bummelfritzen getroffen, die alle bis über die Ohren besoffen waren, und heute wiederum, wie du am hellichten Tag ins *Thornleigh* hereinspaziert bist mit einer – na, sie mag ja eine Dame sein, und ganz anständig und alles, aber jedenfalls war sie ein viel zu auffallendes Stück Weiberrock, als daß ein Bursche, dessen Frau verreist ist, sie anständigerweise zum Frühstück bringen dürfte! Hat einen schlechten Eindruck gemacht! Was, zum Teufel, ist nur mit dir los, George?»

«Will mich dünken, daß ganz viele Leute besser über meine Privatangelegenheiten informiert sind als ich selbst!»

«Jetzt fang nicht an, den Beleidigten zu spielen, weil ich mit offener Front und als Freund zu dir komme und dir sage, was ich über dich denke, statt dich hinter deinem Rücken durchzuhecheln, wie die übrigen es fast alle tun. Ich sag dir, George, du hast eine Stellung in der Welt und in der Gesellschaft, und man erwartet von dir, daß du auch dieser Stellung gemäß lebst. Und – überleg dir's noch einmal wegen der Braven-Bürger-Liga. Ich schau noch mal zu dir herauf.»

Er war verschwunden.

Diesen Abend speiste Babbitt allein. Er sah den ganzen Clan der guten Freunde durchs Restaurantfenster lugen, wie sie ihm nachspionierten. Graue Angst hockte auf ihm, und er sagte sich, daß er an diesem Abend nicht zu Tanis gehen wollte. Und er ging auch nicht zu ihr ... bis spät in der Nacht.

Dreissigstes Kapitel

I

Im vorhergehenden Sommer hatten Mrs. Babbitts Briefe geknistert vor Sehnsucht, wieder in Zenith zu sein. Jetzt schrieb sie gar nichts von Heimkehr, schob nur ein wehmütiges «Ich denke mir, bei Euch ist alles auch ohne mich in Ordnung» zwischen ihre dürren Berichte vom Wetter und vom Verlauf der Krankheit, und Babbitt merkte, daß er nicht sehr eifrig auf ihre Rückkunft gedrungen hatte. Er machte seiner Sorge Luft:

«Wenn sie hier wäre, und ich lebte ein solches Bummelleben, wie ich es in letzter Zeit getan habe, würde ihr der Schreck in die Glieder fahren. Ich muß mich ganz energisch zusammennehmen. Ich muß endlich lernen, mich zu amüsieren, ohne gleich einen Esel aus mir zu machen. Ich könnt's auch ganz gut, wenn Leute wie Vergil Gunch mir meine saubere Ruh lassen würden und Myra fortbleiben wollte. Aber – armes Kind, scheint sich einsam zu fühlen. Herrgott, ich will ihr um alles in der Welt nicht weh tun!»

Impulsiv setzte er sich hin und schrieb ihr, daß sie ihnen allen fehle. Ihr nächster Brief berichtete glückstrahlend, daß sie heimkäme.

Er überredete sich, daß er ungeduldig war, sie wiederzusehen. Er kaufte Rosen, um das Haus zu schmücken, bestellte gebratene Tauben für ihr Empfangsmahl, ließ das Auto waschen und polieren. Auf der ganzen Fahrt vom Bahnhof nach

Hause waren seine Berichte über Teds Triumphe im Basketball und auf der Universität lebhaft und entsprechend, aber noch bevor sie Blumenhöhe erreicht hatten, fand er nichts mehr zu sagen, empfand wieder ihre Eintönigkeit und Geistlosigkeit und fragte sich, ob er wohl ein musterhafter Gatte bleiben und nebenbei schon heute abend sich auf eine halbe Stunde zur Bande fortstehlen könnte. Nachdem er das Auto versorgt hatte, stolperte er die Treppe hinauf, in die vertraute, nach Talkum duftende Nähe ihrer Wärme und rief schmetternd: «Soll ich dir helfen, deinen Koffer auszupacken?»

«Nein, das kann ich selbst besorgen.»

Langsam wandte sie sich um, hielt ihm eine kleine Schachtel entgegen und sagte leise: «Ich hab dir ein kleines Geschenk mitgebracht, es ist nur ein neues Zigarettenetui. Ich weiß nicht, ob du es gerne haben magst –»

Sie war wieder das einsame Kind, die braune, rührende Myra Thompson, die er geheiratet hatte, und er weinte fast vor innigem Mitgefühl, als er sie küßte und die Worte über seine Lippen strömten: «Oh, mein Schatz, ob ich es gerne haben mag? Natürlich mag ich es! Ich bin schrecklich stolz, daß du mir etwas gekauft hast. Und ich brauche ein neues Zigarettenetui wirklich nötig.»

Innerlich warf er die Frage auf, wie er wohl das Zigarettenetui loswerden könnte, das er in der vergangenen Woche gekauft hatte.

«Und du freust dich wirklich, mich wieder da zu haben?»

«Ja, du armes, dummes Baby, hast du dir am Ende das Herz schwergemacht?»

«Nun, weißt du, es hat ganz den Anschein gehabt, als ob ich dir gar nicht fehlen würde.»

Als das Maß seiner Lügen endlich voll war, waren sie beide wieder eng verbündet. Um 22 Uhr schien es ausgeschlossen, daß sie jemals von zu Hause fortgewesen war. Es gab nur einen Unterschied gegen früher: das neue Problem, wie man ein braver, anständiger Ehemann blieb, ein rechter Ehemann für Blumenhöhe, und dennoch und trotzdem Tanis und ihre

Bande häufig sehen konnte. Er hatte Tanis versprochen, sie an diesem Abend anzurufen, und nun war es ganz melodramatisch unmöglich. Er strich ums Telefon herum, streckte impulsiv die Hand nach dem Hörer aus, und traute sich doch nie ganz, das Wagnis auszuführen. Auch konnte er keinen plausiblen Grund finden, um in die Apotheke in der Smith Street hinunterzugehen, allwo es ein Telefon gab. Seine Verantwortung lastete schwer auf ihm, bis er sie mit der Überlegung abschüttelte: «Ja, warum, zum Teufel, soll ich denn trostlos sein, weil ich Tanis nicht anrufen kann? Sie wird auch ohne mich ganz gut fertig. Ich bin ihr wahrhaftig keinen Dank schuldig. Sie ist ein prächtiges Mädchen, aber ich habe ihr ebensoviel geboten wie sie mir… Ach, verfluchte Weiber, alle miteinander, wie sie einen immer in die Klemme bringen, daß man nicht den kleinen Finger rühren kann!»

2

Eine Woche lang war er seiner Frau gegenüber sehr aufmerksam, führte sie ins Theater und zum Souper bei den Littlefields; dann fing das alte, mühsame Versteckspiel mit Kniffen und Ausflüchten wieder von vorn an, und er verbrachte mindestens zwei Tage in der Woche mit der Bande. Er suchte noch die Fiktion aufrechtzuerhalten, daß er zu den Elchen und zu den Komiteesitzungen ging, aber er nahm sich trotzdem immer weniger Mühe, um seine Ausreden glaubwürdig zu gestalten, und weniger und immer weniger bemühte sich Mrs. Babbitt, ihm wenigstens anscheinend Glauben zu schenken. Er war überzeugt, sie wußte, daß er mit «fidelen Bummlern» verkehrte, wie man das auf Blumenhöhe bezeichnete, aber keiner von beiden gab dieses Wissen zu. In der Geographie der Ehe ist die Entfernung zwischen der ersten, stummen Erkenntnis eines Risses und dem Zugeständnis desselben ebenso groß wie die Entfernung zwischen dem ersten, naiven Vertrauen und dem ersten Zweifel.

Während er sich langsam immer mehr von ihr losriß, fing er an, sie als menschliches Wesen zu erkennen, sie abwechselnd gern und nicht gern zu haben, statt sie als verhältnismäßig bewegliches Stück seines Hab und Guts zu betrachten, und er empfand Mitleid mit jener Mann-und-Frau-Einstellung, die in den 25 Jahren seiner Ehe ein scharf umgrenztes und sehr ausgesprochenes Faktum gewesen war.

Er besann sich auf ihre schönsten Zeiten zusammen: die Sommerferien im Wiesenland Virginia unter der blauschimmernden Bergwand; die Autofahrt durch Ohio und ihre Entdeckungsreise nach Cleveland, Cincinnati und Columbus; die Geburt Veronikas; der Bau ihres neuen Hauses, das sie gleich so ausgedacht und angelegt hatten, daß es ihnen auf ihre guten alten Tage bequem und ein Freudenspender sein sollte – mit erstickten Seufzern hatten sie damals gesagt, daß dies vielleicht das letzte Heim sein würde, das sie beide beherbergte. Aber seine gerührtesten Augenblicke der Erinnerung an süße, längst vergangene Geschehnisse hielten ihn nicht davon ab, beim Abendessen schroff zu sagen: «Ja, muß auf ein paar Stunden fort. Brauchst nicht auf mich zu warten.»

Er wagte es jetzt nicht mehr, betrunken heimzukommen. Obwohl er beglückt war durch seine eigene Rückkehr zum hohen Gipfel der Moral und Fulton Bemis und Pete ernste Vorhaltungen über ihr unmäßiges Trinken machte, fühlte er sich doch gereizt durch Myras unausgesprochene Kritik und überlegte mürrisch, daß «ein Kerl sich niemals selbst dirigieren lernen konnte, wenn immer eine Menge Weiber das Heft in der Hand hielten».

Er fragte sich jetzt nicht mehr, ob Tanis nicht am Ende doch schon ein bißchen verbraucht und rührselig war. Im Gegensatz zur breiten, behaglichen Myra erschien sie ihm hauchleicht und strahlend, ein Feuerelflein, das sich zärtlich zum häuslichen Herd neigte; und wenn er auch mit tiefem Leid über das Schicksal seiner Frau brütete, zum Schluß sehnte er sich doch nur nach Tanis.

Dann riß Mrs. Babbitt mit rauher Hand den schützenden Mantel von ihrem Elend, und der verblüffte Gatte entdeckte, daß sie entschlossen war, eine kleine Rebellion auf eigene Faust durchzuführen.

3

Sie sassen am Abend neben dem kalten, leeren Kamin.

«Georgie», sagte sie, «du hast mir noch nicht die Liste der Haushaltungsspesen während meiner Abwesenheit gegeben.»

«Nein, ich – hab sie noch nicht zusammengestellt.» Sehr leutselig und mild: «Du lieber Gott, wir müssen versuchen, dieses Jahr unsere Auslagen zu vermindern.»

«Du hast ganz recht, ich weiß gar nicht, wo das Geld hinkommt. Ich versuche immer zu sparen und es verschwindet trotzdem spurlos.»

«Wahrscheinlich dürfte ich nicht soviel auf Zigarren verschwenden. Ich überleg mir ernstlich, ob ich das Rauchen nicht sehr einschränken soll, vielleicht sogar es mir ganz abgewöhnen. Mir ist neulich eine wirklich gute Methode dazu eingefallen: ich werde jetzt mit diesen Asthmazigaretten anfangen, und die sind so schlecht, daß sie mir das ganze Rauchen verekeln werden.»

«Ach, ich wäre froh, wenn du es wirklich tätest! Nicht

etwa, als ob ich mir was daraus machte, daß du rauchst, aber ernstlich, George, das viele Rauchen ist so ungesund für dich. Glaubst du nicht, daß du das Quantum verringern könntest? Und, George – es ist mir in letzter Zeit aufgefallen, wenn du aus deinen Logen und überall heimkommst, riechst du öfters nach Whiskey, Liebster, du weißt, es ist nicht so sehr die Moral der Sache, die mir nahegeht, aber du hast einen schwachen Magen und kannst das viele Trinken nicht vertragen.»

«Schwacher Magen, pfui Kuckuck! Ich mein, ich vertrag einen Tropfen Alkohol genauso gut wie andere Leute!»

«Nun, ich glaube wirklich, du solltest besser auf dich aufpassen. Verstehst du denn nicht, lieber Schatz, daß ich dich nicht krank haben will.»

«Krank, dummer Schnack! Bin doch kein Baby! Ich denk, ich werde nicht gleich sterben, weil ich vielleicht einmal in der Woche mir einen Schluck hinter die Binde gieße! Aber das ist das Unglück mit den Weibern. Die können nicht anders, sie *müssen* übertreiben.»

«George, ich finde, du solltest mir nicht so antworten, wo du doch genau weißt, daß ich nur dein Bestes will.»

«Weiß schon, aber verdammt noch mal, das ist ja das Malheur mit den Weibern! Immer müssen sie kritteln und Andeutungen machen und ausfällig werden, und dann sagen sie noch, ‹ich will nur dein Bestes›!»

«Aber George, ich finde das gar nicht nett von dir, wenn du mir so antwortest und so schroff zu mir bist.»

«Na, ich wollte nicht schroff sein, aber Herrjemine, wie kann man auch so daherreden, als ob ich ein Kindergartengör wäre und nicht einmal ein Glas kippen könnte, ohne gleich den freiwilligen Rettern zu telefonieren! Du mußt eine gute Meinung von mir haben!»

«Ach nein, 's ist nicht nur das; es ist nur – ich will nicht, daß du dich krank machst und –, Himmel, ich hab ja gar nicht gewußt, daß es schon so spät ist! Vergiß nicht, mir die Haushaltsspesen zusammenzustellen für die Zeit, wo ich abwesend war.»

«Ach, zum Donnerwetter, was nutzt es denn, sich soviel Mühe zu machen, jetzt, wo es schon vorbei ist! Überspringen wir einfach diese Zeit.»

«Ja, George Babbitt, was redest du denn? In all den Jahren, seit wir verheiratet sind, haben wir doch noch nie einen Cent ausgegeben, den wir nicht genau eingetragen und verrechnet hätten.»

«Nein. Vielleicht ist das das Grundübel bei uns.»

«Was in aller Welt willst du damit sagen?»

«Ach, ich will gar nichts Besonderes sagen, nur – manchmal werd ich so müde und überdrüssig –, diese ganze Routine und die Buchführung im Büro und die Auslagen für den Haushalt und dann noch diese Umstandskrämerei und die Sorgen und das Sich-zu-Tode-Grämen über eine Menge Zeug und Blödsinn, das in Wirklichkeit gar nichts ist, und immer auf den Penny sehen und – Herr du meine Güte, was glaubst du denn eigentlich, wozu ich auf der Welt bin? Hätt ein verdammt guter Redner werden können, und hier bin ich, sorge und quäle und ängstige mich –»

«Glaubst du, ich werde nie müde von den täglichen Sorgen? Es wächst mir schon zum Hals heraus, jeden Tag drei Mahlzeiten zu bestellen an den 365 Tagen des Jahres und mir die Augen mit dieser ekligen Nähmaschine zugrunde zu richten und immer deine Kleider zu flicken, und Ronys und Teds und Tinkas, und die Wäsche zu waschen und die Socken zu stopfen und hinunterzuzotteln im ewigen Trab-Trab auf den Grünzeugmarkt und meinen Korb selbst heimzuschleppen, um Geld zu sparen und nicht für die Trambahn und die Zustellung zahlen zu müssen und – na *eben alles*!»

«Ja, mein Gott», mit einer gewissen Verwunderung, «gewiß weiß ich, daß du das alles tust! Aber reden wir – Hier bin ich, der jeden Tag, den Gott geschaffen hat, im Büro sitzen muß, während du den ganzen Nachmittag herumspazieren kannst und die Leute besuchen und mit Nachbarn schwatzen und einfach tust, was du gern magst!»

«Ja, und viel Vergnügen hab ich davon! Immer dieselben

langweiligen Dinge mit denselben langweiligen Leuten wieder bereden, während dich im Büro lauter interessante Menschen aufsuchen!»

«Interessant? Verrückte alte Schachteln, die mich zur Rede stellen, warum ich nicht ihre kostbaren Wohnungen um siebenmal den Preis vermietet habe, den sie tatsächlich wert sind, und eine Bande alter Kamele, bei denen ich meines Lebens nicht sicher bin, wenn sie nicht jeden Cent ihrer Miete um Punkt drei Uhr nachmittag am zweiten des Monats in die Hand gezählt kriegen! Kannst dir was malen! Interessant! Jawohl, genauso interessant wie Schafblattern!»

«Hör mal, George, ich dulde nicht, daß du mich so anschreist!»

«Na, es bringt mich einfach um mein bißchen Verstand, wie die Weiber sich das immer so schön zurechtlegen, daß man weiter nichts tut, als in einem Stuhl sitzen und 'ne Menge reizende Tête-à-têtes mit vornehmen Damen abhält und sie dabei verliebt anglotzt!»

«Ich glaube, du verstehst es schon, ihnen verliebte Augen zu machen, wenn sie mal wirklich deswegen zu dir kommen.»

«Du, was soll das heißen? Willst du vielleicht sagen, daß ich Weiberröcken nachlaufe?»

«Ich hoffe, nein – in deinem Alter!»

«Also jetzt hör einmal zu! Vielleicht wirst du mir nicht glauben – Natürlich, du siehst nur den kleinen, dicken Georgie Babbitt vor dir! 'türlich! Ganz brauchbarer Mann im Haus! Schaut nach der Zentralheizung, wenn der Heizer zufällig mal nicht kommt, und zahlt die Rechnungen, aber sonst ist er fad und langweilig! Nun, du kannst mir glauben oder nicht, aber es gibt schon Frauen, die der Ansicht sind, daß George Babbitt gar kein so übler Patron ist, daß er gar nicht häßlich ist, wenigstens nicht häßlich genug, um sie zu stören, und ansonsten besitzt er Witz und Humor, und es gibt auch solche, die behaupten, daß er ein ungewöhnlich brauchbares Tanzbein schwingen kann!»

«Ja.» Sie sprach langsam und bedächtig. «Ich bezweifle gar nicht, daß du schon solche Leute findest, die die beste Meinung über dich haben, sobald ich den Rücken wende.»

«Nun, ich will natürlich nicht sagen –» protestierte er im Ton der Verneinung. Aber dann zwang ihm der aufsteigende Zorn ein halbes Geständnis ab. «Kannst sicher sein, daß ich solche Leute finde! Genug und übergenug von ihnen, und verdammt nette Kerls noch dazu, die mir nicht einzureden versuchen, ich sei ein magenkrankes Baby!»

«Siehst du, es ist genau, wie ich's dir gesagt habe! Du darfst mit jedem herumlaufen, der dir in den Kram paßt, aber von mir erwartet man, daß ich hier sitze und auf dich lauere. Du hast die beste Gelegenheit, dich in jeder Richtung weiterzubilden, und ich muß zu Hause hocken –»

«Ja, aber Herrgott im Himmel, was hindert dich denn daran, Bücher zu lesen und Vorstellungen zu besuchen und was noch alles zu dem Kram gehört? Sag mir das doch!»

«George, ich hab dir schon einmal gesagt, daß ich nicht so angebrüllt zu werden wünsche! Ich kann gar nicht begreifen, was in dich gefahren ist. Es ist noch nie vorgekommen, daß du mit mir so eigentümlich und verdreht geredet hättest.»

«Ich wollte nicht grob und verdreht sein, aber Herrgott noch mal, es muß einem ja die Galle heraustreiben, wenn du mich beschuldigst, daß du mit dem Fortschritt der Zeiten nicht mitkommst.»

«Ich werde aber jetzt mitkommen. Willst du mir helfen?»

«Selbstverständlich. Alles, was ich tun kann, um dir modernste Bildung zu verschaffen – stets gern zu Ihrem Dienst!»

«Nun, dann möchte ich, daß du mich am Sonntagnachmittag zu Mrs. Mudges Neue Gedanken-Vorlesung begleitest.»

«Was tut Mrs. Wieheißtse?»

«Mrs. Opal Emerson Mudge. Sie hat im Feld Vorträge für die Neue Gedanken-Liga gehalten. Sie wird am Sonntag im *Thornleigh* über ‹Kultivieren wir den Sonnengeist› vorlesen, und zwar zugunsten der Liga für Höhere Erleuchtung.»

«Ach, wie gräßlich! Neue Gedanken! Fein gewiegte Gedanken mit Rührei! ‹Kultivieren wir den –› Es klingt fast wie ‹Welcher Kopf hat keine Ohren?›. Das ist ein netter Vortrag für einen guten Presbyterianer, der wann immer Doktor Drews Vorträge hören kann!»

«Hochwürden Drew ist ein Gelehrter und ein Kirchenprediger und was nicht noch alles, aber ihm fehlt das innere Ferment, wie das Mrs. Mudge nennt; die neue Ära vermag ihm keine Inspiration zu verleihen. Wir Frauen brauchen jetzt inspiriert zu werden. Und ich möchte gern, daß du mitkommen sollst, du hast es mir ja übrigens versprochen.»

4

Die Zenither Abteilung der Liga für Höhere Erleuchtung versammelte sich im kleinen Ballsaal des Hotels *Thornleigh*, einem vornehmen Raum mit blaßgrünen Wänden und Gipsrosenkränzchen, vornehmem Parkettboden und hypervornehmen, zierlichen, vergoldeten Stühlchen. Es waren 65 Frauen und zehn Männer anwesend. Die meisten Männer rekelten sich oder wetzten unruhig hin und her, während ihre Frauen steif, in gespannter Aufmerksamkeit, dasaßen, aber zwei von ihnen – fleischige Männer mit breitem rotem Hals – waren ebenso fromm-andächtig wie ihre Gattinnen. Das waren neue, reiche Unternehmer, die, nachdem sie Häuser, Autos, handgemalte Bilder und elegantes Benehmen gekauft hatten, sich jetzt eine vornehme, gebrauchsfertige Philosophie anschafften. Sie hatten freie Wahl gehabt, ob sie für ihr Geld Neue Gedanken, Christian Science oder einen guten, modernen, mustergültigen High Church-Episkopalismus haben wollten.

In natura erreichte Mrs. Opal Emerson Mudge nicht ganz das Ideal einer prophetischen Erscheinung. Sie war kurz und breit und wohlgenährt wie ein Pony, hatte ein Gesicht wie ein hochmütiges Schoßhündchen, einen Knopf von einer Nase und so kurze Arme, daß sie, trotz entrüsteter Versuche, ihre Hände nicht übereinander falten konnte, während sie in Erwartung des Publikums auf dem Podium saß. Ihre Toilette, aus Taft und grünem Samt, mit drei Reihen Glasperlen und einem großen, an einem schwarzen Band baumelnden Lorgnon, war ein Triumph der Vornehmheit.

Mrs. Mudge wurde den Versammelten von der Präsidentin der Liga für Höhere Erleuchtung vorgestellt, einer ältlichen jungen Dame mit wehmütiger Stimme, weißen Gamaschen und einem Anflug von Schnurrbart. Sie sagte, daß Mrs. Mudge jetzt auch den minder Begabten einleuchtend erklären würde, wie man den Sonnengeist sich dienstbar machen und kultivieren könnte, und diejenigen, die mit dem Plan umgingen, sich einen solchen Geist zu halten, würden gut daran tun, sich Mrs. Mudges Worte wie einen köstlichen Schatz aufzubewahren, denn selbst Zenith (und jeder wußte ja ohnehin, daß Zenith an führender Stelle stand in geistigen Dingen und Fortschritten des Neuen Gedankens) hatte nicht oft Gelegenheit, zu Füßen eines solch begeisterten optimistischen und metaphysischen Sehergeistes zu sitzen wie Mrs. Opal Emerson Mudge, deren Leben stets durch ihre Konzentration dem Gemeinwohl dienstbar gewesen war und die im Schweigen die Geheimnisse der geistigen Gewalt und den inneren Schlüssel gefunden hatte, die eine sofortige Veränderung ermöglichten und Frieden und Macht und Wohlhabenheit über die unglückseligen Völker ausgoß: «Und nun, liebe Freunde, vergessen Sie für eine kurze, köstliche, perlen- und demantgeschmückte Stunde die Illusion der anscheinenden Wirklichkeit und, indem Sie an der Hand von Mrs. Opal Emerson Mudge in die tiefste Veritas eindringen, machen Sie sich das wahre Königreich alles Schönen zu eigen!»

War Mrs. Mudge auch fetter und quabbeliger, als man sich

vielleicht seine Swamis, Yogis, Seher und Eingeweihten wünschen mochte, so hatte ihre Stimme doch den rechten professionellen Klang. Es war eine vornehme und zukunftsfreudige Stimme, eine überwältigend eintönige Stimme, die unerbittlich und ohne Interpunktion dahinfloß, bis Babbitt hypnotisiert war. Ihr Lieblingswort war «immerzu», und sie sprach es «ühmer-su» aus. Ihre häufigste Geste war eine pontifikale und dennoch vollkommen weiblich edle Geste des Segnens mit zwei kurzen, krabbeligen Fingern.

Sie erklärte die Angelegenheit der geistigen Durchdrungenheit: «Wir hören jene –»

In ihrem Mund klangen «jene» mit einer langgedehnten, haftenden Süße; ein zarter Ruf in dämmerndem Moll aus nebliger Ferne. Eine keusche Ermahnung für unruhige Ehegatten, die ihnen dennoch die Botschaft der Heilung überbrachte.

«Wir hören jene die den Rand und den äußeren Saum des Logos erblickt haben wir hören auch jene die nicht nur erblickt sondern sich enthusiastisch und leidenschaftlich ein Bruchteil angeeignet haben von diesem Logos und wir hören jene die wohl berührt aber durchaus nicht durchdrungen und radioaktiviert vom Logos und vom Metaphysikos ausziehen und behaupten zu besitzen und besessen zu sein aber das Wort das ich euch bringe dieses Gezeugte soll euch im weitesten Sinne beweisen daß diese nicht vollkommen und nicht einmal am Beginne sind und daß heilig sein in seinem wahrsten Sinne ganz sein bedeutet immerzu immerzu immerzu und –»

Sie bewies, daß das innerste Wesen des Sonnengeistes Wahrheit war, aber seine Aura und seine Ausstrahlung war Heiterkeit:

«Tretet dem Tage immer mit morgendlichem Lachen entgegen mit dem Enthusiasmus des Geweihten der da begriffen hat daß alles seinen Zweck erfüllt in der Evolution des Rades und der den Narben der verbitterten Seelen der Zerstörer und Schwarzseher mit fröhlicher Bejahung entgegentritt –»

Während einer Stunde und sieben Minuten ging das so weiter.

Zum Schluß sprach Mrs. Mudge mit weit größerer Energie und mehr Interpunktion:

«Nun will ich euch allen noch die Vorteile des Theosophischen und Pantheistisch-Orientalen Lesezirkels, den ich repräsentiere, klarmachen. Unser Zweck und Ziel ist, alle Manifestationen der neuen Ära zu einem zusammenhängenden Ganzen zu vereinigen – Neuer Gedanke, Christian Science, Theosophie, Vedanta, Bahaismus und alle anderen Funken und Strahlen des neuen Lichtes. Der Beitrag ist nur 10 Dollar im Jahr, und für diesen winzigen Brocken erhalten die Mitglieder nicht nur die Monatsschrift *Perlen des Heils*, sondern auch das Vorrecht, sich direkt an die Präsidentin, unsere verehrte Mutter Dobbs, mit allen brieflichen Anfragen wenden zu dürfen, in Dingen des geistigen Fortschrittes, in Ehefragen, Problemen der Gesundheit und des Allgemeinwohles, in finanziellen Schwierigkeiten und –»

Sie horchten mit andächtiger Anbetung auf ihre Worte. Sie waren fein und wohlerzogen. Sie sahen frisch gebügelt aus. Sie hüstelten höflich und kreuzten lautlos ihre Beine, und sie schnaubten ihre Nasen in kostspielige Leinentaschentücher mit einer Zartheit, die wirklich vollkommen optimistisch und durchaus vornehm war.

Babbitt aber saß und litt schweigend.

Als sie glücklich wieder in Gottes freier Luft waren, als sie heimwärtsfuhren und der Wind sie mit einem Duft nach Schnee und frischer, klarer Sonne umspielte, wagte er es nicht, ein Wort zu sagen. Sie waren in den letzten Tagen zu nahe daran gewesen, ernstlich in Streit zu geraten. Aber Mrs. Babbitt zwang ihn zum Reden.

«Hat dir Mrs. Mudges Vortrag gefallen?»

«Na, ich – Was hast du daraus gelernt?»

«Ach, es bringt einen zum Nachdenken. Es schüttelt den Menschen auf aus seinen Alltagsgedanken.»

«Nun, ich will Opal gerne zugeben, daß sie nicht alltäglich

ist, aber, Herrgott – du, auf Ehrenwort, hat das wirre Zeug irgendwelche Bedeutung für dich?»

«Natürlich habe ich nie Metaphysik studiert, und es war vieles dabei, was ich nicht ganz verstanden habe, aber die Inspiration habe ich doch herausgefühlt. Und dann redet sie so leicht und fließend. Ich glaube wirklich, daß es für dich ein Genuß hätte sein müssen.»

«Nein, also das war es nicht! Ich schwör dir, ich war einfach fassungslos, wie die übrigen Weiber dieses Zeug geschluckt haben. Warum sie, in drei Teufels Namen, ihre Zeit damit vergeuden, solchen ausgemachten Blödsinn zu hören, statt daß sie –»

«Es ist jedenfalls besser für sie, als in Wirtshäusern zu hocken und zu rauchen und zu trinken!»

«Ich weiß wirklich nicht, ob es besser ist für sie. Ich persönlich sehe keinen gewaltigen Unterschied. In beiden Fällen suchen sie vor sich selber zu fliehen – das tut wohl fast jeder heutzutage, glaub ich. Und ich hätte sicherlich viel mehr Profit davon, wenn ich mich in einem fidelen, flotten Tanz mitdrehte, selbst in irgendeiner Spelunke, wie starr und steif dazusitzen, als ob mein Halskragen mir zu eng wäre, und zu verdattert zu sein, um tüchtig zu spucken, und auf Opal zu horchen, wie sie ihre Worte wiederkäut!»

«Ja, davon bin ich ganz überzeugt! Du hast eine große Vorliebe für Spelunken! Wahrscheinlich hast du dich auch während meiner Abwesenheit gründlich damit befaßt!»

«Jetzt hör mal! Du hast mir in letzter Zeit eine höllische Menge Andeutungen und versteckte Anspielungen gemacht, immer als ob ich ein Doppelleben führte oder so was, und jetzt hab ich genug gehabt davon, verflucht noch mal, und ich will kein einziges Wort mehr darüber hören!»

«Ja, aber George Babbitt! Weißt du denn, was du redest? Ja, George, in all den Jahren, seitdem wir verheiratet sind, hast du noch nie so mit mir gesprochen!»

«Dann ist es also höchste Zeit, einmal damit anzufangen!»

«In letzter Zeit wird es immer ärger und ärger mit dir, und

jetzt, zum Schluß, schimpfst und fluchst du mit mir und schreist mich an, und deine Stimme ist so roh und so grauenhaft – es schüttelt mich geradezu!»

«Ach, Unsinn! Übertreib doch nicht immer so! Ich hab gar nicht geschrien und auch nicht geflucht!»

«Ich wünsch, du könntest deine Stimme hören! Vielleicht weißt du gar nicht, wie abscheulich sie manchmal klingt. Aber trotzdem – du hast früher niemals so mit mir gesprochen. Du wärst auch gar nicht *imstande*, so zu reden, wenn nicht etwas Schreckliches mit dir vorgegangen wäre.»

Sein Herz blieb steinhart. Zu seiner eigenen Überraschung entdeckte er, daß es ihm nicht einmal besonders leid tat. Und es kostete ihn eine Anstrengung, um etwas liebenswürdiger zu sagen: «Na, also schön, ich wollt nicht so giftig sein.»

«George, begreifst du denn nicht, daß wir so nicht länger miteinander leben können? Wir entfernen uns immer mehr und mehr voneinander und du wirst immer rauher und unhöflicher zu mir. Ich weiß absolut nicht, was noch daraus werden soll.»

Einen kurzen Augenblick lang fühlte er Mitleid mit ihrer Bestürzung; es ging ihm durch den Kopf, wie viele tiefe und zarte Dinge verletzt würden, wenn sie wirklich «so nicht länger miteinander leben könnten». Aber sein Mitleid war unpersönlich, und er fragte sich dabei: «Wer weiß, ob es nicht ganz gut wäre, wenn –? Natürlich mein ich nicht eine Scheidung und so was, aber vielleicht ein bißchen mehr Unabhängigkeit?»

Während sie ihn flehend anblickte, fuhr er in furchtbarem Schweigen weiter.

Einunddreissigstes Kapitel

I

Als er sie verlassen hatte, während er in der Garage umherstampfte und den Schnee vom Trittbrett kehrte und einen geplatzten Schlauch untersuchte, überkam ihn die Reue, und er war bestürzt und verwundert, daß er seiner Frau gegenüber so aufgebraust war. Er dachte liebevoll daran, wieviel dauerhafter doch ihre Anhänglichkeit sei als die ganze, flüchtige, unbeständige Bande. Er ging hinein, um ihr zuzumurmeln, daß es ihm «leid tat, hatte nicht so eklig sein wollen», und um sich zu erkundigen, ob sie zu einem Kino Lust hätte. Aber in dem dunklen Zuschauerraum des Filmtheaters brütete er verzweifelt darüber, daß er «sich jetzt selbst wieder an Myra gefesselt hatte». Ein bißchen Befriedigung fand er allerdings darin, alle Schuld auf Tanis Judique zu häufen. «Tanis kann gehen und sich aufhängen! Warum hat sie mich in diese eklige Klemme gebracht und mich so überreizt und nervös und verdreht gemacht? Viel zuviel Komplikationen bei allem! Mal Schluß machen damit!»

Er sehnte sich nach Ruhe. Zehn Tage lang ging er nicht zu Tanis und telefonierte ihr nicht, und sofort suchte sie ihm wieder den Zwang aufzuerlegen, den er so sehr haßte. Nachdem er fünf Tage fortgeblieben war und stündlich im Stolz seiner Energie geschwelgt und sich ebenfalls stündlich ausgemalt hatte, wie sehr er Tanis fehlen mußte, erschien Miss McGoun und berichtete:

«Mrs. Judique ist am Apparat. Sie möcht Sie gerne wegen nötiger Reparaturen sprechen.»

Tanis sprach rasch und ruhig: «Mr. Babbitt? O George, hier ist Tanis. Ich hab dich seit Wochen nicht mehr gesehen – jedenfalls seit Tagen. Du bist doch nicht krank?»

«Nein, nur furchtbar beschäftigt. Ja, hm, ich glaub, dieses Jahr wird das ganze Baugeschäft mächtig aufleben. Ich muß, hm, muß mich mit aller Gewalt auf die Arbeit werfen.»

«Selbstverständlich, mein Junge! Das ist auch mein Wunsch. Du weißt, ich bin furchtbar ehrgeizig für dich, viel ehrgeiziger als für mich selbst. Ich möchte nur, du sollst deine arme Tanis nicht vergessen. Willst du mich bald wieder einmal anrufen?»

«'türlich! 'türlich! Ganz gewiß!»

«Bitte, tu's doch. Ich werde dir jetzt nicht mehr telefonieren.»

Er überlegte: «Armes Kindchen!... Aber, Herrgott, sie sollte mich doch nicht im Büro anrufen... Sie ist ein kleiner Tausendsassa, voller Sympathie – ‹ehrgeizig für mich›. – Aber, Herrgott, ich will auch von ihr nicht gezwungen werden anzurufen, bis ich nicht ganz von selber mag. Verflixte Weiber, wie sie einen doch immer herumkommandieren! Wird noch ein gut Stück Wasser ins Meer fließen, eh ich wieder bei ihr erscheine!... Donnerwetter, möcht sie doch rasend gern sehen heute abend – süße kleine Maus... Ach, hör mal, mein Sohn, fang nicht wieder mit den Flausen an! Sei froh, daß es dir gelungen ist, dich freizumachen von ihr!»

Sie rief ihn nicht mehr ans Telefon, und auch er tat nichts dergleichen; aber nach fünf weiteren Tagen schrieb sie ihm:

Habe ich Dich mit irgend etwas beleidigt? Du mußt begreifen, Liebster, daß es nicht absichtlich geschehen ist. Ich bin so schrecklich einsam und sehne mich nach jemandem, der mir meine fröhliche Laune wiedergibt. Warum bist Du nicht gestern zu dem hübschen Abend bei Carrie gekommen, ich weiß sicher, daß sie Dich eingeladen hat. Kannst Du nicht morgen, Donnerstag abend, ein wenig zu mir kommen? Ich bin allein und werde Dich erwarten.

Seine Gedanken und Erwägungen waren zahlreich:

«Teufel soll sie holen, warum kann sie mich nicht in Ruhe lassen? Warum können die Weiber nie begreifen, daß ein Mann es haßt, an der Leine herumgeführt zu werden? Und warum suchen sie einen immer unterzukriegen, indem sie heulen, wie einsam sie sind?

Also, das ist jetzt gar nicht schön von dir, mein junger Freund. Sie ist ein prächtiges, braves, offenherziges Mädchen, und sie ist manchmal wirklich sehr einsam. Hat auch eine feine Schrift. Hübsches Briefpapier. Einfach. Vornehm. Ich glaub, ich werde mal zu ihr gehen müssen. Na, Gott sei Dank, bis morgen abend bin ich noch frei von ihr, wie immer es ist.

Sie ist furchtbar nett, aber – verflucht, ich will nicht *gezwungen* werden, wenn ich nicht mag! Bin ja nicht verheiratet mit ihr! Nein, zum Kuckuck, und auch nicht einmal verlobt!

Ach, ich glaub, 's ist am besten, ich geh zu ihr.»

2

DONNERSTAG, DER IN TANIS' BRIEF MORGEN GEHEIßen hatte, war voller aufregender Krisen. Am Tisch der Rauhbeine im Club sprach Verg Gunch über die Liga der Braven Bürger und ließ ihn absichtlich (wenigstens schien es Babbitt so) aus den Einladungen zur Teilnahme aus. Der alte Mat

Penniman, das Mädchen für alles in Babbitts Büro, hatte schwere Sorgen und kam herein, um zu jammern: sein ältester Junge «taugte nichts», seine Frau war krank, und er hatte sich mit seinem Schwager verzankt. Auch Conrad Lyte hatte Sorgen, und da Lyte einer seiner besten Kunden war, mußte Babbitt seine Sorgen anhören. Wie es sich herausstellte, litt Mr. Lyte an einer besonders interessanten Neuralgie: seine Garage hatte ihn übervorteilt. Als Babbitt nach Hause kam, hatte jeder Kummer: seine Frau dachte daran, das unverschämte Dienstmädchen hinauszuschmeißen, und war gleichzeitig in Sorge, daß das Mädchen sie verlassen könnte; und Tinka wünschte ihren Lehrer zu verklagen.

«Ach, macht doch nicht immer soviel Umstände!» rief Babbitt umständlich. «Mich hört ihr nie über meine Sorgen winseln, aber wenn ich mir denke, daß ihr eine Realitätenagentur führen müßtet – Ja, heute bin ich doch plötzlich darauf gekommen, daß Miss Bannigan mit den Konten zwei Tage zurück ist, und ich hab mir den Finger mit dem Schreibtischdeckel geklemmt, und Lyte war bei mir und war genauso unausstehlich wie immer.»

Er war so aufgebracht, daß er nach Tisch, als der Moment eines taktvollen Entschlüpfens zu Tanis gekommen war, einfach seiner Frau zuknurrte: «Muß noch einmal fortgehen. Dürfte aber gegen 23 Uhr wieder dasein.»

«Ach, du gehst schon wieder weg?»

«Schon wieder? Was meinst du mit ‹schon wieder›? Hab ja seit einer Woche den Fuß nicht aus dem Haus gesetzt!»

«Gehst du – gehst du zu den Elchen?»

«Nein. Muß mit ein paar Leuten reden.»

Obwohl er diesmal seine eigene Stimme hörte und wußte, daß sie schroff klang, obwohl sie ihn mit großen, vorwurfsvollen Augen anblickte, stampfte er laut in die Halle hinaus, warf seinen schweren Rock über, zog die pelzgefütterten Handschuhe an und ging hinaus, um das Auto anzulassen.

Es war geradezu eine Erleichterung für ihn, Tanis fröhlich und durchaus nicht vorwurfsvoll zu finden. Sie strahlte in einer Toilette aus braunem Tüll über Goldstoff. «Du armer Mensch, hast in einem so schrecklichen Wetter ausfahren müssen! Es ist ja entsetzlich kalt. Meinst du nicht, daß dir ein kleiner Schnaps guttun würde?»

«Nun, zum Teufel, diese kleine Frau lob ich mir, die weiß Bescheid! Ich glaub selbst, daß ich einen Steifen vertragen könnte, wenn er nicht gar zu mächtig wäre – nicht mehr als einen Fuß lang!»

Er küßte sie mit oberflächlicher Herzlichkeit, er vergaß den quälenden Zwang ihrer Ansprüche, er dehnte und streckte sich in einem tiefen Stuhl und fühlte, daß er wieder gut und glücklich in seinem Heim gelandet war. Auf einmal wurde er gesprächig; er erzählte ihr, was für ein edler und mißverstandener Mensch er war, und wie himmelhoch er über Pete und Fulton Bemis und den übrigen Männern ihrer Bekanntschaft schwebte: und sie lehnte sich vor, das Kinn in die Hand gestützt, und stimmte ihm lebhaft zu. Aber als er sich zwang zu fragen: «Nun, Schatz, und wie steht's mit *dir*?», nahm sie seine Pflichtfrage sehr ernst, und er entdeckte, daß auch sie Sorgen hatte:

«Ach, ganz gut soweit, aber – ich hab mich so geärgert über Carrie. Sie hat Minnie gesagt, daß ich ihr gesagt hätte, Minnie sei ein gräßlicher Geizkragen, und Minnie hat mir wieder gesagt, daß Carrie ihr das gesagt hat, und ich hab ihr selbstverständlich gesagt, daß es mir im Traum nicht eingefallen ist, so was zu sagen, und dann ist Carrie darauf gekommen, daß Minnie es mir zurückgesagt hat, und sie war furchtbar giftig, weil Minnie es mir gesagt hat; ich natürlich war außer mir vor Wut, weil Carrie ihr gesagt hatte, was ich gesagt hatte, und dann kamen wir alle bei Fulton zusammen – seine Frau ist verreist –, Gott sei Dank! – oh, in seinem Haus ist das großartigste Tanzparkett –, und wir alle waren furchtbar wütend aufeinander und – ach, ich hasse ja solchen großen Krach, du nicht? Ich will damit sagen – ich finde es so gar nicht vornehm, aber – Und Mutter will zu mir auf Besuch kommen, auf einen ganzen Monat, und natürlich habe ich sie furchtbar lieb, ich glaub es wenigstens, aber ehrlich gesagt, sie verdirbt meinen ganzen Lebensstil durch ihre Kleinlichkeit – sie kann sich nie daran gewöhnen, keine Bemerkungen zu machen, und sie will immer wissen, wohin ich am Abend gehe, und wenn ich ihr was vorlüge, dann spioniert sie herum und wühlt und wühlt, bis sie heraus hat, wo ich war, und dann macht sie ein Gesicht wie die himmlische Geduld auf einem Piedestal, bis ich Weinkrämpfe kriegen könnte. Und richtig, ich *muß* dir doch noch erzählen – du weißt ja, daß ich *nie* von mir selbst rede; ich hasse die Leute, die immer von sich selbst reden, und du? Aber – heute abend hab ich so ein komisches, dummes Gefühl, und ich weiß, daß ich dich anöde mit diesen Geschichten, aber – was würdest du nun mit Mutter machen?»

Er sparte nicht mit seinem leutseligen, leicht zugänglichen, männlichen Rat. Sie sollte den Besuch ihrer Mutter hinausschieben. Sie sollte Carrie sagen, sie dürfe sich zum Teufel scheren. Für diesen wertvollen Beistand dankte sie ihm, und langsam und schwerfällig glitten sie wieder in die gewohnten Schwätzereien der Bande. Was doch diese Carrie für eine sentimentale Gans sei. Was Pete für ein unnützer, fauler Bengel sei. Wie nett Bemis Fulton manchmal sein konnte – «'türlich glauben die meisten Leute, daß er ein richtiger alter Brummbär ist, wenn sie ihn zuerst kennenlernen, weil er ihnen nicht gleich sein Herz auf dem Präsentierteller bringt, aber wenn man dann wirklich intim wird mit ihm, ist er ein kapitaler Kerl.»

Da sie aber alle diese Charakteranalysen bereits in früheren Fällen gewissenhaft und gründlich durchgedroschen hatten, wurde das Gespräch bald holperig und stockte. Babbitt bemühte sich, durch Intellekt zu glänzen, und brachte Dinge der Allgemeinheit und der Außenwelt aufs Tapet. Er sagte ein paar wirklich richtige, gesunde Ansichten über Demobilisierung, über offenen Geist und Liberalismus; aber es wollte ihm fast scheinen, als ob die Allgemeinheit und die Außenwelt Tanis nur interessierten, wenn sie sie auf sich, auf Pete oder auf Carrie anwenden konnte. Er war sich der langen Pausen qualvoll bewußt. Er versuchte, sie wieder in ihr früheres Geschwätz hineinzubringen, aber das Schweigen erhob sich wie ein graues Gespenst und schwebte zwischen ihnen.

«Ich, hm –» entrang es sich ihm mühsam. «Kommt mir vor – ja, es kommt mir vor, als ob die Arbeitslosigkeit jetzt im Abnehmen wäre.»

«Vielleicht wird dann Pete einen guten Posten kriegen.»

Schweigen.

Verzweifelt versuchte er es in einem anderen Ton: «Was fehlt dir, kleine Maus? Ich finde, du bist so still heute abend.»

«Findest du? Ach nein, wirklich nicht. Aber – liegt dir denn wirklich etwas daran, ob ich still bin oder nicht?»

«Ob mir etwas daran liegt? Na, hörst du! Selbstverständlich liegt mir daran!»

«Du, wirklich, auf Ehr und Gewissen?» Sie stürzte sich auf ihn, saß auf dem Arm seines Lehnstuhls.

Er haßte die erzwungene Gemütsbewegung, mit der er ihr seine Gefühle zeigen mußte. Er streichelte ihre Hand, lächelte pflichtschuldig zu ihr hinauf und ließ sich wieder in die Tiefen des Stuhls zurücksinken.

«George, ich frage mich, ob du mich überhaupt gern hast?»

«Natürlich, du dummes Kind.»

«Wirklich, wirklich, du Süßer, Teurer? Hast mich lieb?»

«Aber selbstverständlich! Du bildest dir doch nicht ein, daß ich hier wäre, wenn ich dich nicht lieb hätte!»

«Jetzt hör aber einmal, junger Mann, ich dulde nicht, daß du in so gereiztem Ton mit mir sprichst!»

«Ich will nicht gereizt sprechen, ich wollte nur –» Mit gekränktem und etwas kindischem Tonfall: «Herrgott im Himmel, es wächst mir schon zum Hals heraus, wie mir jeder einzureden versucht, daß ich gereizt und grob bin, wo ich doch einfach daherrede, wie mir der Schnabel gewachsen ist! Wollt ihr vielleicht, daß ich zwitschern soll oder was?»

«Was meinst du mit ‹jeder›? Wie vielen anderen Damen hast du noch Trost gespendet?»

«Du, hör mal, meine Liebe, ich verbitte mir diese Anspielungen.»

Sehr gedemütigt: «Ich weiß, Liebster. Ich wollte dich ja nur necken. Ich weiß schon, daß das Jungchen nicht brummig sein wollte, es war nur müde. Verzeih deiner unartigen Tanis. Aber sag mir, daß du mich liebst, sag's mir!»

«Ich liebe dich... Natürlich lieb ich dich!»

«Na ja, du liebst mich!» Mit zynischem Lachen. Dann:

«Ach, Liebling, ich wollte dich nicht kränken, aber – ich bin halt so einsam. Ich fühle, wie unnütz ich bin auf der Welt. Niemand braucht mich, ich kann für niemanden etwas tun. Und du weißt ja, Lieber, wie rührig und energisch ich bin – oder wenigstens sein könnte, wenn es etwas für mich zu tun gäbe. Und ich *bin* doch noch jung, nicht wahr? Ich bin doch noch kein altes, welkes Ding! Nicht wahr, ich bin noch nicht alt und versauert und fad?»

Er mußte es ihr immer von neuem versichern. Sie streichelte seine Haare, und er mußte dabei beglückt aussehen, obwohl die verlockende Weichheit ihrer Hand ihn nur daran mahnte, wie anspruchsvoll sie war. Er war schon ungeduldig. Er wollte fliehen, hinaus in eine harte, sichere, ungerührte Welt von Männern. Vielleicht empfand sie etwas von seinem zuckenden Mißbehagen in ihren zierlich streichelnden Fingern. Sie verließ ihn – in demselben Augenblick fühlte er sich glücklich erlöst –, sie schleppte einen Schemel zu seinen Füßen und saß dort und blickte gewinnend und flehend zu ihm auf. Aber so wie das Kriechen eines Hundes, das Zurückweichen eines erschreckten Kindes bei den meisten Männern nicht nur Verwunderung, sondern auch eine hastige Grausamkeit erweckt, so reizte und ärgerte ihn auch ihre Demut nur. Und er sah jetzt, daß sie nicht mehr jung war, sah, daß sie schon anfing zu altern. Während er seine eigenen Gedanken verabscheute und von sich wies, verfolgten sie ihn nur desto eifriger. Sie war alt, sagte er sich, zusammenzuckend. Alt! Er bemerkte, wie das weiche Fleisch sich in spinnwebfeine Runzeln faltete unter dem Kinn, unter den Augen und an den dünnen Handgelenken. Ein Fleckchen an ihrem Hals war rauh wie die abgeriebenen Krümchen eines Radiergummis. Alt! Sie war jünger an Jahren als er selbst, aber es verursachte ihm physische Übelkeit, wie sie ihn wehmütig und sehnsuchtsvoll mit großen, rollenden Augen anschwärmte, so als ob – er schauerte – seine eigene Tante ihn verliebt umkoste.

Innerlich sagte er sich unruhig: «Jetzt bin ich aber fertig mit dieser blöden Eselei. Ich mach endgültig Schluß mit ihr. Sie ist eine verdammt nette, brave, ordentliche Frau, und ich will ihr wirklich nicht weh tun, aber es wird sie viel weniger schmerzen, wenn ich ganz kurzen Prozeß mache, genau wie ein schöner, gründlicher, chirurgischer Eingriff.»

Jetzt stand er auf. Er sprach eifrig und eindringlich. Nach allen Regeln der Selbstachtung mußte er sich selbst beweisen, daß die ganze Schuld auf ihrer Seite war.

«Ich weiß nicht, vielleicht bin ich heute abend schlecht aufgelegt, aber ehrlich gesagt, mein Schatz, du hättest klüger sein müssen und warten, bis ich von selbst gekommen wäre, als ich eine Zeitlang fortblieb, um mit der Arbeit im Geschäft nachzukommen und mir überhaupt über mich selbst klarzuwerden. Verstehst du denn nicht, Kind, wie du mich *gezwungen* hast, zu kommen, daß ich – ich gehör halt auch zu den eigensinnigen Dickschädeln –, also meine erste Regung war, Widerstand zu leisten! Hör zu, mein Kind, ich gehe jetzt –»

«Ach, noch lange nicht, liebster Schatz! Nein!»

«Jawohl. Jetzt gleich. Und dann – in einiger Zeit können wir über die Zukunft reden.»

«Was meinst du damit, Liebster, ‹über die Zukunft›? Hab ich irgend etwas Unrechtes getan? Ach, es tut mir ja so schrecklich leid!»

Entschlossen faltete er die Hände hinter dem Rücken. «Nein, weiß Gott, du hast gar nichts Unrechtes getan. Du bist so lieb und gut, wie ein Mensch nur sein kann. Aber es ist halt – Herrgott im Himmel, bist du dir denn überhaupt bewußt, daß es in der Welt Dinge gibt, die zu machen meine Pflicht ist? Ich hab mein Geschäft zu führen, und vielleicht glaubst du es mir nicht, ich hab auch Frau und Kinder, die ich herzlich liebe!» Und während des Seelenmordes, den er beging, vermochte er nur in diesem Augenblick sich edel und tugendhaft zu fühlen. «Ich möchte, daß wir Freunde bleiben sollen, aber, du meine Güte, so kann das natürlich nicht weitergehen, wenn ich immer weiß, daß ich alle Augenblicke herkommen *muß* –»

«Oh, mein Liebling, mein Liebling, und ich habe dir doch so oft und so sorgfältig auseinandergesetzt, daß du vollkommen frei bist. Ich wollte ja nur, daß du zu mir kommen sollst, wenn du müde bist und Lust hast, mit mir zu reden, oder wenn dir unsere Tanzabende Spaß machen –»

Sie war so vernünftig, sie war so sanft und so vollkommen im Recht! Er brauchte eine Stunde, um seine Flucht zu bewerkstelligen, und dann war erst noch nichts abgemacht und dennoch alles so grauenhaft und endgültig fertig. In der trostlosen Freiheit eines eisigen Nordwinds seufzte er: «Gott sei Lob und Dank, daß es vorbei ist! Arme Tanis, arme, süße, brave Tanis! Aber jetzt ist's – aus! Endgültig! Ich bin frei!»

Zweiunddreissigstes Kapitel

I

Seine Frau war noch auf, als er nach Hause kam. «Hast du dich gut unterhalten?» fragte sie ein bißchen höhnisch.

«Nein, gar nicht. Eklig war's! Gibt's sonst noch was, worüber ich dir Aufklärung schuldig bin?»

«George, wie kannst du nur so –? Ach, ich weiß nicht, ich weiß nicht, was in dich gefahren ist!»

«Herrgott, in mich ist nichts gefahren! Warum suchst du denn mit Gewalt etwas heraufzubeschwören?» Innerlich warnte er sich: «Vorsicht! Sei nicht so kratzbürstig. Natürlich ist sie gekränkt, wenn sie den ganzen Abend hier allein gesessen hat.» Aber er vergaß seine eigene Warnung, als sie fortfuhr:

«Warum bist du denn immer unterwegs, um allerhand eigentümliche Menschen zu treffen? Wahrscheinlich wirst du jetzt sagen, daß du heute wieder bei der Sitzung von einem Komitee warst!»

«Nein. Hab eine Frau besucht. Wir sind beim Feuer gesessen und haben Unsinn getrieben, und ich habe mich glänzend amüsiert, wenn du um jeden Preis alles wissen willst.»

«Nun – wahrscheinlich bin ich wieder daran schuld, daß du hingegangen bist, wenigstens sprichst du in einem solchen Ton! Sag nur, daß ich dich geschickt habe!»

«Hast du auch!»

«Na also, ich muß schon sagen –»

«Dir sind alle diese ‹eigentümlichen Menschen›, wie du sie nennst, zuwider. Wenn's nach dir ginge, wär ich genauso ein alter, fader Stubenhocker wie Howard Littlefield. Du willst nie jemanden bei uns haben, der ein bißchen schneidig und lebendig ist; du willst immer nur eine Bande alter, steifer Holzklötze haben, die sich gegenseitig anöden und über das Wetter quasseln. Du gibst dir die denkbar größte Mühe, mich alt zu machen. Aber jetzt will ich dir mal was sagen, von jetzt ab dulde ich nicht –»

Überwältigt sank sie unter dem noch nicht dagewesenen Strom seiner Worte in sich zusammen und erwiderte klagend:

«Ach, Liebster, ich glaube wirklich nicht, daß das wahr ist. Ich suche sicher nicht, dich alt zu machen. Vielleicht hast du in manchem recht. Vielleicht bin ich schwerfällig und ungeschickt, wenn es sich darum handelt, mit neuen Menschen bekannt zu werden. Aber wenn ich an all die schönen, guten Stunden denke, die wir zusammen genießen, an die Abendgesellschaften und Kinos und alles –»

Mit wahrhaft männlicher List überzeugte er nicht nur sich selbst, daß ihm Unrecht geschehen war, sondern überzeugte auch sie durch seine laute Stimme und seinen brutalen Ausfall, und nach einiger Zeit hatte er sie dahin gebracht, daß sie ihn um Verzeihung bat, weil er den Abend mit Tanis verbracht hatte. Hochbefriedigt ging er hinauf und zu Bett und war in diesem Augenblick nicht nur der Herr, sondern auch das arme, gequälte Opfer des ganzen Hauses. Aber als er schon im Bett lag, kam ein peinlicher Moment, wo er sich zweifelnd fragte, ob er auch in allem ganz recht gehabt hätte. «Ich sollte mich was schämen, daß ich sie so tyrannisiere. Vielleicht hat sie, von ihrem Standpunkt aus, recht. Vielleicht hat sie auch nicht so verdammt viel Angenehmes im Leben. Aber es ist mir ganz egal! Ist ihr sehr gesund, wenn sie wachgeschüttelt wird. Und ich will auf jeden Fall meine

Freiheit haben! Will von ihr und von Tanis und von den Jungen im Club und von allen frei sein. Ich will einmal mein Leben auf eigene Faust leben.»

2

In dieser Stimmung machte er sich am nächsten Tag beim Frühstück im *Boosters Club* besonders unbeliebt. Ein Kongreßmitglied, das gerade von einer dreimonatigen erschöpfenden Reise zum Studium der Finanzen, der Ethnologie, der politischen Systeme, der Sprachgrenzen, der mineralischen Quellen und der Agrikultur von Deutschland, Frankreich, Großbritannien, Italien, Österreich, Tschechoslowakei, Jugoslawien und Bulgarien heimgekehrt war, hielt ihnen eine Ansprache. Er sagte ihnen alles Wissenswerte über diese Länder und außerdem drei komische Anekdoten über den falschen Begriff, den sich Europäer von Amerika machten, und schloß mit ein paar bewegten Worten über die Notwendigkeit, ungebildete Ausländer von Amerika fernzuhalten.

«Kinder, das war ein ungeheuer belehrender Vortrag. Fabelhaft interessant!» sagte Sidney Finkelstein.

Aber der unzufriedene Babbitt brummte: «Ausgemachter Schwindel! Saugt sich alles aus dem kleinen Finger! Und was haben ihm nur die armen Einwanderer zuleid getan? Herrgott, die sind doch immer unwissend, und ich hab so eine Ahnung, als ob wir selbst meist von Einwanderern abstammen.»

«Ach, ich kann dein ödes Geschwätz nicht mehr mit anhören!» sagte Mr. Finkelstein.

Babbitt wurde gewahr, daß Dr. A. J. Dilling ihm, von der anderen Seite des Tischs herüber, mit strengem Gesicht zuhörte. Dr. Dilling war einer der einflußreichsten Männer bei den Boosters. Er war nicht praktischer Arzt, sondern Chirurg, ein viel romantischerer und klangvollerer Beruf. Er war ein großer, breiter, heftiger Mann mit üppigem schwarzem Haar und einem starken schwarzen Schnurrbart. Die Zeitungen berichteten häufig über seine Operationen; er war vortragender Professor der Chirurgie an der State University; er soupierte in den allervornehmsten Häusern von Royal Ridge; und man erzählte sich, daß er mehrere hunderttausend Dollar wert sei. Es war schrecklich für Babbitt, wenn ihn eine so wichtige Person mißbilligend ansah. Hastig fing er an, den glänzenden Humor des Kongreßmitglieds zu loben, indem er sich an Sidney Finkelstein wandte und Dr. Dilling meinte.

3

An diesem Nachmittag drangen drei Männer, mit dem Gesichtsausdruck eines Kontrollkomitees in den Tagen der Grenzkämpfe, in Babbitts Büro ein. Es waren große, entschlossene, breitknochige Männer, und sie waren alle mächtige Herren im Lande Zenith – Dr. Dilling, der Chirurg, Charley McKelvey, der Bauunternehmer, und, der erschreckendste von den dreien, der weißbärtige Colonel Rutherford Snow, der Besitzer der *Advocate Times*. In ihrer gewaltigen Gegenwart fühlte sich Babbitt gering und unbedeutend.

«Nun, nun, große Ehre, bitte, Platz zu nehmen, womit kann ich dienen?» plapperte er.

Sie setzten sich nicht und machten auch keinerlei Bemerkungen über das Wetter.

«Babbitt», sagte Colonel Snow, «wir kommen von der Braven-Bürger-Liga. Wir haben entschieden, daß wir Sie mit dabei haben wollen. Vergil Gunch sagt, daß Sie keine Lust dazu haben, aber wir glauben, Ihnen ein neues Licht anstecken zu können. Die Liga will sich mit der Handelskammer vereinigen, um einen Feldzug gegen die gesetzliche Sperrstunde zu unternehmen, und es ist jetzt höchste Zeit, daß auch Sie Ihren Namen auf der Liste zeichnen.»

In seiner Verlegenheit vermochte Babbitt nicht, sich gleich auf die Gründe zu besinnen, die ihn bisher vom Beitritt zurückgehalten hatten – wenn ihm diese Gründe jemals klar gewesen waren –, aber er war leidenschaftlich überzeugt, daß er durchaus keinen Wunsch empfand, sich der Bewegung anzuschließen, und bei dem Gedanken, daß sie ihn vielleicht zwingen könnten, fühlte er Zorn in sich aufsteigen, selbst gegen diese Prinzen des Handels.

«Tut mir leid, Colonel, muß mir die Sache noch überlegen», murmelte er.

McKelvey knurrte: «Soll das heißen, daß du nicht mitgehen willst, George?»

Etwas Dunkles, Ungewohntes, Wildes schien plötzlich aus Babbitt zu sprechen: «Du, hör mal zu, Charley! Ich will verdammt sein, wenn ich mich zu irgendeinem Beitritt einschüchtern lasse, nein, nicht einmal von euch Rothschilden!»

«Wir wollen niemanden einschüchtern», fing Dr. Dilling an, aber Colonel Snow schob ihn beiseite, um selbst fortzufahren: «Gewiß wollen wir das tun! Uns macht ein bißchen Lärm und Gepolter gar nichts aus, wenn's nötig ist. Babbitt, die B. B. L. hat viel von Ihnen gesprochen. Man kennt Sie als einen vernünftigen, ordentlichen, verläßlichen Mann; das waren Sie immer bisher; aber jetzt kürzlich höre ich von verschiedenen Seiten, daß Sie, aus Gott weiß welchen Gründen, sich einer sehr schlechten Gesellschaft angeschlossen haben, und, was weit ärger ist, Sie haben den gefährlichsten Elementen in der Stadt, wie zum Beispiel diesem Kerl Doane, das Wort geredet und die Stange gehalten.»

«Mir scheint, Colonel, das ist eine private Sache, die nur mich angeht.»

«Möglich, aber wir wollen uns endlich mit Ihnen verständigen. Sie und Ihr Schwiegervater haben mit einigen bestbegründeten und weitestblickenden Firmen der Stadt gearbeitet, zum Beispiel mit meinen Freunden von der Straßenbahngesellschaft, und meine Zeitungen haben mit der Reklame für Sie nicht gespart. Nun, Sie können nicht erwarten, daß Ihnen anständige Bürger auch weiterhin forthelfen, wenn Sie die Absicht haben, sich auf Seite der Leute zu stellen, deren Wühlarbeit uns so gefährlich ist.»

Babbitt war ernstlich erschreckt, aber er hatte ein verzweifeltes Gefühl, daß, wenn er hier nachgab, er in allem nachgeben würde. Er protestierte:

«Sie übertreiben, Colonel. Ich bin ja der Ansicht, daß man großzügig und liberal sein soll, aber ich bin selbstverständlich deswegen ebensosehr ein Gegner dieser Narren und Schreihälse und Arbeitervereinigungen, und wie sie alle heißen, wie Sie selbst. Aber die Sache steht so: ich gehöre jetzt schon so vielen Organisationen an, daß ich ihnen wirklich nicht allen gerecht werden kann, und ich will mir noch kurze Zeit zur Überlegung lassen, bevor ich mich entscheide, der B. B. L. beizutreten.»

Colonel Snow sprach herablassend: «Ach, gar keine Rede, ich übertreibe gar nicht! Der Doktor da neben mir hat Sie ja gerade heut mittag gehört, wie Sie eines unserer tüchtigsten Kongreßmitglieder beschimpft und durch den Schmutz gezerrt haben! Und Sie haben sich da eine ganz falsche Idee in den Kopf gesetzt, wenn Sie sagen, daß Sie es sich überlegen wollen. Wir betteln gar nicht darum, daß Sie der B. B. L. beitreten – wir gestatten es Ihnen nur. Ich bin gar nicht so überzeugt, mein Sohn, daß es nicht zu spät sein wird, wenn Sie es lange hinausschieben. Ich bin gar nicht so überzeugt, daß wir Sie dann noch werden haben wollen! Wär besser, sich jetzt rasch zu entschließen, besser, sich gleich zu entschließen!»

Die drei Gestrengen vom Kontrollkomitee, furchtbar in

ihrer Rechtschaffenheit, starrten ihn in gespanntem Schweigen an. Babbitt wartete und hielt durch. Er dachte gar nichts, er wartete einfach, während es in seinem leeren Kopf summte: «Ich will nicht beitreten – ich will nicht beitreten – ich will einfach nicht.»

«Nun schön. Tut mir leid!» sagte Colonel Snow, und die drei Männer wandten ihm schroff ihre fetten Rücken.

4

Als Babbitt an diesem Abend zu seinem Auto hinausging, sah er Vergil Gunch denselben Häuserblock entlang kommen. Er hob die Hand zum Gruß, aber Gunch übersah ihn vollständig und überquerte die Straße. Er war überzeugt, daß Gunch ihn gesehen hatte. Mit akutem Unbehagen fuhr er heim.

Seine Frau ging gleich zum Angriff über: «Georgie-Schatz, Muriel Frink war heute nachmittag bei mir, und sie sagte mir, Chum hätte ihr gesagt, daß dieses Komitee der Braven-Bürger-Liga dich besonders aufgefordert hätte, ihnen beizutreten, und du hättest glatt abgelehnt. Glaubst du nicht, es wäre doch besser, mitzugehen? Du weißt ja, alle Leute, die ein bißchen was sind, sind dabei, und die Liga bedeutet doch –»

«Ich weiß ganz genau, was die Liga bedeutet! Sie bedeutet Unterdrückung des freien Worts und des freien Gedankens und alles dessen, was noch dazu gehört! Ich habe durchaus nicht die Absicht, durch Drohungen zum Beitritt gepreßt zu werden, und es handelt sich gar nicht darum, ob das eine gute Liga oder eine schlechte Liga ist oder was, zum Teufel, es überhaupt für eine Liga ist; es handelt sich einfach darum, daß es mir im Traum nicht einfällt, mitzutun, weil's die anderen sagen –»

«Aber Schatz, wenn du nicht mittust, werden dich die Leute möglicherweise über die Achsel ansehen.»

«Laß sie über die Achsel sehen!»

«Aber ich meine die *vornehmen* Leute!»

«Unsinn, ich – Tatsache ist, diese ganze Liga ist nur eine vorübergehende Mode. 's ist genauso wie die übrigen Organisationen, die mit einem großen Ruck und Geschrei angehen und laut verkünden, daß sie jetzt alles anders machen werden, und sehr bald geht ihnen dann die Puste aus, und es kümmert sich keine Katz mehr um sie!»

«Aber wenn das jetzt die *große* Mode ist, meinst du nicht –?»

«Nein, ich meine gar nicht! Ach, Myra, ich bitte dich, hör auf, mich damit zu sekkieren. Diese verdammte B. B. L. hängt mir schon zu den Ohren heraus. Ich wünsch nur, ich hätte mich damals angeschlossen, als Verg zuallererst zu mir kam, und wär jetzt über den Berg und hätte meine Ruh. Und vielleicht hätt ich heute mitgetan, wenn das Komitee nicht versucht hätte, mich einzuschüchtern und zu zwingen, aber, bei Gott, solange ich ein freier, unabhängiger, amerikanischer Bürger bin –»

«Na, George, jetzt redest du genauso daher wie unser deutscher Heizer.»

«So, also ich rede so, tu ich das wirklich? Dann will ich lieber überhaupt nicht mehr reden!»

Er sehnte sich herzlich, an diesem Abend bei Tanis Judique zu sein und sich an ihrem Mitgefühl aufzurichten. Als die ganze Familie schon schlafengegangen war, kam er so weit, daß er ihr Wohnhaus anrief, aber er war sehr aufgeregt, und als sich der Hausbesorger meldete, stammelte er: «Schon gut, schon gut – rufe noch mal an!» und hing das Hörrohr wieder ein.

5

War Babbitt nicht ganz sicher gewesen, ob ihn Vergil Gunch absichtlich übersehen hatte, so konnte doch am nächsten Morgen über William Washington Eathborne gar kein Zweifel herrschen. Als Babbitt ins Büro fuhr, überholte er Eathbornes Auto, in welchem der große Bankier blaß und feierlich hinter seinem Chauffeur thronte. Babbitt winkte und rief: «Morgen!» Eathborne blickte ihn bedächtig an, zögerte einen Augenblick und nickte ihm dann mit ärgerer Verachtung zu, als wenn er ihn vollkommen geschnitten hätte.

Babbitts Partner und Schwiegervater kam um 10 Uhr ins Geschäft:

«George, was hör ich da für eine Geschichte, daß du Colonel Snow einen großen Tanz aufgeführt hast und um keinen Preis der B. B. L. beitreten willst? Was, zum Teufel, fängst du eigentlich an? Willst du die Firma zugrunde richten? Meinst doch wohl nicht, daß diese großen Kanonen sich das gefallen lassen werden, wenn du ihnen allerhand vorschwadronierst und ihnen diesen ‹liberalen› Blödsinn beibringen willst, den du dir neuerdings in den Kopf gesetzt hast, was?»

«Ach, Unsinn, Henry T., hast wohl Hintertreppenromane gelesen? Diese vielen Komplotte gegen die Liberalität der Leute sind ja lauter Hirngespinste. Wir sind in einem freien Land. Man kann hier tun und lassen, was einem in den Kram paßt.»

«'türlich gibt's keine Komplotte. Wer hat das je behauptet? Nur wenn die Leute sich einmal in den Kopf setzen, daß du flatterhaft und unverläßlich bist, glaubst du doch wohl selber nicht, daß sie noch mit Geschäften zu dir kommen werden. Ein kleines Gerücht, daß du ein Original geworden bist, trägt mehr dazu bei, dieses Geschäft auf den Hund zu bringen, als alle Hirngespinste, die diese neumodischen Schreibfritzen sich in 52 Sonntagen ausdenken können.»

Nachmittags, als der alte, verläßliche Conrad Lyte, der lustige Geizhals Conrad Lyte, hereinkam und Babbitt ihm den Vorschlag machte, sich eine Reihe Grundstücke in dem neuen Wohndistrikt Dorchester anzuschaffen, sagte Lyte hastig, viel zu hastig: «Nein, nein, gerade jetzt will ich mich in nichts Neues einlassen.»

Eine Woche später erfuhr Babbitt durch Henry Thompson, daß die Straßenbahngesellschaft eine neue große Grundstückstransaktion vorhatte, die diesmal Sanders, Torrey und Wing, und nicht die Babbitt-Thompson A.-G., für sie effekturieren sollten.

«Ich denk mir, daß Jake Offut ein bißchen perplex ist, weil die Leute alle so über dich reden. Natürlich ist Jake steinhart und zäh wie Sohlenleder, und wahrscheinlich hat er den Straßenbahnleuten gesagt, sie sollten es doch einmal mit einem anderen Agenten versuchen. George, du mußt jetzt unbedingt etwas unternehmen!» zitierte Thompson.

Und eilig und bestürzt pflichtete ihm Babbitt bei. Purer Unsinn von den Leuten, ihn so mißzuverstehen, aber immerhin – Er beschloß, der Braven-Bürger-Liga beizutreten, wenn man ihn das nächste Mal dazu aufforderte, und in wütender Resignation wartete er. Aber niemand forderte ihn mehr auf. Sie ignorierten ihn. Er hatte nicht den Mut, selbst zur Liga zu gehen und um seine Aufnahme zu bitten, und so verschanzte er sich hinter einer sehr unsicher klingenden Prahlerei, daß er «der ganzen Stadt seine Meinung einmal ordentlich gesagt hatte. Niemand sollte *ihm* vorschreiben dürfen, was er zu denken und zu tun hatte!»

Es erschütterte ihn, wie nichts anderes bisher, als das Muster aller Tippmamsells, Miss McGoun, ihm plötzlich kündigte, obwohl ihre Gründe wirklich ausgezeichnet waren – sie brauchte eine Erholung, ihre Schwester war krank, vielleicht würde sie jetzt sechs Monate lang mit der Arbeit aussetzen. Mit ihrer Nachfolgerin, Miss Havstad, fühlte er sich ungemütlich. Niemand im Büro ahnte Miss Havstads Vornamen. Es schien geradezu unwahrscheinlich, daß sie einen Vornamen, einen Geliebten, eine Puderquaste oder eine Verdauung hatte. Diese schlanke, blasse, fleißige Schwedin erschien so unpersönlich, daß einem der Gedanke, sie könnte einfach nach Hause gehen und Hackbraten essen, roh und gemein vorkam. Sie war eine tadellos geölte und instandgehaltene Maschine, und sie hätte eigentlich jeden Abend abgestaubt und sorgsam in ihren Schreibtisch, neben ihre zu dünnen und zerbrechlichen Bleistiftspitzen, gesperrt werden sollen. Sie schrieb sehr rasch nach Diktat; ihr Maschineschreiben war tadellos, aber Babbitt wurde nervös, wenn er mit ihr arbeiten mußte. Er fühlte sich schwammig gequollen in ihrer Gegenwart, und seine beliebtesten, täglichen Scherze weckten nur eine sanft staunende Frage in ihren Augen. Er sehnte sich danach, Miss McGoun wieder im Büro zu haben, und dachte daran, ihr zu schreiben.

Dann hörte er, daß Miss McGoun, eine Woche nachdem sie ihn verlassen hatte, bei seiner gefährlichen Konkurrenz, Sanders, Torrey und Wing, eingetreten war.

Er empfand nicht allein Ärger, sondern auch heftigen Schrecken. «Warum ist sie nur fortgegangen?» ängstigte er sich. «Hat sie eine Ahnung gehabt, daß es mit meinem Geschäft bergab geht? Und gerade bei Sanders, der die Straßenbahntransaktion bekommen hat. Ratten – sinkendes Schiff!»

Drückende Angst lag jetzt immer schwerer auf ihm. Er beobachtete Fritz Weilinger, den jungen Verkäufer, und fragte sich, ob auch der ihn verlassen würde. Tagtäglich wähnte er neue Kränkungen zu entdecken. Es fiel ihm auf, daß er nicht aufgefordert wurde, bei dem Jahresfestmahl der Handelskammer eine Rede zu halten. Als Orville Jones einen großen Pokerabend gab und ihn dazu nicht einlud, war er überzeugt, daß es eine absichtliche Zurücksetzung war. Er fürchtete sich, im *Athletic Club* zu frühstücken, und traute sich nicht fortzubleiben. Er glaubte, daß man ihm nachspionierte; daß man über ihn flüsterte, wenn er den Tisch verließ. Überall hörte er

Geflüster: in den Büros der Kunden, in der Bank, wenn er Geld deponierte, in seinem eigenen Büro, in seinem Heim. Unaufhörlich wiederholte er sich die Frage, was *sie* wohl über ihn sprachen. Den lieben langen Tag hindurch erlebte er imaginäre Gespräche, hörte sie in staunende Rufe ausbrechen: «Babbitt? Ja, hört mal, der ist ja ein vollkommener Anarchist! Man muß nur den Mut dieses Menschen bewundern, und wie er es zustande gebracht hat, liberal zu werden, und, bei Gott, er lebt sein Leben, wie's ihm paßt; aber, wißt ihr, er ist ein Gefährlicher, das ist er, und eigentlich sollte man ihn anzeigen.»

Er war so unsicher und nervös, daß, wenn er um eine Ecke bog und zwei Bekannte sprechen sah – leise miteinander sprechen –, sein Herz zusammenzuckte und er sich wie ein verlegener Schuljunge vorbeischlich. Wenn er seine Nachbarn Howard Littlefield und Orville Jones zusammenstehen sah, blickte er heimlich nach ihnen und ging ins Haus zurück, um nicht von ihnen beobachtet zu werden, aber dabei war er innerlich unglücklich und überzeugt, daß sie geflüstert hatten – Ränke gegen ihn geschmiedet – geflüstert –

Trotz all seiner Angst war er voll trotziger Herausforderung. Er fühlte sich eigensinnig. Manchmal entschied er, daß er ein verteufelt kühner Kerl gewesen war, genau wie Seneca Doane; manchmal nahm er sich vor, Doane zu besuchen und ihm zu erzählen, was er für ein Revolutionär sei, aber dieser Plan kam nie zur Ausführung. Und ebenso häufig, wenn er fühlte, wie das viele leise Geflüster ihn umstrickte, klagte er: «Lieber Gott im Himmel, was hab ich denn eigentlich getan? Ich hab mich mit der Bande ein bißchen amüsiert und hab Clarence Drum die Leviten gelesen, weil er gar so sehr den stolzen Soldaten markiert hat. *Mich* wird man sicher nie dabei erwischen, wie ich mir an anderen den Schnabel wetze und ihnen mit Gewalt meine Meinungen eintrichtern will!»

Er konnte diese Hochspannung nicht lange aushalten. Bald gab er selbst zu, daß er am liebsten zurückflüchten würde zur Sicherheit der Gemeinschaft, vorausgesetzt, daß ihm ein anständiger und ehrenvoller Rückzug möglich war. Aber eigensinnig, wie er war, wollte er nicht zurückgezwungen werden; er wollte nicht, wie er sich ausdrückte, «Staub lecken».

Nur in den erregten Auseinandersetzungen mit seiner Frau drangen diese stürmischen Sorgen ans Licht. Sie klagte, daß er nervös sei, daß sie nicht begreifen könne, warum er nicht einen Abend bei den Littlefields verbringen wollte. Er versuchte und war dennoch nicht fähig, ihr die verschwommenen Tatsachen seiner Rebellion und der darauf folgenden Strafe zu erklären. Und jetzt, da er Paul und Tanis verloren hatte, besaß er niemanden mehr, mit dem er offen sprechen konnte. «Herrgott, Tinka ist der einzige Freund, der mir heute geblieben ist», seufzte er, und er klammerte sich an das Kind und spielte lange Abende hindurch Gesellschaftsspiele mit ihr.

Er überlegte, ob er Paul im Gefängnis besuchen sollte, aber Paul schien ihm gestorben zu sein, trotz der kurzen, farblosen Karte, die er jede Woche von ihm erhielt. Tanis war es, nach der er sich jetzt hauptsächlich sehnte.

«Ich dachte, ich sei Gott weiß wie schlau und unabhängig, als ich Tanis von mir abschüttelte, und jetzt fehlt sie mir, fehlt mir entsetzlich!» wütete er innerlich. «Myra versteht einfach nicht. Für sie bedeutet das ganze Leben, sich anderen Leuten möglichst genau anzupassen. Aber Tanis, die würde schon wissen und würde mir sagen, ob alles in Ordnung ist.»

Dann wurde er plötzlich schwach, und an einem Abend, sehr spät, lief er zu Tanis. Er hatte es kaum zu hoffen gewagt, aber sie war wirklich zu Hause und allein. Nur war sie nicht mehr dieselbe Tanis. Sie war eine formelle, stirnrunzelnde, eisgepanzerte Frau, die Tanis ähnlich sah. Sie sagte: «Ja, George, was wünschen Sie?» in ruhigem, interesselosem Ton, und er schlich sich fort wie ein geschlagener Hund.

Den ersten Trost spendeten ihm Ted und Eunice Littlefield.

Eines Abends, als Ted auf Ferien daheim war, tanzten sie fröhlich herein, und Ted rief lachend: «Was hör ich von Euny,

Vater? Sie sagt, ihr Vater hätte gesagt, du hättest den alten Seneca Doane über den grünen Klee gelobt und damit einen Mordsskandal heraufbeschworen. Tüchtiger Junge! Gib es ihnen nur grün und blau! Rüttel sie auf! Das alte Nest schläft ja!» Eunice ließ sich auf Babbitts Schoß fallen, küßte ihn, preßte ihr gelocktes Köpfchen unter sein Kinn und triumphierte: «Ich finde, du bist viel, viel netter als Howard. Warum denn nur», sehr zutraulich, «ist Howard so ein alter Griesgram? Der Mann hat ein gutes Herz, und mein Ehrenwort, er ist kolossal intelligent, aber er kann es nicht lernen, sein Mundwerk richtig zu gebrauchen, trotz all der vielen Mühe, die ich mir mit ihm gegeben habe. Glaubst du nicht, Liebster, daß wir doch noch etwas aus ihm machen könnten?»

«Hör mal, Eunice, es schickt sich wirklich nicht, von deinem Papa so zu reden», bemerkte Babbitt in der vorschriftlichen Manier von Blumenhöhe; aber er war seit vielen Wochen zum erstenmal wieder glücklich. Er sah sich im Geist als Veteran unter den Liberalen, gestützt und gehalten von der Liebe der jungen Generation. Einträchtig gingen sie hinaus und plünderten den Eisschrank. Babbitt strahlte: «Wenn deine Mutter uns bei dieser Arbeit erwischte, würden wir nichts zu lachen haben!», und Eunice kehrte ihre mütterliche Seite hervor, schlug eine erschreckende Quantität Eier für sie zu Rühreiern, küßte Babbitt aufs Ohr und meinte verwundert, mit dem Stimmfall einer grüblerischen Äbtissin: «Der Teufel mag wissen, warum tatkräftige Feministinnen wie ich diese unnützen Männer noch immer warten und päppeln!»

Nach diesem Ansporn war Babbitt nicht aufgeregt, als er Sheldon Smeeth traf, den pädagogischen Leiter des Christlichen Vereins Junger Männer und Dirigenten des Chors der Kirche von Chatham Road. Smeeth umklammerte mit feuchten Händen Babbitts dicke Pfote und sprach melodisch: «Bruder Babbitt, in letzter Zeit sehen wir Sie so selten in der Kirche. Ich weiß, Sie sind von tausend Dingen in Anspruch genommen, aber Sie dürfen trotzdem Ihre alten Freunde vom teuren geistlichen Heim nicht vergessen.»

Babbitt befreite sich von den zärtlichen Klauen – Sheldy liebte es, die Hand eines Menschen lange zu halten – und knurrte: «Na, ich mein, ihr Leute könnt das Geschäft auch ohne mich ganz gut betreiben. Sie entschuldigen schon, Smeeth, muß mich eilen. Guntag.»

Aber hinterher überlief es ihn eiskalt: «Wenn dieser farblose Wurm den Mut gehabt hat, mich ins teure geistliche Heim zurückschleppen zu wollen, dann haben die Mitglieder der frommen Kirche sich auch schon das Maul über mich zerrissen.»

Er hörte sie flüstern – flüstern – Dr. John Jennison Drew, Cholmondeley Frink, sogar William Washington Eathborne. Seine Selbständigkeit glitt wieder von ihm, und er schritt allein durch die Straßen und fürchtete den zynischen Blick der Männer und das unaufhörliche, summende Geflüster.

DREIUNDDREISSIGSTES KAPITEL

I

WÄHREND SIE SICH ZUM SCHLAFENGEHEN VORBEREITETEN, versuchte er seiner Frau zu erklären, wie widerwärtig Sheldon Smeeth sei, aber ihre Antwort lautete nur: «Er hat so eine herrliche Stimme – so durchgeistigt. Ich finde, du hast eigentlich nicht das Recht, so von ihm zu sprechen, nur weil du Musik nicht gern magst!» Da sah und empfand er sie plötzlich als eine Wildfremde; er starrte traurig auf diese rundliche, wohlgenährte Frau mit den breiten, nackten Armen und fragte sich, wie sie überhaupt herkam.

Während er sich in seinem kühlen Feldbett fröstelnd von einer schmerzenden Seite auf die andere warf, zerbrach er sich den Kopf über Tanis. «Er war blöd gewesen, sie zu verlieren. Er mußte doch jemanden haben, mit der er sich aussprechen konnte. Er würde – ach, er würde ja *platzen*, wenn er auch weiterhin alles in sich verstauen mußte. Und Myra, es war völlig nutzlos, zu erwarten, daß sie Verständnis zeigte. Nun, jedenfalls hatte es keinen Sinn, sich nicht gleich über die äußersten Konsequenzen klarzuwerden. Verfluchte Schande für zwei verheiratete Leute, nach so vielen Jahren auseinanderzutreiben; verdammt verfluchte Schande; aber trotzdem konnte jetzt nichts mehr sie und ihn wieder zusammenbringen, solange er sich weigerte, sich sein Leben von Zenith mit Gewalt diktieren zu lassen – und er, zum Teufel, war nicht der Mann, der sich von wem immer mit Drohungen etwas beibringen ließ, nein, und auch nicht durch schöne Worte oder Schmeicheleien!»

Er erwachte um drei Uhr, von einem vorüberrasselnden Auto aufgeschreckt, und kroch aus den Federn, um ein Glas Wasser zu trinken. Als er durch das Schlafzimmer schlich, hörte er seine Frau stöhnen. Die Nacht deckte seinen Groll mit milden Schleiern zu, und seine Frage klang besorgt: «Was fehlt dir, Schatz?»

«Ich hab – so einen furchtbaren Schmerz hier in der Seite – er zerreißt – zerreißt mich!»

«Verdorbener Magen vielleicht? Soll ich Natron holen?»

«Glaub nicht – daß das was hilft. Hab mich schon am Abend so komisch gefühlt, und gestern, und dann – ach, es ist vorübergegangen, und ich bin eingeschlafen und – das Auto hat mich aufgeweckt.»

Ihre Stimme klang mühsam und schwankend, wie ein Schiff in schwerem Sturm. Er war sehr beunruhigt.

«Du, ich werde den Doktor rufen.»

«Nein, nein! Es wird schon vorübergehen. Aber vielleicht könntest du mir einen Eisbeutel bringen.»

Er tappte ins Badezimmer, um den Eisbeutel zu holen, hinunter in die Küche um Eis. Er fühlte das ganze Drama dieser mitternächtlichen Expedition, aber während er den Eisblock mit der dolchartigen Eispike zerkleinerte, war er kühl, ruhig und gefaßt; und mit der Herzlichkeit früherer Zeiten in seiner Stimme brummte er, während er den Eisbeutel auf ihrem Leib zurechtlegte und glattstrich: «So, so, jetzt wird's besser werden.» Er schlüpfte ins Bett, aber er schlief nicht ein. Er hörte sie wieder stöhnen. Sofort war er bei ihr und fragte beruhigend: «Noch immer so arge Schmerzen, Kind?»

«Ja, es packt mich und schüttelt mich, und ich kann nicht einschlafen.»

Ihre Stimme war schwach. Er wußte, wie sehr sie sich vor dem Arzt fürchtete, und sagte darum gar nichts, sondern stieg knarrend treppab, telefonierte mit Dr. Earl Patten und wartete, frierend und zähneklappernd, bemüht, mit schläfrigen

Augen eine Zeitschrift zu lesen, bis er das Auto des Doktors vorfahren hörte.

Der Doktor war noch jung und berufsmäßig munter. Er kam herein, als ob es sonnenheller Mittag wäre. «Na, George, wieder etwas nicht ganz in Ordnung, was? Wie geht's ihr denn jetzt?» sagte er geschäftig, während er mit ungeheurer, geradezu irritierend guter Laune seinen Rock auf einen Stuhl warf und seine Hände am Heizkörper wärmte. Er übernahm gleich die ganze Leitung des Hauses. Babbitt fühlte sich überflüssig und unbedeutend, als er dem Arzt ins Schlafzimmer folgte, und der Doktor war es, der mit vergnügtem Lachen meinte: «Ach, nur ein bißchen Magenschmerzen», als Veronika durch die Türspalte guckte und flehend fragte: «Was ist geschehen, Vater, was ist denn geschehen?»

Zu Mrs. Babbitt gewendet sagte der Doktor nach der Untersuchung mit kriecherischer Liebenswürdigkeit: «Ein ganz abscheulicher, ekliger Schmerz, was? Ich werde Ihnen etwas zum Schlafen geben, und ich glaube, daß es Ihnen in der Frühe besser gehen wird. Jedenfalls komme ich gleich nach dem ersten Frühstück herüber!» Aber zu Babbitt, der in der Eingangshalle lauerte, sagte der Doktor seufzend: «Mir gefällt etwas in dem Bauch absolut nicht. Es ist eine starke Spannung und offenbar eine Entzündung vorhanden. Hat man ihr jemals den Blinddarm herausgenommen? Hm, hm. Na, es nützt nichts, sich zu ängstigen. Ich werde gleich am Morgen wieder hier sein, und inzwischen wird sie ein bißchen geruht haben. Ich hab ihr eine Einspritzung gemacht. Gute Nacht!»

Und dann wurde Babbitt in einem atemlosen Ungewitter fortgewirbelt.

Augenblicklich verblaßte die Empörung, die ihn beherrscht hatte, und der seelische Zwiespalt, mit dem er gerungen hatte, schien nichtig und lächerlich gegenüber den uralten, überwältigenden Tatsachen, den ewigen und traditionellen Tatsachen von Krankheit und drohendem Tod, nicht enden wollender Nacht und von tausend stillschweigenden Folgerungen des Ehelebens. Er schlich leise zu ihr zurück. Während sie in der unnatürlichen Dumpfheit des Morphiums vor sich hin dämmerte, saß er am Bettrand und hielt ihre Hand, und zum erstenmal seit vielen Wochen ruhte ihre Hand vertrauensvoll in seiner.

Er hüllte sich phantastisch in seinen türkischen Bademantel und in eine rot-weiß gestreifte Sofadecke und saß, zusammengesunken wie ein Häuflein Unglück, in einem Lehnstuhl. Das Schlafzimmer schien nicht recht geheuer in dem Dämmerlicht, das die Vorhänge in lauernde Diebe, den Toilettentisch in ein Schloß mit Zinnen und Giebeln verwandelte. Es roch nach kosmetischen Mitteln, nach Bettzeug, nach Schlaf. Er duselte vor sich hin und wachte mit einem Ruck auf, duselte wieder und wachte wieder auf, wohl an die hundertmal. Er hörte, wie sie sich im Schlaf rührte und seufzte; er fragte sich, ob es nicht etwas Wichtiges, Nützliches gäbe, was er geschwind für sie tun könnte; aber bevor er den Gedanken noch ganz zu Ende gedacht hatte, war er wieder eingeschlafen, mit schmerzenden, zerbrochenen Gliedern. Die Nacht war endlos. Als der Morgen anbrach und die lange Nachtwache sich ihrem Ende nahte, schlief er fest ein und ärgerte sich, bei einer solchen Pflichtvergessenheit betroffen zu werden, als ihn die hereintretende Veronika und ihre erregte Frage: «Ach, was ist denn nur los, Vati?» aufweckte.

Seine Frau lag wach, mit wachsgelbem, verfallenem Gesicht, im nüchternen Morgenlicht, aber jetzt dachte er nicht daran, sie mit Tanis zu vergleichen; sie war nicht einfach eine Frau, die mit anderen Frauen in eine Reihe gestellt werden konnte; sie war sein innerstes Selbst, und wenn er auch an ihr herumkritisierte und nörgelte, so war es doch nur das Kritteln und Nörgeln, das er auch an sich vornahm, interessiert, ohne Überhebung und ohne auf Änderung zu hoffen – vielleicht ohne Wunsch nach Änderung –, das innerste Wesen der Ewigkeit.

Mit Veronika sprach er in väterlichem, entschlossenem

Tonfall. Er tröstete Tinka, die durch lautes Heulen die Erregung der Stunde befriedigend auf die Spitze trieb. Er bestellte das erste Frühstück und hätte dann gern die Zeitung gelesen, aber er fühlte sich irgendwie heroisch und nützlich, als er sie nicht las. Und dann vergingen noch unendlich langsame und durchaus unheroische Stunden des Wartens, bis Dr. Patten wiederkam.

«Ich sehe nicht viel Unterschied», sagte Patten. «Ich werde um 11 Uhr wieder vorsprechen, und wenn Sie nichts dagegen haben, bringe ich irgendeinen weltberühmten Pillendreher zur Konsultation mit, damit wir ganz sicher und beruhigt sind. Und jetzt, George, gibt es für Sie absolut nichts zu tun. Ich werde Veronika anstellen, daß sie mir den Eisbeutel immer wieder nachfüllt – ich denke, den lassen wir jedenfalls drauf –, und Sie machen sich auf die Beine und verschwinden in Ihr Büro, statt hier herumzustehen mit einem Gesicht, als ob Sie der Patient wären. Die Nervenkraft der Ehemänner kann mir gestohlen werden! Sind alle viel neurasthenischer als ihre Frauen! Sobald ihren Gattinnen etwas fehlt, müssen sie sich fix zu Bett legen und dann alles Lob dafür einheimsen, daß sie krank geworden sind. Jetzt trinken Sie mal rasch eine Tasse guten Kaffee und machen Sie, daß Sie fortkommen!»

Unter diesem Hohn gewann Babbitt seine Fassung wieder. Er fuhr ins Büro, versuchte Briefe zu diktieren, versuchte zu telefonieren, und vergaß, wen er angerufen hatte, bevor sich noch die Nummer meldete. Um ein Viertel nach zehn machte er sich auf den Heimweg. Als er den lebhaften Verkehr des Geschäftsviertels hinter sich ließ und eine größere Geschwindigkeit einschaltete, war sein Antlitz wie eine tragische Maske in starre Falten gelegt.

Seine Frau empfing ihn mit Verwunderung: «Warum bist du zurückgekommen, Liebster? Ich glaube, es geht mir ein bißchen besser. Ich habe Veronika schon in ihr Büro expediert. War es sehr böse von mir, jetzt krank zu werden?»

Er wußte, daß sie verwöhnt und verzärtelt werden wollte, und er tat ihr den Willen mit frohem Herzen. Sie waren seltsam glücklich miteinander, als er Dr. Pattens Auto vorfahren hörte. Er blickte zum Fenster hinaus und erschrak heftig. Neben Patten sah er einen ungeduldigen Mann mit einem widerspenstigen schwarzen Haarschopf und einem Husarenschnurrbart – Dr. A. J. Dilling, den Chirurgen. Babbitt sprudelte vor Erregung, die er hastig zu verbergen suchte, und eilte hinunter zur Tür.

Dr. Patten betonte fast übermäßig die Alltäglichkeit eines solchen Besuchs: «Ich will nicht ängstlich machen, alter Junge, aber ich dachte mir, es wäre eine glänzende Idee, sie von Dr. Dilling untersuchen zu lassen.» Er deutete auf Dilling wie auf seinen Herrn und Meister.

Dilling grüßte auf die schroffste Art mit einem Kopfnicken und stieg die Treppen empor. Babbitt schritt in Todesqualen im Wohnzimmer auf und ab. Mit Ausnahme der Geburten, die seine Frau durchgemacht hatte, war in seiner nächsten Familie nie eine größere Operation vorgenommen worden, und die Chirurgie erschien ihm gleichzeitig als ein Wunder und als eine Höllenpein. Aber als Dilling und Patten zu ihm herunterkamen, wußte er gleich, daß alles in Ordnung war, und er hätte fast angefangen zu lachen, denn die Ärzte schienen ihm genau wie die bärtigen Mediziner in den Operetten, wie sie sich beide die Hände rieben und sich bemühten, sehr weise auszusehen. Dr. Dilling ergriff das Wort:

«Es tut mir furchtbar leid, alter Junge, aber es ist akute Blinddarmentzündung. Wir müßten zur Operation vorschreiten. Natürlich sollen Sie selbst entscheiden, aber es ist gar kein Zweifel darüber, was wir tun müssen!»

Babbitt erfaßte nicht ganz die Tragweite dieser Erklärung. Er murmelte: «Na, dann denk ich, daß wir sie in ein paar Tagen langsam darauf vorbereiten. Wahrscheinlich wird auch Ted von der Universität abkommen können, auf alle Fälle, wenn etwas passieren sollte.»

Dr. Dilling knurrte: «Nein. Wenn Sie nicht riskieren wollen, daß ein Durchbruch erfolgt, müssen wir sie sofort operieren. Ich rate Ihnen dringend dazu. Wenn Sie uns also sagen, daß Sie einverstanden sind, rufe ich sogleich die Freiwilligen Retter an, und in dreiviertel Stunden kann sie schon auf dem Operationstisch liegen.»

«Ich – ich – natürlich müssen Sie am besten wissen – Aber mein Gott im Himmel, Mann, ich kann doch unmöglich ihre Kleider und Sachen in zwei Sekunden herrichten! Und in ihrem Zustand so erschöpft und so schwach, wie sie jetzt ist –»

«Packen Sie nur Kamm und Bürste und ihre Zahnbürste in eine Tasche; das ist alles, was sie in den ersten zwei Tagen brauchen wird», sagte Dr. Dilling und ging ans Telefon.

Babbitt raste wie ein Verzweifelter hinauf. Er schickte die erschreckte Tinka aus dem Zimmer. Fröhlich wandte er sich an seine Frau: «Na, alter Schatz, der Doktor meint, daß dir vielleicht eine kleine Operation am raschesten helfen wird. Wird nur ein paar Minuten dauern – lang nicht so gefährlich wie eine Geburt –, und dann bist du auf ja und nein wieder gesund.»

Sie klammerte sich an seine Hand, bis ihn die Finger schmerzten. Sie sagte still und geduldig, wie ein erschrecktes Kind: «Ich fürchte mich – so ganz allein – ins Dunkel hineinzugehen.» Ihre Augen waren plötzlich wieder kindlich; flehend und verstört blickte sie ihn an: «Willst du bei mir bleiben, Liebster? Du mußt jetzt nicht gleich wieder ins Büro gehen, nicht wahr? Könntest du vielleicht mit mir ins Spital kommen? Kannst du am Abend kommen und mich besuchen – wenn alles schon vorbei und wieder gut ist? Heute abend wirst du nicht ausgehen müssen, nicht wahr?»

Er lag vor ihrem Bett auf den Knien. Während sie schwach und matt seine Haare aufwühlte, schluchzte er und küßte den Batist ihres Ärmels und beteuerte: «Alter Schatz, ich liebe dich mehr als alles auf der Welt! Ich hab mich um das Geschäft und ähnliche Sachen gesorgt, aber das ist jetzt aus und vorbei, und ich bin und bleibe bei dir!»

«Willst du das wirklich, wirklich tun? George, während ich hier so lag, habe ich mir überlegt, daß es vielleicht das beste wäre, wenn ich jetzt einfach nicht mehr zurückkehrte.

Ich habe mich gefragt, ob ich jemandem hier nötig bin. Ob ich euch fehlen würde. Und dann habe ich mich gefragt, wozu ich überhaupt auf der Welt bin. Ich bin so dumm und langweilig und häßlich geworden –»

«Geh, du alter Schwindler! Fischst nach Komplimenten, statt mich fortzuschicken, um schleunigst deine Siebensachen einzupacken! Ich, na ja, ich bin selbstverständlich jung und hübsch und ein richtiges Dorfgigerl, und –» Er konnte nicht weitersprechen. Das Schluchzen übermannte ihn wieder; und in einem Strom unzusammenhängender, gemurmelter Liebkosungen fanden die zwei wieder zueinander.

Während er packte, arbeitete sein Hirn merkwürdig klar und flink. Er begriff, daß er sich von nun ab keine krummen Abende mehr erlauben konnte. Er gab zu, daß sie ihm abgehen würden. Grimmig erkannte er, daß dies sein letzter, verzweifelter Ausbruch gewesen war, bevor er sich in die schwerfällige Zufriedenheit des Alterns schickte. «Na», und hier grinste er boshaft, «es war doch eine verdammt lustige Affäre gewesen, solang es eben gedauert hatte!» Und – was würde die Operation wohl kosten? «Das hätt ich mit Dilling genau ausmachen müssen. Aber nein, hol's der Teufel, es ist mir ganz egal, und es kostet eben, was es kostet!»

Das Krankenauto stand vor der Tür. Trotz seines Kummers mußte Babbitt, der alle technische Vollendung liebte, mit Interesse die sanfte Geschicklichkeit bewundern, wie die Wärter Mrs. Babbitt auf eine Tragbahre gleiten ließen und sie die Treppe hinabtrugen. Der Krankenwagen war ein ungeheuer großes, anmutiges, weißlackiertes Ding. Mrs. Babbitt jammerte leise: «Ich fürcht mich davor. Es ist genau wie eine Totenbahre, als ob man mich auf eine Totenbahre schieben würde. Ich möchte, daß du bei mir bleibst.»

«Ich werde gleich vorn beim Chauffeur sitzen», versprach ihr Babbitt.

«Nein, ich will, daß du mit mir drin bleiben sollst.» Und zum Wärter sagte sie: «Darf er nicht drin sitzen?»

«Aber ja, gnädige Frau, natürlich. Wir haben einen netten

kleinen Feldstuhl zum Sitzen», sagte der ältere Wärter voller Berufsstolz.

Er saß neben ihr in der kleinen, rollenden Kabine mit dem Feldbett, dem Stühlchen, dem kräftig funktionierenden elektrischen Heizkörper und dem vollkommen unerklärlichen Kalender, der ein kirschenessendes Mädchen und den Namen eines strebsamen Kolonialwarenhändlers zeigte. Aber als er in erzwungener Fröhlichkeit herumfuchtelte, berührte seine Hand den elektrischen Ofen, und er quietschte:

«Au, au, Jesus Maria!»

«George Babbitt, ich dulde nicht, daß du fluchst und Gott lästerst!»

«Weiß schon, tut mir furchtbar leid, aber – verflixt noch mal, guck doch nur, wie ich mir die Hand verbrannt habe! Donnerwetter, tut das weh! Es brennt wie der Teufel! Ja, der verflixte Ofen ist ja heiß wie – heißer als – heiß wie ein Hexenkessel in der Hölle! Guck nur! Kannst du die Stelle sehen?»

Und so, während sie zum Sankt Marien-Hospital fuhren, wo die Schwestern schon die Instrumente vorbereiteten zur Operation, von der ihr Leben abhing, war sie es, die ihn tröstete und die Stelle küßte, um sie wieder zu heilen, und obwohl er probierte, rauh und männlich zu sein, gab er doch nach und war glücklich, gehätschelt und verzärtelt zu werden.

Der Krankenwagen sauste unter die gedeckte Einfahrt des Spitals, und augenblicklich wurde er zu einer Null degradiert, in einem bösen Traum von korkbelegten Hallen und Gängen, zahllosen offenen Türen, durch die man alte Frauen erblickte, in ihren Betten sitzend, einem Personenaufzug, dem Chloroformierungsraum und einem jungen Internen, der Ehemänner prinzipiell geringschätzig behandelte. Man erlaubte ihm, seine Frau zu küssen; er sah eine schlanke dunkle Schwester ihr die Maske über Mund und Nase legen; etwas bäumte sich in ihm auf, als er einen süßen, betäubenden Duft spürte; dann jagten sie ihn hinaus, und er saß, wie vor den Kopf geschlagen, auf einem hohen Stuhl in einem Laboratorium, sehnte sich danach, sie noch einmal zu sehen, ihr noch einmal zu versichern, daß er sie immer geliebt habe, nie auch nur einen Augenblick lang jemand anderen geliebt oder angeschaut habe. Im Laboratorium war er sich ausschließlich eines verfaulten Gegenstands in einem Glas mit gelblichem Alkohol bewußt. Es wurde ihm furchtbar übel davon, aber er konnte die Augen nicht abwenden. Es kam ihm viel deutlicher zum Bewußtsein als seine Spannung. Seine Gedanken schwebten immer wieder zu der grauenhaften Flasche zurück. Um dieser Qual zu entgehen, öffnete er die Tür rechts und hoffte, dort ein normales, geschäftsmäßiges Büro zu finden. Plötzlich wurde er sich klar, daß er den Operationssaal vor sich hatte; mit einem Blick erfaßte er Dr. Dilling, der in weißem Kittel und verbundenem Kopf fremd und verändert aussah und sich über einen Stahltisch mit Schrauben und Rädern beugte, er sah Schwestern, die Schüsseln und Wattetampons hielten, und er sah einen vermummten Gegenstand, nur ein lebloses Kinn und eine weiße Stoffmasse, aber mitten in dem Weißen ein viereckiges Stück blasses Fleisch, mit einem Schnitt, der an den Rändern ein wenig blutig war, und aus dem Schnitt ragte ein Schwarm Zangen hervor wie festgesaugte Schmarotzertiere.

Hastig schloß er die Tür. Es ist möglich, daß seine schreckbedingte Reue von Nacht und Morgen nicht tief genug eingedrungen war, aber dieses unmenschliche Begräbnis des Wesens, das so rührend menschlich gewesen war, erschütterte ihn bis in seine tiefsten Tiefen. Und als er wieder auf dem hohen Stuhl hockte, schwor er seiner Frau Treue... schwor Zenith Treue... und dem tüchtigen Geschäftssinn... und dem Club der Boosters... und jedem vorgeschriebenen Glauben des Clans der Guten Freunde.

Dann ertönte die beruhigende Stimme einer Krankenschwester: «Alles glücklich vorbei! Vollständig gelungen! Sie hält sich prächtig! Sie wird sehr bald aus der Betäubung erwachen, und Sie dürfen sie sehen.»

Er fand sie auf einem merkwürdigen, schräggestellten Bett liegen, ihr Gesicht hatte eine ungesunde gelbliche Farbe, aber ihre violetten Lippen bewegten sich langsam. Erst dann glaubte er voll und ganz, daß sie lebte. Sie murmelte etwas vor sich hin. Er beugte sich über sie und hörte, wie sie seufzte: «Ist so schwer, Ahornsirup für Pfannkuchen zu bekommen.» Er lachte und konnte nicht aufhören zu lachen; strahlend blickte er die Pflegerin an und teilte ihr stolz mit: «Zu merkwürdig, daß sie an Ahornsirup denkt! Jetzt geh ich aber und bestelle ihr hundert Gallonen Ahornsirup, laß ihn direkt aus Vermont schicken!»

2

In siebzehn Tagen kam sie aus dem Spital heraus. Er besuchte sie jeden Nachmittag, und in langen Zwiegesprächen fanden sie ihre verlorene Intimität wieder. Einmal ließ er eine Bemerkung über seine Bekanntschaft mit Tanis und der Bande fallen, und sie war von dem Glauben erfüllt, daß ein böses Weib ihren armen George umstrickt hatte.

Waren ihm früher Zweifel an seinen Nachbarn und den ungewöhnlichen Eigenschaften der guten Freunde gekommen, so war er jetzt wieder von allen vollkommen überzeugt. Es kam nicht vor, bemerkte er, daß «Seneca Doane mit ein paar Blumen hereinkam oder auf einen kleinen Schwatz bei der Gattin erschien», aber Mrs. Howard Littlefield brachte ihr köstliches Weingelee (mit echtem Wein zubereitet) ins Spital; Orville Jones verschwendete Stunden, um akkurat solche Romane auszusuchen, wie Mrs. Babbitt sie am liebsten las – hübsche Liebesgeschichten von New Yorker Millionärinnen mit Cowboys aus Wyoming; Louetta Swanson strickte eine rosa Bettjacke; Sidney Finkelstein und sein munterer, braunäugiger Backfisch von Frau wählten das hübscheste Nachthemd am ganzen Lager von Parcher & Stein für sie aus.

Alle seine Freunde hörten auf, über ihn zu flüstern und ihn zu verdächtigen. Im *Athletic Club* fragten sie täglich nach ihrem Befinden. Clubmitglieder, deren Namen er gar nicht wußte, erkundigten sich: «Wie geht es Ihrer lieben Frau?» Babbitt hatte das Gefühl, aus einem öden Bergland in das reiche, warme Klima eines lieblichen, villenbesetzten Tals zu kommen.

Eines Mittags meinte Vergil Gunch: «Hast du heute die Absicht, gegen 18 Uhr im Spital zu sein? Meine Frau und ich dachten daran, euch zu besuchen.» Und sie kamen. Gunch war so witzig, daß Mrs. Babbitt erklärte, «jetzt aber müsse er endlich aufhören, denn das viele Lachen verursache ihr allen Ernstes Schmerzen an ihrer Wunde». Als sie später durch die Halle gingen, bemerkte Gunch freundschaftlich: «George, alter Schuft, warst in letzter Zeit immer schrecklich empfindlich. Ich weiß allerdings nicht, warum es war, geht mich auch nichts an. Aber jetzt scheinst du dich wieder ganz fein derwischt zu haben, und warum kommst du nicht, um dich der Braven-Bürger-Liga anzuschließen, altes Haus. Wir unterhalten uns wirklich großartig dabei, und wir brauchen notwendig deinen Rat.»

Dann gab Babbitt, der beinahe heulte vor Entzücken, daß man ihm erlaubte, den Kampf aufzugeben, daß man ihm das Desertieren leicht machte, ohne seine gute Meinung über sich selbst zu erschüttern, endgültig die häusliche Rebellion auf. Er klopfte Gunch auf die Schulter, und am nächsten Tag wurde er zum Mitglied der Braven-Bürger-Liga ernannt.

Nach kaum zwei Wochen gab es keinen Menschen in der Liga, der wütender die Schlechtigkeit Seneca Doanes, die Sünden der Arbeiterunion, die Gefahren der Einwanderung und die Wonnen von Golf, Moral und Bankguthaben verkündete als George F. Babbitt.

Vierunddreissigstes Kapitel

I

Die Brave-Bürger-Liga hatte sich im ganzen Land ausgebreitet, aber nirgends hatte sie einen solchen Erfolg und wurde so hochgehalten wie in den Städten, die den Typus von Zenith aufweisen. Es waren kommerzielle Städte mit ein paar hunderttausend Einwohnern, und die meisten – obwohl nicht alle – waren mitten im Land, mit einem Hintergrund von Kornfeldern und Bergwerken und anderen kleinen Städten, gelegen. Diese wiederum waren für ihre Hypothekenanleihen, Tischmanieren, Kunst, Philosophie und Mode vollständig von ihren größeren Schwestern abhängig.

Die meisten wohlhabenden und angesehenen Bürger Zeniths gehörten der Liga an. Es waren nicht ausschließlich solche, die sich selbst als «tüchtige Kerls» bezeichneten. Neben diesen fröhlichen, gutmütigen Menschen, diesen Agenten des Wohlstands, gab es auch Aristokraten, das heißt diejenigen, die reicher waren als andere oder schon seit Generationen reich waren: die Präsidenten von Banken und Fabriken, die Grundbesitzer, die Rechtsanwälte der großen Konzerne, die beliebtesten Ärzte und die wenigen ältlich-jungen Herren, die überhaupt nicht arbeiteten, sondern, widerwillig in Zenith lebend, alte Fayencen und Erstausgaben sammelten, als ob sie in Paris wären. Alle diese Leute waren sich darin einig, daß die Arbeiter energisch niedergehalten werden mußten; und sie konstatierten, daß die Demokratie Amerikas wohl nicht Gleichheit des Vermögens bedeutet, dagegen eine gesunde Gleichförmigkeit der Gedanken, Kleidung, Moral, Malerei und Ausdrucksweise bedingt.

In diesem waren sie gar nicht verschieden von der regierenden Klasse irgendeines anderen Landes, insbesondere Großbritanniens, aber der Unterschied lag darin, daß sie viel kraftvoller und lebenssprühender waren und sich tatsächlich bemühten, die herkömmlichen Ideale zu verwirklichen, die alle Klassen überall herbeisehnen und fast immer wieder als unerreichbar aufgeben.

Am längsten kämpfte die Brave-Bürger-Liga gegen die Sperrstunde, und das war uneingestandenermaßen ein Kampf gegen alle organisierte Arbeit. Hand in Hand damit ging die Bewegung für Amerikanisierung. Man führte Abendunterricht in Englisch, Geschichte und Nationalökonomie ein und druckte täglich lange Artikel in den Zeitungen ab, damit neu ankommende Ausländer gleich erfahren sollten, daß die reinblütigen, «hundertprozentigen» Amerikaner Arbeiterunruhen dadurch beilegen, daß sie den Arbeitern Vertrauen und Liebe zu ihren Arbeitgebern beibringen.

Die Liga war außerordentlich großzügig und billigte alle anderen Vereinigungen, die die gleichen Zwecke und Ziele verfolgten. Sie half dem Christlichen Verein Junger Männer, eine Summe von 200000 Dollar für ein neues Heim zusammenzubringen. Babbitt, Vergil Gunch, Sidney Finkelstein und sogar Charley McKelvey teilten den Zuschauern eines Filmtheaters mit, welch tiefen Einfluß für Männlichkeit und christliches Empfinden «der gute alte Verein» in ihrem Leben gehabt hätte; und der silberhaarige und mächtige Colonel Rutherford Snow, Besitzer der *Advocate Times*, wurde fotografiert, wie er Sheldon Smeeth vom Christlichen Verein Junger Männer die Hand reichte. Es läßt sich allerdings nicht leugnen, daß, als Sheldon Smeeth gleich darauf lispelte: «Sie müssen jetzt auch zu einer unserer Betversammlungen kommen», der grimmige alte Colonel ihn anbrüllte: «Was, zum Teufel, hab ich denn dort verloren? Hab an meinem eigenen Wirtshaus genug!» Aber das wurde natürlich nicht dazugedruckt.

Die Liga leistete auch der Amerikanischen Legion wertvolle Dienste zu einer Zeit, wo gewisse kleinere und weniger verantwortliche Zeitungen diese Organisation der Veteranen des großen Weltkriegs mit ihrer Kritik belästigten. Eines Abends brach eine Rotte junger Männer in das Hauptquartier der Zenither Sozialisten ein, verbrannte ihre Aufzeichnungen, verprügelte die Büroangestellten und schmiß anmutig Schreibtische zu den Fenstern hinaus. Alle Zeitungen, mit Ausnahme der *Advocate Times* und des *Evening Advocate*, schrieben diese wertvolle, aber vielleicht etwas hastige Tat der Amerikanischen Legion zu. Dann suchte eine fliegende Abordnung der Braven-Bürger-Liga die ungerechten Zeitungen auf und machte es ihnen ganz klar, daß kein gewesener Soldat jemals dazu imstande gewesen wäre; den Redakteuren ging eine Ölfunzel auf, und sie zogen ihre Anklagen zurück. Als Zeniths einsamer und einziger gewissenhafter Opponent aus dem Gefängnis entlassen und von redlichen Bürgern aus der Stadt gejagt war, bezeichneten die Blätter die Missetäter als einen «nicht identifizierbaren Mob».

2

Bei allen Werken und Triumphen der Braven-Bürger-Liga spielte Babbitt eine große Rolle und gewann sein Selbstgefühl, seine zufriedene Ruhe und die Liebe seiner Freunde in vollem Maß wieder zurück. Aber jetzt fing er an zu protestieren: «Donnerwetter, ich hab meinen Teil getan, um die Stadt zu säubern. Muß mich wieder ums Geschäft kümmern. Ich denke, daß ich mir jetzt die B. B. L.-Arbeiten vom Halse schaffen werde.»

Er war zur Kirche zurückgekehrt, genau wie er zu den Boosters zurückgekehrt war. Er hatte sogar die enthusiastische Begrüßung durch Sheldon Smeeth über sich ergehen lassen. Er war ein wenig beunruhigt, ob er sein Seelenheil nicht während seiner jüngsten Empörung gefährdet hatte. Er war durchaus nicht sicher, daß es einen Himmel gab, den man sich verdienen konnte, aber Dr. John Jennison Drew behauptete es, und Babbitt wollte nichts dem blinden Zufall überlassen.

Eines Abends, als er an der Wohnung des Dr. Drew vorbeischritt, gab er einer plötzlichen Regung nach, ging hinein und fand den Seelenhirten in seinem Studierzimmer.

«Augenblick – Augenblick, muß nur gerade noch ein Telefongespräch erledigen», sagte Dr. Drew geschäftsmäßig und wandte sich gleich wieder sehr aggressiv an den Apparat: «Hallo – Hallo! Berkey und Hannis? Hier spricht Pastor Drew. Wo, zum Kuckuck, ist der Bürstenabzug vom Kalender für nächsten Sonntag? Was? Hätt schon längst hier sein sollen. Na, ich kann Ihnen nicht helfen, selbst wenn alle krank sind! Ich muß ihn unbedingt noch heute abend haben. Lassen Sie sich einen Boten kommen und schicken Sie ihn mir augenblicklich her.»

Er wandte sich um, ohne seinen lebhaften Ton zu ändern. «Nun, Bruder Babbitt, womit kann ich Ihnen dienen?»

«Ich wollte Sie fragen – werde Ihnen das Ganze erzählen, Pastor: ich hab mich vor einiger Zeit furchtbar gehenlassen. Paarmal getrunken und alles, was so drum und dran hängt. Jetzt wollte ich Sie nur fragen: wie steht's mit einem Menschen, der sich das alles abgewöhnt hat und wieder anständig lebt? Wird ihm das, ja, wie soll ich denn sagen, wird ihm das später einmal angerechnet?»

Hochwürden Dr. Drew schien plötzlich sehr interessiert. «Na und, Bruder, was war außerdem? War das ander auch? Frauen?»

«Nein, eigentlich nicht, man könnte fast sagen, gar nicht.»

«Legen Sie sich keine Zurückhaltung auf, Bruder! Ich bin ja nur da, um Sie anzuhören. Haben Sie sich Extratouren erlaubt? Haben Sie Mädchen im Auto geküßt?» Die hochwürdigen Augen leuchteten auf.

«Nein – nein.»

«Ich will jetzt was sagen. Ich erwarte in einer Viertelstunde eine Deputation von der ‹Macht keinen Ulk aus der Prohibition›-Gesellschaft, und um Viertel vor zehn kommt eine Deputation von der Anti-Geburtenrückgang-Vereinigung.» Geschäftig warf er einen Blick auf die Uhr. «Aber ich kann mir fünf Minuten aussparen und mit Ihnen beten. Knien Sie gleich dort bei Ihrem Stuhl nieder, Bruder. Lassen Sie sich nicht durch falsche Scham zurückhalten, Gottes Gnade und seine weise Führung zu suchen.»

Babbitts Kopfhaut juckte vor Schreck, und er wäre am liebsten geflohen, aber Dr. Drew war bereits neben seinem Schreibtisch niedergeplumpst, und er hatte den schroffen Ton seiner Stimme zu einer salbungsvollen Vertrautheit mit der Sünde und mit dem Herrn umgewandelt. Babbitt kniete ebenfalls nieder, während Drew strahlend loslegte:

«O Gott, hier siehst du unseren Bruder, der, vielfachen Verfolgungen folgend, vom rechten Wege abgewichen ist. O himmlischer Vater, mache du sein Herze wieder rein, rein wie das Herzchen eines kleinen Kindes. Oh, lasse ihn wieder die Freude und die männliche Kraft empfinden, die darin liegen, der Sünde zu entsagen –»

Hier kam Sheldon Smeeth fröhlich ins Studierzimmer gehüpft. Als er die beiden Männer erblickte, schmunzelte er, klopfte Babbitt verzeihend auf die Schulter und kniete neben ihm nieder, indem er seinen Arm um ihn schlang und Dr. Drews Beschwörungen mit lautem Gestöhn billigte: «Ja, Herr! Hilf unserem Bruder, Herr!»

Obwohl er sich bemühte, seine Augen geschlossen zu halten, schielte Babbitt doch durch die Finger und sah gerade, wie der Pfarrer rasch auf die Uhr blickte, während er triumphierend schloß: «Und gib ihm immer den Mut, zu uns zu kommen um Rat und liebevolle Fürsorge, und tu ihm doch kund und zu wissen, daß die Kirche ihn lenken kann, wie ein kleines, unschuldiges Lamm.»

Dr. Drew stand auf, rollte die Augen ungefähr in der Richtung des Himmels, steckte die Uhr in die Westentasche und erkundigte sich: «Ist die Deputation schon gekommen, Sheldy?»

«Ja, sie steht draußen», erwiderte Sheldy ebenso lebhaft; dann wandte er sich zärtlich schmeichelnd an Babbitt: «Bruder, wenn Sie glauben, daß es Ihnen hilft, würd ich rasend gern mit Ihnen ins andere Zimmer gehen und weiterbeten, während Dr. Drew die Brüder von der ‹Macht keinen Ulk aus der Prohibition›-Gesellschaft empfängt.»

«Nein – nein – vielen Dank – hab gar keine Zeit!» heulte Babbitt verzweifelt und stürzte zur Tür.

Danach konnte man ihn oft in der Presbyterianischen Kirche von Chatham Road sehen, aber erwiesenermaßen vermied er es tunlichst, die Hand seines Seelsorgers an der Tür zu schütteln.

3

War Babbitts moralische Kraft durch seine Rebellion so geschwächt, daß er in den anstrengenden Feldzügen der Braven-Bürger-Liga nicht ganz mitzuhalten noch der Kirche wieder bedingungslos anzugehören vermochte, so konnte doch darüber kein Zweifel herrschen, daß er fröhlichen Herzens zu den Freuden des Heims und des *Athletic Club*, zu den Boosters und den Elchen zurückkehrte.

Veronika und Kenneth Escott wurden schließlich, noch

immer zögernd, miteinander verheiratet. Zur Trauung war Babbitt ebenso sorgsam gekleidet wie Veronika; er hatte sich in den Gehrock gepreßt, den er dreimal im Jahr zu Fünf-Uhr-Tees trug; und mit ziemlicher Erleichterung kehrte er, nachdem Veronika und Kenneth im Auto abgezogen waren, ins Haus zurück, legte den Feiertagsanzug ab, ruhte seine schmerzenden Füße am Sofa aus und überlegte, daß seine Frau und er jetzt wieder im Wohnzimmer allein sein konnten und nicht mehr Abend für Abend Veronikas und Kenneths Meinungen über Mindestlöhne und die Schauspielliga anhören mußten, die sie in ihrer kultivierten High School-Manier austauschten.

Aber auch dieses Versinken in tiefen Frieden war weniger trostreich als seine Wiederaufnahme in die Reihe der bestgeliebten Männer des *Boosters Club*.

4

Präsident Willis Ijams stand zu Beginn dieses Frühstücks im *Boosters Club* regungslos und starrte sie alle so verzweifelt an, daß sie schon befürchteten, er wolle ihnen den Tod eines Bruders Boosters anzeigen. Dann sprach er langsam und sehr ernst:

«Jungens, ich muß euch etwas Grauenhaftes mitteilen: etwas Entsetzliches, das eines unserer eigenen Mitglieder betrifft.»

Mehrere Boosters, darunter Babbitt, zeigten verlegene Gesichter.

«Ein Ritter voller Kühnheit, ein Freund, der mein ganzes Vertrauen genießt, hat kürzlich eine Reise unternommen, und als er dabei zufällig eine Stadt berührte, wo ein gewisser Booster seine Knabenjahre verlebte, entdeckte er etwas, das nicht länger ein Geheimnis vor euch bleiben darf. Um gleich mit dem Ganzen herauszurücken, will ich euch nur sagen, daß er den innersten Charakter eines Mannes entdeckte, den wir als Freund behandelt und als braven Kerl angesehen haben. Meine Stimme weigert sich, die Worte auszusprechen, und so habe ich sie für euch aufgeschrieben.»

Er hielt eine große Tafel hoch, auf der mit Riesenlettern zu lesen stand:

George Flunkerman Babbitt – oh, du Flunkerer!

Die Boosters schrien Hurra, sie lachten, sie weinten, sie warfen Babbitt Semmeln an den Kopf, sie riefen: «Er soll reden, Rechtfertigung! Oh, du Flunkerer!»

Präsident Ijams sprach weiter:

«Dies, meine Herren, ist die grauenhafte Tatsache, die uns Georgie Babbitt durch so viele Jahre verborgen hat, während wir uns alle in dem süßen Traume wiegten, er heißt einfach nur George F. Jetzt möchte ich, daß ihr alle der Reihe nach sagen sollt, was ihr euch immer unter dem F. vorgestellt habt.»

Fadian, schlugen sie vor, und Fassadenkletterer und Fuchsschwanz und Frechdachs und Faselhans und Faulpelz und Falschmünzer. Der freundschaftliche Ton ihrer Grobheiten verriet Babbitt, daß sie ihn wieder ins Herz geschlossen hatten, und freudig erhob er sich.

«Ich kann es nicht länger leugnen, Jungens! Ich hab nie eine Armbanduhr getragen noch meinen Namen mit einem Bindestrich geschrieben, aber mit ‹Flunkerman› habt ihr vollkommen recht. Meine einzige Entschuldigung ist, daß mein alter Vater – sonst war er vollkommen normal und konnte die Stadtkerls fabelhaft übers Ohr hauen, wenn sie ihn beim Damespiel drankriegen wollten –, also mein Vater hat mich nach unserem Familienarzt, dem alten Dr. Ambrose Flunkerman, genannt. Ich bitte euch alle um Nachsicht, Jungens. In meiner nächsten Wie-heißt-se-Nur werde ich schon dafür sorgen, daß ich einen wirklich praktischen Namen erwische – etwas, was vornehm klingt und dabei doch tüchtig und männlich wirkt – etwas, mit einem Wort, was dem prächtigen alten Namen, der uns allen so geläufig ist, ähnelt –, dem kühnen, ja ich möchte sagen, überwältigenden Namen, Willis Jimjams Ijams!»

Er erkannte aus ihrem Hurragebrüll, daß er wieder volkstümlich war und fest im Sattel saß; und er wußte, daß er seine sichere Position nie wieder dadurch gefährden würde, daß er vom rechten Weg des Clans der Braven Kerls abwich.

5

Henry Thompson stürzte ins Büro und schrie in den höchsten Tönen: «George! Große Neuigkeit! Jake Offut sagt mir soeben, daß die Straßenbahnleute sehr unzufrieden sind mit der Art, wie Sanders, Torrey und Wing ihre letzte Transaktion durchgeführt haben, und sie möchten jetzt wieder mit uns kramen!»

Babbitt freute sich im Bewußtsein, daß die letzte Narbe, die seine Rebellion hinterlassen hatte, jetzt gleich geheilt werden sollte, aber als er heimwärts fuhr, plagten ihn Hintergedanken, die ihn zu Zeiten seiner kriegerischen Stimmung niemals verfolgt und geschwächt hatten. Er entdeckte, daß er die Straßenbahngesellschaft nicht als über allen Tadel erhaben ansah. «Na, er würde noch dieses eine Geschäft für sie machen, aber sobald es sich durchführen ließ, vielleicht wenn der alte Henry T. starb, würde er alle Verbindungen mit ihnen abbrechen. Er war 48 Jahre alt; in zwölf Jahren würde er sechzig sein; er wollte seinen Enkelkindern ein untadeliges Geschäft hinterlassen. Natürlich steckte ein Haufen Geld in diesen Transaktionen mit der Straßenbahn, und jeder Mensch mußte schließlich zuerst die praktische Seite einer Sache ansehen, nur –» Er drehte und wand sich unbehaglich. Er hatte Lust, der Straßenbahngesellschaft einmal zu sagen, wofür er sie eigentlich hielt. «Ach, das konnte er ja jetzt noch nicht tun. Wenn er sie ein zweites Mal vor den Kopf stieß, würden sie ihn rettungslos zertrampeln. Immerhin –»

Er war sich bewußt, daß er sich über den Weg, den er beschreiten wollte, durchaus nicht klar war. Er fragte sich, wie sich seine Zukunft gestalten sollte. Er war noch jung; sollte es für ihn keinerlei Abenteuer mehr geben? Er fühlte, daß er in genau dem Netz gefangensaß, aus dem er so wütend geflohen war, und das bitterste an diesem Spaß war, daß sie ihn dahin gebracht hatten, sich über seine Fesseln zu freuen.

«Sie haben mich untergekriegt; endgültig haben sie mich untergekriegt!» winselte er.

Sein Heim war still und friedlich an diesem Abend, und es machte ihm Vergnügen, mit seiner Frau Karten zu spielen. Entrüstet teilte er dem Versucher mit, daß es sein sehnlichster Wunsch sei, sein Leben auf die gute, alte, hergebrachte Weise zu verbringen. Am nächsten Tag suchte er den Einkaufsagenten der Straßenbahngesellschaft auf, und sie entwarfen die Pläne zum heimlichen Ankauf der Grundstücke an der Evans Road. Aber als er in sein Büro fuhr, entrang es sich ihm: «Ich werde doch nur das tun, was mir gefällt, und genauso leben, wie ich es für richtig halte – wenn ich mich mal vom Geschäft zurückziehe.»

6

Ted kam für das Wochenende von der Universität nach Hause. Obwohl er jetzt nicht mehr darüber sprach, daß er Maschineningenieur werden wollte, und seine Meinung über seine Lehrer nicht mehr äußerte, schien er doch mit dem Studium an der Universität keineswegs ausgesöhnt und zeigte nur für sein drahtloses Telefon richtiges Interesse.

Am Samstagabend begleitete er Eunice Littlefield zu einem Tanz in Devon Woods. Babbitt erblickte sie flüchtig, wie sie auf dem Sitz des Autos, in einen hellroten Mantel über einem durchsichtig dünnen, gelblichen Seidenkleid, strahlend auf und ab hüpfte. Die beiden waren noch nicht heimgekehrt, als die Babbitts um halb zwölf zu Bett gingen. Zu einer verschwommenen, unbestimmten Stunde mitten in der Nacht wurde Babbitt durch das Klingeln des Telefons aufgeweckt und kroch niedergeschlagen hinunter. Howard Littlefield war am anderen Ende des Drahts: «George, Euny ist noch nicht zurück. Ist Ted schon daheim?»

«Nein – wenigstens steht seine Tür offen.»

«Sie müßten schon längst zu Hause sein. Eunice hat uns gesagt, daß nur bis Mitternacht getanzt werden soll. Wie heißen denn die Leute, bei denen sie geladen waren?»

«Ja, Teufel, offen gesagt weiß ich das absolut nicht, Howard. Es ist bei irgendeinem Klassenkollegen von Ted, dort draußen in Devon Woods. Ich weiß nicht, was man da machen soll. Wart 'n Augenblick, ich spring hinauf zu Myra und frag sie, ob sie vielleicht den Namen weiß.»

Babbitt zündete das Licht in Teds Zimmer an. Es war ein braunes, echtes Jungenzimmer; unordentliche Kommode, zerlesene Bücher, ein Universitätswimpel, Fotografien der Baseball- und der Basketball-Mannschaften. Ted war entschieden nicht dort.

Mrs. Babbitt, gewaltsam aus süßem Schlummer gerissen, erklärte gereizt, daß sie den Namen von Teds Wirten durchaus nicht wüßte, daß es sehr spät sei, daß Howard Littlefield nichts anderes sei als ein Idiot und daß sie selbst schläfrig sei. Aber sie blieb wach und machte sich tausend Gedanken und Sorgen, während Babbitt sich auf der Veranda, durch den ununterbrochenen milden Regen ihrer Bemerkungen hindurch, wieder in Schlaf zurückzukämpfen suchte. Die Dämmerung war schon vorgeschritten, als er dadurch geweckt wurde, daß sie ihn schüttelte und mit Entsetzen in der Stimme «George! George!» rief.

«Wa – wa – wassen los?»

«Komm rasch und sieh dir das an. Sei ganz still!»

Sie führte ihn durch den Vorraum nach Teds Zimmer und öffnete leise die Tür. Auf dem abgenützten braunen Teppich sah er eine Wolke rosenfarbener Chiffonwäsche; auf dem würdigen, tiefen Lehnstuhl lag der silberne Tanzpantoffel eines Mädchens. Und auf dem Kissen waren zwei verschlafene Köpfe nebeneinandergekuschelt – Ted und Eunice.

Ted erwachte grinsend und murmelte mit unsicherem Trotz: «Guten Morgen! Gestattet, daß ich euch meine Frau vorstelle – Mrs. Theodore Roosevelt Eunice Littlefield Babbitt, Hochwohlgeboren.»

«Grundgütiger Himmel!» stöhnte Babbitt, und seine Frau stieß einen langgezogenen Jammerschrei aus: «Du willst doch nicht sagen, daß du –»

«Wir haben uns gestern abend geheiratet. Gattin, setz dich auf und sag Schwiegermama schön guten Morgen.»

Aber Eunice vergrub ihre Schultern und ihr entzückendes Lockenköpfchen unter dem Kissen.

Bis um 9 Uhr hatten sich im Wohnzimmer um Ted und Eunice, außer Mr. und Mrs. George Babbitt, Dr. und Mrs. Howard Littlefield, Mr. und Mrs. Kenneth Escott, Mr. und Mrs. Henry T. Thompson und Tinka Babbitt versammelt, und die letztere war das einzige vergnügte Mitglied der Inquisition.

Ein prasselnder Regen aufgeregter Rufe erfüllte das Zimmer:

«In ihrem Alter –» – «Sollte als ungültig erklärt werden –» – «Hab in meinem ganzen Leben noch nie so was –» – «Sind alle beide daran schuld und –» – «Dafür sorgen, daß in den Zeitungen nichts erscheint –» – «Sollten schleunigst in die Schule spediert werden –» – «Etwas muß sofort geschehen, und ich sage –» – «Eine verdammte, tüchtige Tracht Prügel, wie in alten Zeiten –»

Die erregteste von allen war Veronika: «*Ted!* Wir *müssen* irgendeinen Weg finden, um dir *begreiflich* zu machen, wie furchtbar *ernst* das alles ist, statt daß du hier herumstehst mit einem so *blöden* Lächeln auf deinem Gesicht!»

Er fing an, sich zu empören: «Zum Henker, Rony, du bist doch selber gegangen und hast geheiratet, nicht?»

«Das ist etwas vollkommen Grundverschiedenes!»

«Na ja, das find ich ja auch! Bei euch und mir haben sie nicht mit Tau und Kette schuften müssen, bis wir soweit waren, uns die Hände zu halten!»

«Hör mal, junger Mann, dieser vorlaute Ton paßt uns durchaus nicht», rief der alte Henry Thompson gebieterisch. «Jetzt hör mir mal zu!»

«Jetzt hör mal Großvater zu!» sagte Veronika.

«Ja, hör deinem Großvater zu!» sagte Mrs. Babbitt.

«Ted, du sollst Mr. Thompson anhören!» sagte Howard Littlefield.

«Ja, in drei Teufels Namen, ich hör ja schon zu!» brüllte Ted. «Aber jetzt will ich zuerst euch allen was sagen! Es hängt mir schon zum Hals heraus und auch zu den Ohren, fortwährend bei dieser Leichenschau den stummen Toten spielen zu müssen! Wenn ihr um jeden Preis wen umbringen müßt, dann bringt in Gottes Namen den Pfarrer um, der uns getraut hat! Er hat mir fünf harte Dollar abgeknöpft, und alles, was ich auf der Welt besitze, waren sechs Dollar und zwei Cents. Ich hab jetzt grad genug gehabt, von allen Seiten so angeschrien zu werden!»

Eine neue Stimme beherrschte tönend, voller Autorität, das Zimmer. Babbitts Stimme: «Jawohl, zu viele verfluchte Köche, die den Brei verpanschen! Rony, halt den Mund. Howard und ich sind noch ganz gut bei Kräften und können das nötige Fluchen und Wettern selbst besorgen. Ted, komm mit mir ins Speisezimmer, wir wollen mal die Sache zusammen besprechen.»

Im Speisezimmer, als die Tür hinter ihnen energisch ins Schloß gefallen war, ging Babbitt zu seinem Sohn und legte ihm beide Hände auf die Schultern. «Du hast mehr oder weniger recht. Die reden alle zu viel. Also, jetzt, was hast du für Pläne, alter Junge?»

«Herrgott, Vater, willst wirklich menschlich zu mir sein?»

«Na, ich – erinnerst du dich, einmal hast du uns ‹die Babbitt-Männer› genannt und gesagt, wir müßten zueinander halten? Also, ich will das jetzt tun. Ich will absolut nicht behaupten, daß ich das Ganze nicht als eine sehr ernste Affäre ansehe. Heutzutage, wo einem jungen Mann so unendliche Schwierigkeiten in den Weg gelegt werden, bin ich selbstverständlich gegen frühe Ehen. Aber du hättest bestimmt nicht ein besseres Mädchen heiraten können als Eunice; und so wie ich die Sache ansehe, kann Littlefield sich verdammt glücklich schätzen, einen Babbitt als Schwiegersohn zu kriegen! Aber was sind deine Pläne für die Zukunft? Natürlich könntest du deine Universitätsstudien fortsetzen, und wenn du fertig bist –»

«Vater, ich halt's nicht mehr aus! Vielleicht ist es für andere Burschen ausgezeichnet. Vielleicht wird es mir eines Tages leid tun und ich werde wieder zurückgehen wollen. Aber jetzt, jetzt will ich mich als Maschineningenieur ausbilden. Ich glaube, ich könnte ein ganz guter Erfinder werden. Ich kenn einen Menschen, der mir jetzt, sofort, 20 Dollar in der Woche zahlt, wenn ich in seine Fabrik eintrete.»

«Nun –» Babbitt schritt durchs Zimmer, langsam, überlegend, fast ein bißchen alt aussehend. «Ich wollte ja immer, daß du einen Universitätstitel haben sollst.» In Gedanken versunken durchquerte er nochmals das Zimmer. «Aber ich habe nie – Also, jetzt um's Himmels willen, wiederhole das nur deiner Mutter nicht, sonst reißt sie mir noch meine letzten Haare aus, aber es ist ein Faktum, daß ich nie auch nur eine einzige Sache zustande gebracht habe, die ich mir vorgenommen, nein, in meinem ganzen Leben nicht! Ich weiß nicht, ob ich überhaupt was anderes getan hab wie nur einfach fortwurschteln. Ich rechne, daß ich auf hundert Ellen so was wie ein Viertel Zoll Fortschritt zu verzeichnen habe. Nun, du wirst es vielleicht weiterbringen. Aber so im tiefsten Innern macht's mir doch Freude, daß du gleich gewußt hast, was du willst, und es auch durchgesetzt hast. Die Leute dort drin werden versuchen, dich einzuschüchtern und durch ihr Geschrei zahm zu machen. Sag ihnen, sie sollen sich zum Teufel scheren! Ich steh bei dir! Geh in deine Fabrik, wenn du dazu Lust hast. Aber vor der Familie brauchst du dich nicht zu fürchten. Nein, und auch vor ganz Zenith nicht. Und insbesondere nicht vor dir selbst, wie ich's getan habe. Vorwärts, alter Junge! Dir gehört die Welt!»

Fest umschlungen, Arm in Arm marschierten die Babbitt-Männer zusammen ins Wohnzimmer und stellten sich ruhig dem Ansturm der Familie entgegen.

Anmerkungen

Boosters: Streber, die für sich und ihr Geschäft tönende Reklame machen und sich auf diese Art in der Welt rasch vorwärtsdrängen.

«Boosters-Pep»: Motto des Clubs der Boosters, steht für unaufhaltsame Energie, Treibkraft, Schlagfertigkeit, scharfen Witz und klaren Kopf, alles in eine Seele zusammengedrängt.

Phi Beta Kappa-Schlüssel: Die Studenten an den amerikanischen High Schools sind in Verbände eingeteilt, ähnlich den deutschen Studentenkorps. Diese Verbände heißen meist nach griechischen Buchstaben, und die Abzeichen der vornehmsten unter ihnen verleihen dem Träger einen ungeheuren Nimbus.

M. A. (Master of Arts): Doktor der Kunstgeschichte.

D. D. (Doctor of Divinity): Doktor der Theologie.

L. L. D. (Legum Doctor): Doktor der Rechte.

Ny Tau Tau: Charakteristischer Name eines jener vornehmen amerikanischen High School-Verbände, die sich als Verbrüderungen bezeichnen.

Slang = Jargon.

Kiwanis Club: Amerika ist das Land der leidenschaftlichen Club-Gründer und der unbegrenzten Club-Möglichkeiten. Die Namen werden meist frei gewählt, so die Kiwanis, die Boosters, die Rothäute, die Elche, die Weltverbrüderer usw.

Orden der Brüderlichen Schutzgemeinschaft der Elche: einer der größten und weitverzweigtesten geselligen Vereine Amerikas. Die Mitglieder tragen einen Elchzahn als Abzeichen.

Sinclair Lewis

Zusammen mit Upton Sinclair und Jack London war **Sinclair Lewis** (1895 – 1951) einer der großen realistischen Erzähler und Kritiker der USA. Lewis war als Journalist und Übersetzer tätig und wurde schließlich Sekretär von Jack London. Mit seinen Romanen kämpfte er gegen Spießigkeit, Profitgier und Kleinstrebertum. Lewis konnte aber auch so heiter-ausgelassene Bücher wie *Benzinstation* schreiben. 1930 erhielt er als erster Amerikaner den Nobelpreis für Literatur.

Benzinstation *Roman*
(rororo 5775)
Während eines Autotrips quer durch die Staaten erobert der junge Garagenbesitzer und Naturbursche Milt Daggett die Industriellentochter Claire Boltwood. Nebenher verhilft der Held dem Business-Vater jedoch zu der Entdeckung, daß es Menschen gibt, die sich nicht kaufen lassen, und seiner Tochter zu der Einsicht, daß Liebe nicht über das Bankkonto geht.

Babbitt *Roman*
(rowohlt jahrhundert 27)
Babbitt zeigt einen Spießer, selbstgefällig, ignorant, fortschrittsgläubig, in der Enge der Provinz. Da geschieht es: Paul, sein bester Freund, wird zum Mörder. «Ein hinreißendes Buch, und, so ganz nebenbei: Amerika. Das Buch riecht nach Wahrheit.» Kurt Tucholsky

rororo Literatur

Im Rowohlt Verlag ist außerdem lieferbar:

Spielen wir König *Gesammelte Erzählungen*
Deutsch von Hermann Stiehl
255 Seiten. Gebunden.

Upton Sinclair

Einen «Muckraker», Staubaufwirbler nannte ihn Präsident Roosevelt. Und zugleich war **Upton Sinclair** (1878 –1968) zu seinen Lebzeiten ein internationaler Bestseller-Autor. Er schrieb 29 Theaterstücke, etwa 80 Bücher und kandidierte mehrmals für die Socialist Party bei den Gouverneurswahlen in Kalifornien. Sinclair stammte aus einer ehemals reichen Südstaatenfamilie, schlug sich als Autor mit Frau und Kind mühsam durch – bis ihn ein Auftrag der damals größten sozialistischen Wochenzeitung Amerikas über Nacht weltberühmt machte: Er arbeitete 1905 wochenlang in den Schlachthöfen Chicagos, recherchierte über die elende Situation der Arbeiter und verfaßte den aufrüttelnden Roman *Der Dschungel.*

Der Dschungel *Roman*
(rororo 5491)
«Ich zielte auf das Herz der Menschen», schrieb Upton Sinclair über die Wirkung seines Romans, «aber ich traf sie nur in den Bauch.»

Am Fließband *Mr. Ford und sein Knecht Shutt Roman*
(rororo 5654)
Am Beispiel der Karriere des Selfmademan Henry Ford schildert Upton Sinclair die verhängnisvollen Auswirkungen des Geldes auf den Charakter – «dem moralischen Niedergang des Kapitalisten wird in alternierenden Kapiteln das erwachende Klassenbewußtsein der Arbeiterfamilie Shutt gegenübergestellt». *Frankfurter Allgemeine Zeitung*

rororo Literatur

Öl! *Roman*
(rororo 5810)
«Es ist das umfangreichste meiner Bücher und ist besonders sorgfältig recherchiert. Es ist voller Abenteuer und sozialer Gegensätze, keine Geschichte könnte wahrer sein.» *Upton Sinclair*

So macht man Dollars *Roman*
(rowohlt jahrhundert 24)
Jed Rusher, ein Habenichts aus dem Mittelwesten steigt zum «Napoleon des Erdöls auf» - ein sarkastischer Roman über die klassische amerikanische Karriere.

Alkohol *Roman*
(rororo 12959)
Dieser bestürzende Roman wurde zu einer Sensation - und war in Deutschland unter einem Vorwand vorübergehend verboten. Er hat seine Aktualität bis heute bewahrt.

«Sagen Sie Sinclair, er soll Ruhe geben und mir die Regierung des Landes für eine Weile überlassen!» Theodore Roosevelt an Sinclairs Verleger.

3276/2

William Kennedy

«Ein herausragendes Buch. Kennedys Sprache ist kraftvoll, voller Energie. Er ist sehr talentiert; einfach ein Vollblutschriftsteller.» (Saul Bellow) Der Ruhm für **William Kennedy** kam spät. In Albany, einer vormals stolzen, heute abgetakelten Industriestadt, ist er großgeworden. Er arbeitete als Journalist und schrieb an seiner «Albany-Trilogie». Es ist die Welt der zwanziger und dreißiger Jahre in den USA, von der Kennedy erzählt, die Welt der Geschäfte, des Alkoholschmuggels, der Korruption.
Seit 1961 lebt William Kennedy wieder als freier Schriftsteller in Albany.

Wolfsmilch *Roman*
(rororo 12483)
Nach zweiundzwanzig Jahren kehrt der zum Tramp gewordene Francis Phelan in seine Heimatstadt Albany zurück. Für «Wolfsmilch» erhielt William Kennedy den Pulitzer-Preis für Literatur. Der Roman wurde mit Meryl Streep und Jack Nicholson verfilmt.

Der Lange *Roman*
(rororo 12142)
«Eines der besten Porträts eines Gangsters jener Tage, die wir kennen, fesselnd, voller Tempo, mit allerlei Raffinessen gestrickt und von Anfang bis Ende spannend.»
Buchjournal

Billy Phelans höchster Einsatz
Roman
(rororo 12775)
Um seine Unabhängigkeit zu bewahren, wagt der berühmte Spieler Billy Phelan in der

rororo Literatur

schummrigen Halbwelt von Gangstern und Stadtstreichern, von korrupten Politikern und Glücksrittern in Albany den höchsten Einsatz seines Lebens.
«Man unterhält sich glänzend und wird trotzdem nie unterfordert. Was kann man schon Besseres sagen über ein Buch?»
Westermanns Monatshefte

Im Rowohlt Verlag sind außerdem erschienen:

Druck *Roman*
Deutsch von Walter Hartmann
320 Seiten. Gebunden.

Quinns Buch *Roman*
Deutsch von Walter Hartmann

3243/1